双轨

Star Trails

时玖远 著

上

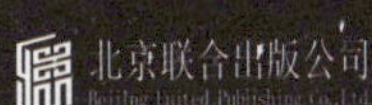

朝朝暮暮

她望着他的方向一共敲了三下：
第一下希望父母各自健康安乐，
第二下希望靳朝前路顺遂，
第三下希望他们朝朝暮暮。

在他那段回不去的童年里，
自始至终只有一个女孩，
无法替代。

目录

CONTENTS

第一卷

她在南，他在北，南北相隔，双轨交错。

第二卷

烫了心，惊了梦，烟火四起，坠入星河。

第三卷

朝为日，暮为月，日月同辉，朝朝暮暮。

番外

第一卷

她在南，他在北，

南北相隔，双轨交错。

Chapter 1

启程

多年未见，她早已不是当年那个可以肆意任性的女孩。

火车沿着铁轨前行，窗外的矮房逐渐消失。每隔一段时间，车厢便穿梭过黑暗的隧道，带着姜暮驶向未知的前方。

姜暮没有独自去过那么远的地方，她一刻也没合眼。窗外的景色和她生活的地方截然不同，铁轨架在地势险峻的山岭间，雾霭茫茫，像二次元世界一般不真实，将她的思绪全部打乱。

此时此刻她的心情很复杂，即将去往的陌生地住着曾经她最熟悉的亲人。多年未见，她早已不是当年那个可以肆意任性的女孩。那时，她还姓靳，叫靳暮。

犹记得分别那天，苏州下着很大的雨，爸爸靳强拎着一只黑色的旧箱子，里面是他和哥哥靳朝所能带走的全部行李。那年，9岁的她还不知道爸妈离婚意味着什么，只知道爸爸要带哥哥离开这个家，去很远的地方生活。

她用尽一切办法拽着爸爸，不让他走，让哥哥留下，也求妈妈不要赶他们离开，可换来的却是父母最后一次不可开交的争执，她害怕得躲在墙角大哭。而那天，哥哥只是默默地走到她身边用身体挡住争吵的爸妈，一遍又一遍地用袖子替她擦干眼泪，一言不发。

后来妈妈强行将她锁在房间里，不让她闹。她扒着二楼的铁窗眼睁睁地看着爸爸打着那把褪色的格纹雨伞带着哥哥迈进大雨中。她在二楼的窗边放声大哭，他们回过头来看她。

隔着雨帘，爸爸眼里是五味杂陈的无奈，他对着她喊道："暮暮乖，我们到了就给你打电话。"

爸爸狠心地收回视线，扯着靳朝走。初具少年气的靳朝背着他的双肩包，身影隐没在滂沱大雨中，让人看不真切。在他们转身的一刹那，靳暮开始撕心裂肺地哭叫，她幼小的心灵有种强烈的感觉，爸爸和哥哥这一走，便不会再回来了。

她哭到无力，模糊的视线里看到有个人影冲了过来，她用力地眨眨眼，看见哥哥就这样从大雨中冲上一楼的雨棚，顺着楼下的防盗窗爬到她的面前。

那是她最后一次见到靳朝，他离她很近，浑身都被淋湿了，长长的睫毛耷拉下来，雨水顺着他的额头滴落到高挺的鼻梁上。他一只手拉住铁窗，另一只手从背包里扯出那支黑色的派克钢笔递给她，对她说："这个给你了。好好练字，不要挑食，胡萝卜也要吃，听妈的话，下一次——"雨水灌进他的口鼻里，他呛了一下，剧烈地咳嗽了一声，接着对她说，"下一次见面，我要检查你的字写得怎么样了。"

她将手伸出窗户，接过那支钢笔的同时，用小小的手握住哥哥，泪眼婆娑地问他："你会回来吗？"

雨水打在他们交握的手上，从很远的天边传来一道闪电，点亮了夜空，照亮了靳朝又黑又亮的眼睛，眼里的光亮承载着她全部的期盼。

"会的。"他对她说。

可他再也没回来过，只留下那支钢笔伴随了她很多年。

之后，姜迎寒把靳暮的姓改了，让她随了妈妈的姓，叫姜暮。从此没有人再叫她靳暮。

起初几年姜暮还能偶尔接到爸爸的电话，也能趁机和哥哥聊上两句。靳朝会问她的学习情况，问她古筝考到哪级了、个子有没有长高。每一次通电话，靳朝的声音似乎都有变化，变声期的他声音越来越低沉，不再是姜暮记忆中稚嫩的男声，让她感到陌生。姜迎寒似乎不太喜欢姜暮经常和靳朝通电话。一旦两人聊天超过十分钟，姜迎寒就会催促

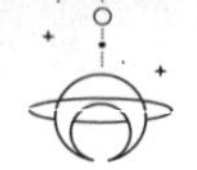

她去写作业。

小学五年级之后，姜暮就很少接到爸爸的电话了。听说他再婚了，有了新的家庭，还生了个女儿。姜迎寒让她不要再去打扰他们。

姜暮知道爸爸又有了个女儿，靳朝有了新妹妹后，很长一段时间内都陷入一种低落的情绪，仿佛自己的家庭被别人偷走了，爸爸和哥哥满眼的疼爱给了另一个小生命，那种幸福从此以后再也不会属于她了。

姜暮有了顾虑，无法在考试失利或者与同桌闹矛盾后肆无忌惮地给靳朝打电话抱怨，她害怕打过去以后，接电话的会是爸爸新娶的妻子。在姜暮的心里，爸爸和哥哥始终和她是一家人。可她又不得不承认，他们早在那个大雨滂沱的夜晚就已经逐渐消失在她的生活中。

五年级暑假之后，姜暮跟着姜迎寒搬了两次家。她试图打电话告诉爸爸和哥哥她们的新地址，可每次打过去都是一个陌生女人接电话，她不知道怎么和对方交谈，只能匆匆挂断。没过多久，那个电话号码便成了空号。她给靳朝写过几封信，告诉他新家的地址和联系方式，但从未收到过回信或者电话。六年级以后，她和他们便彻底断了联系。

姜迎寒在和靳强离婚一年后开了一家彩票店，每个月赚的钱足以负担她们母女的开销，她们的生活也越来越好。但是一提起靳强，姜迎寒的脸上便会露出不悦的神色。久而久之，姜暮便不经常把爸爸和哥哥挂在嘴边了。

如果生活一直这样按部就班地过着，或许以姜暮的成绩，能考上一所不错的大学，找到一份安稳的工作，留在妈妈身边，可能以后也不会再和爸爸和哥哥有任何交集。可偏偏她在高三那年意外得知了一件事，从而改变了她接下来的人生轨迹。

在高考前的一个月，姜暮意外得知妈妈交了个外国男友，并且已经到了谈婚论嫁的地步，正在办理移民手续。在此之前，姜迎寒对她瞒得滴水不漏，本想等她高考结束后再告诉她，但一份从国外寄来的

材料引起了姜暮的注意。两人为此产生了很大的分歧。姜暮不愿意跟着姜迎寒去国外读大学，而且她对这个人又一无所知，内心抗拒这个突然冒出来的男人。

特别是在见到这个叫Chris的秃顶油腻男后，姜暮更加排斥他的出现。她完全无法理解，一向周正体面的妈妈为什么要嫁给一个肚大腰圆、满脸褶子的外国老头儿。更为重要的是，两个人才认识不到半年，完全就是不靠谱的闪婚，妈妈居然还准备跟着这个老头儿背井离乡，像中了魔。

她想方设法地劝说妈妈，但这一次妈妈的态度很坚决。那一个月，姜暮几乎无心应付高考，她不确定高考结束后自己该何去何从。

考英语那天，姜暮发了高烧，整个人趴在桌子上，脑子稀里糊涂的，没有考好。最后她连一本院校分数线都没考到。

姜迎寒很自责，姜暮倒没有表现出任何沮丧的情绪。按照她这个成绩，在国内上不了好大学，去澳大利亚也只能读预科，要么就是读一些不入流的大学，但这根本不是她的真实水平。她提出想复读，原本以为这样就可以让妈妈留在国内，避免被那个老头儿骗走。

但让她大跌眼镜的是，那晚妈妈对她说："妈妈陪了你这么多年，你已经成年了，你选择留在国内复读，我不反对，但我依然会按照计划和Chris去墨尔本生活。暮暮，我也该有自己的生活了。"

姜暮想不通，一向严谨、保守、对她的学业十分重视的妈妈，为什么突然坚持拿自己的下半生去赌，甚至不顾她高考失利。

姜迎寒最后的妥协是，她可以同意姜暮留在国内复读一年，但前提是，她必须去她爸爸身边。自从姜暮外公去世，她们在苏州已经没有亲人了。那段时间姜暮的情绪很不稳定，姜迎寒不放心留下她一个人。

本已很久远的称呼突然出现在姜暮的生活中，她才知道妈妈其实一直有爸爸的联系方式，也许是不想让她和爸爸那边有什么来往，这么多年妈妈一直没有告诉她。

按照计划，姜迎寒会和Chris在7月份去一趟澳大利亚办理手续，然后回来处理国内的店面，届时他们会顺道去铜岗找姜暮。在此之前，

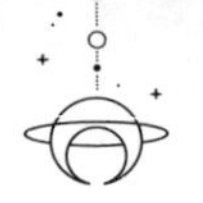

姜暮得一个人先去爸爸家——那个叫铜岗的北方五六线小城市，然后办理复读手续。姜迎寒临出国前，打包了两箱姜暮的行李，并将行李先她一步寄去了靳强家。

这一切，姜迎寒都安排好了。姜暮并不知道妈妈和爸爸是怎么沟通的。在姜迎寒临出国的前一晚，她突然告诉姜暮一件令人震惊的事。

从姜暮出生起，靳朝就出现在她的生命中，她一直叫他“哥哥”。没有人向她解释过，那个从小迁就她、会把好吃的留给她、会耐心地教她拼音、晚上给她读故事书、不厌其烦地把她背在身上到处跑的哥哥和她毫无血缘关系。

那年靳强回老家看望父母，姜迎寒留在苏州，没有同他一起回去。由于无法生育，姜迎寒被婆家骂是“不会下蛋的母鸡”，婆媳关系一度恶劣到无法修补的地步。

也正是那次，在姜迎寒不知情的情况下，婆家将靳强骗回去和一帮发小儿喝酒，还找了个同村的姑娘与他糊里糊涂地过了一夜。醒来后，靳强才知道自己干了什么荒唐事。他内心充满负疚感，连夜回到苏州。不久，那个同村的姑娘找上了门。靳强声泪俱下，求姜迎寒原谅，闹了好一阵子，考虑到各方面的影响，那时两人才没有走上离婚这条路。

年轻时姜迎寒憋着一口气，她不是不甘心跟靳强离婚，而是不甘心看着他转身去娶个年轻女人，然后让他爸妈如愿抱上大孙子，一家人和和美美，而她的人生却就此被毁。

两人就这么凑合过了不到半年，靳强老家的一个朋友托他照顾儿子，那个男孩来的时候才两岁，在靳强家待了一段时间。未承想，也正是在这期间，靳强的这个朋友出了意外，从此离开人世，留下这个无依无靠的男孩。靳强这一照顾就是一年之久。

等男孩到了上幼儿园的年龄，靳强将他的户口迁了过来，怀着私心为他改名为靳朝。

起初姜迎寒没有孩子，还能平心静气地对待这个突然冒出来的男孩。那几年，家里多了一个小孩需要照顾，虽然靳强和姜迎寒感情有了裂缝，但似乎也无心再去提及。

可让他们意想不到的是，靳朝4岁那年，姜迎寒意外怀孕了。从得知自己怀孕的那一刻起，她就把全部心思都放在肚子里的亲骨肉身上，以致靳暮出生后，姜迎寒甚至不愿意再在靳朝身上花任何精力。

对姜迎寒来说，靳朝并不算是个讨人喜欢的男孩。他不像其他小男孩那么活泼开朗，也不太黏人。从来的第一天他就用一双抗拒、防备的眼神盯着她，纵使这个男孩才两岁，长相也不错，可姜迎寒依然能感觉到他小身躯里装着一种蛮横和粗俗。

靳强的家人让姜迎寒无法改变自己的偏见，一如她对靳朝怎么也喜欢不起来。在她看来，他终归不是自己的孩子，而且是在她和靳强关系最恶劣的时候来到这个家的，他的存在无时无刻不在提醒她靳强的背叛和自己多年所受的屈辱。

特别是在有了靳暮以后，姜迎寒更觉得靳朝碍眼。靳强的工资并不高，他们又不得不承担两个孩子的抚养费用，这让他们的生活越来越拮据。

姜迎寒把所有的关爱都给了自己的亲生女儿，对靳朝日渐冷落，甚至厌烦。

贫贱夫妻百事哀，靳强为此跟姜迎寒有过几次争吵。久而久之，两人曾经的感情在日趋激烈的矛盾下消磨殆尽，以前被暂时掩盖住的裂痕很快再次暴露出来，并越扯越大，到了最后，完全无法修复，以致走到离婚这一步，甚至在姜暮外公去世时，姜迎寒都没有通知靳强。

姜迎寒之所以选择在出国前将这些陈年旧事告诉姜暮，是因为她明白，这么多年了，女儿心里始终惦记着那两个人，在她看不见的角落，姜暮也许还期待着那两个人的亲情。可姜迎寒清楚，靳强是个外强中干的男人，他只会让成熟后的女儿心中那座父爱之山崩塌。而那个小子，从小看人的眼神就带着野性，总让她想起养不熟的狼崽子。他和姜暮毫无血缘关系，她不希望女儿跟他有任何牵扯，所以势必要在出国前告诉姜暮这些事，让她读书归读书，不要妄存任何期待。

在姜迎寒出国后，姜暮没有立刻动身去找爸爸，而是独自在家消

化这些对她来说有些震惊的过往，直到8月份才独自带着一个随身的行李箱踏上去铜岗的道路。

天色渐暗的时候，火车终于停在铜岗北站，姜暮在拥挤的人群中下了火车，随着人流出了站。

在上火车前，她给姜迎寒留给她的那个号码打过一个电话，接电话的人正是靳强。多年没有联系，猛然听见爸爸的声音，姜暮感觉很陌生，甚至有些紧张，一时间无言，愣了片刻。还是靳强先问的她："是暮暮吧？你上车了没？"

姜暮才"嗯"了一声。

靳强问了一下到站时间，然后说会去车站接她，又嘱咐了几句，让她路上注意安全。

直到半个小时前，姜暮才收到一个陌生号码发来的短信，内容是"南广场出口"。

出了站，姜暮找了一圈指示牌，又跟着另一拨人上了手扶梯。刚到地面上，陌生的街景和干燥的空气让她恍惚了片刻。车站对面立着一个巨型广告牌，上面写着"汽摩钢索，亚洲最强"，上面还印着各种密封条和胶垫广告，放眼望去，有些凌乱。这是她对铜岗的第一印象，并不算好。

周围是形形色色的出站的乘客，不远处是载客大巴，街边还稀稀拉拉地停着几辆红色出租车和摩的。

姜暮站在人流中茫然四顾，寻找记忆中爸爸的影子。忽然，一个小男孩猝不及防地朝她跑来，嬉皮笑脸地对她说："姐姐，给我点钱吃饭。"

姜暮低头看去，男孩10岁左右，穿着磨损的运动鞋，皮肤黝黑粗糙，眼里是一种恶作剧式的嚣张。她立马离开他几步，对他说："没有现金。"

没想到小男孩直接上手拽住她，然后掏出二维码："给点吧，姐姐。"

姜暮没想到小男孩手劲这么大，扯得她的雪纺衫都变形了。她赶忙拉住领口，刚准备回过头瞪他，就见不远处或蹲或站着四五个青年，嘴里叼着烟笑得不怀好意，还有人拿恶狠狠的眼神警告她，而身边的小男孩再次出声："随便给点，放你走。"

姜暮脸色渐冷，意识到那群人和小男孩是一伙的，这个小男孩才敢如此肆无忌惮，自己恐怕被盯上了。她心头闪过一丝恐惧，在这个人生地不熟的地方，那群人要是跟着自己，她还真不知道会发生什么，于是拿出手机准备扫码破财消灾。忽然，半空中划过一枚打火机，直接砸到小男孩的脑门上，随即打火机掉落，"砰"的一声在地上炸裂。

别说这个小男孩，就连姜暮都被吓了一跳，两人同时朝左边望去，就见路边上停着一辆白色轿车，一个身材高大的男人靠在车门边面无表情地盯着那个小男孩。

小男孩在看清那人后，脸色忽然一僵，他下意识地回头望向身后那群人。此时，靠在车门边的男人也将视线缓缓移向那群青年，漫不经心地朝那群人说了一句："巡警过来了。"

那帮人骂了声，拔腿就跑。小男孩见状也顾不得姜暮，赶紧跟了上去，南广场再次恢复平静。

姜暮愣了一下，将目光落在那个靠在车门边的男人身上。如果她没记错，那辆车从她出站就一直停在那里，她不知道这个男人到底站在那儿打量了她多久，看着她从茫然到失落再到慌乱，像在看一场笑话吗？

就这样四目相对了几秒，那个男人突然打开驾驶座的车门，又瞧了她一眼："准备愣到什么时候上车？"

陌生的声音，陌生的样貌，然而那个男人身上透着一种难以言喻的熟悉感。姜暮有些难以置信，不禁睁大了眼睛，好像这样就能将他看透。

她随即推着行李箱大步朝那人走去，刚停在路边，那个男人就拎起她的行李箱直奔后备厢，放了进去。

姜暮没有上车，站在路边，目不转睛地盯着他。这个男人穿着白色略紧的T恤，拎起行李箱时，臂膀的肌肉线条清晰，短发下是一张硬朗俊挺的脸，完全就是个成熟男人的样子，似乎已经找不到与她记

忆中重叠的部分。

这个男人合上后备厢，见姜暮还戳在车门边，他略微挑了下细长的眼角，几步朝她走来，随意调侃了一句：“怎么不上车？还要我给你开车门啊？”说完，他拉开副驾驶座的车门，单手搭在车门上，淡淡地睨了她一眼：“请。”

这个“请”字说得毫不绅士，甚至有些吊儿郎当的讽刺感。姜暮紧紧地盯着他，手心有些冒汗。她刚准备开口，突然嗓子哑了，她不自然地清了清嗓子。这个男人站着没动，回视着她，似乎也在观察她的一举一动。

直到姜暮重新开口，谨慎地问了一句：“你……你是靳朝？”

这个男人听见她的问话，先是低下头，随后轻轻扯了扯嘴角，才重新抬起视线，目光笔直有力：“不认识了？”

一句话说得姜暮脸上飞上一丝红晕，靳朝不打算继续让她窘迫下去，直截了当地说道：“靳强让我来接你。”

听见爸爸的名字，姜暮不再僵持，坐进副驾驶座，乖乖系上安全带，看着靳朝从车前大步绕回驾驶座并发动了车子。

身边是曾经最熟悉的亲人，是自己挂念多年的哥哥。其实这么多年姜暮有很多问题想问他，比如：他为什么没再联系她？这么多年过得还好吗？当年的信有没有收到？还是他也搬了家？又或者为什么没有回来？答应好回来看她的，他从来没有食言过，为什么这一次食言了？可自从得知靳朝和自己毫无血缘关系，这些问题似乎也得到了解释，她再也问不出口。

两人坐在一个密闭的空间里，这种陌生感完全不亚于让姜暮单独面对一个不认识的成年男性。她坐得笔直，双手拘谨地放在膝盖上，余光不时地偷偷瞄着身边的男人。他单手掌控着方向盘，看起来很熟练。

几个路口后遇上了红灯，倒计时六十秒，靳朝拿出手机随意摆弄着。姜暮不自在地看了他一眼。靳朝没有抬头，却似乎感觉到了她的目光，随口问道：“从北京转车来的？”

姜暮规规矩矩地“嗯”了一声。

“怎么去北京的？”

“也是坐的高铁。”

“几点出门的？”

“早上六点半。”

“家门锁了吗？”

“啊？锁了。”

靳朝收回手机，瞥了她一眼，看着她一问一答、坐姿端正的乖巧模样，突然“啧”了一声，然后重新发动车子。

姜暮不知道他这一举动是什么意思，也不好意思问，只能将视线默默地移向窗外。现在应该是下班高峰期，但是这里的街道上并不算拥挤，靳朝一路上将车子开得飞快，为了抢红灯，几个转弯差点把姜暮的心脏甩出去，她默默地拉住车门，紧张地盯着风挡玻璃。

又遇一个红灯的时候，靳朝侧头看了一眼她发白的指尖，不禁嗤了声：“怕什么？”

姜暮尴尬地松开扣在车门上的手，问：“刚才车站那群人，你认识？”

靳朝反问了她一句：“你看我像认识？”

姜暮还真用余光看了他一眼，刚才那个小男孩在看见靳朝后，脸色明显变得不一样了，很难说他不认识那群人。

在姜暮的印象中，靳朝成绩很好，从小学到初中都是学校的尖子生。他的房间有很多书，她记得靳朝在小学五六年级的时候就能看懂很多深奥的名著了。他喜欢看“二战”题材的小说，还有与中国近代史相关的书籍。他跟她说过淮海战役，也告诉过她南北战争的起因。在她的记忆里，哥哥是个很厉害的学霸，未来一定会成为一个有出息的人。

在姜暮的幻想中，现在的靳朝也许已经大学毕业，也许要考研了，可能穿着干净的白色衬衫，也可能戴着副眼镜，儒雅又有学识。

可身边的这个男人，穿着一条洗得泛白的牛仔裤，上身的白色T恤袖口还有不明的黄黑色污渍，他没有读书人的文雅，反而浑身散发着精干的锋芒，和她想象中的样子大相径庭。

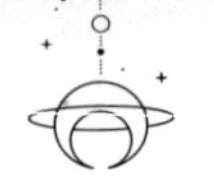

似乎是察觉到姜暮停留在自己袖口的目光，靳朝干脆直接将袖口往肩膀上一卷，卷成了无袖，黄黑色的污渍被卷了进去，露出来的古铜色的肌肉散发着一种野性。

姜暮不好意思再看，转过眼去，靳朝对她说：“那就是一群不成器的混混儿，跟打游击一样经常蹲在火车站附近，专门挑你这种一个人出站的女的，要点钱打打游戏、胡吃海喝。”

“警察不管吗？”

“怎么管？明着要钱暗着抢劫，出手的是个小孩，要的都是十块八块的，还能拘了他不成？遇到了顶多撵走，以后碰上这种事，虎一点。”

姜暮满头问号：“怎么虎？”

靳朝将方向盘一打，把车子停在路边，他回答她：“打我电话。”说完，他直接打开车门下了车。

姜暮愣愣地看着他，翻出手机找到那条写着“南广场出口”的信息，把这个陌生号码默默地存了起来，备注“哥哥”，然后抬起头看着站在店铺门口的男人。她记得靳朝比她大五岁，那么现在应该23岁了。泛白的牛仔裤下是修长的双腿，他有多高了？他14岁那年就有一米七了吧，现在看上去好像都有一米八五了。那道陌生的背影让姜暮有些恍惚。于是她再次低下头，又默默把备注换成了“靳朝”。

姜暮不知道靳朝下车干吗去了，她只是安静地在车中等。不一会儿，靳朝走了回来，手上拿着一包烟和一杯饮料。他随手将那杯饮料和吸管递给姜暮，姜暮赶忙坐直身子，双手接过并说：“谢谢。”她过于客气的举动让靳朝侧眼，但他什么也没说，只是带上了车门。

北方不如南方湿热，夏天很干燥，姜暮从北京上车后就没喝过水。也许是因为要见到分别已久的家人，她昨晚几乎没怎么睡，一路忐忑，以至于也忘了这茬，和靳朝说话时嗓音一直哑哑的。这会儿靳朝特地将车子停在路边替她买了杯饮料，不免让她觉得有些尴尬，甚至在想他顺手买包烟是不是为了掩饰这种尴尬。

她低头将吸管插进饮料杯中，冰爽的味道滑过舌尖滑进喉咙里，让她舒服得眯起了眼，是她喜欢的草莓奶昔。

味蕾瞬间打开了姜暮的记忆，她还依稀记得小时候很喜欢吃草莓。有一次靳朝带她去一个老太太家的院子前。那里有一片人工栽种的草莓，个头儿并不大，小小的，像野草莓，但味道特别甜。靳朝脱了衣服兜了一大把走。后来他们坐在后山的草地上，靳朝把草莓拿给她吃，她举着咬过的草莓对靳朝说："哥哥，后面不甜。"

靳朝大大咧咧地接过："不甜的给我吃。"

想到童年趣事，姜暮不禁弯起了嘴角。靳朝发动车子后睨了她一眼："笑什么？"

姜暮低头喝着草莓奶昔，笑容渐渐地淡了下去，因为她记起那一天日落西山后，靳朝牵着她回家，那个老太太已经找到他们家门口。靳强一个劲地保证他家两个孩子不会偷草莓，可转眼就看见靳朝衣服上通红的草莓印子，靳强只能给老太太赔礼道歉。

当晚姜迎寒发了好大的火，训斥靳朝带坏妹妹："今天是偷草莓，明天是不是还准备偷钱？！"

她见靳朝梗着脖子，毫不愧疚，气得拿出晾衣竿就狠狠地甩在他的胳膊上。明明是靳朝挨了打，可姜暮哭得比他还凶。晚上她偷偷溜进哥哥的房间，抱着他的胳膊轻轻吹气，问他疼不疼。她记得那天靳朝一声都没吭，只是对她说："明天我们不能去吃草莓了，等以后长大了，我赚了钱再给你买，买大的。"

姜暮拾起从前的回忆，吸着草莓奶昔，心里五味杂陈，好像草莓奶昔的味道也变得有些酸涩。

她侧头问："这车是你的吗？"

靳朝放在方向盘上的手顿了一下，他回道："不是。"

姜暮会这样问，无非是想从侧面打听靳朝现在生活得怎么样，于是她又问道："你还在上学吗？"

回答她的是两个字："没有。"

“今年刚毕业还是……”

姜暮不知道怎么接着问下去，但靳朝似乎听出了她的顾虑和小心翼翼，直截了当地告诉她：“高中毕业就没继续上。”

一句话让姜暮的心跌入谷底，她设想过很多种可能，包括这趟过来有可能见不到靳朝，或许他还在外地读大学，但她万万没想到是这个答案。她记得小时候的靳朝很聪明，爸爸每次开完家长会回来都春风满面的，家里挂满了靳朝的“三好学生”奖状。他似乎不用费太大力气学习，每天还有很多时间出去踢球，玩得满身是汗，回来倒头大睡，可他的成绩总是名列前茅，他的老师都说他天生是块学习的料。可他怎么就不上学了呢？

姜暮心中充满了疑问，然而初来这个地方，又是多年未见，彼此之间的生疏并不允许她触及那些敏感的问题。

没多久，车子拐进城中村，街道变窄了。这里明显比外围热闹一些，有很多摩托车来回穿梭。姜暮睁着双眼到处打量，突然，一辆摩托车猝不及防地横在他们车前，靳朝一脚踩刹车，吓得姜暮手一抖，嘴唇被吸管戳到了，他落下车窗就朝那人骂道：“滚犊子。”

那人块头很大，剃着光头，眉毛像关公眉一样粗黑，法令纹像个“八”字刻在脸上。姜暮很少看见长相这么恐怖的人，她下意识地握紧安全带，却见那人被骂后不仅没生气，还笑着对靳朝喊了句：“晚上喝酒啊？”

靳朝语气冷淡地回道：“喝你个头。”

那人将车身一拐，直接骑到靳朝旁边，弯下腰说了句：“我说，你吃火药了？”刚说完就看见副驾驶座上细皮嫩肉的小姑娘，眼睛一亮，挤眉弄眼地说道：“呦，有酒，这小妹儿谁啊？”

靳朝没搭理他，那人又叨叨道：“也不怕小青蛇上你那儿闹去？”

靳朝直接升上车窗，将车子开走了。至此，姜暮才松了一口气，她差点以为靳朝要和那人起冲突，可随即她便意识到了什么。

她问道：“那个人是你朋友？”

靳朝“嗯”了一声，姜暮沉默了。她垂下视线，心里翻腾不止。

高中后辍学，身边似乎有些不着调的朋友，离开苏州后，靳朝到底过着怎样的生活？巨大的疑问萦绕在她心头。

她又问道：“他为什么叫你‘有酒’？”

靳朝斜了她一眼，并没有回答这个问题。

很快，车子开进一个逼仄的小区，七拐八拐后，靳朝直接一脚油门将车开上小区边的路牙，那儿就算是停车位了。

车子熄火后，靳朝突然探过身来问她：“破了吗？”

天色渐暗，车内的光线不算好，靳朝的身影突然靠近，让姜暮莫名地紧张起来。她转过视线对上靳朝黑亮的眼睛，看见他左边眉骨上那道淡淡的疤痕，心脏瞬间剧烈地跳动起来。虽然他的轮廓比少年时期更加锋利，身上似乎已经很难找到从前的影子，可那道疤痕还在。那道疤痕因她而起。很久以前，爸爸说那时她才一岁多，为了接住从床上滚下来的她，靳朝磕在了床头柜的玻璃台面上，脸上流了很多血。从她记事起，他的眉毛里就藏着一道淡淡的疤痕，从前不觉得，如今看来那道疤痕倒是让他的相貌更加邪气了。

姜暮就这样望着那道疤痕，好似终于在现在的靳朝身上找寻到过去的痕迹，强大的熟悉感几乎让她窒息，甚至有种想哭的冲动。

靳朝的目光停留在她的嘴唇上，检查了一下。的确被吸管戳破了，流了点血，下唇红红的，让他想起了樱桃。他甩开这个想法，皱了下眉，直到这一刻，他才注意到那个喜欢撒娇又有点任性的小丫头已经长成一个亭亭玉立的大姑娘，他再这么盯着她看似乎不太合适。靳朝随即直起身子，离姜暮远了些，却抬眼看见她一副要哭不哭的委屈样，忽然开口道：“他叫金疯子。”

姜暮感到莫名其妙，转头问道：“什么金疯子？”

靳朝双手搭在方向盘上，嘴角挂着浅笑：“刚才那个人。”

“谁？关公？”

靳朝愣了一下，唇边的浅笑当即加深了些：“就是他，下次见到，让他给你揍一拳，走了。”

姜暮一头雾水地拉开车门，并不知道靳朝是以为她嘴唇破了才委

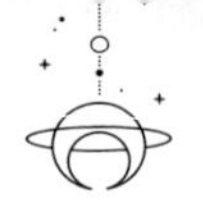

屈的。

靳朝从后备厢里将她的行李箱提了出来。这个地方还没施行垃圾分类，破旧的小区里，几个大的垃圾桶堆在一起，散发出难闻的味道。姜暮屏住呼吸，靳朝看了一眼，低下头说："苏州现在发展得挺好的吧？"

姜暮有些接不上话，两地的确有些差距，但这里是靳朝生活的地方，她不好意思表现出任何优越感，回道："还行。"

靳朝走在前面，落下一句："要是住不惯就跟我讲。"

姜暮不知道靳朝是什么意思，然而当跟着他走进楼里后，强烈的对比还是让姜暮多少感觉到不适。

楼道墙体开裂，局部墙皮已经脱落，甚至二楼连扶手都缺失，钢筋裸露出来，楼梯也很窄。有些人家门口还放着大坛子，让本就逼仄的空间显得更加拥挤、阴暗。这地方有点像他们小时候住的那个老小区，可是姜暮和妈妈好多年前就搬进有电梯的商品房了，那里有宽敞的阳台和落地窗，小区绿化宜人，各项设施齐全。而靳朝的生活好像按下了暂停键，还停留在九年前，不曾变过。想到这儿，姜暮感觉有些心酸。

靳朝一口气爬到五楼，他很轻松地提着行李箱，而姜暮已经累得气喘吁吁。他看了她一眼，笑着摇了摇头："爬几层楼梯把你累成这样？"

"是啊，感觉像翻了一座山。"

"身体素质有待提高。"靳朝评价道。

姜暮问他："为什么你爬楼都不带喘气的？"

靳朝掏出钥匙："练出来的。"

姜暮脱口而出："怎么练，背着你妹练的吗？"

话说出口，两个人都愣了一下。从前，他们苏州的老房子在二楼，不算高。小时候姜暮喜欢缠着哥哥背她上楼，她勾着他的脖子，小脚在他身旁一晃一晃的，靳朝总是一口气背着她冲上楼，楼道里充满了他们兄妹俩的笑声，那似乎成了他们之间的一个小游戏。

在得知靳朝有了新妹妹后，姜暮做过几个相同的梦。梦中，靳朝背着他的新妹妹冲上楼，而她只能站在楼外，那种被遗弃的感觉令她难受得无以复加。

可能是潜意识里的想法作祟，姜暮脱口而出时已经后悔了，她无措地看着靳朝。靳朝没有说话，适时打开了家门。

一门之隔，姜暮仿佛来到了另一个世界。这是一个对她来说完全陌生的家。

靳强从沙发上站起身，接过靳朝手中的箱子，探头瞧着他身后的姜暮。在姜暮的想象中，父女多年未见，场面应该会很激动人心，起码来个久违的拥抱，她会含泪喊声“爸”。

但是事实并非如此，预想中的场面都没有出现。姜暮已经不是从前那个黏人的女孩了，更多时候她习惯将情感都压在心底，而靳强只是客气地让她快进门，两人明明是血脉相连的关系，却生疏得像初次见面。

从厨房走出来一个微胖的中年女人，她皮肤偏黑，身上系着红色花样的围裙，收拾得不算利索。姜暮和她对视了一眼，不尴不尬地叫了她一声：“阿姨。”

赵美娟不算多热情地点了下头：“来了啊。”然后对靳朝说，“把面条捞出来。”

靳朝闻言走到一边去盛面条。靳强搓了搓手，局促地扫了一眼沙发，对姜暮说：“累了吧，先坐下歇着。”

姜暮脸上挂上不太自然的笑意，但由于她本就不太爱笑，表情看上去更加僵硬。她快速地打量了一下这间房。客厅里放着一张三人沙发，上面铺着驼色的沙发垫，左边是一张长方形的木质餐桌，一侧桌腿用几张折叠的纸垫着；客厅角落有个稍旧的婴儿椅，似乎已经不使用了，上面堆的全是生活用品，让客厅看上去更加杂乱。

姜暮刚准备坐下，突然余光看见一个小孩从房间里跑了出来，横冲直撞地撞在她身上。姜暮猛然吃痛，差点没站稳，惊出一身汗，扶

住小孩的同时看见她没有头发，满头满脸全是大块白斑，她下意识地惊呼一声。

赵美娟从厨房里走了出来，正在盛面条的靳朝抬起头，靳强一把扯过那个孩子，所有人的目光都停留在姜暮惊恐的表情上，时间仿佛瞬间静止了。

直到那个孩子突然毫无征兆地大哭起来，赵美娟几步冲了过来，恶狠狠地瞪了靳强一眼，将孩子抱回房间，将房间门重重一关。姜暮的身体也跟着猛地一颤。

靳强有些难为情地揉了下头发，对姜暮说："小昕几年前得了白癜风，现在还在接受治疗，吓着了吧？"

姜暮赶紧收起自己惊恐的表情，整个人变得无所适从，忽然意识到刚才那一声惊呼让所有人都陷入了难堪的境地。

正在她无措之际，靳朝转过身将一个空碗放在桌上，对她说："洗个手过来，吃多少自己盛。"

姜暮终于找到了台阶，赶忙听从靳朝的话逃离了这个空间。她走进厨房，打开水龙头洗了一把脸，双手撑在洗手台边半晌才缓过劲来。

等她再走出厨房时，脸上的慌乱已经很好地隐藏起来，她下意识地去看那扇紧闭的门，里面的哭声渐止，赵美娟也没出来。

单亲的成长环境让姜暮对人际关系异常敏感，她心不在焉地拿起一个空碗，然后用筷子把一个大碗里的面条一点一点捞到自己的小碗中。

靳朝看见姜暮正魂不守舍地从他碗里捞面条，他挑了下眉，问道："你在干吗？"

姜暮抬起头，一脸茫然地回道："在盛面条。"

"要盛去锅里盛，你在我碗里捞什么？"

姜暮愣愣地看着那个大碗，试探地问："这……不是汤碗吗？"

靳强和靳朝一时无言，最后还是靳强开口道："暮暮，你手上那个小碗是装蒜用的。"

姜暮看见靳强面前也放着同样大的碗，尴尬地准备把面条还给靳朝，他用手挡了一下，对她说："吃吧。"

随后他重新盛了一碗，在离姜暮不远的地方坐了下来。桌上只有两道菜——红烧羊骨和白菜炖粉条，不像在姜暮家中，即使她和妈妈两个人吃饭，妈妈也会弄个三菜一汤，而且用精致的餐盘装着。可眼前装这两道菜的碗在姜暮看来比脸盆小不了多少。

粉条出锅有一会儿了，已经坨在一起，姜暮试着用筷子夹了一下没夹起来。靳强看见后直接用勺子挖了一大勺盖在她碗中的面条上，直接把姜暮盖蒙了。她愣愣地看着面前超出她平时三倍的饭量，不知道从哪里下口。

无论南北，每个地方都有对饮食讲究和不讲究的人，可偏偏靳强和赵美娟就不那么讲究，在他们看来，吃饭就是填饱肚子，比卖相重要，更不会像姜迎寒那样在意摆盘。

靳朝用筷子卷起面条还没送入口，便看见盯着碗发愣的姜暮。他放下筷子，将自己面前那碗没动的面条推给她，单手一钩将那碗盖满粉条的面钩了过来。

靳强见状，说了靳朝一句："你好好的换过来干吗？"

靳朝平淡地回道："她有手，吃什么自己弄。"

姜暮没吱声，靳强招呼她："别不好意思。"

姜暮点了点头，埋头吃面。奈何她吃不惯葱、姜、蒜，只能用筷子把它们挑出来，放在碗边。

靳强看见了，喝了口汤，似乎想起什么不悦的往事，忽然说道："给你那个妈养的，跟她一样。从前我炒菜放片生姜她都要跟我吵，就她穷讲究。"

姜暮被呛了一口，停下挑葱的动作。

靳朝用筷子敲了下碗边，没什么表情地抬起头，落下两个字："吃饭。"

房间门突然开了，赵美娟牵着靳昕走了出来。靳强对着靳昕说："小昕啊，这是你姐姐，喊人。"

尽管姜暮并不想直视这个长相过于怪异的小女孩，但出于礼貌，她还是放下筷子，抬起视线看向她。她这一看才发现小女孩长得尖嘴猴腮，还有一对招风耳，也许是剃掉头发的原因，让她的双眼显

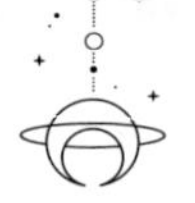

得格外突出又瘆人，让姜暮顿时联想到《哈利·波特》里面那个小精灵多比。

小女孩并没有理睬靳强，而是凑到靳朝面前，看都不看姜暮。

靳强有些严厉地训斥道：“让你喊人呢！”

话才说完，赵美娟就喊道：“没看小孩刚才被吓到了？吼什么吼？她哪儿认识什么人！”

空气中充斥着尴尬，姜暮倒是无所谓小女孩喊不喊自己，就怕把这小孩又给整哭了。然而靳朝一把扯起小女孩放在旁边的椅子上，声音清冷地对她说了句：“叫人。”

这两个字将刚才那股尴尬的气氛推至顶点，姜暮刚准备出声说“算了吧”，小女孩低头看着自己晃动的脚，突然叫了她一声：“姐姐。”

姜暮多少有些讶异，她能感觉出来小女孩并不怎么喜欢自己，但她很听靳朝的话。

在靳昕坐下来后，靳朝去洗了洗手，然后抓起羊骨将上面的肉撕成小块放进空碗里。姜暮心不在焉地盯着他。在家里时，妈妈会把排骨类的食材剁得很小，吃起来也很方便，所以猛然看见这么一整根骨头的时候，姜暮压根儿不知道要怎么下口，以至她只吃着碗里的面条，一口菜都没夹。

靳朝将羊肉全部撕下来放进小碗，又把小碗放在靳昕旁边，姜暮这才知道他是给他那个妹妹挑肉。这一幕似曾相识，却又无比陌生，就好像从前梦中的点滴被放大，展现在面前，她依然没什么表情，心里却生起一股不明的情绪。

靳朝抬眸对上姜暮发愣的目光，垂下视线，顺手捞了个干净的空碗，直接把靳昕面前那碗羊肉倒出一大半，沿着桌子往姜暮坐的地方一推。这碗顺着木桌滑到姜暮面前，不偏不倚地靠在她的碗旁，发出清脆的“叮”的一声。

姜暮微怔，看着面前碗里的羊肉，心里那股躁闷刚退去一点，便听见对面的靳昕闹道：“凭什么她的比我的多？”

靳朝眼皮都没抬一下地回道：“她是客人。”

“客人”两个字忽然扎在姜暮心中，那刚退去的躁闷再次席卷而来。

一句话让靳昕不再闹了，但姜暮并没有感觉多痛快，而后她感觉一道目光落在自己的脸上，她抬起眸的瞬间对上靳朝的眼神。他吃面很快，大碗里已经空空如也。他身子斜靠在椅背上，似有若无地睨着她，好像能看到她的心底。姜暮脸色涨红地瞥过眼去。

吃完饭，靳强让姜暮把材料拿给他，他明天中午抽空去趟铜岗附中，帮她把手续递过去。

姜暮从行李箱里把文件袋拿出来，放在桌子上，然后将文件袋打开，把材料一样一样拿出来。等她再回头的时候，就看见靳昕拿着她的身份证明材料趴在地上准备折纸。

姜暮脸色一白，刚要冲过去，一道人影突然出现在她面前，从地上提起靳昕，然后拿起那张身份证明材料压在桌子上。靳强正好凑过来看，便是那一瞬，姓名栏里明晃晃的“姜暮”二字让两人都愣了一下，好像在提醒所有人，她跟他们早就不是一家人了。不过靳强并未多说什么，只是叹了口气，然后将材料收了起来。

之前姜迎寒给姜暮准备了一点上好的茶叶和一台学习机，让她带给靳强和她那个同父异母的妹妹，毕竟要麻烦他们一阵子。她把东西分别递给他们。靳强客气了两句，而那个小女孩没有任何反应，既没多高兴也没有说谢谢。

正好这时有人敲门，一个胡子男来找靳朝，似乎大家都认识他。靳强让他进来坐，那人没进门，就站在大门外说了句：“不了，叔叔，喊有酒出来抽根烟。”

靳朝跟他出了门并将大门掩上。姜暮的行李箱里还放着她偷偷为靳朝准备的礼物，用黑色迷彩包装纸紧紧包裹着。她等了一会儿，见靳朝还没回来，于是将东西拿出来，朝虚掩的大门看了一眼，起身拉开门走了出去。

楼道里弥漫着一股烟味，姜暮拿着那个特殊的礼物，心绪有些复杂。

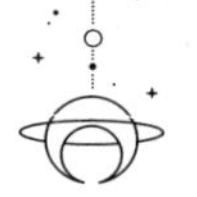

她还没靠近楼梯口，突然听见一个男人压低声音，情绪激动地说：“真要去啊？你不要命了？”

“啪”的一声，楼道里昏黄的声控灯突然亮起，姜暮的脚步声打破了黑暗。靳朝叼着烟靠在楼道的墙边，听见动静侧过头，眉峰微蹙了一下，盯着双手背在身后的姜暮。而他面前立着的是刚才来找他的胡子男。那个男人穿着短裤和拖鞋，不修边幅。

两人的声音戛然而止，胡子男吊儿郎当地打量着姜暮。她穿着白色的雪纺衫，下身是米色的高腰阔腿短裤，冷白色的皮肤下是江南女子特有的小骨架，长相秀气，让人眼前一亮。

胡子男露出一抹感兴趣的笑意，问靳朝：“你亲戚？”

姜暮的目光缓缓地落到靳朝身上，她想听听他会怎么跟别人介绍自己。然而靳朝什么话也没说，只是对着楼梯口抬了抬下巴。那人无奈地说道：“行吧，你自己再考虑考虑，我先走了。”说完，他侧过头又看了一眼姜暮，对她说：“下次出来玩啊，小美女。”

姜暮还没回话，靳朝抬起眼皮冷扫了他一眼，胡子男笑着大摇大摆地下了楼。

楼道再次恢复安静，姜暮无声地看着靳朝抽完最后一口烟。他的下颌线锋利、流畅，一直延伸到清晰的喉结，整个轮廓染上了昏暗的光，凌乱的楼道仿佛成了布景，像一帧老旧的电影画面。这个样子的靳朝让姜暮无比陌生，仿佛他周身围上了一层难以靠近的荆棘。

直到楼道的声控灯自动关了，黑暗中火星子一闪，靳朝将烟头踱灭，缓缓地转过头来，出声道：“找我？”

灯再次亮起来的时候，他黑沉有力的目光已经锁住她。明明只是送个东西，很简单的一件小事，姜暮却觉得这样被他瞧着，哪儿哪儿都不自然。她朝他靠近两步，从身后拿出那个礼盒递给他，说道：“给你的。”

靳朝目光微垂，落在那个长方形礼盒上，他单手接过，眼睛却看着姜暮，平淡无波地说：“别乱花钱给我们买东西。”

姜暮的目光也停留在那个长方形礼盒上，眼神微动，回道："还是有必要的，毕竟我是客人。"说完，她抬起视线，看见靳朝将手中的长盒在掌心转了一圈，眼角溢出一丝不易察觉的笑意。

Chapter 2

最熟悉的陌生人

“不是什么正面人物。别在学校说认识我。”

靳强住的房子只有两个房间，靳昕都快8岁了，还是和父母挤在一个房间里，而另一间小房间就是姜暮晚上的落脚点。

奔波了一天，姜暮打量着这间不到十平方米的房间。有一张木色的写字台，上面空无一物，像被人刻意收拾过。墙上挂着一只很大的飞镖盘，上面有三支飞镖扎在正中红心的位置。姜迎寒提前帮她寄过来的两箱衣物用品整整齐齐地靠在墙角。她不知道是不是靳朝帮她搬上来的，但脑海中出现了他扛着箱子一口气爬上五楼的画面。

房间墙上的白色乳胶漆有些泛黄，矮床上的铺盖却很干净，透着阳光的味道。姜暮猜想，这间房间会不会是靳朝的卧室。

她住进来了，靳朝睡哪儿？

晚上，姜暮还特地打开房门出去看了一圈，发现靳朝并不在家。他好像已经出门了，她给他的那个礼物盒放在客厅的摆台上，没有拆过，这让她有些失落。

第二天，姜暮跟着靳强去了趟学校。铜岗附中离靳强家不算近，姜暮稀里糊涂地跟着靳强转了两趟公交车才到地方。

这所学校在铜岗城中心，年代比较久，生源在当地的公立学校里排得上前三名，唯一不方便的是，城中地皮资源紧张，学校周围早被开发了，没有多余的地皮扩建学生宿舍，所以学生基本得走读。

在姜暮小时候，但凡碰上家长会或需要请家长的学校活动，去的都是姜迎寒，而靳朝学校有事都是靳强去，那似乎成了家里一个不成文的规定。这就导致直到离婚，靳强都没有什么机会参与姜暮的学习活动。姜暮小时候每年文艺会演邀请家长，都是姜迎寒到场。纵使她苦练拿下全校第一的成绩，姜迎寒也不会大肆夸赞，顶多给她买一顿肯德基快餐作为奖励。看着别的爸爸把孩子高举过肩，她有没有羡慕呢？多少还是有的,但她不会在妈妈面前表现出来。没想到这么多年后，她居然还能被爸爸领着进学校见老师，心情挺微妙的。

铜岗附中比姜暮原来的高中占地面积还要大，一进校门，靳强就对她说："你妈打电话给我后，我跑过几趟，找的是靳朝原来的班主任马老师。人家看你以往成绩都不错,帮了不少忙。待会儿见到人客气点。"

姜暮扫了一眼靳强手中用红色塑料袋包了好几层的东西，不知道里面是什么，只是听见他的话，有些诧异："哥？你是说靳朝原来在这里读高中？"

"可不是嘛。"

姜暮试探地问："听说他高中后就不读了，为什么？"

靳强看了她一眼，局促地捏了捏手里的塑料袋，含糊地说道："学不下去了。"

姜暮看着教学楼红砖式的外墙，上面挂着"小事成就大事，态度决定未来"的校训，十二个大字在阳光下熠熠生辉。她想不通靳朝怎么就学不下去了，好像在与他错失的那些时光中，他彻头彻尾地变成了另一个人。

姜暮跟着靳强找到了办公室，见到了他口中的马老师。他是个大约40岁的中年男人，长相太有特点，鼻子旁边有颗巨大的痣，上面隐约长着一撮毛，讲话的时候那撮毛还会随着皮肉颤动，让人难以挪开视线。

办理手续的时候，马老师问姜暮过去的学习情况："我看英语和语文都是你的强项，怎么之前高考下滑了这么多？"

姜暮随意回道："没发挥好。"

谁料马老师突然提到了靳朝："那你应该多向你哥学学，他那个心理素质啊，前一天跟人打架打到右胳膊脱臼，吊了一夜点滴还能带着左胳膊来，考进年级前十名。"

姜暮怔了一下，马老师接着嘀咕了一句："不过你和你哥长得倒不太像啊。"

靳强在旁边陪着笑了笑，没接话。姜暮低着头没吱声，要是以前，她可能还会反驳一句"小时候挺像的"，毕竟那会儿家门口的人都这样说，但现在她还真说不出口。

办完手续，靳强让姜暮自己去学校转转，他要和马老师聊两句。

姜暮一直下到二楼，站在窗台前。前方是空旷的大操场，右边连着个篮球场，因为放假，没多少人，烈日的光晕洒在操场上，一切都是全新的开始。

她回过身看见走廊里有橱窗，便踱步停在橱窗前。橱窗里展示着学生竞赛的介绍，还有学校过往举办的一些活动，图文并茂。

意外的是，她居然在那些照片中看见了一道熟悉的身影。那是一场接力赛，跑道上的男生回过头接住后面一棒的画面被永久定格。少年浑身的肌肉都紧绷着，眼里是无法阻挡的冲劲，阳光正好，青春四溢，场边的学生都激动地站起来，高举着双手。好像还能透过这张照片听见画面中疯狂的欢呼声。仿若画面中的靳朝才是她想象中的样子，可到底发生了什么让他在不久后放弃了学业？

姜暮驻足良久。她再次走回马老师办公室时，看见靳强将那个包了很多层塑料袋的东西拿了出来，里面是两条烟。他往马老师手中塞，马老师推了好几次，靳强干脆往他桌子上一放，转身就招呼姜暮走了。

姜暮脑海中浮现出姜迎寒出国前嘱咐她的话。

"我要把你的生活费打给你爸，他没要。你过去后别花他的钱，免得到时候又给他机会在背后说我不近人情。"

姜暮没明白她妈妈是什么意思，倒是记着让她别花她爸钱这句话。

回去的路上，她问道："两条香烟多少钱？我妈说，要是有用钱的地方，让我拿给你。”

靳强在喉咙里闷哼了一声，说：“所以说，你妈这个人把钱看得比什么都重。告诉她，我不像她那么心胸狭隘。”

姜暮同样没明白，怎么拿钱给他就心胸狭隘了？

靳强见她一直不说话，又找补一句：“你也别多想。你哥前几年的事让马老师操了不少心，算我还他个人情，不完全为了你。”

姜暮还想问问前几年靳朝出了什么事，结果靳强还要去上班，把她送到小区门口就走了。这让她对靳朝身上所发生的事越发好奇，特别是想到昨晚那个胡子男的话，她心里就毛毛的。

姜暮回到家后，赵美娟给她开门，告诉她锅里有水饺，让她自己盛着吃。

姜暮从小就挑食，从前爸妈还没离婚的时候，家里只有靳朝能连哄带骗治得了她。他把姜暮讨厌的所有蔬菜编成童话故事，一边跟她说一边趁她听得入神喂进她的嘴里。

自从靳朝跟着靳强走了后，姜迎寒拿她没办法，越是凶她，她越是挑食。那些难吃的蔬菜失去了哥哥注入的灵魂，变成了难以下咽的食物。姜暮小升初的时候一度营养不良，姜迎寒急得到处带她看中医。大了些后虽然好了点，但她还是很不喜欢吃面食。来到这里后，吃了一顿面条、两顿饺子，她整个人都不好了。她不好意思当着赵美娟的面点外卖，只能盛了五个饺子出来，一个人坐在桌子边吃。

赵美娟在桌子的另一边教靳昕做数学题。十分钟过去，题目还停留在4+7这道加法算式上，赵美娟明显有要发飙的架势，嗓门越来越大，最后吼道：“瞅瞅你这脑子，真讷，脑花儿都长波棱盖上了？”

“嗯？！”

姜暮生活在南方，很少听见这么新奇的骂法，余光瞥见靳昕一脸呆痴的模样，她都替她捏把汗，便趁着抽纸巾的当口竖起两根手指。

靳昕果然看了她一眼，说道：“4+7等于2。”

“……”

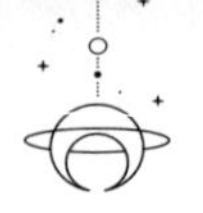

姜暮果断起身走进厨房，把盘子洗了回了房。

一下午姜暮都能听见门外赵美娟狂吼的声音。伴随着怒吼声，她居然睡了一觉。晚饭依然是饺子，姜暮十分艰难地又塞了五个下肚。靳朝一整天都没有回来，吃饭的时候姜暮随口问了一句，靳强只说：“他事情多，不用管他。”

夜里姜暮躺在床上翻来覆去，她总是想起昨晚在楼道里听到的那句话：“真要去啊？你不要命了？”

靳朝要去哪里？他要干什么？那个胡子男故意不进门，明显是不愿意让靳强他们知道。难道是什么危险的事？靳朝现在不上学，到底整天在干吗？……

一堆问题扰得姜暮毫无睡意。她拿出手机打开微信，又点开添加手机联系人，果然搜索到了靳朝的微信。他的微信昵称也很简单，就一个字——“朝”，头像是一只很酷炫的酒瓶。她犹豫了几秒，按下添加好友的按键，然后静静地等待着。五分钟过去了，手机页面没有任何变化，姜暮脑海中浮现出马老师白天说的话——靳朝跟人打架把胳膊打脱臼了，莫名一阵心慌。他要干什么不要命的事？不会要去杀人放火吧？

想到此，姜暮又狂点了几次添加。半分钟后，对方终于有了动静。姜暮的手机响了一声，提示好友申请通过，紧接着“朝”发来一个问号。

这个问号把姜暮问愣住了。她要怎么回？回“你干什么去了？”，那不是莫名其妙吗？她纠结了半天，想着怎样才能套出靳朝的话，结果组织了半天的语言只回了一句：“你在哪儿？”

彼时的靳朝正在邺巷后街的烧烤摊子跟金疯子等人谈事情。本来话题还挺严肃，靳朝的手机突然响了一声，他没管。没一会儿，手机声便开始狂轰滥炸，一桌大老爷们儿都停住话头，把目光落在靳朝身上。靳朝皱着眉不耐烦地把手机拿出来，看见一条好友申请，点开后是一排申请记录。一看是个女的，他刚准备重新锁屏不予理会，突然又拿到眼前看了眼微信名——起床困难户，头像是个戴着卡通兔子耳朵的月亮。他低着头点进对方朋友圈扫了一眼，只能看最近三天的内容，只有一条“再见，我的大苏州”，配着一张苏州站的照片。

靳朝退了出来，通过申请，然后发了个问号过去。

姜暮那条微信发过去后，又过了两分钟，靳朝才发来一条：“还不睡？”

姜暮扫了一眼手机上的时间，还有五分钟就到半夜十二点了，的确挺晚，但她睡不着，干脆随便找了个理由：“饿了。”

靳朝不时地低头回信息，几个兄弟实在看不过眼，话题一转，笑道：“有酒，跟谁发信息哪？”

另一个人插话道：“不会是姑娘吧？你有情况了？”

靳朝没说话，手机一锁，突然站起身。一帮人莫名其妙地看着他，他招了下手埋单，然后对他们说：“你们喝，我有点事。”说完，他往巷口走去，拦了辆出租车。

姜暮半天没收到靳朝的回信，便点开他的朋友圈想看看他的生活状态，结果他的朋友圈设置了权限，她什么都看不见。

姜暮躺在床上打了个滚，本来只是随便说说，结果她真的饿了，肚子直叫，五个饺子真的不顶饱。她摸着肚子从床上坐了起来，刚准备和水饺妥协，手机突然又响了。

朝：“下来。”

姜暮一个激灵，光着脚从床上跳下来，拉开窗帘就往楼下看去。皎洁的月色下，一道黑色的身影立在车棚边，正目光沉稳地注视着楼上，烟在他手中闪着淡淡的光。

姜暮看着楼下的身影，手心出了一层薄薄的汗，她有点激动，不知道是怎么回事。她转身从白天收拾的衣柜里扯出一件宽大的连身落

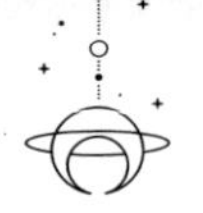

肩T恤套在身上，然后轻手轻脚地打开房门。客厅里一片黑暗，她静静地走到大门旁，打开家门再轻轻合上。

关上门的一刹那，姜暮心里忽然升起一股久违的兴奋，以至脚步越来越快，几乎是跑下了楼。这让她想起小时候哥哥偷偷带她去很远的模型店跟别人比赛遥控赛车，那时她觉得真刺激。

姜暮的身影还没出现，站在楼道口的靳朝就听见了她轻快的脚步声，脚步声快到一楼的时候他踩灭了烟。

然而，姜暮在二楼拐弯处停住了，又故作淡定地理了理头发才出现在靳朝面前。靳朝的眸子在漆黑的夜里明亮有力，目光落在她刻意压住喘息的脸上，停留了一秒后他转过身，嘴角轻轻扬了一下。

姜暮跟在他的身后问道："去哪儿？"

"不是饿了吗？"

"嗯，我们去吃夜宵吗？"

"不然呢？去捉鬼？"

"……"

姜暮跟在他身后保持着一步距离。她看见他身上的衣服换过了，变成了一身黑——黑色T恤加黑色长裤，高大的身躯走在夜色下像个黑老大。她亦步亦趋，始终走在他的影子后，他往左，她也往左，好像这样被他的影子笼罩着，有种莫名的安全感。

一直到出了小区，靳朝突然停住脚步，回头问道："在我后面蹦跶什么？"

姜暮也猛然停住脚步，抬起头望着他。这一看她才发现靳朝现在可真高啊，她才到他的胸口，要不是知道他和自己没有血缘关系，她真要怀疑自己的基因是不是变异了。

随后她胡扯道："不是要吃夜宵吗？活动活动待会儿多吃点。"

靳朝嘴角一斜转回头去，这个表情对于姜暮来说是陌生的，面前的人若不是靳朝，姜暮大概率会被这种邪痞的表情吓到，可又不得不说，这个表情出现在靳朝脸上莫名地帅气。

然而就在他转过身之际，姜暮闻到了他身上的酒味。靳朝往马路对面走，他腿长，才几步就已经走出去好远，姜暮赶紧跟上去问道：“你喝酒了？”

“嗯。”

“你经常喝酒吗？”

话音刚落，一道车灯打了过来，姜暮的胳膊被一道强大的力量向前拖拽，她惊魂未定地看着身后狂飙的私家车，听见靳朝声音低沉地说她：“这么大了，过个马路不知道看车？”

他的手掌有些粗糙，在她肘间强势地箍着，像烙铁，他身上的酒味更加清晰，裹挟着男人的野性。明明自己是被靳朝从蹒跚学步一路牵到幼儿园再到小学的，可此时此刻他的手攥着自己的胳膊，完全陌生的肢体接触让姜暮猛地抽回手肘。她的动作过于激烈，以至靳朝顿了一下。

自从姜迎寒将过去的事告诉姜暮，再次面对靳朝，姜暮的心态的确发生了微妙的变化，她已经无法完完全全把他当作从小一起长大的哥哥，细微的陌生感都在提醒她，他们流着不同的血。

姜暮为了掩饰自己过激的举动，率先大步走在前面，且走得飞快，就连落肩的半长发都飞扬了起来。直到几分钟后她才察觉到不对劲，回过头去的时候发现靳朝依然立在路边，双手抄兜平静地看着她。在她转身的一刹那，他眼里挑起一丝玩味：“认识啊？”

“不认识。”

“不认识还带路？这边。”说完，靳朝着另一个方向走去。姜暮灰头土脸地转身跟他走。

靳朝带着她走了大约十分钟，便来到一条挺热闹的街道。路边上摆的全是摊子，他停下脚步问她：“火锅？”

姜暮摇了摇头。

靳朝又问道：“烧烤？”

姜暮还是摇了摇头。

靳朝指了一下街对面一排店：“自己挑吧。”

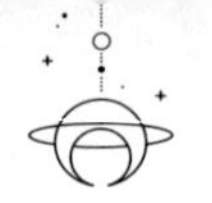

姜暮用余光瞥着他：“挑哪家都可以吗？”

靳朝淡漠地扬着下巴。

“那就生意最好的吧。”

靳朝带着她直奔街尾那家海鲜店。店里面已经坐满了人，他们勉强在外面找到一张桌子。

这家店海鲜很齐全，用玻璃柜装着，一目了然。

靳朝把菜单扔给她。结果姜暮认认真真地来回看了两遍，抬起头对他说：“来碗海鲜炒饭。”

靳朝挑起眼皮，无声地扫了她一眼，接过菜单勾选了几道招牌菜，然后把菜单递给服务员。

等菜的过程中，靳朝坐在姜暮对面低头看手机。姜暮的目光好几次瞟到他的脸上，她欲言又止，后来实在忍不住，问道：“你就没话对我说吗？”

靳朝的目光没有从手机上移开，他开口说道：“说什么？”

“比如我现在怎么样之类的，或者我的生活，你就不好奇吗？”

靳朝这才缓缓地将手机放了下来，往椅子上一靠，黑沉的眼睛盯着她看了两秒，忽然问了句：“继父怎么样？”

姜暮没想到他问的是她最不想谈论的话题。她冷漠地回道：“不怎么样。”

靳朝语气很淡地说：“不怎么样就是你自暴自弃的借口？”

姜暮的瞳孔颤了一下，靳朝一针见血的话让她无言以对，她沉默了几秒才回：“我没自暴自弃，我的水平就那样。”

靳朝轻笑了一下，没再说话，可他这个笑让姜暮更心虚。关于这次高考，她对所有人的说辞都是“发挥失常”，连姜迎寒都认为她是身体状况不好才影响考试的，靳朝却好似一眼就看出了她心里的小九九，这让姜暮有些震惊。但是靳朝没点破，姜暮就装作没听懂。

就在这时，一辆从路边开过去的出租车突然掉头开了回来，停在他们边上。

随即从车上下来三个男人，直奔他们而来。带头的金疯子张口就嚷道：“哟嗬，我当你有什么急事，结果夜半歌声来了。”

三个男人走到他们这桌旁，扯过板凳就大大咧咧地坐了下来。原本折叠桌就不大，三个身材魁梧的男人中有两个分别坐在桌子两边，金疯子直接挤到姜暮边上，还没坐下来，靳朝就利落地抬手握住姜暮坐的板凳边沿，将她连人带凳子一起拖到自己这边。

姜暮瘦小的身躯藏在宽大的T恤中，像个人形玩偶一样被靳朝拖到他的旁边。她有些诧异地望着这三个看上去就不像好人的男人。

靳朝似乎并不打算向她介绍。他左手边一个戴着大块玉佩的男人直盯着姜暮瞄，调侃道：“酒哥原来喜欢年纪小的啊。也没见你带出来耍，藏得挺严实。”

对面那人附和道：“怪不得吃完二轮还要跑来吃三轮。我们刚才在车上差点以为看错了，还是金子眼尖。”

靳朝冷着声：“别胡说八道，我没那个嗜好。”

金疯子这会儿认出姜暮了，他凑近一看，“呀”了一声：“这不是昨天你车上那个小女友吗？”

几句玩笑弄得姜暮无所适从，她盯着靳朝看了一眼。靳朝没有看她，垂下眼睫开口道：“我妹。”

正好服务员上了一罐可乐，靳朝单手将易拉罐打开，推到姜暮面前。她赶忙抱着可乐喝了起来，可乐是冰的，她心里却因为“我妹”两字暖了起来。

对面那位大哥紧接着道：“你妹不是才上小学吗？怎么又掉下来个这么大的林妹妹？亲的还是干的？光腚长大的那种？”

靳朝招了下手，又让服务员上了几瓶啤酒，然后回道：“烦不烦？人口普查？”

姜暮低头喝着可乐。准确地说，她既不是亲的，也不是干的，至于光腚长大，那还真被这人说对了。她小时候黏靳朝，经常洗完澡就爬到他床上玩，玩累了倒头就睡。3岁以前她偶尔会尿床，有时候半夜靳朝抓狂地把她拎起来，然后全家人手忙脚乱地替她找盆洗澡，换衣服，

以致她都上小学了，家人还会把这件事拿出来当笑话讲。不过3岁以前的记忆她已经很模糊了，只能记得上幼儿园的时候，她还和靳朝一起洗过澡。那时的很多事她都记不得了，可不知道为什么，她到现在都记得靳朝的身体构造和自己不一样，因为那会儿她还奶声奶气地说过："哥哥，你身上有个棍子。"本来应该不怎么记事的年纪，姜暮却对这件事印象深刻，因为她依稀记得靳朝慌乱地背过身去的样子，也记得好像是那次以后靳朝再也不肯跟她一起洗澡了。

想到这里，姜暮忍不住用余光去看身边的靳朝。如今的他，即使穿着宽松的衣服也能看出身躯无比结实，想到自己从前尿床，还被他扒得精光扔进盆里，姜暮就感到脸上火辣辣的，说不出地窘迫。

靳朝似乎是感受到了她的异样，睨了她一眼。姜暮赶忙将头转开，一副别别扭扭的样子。

靳朝将刚上的香辣蟹往姜暮面前移了移。这些人都吃过两轮了，这会儿只喝了点酒。偏偏靳朝点了不少东西，比如新鲜的海胆、小鲍鱼、大鲁子、皮皮虾，所以基本上是一桌大老爷们儿陪着姜暮吃。

姜暮是真饿狠了，胃口一开倒是吃得很欢。特别是靳朝推到她面前的香辣蟹，她从前怕麻烦，很少吃这道菜，眼下尝了一个后发现味道竟然不错，肉质也很肥美，一吃就根本停不下来。她吃她的，他们聊他们的。

聊天的时候，金疯子突然说："有酒啊，你听我的，最好找个地方练练。我听说老万才找的几个小年轻都不是吃素的，你到时候——"

靳朝突然将酒杯往桌上一磕，抬起食指动了一下，金疯子立刻止住话头。一帮人都是"老江湖"了，立马转移了话题。

靳朝又看了姜暮一眼，见她吃得很专心，好似根本没有听他们说话。他又看了看时间，将姜暮暂时无心理会的海鲜炒饭端到自己面前，然后拿了双干净的筷子。

虽然姜暮嘴巴一刻没停，但该听到的话她都听进去了，只是听了半截。靳朝要练什么？和那件不要命的事有没有关系？她的耳朵竖得老高，偏偏他们突然转移了话题，聊起什么三元催化和燃烧室积碳之类的，完全触及她的知识盲区，她压根儿听不懂。

海鲜炒饭被靳朝端走了，姜暮以为他要吃。她抽了几张纸巾刚把手擦干净，靳朝就放下筷子，将炒饭往她面前一搁。她这才发现炒饭一口没动，而靳朝面前放着一堆刚从饭里夹出来的葱姜蒜。

见她看了过去，他淡淡地催促道："不睡觉了？快点吃。"

靳朝似乎并不想让姜暮在外面久留，把炒饭递给她后，他的手指就无意识地敲着手边的烟盒，似乎在催她快点吃。姜暮动了两口就吃不下了，对服务员说："打包。"她想着，以防明天中午还得吃水饺，先打包为上。

另外三人看她细嚼慢咽几口就结束了，不免觉得好笑。靳朝刚带着她起身，戴大玉佩的男人就对靳朝打趣道："你这个妹妹挺好养啊。"

靳朝掏出手机扫码结账，顺口回道："给你养？"

姜暮没料到那个男人还真开口道："行啊。"说罢，瞄着姜暮，"小妹儿，跟我走，让你吃香的喝辣的，保准把你养得白白胖胖的，怎么样？"

姜暮下意识地往靳朝身后挪了几步，在座的三个男人都笑了起来。靳朝嘴角也略弯了一下，顺手拿起打包盒挪开板凳，突然想起什么，回身看着姜暮问道："嘴还疼吗？"

姜暮之前一觉醒来早已忘了这茬，闻言摸了摸嘴唇："好像不疼了。"

靳朝"嗯"了一声看向金疯子，对姜暮说："还回去。"

姜暮愣了一下，她以为昨天靳朝是在跟她开玩笑。看着眼前有两个自己大的男人，她还真下不去手。

金疯子莫名其妙地抬起头："什么玩意儿？"

靳朝眼皮略垂，面前有一双筷子搭在桌子边，他一掀筷尾，筷子直接朝着金疯子飞去，正好砸在他的左胳膊上。"啪"的一声，像鞭子甩过去的声音，金疯子身躯一震，肥大的身体抖动了一下，他惊讶地

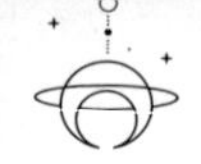

看着靳朝："干吗？"

靳朝轻描淡写地回："打蚊子。"然后对三人说："走了。你们喝。"

姜暮却有些愕然。年幼的时候她和小朋友玩被欺负了，靳朝总会替她出头。他走后，再也没人会挡在她身前，一晃这么多年过去，那种被人护着的感觉居然再次涌上心头。

两人一离开，三个男人便面面相觑，不约而同地把目光落在那堆挑出来的葱姜蒜上。

戴大玉佩的男人忍不住说道："那小妹儿什么来头，能让有酒这么关照？"

金疯子揉了揉被打红的胳膊，一脸看戏的模样："谁知道啊，你们说我要不要告诉小青蛇，表表我的忠心啊？"

"喝酒，喝酒……"

三个大老爷们儿同时笑开了。

回去的路上，靳朝没有带姜暮走大路，而是换了条近道。这一片都是城中村，相邻的矮房之间有很多条巷子。姜暮刚跟着靳朝走进巷子里，忍不住扬起了嘴角。

靳朝稍快她半步，扫了她一眼："笑什么？"

姜暮浑圆的眼睛弯成了月牙的形状，她故意压住嘴角说："蚊子真多。"

靳朝的眼里也浮现出一丝笑意。两人隔着半个人的距离走在阴暗的巷子中，没有路灯，月光也躲进了云层。通常，这么晚的情况下，姜暮是绝对不可能往这种巷子里走的，但是身边有靳朝，她竟然一点也不觉得有任何危险，即使她对这里一无所知。

只是想到那件不要命的事，姜暮还是十分好奇，她装作轻松的语气，问道："你明天干吗？"

"干活。"

"什么活？"

靳朝没说话，姜暮又问道："那后天呢？"

靳朝扫了她一眼："有事？"

"也……没啥事，就是想问问你平时都干吗。"

"赚钱。"说完，靳朝停下脚步，对她说："走前面。"

姜暮不明所以地往前走了几步回头，看到靳朝立在幽暗的巷子里，点燃了一根烟，他的影子落在脚边被拉得很长。他抬起头朝着她的方向淡淡地吐出烟雾，然后对她说："一直走。"

姜暮这才明白烟雾是往他身后的方向飘的，他让她走在前面便呛不到她了，很小的细节，却让姜暮有种被照顾着的感觉。

到拐弯的地方，靳朝会提醒她"往左"或者"往右"。

姜暮继续问道："除了赚钱，你还干别的事吗？"

身后没有声音，姜暮不死心地回头看。靳朝始终不疾不徐地落在她后面，沉静地注视着她，见她转回头，沉默了几秒才开口："干啊，吃喝拉撒浪，你问哪样？"

姜暮收回视线继续往前走，她知道她是不可能套出靳朝的话的。

姜暮沉默地抱着胳膊，T恤下的双腿被冻得起了一层鸡皮疙瘩。在苏州，这个时节即使晚上出去走一圈还是会出一身汗；但是在铜岗，明明白天那么晒，太阳一落山，空气就会变得冷飕飕的，让姜暮压根儿不知道穿什么出门好。

再往前是一条水沟，姜暮停住脚步，转过身问靳朝："往哪儿走？"

靳朝对她说："直走。"

"直走过不去了。"

靳朝停在她身后几步远，抽完最后一口烟，看着她抱着身体哆嗦的样子，细胳膊细腿都露在外面，白晃晃的，好像一捏就能断。小时候她可不是这样的，奶胖奶胖的小腿和胳膊跟藕节似的。靳朝眼里闪过一抹久违的柔软，他踩灭烟头，对她说："以后晚上出来多穿点，这里早晚温差大。"说完，他一步跨到水沟对面。姜暮看傻了，愣愣地站在那里，望着对面的靳朝问道："我怎么过去？"

靳朝回道："走过来。"

姜暮目测水沟的宽度，弱弱地问道："你不拉我一把吗？"

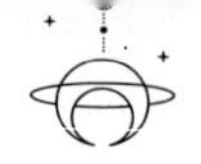

谁料靳朝一只手提着打包盒，另一只手直接抄兜，淡淡地回：“我身上有刺。”

姜暮立刻想到之前过马路时自己夸张地甩开他的动作，多多少少有点硌硬人的意思。但现在让她低头求靳朝拉她一把是不可能的，她往左看了看，又往右瞧了瞧，抬脚就准备绕行。

立在对面的靳朝不紧不慢地提醒道：“那头走不通。”

还没等姜暮往另一头看，靳朝又慢悠悠地跟了一句：“另一边是往回走。”

姜暮吹了下颊边的刘海儿，突然开始后退。靳朝扬起眉梢静静地看着她，就见她后退了几步，然后猛地加速朝着水沟冲了过来。

跳远这个体育项目初中就考过，虽然当时姜暮是补考才过的，但好歹几年过去了，她的身高也长了不少。带着一股谜之自信，她跑到水沟边奋力一跳。力气使得倒挺大，表情也很到位，但她愣是没跳出多远，眼看她的双脚就要落入臭水沟，靳朝抬手一把将她拽了过来。

等姜暮双脚牢牢地站在地面上，一颗心还在扑通地狂跳，有点后怕。而靳朝早已松开她，转身往前走去，留给她一个背影，顺带丢下一句评价：“四肢不协调。”

姜暮顿时就涨红了脸。这件事还要追溯到她刚上小学时，那时靳朝已经上六年级了。他同学听说他妹妹升到了一年级，做操的时候就问他谁是他妹。靳朝看着一（3）班队伍里的小人儿，笑道：“同手同脚的那个。”这件事导致一整年，六年级很多大哥哥看到她就喊她“同手同脚”，还围着她教她原地踏步，靳朝就站在人群外盯着她笑。姜暮小的时候倒不觉得有什么，长大了点才发觉被一群大哥哥教原地踏步是件多么丢人的事。

本来姜暮都已经忘了这些事，靳朝一句“四肢不协调”让她又想起自己的不足，小时候她还自以为长大了体育肯定会和哥哥一样好，毕竟他们是兄妹，有着同样的基因，现在她不会这样想了。

果然这条路很近，两人跨过水沟就到了小区对面。靳朝的手机响了起来，他长腿阔步地走在前面接通电话。不知道电话那边是谁，姜暮只听见他说：

“问题不大，明天你开过来我看看。”

“这几天都在，我不在的话你找小阳。”

“下个月啊？要看几号。我可能到时候会出去几天，你最好提前过来。”

直到进了楼道，停在家门前，靳朝才挂了电话。他掏出钥匙把家门打开。客厅亦如姜暮离开时一样，很安静，只有墙上的时钟发出轻微的“嘀嗒”声，她看了一眼，都快凌晨两点了。

姜暮走进洗手间重新刷了牙，等她再出来时才发现靳朝并没有走，客厅的灯也没开，他坐在沙发上看手机。

姜暮几步走到他面前，压低声音问道：“你晚上睡哪儿？”

手机的亮光打在靳朝的脸上，明暗交替，让他的面部轮廓看起来更加立体。他手上没停，回道：“你睡你的，我坐会儿就走。”

姜暮又问道：“你在外面有地方住吗？”

这下靳朝将手机锁屏，光线突然消失了，两人同时陷入一片黑暗中。姜暮只看见他朝自己弯了下嘴角，声音低沉：“怎么？想住我那儿？”

两人的目光无声地对视了几秒，姜暮率先败下阵来。她明白靳朝的意思，大概率是试探她是不是住不惯这里，但她的思维又开始无端发散。好在客厅很暗，她的脸色被很好地隐藏了起来，她撇过视线，丢下两个字：“再见。”然后径直回了房间。再次躺在床上时她已经有些困了，但还会下意识地听着外面的动静。

大约十分钟后，大门才有了响动。直到靳朝离开后，姜暮才稀里糊涂地进入梦乡。

第二天起来的时候，姜暮发现原本放在客厅摆台上的那个黑色迷彩礼物盒不见了，她积郁了两天的躁闷终于散了一些。

但她没有舒坦多久，因为紧接着一系列令她抓狂的事情发生了。比如，夏天她在家的时候通常一天洗两遍澡，早晨起来洗一次，晚上睡觉前还会洗一次，最少也得一天洗一次。但来到这里后她发现，赵

美娟他们都是三天洗一次。虽然这里的气候和江南不同，但大夏天的两天不洗澡基本等同于要了她半条命。更为煎熬的是，只要她一洗澡，赵美娟就用一种“身上是有泥巴？”的眼神瞅着她，搞得姜暮洗个澡跟要上战场一样，得做好坚强不屈的心理建设。

还有，靳强经常不在家，她需要长时间跟赵美娟和靳昕相处。关键是，靳昕大多时候不搭理她，赵美娟的话她又不大能听懂。

有一次赵美娟指着她喊：“要墩地。”

姜暮努力思索了好一会儿，认为她说的是蹲坑的意思，然后摆摆手说：“我不要墩地。”

赵美娟急了眼，嚷道：“墩地。”

姜暮见她挺急的，也就没逞口舌之快，就原地蹲下了。她蹲了半天才发现墩地是要拖地的意思。赵美娟叫她让开，姜暮若无其事地走回房间。晚上赵美娟就跟靳强说：“你女儿神经兮兮的。”

靳强还安慰她：“你体谅一下，小孩高考没考好，可能受了不小的打击。”

对此，姜暮一无所知，只是尽量把自己关在房中，减少出房间的频率，有时候除了吃饭、上厕所，一天也不出房门。

赵美娟让靳朝拿药的时候，还下楼跟他多嘴了几句：“那小姑娘八成有那啥抑郁症，一整天不出房门的。”

靳朝抬头瞥了眼五楼窗帘紧闭的窗户，耳边听着赵美娟没完没了的唠叨，她神色特别夸张地说道：“不出门每天还要洗澡，不都给洗秃噜了？”

靳朝面无表情地收回视线：“水贵还是命贵？”

赵美娟立马回道：“你不是废话嘛。”

“那你就给她洗。不是说有抑郁症吗？你也不怕她洗不到澡抑郁起来关在房里搞自杀？”

赵美娟一听，吓得脸都白了，赶忙跑回家。当天晚上九点姜暮还没出来洗澡，赵美娟特地敲了她房门两下提醒她：“水烧好了，赶紧洗澡。”

✧ ✧ ✧

之后几天靳朝似乎很忙，姜暮压根儿没见他回来过。靳强白天要上班，姜暮大多数时间得和赵美娟母女独处，这让她觉得别扭，好在她来铜岗没几天就开学了。

有一天在放学回去的路上，姜暮在公交车上看见一个开着黑色福特的男人长得很像靳朝。她觉得自己可能看错了，毕竟上一次靳朝开的是一辆白色大众。

作为一个轻度“社恐”患者，姜暮刚到附中的高三（6）班时不太适应，所以很少和同学说话。开学一周，她一直独来独往，加上她本来就不怎么爱笑，多多少少给人一种清冷孤僻的感觉。

姜暮的同桌叫严晓依，一点也不小鸟依人。开学第一天，她往姜暮旁边一坐，连带着她的桌子都震了一震。两人坐在一起的画面有种小宏和大白的既视感。也许是过于鲜明的对比，把姜暮本来就瘦小的骨架衬托得更加明显，不出三天，很多人都注意到了这个五官精致、皮肤冷白的姑娘，特别是她还是个转学的复读生，这让不少人对她产生了强烈的好奇心。

其中最好奇的大概就是与姜暮隔着一条过道的潘恺。打从姜暮到班上的第一天，这个小伙子就用一副看天仙下凡的表情盯着她。他上课也盯，下课也盯，就差把“喜欢”二字贴在脑门上了。

姜暮在原来的学校也被人拐弯抹角地示好过，但从来没遇到过这么明目张胆盯着自己的男生。她下课去趟厕所都要刻意绕着他走。尽管这样，那些男同学的玩笑依然开得飞起，不出一周，居然开始有人在背后叫她“潘嫂”。

一天大课间，严晓依对她说：“潘帅是个富二代，家里有厂子，搞汽配的。”

姜暮转过头问道：“你觉得，我让他把厂子送给我，他能同意吗？”

严晓依憨憨地笑道：“你想多了。”

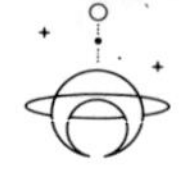

“那他家有厂子关我什么事？”

“……”

两人正说着，那位“动若癫痫，静若瘫痪”的班长跑了过来。他们6班的这个班长身材圆滚滚的，人名黄河，但不知道为什么所有人都叫他“长江”。他对姜暮说：“老马找你。”

姜暮跑了趟办公室。马老师跟她说，国庆节前学校要搞国学会演，高三学生不一定会参加，但到时候有市里的领导来，大家最好穿校服。考虑到姜暮是复读生，一年过得很快，没必要买校服，他就让她向同学借一件，她要是借不到再跟他说。姜暮点点头。

下了晚自习，姜暮把东西收拾好，刚走出班级就发现走廊里有几个人正看着楼下低声议论。

“是不是老马朋友啊？刚才老马下楼了。对面那人还给老马散了烟，两人唠了好一会儿。”

5班一个人插话道：“不是朋友。马老师刚才上来提了一句，说那人是他从前的爱徒。会不会就是他原来在班上说过的那位学长？怎么不请上来坐坐，我都没见过他真人。”

“搞得我见过一样。”

姜暮往楼下随意扫了一眼，看见学校对面站了不少人，看着不像高中生。她没在意，背着包往楼下走。

车站离校门还有段距离，姜暮出了校门，刚准备往车站的方向走，不经意地朝学校对面瞧了一眼。那里停着两辆车，其中一辆是有些眼熟的黑色福特。她的目光再次聚焦，看了一眼黑色福特前面站着的几个人，视线落在那个靠着引擎盖的男人身上。他黑色衬衫的一角被随意塞在牛仔裤里，一双长腿格外引人注目，只不过他戴着一顶纯黑色的鸭舌帽，低着头，嘴里叼着根烟，鸭舌帽几乎挡住了整张脸。

在姜暮驻足打量的同时，那人似乎感应到了什么，突然抬起视线，跟姜暮的目光撞个正着。竟然是一周未见的靳朝。

靳朝显然看见了姜暮，将叼在嘴上的烟缓缓地拿到手中，表情隐在帽檐的阴影下，看不大清楚。

姜暮刚准备朝靳朝走去，忽然肩膀被人拍了一下，紧接着一道人影绕到她面前，将她的视线挡得严严实实。姜暮转头一看，是潘恺。她开口问道："你有事吗？"

潘恺笑得露出一口大白牙，有些不大好意思地说："你坐8路回去吗？一起走啊？"

姜暮挪开一步，说道："不顺路。"她的目光再次看向街对面。靳朝的目光未曾移动分毫，虽然他在和身边的人说话，但视线一直笔直地落在她身上。

潘恺见姜暮要走，赶忙又拦住她："顺路，我也坐8路。你是不是还要转车啊？那多不安全，我送你一程吧。反正我也没事。"

姜暮微微蹙了下眉，抬起头瞧着他："你卷子刷完了？"

潘恺顺势说道："讲起卷子，我正好有几道题想问问你，路上说啊？"

靳朝无声地看着姜暮和那个男生纠缠了半天，吸完最后一口烟，踩灭。

姜暮对潘恺说："我还有事，明天说。"然后便径直朝着街对面走去。

除了靳朝靠在引擎盖上，另外三个人中有两个人站着，一个蹲在路牙上。姜暮一眼认出蹲在路牙上的那个男人正是前阵子去家里找靳朝的胡子男。这个人今天穿着一件白色的国潮风T恤，胸前印着大大的"中国"二字，偏偏还配着一条花色短裤，那稀疏的胡楂更显得整个人吊儿郎当的。

一群人往高中门口一站，一副不好惹的架势。潘恺在姜暮后面不停地喊她："你去哪儿啊？你别过去。"

几个人正在闲聊，见一个白净乖巧的姑娘朝他们走来，便止住了话头。

直到停在他们面前，姜暮才盯着靳朝说道："你来接我？"

虽然刚放晚自习，校门口熙熙攘攘的，但姜暮的这句话还是让周围的空气静默了几秒。

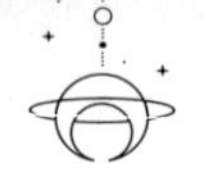

站着的两个人莫名其妙地看了看她，又转头看了看靳朝，蹲着的胡子男倒是突然笑了起来。

靳朝淡淡地睨着她，漆黑的眼睛忽然往姜暮身后一瞥。这时姜暮的余光感觉到有个人停在自己旁边也望向靳朝：“七哥，对不住啊，让你等，鳖拜废话一大堆，拖了半个小时。”

靳朝垂下视线，摆弄着手里的打火机。胡子男扬起下巴呵斥了一句：“小子，改改口，他早就不是头七了，喊‘酒哥’。”

那人连忙点头，说道：“不好意思，酒哥。”

靳朝开口问道：“东西带了吗？”

那人拍了拍手上拎着的双肩包：“带了，都在里面。”

姜暮这才转过视线。身边站的这个人戴着耳钉，没穿附中校服，但从他话中能听出来他应该也是附中的学生。看这架势，靳朝他们显然是冲着这人来的，怪不得她刚才那句话搞得所有人都沉默了几秒。

姜暮尴尬地拽了一下书包，丢下一句：“我先走了。”扭头就走。

靳朝再次抬起视线，从姜暮身上移到马路对面的潘恺身上。潘恺还守在原地，不时往这里张望。靳朝的目光和他短暂地对视了一秒，而后他对着姜暮的背影开口道：“喂。”

姜暮听见声音，停住脚步，回过头来。靳朝慢悠悠地直起身子看她：“送你回家。”说完，他转头对三个男人说：“交给你们了。我待会儿过来。”然后拍了下那个附中的小伙子，看向姜暮。

姜暮没有动，还站在原地。靳朝扶了一下帽檐，眼尾微动：“戳着干吗？还要我请你？”

姜暮不再跟他客气，几步走回来，拉开副驾驶的车门坐进去，然后在一众男人的目光下规规矩矩地系上安全带。靳朝在车外又交代了几句，那三个男人陆续上了后面那辆车。胡子男临走前，还特地绕到副驾驶旁边故意弹了下车窗玻璃。姜暮侧头看了他一眼，他痞痞地笑着，走了。

而靳朝已拉开驾驶座的车门上了车。一上车他就将黑色鸭舌帽扔到后面，又随手揉了几下短发。姜暮问道：“晚上还要戴帽子吗？”

靳朝发动车子，一打方向盘将车子驶了出去："不然麻烦。"

"什么麻烦？"

"人多口杂。"

姜暮想到这里是靳朝的母校，他大概不想别人认出他来，便不禁问道："那你原来在学校是红人？"

路灯淡淡的光照向车内，靳朝嘴角微斜："不是什么正面人物。别在学校说认识我。"

姜暮乖乖地点点头："我不会给自己找事。"

靳朝眉梢轻挑。两人不再说话。靳朝把车子开得飞快，姜暮虽然已经见识过他的车速，但还是难免紧张。

也许是车速过快，她的大脑也在飞快运转。刚才那个高中生带了什么给他们，一群人为了一包东西而来，这么谨慎？

联想到靳朝那件"不要命"的事，姜暮的思绪无限放飞。不会是一包毒品或者一包家伙吧？靳朝说他在外面搞钱，他身边的人都是吊儿郎当的样子，他们搞的会不会是赃钱？

姜暮的一颗心开始怦怦乱跳。平时回家半个多小时的公交车，靳朝十来分钟就把车子开到了老小区门口。不过这次他没开进去，停下车看着姜暮说："到了。"

姜暮又看了看车，问道："我记得你上次开的不是这辆车。"

靳朝落下车窗"嗯"了一声。姜暮没有下车，她再次开口问道："你为什么经常开不同的车？"

靳朝只是敷衍地回道："工作的原因。"

姜暮身体更加紧绷。什么工作需要开不同的车？难道是怕被盯上，需要不停地变换交通工具？

她紧接着又问道："刚才那个男生拿什么给你们？"

果不其然，这个问题刚抛出去，靳朝就转过头，眼皮略抬，表情冷然地盯着她。虽然靳朝的目光很有穿透力，但姜暮并没有闪躲，她试图从他的目光中找出一点线索，但是没有。

靳朝只是这样沉寂地盯着她看了几秒，突然说道："有这么多问题

怎么不去买本《十万个为什么》？”

姜暮还真有一堆问题要问，比如，他怎么能三天两头换车？钱是从哪里来的？上次她在公交车上看到的人是不是他？他们待会儿要带那个男同学去哪儿？不过眼下似乎并不是闲聊的好时机，因为靳朝貌似还要赶回去。所以他说完这句话就瞥向另一边的窗外，手指敲打着窗边，像是赶时间，但并没有催促她离开。

姜暮很识趣，解开安全带准备下车，却忽然听见身旁的人问道：“那个人是谁？”

“哪个人？”

“一直站在街对面等你的国字脸。”

姜暮愣了十几秒才意识到他说的是潘恺，她回道：“同学。”

靳朝收回视线转头看着她。狭小的空间内，他黑亮有力的眼神像有温度似的，让姜暮感觉车内的气温也升了几摄氏度，变得有些闷热。

靳朝瞧着她闪躲的眼神和不自然的样子，没再问什么，只落下一句：“自己注意点。”然后打开车门锁。

姜暮刚下车，突然想起什么，又转过身弯腰说道：“你原来的校服外套还在吗？”

靳朝单手搭在方向盘上淡淡道：“不知道。”随后又问道，“干吗？”

姜暮说：“马老师让我借一件，说有活动。”

靳朝点了点头。姜暮不知道他点头代表什么意思。她后退一步，靳朝合上车窗，发动机发出轰隆的声音，车子一个加速消失在街尾。

晚上，姜暮一想到校门口那一幕就感觉臊得慌，她还问靳朝是不是来接自己的。很明显，靳朝顾及她的面子没有当场否认，还抽空把她送了回来。她尴尬得在床上打滚。

本来她已经不想回忆这件事了，结果第二天早晨一到学校，潘恺就围着她问道：“你怎么认识所长的啊？”

姜暮一头雾水：“所长？哪个所的所长？”

“厕所啊！”

姜暮愣是看了潘恺足足五秒，突然想起昨天靳朝喊他“国字脸”，要不是这个称呼，姜暮平时还真没注意到潘恺的脸长得像模具印出来的，过于方正。她莫名地笑了一下，绕开他回到自己的座位上。她这一笑把潘恺看蒙了，回身拽着刚从厕所回来的严晓依：“姜姜对我笑了，她会不会对我有好感？”

“我早上还看见她对着本子里的亚里士多德雕像笑了，那她对亚里士多德应该也挺有好感。”

“……”

潘恺回身走进教室，往姜暮前面的空位上一坐，跟姜暮解释了一番。他口中的“所长”原名章帆，是高三（1）班的。他们那群人都是不准备考大学的，整天混日子。之所以喊他“所长”，是因为他们老喜欢在厕所里干坏事，每次把三楼厕所一封，躲在里面抽烟，搞得其他人只能绕到二楼厕所。久而久之，三楼厕所成了不良少年的聚集地，而这个厕所的所长正是章帆。

潘恺还在叨叨，说让姜暮离章帆远点，他不是个好人。然而姜暮的脑海中浮现出章帆昨天晚上对靳朝毕恭毕敬的样子。她猛然抬头盯着潘恺，把潘恺看得心脏一哆嗦，弱弱地问：“你又咋了？鬼上身了？”

姜暮直接问道：“你刚才说所长是几班的？”

“1班啊。”

话音刚落，姜暮把笔一丢就往1班走去，潘恺急急忙忙地跟在她身后劝道：“你不会还要去找他吧？哎哟喂，都叫你不要跟他来往了。他就是个社会人，你知道社会人什么意思吗？姜暮，姜姜……”

潘恺喊了一路，引来不少人注目。姜暮感觉一只巨大无比的苍蝇一直在自己耳边嗡嗡嗡的，她转过头对他丢下两个字：“闭嘴。”

潘恺清脆地应了声：“好嘞。”

然后两人来到1班门口，姜暮对潘恺使了个眼色：“你去。”

潘恺倒是认识不少1班的人，随便喊了个男生问道：“所长呢？”

那人好奇地盯着潘恺身后的女生看了一眼，回道：“今天没来啊，好像请假了。”说罢又问道，“那女的谁啊？”

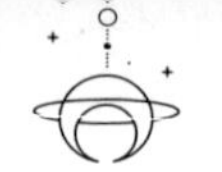

潘恺压低声音悄悄地在这人耳边说了句："你未来的嫂夫人。"

两人玩笑了几句，再一回头，身后空无一人。姜暮已经走了，潘恺赶紧跟这人打了声招呼，又追了上去。

姜暮见他跟上来，偏头问道："你听过头七吗？"

"听过啊，回魂夜嘛。我爷爷头七的时候，全家守夜，我爸他们搓麻将，我在我爷爷原来的房间打游戏。半夜十二点的时候，老听到有人喊'小恺''小恺'，害得我送了好几个人头。我一上火，拉开窗帘，就在窗户玻璃上看到了我爷爷的影子。我去，我爷爷家在三楼啊，窗外飘个影子……"他见姜暮越走越快，着急道，"唉，等等我啊，我没吹牛，真的啊，你别不信。"

姜暮在快到班级门口的时候突然停下脚步，告诉他："我说的头七是个人。"

潘恺一愣，嘴角抽搐："那这人挺邪门！"

Chapter 3

走入他的世界

联系多了，有感情了，多麻烦。

姜暮怀疑靳朝背着靳强在外面干些违法乱纪的事，如果她不知道也就算了，可这种事会危及人命，她就无法坐视不理。好在她找到了一个突破口——潘恺口中的所长。靳朝既然特地来附中找这人，那么这人肯定知道些什么，奈何姜暮找了他几天都没找到。

这个章帆迟到、早退，下课就窝在男厕所，还真对得起"所长"这个称号。姜暮又不可能冲进男厕所找人，就这样耗了几天。

附中的高三生周六也需要到校，值得安慰的是，周五不用上晚自习。姜暮提早收拾好东西，一放学就直奔1班。这次她的运气比较好，正好碰上章帆晃着两只胳膊走出班级。

她当即喊了他一声："章帆。"

章帆四下望了望，一脸茫然。

姜暮藏在柱子后面又叫了他一声："这边。"

章帆听见声音回过头，看见了姜暮。他走过去，一下子认出姜暮是那天上酒哥车的女生，态度变得和善起来："是你啊。"

姜暮从柱子后面走出来，瞧着他问道："你认识靳——我是说你认识酒哥吧？"

"怎么了？"

"我那天看到你找他，你跟他很熟吗？"

章帆的回答倒是让姜暮有些意外："我也是第一次见到酒哥，之前

只是经常听我哥提起他。”

姜暮顺着他的话问道：“你哥是？”

“我哥和酒哥原来在高中是一个班的，你跟他是什么关系？”

姜暮想起靳朝说他在学校不是什么正面人物，让她不要说认识他。她顿了片刻，回道：“我是他家房客。对了，你那天给他一包什么东西？”

姜暮问出这句话时还有点紧张，怕触及什么不可言说的秘密，然而章帆却直接告诉她：“图纸啊，我哥让我带给酒哥的。”

这个回答大大出乎姜暮的预料，她诧异地问道：“图纸？什么图纸？”

章帆笑了：“我连函数图都看不懂，你问我是什么图纸？”

姜暮垂下视线，脑海中的思绪不停地翻涌着。片刻后，她又抬起头问章帆：“你眼下有事吗？”

“约了人去网吧，怎么了？”

姜暮把早已想好的说辞一口气讲了出来：“我找酒哥有事，你知道在哪里能找到他吗？”

章帆回道：“店里吧。你打他电话。”

“刚才打了，他在忙，没接，能麻烦你带我跑一趟吗？我不认识他那儿。”

章帆倒是没多想，回道：“成啊，我带你去。”

两人出了校门，章帆拦了辆出租车。只开了起步价的距离，车子便停在铜仁里的街道旁。刚下车，章帆就指着马路对面说道：“就是那里。走吧。”

姜暮一把拽住他的衣服将他扯到旁边的白蜡树后，然后默默地打量街对面那家店。门面不大，卷帘门上面有个红色招牌，写着“飞驰修车行”，门前的空地上零零散散地停着几辆私家车，卷帘门里面有辆车被吊了起来，还有两个小工忙碌的身影。

不知道谁喊了一句，停在门口被举升机升起来的车子下面突然探出一个人。姜暮这才看清那人就是靳朝，他半个身子移了出来，和旁边的人说话，汗水浸湿了他身上连体的深蓝色工装，那身工装脏得快看不出原本的颜色。周围的地上摊着黑色的机油和杂乱的零件。原来他是在如此高温的室外躺在地上作业。

破败的街道、生锈的铁门、吠叫的土狗、光着上半身抽烟的男人，东倒西歪的电瓶车，这是整条街的面貌。

姜暮有些恍惚地看着眼前的画面，哪怕靳朝真的胆大包天去干些铤而走险的事，她也不觉得多么难受，她无法想象现在的他会躺在肮脏的地面上干这些又苦又累的活计。

在她的印象中，哥哥从小就很爱干净，天热出去踢球，回来后第一件事就是洗澡，然后把脏衣服洗了。她没有见过他邋遢的样子，也始终觉得他是天之骄子般的存在。在后来的很多年里，她几乎忘记哥哥的长相，却能记得他身上干净好闻的阳光味道。

十一二岁的他自信飞扬，对她说过："我以后争取做个科学家，最好是天文学家，去研究宇宙的奥秘。"

那时的姜暮对哥哥的话深信不疑，他们分别后，姜暮想象过他长大后的样子，也许是律师、医生、教师或者出入写字楼的上班族，或许真的会去搞科研，但无论他从事什么职业，一定是周周正正、意气风发的，未承想，眼前的一幕彻彻底底粉碎了她的幻想。

其实她早该察觉的，她刚来铜岗那天，靳朝的白色T恤上就沾着脏污。她注意到时，他状似随意地卷了起来，也将自己的现状一并藏了起来。她问过他现在在做什么，但他从未正面回应过她，他并不想让她知道他的生活，这一点在她来到这里之前是从未想过的。

章帆见她光躲在树后面偷看却不过去，不禁说道："你这是什么意思？不是找酒哥有事吗？他在那儿呢。"

姜暮突然后悔了。此时此刻她心里闷闷的，一种说不上来的感觉堵得她难受，她摇了摇头："不找了，走吧。"

章帆见她小心翼翼的样子，贼兮兮地笑了起来："你特地跑过来就是为了看酒哥一眼？你不会暗恋他吧？"

姜暮愣了一下，对章帆说道："别乱说。"

章帆显然不太能理解姜暮的行为，便拽着她的书包开玩笑道：“怕什么？去打个招呼啊，我最看不惯你们这种喜欢个人还磨叽半天的。”

姜暮扯住自己的书包往后急退道：“别闹，我真不去，我要回去了。”

两人拉扯时，刚从修车行隔壁宠物店出来的一个人看见了他们，朝马路对面瞧了一眼，喊道：“章帆。”

章帆松开姜暮的书包，看了过去，听见那个人朝他吼道：“在干什么，拉拉扯扯的？”

此时姜暮也看见了那人，正是有过两面之缘的胡子男。他这一嗓子把修车行门口小工们的目光吸引过来了。姜暮赶忙转过身，却听见身旁的章帆喊道：“这姑娘看上酒哥了，自己又不好意思过去打招呼。”

姜暮惊诧地瞪着章帆。对面几个男人都笑了起来，有人喊着“有酒，有妹子找你”，有人拍了拍那辆被举升机支起的红色轿车。靳朝闻言，从车底出来，缓缓立起身。他旁边的小阳凑上前往街对面一指。

正巧天色暗了下来，街边的路灯齐齐亮了，在靳朝投去视线的一刹那，姜暮头顶的路灯把她的身影照得明亮，她试图往白蜡树后躲，奈何树干太细，根本遮不住她，反倒有些掩耳盗铃的滑稽感。

靳朝先是眯起了双眼，脸色沉了一下，待看见她试图东躲西藏的身影时，轻叹了一声，对着她招了下手。

姜暮无法假装看不见，只能老实巴交地从白蜡树后面走出来，听见章帆还在她身旁叨叨：“你看，酒哥都让你过去了，你怕什么？胆子大点，女追男隔层纱。”

姜暮毫无表情地转过头落下一句：“多嘴。”便径直朝着修车行走去。

彼时修车行前男人们的目光全都落在姜暮身上，有两个和靳朝相熟的车主，还有两个小工，大家都一脸笑意地瞧着她，瞧得她极其不自然。

姜暮走近了才看清那两个小工，就是那天和靳朝一起去附中的人。那两个人显然也认出了姜暮，跟她打招呼：“嘿，小妹妹。”

姜暮抬起手僵硬地朝他们晃了晃，又偷瞄了一眼靳朝。靳朝站在离她三步开外的大铁桶旁，将沾满黑污的手套摘了下来放在铁桶上，眼神暗沉地注视着她。

姜暮不得不承认靳朝的眼神很有压迫感，即使他没有问她一句，他这种自带威慑力的眼神也让她莫名感觉自己犯了错似的。她转身朝他迈了一步，垂着视线小声解释道："我就是……来问你借把家门钥匙。我没说今天不上晚自习，我怕他们去超市了……"

姜暮苍白地解释着，她的靠近让靳朝退了一步。姜暮这才抬起视线。即使他戴了手套，裸露在外的手臂上还是沾着灰黑的脏污，衣服上的机油散发着不太好闻的气味，这套连体工装看上去很厚，根本就不透气，靳朝出了一身汗，刻意和她拉开了距离。他这样的举动让姜暮感到心酸，她的声音越来越小，到最后彻底失声。

靳朝拿起轮胎扳手，冷淡地问了她一句："看到了，失望吗？"

一句话问得姜暮眼眶发涩，她低着头一言不发。靳朝对她说："去旁边待着。等吃饭。"说完，他又去干活了。姜暮觉得自己该离开。她转身准备走时，胡子男端着个茶杯晃到她面前，笑眯眯地说："走什么啊？有酒都让你吃完饭再走了。来，我给你找个板凳。"

他熟门熟路地走到修车行里，拿了个木制小板凳出来放在店门口。他见姜暮还背着书包老老实实地站在门口，笑道："包里有金条，舍不得拿下来啊？"

姜暮不自然地把书包拿了下来，抱着书包坐在小板凳上，胡子男就靠在她旁边给她介绍道："那个是小阳，有酒徒弟。另一个叫铁公鸡，一毛不拔。"

铁公鸡正在旁边干活，听到这话，拿起一颗螺丝回头砸向三赖并骂道："我像你？散财童子，不会过日子。"

胡子男身子偏了一下，螺丝擦着他的短裤飞了过去，他笑骂道："看着点，别砸到小美女。"而后又低下头对她说，"他们都叫我三赖，记清楚了吗？"

姜暮点了下头："三赖。"

他纠正道："是三赖哥。"

"……"

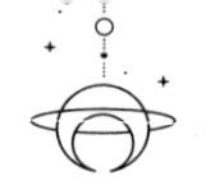

铁公鸡回头嚷道："知道他为什么叫三赖吗？整天赖在别人的地盘，占着茅坑不拉屎。"

三赖和铁公鸡你一言我一语地打着嘴炮。姜暮把视线落向另一边的靳朝身上。他干活时很认真，此时正在给一辆车换胎。车主比他大，但对他挺客气的，半蹲下身问他："有酒啊，要不要四个胎全换掉？"

靳朝回他："没必要，省点钱，前面的换到后面用，先换两个。"

车主连连点头："你看着办。"

姜暮默默地看着他。深蓝色连体工装被他挺拔的身躯撑得鼓鼓的，他从店里扛了一只新轮胎出来，似不费吹灰之力，蹲下身时扯出背阔肌，手臂是唯一露在外面的，充满力量感。姜暮之前并非没有注意到，只是以为靳朝平时注重健身，却不知他这一身肌肉是苦练出来的。

在她出神之际，三赖弯下腰问道："好了，现在该说说你叫什么。"

"姜暮。"她心不在焉地回道。

三赖刚送到口边的茶杯突然一顿，他再次低下头看着这个安静的姑娘，问道："朝思暮想的暮啊？"

姜暮点了点头。三赖喝了口茶，看了看不远处的靳朝，若有所思。

靳朝干活手脚利索，不一会儿就把四个胎换好了。他散了根烟给车主，又跟他聊了两句，将人送走。转过身的时候，他看见姜暮坐在角落。板凳很矮，她坐在那里抱着书包缩成一团，这个画面似曾相识。

很久以前的一天，姜迎寒有事没能及时去学校接姜暮，老师让她不要乱跑，在传达室等妈妈。后来靳朝听传达室的爷爷说，小丫头不肯坐也不肯喝水，就那么站着，书包又重，小腿摇摇晃晃的，都站不稳了，不知道等了多久，从上课铃到下课铃，却一直等不来妈妈。他看小丫头憋着眼泪却故作坚强的样子，同意她去找哥哥。小姜暮背着书包走回校园，刚上一年级的她没有什么方向感，就这样一层楼一层楼地找，终于找到了六（3）班。

靳朝放学的时候，看见的就是抱着书包蹲在角落的小可怜。她在看见他的那一刻，双眼通红。那时的他，身边有一群小兄弟帮着一起哄她，逗她玩。不一会儿她就破涕为笑了，只是一路回家都紧紧地牵着他的手，生怕自己被弄丢了。

靳朝的思绪收了回来，好像一切都变了，却好似有些东西始终没有变。姜暮孤身一人来找他，抱着书包缩在角落，三赖陪着她闲聊。

靳朝几步走了过去。姜暮抬头看向他的时候,他对她说:“跟我进来。”

姜暮抱着书包起身，跟着靳朝走进身后不大的维修间。那辆吊起来的车子已经被放下来开出去了,旁边仅有一条很窄的过道。穿过过道，后面有一间不到十平方米的休息室。推开门，里面有个铁架子，堆放着很多零件和维修单，还有一台饮水机、一张办公桌和两把木椅子。再往里有道布帘子挡着，看不见里面的空间。

靳朝停下脚步，问她：“作业写完了吗？”

姜暮摇了下头。靳朝把桌子上的维修单全部挪到其中一把椅子上，将旧办公桌清空，他又把另一把椅子拎到办公桌前，对姜暮说：“先在这儿写。我去洗个澡。”

姜暮点点头把书包放了下来。她坐下后，看见靳朝撩开帘子走了进去。从帘子一角她窥见里面还有个更小的房间，一眼望到头，仅有一张钢丝床和一只很矮的床头柜，放下来的帘子阻挡了她的视线。不一会儿，姜暮便听见了水声。

她把一张数学试卷拿出来平铺在桌子上，又打量了一番这间休息室。就在她抬起头的一刹那，忽然瞥见铁架子的最上面放着一个眼熟的盒子。虽然盒子外面的黑色迷彩包装被撕掉了，但里面的东西并没有拆封,盒子上腾飞的骏马还是原封不动的样子。这是派克“以梦为马”礼盒，里面是她精心为靳朝挑选的黑色镀金磨砂钢笔，花了两千多块。她没有用姜迎寒的钱，用的是她之前参加表演的演出费，特地存下来，知道要来铜岗后，偷偷为靳朝买的。

姜暮垂下视线，将笔盒里有些旧的派克钢笔拿了出来。她一直把

这支钢笔当作她的幸运笔，只有参加竞赛或者考试时才会用。一晃多年过去了，笔头和笔芯早已因磨损而换过，但她始终保留着笔杆，舍不得丢弃。这支钢笔就这样安静地躺在她的笔盒里，见证了她无数次的大考小考，陪着她一路走到今天。

当初靳朝离开苏州时将这支钢笔留给她，多年后重逢，她回赠他一支，她以为他能用到，她以为这个礼物对他们来说是最有意义的，可不承想，现在的靳朝根本不需要一支华而不实的钢笔。

“以梦为马”，他投身航天事业的梦也许在好几年前就碎了吧。

姜暮想得太过出神，以至身后的水停了都没听见，直到脚步声逼近，她才匆忙将那支旧钢笔塞进笔盒，迅速合上。

靳朝一边擦着头发一边靠近。姜暮没有回头，她的心还在扑通乱跳，她不想让靳朝看见那支旧钢笔，那对她来说是弥足珍贵的回忆，靳朝也许早就不在乎了，亦如那个被随手丢在铁架子上的礼盒，这一切都让姜暮觉得难堪。

身后浴室带出的热气扑面而来，靳朝停在她身后垂眼瞥了一下，出声道：“半天一个大字没写？”

见姜暮不说话，他把毛巾往肩上一搭，拿起她的卷子瞧了瞧，语气寡淡地问：“在琢磨什么？”

姜暮总不能说琢磨他们俩谁更自暴自弃吧，于是她回头，试图夺回自己的卷子，却发现靳朝的目光并不在卷子上，而是落在她的脸上。

他将那身脏衣服换了下来，穿着干净清爽的T恤和宽松的卡其色休闲裤，身上是好闻的沐浴过后的薄荷清香，水珠顺着发梢落在鬓角，下颌线紧绷。姜暮不自觉地将视线落在他的喉结上。

靳朝从小就长得很好看。她记不得是几年级的时候，他需要表演节目，学校老师还给他画了口红和眼影，脸也涂得白白的，只不过他一直臭着脸。她还小，认为哥哥生气了，去拉他的手让他不要生气。靳朝只是酷酷地说：“我没生气，我只是觉得自己丑死了。”她很不认同地比画了一个很大的圆圈，对他说：“朝朝，你是全宇宙最好看的。”

那时的她只有在情绪激动的时候会喊哥哥“朝朝”，每次靳朝都会训斥她没大没小，可那一次靳朝没有说她一句。

她现在依然觉得靳朝长得很好看，虽然他现在和小时候不一样了，比如他长出了清晰的喉结。她以前从来不觉得人的喉结有什么特别的，可这一刻她竟然觉得靳朝的喉结很有男人味。

靳朝将卷子放回桌上，撩起眼帘问她：“看什么？”

他的声音很近，在逼仄的空间里像低音炮带着回响，姜暮仓皇地藏起了脑海中的胡思乱想，说道：“我写作业前习惯冥想。”

靳朝扬起脑袋：“你怎么不用意念写题的？出来吃饭。”说完，他便走了出去。

姜暮跟了出去，问道：“我在这里会打扰你工作吗？”

“不会，店是我的。”

姜暮想，那倒还好，不是替别人打工，起码还有家店。

又听见他说：“跟别人合开的。”

姜暮瞬间感觉不好了。店不大，还要跟别人合开，能挣到钱吗？当然，她只能把疑问压在心底。

店门口已经支起一张桌子，三赖和铁公鸡拖了几个板凳过来。桌上放着才送来的菜和饭，还有好几瓶啤酒。小阳已经洗了手，把打包盒打开了。不知道章帆去哪儿了。

三赖一点都没有蹭吃蹭喝的自觉，反而搞得像主人一样招呼姜暮：“姜小暮，来，不要客气，随便坐。”

姜暮见他这架势，便问道：“你也在这里工作吗？”

铁公鸡用嘴将啤酒瓶盖咬开，面带晦气地吐掉：“你看那双手能干什么活？他是隔壁宠物店的老板。”

姜暮有些愣怔地偏头看向旁边亮着门灯的“金三角宠物店”，又看了看满脸胡楂、扎着个小辫、跷着二郎腿的三赖，他怎么看都不像关爱小动物的宠物店老板。

三赖见她一脸错愕的样子，说道：“待会儿吃完饭到我店里看看，

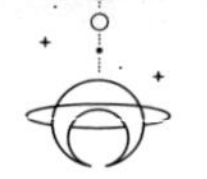

喜欢什么随便拿，让你……”他一脸似笑非笑地看着发筷子的靳朝，接道，“让你爱慕的大哥哥替你埋单。”

靳朝直接把筷子砸在他脸上，冷声道：“滚。”

三赖很有默契地接住并顺手给了姜暮。

姜暮接过筷子，说：“不是爱慕的，你得把‘大’字去掉。”

三赖自己动手拿了一双筷子过来，笑道：“‘大’字去掉是什么？不是大哥哥，是哥哥啊？”

姜暮没有说话，低头吃着白米饭。

三赖有些诧异地看向靳朝：“真是你妹啊，就那个——”

靳朝凉凉地扫了他一眼。三赖把后半段话硬生生吞了下去，嘴角一斜，颇有深意地看了眼姜暮。

几个人坐一桌，就姜暮一个人吃饭，其他人都在喝酒。三赖挑起话题，不知道怎的就说到给母狗接生这件事上。他说，他店里那只大金毛前天晚上生小狗，他一夜没睡，就守着那条大母狗。不知道这条大母狗被谁搞大了肚子，小狗它爸一点狗性都没有，从来没来看过。他连老婆都没有，第一次接生居然献给了狗。

铁公鸡喝了口酒，说道：“正常，就你家‘西施’，一放出来尿尿就到处跑，自己肚子被搞大了怪谁？要怪就怪这聊骚的性格随主人。”

几人喝着酒，虽然讨论的是狗，但开起玩笑越来越不着调。

靳朝把啤酒瓶往桌上一搁，说道：“差不多得了，还有小孩在场。”

姜暮压根儿没好意思插嘴，好在靳朝及时制止了这个尴尬的话题。

旁边有辆车停在路边，一个中年男人落下车窗喊了一声：“有酒。”

靳朝放下筷子，几步走了过去，跟那个男人在路边聊上了。

姜暮望了一眼，问身旁的三赖：“你们为什么都叫他有酒？”

三赖一瓶啤酒已经下肚了，他转着面前的空酒瓶道：“今朝有酒靳朝醉啊。你这个哥一无所有的时候只有一瓶酒陪他熬了过来，别人有家他有酒。”

不知道是不是姜暮的错觉，三赖在对她说这话的时候，语气里是满满的讽刺。她又问道：“那为什么又叫头七？”

三赖的脸色变了一下，他往靳朝的方向瞥了一眼，声调低了几分：“我劝你以后最好少问这种问题，特别是在有酒面前。”说完，他伸了个懒腰，迷离的眼神中透着一丝复杂，“毕竟这个称号终结了他热血的少年时代。没几个人喜欢把陈芝麻烂谷子的事拿出来给自己找晦气。”

姜暮沉默了。她觉得这件事有可能和靳朝辍学有关，如果她猜得不错，应该是靳朝在高中时期发生过什么大事，但是他身边的兄弟都三缄其口，不免让她更加疑惑。

姜暮挑食的坏毛病即使在她长大后依然没有得到多大改善，特别是在蔬菜方面，青椒、茼蒿、芹菜和胡萝卜都是她坚决不会碰的蔬菜，不吃鸭肉和鹅肉，吃西瓜不会吐子，剥葡萄也嫌麻烦，吃猕猴桃会嗓子痒，吃苹果只吃脆的，面苹果一口都吃不下去。在这方面，她从小到大没少挨姜迎寒的训斥。大了点后，姜迎寒虽然不会那么严厉地逼她吃下那些令她难以下咽的食物，但总是说：“以后谁敢娶你？这个不肯吃，那个不肯碰，怎么跟你在一起生活？”

姜暮没想过那么久远的事，她总是不以为意地回道：“那就不嫁人了，我跟你生活一辈子不也挺好的？”但她说这句话的时候怎么也没想到自己的妈妈有一天会先一步嫁人，离她而去。

姜暮很快吃完了一碗饭，菜倒没吃多少，对着大锅炖也就盯着里面的土豆吃。等她放下筷子，其他人还没开始吃。

靳朝见她吃好了，站起身走到里间，不一会儿提着一个袋子出来，递给她：“你看看能不能穿。”

姜暮接过袋子打开，看见是附中的校服，她将衣服拿了出来。是深红白条的上衣，胸前绣有附中校徽。校服很干净，还有一股淡淡的洗衣液味扑鼻而来，跟新的一样。

小阳见状插话道：“这真是我师父的压箱底了，我还以为他准备穿

去参加同学聚会呢，差点帮他跟工作服一起放洗衣机里绞了。”

姜暮闻着清新的洗衣液味，说道：“没事，挺干净的。”

小阳回道：“当然干净了，我师父单独拿出来手洗的。”

姜暮微微愣了一下，看向靳朝。靳朝单手提着啤酒瓶，神情淡淡的。

三赖笑道：“我说呢。前两天看见晾在门口的校服，情怀上来了准备套一下，结果被你师父骂，说我满手狗毛，少碰他东西。原来是要送人啊。”说完，他又笑眯眯地看向姜暮，对她说，“这件校服爱惜点穿，有酒自己都没机会穿，就这一件。忘了告诉你，我也是附中毕业的，论资排辈，你应该喊我一声‘三赖学长’。”

姜暮还没做出任何反应，靳朝倒是出了声：“吃完早点回去。”

姜暮把校服重新叠好放进袋子中，抬起头对靳朝说：“我能在这儿写完作业再回去吗？”她从靳朝的双眼里辨别不出任何情绪，这是她再次遇见靳朝后感受到的最大的差别。

从前的靳朝，眼神是明亮的，她透过他的眼可以感受到丰富多彩的他，无论是热烈的还是沮丧的，他的情绪一直是鲜明的。可现在的他，眼里的光消失了，不论何时看他，他的眼中永远是寡淡的神采，好像将他的全部经历藏在漆黑的瞳孔之下，没有波澜，旁人无法窥探。

靳朝只是这么回视着她，姜暮丝毫没有闪躲，两人似在无声地较劲。

小阳和铁公鸡摸不清楚状况，以为姜暮是有酒的妹妹，但这会儿看起来有酒好像不太情愿把人留下来，所以他们也不好多吱声。只有三赖嘴边噙着抹嘲弄的笑意，兀自低头喝酒。

半晌，靳朝先开了口，语气散漫地说：“打电话回去说一声。”

姜暮点点头，起身往维修间里走。三赖这才出声缓和气氛：“我店里的猫都比她吃得多。”

靳朝偏头看了眼她的小身板，眼神微暗。

姜暮打了个电话给靳强，跟他说自己在靳朝店里写作业。靳强问她怎么跑靳朝那儿了。她说，放学早，肚子饿了过来吃饭的。靳强便没多说什么。

来铜岗后，每天除了去学校，就是回到那个家，姜暮今天想晚点回去。不是赵美娟对她不好，事实上，她也不清楚赵美娟对她到底是什么态度，说热情吧，谈不上，说不欢迎吧，会给她烧水洗澡，她的态度一直很让人迷惑，姜暮也不知道怎么跟她相处。更多时候看着赵美娟、靳强还有靳昕，她会觉得他们才是一家人。这么多年来妈妈独自带着自己，而爸爸早已组建家庭，从前那幅画面只存在于脑海中，现在却经常摊开在她面前，鲜活又真实，让她觉得自己格格不入。

可另一边，想到妈妈即将奔赴的未来，她沮丧、担心、焦虑。她不知道靳朝从前是如何面对这一切的。面对靳强和另一个女人组建家庭，面对曾经熟悉的家人离自己远去，他会感到不适吗？会在某一刻和她一样沮丧吗？她无从探究，只想短暂地逃避一下。她坐在凌乱的休息室里做题，不时抬头还能透过玻璃窗看见店门口靳朝他们喝酒闲侃的样子，让她心里多了些热闹的烟火气，起码在这个人生地不熟的地方，少了些漂泊无依的孤单感。

他们喝酒喝到快晚上九点，收拾完东西，铁公鸡走了，小阳跟着靳朝留在维修间做一些收尾工作。他们没有进休息室打扰姜暮，隔着玻璃窗能看见她一直低着头很专心并不时翻阅试卷的身影。

大约十点的时候，三赖从外面敲了两下玻璃窗。姜暮听见声音抬起头，看见三赖手上拿着两个冰激凌，举了举手，对她喊道：“出来吃个冰激凌，别学傻了。”

姜暮放下笔，打开门走了出去。三赖把右手的冰激凌递给姜暮，对她说：“就一个巧克力味的，给你。”

姜暮有些诧异地问：“你怎么知道我喜欢巧克力味的？”

“有酒让我拿的。”

姜暮转头去寻找靳朝的身影，发现他并不在维修间。她不禁问道：“他人呢？”

三赖随意道：“在后面忙吧。去不去我店里玩玩？”

姜暮没有拒绝。她撕开冰激凌的包装纸，跟着三赖走到隔壁的宠物店。门一开，阿猫阿狗们像疯了一样，齐齐发出各种怪声。姜暮眼

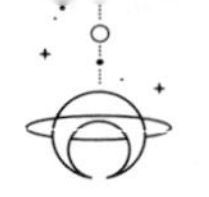

睁睁地看着三赖脚步一停，伸起手臂高高一挥，好似优雅的指挥家。

令人惊讶的是，他这一招十分管用，宠物店恢复安静，所有小东西都不叫了。

三赖的打扮气质一点都不优雅，脚上还穿着一双蓝白相间的拖鞋，让这一幕显得他格外像个江湖骗子。

姜暮诧异地问："怎么办到的？"

三赖回过身，捂着自己的心口对她说："身为一个王者，打野是必备的技能。"

"……你游戏打多了吧？"

三赖笑着说："现在行业不景气，可不是要多打游戏才能打发这无聊寂寞的日子？随便看。"

姜暮走到一面玻璃柜前。店里有不少大众品种的猫，有英短，也有美短，只不过这里的猫全都四仰八叉的，一副职业倦怠的模样，无论姜暮怎么贴着玻璃逗弄，它们都不太想搭理她。

她手上的冰激凌吃完了，三赖在里面对她招了招手："过来这儿看。"

姜暮看见里面有个围栏。她几步走过，去伸头一瞧。原来里面躺着一只金毛，就是吃饭时他们一直讨论的那位"西施小姐"。西施面前还有四只很小的奶狗在喝奶。诡异的是，明明是一只金毛妈妈，生出来的奶狗却是花的、灰的，毛色各异，居然还有一只纯黑的。也不知道是不是长相过于怪异，那只纯黑的小狗被兄弟姐妹挤到外面，金毛妈妈似乎也有点不待见它，小黑狗几度去找妈妈，奈何小腿软绵绵的，走不稳还摔得四脚朝天，令人又心酸又觉得好笑。

姜暮指着那只小黑狗说道："它妈妈怎么不管它？"

三赖瞅了一眼："人都没法做到一碗水端平，更何况是狗呢，这个黑的刚出生就断气了，被西施叼到店门口，我捡回来才把它救活的。"

姜暮蹲下身看着它："好可怜。"

三赖弯腰，一把将小黑狗捞了起来。西施只是懒懒地看了一眼，并不护崽。姜暮凑上来。三赖见她感兴趣，便将小黑狗递给她："给你抱抱。"

姜暮小心翼翼地接过小黑狗，捧在手心。她从来没有抱过才出生两天的小奶狗，碰到这个小东西，心都要化了。小黑狗的身子软绵绵的，刚接触到姜暮，小脑袋就不停地寻找，在姜暮身上嗅啊嗅的，萌化了。姜暮被它弄得痒痒的，不禁弯起嘴角，低下头轻轻蹭了蹭它。

她突然想起了什么，对三赖说道："小时候在我家小区里也碰到过一只黑色的小狗，它跟了我一路，但是我妈不给我养。"

姜暮只说了一半，另一半是她和靳朝玩得脏兮兮的，带回一只野狗。姜迎寒见状，气得让他们把狗扔了。姜暮哭唧唧地拽着靳朝，靳朝没办法决定小狗的去留，说带她下楼放走小狗。结果他跑去找了个纸箱将那只小狗藏在小区后面的桥洞下。每天放学两人就神秘兮兮地去小店买火腿肠跑去喂那只小狗，还给它取了个名字，叫"闪电"。那时两人都觉得这个名字很酷，只不过他们没有喂几天，那只小狗就不见了，从此他们再也没见到过。

三赖忽然笑道："想养吗？送你。"

虽然姜暮一直挺喜欢小动物的，但她从来没有正儿八经养过。上初中的时候她和姜迎寒提过，但被一口否决了。姜迎寒是个生活极其细致的女人，她不允许家里出现宠物的毛发和气味，因此养小动物这件事从来不在姜迎寒的考虑范围内。

现在姜暮住在靳强家，从某种程度上来说，她自己就是个外来客，又怎么好意思带只宠物回去？她只能对三赖说："谢谢，我没有地方养。"然后轻轻地将小黑狗送回它妈妈身边。奇怪的一幕发生了，小黑狗刚被姜暮放下去，又跌跌撞撞地要来找她，连三赖都觉得稀奇。

姜暮朝它伸出一根手指，它的脑袋立马搭在她的手指上，那柔软的触感直达姜暮心底，让她动了恻隐之心。

宠物店的玻璃门被敲了两声，两人同时回身望去，看见靳朝已经把姜暮的东西收进了书包，提着书包立在店门口对她说："走了。"

三赖弯下腰，在姜暮侧边说道："你要真想养，也不是没地方，去跟有酒说。"

姜暮抬起头看了三赖一眼，三赖笑着对她眨了眨眼。

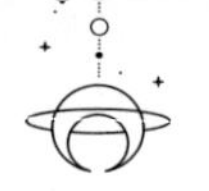

出了宠物店，姜暮才发现修车行的卷帘门已经被拉上了。靳朝把姜暮的书包放到一辆车上，然后开车要把她送回去。

路上，姜暮几次侧头看向靳朝，都不知道怎么开口。结果她还没酝酿好说辞，就已经到靳强住的小区了。

靳朝把车子开进小区，停在楼附近，将车子熄了火，出声道：“看了我一路，想说什么说吧。”

姜暮绕着弯子开了口：“我刚才在三赖哥的店里看见那只金毛生的小狗了。”

“嗯。”

“就还挺可爱的。”

“……”

“其中有只小黑狗，听三赖哥说，它出生时就断气了，是被他救活的，不知道为什么，西施好像不太喜欢它。”

“……”

姜暮见靳朝毫无反应，只能兀自嘀咕了一句：“你不觉得很可怜吗？”

靳朝突然开口：“他随便编个故事你还能感动半天？那你怎么不问问三赖是怎么救活的？人工呼吸？”

姜暮还真没想过这个问题，靳朝直接转头看向她，淡淡道：“想养？”

被他一眼看穿了想法，姜暮有点不敢回视，她点点头，小声问道：“可以吗？”

靳朝打开车门下了车，姜暮也跟着下了车。两人隔着车子，靳朝立在枯败的树干下点燃一根烟，月色清冷，衬得他的身影也略显疏离。他用若即若离的声音对她说：“他那四只小狗，有两只说得过去的被人订了，另外两只卖不掉的送你一只，让你跟我开口好养在我那儿，狗粮和洗护费用有人替他摊了。你是不是傻？”

姜暮怔了一下，还真没想到是这个套路，只能背上书包，将校服袋子拎在手中准备上楼。

靳朝似乎不打算上楼，直接隔着车子把家门钥匙扔给她。姜暮伸手接过，问道："什么时候还你？"

靳朝嘬了口烟，回道："我最近没时间回来，你先拿着。"

姜暮点了点头，转身刚走出几步，突然回过头问："要是……所有狗粮和洗护费用我出，暂时先养在你那边，这样可以吗？"

靳朝侧过头去嗤笑了一声，随后转过身来，突然正色道："那你毕业后呢？是准备把那只狗带走还是丢掉？"

姜暮没有回答，因为她还没想好高考结束后自己该何去何从。

靳朝紧接着又缓缓道出一句："既然总要走的，我劝你最好别养，养出感情来麻烦。"

姜暮立在原地，整个人都在发烫，不是因为那只狗，而是因为靳朝的话。这就是他的真实想法吗？

既然当年分开生活了，又何必有过多牵连？

既然他们根本不是兄妹，又何须联系？

联系多了，有感情了，多麻烦。

姜暮神色渐冷，她不再坚持，只是"嗯"了一声。说完，她头也不回，转身就大步往楼道走去，心口闷闷的。

靳朝在她身后叫了她一声："喂。"

姜暮脚步定住，转过身就朝他喊道："我没有名字吗？干吗总叫我'喂'？"其实她很清楚靳朝为什么不愿意叫她的名字，从前他喜欢叫她"靳暮暮"，可现在她不是靳暮了，她明明知道，可在这一刻还是将一腔不满发泄出来。

靳朝透过夜色瞧着她脸色通红的样子，好笑地扯了下嘴角："不给你养只狗还能气成这样？就这么稀罕那只破狗？"

姜暮义正词严地说："那不是只破狗，那是爹不要妈不疼的可怜虫。"

靳朝的脸色一点点冷了下去。姜暮感觉到了一种令人窒息的压抑，她躲开靳朝的目光，想赶紧逃离这个地方。可是在走进楼之前，她还是停住脚步。她知道她的话触及了他们之间最敏感的部分，她不敢去看靳朝，只是声音很弱地丢下一句："我没有对你失望，如果有，只有

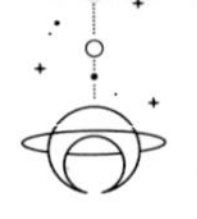

一个原因——你跟我断了联系。”

姜暮的身影消失在楼门口，靳朝却久久没有离开，他的眉间堆积着很深的纹路。这些年来他已经习惯了身边人对他失望，几乎每个过去相识的人看见现在的他，眼里都是隐藏不住的讥讽、同情和失望，对于这些，他也早已麻木了。他没想到还会有人说没有对他失望，或者说她的失望和他的现状无关。

靳朝的嘴边溢出一抹苦笑，他深深地吸了一口烟，那些不堪提及的过往似乎全部化为烟雾被他吸进肺里，苦涩在他胸腔间回荡。很久后，他才上车往回开。

三赖还在店门口的躺椅上打游戏，见靳朝回来，他漫不经心地瞄了眼，说道：“开这么久？”

靳朝没搭话，走到他旁边，扔给他一根烟：“那只狗什么时候断奶？”

三赖嘿嘿一笑，立马退出游戏，直起身子道：“一只狗就把你试出来了。你是怎么做到以德报怨的？小妹儿居然几句话就把你搞定了，真是让我大跌眼镜。”

靳朝不耐烦地瞪了他一眼：“你无不无聊？”

三赖把烟夹在耳朵上，踢了一个板凳给他。靳朝坐在三赖几步开外的地方，长腿随意屈着。

只听三赖说：“我还真是无聊得闲出屁了。就当年她们对你见死不救，换作我，肯定是不能深明大义的。”

靳朝低头翻着手机，没有说话。三赖继续说道：“我还真没想到你这个传说中的小妹儿长得这么正，小鼻子小嘴，两个眼睛水灵灵的，怪不得你能一直惦记着。她跟你其实没有任何关系，我要是你，就把她弄到手，恶心下她妈。你要下不去手，我替你把这事儿办了。”

靳朝的视线依然落在手机里的图纸上，正在查看放大了的某一角，然后用随意中透着一丝凉意的语气说：“你敢动她一下试试看。”

三赖整个人仰在躺椅上，笑得夸张：“你还当真了？我有病吗？把她发展成自己人，失去个办卡的潜在客户？等小黑狗一断奶，我亲自给你送去，要不要先充五千块办个至尊VIP？”

“一边凉快去。”

“……”

姜暮回到靳强家的时候，他们已经睡了，她尽量放轻手脚，洗完澡回房，然后把一些还没写完的题做完。快到十二点的时候，她把数学卷子重新拿出来。卷子上的最后一道大题她还没写，原因很简单，不会。所以她准备在睡觉前拿出来再琢磨一下。然而摊开卷子后，她惊讶地发现最后一道大题下面用铅笔画了一幅分析图。

姜暮从前有个数学老师说过，作图是理解题目的一种有效方法，能把思维具象化，解题过程和条件都可以通过作图一目了然，从而加快解题速度。道理上她懂，但遇到有一定难度的大题她偶尔会出现无从下手的状况，数学这个科目一直是她的短板。

看着眼前的图，姜暮唯一能想到的就是靳朝刚才帮她把东西收进书包时顺手画的，她渐渐摸索到了一些思路，又花了半个小时的时间来解这道题。解完后看着写得卷面满满的公式，她突然有种畅快淋漓的感觉。她又反复看了两遍，就在准备合上卷子的时候，发现在卷子的右下角有一个用铅笔写的印记，不过是倒过来写的。她将试卷反过来一看，居然就是这道题的答案，和她算的结果一样。

刹那间，姜暮有种无与伦比的成就感，这种难度的题她不是每次都能拿到全部的分数，通常只能拿到第一问的分数，像今天这样解得如此畅快的情况更是少数。她看着靳朝留下的字，陷入了短暂的沉思。这是她第一次感觉到他们之间的差距，也似乎明白了马老师眼神中的那种惋惜。

周一的时候，姜暮穿上靳朝的校服去了附中。这件校服套在身上

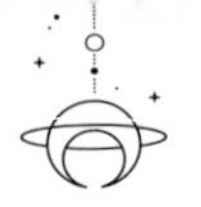

很大，她不得不把袖子卷起好几道才能把手伸出来。想到靳朝从前穿着这件校服坐在这里上过课，虽然依旧是陌生的环境，她却有了种不一样的感觉。

自从姜暮穿上这件校服，经常有人盯着她的校服看。一开始姜暮以为是这件校服太大引起了注意，并没有多在意，直到有一天上完物理课，严晓依问她："你没发觉刚才老郑头停在你旁边盯着你看了半天吗？"

姜暮还真是觉得奇怪，刚才在物理课上，郑老师晃到她边上的时候，还特地点名喊她起来回答问题。结果她答题的时候，郑老师的目光就没从她身上移开过。直到她答完题，郑老师意味深长地盯着她看了看，语重心长地来了一句："苦心人天不负，卧薪尝胆，三千越甲可吞吴。"

她莫名其妙地说："是啊，郑老师经常这样吗？"

严晓依盯着她胸前的校徽看了一眼，问道："你的校服是问谁借的？"

"怎么了？"

严晓依见她一脸不解的样子，告诉她："我高二的时候听人说，很早以前针对学科类市级及以上的比赛，但凡获奖的学生除了奖状和奖学金外，学校还会发一件特殊的校服，这件校服其他地方都和一般校服没有什么区别，只是校徽中间的那个椭圆形里面会绣上奖杯，一般是银色的。只有进入市、省级前三名的人，那个奖杯才是金色的。据我所知，这个奖励只实行了两届，不知道是什么原因就被取消了。传闻那两届里只出现过一个金奖杯校服，但是没有人见过。像我们，连银色的都没见到过。马老师曾经在5班授课的时候证实过这件事，说那个金奖杯校服的拥有者是他的得意门生，你认识那个人吗？"

姜暮愣怔地低下头，看见自己胸前的校徽里赫然绣着一个金色的奖杯图案，她突然想到那天的场景。三赖说想套一下这件校服，但是靳朝没让，还说就这一件，让她爱惜点，靳朝都没机会穿。她当时以为"就这一件"的意思是，他们毕业已经四五年了，找不到第二件。万万没想到这件校服还真是铜岗附中唯一的限量版。怪不得这几天好多人莫名其妙地盯着她的校服看。她作为一个转校生，从来不知道附中有过这样一段历史，她愣愣地对严晓依说："就……不熟，也是托人借的。”她很怕严晓依追着问她校服主人的情况，她总不能说他们口中的传奇人物现在就在几条街外替人修车吧。

姜暮下意识地帮靳朝维护体面，不再开口。

放学后，姜暮抽空跑去剪了头发。姜暮从小学五六年级以后几乎没有留过长发，头发一长到肩膀就要去剪短。姜迎寒说，她本来就缺乏锻炼，又挑食，别好不容易汲取的营养都给头发吸收了，搞得她头发一长就总有种紧迫感。

剪了短发，她的脸显得更小了。有一天上数学课时，严晓依悄悄地对她说：“你听说了吗？”

“听说什么？”

“班上好多男生说你是初恋脸。”

姜暮压根儿没心情搭理这些男生，同班的人其实比她小一届。对于学生来说，每小一届都有很鲜明的心理落差，所以在姜暮眼里，这些男生都是弟弟。

自从“初恋脸”这个说法传开，潘恺感受到了强烈的危机感，所以近几天放学非要跟着姜暮。姜暮上8路，他也上8路，姜暮转12路，他也转12路，非要目送姜暮回家才肯罢休。

毕竟公交车公司不是姜暮家开的，她没法阻止潘恺坐公交车，只能在每次下车后都对他说：“你能不能别跟着了？”

潘恺就装傻充愣地到处瞎看，第二天照旧。

有一天这事儿被才从超市回来的赵美娟撞见了，她当晚就跟靳强讲：“我看到个小子送你女儿回来，你说，她会不会早恋了？”

靳强不以为然地说：“怎么可能？她才开学半个多月，哪能有你说的那样？”

赵美娟搡了他一句：“是，你女儿什么都好，出了事她那个妈肯定来找你问罪，别怪我没提醒你。”

靳强斜了她一眼：“怎么还越说越来劲了？”

本来这件事只是赵美娟随口一提，结果第二天她下楼倒垃圾的时

候又看到了潘恺，她还特地绕到楼边上。等姜暮上了楼，她看见那个男孩还在原地徘徊，一副处对象的样子。她二话不说，拿出手机打了个电话给靳朝。

靳朝那边一接通，赵美娟就扯着嗓门嚷道：“要死了，老靳那个女儿早恋了。我前几天就发现这事儿了，跟老靳说他还嘴硬说不可能，我都亲眼看见了。你赶紧带几个人偷摸着警告警告那个小伙子，要不然真出什么事，那个女人指不定还要怎么编派我们呢！”

靳朝这几天一直很忙，接到赵美娟电话的时候也没闲着。电话里的消息让他挺意外，不过他了解赵美娟喜欢夸大的性格，还多问了一句：“你亲眼看到什么了？”

赵美娟添油加醋地说：“那个男孩天天晚上送姜暮回家，小手拉得可欢了。”

“确定？”

“错不了，我什么眼神？”

“知道了。”

靳朝挂了电话，将手中的套筒、扳手往旁边一扔，坐在一只废旧的轮胎上，点燃一根烟。

三赖推开后门，瞧了他一眼，诧异道：“不是说赶工吗？怎么坐那儿抽起烟了？”

靳朝瞧了他一眼，没出声。过了十几秒，他突然开口：“章佟弟弟的电话给我。”

“章帆啊？找他干吗？”三赖一边问，一边把章帆的手机号推给了靳朝。

靳朝起身走到后院墙边，拨通了章帆的电话，让他在学校打听一下姜暮是不是真的处对象了。

其实，在靳朝看来，如果不是复读，姜暮应该上大一了，真处对象也谈不上早恋，只不过在他眼皮子底下，他多少还是要了解。

章帆第二天到了学校就让同班的一个兄弟跑去问。结果这个兄弟正好和潘恺住同一个小区，前一周姜暮带着潘恺来找章帆的时候，问的也是他，那时潘恺还跟他介绍姜暮是他未来的嫂夫人。

于是，这个兄弟直接告诉他：“对啊，那个复读生是潘恺对象。”

这个消息很快就传到靳朝那儿。中午的时候赵美娟又火急火燎地打电话给靳朝，嘱咐他：“对了，你处理这事儿的时候注意方式方法啊，别刺激到姜暮让她回来闹自杀。”

“……嗯，我晚上找她谈谈。”

靳朝挂了电话，琢磨了半天。他还真没处理过这种事，让姜暮跟那人分了，他似乎没有立场；去把那个小伙子打一顿，现在的他还真干不出这种事。

正好看见三赖在店门口替猫梳毛，靳朝朝他砸了一根烟，问道：“问你个问题：怎么棒打鸳鸯？”

三赖用一种奇怪的眼神盯着他：“棒打鸳鸯，你啥时候也干这种缺德事了？不过你要真打，方法也很简单，你去把那女的抢了，实在不行抢那男的也成。”

靳朝觉得跟他讨论这件事简直就是在浪费空气，他起身进了维修间，就听见三赖在外喊道：“你要棒打哪对鸳鸯啊？”

Chapter 4

唯一的浮木

有什么东西在心底深处被人撕裂、否定、抛弃。

这段时间靳昕也开学了，但是她并不是天天都去学校，似乎也不太爱学习。有一次单元测验，姜暮听说她数学才考了36分，虽然她自己数学也不好，但这么对比，她算是个“数学天才”了，起码像靳昕这么大的时候，她还是能够考到满分的。

本来姜暮觉得这个小女孩可能先天不足，学不明白，但很快她就发觉并不是那么回事。姜暮不在家的时候，靳昕会摆弄那台学习机，但是只要她在家，靳昕就会故意把学习机扔在地上。有时候她买吃的会顺手帮靳昕买一份，但是靳昕并不领情。于是秉持着井水不犯河水的原则，姜暮一般把靳昕当空气，后来也不主动搭理她了。

有两次，姜暮发现自己的学习资料被揉烂后扔在客厅桌子底下，这事儿让她挺恼火。她问靳昕是不是进她房间了，但每次靳昕都不言不语，她又不能拿个小孩怎么样。好在那些都是她写完的材料，她也就没有继续深究，后来出门就把自己的房间门锁起来，倒是消停了一阵子。

靳朝原本打算找姜暮聊一聊，然而被一件要紧的事耽误了，他还没有棒打鸳鸯，铜岗就迎来了一场突如其来的大雨。

那天正好是周六，学校放学比较早，靳强还没下班，姜暮到家没多久，赵美娟突然接到同事电话要去小区附近拿个东西。她走之前跟姜暮打了声招呼。

不久，窗外几道惊人的闪电将夜空点亮，姜暮坐在写字台前被惊了一下，抬起头的时候，几声炸雷骤响，姜暮汗毛战栗。她怕打雷。自从9岁那年的大雨夜爸爸带着靳朝离开家，遇到这种狂风暴雨的天气，她总是辗转难安。但很快，她想到靳昕还在家。尽管她对这个同父异母的妹妹并没有多少好感，可在这样的夜晚她还是下意识地要去照看那个小女孩。

姜暮丢掉笔，把门打开。客厅亮着一盏小灯，并没有看见靳昕的身影，她喊了两声，没有人应答。她跑进厨房寻找，出来的时候看见在餐桌下面抱着膝盖的靳昕。虽然这个女孩有些古怪，对她也不算友善，但看见她蜷缩在桌子下面时，姜暮还是心软了。她朝靳昕走去，对她说："别怕，你出来。"

就在她刚准备弯下腰的时候，瞥见那台学习机放在桌子上，学习机屏幕是亮着的，上面显示着通关的题目。通常每答对一道题就会奖励星星，然后可以解锁趣味小游戏。

耐人寻味的是，4+7都算不出来的靳昕却可以在二年级下册的题库里通到第十二关。姜暮震惊地看着屏幕上还在读秒的题，指着学习机问道："这些题是你做的？"

靳昕突然惊恐地从桌子下面跑出来，抱起学习机，然后在姜暮毫无防备的情况下将学习机一下子砸在墙上。"砰"的一声，学习机掉落在地，屏幕碎裂。

姜暮觉得不可理喻，问："你干吗啊？"

这台学习机不算便宜，本来也算是个心意，这个小孩连声"谢谢"都没说过，不领情也就算了，可现在居然当着她的面把学习机给砸了，姜暮也来了火。

靳昕转身就要跑，姜暮一把拽住她的胳膊，按住她的肩膀压低声音质问道："你明明会那些题，为什么装作不会？"

靳昕根本不理会姜暮的质问，开始使劲挣扎。8岁的女孩已经有了些劲。不一会儿，姜暮被她弄得满头大汗，靳昕的指甲划得她满手都

是血痕。姜暮小腹一阵痉挛，又联想到靳昕这些天偷跑进她房间破坏她学习资料的事，脾气一下子上来了，她朝靳昕吼道："你妈知道你这样吗？我待会儿就告诉她。"

听到姜暮提起妈妈，靳昕本就突出的双眼迸发出一种慑人的光，她抬起右脚狠狠踩在姜暮的脚背上。姜暮吃痛，惊呼一声，靳昕顺势挣开她，抬腿就跑进了房间，猛地把房门关上。

姜暮一瘸一拐地冲到房门口拧门把手，房间门被靳昕从里面反锁了。她使劲敲门对靳昕喊道："你别躲，你给我出来。"

她敲了半天门，里面的靳昕并没有理她，一股无名火从小腹直蹿心底。姜暮腿一软，身体靠在墙上，排山倒海的感觉袭来，她跌跌撞撞地跑进厕所简单地处理了一下，然后匆忙回到房间，拿起手机和钥匙，又翻出一把雨伞，顶着大雨跑出楼，直奔附近的便利店。

一路上狂风大作，雨伞几度被风吹翻了面，道路两旁的招牌被雨柱冲刷得越发模糊。姜暮有轻度近视，平时倒不影响生活，但这样漆黑的雨夜让她的行进更加困难。她顾不得被打湿的衣服，几乎一路小跑，找了十几分钟才找到一家便利店。她冲进便利店。买完东西，看着外面并没有减弱的雨势，她捂着越来越疼的小腹在门口又徘徊了十几分钟，再次深吸一口气冲进大雨里，往回走。

姜暮摸回小区时看见小区里面停着两辆警车和一辆消防车，好多人冒着雨站在小区里面。她不知道发生了什么事，一路走到靳强所住的楼下，赫然看见楼外拉着一道黄色警戒线，她的心猛地一沉，突然听到一个熟悉的声音撕心裂肺地叫着："你这是要我的命啊！"

姜暮顺着声音望去，居然看见两个警察拉住快要发狂的赵美娟，所有人都朝着楼上瞧。姜暮把伞一抬也望了上去，这一望吓得她手中的伞和塑料袋同时掉落，只见被大雨冲刷的五楼阳台外站着个瘦小的人，靳昕的脚跟已经完全暴露在外面，只有一双手抠着阳台边缘。随着毫无停歇之势的暴雨和强风，靳昕随时都有从五楼掉落的危险。

姜暮瞬间感觉一股血液冲入大脑，她推开人群就往里冲，在赵美娟附近被围挡的警察拦了下来。她恐惧到了极致，紧紧盯着那道小身影。有几个消防员已经冲了上去，进了靳强的邻居家，试图从邻居家的阳台上翻过去将靳昕救下。

另一组消防员在楼下设置救生气垫，混乱的场面、滂沱的大雨，耳边的哭叫声、现场警察和消防焦急的指挥声，由远及近的救护车，这一切都让姜暮感觉天旋地转。她几乎是屏住呼吸看着这一幕。有一个消防员戴着安全锁扣翻出邻居家的阳台，眼看就要碰到靳昕时，一道人影突然从高空坠落。周围爆出一阵尖叫，姜暮只感觉眼前一黑，心跳跟着骤停，整个世界都暗了。

再后来，赵美娟挣脱警察冲了过去，无数人往气垫那儿围去。有人在喊医生，有人在喊家属，一群穿着白衣的人冲进人群，警察拿着喇叭将人群疏散。不一会儿，一个很小的身体躺在担架上被抬了出来，直奔救护车，有医生大喊："家属跟着。"

姜暮不知道自己是怎么跟着赵美娟跑上救护车的。一路上她整个人都是蒙的。她从来没有遇到过这种事，或者说她从前只在新闻中见到过，以前从没有一个活生生的人在她的眼前坠过楼，她的心脏狂跳不止，恐惧、害怕、惊吓混杂，脑海中像有个秤砣来回冲撞，眼睛看东西都是模糊的。

靳强已经接到消息，几乎和救护车同时抵达铜岗第一医院。靳昕刚被抬下去时，靳强和赵美娟跟着医生一起跑进医院，姜暮也跟在后面。她双腿不停地打战，上楼梯的时候还摔了一跤，她又很快爬起来跟了上去。

靳昕当下处于昏厥状态，一到医院就被送去检查。医生让他们安排一个家属先去办手续，其他人留在外面。

靳强赶紧跑下楼去办手续。走廊里很多不明真相的护士和其他病患以及家属都在伸头张望。赵美娟被阻挡在抢救室外面，急得掩面大哭。

姜暮立在她几步之外的走廊上，雨水顺着她的身体滴落在脚边，她同样惊慌失措地盯着抢救室的大门。

突然，赵美娟好似想起什么，猛地回过头恶狠狠地盯着姜暮，走

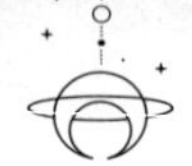

了几步定在姜暮面前，逼问道："你为什么要把昕昕一个人留在家里？你跑去哪儿了？"

姜暮张了张嘴，说道："我去买……"

话说到一半，她侧头看见周围全是人，短暂的沉默引来了赵美娟更大的怒气，她扯着嗓子喊道："你是不是去见那个男孩了？大晚上的跑出去，你还知不知道羞耻？昕昕要是出什么事，你就给我滚蛋。"

无数异样的目光像耳光一样打在姜暮脸上，她已经听不清赵美娟在胡言乱语些什么，她只感觉整个走廊的灯光都在晃，心里只有一个想法——她想离开这里，立刻买车票离开这里。她要回苏州，哪怕那里已经没有一个亲人，她也要回去，她不想待在这儿，一刻、一分、一秒也不想。

一道人影从走廊尽头疾步而来，赵美娟见姜暮始终没有反应，怒火终于堆积成山，她抬起手就狠狠地将姜暮往后推。姜暮双腿发软，没有任何力气，身体不受控制地往墙上砸。

突然，人影一闪，姜暮的后背砸在一道臂弯间，她抬起头看见一路赶来的靳朝。他拿着一把黑伞，眉头紧皱，把姜暮拉到一边，上前一步对赵美娟说："行了。昕昕怎么样？"

赵美娟哭诉着，反反复复地说靳昕跳楼的过程。她说，靳昕要有什么事，她也不想活了。靳朝面色沉着，眼里透着可怕的光，那是姜暮从未见过的样子，让她害怕，甚至不敢靠近。

靳强办好手续回来没多久，靳昕就被转到了普通病房。从病房出来，靳强和靳朝去了医生办公室。姜暮跟在靳强身后，停在医生办公室门口，听见医生说孩子没有什么生命危险，在坠楼过程中受到不小的惊吓导致暂时昏厥，现在已经清醒了。另外，就是孩子右手食指有轻微骨折，已经处理过，没有大碍，就是孩子情绪不大稳定，需要家属多多安抚。

靳强和靳朝从办公室出来的时候，姜暮站在不远处的墙边，头顶半暗的灯光笼罩着她，也许是浑身湿透的缘故，让她看上去像随时会被风吹倒的纸片。

靳强叹了一声，对靳朝说："暮暮估计也吓得不轻，你先带她走吧。"

说完，他走到姜暮跟前，拍了拍她的肩："你先回去，这里没什么事了。"

靳强交代完就回病房了。姜暮始终低垂着脑袋，直到身前落下一道阴影，遮挡了走廊的光。她感受到了靳朝身上的温度，但是她没有勇气抬头。

凑近一看，靳朝才瞧见她脸色苍白，抱着身体的手臂还在微微发抖。他对她说："冷吗？"她没有回答。他又说："跟我走。"她还是没有动。他转身离开。

身前的温度消失了，姜暮慌乱地转头看靳朝。几步之后，他停下脚步，回过身来看着她。空荡的走廊，寂静的夜里，他眼里没有温度，空洞、冰冷、暗沉。

靳朝并没有对姜暮多说什么，就连带她离开时也始终沉默着。从来没有一刻让姜暮觉得靳朝离自己这么遥远，即使曾经分处天南地北，她也始终认为自己在靳朝心里或许有一个无可替代的角落，一如她自己一样。直到靳昕出事，她才觉得曾经的幻想变得像泡沫一样可笑。赵美娟大半个月来表面维持的客气可以在瞬间灰飞烟灭，那么靳朝呢？曾经儿时相处的情谊是不是也会在这件事后彻底消失？

而且真实情况是她离开家的时候的确和靳昕闹了一场，可她不知道这件事是不是让靳昕爬到阳台外面的动机。自责？后怕？难受？委屈？她已经不知道自己现在是什么感受，所有情绪积聚在胸口，让她几乎喘不上气来。

靳朝拿着滴着水的雨伞走在前面，姜暮落后几步跟在后面。电梯门开了，里面有个要被送往急诊的病人躺在移动床上，护士和家属将不大的电梯几乎塞满了。

靳朝没有进去，而是往安全通道走。姜暮转身，默默地跟在他身后。当安全通道的门打开，再次关上后，夜晚的静谧像黑暗中的巨兽，让

姜暮的神经变得异常敏感。

姜暮突然上前几步追上靳朝，对他说道：“她撒谎了，她会做很多题，我亲眼看见的。我问她的时候她把学习机砸了，还把自己反锁在屋里。”

靳朝没有出声，他的背影很挺拔，却好像藏在一团迷雾里。姜暮看不见他的表情，却能感受到他沉闷的情绪。

她试图跟他解释：“我喊她开门，她不肯出来，我也不知道她会爬出阳台。”

两人下到一楼，靳朝突然停住，他的声音回荡在楼道内，低沉又压抑：“你觉得我会不清楚？”

那一刻姜暮是震惊的，她没想到靳朝知道靳昕的状态，知道她撒谎、故意不好好写题，那为什么还要纵容她这样？

可就在这时，靳朝转过身，黑黑的瞳孔在漆黑的楼道里像让人无处遁形的刀子，盯着姜暮的双眼：“你呢？去了哪儿？”

“买东西。”

“偏要冒这么大的雨跑出去买东西？”

他没有像赵美娟那样直白地将靳昕的意外归咎于她，但这句话在姜暮听来更像一种无形的责备。

她就这样看着眼前的男人，内心生出一股从未有过的陌生感。她甚至想，靳朝来他们家的时候已经两岁多了，两岁多的男孩当然清楚自己真正的爸妈是谁。她从记事起就将自己的信任和情感交给了他，可从前的她根本就没有思考过，靳朝看待她的角度和她看待他的并不一样，打从她出生的那一刻起，靳朝便知道他们没有一丁点血缘关系。她可以在分别这么多年后依然挂念他、信任他，可他不一定和自己有着同等的牵绊。

姜暮眼中的光一点点暗了下去，她想起了姜迎寒出国前对她的嘱咐：“那个人不是你哥哥，你跟他最好保持距离。”姜暮的手渐渐握紧，手背的指甲印被雨水泡得生疼。她死咬着牙根转身拉开门，往医院外走。

靳朝问道：“你要干吗？”

姜暮头也不回地说：“不用你管。”

她半个身子没入大雨中，被靳朝一把扯了回来。他的视线压下来，锁住她："还嫌事不够多吗？"

"你是不是觉得我故意把靳昕丢在家里，不顾她死活？"

姜暮的眼里闪着莹润的泪光，又被她硬生生憋了回去。门再次自动合上，右边是医院空荡的大厅，左边是倾泻而下的雨柱，她的声音被一波又一波雨势盖住，靳朝不得不朝她靠近想听清她在说什么，然而姜暮下意识后退的动作让他的脚步顿住。

雨帘倾斜，秋雨如烟，迷蒙一片，她望着他，眼里是靳朝熟悉的光。

高三之后的一年里，靳朝在无数人的脸上见过这样的表情，是那种渐渐离他远去的神色。雨声太大，大到他依然听不清她在说什么，却看着她的唇形，耳畔仿佛出现了她的声音。

"你不是我哥，我跟你根本没有关系，我去哪儿你管不着。"

随着最后一个字落下，她的身影冲进大雨中，不顾一切地消失在夜色中。靳朝眼里的震撼像雨柱打在积水中，溅起汹涌的波纹，仿佛有什么东西在心底深处被人否定、撕裂、抛弃。

姜暮一口气跑了很远。铜岗第一医院附近的路她压根儿不认识，尽管这样，她也不愿意待在这里，她甚至一晚上都不想再等。

路上没有出租车，连个行人都没有，她不知道跑了多久，冲进街角的ATM机前，缩在屋顶下。雨太大了，雨水不停地打在她身上。她从裤子口袋中拿出手机，屏幕湿了，好在还能用。她翻出App寻找最近一趟回去的车次。铜岗到苏州没有直达车次，她只能翻找到北京的火车，可最早也要等到明天上午。她抬起头看着苍茫的雨夜，头顶没有任何光亮，只有一根根尖刺般的雨滴落下，她头一次尝到绝望的滋味。她想打给妈妈，告诉她现在发生的一切，告诉她，自己再也不想待在这个鬼地方。可就在要拨通电话的那一刻，她忽然顿住了。妈妈在墨尔本，即使跟她说了，她也不能立刻出现在自己身边带自己逃离这里。相反，她会立马打电话给靳强跟他大吵，这样不仅会让靳强和赵美娟觉得她是个转身就告状的麻烦精，还会让远在墨尔本的妈妈提心吊胆。

姜暮突然意识到这通电话在今晚根本解决不了任何问题，她狠狠心锁了手机，蹲下身将脸埋在双膝之间。时间无声地流逝着，在这几分钟内，她想到了更多现实的问题。

复读手续是姜迎寒单方面和靳强联系办理的，她即使明天一早赶最早的一趟车回苏州，可回到苏州后她该怎么办？该怎么上学？需要哪些手续？要到哪里开哪些材料？需要家长到场吗？这些东西，她一无所知。

起初的冲动被狂风吹散，姜暮渐渐冷静下来，可冷静下来后更加无助和绝望。

温热的液体顺着手臂滴在地上，和雨水混合在一起。不知道过了多久，那些打在身上的雨水消失了，姜暮把脸从双膝间抬起来，看见头顶罩着一把很大的黑色雨伞，靳朝喘着气立在她面前，他那双眼里不再毫无波澜，取而代之的是清晰可见的焦急，像一把火照亮了漆黑的夜。

靳朝不知道找了多久，几乎把医院附近的路都跑遍了，他不敢去想这样的大雨夜对于一个人生地不熟的女孩来说有多危险。在看见她蜷缩在ATM机旁的身影时，他的一颗心才猛然落地。他大步朝她走去，憋了一肚子火，可就在姜暮抬起头的一刹那，那通红的双眼和委屈的模样让她像被这个世界误解、丢弃的小可怜，让他一句责备的话都说不出口。他缓缓地蹲下身，用手上的大伞将他们笼罩在方寸之间。姜暮紧紧地抱着自己的膝盖，眼眸闪烁。他的呼吸离她很近，目光落在她手背的血痕上，眼神忽然紧缩了一下。

靳朝抬起手，他指腹的薄茧摩挲着她的脸颊，试图拭去她的泪，可就是这么一个细微的动作让她的眼泪如关不住的水闸，越流越多。靳朝的手落在她的脑后，将她的脑袋压在自己的锁骨上，感受着她肩膀的颤抖，像小时候那样规律地拍着她的后背，轻轻安抚她，同时对她说：“她从前不是这样的，刚得上这种病的时候心态还算积极，也许是那时候还小，根本不懂。到进展期的时候，白化面积不断扩大，后来头上也有了，接受治疗需要将头发剃光。幼儿园没人愿意跟她玩，上了小学，情况也没改善，虽然和学校老师打过招呼，但她在学校还是遭遇了一些……一些不太好的事情。虽然我之前只是怀疑，但是今天的事让我更加确定昕昕可能患上了严重的心理疾病，这意味着从今天开始，她除了要接受身体治疗，还有可能要接受一定程度的心理治疗。我没有责怪你，我只是觉得你搅和进来挺倒霉的。”

姜暮有些难以置信地抬起头盯着靳朝。他的睫毛被雨水打湿了，他同样被淋得狼狈，不比她好多少，他在向她解释，解释靳昕的反常和所有人的焦虑，好像堵在姜暮心里过不去的坎突然松动了一些。

他安抚她的手停了下来，声音低了几分：“现在可以回去了吗？”

伞外是另一个世界——一个陌生、冰冷的世界，伞内是他为她临时支起的庇护所。姜暮没再继续执拗，她不可能一直跟自己较劲，蹲在这个地方，她需要暂时度过这个倒霉的夜晚。

她站起身，眼神不停地闪躲，别别扭扭地说：“没车，怎么回去？”

话音刚落，靳朝的手机响了，他接通后报了个地址。没几分钟，一辆白色本田打着双闪出现在他们的视野中。靳朝举起右手将亮着屏幕的手机朝着那辆车挥了挥，车子随即转了个方向朝他们狂奔过来。

靳朝撑着伞，斜了一眼姜暮，看她还缩在边上，离他好几步远，一副划清界限的模样。靳朝干脆一把将她扯过来，将她拢在伞下朝白色本田走去。

打开后车门，靳朝一把将姜暮塞进去，自己则绕到副驾驶座。姜暮刚上车就看见开车的三赖满脸诧异地回头盯着她，又转过头看着同样满身雨水的靳朝，惊道：“大半夜的你们俩去盗墓啊？还能搞成这样？”说着，他又回过头去看姜暮。姜暮抿着唇不吱声，靳朝抬手将他的头转回来，落下两个字：“开车。”

车内气氛有些怪异，三赖不时地从后视镜里瞄一眼姜暮，又用余光瞥了瞥靳朝，自顾自地说道：“你们吵架了？”

靳朝不耐地揉着眉心：“不能开，下来，我开。”

三赖不说话了，撇了下嘴角继续开车。

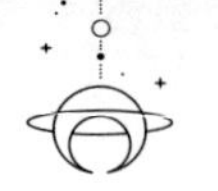

姜暮的家门钥匙放在塑料袋里，一起丢了，靳朝让三赖把车子开回修车行拿备用钥匙。

铜仁里在大雨的夜里格外清冷，所有店门紧闭。车子停在飞驰修车行门口，靳朝将卷帘门打开，穿过黑暗的维修间走到那间休息室，然后掀开帘子去里面找出了备用钥匙。

他出来的时候才看见姜暮跟着自己进了休息室，双手紧紧地攥着，放在身前，头也微垂着。他看了她一眼，对她说："可以走了。"

姜暮没有动，靳朝又催促一声："不早了。"

他走到休息室的门口，刚踏入维修间，姜暮的声音突然从他身后传来："你上次说的话还算数吗？"

靳朝转着手中的钥匙转身睨了她一眼："什么话？"

"就……住你这儿。"

靳朝转着钥匙的手停了下来，嘴角一扯，他用她刚才的话回道："我又不是你哥，你觉得这样合适吗？"

姜暮紧紧地咬着下唇，那副忍辱负重的表情让靳朝觉得好笑，他把钥匙扔给她，回身往里间走，丢下一句："就一晚。"

Chapter 5

秋夜里的催眠曲

"我又不是你哥，你觉得这样合适吗？"

靳朝掀开帘子走进里面那个房间，对姜暮说："进来。"

这是姜暮第一次踏入这个属于靳朝的小单间。除了她上次看见的一张钢丝床和床头柜，还有一个深色的简易衣柜，再往里有扇门。靳朝将门拉开，是个更小的淋浴间。他找了件干净的长袖衫，回身放在床上，对她说："我在外面，有事叫我。"说完，他便出去了，顺带关上了休息室的门。

一晚上接二连三的事情让姜暮根本来不及顾及自己的生理情况，直到靳朝离开，她才意识到自己现在似乎并不方便洗澡。她打开休息室的门，看着外面的大雨犹豫着要不要再冲出去一趟。可身体已经消耗到极限，小腹隐隐作痛，疼得她一步都不想走，于是只能蹲下身拿出手机找跑腿的，但发现这一片根本没有人接单。姜暮活到现在都没遇到过这么窘迫的境况。

靳朝在隔壁跟三赖说话。约莫十分钟后他再次回到修车行，看见休息室的门开着，光亮从里面透出来，门口好似还有个人影。他扔掉手中的烟，往里走去，越近看得越清晰。姜暮并没有洗澡，而是头发湿答答地蹲在休息室门口，手捂着肚子。

借着休息室的光线，靳朝看见她脸色白得吓人，五官全部皱在一起。他弯下腰问道："哪里不舒服？"

姜暮抬起眼，眸中的光像破碎的玻璃，扎进靳朝心底，他放缓声

音又问了一遍："肚子疼？"

姜暮抿着唇，苍白的脸上浮起羞赧的神态，她点了下头。靳朝刚准备去找找看有没有胃药，突然意识到什么，他再次转过身，有些不自然地问："你是不是……"而后他脑海中像有根弦突然断了，双瞳骤然放大，盯着面前脆弱的女孩，问道："你刚才冒着大雨跑出去就是为了买……"

姜暮喉咙里仿佛卡着一块巨石，难堪和委屈汇聚在喉间，她小声呢喃了一句："弄丢了。"带着颤音的三个字让姜暮此时的窘境无所遁形。

靳朝瞬间想骂自己一顿，他在原地呆愣了几秒，狠狠揉了下短发，放缓声音对她说："你先去洗澡，我去买。"说完，他便大步往外走去。

姜暮眼睛发酸地看着他再次没入大雨中的身影，眸中的光终于回温了。

靳朝将卷帘门拉上，三赖正好站在门口手捧大碗吸溜着面条，见他又要出去，喊道："去哪儿？"

靳朝睨了他一眼，没说话。修车行附近有一家小店还开着门，只不过靳朝经常到那儿买烟，老板跟他很熟，平时左一声"哥"右一声"哥"的。他深更半夜地突然跑去买女生用的卫生用品，估计这事儿第二天就能传遍整条街。他想了一下，还是开车兜到了后街的便利店。

这家便利店不大，总共三排货柜，老板是个肚大腰圆的中年妇女。她见靳朝晃到卫生用品那儿，用一种微妙的眼神瞅着他，瞅得靳朝浑身不自在，他没买过卫生用品，于是胡乱拿了一堆跑去结账。

老板一样一样扫码，跟他说道："一元换购要不要参加？多加一块钱就行，你看这么多东西可以选……"

靳朝听着她吧啦吧啦地介绍，有些不耐烦，翻出付款码对她说："行吧，快点。"

老板娘果然利索了很多，问他要换什么东西。靳朝急着走人，丢了一句："随便。"

老板娘见小伙子深更半夜买卫生用品，一看就是会疼人的年轻人。

于是她非常识趣地从后面的货架上拿了一盒避孕套，扔进塑料袋。靳朝看都没看就拎着袋子就走出便利店。

车轮碾了一路，雨水飞溅，他开回修车行。三赖还捧着碗伸头往外张望，直往他拎着的塑料袋里瞅，还眯着眼问道："买什么好东西去了？"

靳朝换了只手，直接将塑料袋拿到身后，单手拉开卷帘门，问道："女人肚子疼怎么整？"

"哪方面疼？"

靳朝斜了他一眼："你说呢？"

三赖笑着放下大碗，掏出手机对他说："我帮你打给小萍子问一下。"

这个小萍子是三赖发小儿，上高中时追了三赖三年。那时三赖沉迷于网络游戏，亲手将这个姑娘的一腔热情埋葬了。后来小萍子开窍了，觉得三赖天生是修仙的命，活该单着，于是单方面跟他断交。

几年没联系，三赖突然在一个大雨滂沱的夜晚打电话过去，接通后问的第一句话却是："萍子啊，你平时姨妈来了肚子疼都是怎么整的？"

"……喝你姥姥洗脚水。"那边挂了电话。

手机按的免提，空气中弥漫着淡淡的尴尬。靳朝提着袋子，眼神瞟向三赖。三赖干咳一声，说道："我觉得她这个方法不太可取。"

靳朝不再搭理他，走进了房间，将东西放在淋浴间外面，对着里面说了一声："东西给你放地下了。"然后便出去了。

淋浴间很逼仄，但却收拾得干干净净，不会给人任何不适感。其实靳朝小时候挺爱干净的，比起同龄的男孩整天玩得脏兮兮的模样，他倒是很少灰头土脸。姜迎寒在他很小的时候就教他怎么洗自己的衣服了。在姜暮印象中，靳朝的衣服都是自己洗的。惭愧的是，她长这么大了，在家的时候，衣服依然是妈妈帮她洗，从前是不知道，现在才觉得妈妈那是赤裸裸的偏心。

姜暮洗好后，看着淋浴间唯一的一条深蓝色毛巾，拿了过来。毛巾上有很好闻的味道，那天她在才洗完澡的靳朝身上也闻到过，是薄荷的清香味。和异性共用一条毛巾这件事让姜暮觉得挺难为情的，她

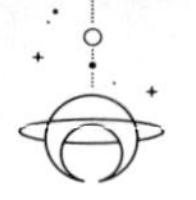

不禁又想起刚才靳朝的话：“我又不是你哥，你觉得这样合适吗？”

不合适，似乎没有其他办法。

姜暮洗完澡，将淋浴间的门打开一道缝隙。靳朝并不在。她低下头，看见脚下放着一个塑料袋，里面有好几袋卫生巾，居然还有盒新的女士内裤。姜暮想原地消失，可现实又不得不让她向窘迫低头。她换好靳朝找给她的长袖衫——大到可以当裙子穿，然后将塑料袋胡乱塞进床头柜。想到同样湿透的靳朝，她拉开帘子，走出休息室，对待在维修间的他说：“我好了，你洗吧。”

靳朝看了一眼她的脚，35码的小脚穿着他43码的黑色拖鞋，怎么看都有种小孩偷穿大人鞋子的滑稽感。

靳朝眼形很长，没有情绪的时候会给人一种很冷漠的感觉，眼里带笑时却又总是迸发出一种烫人的光。姜暮被他看得很局促，顺着他的目光看着脚上的拖鞋，忽然意识到什么，对他说：“我去床上，鞋子给你。”说完，她又回到房间，爬上钢丝床，把拖鞋留在床下。

靳朝走进房间，打开简易衣柜，翻出一套干净衣物进了淋浴间。打开门的时候看见自己的毛巾被洗干净叠得方方正正的放在洗手台上，他拿起毛巾，指腹摩挲着柔软的毛巾，心底有什么情绪也被拨动了一下。

淋浴间传来水声。姜暮鞋子湿了，没有多余的拖鞋，她只能待在床上。她抬起视线，发现床边的墙上打了三排黑色隔板，其中两排放书，还有一排放着打火机、备用汽车钥匙和不认识的小零件等杂物。

那两排密密麻麻的书基本都是关于汽车构造与拆装的，有几本厚厚的三维图解，还有姜暮根本看不懂的工业技术类书籍，甚至有专门研究风阻系数的。

靳朝从前也喜欢看书，那时他的书姜暮就看不懂，没想到现在他长大了，他的书她依然看不懂。

淋浴间的门被打开了，姜暮赶紧收回视线，盯着才走出来的靳朝。他见她老老实实地坐在床边，似乎怕弄乱他的床铺，从他进去到出来一直没有变过姿势，长袖衫盖过膝盖将她整个人都包了起来。

靳朝想起来这件长袖衫是去年刚离开万记时，三赖拖着他去石家庄散心，非要喊他去逛北国商城，又说他出来一趟什么也没买，逼他买样东西安慰自己。然后他就随便拿了这件长袖——牌子货，不便宜，买来就一直扔在那儿。他天天干活，一次也没穿过，现在被姜暮撑得都变了形，他也懒得管，回身在衣柜下面翻找着。

很快，他找到一袋棉签、一瓶消毒水和一包创可贴，然后径直走到姜暮面前，将东西放在床头柜上，半蹲下身对她说："手给我看看。"

折腾了一晚上，姜暮差点忘记这件事。她没想到靳朝能注意到，于是将手从长袖衫的袖口伸出来递给他。靳朝看见白嫩的手背上有好几道触目惊心的指甲印，目光呆滞了片刻。

他默不作声地用棉签蘸了消毒水，轻轻握着她的指尖，喉结动了一下："疼吗？"

姜暮把下巴搭在膝盖上，吸了下鼻子，"嗯"了一声。

靳朝的动作轻了些，他边处理边对她说："她还是小孩，不知道轻重，你——"

话还没说完，姜暮便嘟囔了一句："谁还不是个小孩了？"

靳朝低着头笑了起来，姜暮神色微愣，虽然已经很难在他身上找到从前的影子，可靳朝的笑容似乎没有变过，漂亮的唇形，上扬的时候就连空气都变温柔了。

靳朝垂着视线，语气里带着些许散漫："那你想怎么办？要我替你去讨个公道？"

姜暮撇开视线，赌气地说："你舍得为了我找她算账吗？"

靳朝抬眸扫了一眼她气鼓鼓的脸蛋，垂下头，笑着说了三个字："不一样。"

姜暮没明白过来，追问一句："什么不一样？"她很想知道是她和靳昕的年龄不一样，还是她们在靳朝心里的分量不一样。

可靳朝并没有回答这个问题，只是对她说："我不可能用同样的方式去对待小孩，你想怎么样心里才能痛快点？"

姜暮憋了半天，对他说："不止一晚，多几晚。"

靳朝握着她的指尖抬眸看着她，空气仿佛短暂地停止了流动，屋里很安静，指尖的触感越发清晰。她懂事以来从没被这样一双有力的大手攥过，羞涩的感觉油然而生，她很想躲开视线，可她知道这场“谈判”她必须拿下。所以她继续说道：“我想回苏州，但我不知道学校怎么转，我过几天打听一下。要是实在不行，就在外面租房子。总之，我不可能再回去住。所以……你再收留我几天。”

靳朝再次笑了起来，这下他眼里的笑意彻底散开了，带着些许玩味。

姜暮眉毛皱了起来，正色道：“很好笑吗？”

靳朝渐渐敛住笑意，挑眉问道：“委屈了？”

本来他不问这句姜暮还能掩饰一下，这一问她瞬间破防，差点就要崩溃大哭，但为了要脸面，她硬是转过头去，抿着唇不说话。

靳朝见她鼻尖通红，用创可贴给她贴好手背上的伤处，对她说：“太晚了，你先睡觉，今天不讨论这个。”

姜暮蔫了吧唧地问他：“那你晚上睡哪儿？”

“三赖那儿。你睡吧。”

靳朝直起身子，将棉签拿出去扔掉，回来看见姜暮还坐在床边，便拿起床头柜的瓶子问道：“坐在这儿等我给你盖被子？”

姜暮闻言老老实实躺下去了，头刚碰到枕头就开始昏沉了，眼皮一张一合之间看见靳朝回身把东西放回衣柜下面，她张口问：“她什么时候得这种病的？”

靳朝背对着她，将东西一样一样放了回去，回道：“3岁。”

“闹腾吗？”

“不知道。”靳朝将柜门关上。

“不知道？”

他直起身子，缓声道：“那段时间我不在家，回来的时候她已经不闹腾了。”从他的声线中听不出任何起伏，好像在说一件微不足道的小事。

姜暮不解地问：“你去哪儿了？”

靳朝单手撑在衣柜上，没有回头看她。几秒过后，他转过身，眼里一片平静，看不出丝毫异样，对她说：“早点睡。”然后顺手替她关了灯便出去了。

在靳朝离开后，姜暮的眼皮就合上了，但是她睡得并不舒服，有生理的原因，也有环境的原因，只不过太疲惫了，所以她一直处于一种混沌的状态。

不知道睡了多久，外面的大雨不曾停歇，姜暮的梦里也在下雨。她回到了9岁那年的大雨夜。她扒着窗口大喊爸爸和靳朝，但他们就像站在另一个世界，完全听不见她的声音，甚至没有回头看她一眼。她小小的身体穿过护栏爬到外面，雨水淋湿了她的衣服和头发。她向他们伸着手，脚下一滑，身体从高空坠落，吓得她带着哭腔喊着："朝朝，朝朝，哥……"

靳朝听见声音，从外面走进来，打开灯问道："怎么了？"

姜暮用手挡着脸，含糊地说："刺眼。"

靳朝又把灯关了，走到床边，看见她仍然闭着眼，额上一层细密的汗珠在黑暗中泛着光，让她看上去更加脆弱和痛苦。他叫了她一声："暮暮。"

姜暮翻了个身，手在半空中胡乱抓了一下，什么都没抓到让她不安地皱起眉，手快落下去的时候被靳朝握住了，她像找到救命稻草一样，声音软软地说："疼。"

靳朝弯腰问道："肚子疼吗？"

姜暮没说话，眉头紧紧皱在一起，不知道是醒着还是睡着，整个人很迷糊。

靳朝想出去给她倒杯热水，她却拉着他，她的手没多大劲，靳朝轻轻一拨，她就放开了手，可姜暮的喉咙里却发出"呜咽"的声音。靳朝脑袋嗡的一声，忽然回忆起很久以前的那个下午，姜迎寒没能来接她，她也是这样发出细软的可怜声。他不忍心再松开她，只能再次握住她的手，试图轻声哄道："我不走，我去倒杯水就回来，你听话。"

不知道姜暮是不是真的听进去了，他再次试探着松开她的手的时候，她没有出声，安静得像睡着了一样。

靳朝没开房间的灯，而是打开外面休息室的灯，借着光线他重新走回房间，看见姜暮瘦小的身体完全蜷缩在一起。他蹲下身对她说："起来喝点水。"

姜暮没动。他轻轻碰了碰她，耐着性子对她说："起来喝点热水好不好？"

姜暮似乎终于有了点反应，她痛苦地摇了摇头，不想动。靳朝碰了下她的额头，并没有发烧。他也不知道怎样才能缓解她的痛苦，只能坐在床边，将她扶起来。他的大掌撑着姜暮的后背，她身体软塌塌的，一点劲都没有。靳朝无法，只能将她半揽在身前，把水喂到她嘴边。她终于喝了两口，然后整个人又往下滑，蜷缩成一团。

靳朝放下水杯，拿出手机搜索怎么缓解疼痛。他找了半天，网上的回答五花八门。这么晚让他去找红糖和阿胶糕，那是不可能找到的。看到有人回答按摩三阴交穴管用，他便走到床尾，把手机放在床边，对照着图片的穴位，把姜暮的脚放在腿上。

三阴交穴的位置在脚踝上面一点，他用拇指腹一遍又一遍替她揉捏着。起初她的身体还很紧绷，十多分钟后慢慢放松下来。靳朝借着外面的光看了她一眼，见她紧锁的眉心逐渐舒展开了。

在姜暮还是婴儿的时候，靳朝的乐趣就是每天放学回来把她泛着奶香味的小肥脚拿起来咬一口，总能逗得婴儿床里的小暮暮笑得手舞足蹈。

时隔这么多年，她的脚依然很小，虽然不似小时候肉嘟嘟的，但匀称的脚趾和纤细的脚背依然让他觉得像小孩子的脚一样可爱。他无声地笑了一下，忽然又有点恍惚。在上个月接到靳强电话之前，他以为这辈子都不会再和她有任何交集。可现在她躺在他的床上，他感受着她的温度，一切都那么真实，却又有些不真实。

其实姜暮并不是毫无知觉，她知道自己做梦了，迷糊中听见靳朝让她喝水，但是她不想动，也根本睁不开眼睛，就是感觉肚子疼。后来她感觉到靳朝握着她的脚揉着脚踝附近，他指腹有薄薄的茧，力道不轻不重，在夜晚驱散了她对陌生环境的恐惧，意识也渐渐放松下来。

她也不知道那晚靳朝到底按了多久，只是后来她没有再做任何梦，沉沉地睡了过去。

靳朝几乎一夜都没睡好。不知道是不是因为亲眼看见靳昕坠楼吓着了，姜暮每隔一会儿身体就会不受控制地轻颤一下，还发出细小、难受的声音，像惊吓过度的样子。他只能把两把椅子拼在一起当作临时的“床”，靠在休息室里眯着，听见里面有动静就进去拍拍她，她才能再次睡安稳。

早上的时候，小阳来到修车行便看见卷帘门竟然已经打开了，而靳朝将工作服的袖子卷到手肘，正蹲在维修间干活。小阳提着两个大肉馍嚷道：“哟，师父，今天怎么这么早就开工啊？吃馍不？”

靳朝瞪了他一眼：“小点声，不吃。”说罢又对他交代了一句，“别进休息室。”

小阳莫名其妙地伸头往里看，靳朝一巴掌拍在他大脑壳上并将他推了出去。

小阳好奇地问道：“谁在里面啊？”

靳朝突然想起姜暮的微信名，嘴角微弯：“起床困难户。”

铁公鸡来得稍晚，刚来就听小阳说师父房间有人，让他别往休息室跑。然后一上午，只要两人动静稍微大点，靳朝就向他们投来凉凉的眼神，搞得平时嘈杂的维修间硬是调成了“静音模式”，小阳和铁公鸡本来就话多，这一搞差点被憋死。

两人躲在外面抽烟的时候还在讨论到底谁在里面。靳朝自从单干搞了这家修车行后就很少回家，里面的单间成了他暂时的落脚地。空间虽小，但是他很反感别人进他房间，所以小阳和铁公鸡即使是去休息室找东西或者坐会儿打游戏，也从来不会进他房间。

有一次小青蛇过来找他们玩，非要跑到靳朝房间，大大咧咧地往他床上躺。靳朝从外面回来，二话不说，拎着她的衣领就把她扔了出去，气得小青蛇已经有好长一段时间没来了。所以小阳和铁公鸡也很纳闷，到底是何方神仙让他这么纵容。

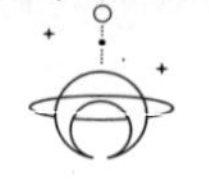

一觉睡到中午，姜暮从房间里走出来，小阳和铁公鸡都看傻了眼，傻眼不仅是因为姜暮身上穿着靳朝的衣服，还因为她那宽大的长袖衫下是白晃晃、笔直诱人的双腿，配上那齐耳的短发，完全就是一幅诱人的画面，搞得两人手上的动作顿时静止了。

靳朝拿烟头朝两人砸去，两人瞬间回神。他朝姜暮走去，用身体挡住她，并将她推了进去，说："不知道穿裤子就跑出来？"

姜暮其实已经慢慢想起来昨晚发生过的事，她貌似下半夜还扯着靳朝不肯撒手，现在想想就无比羞耻。她刻意和他拉开距离，脸上每个地方都写着无地自容，她还故作理直气壮地回道："我有裤子穿吗？"

靳朝回身从衣柜里翻出一条运动裤扔给她就出去了。姜暮把这条运动裤套上，无语的是，这条运动裤对她来说就是巨人的裤子，她不知道卷了多少道才把脚露出来，又把腰间的松紧带系了好几圈才勉强穿好。然后她往休息室的大玻璃窗面前一照。丑爆了。

维修间一辆车被吊了起来，靳朝正在检查底盘，见她走出来，盯着她扫了一眼。姜暮分明看见他眼里掩饰不住的笑意，感觉更加羞耻了。

靳朝回身对小阳喊："你来弄一下。"然后将手套摘下，走到过道旁边，扫视着姜暮问道："饿吗？吃什么？"

姜暮双手提着裤管，回道："不是水饺就行。"

"……"

外面雨已经停了，地上还有些湿。姜暮见靳朝去修车行外面，支起了电磁炉，很熟练地在砧板上切火腿肠，又翻了根胡萝卜出来准备切。她赶忙上前阻止道："我不吃胡萝卜。"靳朝只是"哦"了一声，依然我行我素地切着，且刀工了得。姜暮怀疑自己再多一句嘴，他能回身削了自己，只能小声嘀咕了一句："不要葱。"在确定靳朝没有切葱花后，她松了口气伸着头看。

靳朝往锅里倒了点油，回头对她说："让开。"

"为什么？"

下一秒，靳朝将白米饭倒进油锅里，"滋啦"一声，姜暮弹出好远。

靳朝瞥了她一眼，扯了下嘴角。她明明被吓了一跳还一副故作淡定的模样。

姜暮见他熟练地单手打了鸡蛋，将火腿肠和胡萝卜丁倒进锅里翻炒着，嘀咕道："笑什么？我不怕油锅，我就是没想到这么突然。"

"会做饭吗？"

"也……会。"

靳朝便知道她根本不会，他颠了两下锅，手臂青筋暴起。炒饭翻了翻，一粒米饭也没洒到外面，他的动作利索、干脆，竟然还挺帅气。

很快，炒饭的香味就让姜暮的肚子不停地叫唤，她顺带问道："靳昕怎么样？"

"没事，中午出院了。"

姜暮刚松了口气，又沮丧地"哦"了一声，那意味着赵美娟他们已经回家了，她更不可能回去了。

她围在靳朝身旁，试探地问："你待会儿有时间吗？能不能帮我回去拿下行李和书包？"

靳朝没有看她，往锅里加了调料。姜暮见他不吱声，又追问道："行吗？"

靳朝将电磁炉一关，回身看着她："我答应让你留下了？"

姜暮一双乌黑的眼睛看向地面，一副又委屈又生气的模样。靳朝嘴角压着一丝弧度，抬手朝她而来。姜暮下意识地闭上眼，再次睁开时却看见靳朝的手臂越过她的头顶拿了个盘子，她不尴不尬地拽了拽往下掉的裤腰。

靳朝将炒饭盛出来，放到旁边的矮桌上，对她说："胡萝卜不许挑出来。"

姜暮赌气地嘀嘀咕咕："又不是我哥，管得真多。"

靳朝挑眉看了她一眼，干活去了。姜暮一个人坐在修车行门口，看着来来往往的车辆唉声叹气。

三赖循着香味出来了，一看姜暮坐在店门口吃炒饭，再看她这身打扮，立马"扑哧"一声笑了起来："老妹儿啊，你打鱼去了？这穿的

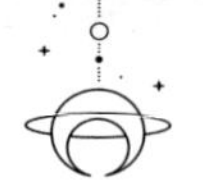

都是什么破玩意儿。有酒也挺有品位啊，漂漂亮亮的小姑娘给他打扮得跟从海里捞上来的一样。”

姜暮提了提裤脚，愤愤地往嘴里塞炒饭，还挺好吃。想到吃完后的处境，她有点烦躁。她感觉，靳朝想用一顿炒饭把她送走。

三赖又进了自己的店，不一会儿把那只小黑狗抱出来，对姜暮说：“来，老妹儿，看看你的狗儿子。是不是肥了一圈？”

姜暮抬起头看着那只小黑狗，伸手接过。几天不见，它的确长大不少，还会对着她摇尾巴。她把小黑狗放在腿上，问道：“什么狗儿子？”

三赖扬着眉：“有酒没跟你说吗？这只狗现在是你的了。”

“啊？”姜暮有些不太相信，“他没跟我说啊，他还要赶我走呢，怎么可能给我养狗？”

三赖有些诧异：“赶你走？他说的？”

姜暮摸了摸毛茸茸的小东西：“倒是没说。”

三赖倚在宠物店门口似笑非笑道：“你就不想想，他要赶你走还一大早去给你买拖鞋和毛巾啥的？”

姜暮忽而一愣，看了眼脚上粉红色的卡通女士拖鞋，想到刚才起床的时候，淋浴间已经放着新的毛巾和牙刷。令她无语的是，全是粉色的。

她小时候的确很喜欢粉色，一度到了买任何东西不是粉色的就不开心，闹脾气的程度。现在早过了少女心的年龄，她还总被姜迎寒说喜欢穿老气横秋的黑白灰，靳朝居然记着她小时候的特殊嗜好。

她不禁抬头看了看正在干活的靳朝，又扭头看了看三赖。三赖懒洋洋地对她笑着。

姜暮顿时觉得有戏，三两口把炒饭吃完，抱着小黑狗晃到靳朝旁边。靳朝斜了她一眼，她将小黑狗举到他面前问道：“可爱吗？”

靳朝没理她，到车子的另一边去了。

姜暮再次绕到他旁边：“三赖哥说你同意我养它了？”

靳朝蹲下身在工具箱里翻找着，姜暮也抱着小黑狗蹲下身，歪着脖子看着他：“狗还小，我不得留下来照看它几天吗？”

靳朝头也没抬地说："我又不是你哥，管狗还得管你？"

"胡萝卜我吃掉了。"

靳朝抬起头，姜暮两只眼睛水汪汪地注视着他，像在邀功一样。他将工具箱挪到旁边，直起身子，姜暮趁热打铁继续说道："还有卷子没写，明天要交的，在爸家。"

靳朝觉得好笑，她还记挂着作业。他从口袋里摸出一根烟，对小阳伸了下手，小阳把打火机扔给他。他往旁边走了几步，把烟点燃，睨了她一眼，淡淡道："喊一声我听听。"

姜暮抱着狗站在维修间里盯着他："喊什么？"

靳朝吐出一股烟雾，语气玩味："昨晚怎么喊的？"

小阳和铁公鸡看戏一样盯着两人。姜暮紧紧闭着唇，虽然她昨晚头脑昏沉，但还依稀记得，好像……貌似……可能她羞耻地叫了声"哥"，特别是在她发完脾气说靳朝不是她哥后。但那毕竟是她无意识喊的，现在众目睽睽之下让她低头是不可能的事。

她负气地抱着狗就往休息室走，刚准备掀开帘子，又想到内衣都没的换，还有点湿湿的，穿在里面肯定难受至极，可让她穿着这身衣服——不停往下掉的男士裤子——跑出去买，还不如干脆要了她的命。算了，大女子能屈能伸。她挣扎了几秒，又转过身去。靳朝还站在原地，夹着烟尾盯着她。

姜暮穿着那双卡通拖鞋，挪啊挪，再次挪出休息室，瞥了瞥小阳他们两个，又往修车行外面瞧了瞧，确定除了靳朝，没人看她，她声音极小地叫了声："哥。"

铁公鸡和小阳憋不住了，瞬间大笑出声，姜暮脸涨得通红，靳朝眼里也挂上了笑意。

姜暮背对着小阳和铁公鸡，又挪啊挪，挪到靳朝面前。他扔了烟，踩灭，低头看着她。姜暮根本不好意思回视他，躲着视线用细弱蚊蚋的声音对他说："就……内衣……挂在阳台，别忘了拿。"说完，她头也不回地奔回了休息室。

靳朝回去的时候，靳强问他姜暮怎么样。他说，她不肯回来，还闹着要回苏州。靳强一听，一个头两个大，反过来问靳朝怎么办。靳朝耸了耸肩：“没办法，还在气头上，缓两天再说。”靳强只能反复嘱咐靳朝照看好姜暮，他这几天说说赵美娟，让靳朝也去给姜暮做做思想工作，这事儿闹的，谁也不想的。

靳朝没说什么，走进房间，把姜暮桌上摊着的卷子和作业本全部收拾到书包里，又去阳台把姜暮的衣服收起来。忽然想到姜暮叮嘱他别忘了拿内衣，他看见挂在衣架上的白色蕾丝内衣，被风吹得飘啊飘。本来他思想挺纯洁的，只是想到姜暮刚才忸怩的神态，他就感到不自在了，避开眼神，随手一拿塞进她的包里。

半个小时后，靳朝带着东西回去了。到了修车行，他把东西丢下就又出去了。姜暮终于可以把那身捕鱼装换下来了。

下午的时候，因为小阳和铁公鸡不时要去休息室找东西，姜暮就干脆坐在门口的小桌子上做题。前后来了四五辆车，她坐在门口多少有点碍事，有车子过来她就得站起来让位。三赖透过玻璃门瞧见了，推开门，直接把桌子搬到他店门口，对她说：“坐我儿这写。”

姜暮有些不好意思，问道：“不打扰你营业吧？”

三赖笑眯眯道：“不打扰，回头办卡多充点钱就成。”

“……”

姜暮把小黑狗放在腿上做题。小黑狗十分听话，一直软软地趴在她腿上睡觉。

下午四点多，突然有辆车停在街边。从车上下来三个男人，直奔修车行，其中一个小平头朝着修车行里面喊了一声：“酒哥呢？”

姜暮原本戴着耳机，这一声太过洪亮，吸引她抬起头看过去，就见小阳和铁公鸡全都停下手上的活，警惕地盯着这三个人。为首的小平头先是走到店门口一辆SUV前拍了拍引擎盖，又嚷道：“我说的是外国话？听不懂？”

小阳一脸戾气，铁公鸡拍了他一下，迎了出去，给这人发了根烟回道："酒哥去汽配城了，你要有事——"

话还没说完，这个穿着花色卫衣的小平头直接把烟一折，啐了声："你是什么东西？"

姜暮扯下耳机皱起眉，三赖也听见动静，从店里走了出来。姜暮低声问道："他们是什么人？"

三赖冷哼了声，说："万记车行的人。"

正说着，那三个人走进了维修间，直接一脚踢在货柜上，螺丝零件应声散落，滚得到处都是。

姜暮猛然站起身，三赖按住她的肩膀对她说："别理。"

姜暮紧紧地盯着那三个人问道："他们干吗？"

三赖告诉她："有酒之前在万记干了三年多，去年出来单干后，他们那边的人三不五时地来找麻烦。你别过去。"

三赖说完便走到隔壁，脸上挂着笑，说道："几个小兄弟，有事说事。趁老板不在烧杀抢掠算什么英雄好汉？不知道的还以为你们几个是尿货，只敢乘人之危，都在这一片混，说出去多掉份儿。"

为首的小平头转身，不屑地瞧了一眼三赖，讽刺道："关你×××事。赖子，死到旁边撸你的猫去，要不是看在你爹的分儿上，老子连你一起搞。"

三赖一脸无所谓的样子："你要想找我聊天呢，我随时奉陪。但你别扯上我老子，他吃喝嫖赌，我可是良好公民，你要看在他面子上关照我，那还真是大可不必。我虽然根不红苗不正，但还真不需要社会恶势力罩着。"

另一个男的对小平头说："别跟他废话，这个人一天到晚五迷三道的。"

小平头自知动不了三赖，也懒得跟他废话。三赖故意挪了一步，对瞪着眼的小阳使了个眼色，继续扯道："什么叫五迷三道？你但凡有点灵长动物的眼力见儿也不能把帅哥认成三驴炮儿啊。"

奈何小阳根本就没有接收到三赖的暗示，他看着一地狼藉，气得恨不得抡起扳手跟这群人打一架。小平头眼睛一瞥正好瞥见小阳这副表情，上去一脚将他踹翻在地，骂道："看×××看！"

三赖咬紧牙关，小平头又顺势一脚踢翻放在一边的米桶，掏出一把钥匙。他巡视着门口停的几辆车，找了辆最贵的宝马，直接用钥匙从车前门开始划，快划到后门的时候，突然一道身影靠在车门上挡住了他的手。他抬起头一看，是一个模样清秀的姑娘。

小平头略微一滞，问道："妹子，干吗的？"

姜暮抱着小黑狗对他说："手，拿开。"

小平头把钥匙一收，来了兴致，调笑道："怎么？这儿你家开的？"

姜暮点点头："你还真猜对了。"

小平头诧异地退后一步，瞧了她一眼，突然眼睛一亮："你不会就是有酒才找的那个小妞吧？果真有模有样的。大光、祥子，快来瞧瞧。"

三赖见状，几步走上前，跟他们拉扯着："别闹别闹，没看还是个小女孩嘛。"

谁料两百斤的大光把手往三赖肩膀上一搭就将他控制住了，祥子和小平头上前把姜暮团团围住，露出猥琐的表情。

窝在姜暮怀里的小黑狗似乎感受到什么，忽然朝着小平头奶凶奶凶地叫着。

小平头无语地骂道："装×××的拉布拉多？！"说着，他抓住小黑狗的后颈，一把将它从姜暮怀中扯了过来，像提个黑色塑料袋一样提在手上，上前就要对姜暮动手动脚。

姜暮从口袋里拿出手机，打开摄像头对着他们。小平头先是一愣，动作是停了，随后就骂道："臭娘儿们，找死？把手机给我关了。"他抬起手一巴掌就朝她的手机呼了过去，手还没碰到姜暮，直接被一股强势的力量打开了。紧接着姜暮感到肩膀一沉，随即抬起头看向揽着她的人，靳朝正脸色森冷地将她护到身前，满脸凶相地朝小平头逼近。小平头脸色微变，下意识地后退。

靳朝瞥了一眼狼狈不堪的小阳，又看了一眼旁边的宝马车门，再瞧了瞧小平头提着的小黑狗，抬起手伸到他面前，眼神指了指小黑狗。不知道是不是他的气场太有压迫感，刚才还盛气凌人的小平头居然就这么把小黑狗还给了他。

靳朝将小黑狗递给姜暮，把她扯到身后，脸上浮现狠戾的神色，瞟着小平头，沉声对他说：“弄我的车我还可以修，弄我的人我看你是活腻了。”说完，他直接举拳。小平头以为靳朝要揍他，抱着头就躲，结果靳朝压根儿没动他，拳头一偏砸在大光脸上，紧接着又补了一脚。论身高，大光还不如靳朝，只不过够胖，奈何一身膘虚得很，直接被靳朝撂倒。

脱离了大光的禁锢，三赖身体一松，上去就从后面搂着小平头嚷道：“哎呀，别打别打，都是老同事，何必呢？和气生财，和气生财啊！”

三赖嘴里劝着架，手里却把小平头的胳膊直接别到了身后，靳朝毫不客气，上去就给了他几下。两人默契地一顿操作猛如虎，直接把姜暮看傻眼。另一边铁公鸡和小阳一人手上举着一把扳手对着大光的脑壳，大光一看这架势，坐在地上也不敢再动。

可能是小黑狗一直哼哼唧唧的，当妈的西施终于听不下去了，从宠物店里冲了出来，带着毁天灭地的吠叫声扑向大光，咬着他的胳膊不松口，把大光吓得屁滚尿流地喊道：“为什么受伤的总是我？我招谁惹谁了？”另一头，小餐馆门口散养的几只鸡顺着被打翻的米桶扑扇着翅膀相继而来，围在修车行门口啄米。那场面可谓鸡飞狗跳，混乱至极。

街边越来越多的人跑出来围观。祥子趁乱从地上抄起一把锤子，绕到靳朝身后就朝他冲来。姜暮回头，正好瞧见一个瘦得皮包骨的男人高举一把棒槌一样的东西直面而来。于是她抱着小黑狗上前几步，默默伸出脚。下一秒，锤子飞出去，祥子一头栽在靳朝后鞋跟旁。“咚”的一声，靳朝听见声音回过头的时候，看见祥子脑门贴地给他行了个大礼。姜暮往旁边移了一步，深藏功与名。

小平头三人虽然没再找修车行的麻烦，但临走前还记得跑去宠物店问三赖要狂犬疫苗费，毕竟大光那只肥手臂被咬得一排狗牙印。结

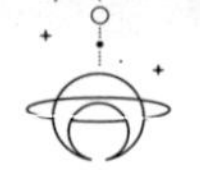

果三赖腿一跷，懒懒散散地对他们说：“不是要看我老子的面子吗？儿子惹事老子管，问我爹要去。”

三赖的爹是铜岗出了名的老赖，20世纪末，他凭借一己之力将家里几代人经营生意积累的财富挥霍一空。在到处被人追债，几乎在被全江湖“追杀”的情况下,至今依然在铜岗这块巴掌大的地方屹立不倒，他也算是号让人生畏的人物。小平头这三个人当然没有胆子跑去问三赖他爹要钱，最后只能灰溜溜地走了。

街边围观的人群也逐渐散了，就连偷吃大米的鸡群也优哉游哉地饱腹而归，只剩下修车行里里外外一片狼藉。

让姜暮感到奇怪的是，在她家那个地方，大街上两伙人起冲突，基本上还没发展到动手那步，就有热心市民拨打110，然后警察就会以“光速”赶到，然而这地方闹了半天居然没有一个人报警。

她有些诧异地问三赖：“为什么大家都不报警？”

三赖笑了起来：“这属于人民内部矛盾，只要不危及两方生命，警察赶来也就凑个热闹，还能怎么调解？调解完了过几天他们还得来闹，何必浪费公职人员的时间呢？”

姜暮看刚才那架势，那三个人明显是有些忌惮靳朝的。她不明白，既然这样，干吗还非要跑来送人头，被揍一顿痛快吗？

三赖见她一脸懵懂无知的模样，搬了个小板凳，顺带抓了把瓜子，还往她手里塞了一把，告诉她：“你以为那几个人真是来打架的？不是我吹，你看现在有酒这模样，整天就知道埋头干活，挺朴实低调的，那是你没看过他上学那会儿，想当年——”

三赖突然意识到自己的声音有点大，就特意瞄了一眼检查宝马划痕的靳朝，见他没有注意到这里，刻意压低声音对姜暮说：“想当年他还是头七的时候，别说三个小鬼头，放十个在这里也不敢招惹他，毕竟他不要命，别人还是怕死的。

“就是现在，你叫他一个人打几个也是不在话下的，就看他愿不愿意动手了。前几次万记那边的人来找麻烦，有酒没出手就把他们给打发走了。这次可能是因为他们动了小阳，也有可能是因为你。

“那些人也不可能当真过来烧杀抢掠，每次也就是搞搞小破坏，目的就是为了恶心恶心有酒，让他的生意不得安生。”

姜暮不解道：“为什么要这样子？有仇吗？”

三赖眼睛眯成一道缝，他老气横秋地说道：“有酒从前在万记毕竟混到了大工，手下带了不少学徒，很多客户只认他说话，后来因为——”

三赖的声音突然止住，姜暮侧头看向他，他一带而过：“出于一些原因，有酒决定退出万记，铁公鸡也跟着他走了。两人的离开对万记来说损失不小，他们一走，万记人心涣散、谣言四起，不少小工都跟着辞职或者跳槽。有酒和铁公鸡开了这家店，很多老客户也都转到这里来了。你说，那边能让他痛快吗？”

姜暮渐渐皱起眉，三赖接着道：“你以为那边的小鬼头愿意跑来找事？还不都是背后万老板鼓捣的？一方面是眼红，另一方面他可能还是想让有酒回去帮他，毕竟有酒在的时候他多省心啊，跑去澳门赌博一个月不回来，有酒都能帮他把三家店打理得像模像样的。”

姜暮不知道是什么原因让靳朝离开了原来待了三年多的地方，但从三赖的只言片语中，她了解到靳朝现在并非一帆风顺。

小阳和铁公鸡在收拾维修间，姜暮觉得自己干坐着挺不好的，于是把瓜子还给三赖，起身对他说：“我过去帮忙。”

靳朝在外面处理宝马的划痕。姜暮走进维修间。不少小零件散落到铁皮柜下面，姜暮见小阳要搬开铁皮柜，赶紧上前搭把手。小阳抬头看见姜暮，愣了下，说道：“你搬不动。”

姜暮倒是撸起袖子对他说：“试试。走。”她一声令下，小阳猛地使力，结果小阳那半边是搬离地面了，姜暮抬的这半边纹丝不动，她郁闷道：“里面都装了什么？”

小阳笑着喊铁公鸡来搬，姜暮只能去收拾其他东西。不过她细胳膊细腿的，天生不是干活的料。靳朝瞅了她一眼：“你力气再大点就能撬动地球了，别把身上弄脏了，一边去。”

姜暮嘟囔道：“我就是想帮帮忙。”

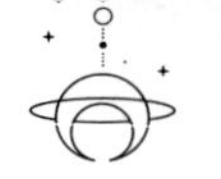

靳朝闻言拿了个铁罐子往地上一放：“那你捡螺丝吧。”

姜暮怀疑靳朝完全是随便找了个铁罐子打发她，她还问小阳：“我是不是被嫌弃了？”

里外三个大男人都憋着笑，小阳安慰道：“没有没有，捡螺丝是件挺难的活，像我手上没螺纹就捡不起来。”

姜暮用一种十分同情的目光看了他一眼，瞬间感觉自己身负要职。于是，她开始认认真真地蹲在地上捡螺丝。

铁公鸡笑着说道：“刚才那个样子是怎么回事？还没过年怎么给酒哥磕头跪拜起来了？搞得我都想包个两块钱红包给他。”小阳也大笑起来。姜暮埋头捡螺丝，倒是没吱声，就是感觉有道目光落在自己身上。她抬起视线，对上靳朝意味深长的眸子，一阵心虚，莫不是靳朝脑袋后面长了双眼睛，还看见她神来一脚了？

姜暮从小到大没有参与过任何打架事件，更别说这么多人混战。她盯着靳朝出了神。她见过小时候的靳朝跟人打架，但和现在完完全全不一样，刚才的他拳如铁，目如狼，眉间的凶狠看得人心发颤，这是姜暮从未见过的一面。

靳朝瞥了她好几眼，见她始终一副丢了魂的模样，出声问道：“吓着了？”

姜暮点点头，又摇摇头：“没被别人吓着，被你吓着了，你下次……能不能收着点？”

靳朝无所谓道：“怎么收？等那小子手都摸到你身上了，我再跟他谈人生谈理想？”

姜暮低着头笑。晚霞将天际染成橙红色，初秋的风徐徐过耳，她心底没来由地升起一种安全感，好像自她来到这个地方从没有过这种感觉。

小黑狗围着她里里外外蹦跶着。从维修间到外面有个很矮的台阶，小黑狗跑出去时歪歪斜斜地摔了一跤，短而肥的小身子仰着，四个小脚不停地扑腾，半天都没翻过来。看得姜暮笑得更欢了，她朝里面喊道：

“你们看小黑狗。”

小阳他们侧头瞧了过来，笑道：“它就没个正经名字吗？这‘小黑狗’‘小黑狗’叫着，别把狗整自卑了。”

姜暮扭头看向靳朝，靳朝抬了下眼皮，对她说：“又不是我的狗。”

言下之意，让她自己取名。

姜暮几乎想都没想就脱口而出：“那就叫‘闪电’吧。”

铁公鸡吐槽道：“它跑起来跟乌龟一样，你是怎么看出来它像闪电的？”

姜暮抿了抿唇，没说话。靳朝却停下手中的活，侧眼看向她。姜暮迎上他的目光。两人没有交流一句，然而目光交会的瞬间，姜暮确定靳朝也记得这个名字。

三赖嗑着瓜子在旁插话道：“你取的这个名字吧，听着有种20世纪80年代霹雳小旋风的味道，怎么这么土？”

姜暮和靳朝几乎同时朝他投去致死的眼神，三赖瞧得心里毛毛的，他讪笑道：“行吧。闪电大侠，你们高兴就好。”

大家忙到太阳落山才把维修间重新收拾好，也没工夫弄吃的。于是三赖煮了好几盘水饺端了过来，还非常热心地喊姜暮先过来吃，硬是往她手上塞了一双筷子。

姜暮看着面前的水饺，不好意思驳了三赖的好心，于是夹起一个蘸了点醋，还没送到口中就闻着味道不对。她抬起头，一脸错愕地问三赖：“这不是醋吗？”

“酱油啊。”

“吃饺子不是应该蘸醋吗？”

三赖理所当然地说：“蘸酱油啊。”

姜暮又看向才洗完手的小阳，小阳也点点头：“蘸酱油。”

她无法理解，又看向铁公鸡：“蘸酱油的吗？”

铁公鸡肯定道：“那当然了。”

姜暮从没吃过饺子蘸酱油这种吃法，于是硬着头皮咬了一口，随

后整个人愣住了，看了看饺子，又弱弱地问道：“这是什么馅？”

三赖答道：“茴香馅。”

姜暮内心是崩溃的：“茴香不是一种调料吗？”

三赖答道：“不是啊。”

她看向小阳，小阳塞了一个到嘴里。她又看向铁公鸡，铁公鸡反问她：“你没吃过吗？”

姜暮整个人都不好了，她脑海中不停地闪过香菜、八角和一种颗粒状的香料，她已经不知道自己到底在吃啥了。

靳朝几步走了过来，将她面前的饺子分给小阳他们，对她问道：“想吃什么？”

姜暮小声说道：“肯德基或者麦当劳。”然后又觉得大家忙活了半天，能有口吃的就不错了，她还提出如此无理的要求。于是她指了指饺子：“其实这个也还行。”

靳朝呵呵笑了一声，拍了拍铁公鸡：“钥匙给我。”然后跨上铁公鸡的摩托车。十几分钟后，他拎着一份肯德基套餐回来了。炸鸡的香味让姜暮更加清晰地认识到——好饿。

靳朝拖了把椅子坐在姜暮对面，看着她小口地吃着汉堡，若有所思地垂眸。等他一盘水饺吃完了，姜暮一个汉堡才吃完一半，她不急不忙的样子，让他想起她小时候也是这样，吃个饭比登天还难，急得他经常拿起碗喂她，不然她能从热饭吃到凉饭。想到这里，再看看如今白白净净的姜暮，他唇边忽然闪过一抹不易察觉的笑意，姜暮好像是他手把手喂大的。

小阳他们吃完了就围坐在桌边闲聊。靳朝瞥着姜暮，开口道：“就你这样还想出来单住，天天点外卖？”

姜暮回道：“反正饿不死。”

靳朝低头点燃一根烟，开口道：“你还要高考。我不知道今年你身体出了什么状况，明年还想再来一次？家里东西虽然不合你胃口，但总比外面的强。我们都是糙老爷们儿，饥一顿饱一顿的，你跟着我们糊口，营养能跟得上吗？待几天还是回去吧。”

姜暮顿时感觉手里的汉堡不香了，连脸都垮了下来。小阳和铁公鸡也不再说话。三赖见他们又扯回这个问题上了，拍了拍桌子，说道：“行了行了，多大点事。明天我去买只老母鸡给咱妹补补，再苦不能苦了孩子。”

靳朝瞥了他一眼，没再说话，到旁边继续干活。

三赖凑过来对姜暮说：“想不想看他低头？”

姜暮眸光一闪，转过头看着三赖。三赖摸了摸下巴上的胡楂，深邃的眼里透着股老谋深算的意味。

大家都吃完后，小阳将桌子收了起来，三赖把西施放出来尿尿，然后故意在门口晃啊晃，对姜暮说：“老妹儿，我楼上还有个房间，你不行就住我那儿吧。”

姜暮配合着问道：“真的吗？那房租怎么算？”说完用余光瞄着靳朝。靳朝并没有反应，依然低头干活。

三赖对她说：“要不这样，你认我当哥，我水、电、煤气费给你全免，房租象征性给点。”

姜暮站起身：“那现在就去看看房间吧。”说着就要往三赖店里走。

三赖倚在路灯的杆子上，手指在空中敲打着，一下、两下，在敲到第三下的时候，姜暮正好拉开店门，三赖的手指停止敲打。靳朝将工具一扔，直起身对姜暮说道：“过来。”

姜暮的嘴角飞快地扬了一下，转过头的时候脸上已经恢复一副天真无邪的表情，她乖乖走到靳朝面前。靳朝什么话都没说，低着头摘下手套，抬起手按着姜暮的头顶，手掌略微用力直接把姜暮的身体转了个方向推进了修车行。

姜暮回房间前还偷偷回头对着三赖嬉皮笑脸，三赖朝她眨了眨眼，靳朝转过身瞪了他一眼。

等姜暮的身影完全消失在维修间后，三赖才慢悠悠地开口：“以后别老说那种话。女的都敏感，知道的是你不想让她跟着你过糙日子，不知道的还以为你要赶她走，她半夜躲起来哭鼻子，头疼的还不是你？”

靳朝低头将手套重新戴上，沉着声："她知道得越少越好，待长了麻烦。"

三赖脸上的笑敛了下去，不再说话。

姜暮一进房间，小阳和铁公鸡就自觉地不进休息室了。靳朝晚上没有进来洗澡，但姜暮收拾书包的时候看见他头发湿漉漉的，衣服都换过了，不知道是不是怕不方便，在三赖那儿洗过澡了。

闪电还小，晚上需要喝奶，就被送回西施身边了。等姜暮准备睡觉的时候，维修间已经没人了，就连卷帘门都锁上了。她回到房间，躺在床上，翻来覆去，怎么都睡不着。余光总是瞥见那道帘子微微晃着，在幽闭的空间里多少有点害怕，她不自觉地就往门帘的方向看。门帘外面是休息室，休息室的玻璃窗外是空荡阴森的维修间，白天人来人往，倒不觉得有什么，夜深人静时，玻璃的反光让姜暮感觉特别瘆得慌。她已经试图让自己不要往外看，但她总是忍不住盯着那道轻微摆动的帘子，心里毛毛的，潜意识里总有个画面，一个白衣女人站在休息室外面的镜子前，帘子一晃就能看见一双眼睛盯着她。有时候这些画面就不能想，一想就根本停不下来，且越想越害怕。

姜暮挣扎了很久，拿起手机翻到靳朝的微信，发了条信息过去："睡了吗？"发完后，她就盯着对话框，等待着"对方正在输入"，然而她的眼睛都快贴到屏幕上了，始终没有收到任何回应。

这时一个声音突然从门帘处传来："干吗？肚子又疼了？"

姜暮吓得从床上弹了起来，瞧着立在帘子外的影子，哆哆嗦嗦地说道："你从哪儿过来的？"

靳朝按亮了休息室的灯："后面。"

"后面是哪儿？"

"……你头顶有扇窗。"

姜暮从床上站了起来。她是注意到床的上面有扇百叶窗，只不过是拉着的。此时她用手指拨开百叶窗，才瞧见后面居然有个棚院，棚院里有散落一地的东西，她不禁问道："你刚才一直在那儿吗？在干吗？"

靳朝回道："加班。"

姜暮这才想到，貌似昨晚她做梦喊了两声，靳朝就过来了，她还以为靳朝在维修间，想必他昨晚应该也是在这后面加班吧，原来离房间这么近，一窗之隔。还好她没自言自语什么乱七八糟的东西，不然岂不是都被他听去了？

靳朝立在外面又问道："什么事？"

姜暮松开百叶窗，她总不能跟他说帘子会晃、休息室玻璃窗反光、维修间太黑，所以觉得害怕吧？她当然说不出口，所以只能义正词严地说："我想喝水。"

靳朝一把掀开帘子，看着床头柜上放的矿泉水。姜暮的余光也瞥见了，她赶忙找补一句："凉的，我怕喝了肚子疼。"

靳朝松开帘子，提着电水壶出去了。不一会儿，他把灌满水的电水壶通电，搬了把椅子坐在外面等水开。

水烧得倒很快，靳朝兑了温水，进来将纸杯递给她。姜暮穿着浅色底纹的翻领居家服，靳朝站在床边居高临下，正好可以瞥见她领口露出的内衣边缘，他立马错开视线。姜暮却喝得异常慢，跟小猫舔水一样，一边小口喝着还一边瞄着靳朝。

直到把他看得有点待不下去了，他出声道："你打算喝到明天早晨？"

姜暮只好把纸杯递给他。靳朝瞥了一眼，一杯水还剩大半杯，根本就看不出来她多渴。他挑了下眼皮转身往外走。姜暮盯着他的背影，嗫嚅道："你走了吗？"

靳朝回身瞧着她，短短的头发贴在她脸上，一双含水的眼睛巴巴地盯着他，靳朝忽然问了句："怎么想起来把头发剪了？"

姜暮老老实实地告诉他："怕营养给头发分走了影响智力。"

"……"

靳朝又盯着她的小身板瞧了一下，眼尾弯起，走了出去。随后姜暮看见他关了休息室的灯，以为他离开了，可帘子外面却传来淡淡的手机光亮。透过帘子的缝隙，姜暮看见的不再是反光的玻璃，而是靳朝背对着帘子靠在椅子上的身影。他安静地待在休息室玩手机，修长

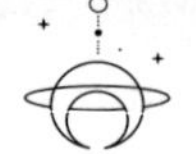

的腿跷在桌上，好像暂时不打算离开。

姜暮松了口气，又躺了下去，看着漆黑的天花板说道："老马是不是特喜欢你啊？他一看到我就让我多跟你学学，说你把右胳膊打脱臼了还能带着左胳膊考出年级前十名。你是怎么考的？你左手也能写字吗？我怎么不知道你是左撇子？你是左撇子吗？我记得你小时候用左手吃饭被妈纠正了好久吧，后来不是改过来了吗……"

靳朝默默地把游戏声音调到最小，耳边听着她喃喃自语。夜很静，人未眠。他已经很久没有听到这吴侬软语的南方口音了，来到这里后，他渐渐忘了这熟悉的调调。现在听在耳中，好像日子一下子就拉回到从前，时光很慢，无忧无虑。他没有出声，安静地听着，仿佛只要不去打扰她，她就能一直说下去，那充满语气词的句子，困顿时含在喉咙里不清不楚的咬字，每一个音都透着软糯的娇憨，像秋夜里的催眠曲，让他躁郁的内心深处渐渐安宁下来。

直到她停了下来，打了个哈欠，嘟囔了一句："你有没有听我说话呀？都不理我。"

屋里静了十几秒，外面手机的光亮突然消失了，靳朝的声音低低地响起："什么时候知道的？"

安静，死一般的安静。姜暮知道他问的是什么——关于他们根本没有血缘关系这件事。

隔了很久，她才回答他："在来这里之前。"

又沉默了片刻，他问她："知道后什么想法？"

姜暮翻了个身面朝里面的墙，睫毛微颤，紧紧攥着被角闭上了眼。

Chapter 6

他没有忘

他脑海中是蹒跚学步的女孩，

她脑海中是如何也不会丢下她的男孩。

靳朝没有等来姜暮的回答，她没再出声，似乎睡着了。

第二天早晨，靳朝怕姜暮要上学又出不去，特地天没亮就把卷帘门拉开了。这大概是飞驰修车行有史以来开门最早的一天。

结果他在修车行外面听见姜暮的手机闹钟响了三次，里面依然没有动静。在响第四次的时候，他终于忍不住了，丢掉手中的东西，敲了敲休息室的门。里面的闹钟依然响着，他打开门，撩开帘子，出声问道："不上学了？"看见的就是整个脑袋都埋在枕头下面的姑娘，手机在床头柜上孤独地响着。

靳朝几步走过去按掉闹铃，居高临下地扫视着把自己裹得严严实实的姜暮，他终于体会到那个"起床困难户"的微信名当真是她自知之明最好的诠释。

刚跟靳强来铜岗的两年经历导致靳朝后来的睡眠一直很浅，有一点动静就会醒，很少会有赖床的情况，所以他不理解怎么还能有人困成这个样子。

他将枕头扯开，对她说："起来。"

没有反应，和她上幼儿园时如出一辙。那时，每天姜迎寒把她拉起来，她就闭着眼靠在姜迎寒怀里，直到姜迎寒把她的小胳膊小腿塞进衣服里，然后抱去卫生间，洗完脸刷完牙后，她的眼睛还是闭着的。

只不过那时候她小，大不了将衣服给她套上，现在她这么大了，他总不能还给她穿衣服吧？

他只好弯下腰拍了拍她，谁料手刚碰到她，她还发起脾气来了，挥了下胳膊，嘟囔道：“别吵我。”

靳朝收回手，直起身子，声音凉凉地丢下一句：“五分钟内你要是再不出来，先想好迟到找什么借口。”说完，他就出去了。

姜暮的意识猛地回笼，她一下子从床上弹了起来，到处摸手机。

靳朝刚从休息室出来就听见里面“咚”的一声，不知道她又撞到哪儿了。然后就是乒乒乓乓跟拆家一样的声响。

虽然姜暮已经尽力加快了，但是出来的时候还是用了整整十分钟。校服敞着，鞋带一只鞋系着，另一只鞋是松的，书包拎在手上，她直奔到蹲着干活的靳朝面前问道：“我不认识路，怎么去附中？”

靳朝拧开旋钮，放着一辆车的机油，头也不抬地告诉她：“对面6路，杨北站下。”

姜暮拎着书包就往街对面冲。靳朝缓缓地转过视线睨了她一眼。她假模假样地跑了两步回过头来，撇着嘴道：“要迟到了。”

靳朝蹲着没动：“然后呢？”

姜暮瞅着修车行旁边铁公鸡昨晚没骑走的摩托车，往那儿挪了两步，贴着摩托车后座。

靳朝将车子旋钮拧上。天还没大亮，街道是早晨特有的朦胧、清冷，还夹杂着早秋的寒意，他的侧脸俊冷、利落。他淡淡说：“情愿饿着肚子也要多睡十分钟？”

“我不能缺觉。”

靳朝斜眼瞅着她，姜暮继续说道：“床比较依赖我。”

“……”

靳朝直起身，从身后的凳子上提起一个袋子递给她。姜暮愣了下，接过早餐，又看见靳朝发动了摩托车，对她说：“拉链拉上。”

姜暮一只手提着书包，另一只手拿着早餐，左右张望找能放东西的地方。靳朝回头扫了她一眼，直接转身扯着她敞开的校服就把她拉到了身前。姜暮步子前倾，他的身影笼罩下来，有力的手指利索地将校服拉链一扣，快速拉了上来，将她整个人包住。太阳探出了微弱的光亮，从东方而来，将靳朝低垂的睫毛染成了浅色。姜暮抬眸望着他，就是这一瞬间，昨天以前的那些委屈、迷茫、顾虑突然消散，心里某个地方随着冉冉上升的朝阳暖了起来。

然而在路上的时候，姜暮便体会到靳朝为什么要让她把拉链拉上了。摩托车冲出街道的那一刻，姜暮手中的月亮馍差点把她噎死。早晨的微风瞬间变成了狂风，直往她面门打来，搞得她为了护住手中的月亮馍不得不缩在靳朝背后，还不忘嘀咕道："其实我平时闹钟顶多响三声也就能起来了，主要是昨晚你跟我聊天拖得太晚了……"

"……"

怎么是他跟她聊天？他说什么了？一直在听她絮叨，最后他还没说两句，她就睡着了。

然后，原本十多分钟的路程，姜暮觉得靳朝在带她飞，最后停在校门口只用了两分十五秒。

姜暮手中的月亮馍仅来得及咬上两口，她看了眼即将关上的校门，赶忙低头多咬几口。靳朝从摩托车上下来，盯着她的运动鞋看了几眼，又瞥了一眼她埋头苦吃的模样，最后实在看不下去了，单膝一蹲。姜暮怔住，低下头看见靳朝手指一绕，把她松散的鞋带重新系上了，随后又若无其事地跨上摩托车。

姜暮有些凌乱，感觉自己又要被噎到了，于是将剩下的月亮馍往靳朝手中一塞，鼓着腮帮子对他挥挥手就准备往学校跑。

靳朝拿着馍对着她道："回来。"

姜暮一脸不解地回头，靳朝把后视镜朝她推去。姜暮对着镜子一照，只见短发硬生生地吹成了大背头，乱七八糟地顶在头上，也就她五官能扛得住，没丑到不忍直视，但这形象也是没谁了。她脸色发烫，下意识地去瞟靳朝，靳朝移开视线，她故作淡定打理了两下，又恢复了齐耳柔顺的模样，一转头踩着打铃声踏入学校大门。

靳朝偏过头，盯着她的背影无声地笑了一下，在保安伸头朝他张望时，他迅速将头盔一罩，所有表情消失了，摩托车一个掉头消失在校门外。

姜暮和马老师几乎是一前一后进班的，马老师自然注意到了她，走上讲台后还特地盯着她看了一眼。她不紧不慢地把卷子和笔拿了出来。

在马老师眼里，这个女孩跟她哥的性格大相径庭，如果从前的靳朝是这座校园里无法忽视的烈日，不肯服输；那么这个女孩更像平淡柔和的月辉，不争不抢。

其实这一年的复读对姜暮来说，与其争得更好的高考成绩，倒不如说给自己多争取一些时间厘清前路。姜迎寒希望她学经济或者法学，但是她不感兴趣，甚至想到统计学、微积分、线性代数或者那些烦杂的法条就觉得头大。而在她的那些老同学眼里，她完全可以去考艺术类的学校，毕竟她的古筝技艺和形象足以让她轻松获得一张通往艺术学府的门票。这些或许都是些有前途的专业，但并不是她真正喜欢或者想从事的，而古筝这个特长也是从小被姜迎寒按在家里一级级、一首首苦练出来的。她说，女孩得有点技艺在手，以后实在找不到工作，受老板气了，还可以出去教人古筝，不至于饿死。但要说她多喜欢，还真谈不上。

如果不是之前和姜迎寒大闹，不是后来消极对待高考，她可能也就稀里糊涂地随便学一个专业，不出意外，接下来的几年里，她会随波逐流，学专业课以及考各种和就业挂钩的证书，然后去应聘实习工作。

从前是因为妈妈在身边，姜暮习惯按照妈妈铺的路去走。可正是因为这次意外，姜暮反而有了一个全新的视角去看待接下来的道路——一条可以完全遵从本心、把未来握在自己手中的道路。

所以，相比其他积极奋进的高三学子，她更淡然一些，毕竟她前面三年的青春都“喂”了作业，不堪重负，这一年复读在成绩不往下滑的情况下，她不想过得太累。

马老师在课堂上又说了一遍明天第一次全年级摸底测验的事，让大家放轻松、不要害怕，正好可以通过这次测验了解自己在同级中的学习情况，给后面几个月的冲刺奠定方向。

班上顿时一片喧哗，有跃跃欲试的，也有没准备好，怨声载道的。姜暮倒是毫无反应，毕竟上半年才经历了五次大考——三次省模、一次市模，还有一次高考，所以对于这次的校摸她很淡定。

一下课，潘恺就凑过来喊道："姜姜，姜姜，明天是不是全年级打散坐啊？我们不知道能不能分到一个班，你上次高考多少分？"

姜暮头也不抬地回："332。"

潘恺微微讶异，他瞧姜暮平时除了踩着迟到点到校，学习态度还挺端正的，一直以为她是好学生，不然怎么能严于律己还来复读一年呢？万万没想到她连本科分数线都差一大截，就连姜暮旁边的严晓依都张着嘴，一言难尽的表情，毕竟她正在抄姜暮的卷子，搞得她都不知道该接着抄还是干脆自己写了。

潘恺立马安慰道："没事没事，还有大半年时间，你以后有什么不懂的就来问我，咱们争取一起考个二本。"

姜暮默默抬头瞥了他一眼，懒得跟他解释江苏文科二本录取分数线比她的总分低很多，这对她来说从来就不是目标。她再次低下头翻开文综的卷子。

潘恺见她不说话，继续絮絮叨叨："你别紧张，明天考试要是我们分在一个班上，我想办法帮你。"

说完，他突然想起什么，话锋一转，凑近姜暮，小声地对她说："对了，你上次不是提到一个人叫头七吗？我知道那人是谁了。"

姜暮握着笔的手顿住，抬起眼盯着他。

潘恺见姜暮终于有了反应，将自己的板凳往她这里一拖，对她说："昨天我在小区附近跟人打球，那几个人正好是前几届附中毕业的。有人提到这个名字，我还特地向他们打听了一下，说是前面好几届的一个学长，玩车子的。他们还有个摩托车车队，经常跑野赛。那个人之所以叫头七，是因为速度太快，遇到他的人必死无疑，连头七都过不了。"

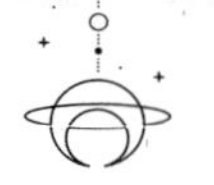

姜暮神情微滞，早上坐在靳朝摩托车后座上那飞一般的感觉猛地涌上心头，突然就跟潘恺的话串到了一起，那熟练的压弯和预判超车的确像个炉火纯青的老手所为。

潘恺接着道：“据说这个人当初名头很响，别说在附中，整个铜岗玩车子的都知道他，最风光的时候，周围几所高中的女生都来附中堵他。

“不过后来那批人车子被查收了，之后也就消停了。后来不知道出了什么事，高考前一两个月这个人突然消失了，学校的人再也没见过他。说是后来他连高考都没参加，可惜的是这个叫头七的居然成绩还不错，当初就是冲不上‘清北复交浙科南’，也是‘两财一贸航开济’的料，传奇吧？没想到我们学校还出过这号人物。对了，你好好的，打听这人干吗？”

一个个问题像迷雾一样围绕着姜暮，可很显然，无论是靳强还是靳朝，甚至三赖，都对从前那段过往三缄其口，好像所有人都在刻意回避那个让她无从探究的真相。可他们越是这样，姜暮的好奇心就越发强烈。这导致她一整天几乎满脑子都是靳朝，她无法装作什么都不知道，漠不关心。想到早晨靳朝送她来学校，还帮她拉拉链、系鞋带，姜暮心里就隐隐发闷，她不知道靳朝遭遇了什么才让现在的他变得沉默寡言；可他并没有不管她，纵使他表面再冷漠，纵使他时常表现得满不在乎；但姜暮不傻，她能感受到他压抑的温度。可要说他也是在意她的，为什么这么多年都不联系她呢？似乎这一切都让姜暮无法猜透。

下午的时候，姜暮忍不住拿出手机给靳朝发了一条信息：“你早上说坐多少路来着？”

隔了几分钟，靳朝才回过来：“6路。”

起床困难户：“那回去坐几站？”

朝：“三站，铜仁里南下。”

没有多余的话，几条信息，姜暮下课时看了好几遍。上晚自习的时候，她又给靳朝发了一条：“你在干吗？”

靳朝这次倒是回得很快，但只有两个字：“在忙。”

姜暮拍了张面前堆积如山的练习册和试卷集发给他，配上一个“哭唧唧”的表情包，表示自己也很辛苦。

她刚发过去，耳边就传来一个声音：“姜姜，你在跟谁发信息呢？”

姜暮一抬头看见凑过来的潘恺，匆忙收了手机，回道：“家里。”

小阳他们已经下班了，一个车主急着拿车，靳朝在修车行门口给这个老客户免费灌了瓶玻璃水。手机响的时候，他盖上引擎盖，点燃一根烟，靠在修车行门口把姜暮发给他的照片点开。凌乱的课桌堆得连落手的地方都快没了，他皱了下眉，刚准备滑走，三赖的脸突然凑了过来，淡淡地飘了一句：“好家伙，这么亲密啊？”

他不说，靳朝还没在意，一堆试卷、习题册中间还有个水杯。把图片放大一看，水杯上映出姜暮举着手机的人影，一个男生凑上前，几乎和她挨在一起。靳朝锁了手机，将这个客户的车送了过去。

姜暮等了半天都没等到靳朝的回复，她以为他还在忙，便没有再去打扰他。

下了晚自习，姜暮把东西收好，转头对潘恺说：“我今天不回家，你别跟着我了。”

潘恺问道：“你不回家，去哪儿啊？”

姜暮抿了抿，没说话，背上书包走出教室。刚出校门，手机振了一下，她拿出来，看见靳朝回信息了：“对面。”

姜暮错愕地抬头向街道对面望去，只见黑色的路灯下靳朝长身而立，影子落在脚边，傲然、清冷。

靳朝穿着黑色连帽衣，戴着鸭舌帽低头看着手机，帽檐将他整张脸遮住了，若不是他发了条信息给姜暮，他的身影几乎和路灯融为一体，

很难让人注意到。

姜暮在看见靳朝的那一刻，嘴角忍不住扬了一下，而后朝他走了过去。

潘恺见姜暮不是往车站的方向走，也赶忙跟了上去。

靳朝始终没有抬眼。在姜暮停在他面前时，他才将手机收进兜里，抬起眼。他的眼形比起小时候更加锋锐，目光所到之处总会轻易搅动周围的空气，让姜暮的情绪也跟着被调动起来。

她嘴角压着掩饰不住的笑意，问道："你怎么来了？"

"路过。"说完，他眼睛微瞥。

潘恺追了过来，扯了下姜暮的校服，问道："你不去坐车吗？"

靳朝的目光移向姜暮被潘恺扯皱的校服袖子，他缓缓落下三个字："手拿开。"

那理所当然的语气让潘恺的心理防线瞬间筑了起来。

姜暮觉得靳朝在让其他人别碰这件校服上还是很有话语权的，所以她很快抽回手。她的动作让潘恺更加诧异，他斜眼看着靳朝，问姜暮："他谁啊？"

姜暮转头盯着潘恺看了两秒，侧过身子在他耳边悄悄说道："头七。"

潘恺在听见这两个字后，瞬间瞳孔紧缩，用一脸见到鬼的表情盯着靳朝。

靳朝的目光重新回到姜暮脸上，带着一种该死的压迫感。姜暮乖乖地走到他面前，说："走吧。"

然后两人便消失在路口，徒留仍然呆痴相的潘恺站在风中凌乱。

靳朝走出几步后又漫不经心地回头，细长的眼尾噙着丝凉意。潘恺浑身一哆嗦，整个人都不好了。

姜暮见靳朝没有骑摩托车也没有开车，觉得有些奇怪，问道："铁公鸡今天把摩托车骑回家了吗？"

靳朝双手抄在兜里，反问道："怎么了？"

姜暮小心翼翼地试探道："你怎么不搞辆摩托车？"

靳朝的眼里没有什么波动，他只是反问道：“早上没坐够？”

姜暮想到早上的极速飞车，说实话下次还是直接迟到来得痛快些，她支吾半天，说道：“也不是……”

靳朝带着姜暮从小路走，想正好趁着这一路人少跟姜暮聊聊恋爱耽误学习这事儿。

姜暮在附中待了将近一个月，对很多条道依然陌生得很。她见靳朝摸黑都熟门熟路的样子，不禁问道：“你对这片很熟吧？”

“想不熟都难。”

“那你一般到这些巷子里做什么？”

姜暮的本意是这些巷子里貌似什么都没有，黑黢黢的，也没有路灯，连家奶茶店都看不到，可话问出口，她总感觉有些怪怪的。

果不其然，靳朝开口道：“你认为我来这些巷子能干吗？”

话音刚落，前面出现一对高中生，男生将女生推在墙上，两人你侬我侬打得火热。姜暮愣住了，连脚步都停了下来；靳朝也顿了一下，清了清嗓子。那对情侣听见动静，朝他们瞧了一眼，去了另一条巷子。

姜暮的神情变得些许不自然，靳朝扫了她一眼：“以前跟人起冲突会约到这里解决。你在想什么乱七八糟的？”

其实说起来靳朝从小就好斗，小时候三天两头在家门口跟同龄的小男孩打架。虽然是孩子间闹着玩，但每次他都把别人打得哇哇直哭，他身上伤得再严重都不掉一滴泪，所以家门口的大人总认为是靳朝的不对，为此他没少挨姜迎寒的打。

有一次姜暮和靳朝在楼下用树枝拨蜗牛，隔壁楼的一个男孩先向靳朝扔石子。靳朝一开始没理他，那个男孩越扔越来劲，其中一颗小石子带着雨后的黏土砸到了姜暮才买的小皮鞋上，她嚷嚷着“好讨厌”。然后靳朝直接捡了块板砖走过去，把那个男孩吓得大哭大叫。男孩家长冲到姜暮家要说法，最后靳朝又被训了一顿。那时姜暮还小，替靳朝打抱不平，气得把自己玩偶兔子的耳朵都咬掉了。长大后她才知道，那时会哭的小孩有奶吃，可她从未见过靳朝哭，一次也没有，好像他是个天生没有泪腺的人。

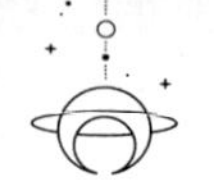

正在她出神之际，肩膀一轻，沉重的书包被靳朝接了过去。

这几条巷子高低错落，没多少人就算了，连路灯都没有。姜暮想拿手机出来照明，奈何将手机拿出来瞧了一眼，电量不足百分之十，她又默默地收了回去，对靳朝说："你能走慢点吗？"

靳朝平时出行都是跟一群大老爷们儿一起，没有迁就姑娘的习惯。但为了找机会给姜暮做思想工作，他只能放慢脚步，又仔细观察了一下她看东西的样子，问道："近视多少度？"

"一百左右。"

"怎么不戴眼镜？"

姜暮瞄了他一眼，小声道："我戴眼镜……丑。"

靳朝扬了下眉，空气中偶尔几个小飞虫掠过，悄无声息。

靳朝没有处理过这种事，有点不知从何开口。他像姜暮这么大的时候，不能算是传统意义上的好学生，虽然成绩一直没下滑过，但坏学生干的事他也没少干，只不过因为成绩好，马老师多少有点偏袒他，他虽然没少写检讨，但没挨过什么处分。那会儿他整天风风火火的，压根儿没工夫搞对象，尽管如此，也没少干帮兄弟挡枪的事。他的成绩能堵住悠悠众口，家长们奇怪得很，都很放心自家小孩跟他在一起。实则那几个学生经常抱着小对象躲在亭子里卿卿我我，这种事情他也见惯不怪。但真落到姜暮身上，就不是那么回事了，他心里多多少少有些不是滋味。

要是姜暮是个男孩，遇上这事儿，他大不了找他喝一顿做做思想工作，实在不行就臭骂一顿。但姜暮是个女孩，话说重了怕她受不了，面子上过不去，说轻了又怕她不当一回事，压根儿听不进去。特别是在她上高三这个节骨眼儿，本来学业压力就大，鬼知道女孩为情所困能干出什么丧心病狂的事来。

于是，在昏暗的巷子里走了一路，靳朝始终眉头轻拧，搞得姜暮也感觉他心事重重的，像有什么大事要交代她一样。

过了半晌，靳朝突然问道："你有没有想过以后嫁给什么样的人？"

靳朝的本意是就这个话题让她认清道路长且阻，但是姜暮完全没有领会靳朝的用意，反而觉得他有点莫名其妙。

她照实回道：“没有。”她连明年要报哪所大学、学什么专业都没想好，哪有闲工夫想以后嫁给什么样的男人这种抽象的问题。

然而靳朝觉得事态有点严重，既然姜暮根本没有考虑过跟现在这个男孩有以后，那么她就是玩玩的。对待感情不认真，她是个姑娘，怎么算都是吃亏的一方。

靳朝沉默了一瞬，又道：“我原来班上有个兄弟，当时追求隔壁班一个女孩时追得挺欢，早上带吃的，下午买饮料，礼物没少送，花言巧语一大堆，哄得女孩对他死心塌地。他背地里跟我们讨论的东西都是些不堪入耳的，甚至会把他和女孩的事拿出来当炫耀的谈资。后来你猜怎么了？”

姜暮歪着脑袋顺着他的话问道：“怎么了？”

“那个女孩一模成绩直线下降，家长找到学校，闹得大家都很难看。男孩提出分手，女孩觉得丢脸，吵着要退学。你怎么看？”

姜暮没想到靳朝会冷不丁地提起他过往同学的事情，还让她评价。她一脸蒙地眨了下眼，道：“虽然……但是……也没必要退学吧……”

姜暮关注的点把靳朝弄得一时无语。他顿了片刻，声音回荡在巷子里：“像你这个年纪的男孩，对异性感到新鲜，多半都是一时兴起。对他们来说，把一个漂亮女孩弄到手就像得了战利品，拿来显摆，更谈不上负什么责任。”

姜暮却不这么认为，她一本正经地反驳道：“不是绝对的吧？我原来班上也有要好的，后来一起考到苏科大，现在还在一起呢。”姜暮在说这话的时候，没有注意脚下，被一块凸出的灰石砖绊了一下。

靳朝手疾眼快地拽住她，呼吸靠近，落下一片阴影笼着她，对她说：“绝大多数这个年纪的男孩心理年龄还没成熟到可以担得起‘责任’二字。”

远处的二楼天台上，晾衣绳上五彩斑斓的衣服随风飘荡，爬山虎沿着土墙延伸到不知名的前方。幽静昏暗的胡同，将车水马龙和乱世

浮躁隔绝在另一个世界，时间慢得像静止了。姜暮抬起头，那双秋水剪瞳里映着靳朝的样子，薄唇轻启：“那你呢？也是这样吗？”

靳朝漆黑的眸子安静地注视着她，眼里是姜暮无法探究的情绪。他对她说：“拽着我。”

脚下是凹凸不平的灰石砖路，靳朝将手臂递给她。姜暮依言攥着靳朝的袖口，听见他说：“你碰上的人不是我。”

“那你怎么知道我碰上的人不能是你？”话说出口，姜暮拽着靳朝的手紧了一下，她又想到了该死的无血缘纽带，尴尬地解释道：“我是说，不是你这样的？”

靳朝没有看她，眼里浮起一闪而过的光，他毫无痕迹地岔开话题：“你最好还是去配副眼镜。”

“不要。”

“再走这种路没人给你拽着。”

“我不会跟着别人走这种路。”

晚风轻轻吹着，他们一前一后，小小一块布料将过去和现在串联起来，他脑海中是蹒跚学步的女孩，她脑海中是如何也不会丢下她的男孩。

姜暮跟着靳朝穿过一条又一条幽暗的巷子，绕出来后居然就是修车行对面。她不知道附中离修车行竟然如此近，但让她自己再走一遍她绝对认不得路。

三赖店门口拉了盏灯，他和一个男人正坐在那儿喝酒。姜暮走近了才看见和三赖喝酒的男人正是那个金疯子。金疯子瞧见靳朝带着姜暮回来了，便对着姜暮露出笑意：“我说，你去哪儿了？原来是接小美女放学啊。”

靳朝上手使力给了他后脖颈一下：“一个人来的？”

金疯子笑着缩了下脖子，回：“不是啊。你猜我和谁一起来的？”

他一脸贼兮兮的表情。

靳朝没理他，直接将姜暮的书包提了进去。

三赖对姜暮招呼道："饿不？吃点东西再去搞学习。"

姜暮看着一桌卤菜，好像挺好吃的样子，她来这里后还没吃过卤菜，于是对三赖说："我先去洗个手。"

金疯子回头瞧了姜暮一眼，探头问三赖："她现在住这里？"

三赖提起酒杯时笑眯眯的，没承认也没否认。

姜暮刚打开水龙头就看见街边有一辆夸张的红色跑车停了下来，随后从车上下来一个染着红发、穿着超短裙的女人。姜暮看了一眼，继续低头将手洗干净，然后关掉水龙头。等她再次抬头的时候，那个红发女居然已经站在她的面前，扬着眼皮从头到脚打量着她，语气轻佻地问道："你就是他们口中的小美妞？怎么搭上有酒的？"

姜暮甩了甩手上的水，回道："我和他不是那种关系。你是谁？"

红发女接着假睫毛，化着妆，一双丹凤眼长得挺有特色，一眼看上去就像社会大姐大。她顺手把纸袋递给姜暮，对她说："你猜呢？抱着。"

姜暮莫名其妙地接过那个纸袋，站在边上。红发女自顾自地打开水龙头也洗起手来。她弯腰的时候，短上衣缩了上去，露出腰间性感的文身，是一条盘踞的青色细龙。

姜暮突然想起一个名字，脱口而出："你是小青蛇？"

红发女关掉水龙头，转过头用眼尾瞟着她："什么小青蛇？老娘腰上的是龙。"说着，她还朝姜暮做了个张牙舞爪的表情。

姜暮双瞳睁大，猛地后退一步，抱紧手上的东西，目光怪异地盯着她。姜暮颊边的短发贴在轮廓柔和的脸上，衬得她像只灵动可人的兔子。

小青蛇见她这个反应，立马豪爽地笑了起来，一把搂住她的肩，钩着她的下巴说道："小可爱，我叫万青，你呢？"

她的热情来得就像龙卷风，根本让姜暮难以招架，只能硬邦邦地回道："姜暮。"

“小姜啊，你和有酒是什么关系？”

姜暮再次疑惑地盯着她。这个万青喜怒无常，突然将她往修车行门口一拽，把她压在墙上，露出威逼利诱的神情，凑近她凶巴巴道：“老实交代。”她比姜暮要高大半个头，脸板起来的时候像个女恶霸。

姜暮盯着她好似芭蕉扇的假睫毛，脸上抽了一下，回道：“他是我哥。”

万青满脸诧异：“哥？表哥还是堂哥？我怎么不知道他有你这么个妹妹？外地来的？”

“算是吧……”

话音刚落，靳朝的声音从维修间传来，语气冰冷：“你要是再吓她，就给我滚远点。”

万青脸上的表情立马来了个一百八十度大转弯，她把姜暮重新一搂，转头对着靳朝喊道：“我跟咱妹开个玩笑不行啊？凶什么凶？！”说完将纸袋从姜暮手上扯了过来，亲昵地说：“走，我们啃猪蹄去，不理他。”

姜暮看着这个姐姐阴晴不定，想离她远点。奈何万青一副自己人的模样，还特地把两把椅子放在一块儿，让姜暮坐在她身边。

三赖端着一口锅出来，锅是盖着的，放下来后对姜暮说道：“知道里面是什么吗？”

姜暮探过身子闻了闻，鸡肉的香味扑鼻而来。她笑了起来：“你还真煲了鸡汤？”

三赖将锅盖拿开，告诉她：“鸡是有酒早上买回来的，汤是我煲的，还能跟你说笑不成？”

靳朝也走了出来。

万青拍着身边的空椅子对他说：“来喝酒。”

靳朝走到那把椅子前，单手一提直接将椅子提到对面。

万青朝他翻了个白眼，歪着身子对姜暮说：“你哥这样下去肯定讨不到老婆的。”

姜暮抿着唇，没说话，看了靳朝一眼。靳朝神色淡淡的，不在乎地开了一瓶啤酒。

万青从纸袋里拿出一个大猪蹄放到姜暮面前的盘子上，对她说：“这家味道绝了，尝尝。”

姜暮看着面前硕大的猪蹄，不知道从哪儿下口。不是她有啥偶像包袱，只是坐在街边，当着陌生人的面不顾形象地啃大猪蹄，反正她前面十八年从来没干过。反观旁边的万青已经啃上嘴了，那豪放的模样竟然让姜暮打从心眼儿里挺佩服的，她都不知道这个姐姐的嘴是怎么张得那么大的。

万青见她看着，反问道：“你吃啊，看我干吗？不会啃啊？”

姜暮含糊地说：“待会儿，待会儿。”

对面金疯子已经拆了那只鸡，还非常自觉地夹起了大鸡腿。结果他刚把鸡腿从锅里捞出，靳朝手中的筷子就直接敲了上去，金疯子手一抖，鸡腿掉进了锅里，他莫名地看向靳朝问道：“干吗啊？”

三赖“啧啧”两声，插话道：“老子炖了两个小时是给你炖的？你也要考大学啊？”

金疯子后知后觉地看向靳朝，靳朝单手搭在椅背上回视着他，万青啃着猪蹄看着他们，桌上安静下来。金疯子突然开了窍，站起身，重新捞起大鸡腿，亲自放在姜暮面前，说道：“大妹子，你先请。”

姜暮有些受宠若惊地说：“谢谢啊。”

靳朝这才收回目光，继续喝酒，万青的视线却落在靳朝身上。

鸡腿肉炖得很烂，筷子一戳肉就掉下来了，入口全是满足感。姜暮吃得挺香，三赖一脸姨母笑地盯着她，顺手盛了一碗鸡汤放她旁边凉着。

金疯子说道：“昨天大光回去以后就跑去打狂犬疫苗了，我把祥子喊到后场招呼了他一顿。”

姜暮听到这儿才知道，金疯子居然是万记车行的人。

靳朝往他酒瓶上碰了一下，说道：“没必要。”说完，他看了眼万青就岔开了话题，跟金疯子聊起一个他们都熟悉的客人想换车的事，

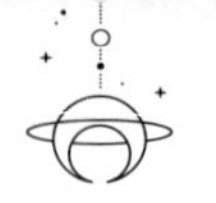

顺带不知道从哪里摸出一个黑色的东西。

姜暮都没看清他是怎么弄的，黑柄的一头居然弹出一把锋利的小刀。

靳朝问三赖要了张湿纸巾，一边和金疯子闲聊，一边慢条斯理地擦着那把小刀。

姜暮忍不住用余光瞄他。泛黄的灯照着靳朝的侧脸，他半垂着头，挺直的鼻梁让他的轮廓显得格外冷峻，加上他擦刀的动作，怎么看都有点像《这个杀手不太冷》里的杀手。姜暮不知道他大晚上的跟朋友闲聊，好好的，拿出一把小刀干吗，怪吓人的。

靳朝把湿纸巾放下后，转过头直接将她面前放着猪蹄的盘子拖了过去，用他那把锋利的小刀将猪蹄上的肉一块一块削了下来。明明挺粗暴的事却被他干得挺斯文，刀起刀落间，肉皮被他削成刚好入口的小块。

万青抬起视线，将啃完的猪蹄一扔，擦着手转头看向姜暮。姜暮感觉到她的目光，迎上去，万青对她露出了一个无懈可击的笑容。

然而就在姜暮端起碗低头喝汤的时候，瞄到了桌子底下，万青忽然抬起脚钩了一下靳朝。姜暮也不想看到这幕的，奈何自己的眼睛太争气，她忍不住去看靳朝。靳朝手上的动作顿住，皱起眉抬眸冷扫着万青。万青笑得更加妩媚，故意又抬脚碰了下靳朝的裤脚。

“啪”的一声，靳朝将手中的刀拍在桌子上，完全在状况外甚至还在说话的三赖和金疯子都吓了一跳，说道：“有酒，你搞什么鬼？”

目睹全过程的姜暮也被靳朝这突如其来的动作惊得心脏乱颤，万青倒是一脸无所谓的样子，丝毫不惧。靳朝将削下来的猪蹄肉放回姜暮面前，转过视线看着她：“吃完早点进去。”

姜暮有点不敢直视他，她感觉靳朝应该发现了她一直在围观。于是她匆匆把猪蹄吃完，把鸡汤喝完，先进休息室做题了。十二点左右的时候她伸了个懒腰，感觉眼睛酸胀，打算站起身活动一下。

她走出维修间的时候看见人都散了，就三赖一个人蹲在店门口等西施放风。姜暮问：“靳朝呢？”

三赖盯着正在撒尿的西施回：“在后面吧。”

姜暮也看了眼西施，走到三赖旁边，小声问道："那个万青是靳朝的女朋友吗？"

三赖慢吞吞却又笃定地回道："有酒不可能要她。"

"为什么？"

三赖漫不经心道："她是万老板的女儿。"

姜暮略微惊讶，她倒是忽略了这个小青蛇的姓氏，确认道："万记车行老板的女儿？"

三赖"嗯"了一声，并对西施吹了个口哨，打开店门将西施放了进去，又看向姜暮："你们昨晚干吗的？"

"什么？"

三赖隐在胡楂里的嘴角挂着要笑不笑的弧度："有酒凌晨才过来睡觉，你们精神挺好啊。"

虽然姜暮和靳朝隔着帘子纯聊天，但在三赖非常不纯洁的眼神中，她的脸唰地红了，看得三赖大笑出声："不逗你了。跟有酒说，给他留门。"说完，三赖就进店了。

姜暮脸色发烫地回到维修间，她知道他们口中的后面是从房间窗户看出去的棚院，但她不知道从哪里过去。她绕到维修间的另一头，那里有扇门虚掩着，离休息室很近。她轻轻拉开那扇门，一丝凉风从门外吹来，外面很暗，她走了出去。

门外和她从房间窗户看出去的样子差不多，棚子下面堆放着很多东西。有些是裸露在外的老零件，还有几个放满东西的纸箱，更多的是一些她认不得的工具。院子一角有个用大篷布完全罩住的东西，四角有砖头压着，姜暮也不知道里面是啥。她扫视了一圈，靳朝并不在这里，倒是棚院通向外街有扇生锈的铁门，铁门是开着的，那里飘来丝丝烟雾。

姜暮抬腿朝那里走去，还没走到墙根就听见万青的声音从铁门外传来："我还是那句话，你要是缺钱就跟我讲，不要去蹚浑水，那边水很深。你听我一句，我还能害你？"

姜暮的脚步突然顿住，身体贴在门上，透过门缝看见靳朝和万青

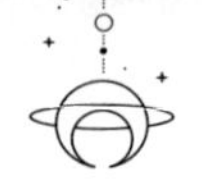

的影子。

“我的事，你最好少过问。”靳朝的声音很沉。

万青扔了烟头，骂道：“我他妈的为别的男人操过这心吗？有酒，你别把我惹急了。”

“惹急了又怎样？”靳朝满不在乎的声音中透着丝不耐。

万青刚准备回撑，靳朝对她摆了下手，直接拉开铁门，姜暮的身影陡然出现，避无可避。连续被撞见两次，她很绝望，站在门口有些不知所措。

靳朝只是压着眼皮盯着她，什么话也没说就走进院中，转过身对站在门外的万青丢下一句：“以后别老往我这儿跑。”然后直接锁了院门。

空荡的棚院里，气氛一时有些沉寂，靳朝转身盯着姜暮，表情凝重：“进去，少来这儿。”他不笑时，看着多少有些凶巴巴的。

姜暮拧起眉问：“为什么？”

靳朝的薄唇紧了一下，视线跃过她头顶，扫了一眼角落，对她说：“没看见这里到处都是东西？不是你来的地方。”

姜暮不过大脑地嘀咕道：“那她为什么能来？”

月影笼纱，覆在她黑润的眸子里，似水似雾，里面有个很小的亮点，闪着流动的光。

靳朝将双手缓缓地抄进兜里，望着她忽然轻笑起来：“你……这是在耍脾气？”

姜暮猛然一愣，回过味来，羞赧道：“什么耍脾气？我没有耍脾气，我脾气可好了，我只是追求公平公正。”

靳朝下颌微动点点头，边往里走边悠然说道：“是，脾气挺好，一点起床气都没有。”

姜暮瞬间感觉自己被鄙视了，一天之中她只有早晨不正常，偏偏还给他碰上了。

她跟在靳朝身后走进了维修间，在脑海中把这混乱的关系网理了一下。金疯子在万老板那儿干活儿，昨天应该听说了那三人过来找麻烦的事。他刚才在桌上说回去就把祥子招呼了一顿，但是靳朝岔开了话题，大概率是顾及万青在场。

虽然姜暮并不知道靳朝和万老板之间发生了什么事，但显然，能分道扬镳一定是有让靳朝这么做的原因，只不过这个万青立场不明，似乎还挺在意靳朝的。

进了维修间，靳朝便将一些散乱的工具收拾起来，见姜暮站在维修间边上出神，以为她还在闹别扭。奇怪的是，他居然会下意识地觉得，现在哄不好她，下一刻她就会开始大哭。

小时候的靳朝往往会卡在她大哭之前想尽办法先搞定她，这好像是刻在身体里的条件反射。他暂时放下手中的工具，点起一根烟睨了她一眼，对她说道："后面地方小，堆的都是东西，你不怕老鼠吗？"

姜暮收起思绪，朝他看去，才回过味来，靳朝在向她解释不让她到后面的原因。

她看了他几秒，问道："蹚浑水是什么事？"

"不是你该过问的事。"

靳朝似乎不愿意跟她聊这个，可直觉告诉姜暮，这件事一定和上次三赖说的那件不要命的事有关。

靳朝将维修间的一些杂物收进休息室的货架上，姜暮也跟了进去，靠在休息室的门边看着他的背影："她好像还挺为你着想的。"

靳朝没有出声，只是有条不紊地将所有东西放置好，然后才回过身看着她："明早还想迟到？"

姜暮撇了下嘴角，对他说："三赖哥给你留门了。"说完掀开帘子进去洗澡了。她洗完出来的时候还伸头往外瞧了一眼，休息室貌似挺安静的。

她以为靳朝已经去三赖那边了，可走到门口撩开帘子的时候，看见靳朝倚在桌子旁，骨节分明的手指握着那支黑旧的派克钢笔，眼帘微垂，整个人仿若陷入了某种回忆。

姜暮撩开帘子的动静打断了他的思绪，他抬起眸，看向她的一瞬，姜暮感觉到一种没来由的慌乱。她几乎立时冲到靳朝面前，一把夺过那支钢笔，转身就往房间走。她只感觉脸颊火辣辣的，整颗心都在上

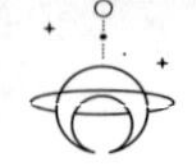

下扑腾，仿佛自己这么多年来对靳朝的牵挂随着这支钢笔赤裸裸地暴露在他面前。如果这种牵挂是双向的，或许她还不至于这么难堪，可他没有履行关于这支钢笔的约定，没有回来看她，甚至到后来没再给她来过一封信、打过一个电话。她守着他们的约定，一等就等了很多年，一切到后来都是她一厢情愿。她不愿意承认，但又不得不承认这支钢笔让她在靳朝面前无地自容。

就在快踏入房间时，姜暮突然停住脚步转过身，嗔怒地注视着他："我只是喜欢复古的东西才留着这支钢笔，才不是因为你。"说完，她直接冲进房间，躺在床上用被子蒙住自己，眼圈当即就红了，仿佛每个细胞都透出无力的羞耻感。

外面一直没有动静。姜暮掀开被子，关掉房间的灯。不知道过了多久，靳朝的声音仿若在重重包围的乌云中翻滚着，带着深夜的厚重从帘子外面传来："字，进步不少。"

"……"

"下一次……下一次见面，我要检查你的字写得怎么样了？"

"你会回来吗？"

"会的。"

他没有忘。

Chapter 7

回不去的青春

她怎么也没想到，

有一天靳朝会站在她班上的后门等她放学。

姜暮睡觉前还觉得这事儿挺丢脸的，这么大的人了还守着儿时的约定，留着那支钢笔巴巴地期待哪天靳朝会回去找她。本来自己藏着这个小秘密也就算了，但是被当事人发现了，这感觉吧，怎一个“羞耻”能形容。但是，好在睡一觉起来那感觉基本就消退了，前一晚的尴尬被姜暮抛之脑后，满脑子只有一个字——困。

虽然困，但闹钟第二次响的时候，她就艰难地爬起来了。梳洗完出去的时候，看见昨晚摊了一桌的习题册和文具全部被靳朝收拾好了，她觉得靳朝多多少少是内疚了。好吧，她承认心情又好了一点。

看见靳朝在维修间忙碌的身影，她还主动跟他打招呼：“早啊，你平时也起这么早吗？”

靳朝抬头看了她一眼，见她已经跟没事人一样了，回道：“我又不是卖包子的。”

靳朝出来单干后，时间还挺自由的，不需要开会也不需要带人，早上十点开门也没事，没人管他，他也不需要管人。但自从姜暮过来后，他居然又有了上班的感觉。

本来应该是愉快、和谐的早晨，但姜暮在临走前准备从床头柜的塑料袋里再拿一包卫生巾时，突然从袋子里面滑出一个小方盒，掉在地上。

有那么几秒，姜暮的动作几乎是静止的，她就那样看着那个小盒。

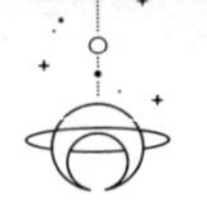

然后她非常震惊地蹲下身用两根手指头捏起它，之后像甩掉烫手山芋一样将那盒安全套扔进床头柜，并迅速将柜子合上，一颗心七上八下的，她都不知道靳朝为什么要送她一盒安全套。

虽然事情非常诡异，她完全没有头绪，但让她跑去问靳朝，她还真问不出口，这件事导致她一早上都古古怪怪的。

她背着书包走出维修间时，鬼鬼祟祟地看了一眼站在修车行门口抽烟的靳朝，便直奔马路对面。三赖见她如此匆忙还喊了她一声："今天走得挺早啊？要不要吃面条？"

姜暮猛地摆了摆手，头也不回地走到公交车站。奈何6路公交车比较难等，她一站就站了半天。街对面的靳朝叼着烟漫不经心地瞅着她，瞅得她浑身不自在，眼神乱瞟，步子慢慢地挪到公交车站牌的后面。支撑公交车站牌的只是一根很细的杆子，根本无法完全挡住她的身形，这就搞得她控制不住自己的余光，总感觉靳朝在看她，然后她又默默地背过身去。

人家等公交车都是站在路边望着公交车来的方向，姜暮直接背对着马路，那别别扭扭的模样看得靳朝也很迷惑。他见时间不早了就踩灭烟头，刚准备问她还能不能来得及。结果他的步子还没迈出，6路公交车便从远处呼啸而来。姜暮转过身的时候见靳朝要走过来的架势，还没等车子停下来就冲了过去，第一个跑上公交车，跟有鬼在后面追她一样。

直到公交车消失在街尾，靳朝才收回视线，低语道："这个年纪的女孩真是一种神秘的生物。"昨天早上还缠着要他送，今天早晨突然又躲着他。

三赖侧过视线盯着靳朝，感到稀奇。他这个兄弟心里装的事可多了，但没有一样跟女人有关。青春期大家都骚动的时候，也不见他琢磨过女人，现在倒思考起女人这种生物来了。

三赖在旁边勾着笑说道："你对她怎么了？"

靳朝冷"呵"了一声，转过头："我能对她怎么样？"

三赖一脸神秘莫测的表情，凑了过来：“女孩的心思你别猜，猜来猜去也就那样，情窦初开，芳心暗动，落花有意，你自己长什么样你不清楚啊？以前上学，多少她这个年纪的女孩要找你处对象？我就搞不懂了，你这不把女人放在眼里的踿样，不体贴、不温柔、不浪漫，怎么就有那么多姑娘愿意赶趟扎堆稀罕你？越想越不平衡。想当年玉树临风、幽默风趣、潇洒帅气的我怎么就不如你了？要我说，那些女的就是眼瞎，横竖三维立体来观察，我都是准校草人选……”

然后三赖又围绕着校草这个话题叨叨了五分钟，就这破事能在靳朝耳边不厌其烦地念叨八年，也不知道他怎么就这么执着于这个头衔。

靳朝嫌吵，打断他：“我待会儿回趟家，下午去泉县，可能回不来。你晚上没事去把暮暮接回来，校草。”

三赖表情突然严肃起来：“决定了？”

“嗯。”

三赖便知再劝也没用。隔了一会儿，他又对着正在忙活的靳朝问了一句：“要是，我是说假如啊，姜小暮同学真对你动了心，你也会像对待其他女人一样不留情面？”

靳朝先是愣了一下，而后缓缓地抬起视线看着三赖，开口骂道：“割温——滚。”

一路上姜暮的心情都十分复杂。本来临出门的时候她还在琢磨靳朝好好的买盒安全套送她到底有何用意。但等她到学校后，终于想通了，她觉得可能是靳朝自己要用，但是一不小心放到了给她的塑料袋里。那么问题来了：她要不要还给他？

虽然靳朝这个年龄有点那方面生活也挺正常，但想到靳朝有女人这件事，姜暮的心情就略显微妙。那女人是谁？小青蛇吗？看昨天三赖那意思又不太像，莫非还有其他人？

其他人到底是谁？虽然姜暮不知道，可只要想到有那么一个人存在，她整个人就有些恍惚。

从医院出来那晚，她其实挺绝望的，这两天情绪稍微好点是因为

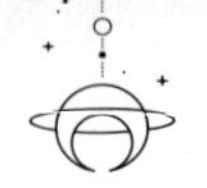

起码在靳朝那儿还能有个暂时遮风挡雨的地方，让她在这个陌生的小城不至于无依无靠。可如果靳朝有女人，那么她的存在就会变得无比尴尬。当然，她也不方便一直打扰他的生活，亲妹妹来打扰都会不妥，更何况她这个多年都没联系的假妹妹。

所以在校模测验之前，别人都在忙着做最后的战斗准备，姜暮则突然出现在马老师办公室询问如何办转学手续。

马老师非常惊讶，告诉她，要家长带着户口本来学校提交申请，学校审核完了报到学籍主管部门核准，家长再联系转入学校教育局，根据地方政策办理手续。当然，还要等待准入学校和当地教育局的核验，等等。马老师多少了解靳强家的情况，十分关心地问姜暮是不是和爸爸家相处得不太愉快，需不需要他来找靳强谈谈。姜暮果断拒绝了，并告诉马老师就当她没来过。

从马老师办公室出来的时候，姜暮心情有些低落。转回苏州这事儿不通过靳强和姜迎寒肯定办不了，要是通过他们吧，麻烦又是一大堆。而且办理核准的过程还不知道要多久，这样耽搁下来折腾的意义不太大，她只能在这儿暂时坚持到高考。

等姜暮拿着文具踏入考场的时候，潘恺激动地对她挥手，奈何她心不在焉的，压根儿没注意到他。

潘恺没想到真能和姜暮分到一个考场，虽然隔着好几个座位，但他还是试图帮帮她。整个考试过程，姜暮一次头都没抬，搞得潘恺根本没有英雄救美的机会。

一考完，潘恺就跑去姜暮旁边，压着声音八卦道："昨天那个男的真是头七啊？你怎么认识他的？长得挺帅啊，就是眼神太犀利，我都不敢看他……"

姜暮听着他喋喋不休地议论着靳朝，揉了揉太阳穴，喊道："潘恺。"

"在。"

"闭嘴。"

"好嘞。"

晚上放学后，三赖开着他的白色本田在学校门口等。有别于靳朝的低调，三赖回到母校，那是异常地高调，扎着小辫子，穿着印花夹克衫，大晚上的还非在头上卡个大墨镜，就差站车顶上了。那造型整得跟要去吃酒一样，他还非常熟络地跟传达室大爷聊着附中近年来的教学改革和未来的发展方向。

三赖那招摇的身影让姜暮在众目睽睽之下都不太好意思上他的车。系上安全带后，她忍不住问道："三赖哥，你原来在学校也是红人吧？"

三赖非常傲娇地告诉她："你三赖哥我当年在附中，多少小姑娘来围观我，我一头飘逸的刘海儿，当时就是铜岗柏原崇、附中木村拓哉、高一（7）班小栗旬。"

"……"

他越说越来劲："高中三年我一直是乐团第一帅，离学校第一帅就差一个身位。"

姜暮不解道："一个身位是什么意思？"

三赖想想就觉得晦气："还能什么意思？高一新生报到，在我后面来了个男的，把老子的风头都抢光了，个头比高三的都高，看人眼睛不带往下瞟的，整个人都散发出上面的空气比较新鲜的那种优越感。那些肤浅的女同学奔走相告，都去围观他了。这人就是有酒那×××。"

姜暮虽然和他们不是一个年级的，但也能想象出那轰动的画面。她原来学校有个学弟长得还不如靳朝呢，都有不少女孩迷恋他。

说到这儿，三赖想到什么，突然笑道："告诉你个有趣的事。那时候好多男生还没蹿个子，有酒已经超过一米八了。他们班每次大扫除就安排他擦玻璃，别人还要搬个凳子，他手长，胳膊一伸就能擦到最上面的玻璃，于是就承包了整个班的玻璃，就连隔壁几个班有时候也会跑去借他。每次他一擦玻璃，好多小女生就站在走廊里伸头看他。我一开始还不知道她们看什么，后来才知道，她们就专门等着有酒伸胳膊，校服往上一拉看他的腰。"

姜暮满脸疑惑："腰有什么好看的？"

“我怎么知道你们女的这奇奇怪怪的嗜好。”说着，三赖顺便提了一句，“对了，有酒今晚不回来。”

姜暮转过头问道：“他去哪儿了？”

三赖含糊道：“外地出差。”

修车也要出差的吗？

姜暮总感觉这个说辞有点牵强，她安静了一会儿，问道：“靳朝……他……有女人吗？”

三赖本来懒懒散散地扶着方向盘，听见这话先是顿了一下，而后非常夸张地大笑起来，笑得姜暮一头雾水。他笑得差不多了才抿着唇看了一眼姜暮，说道：“这种事有酒没盖章，我作为兄弟也不好乱说。”

姜暮没吱声，看向窗外。她觉得自己猜得八九不离十，还真有那么一个女人存在。

接着三赖又慢吞吞地说道：“好几年前我跟有酒去游戏机室打街机，从游戏机室出来是条夜市。我拖着有酒看看，他挺不耐烦的。结果我啥也没买，他倒是看中了一个挂件，付了钱就一直带在身上。你问的问题嘛，答案就在那个挂件上。原来他有辆摩托车，挂件就挂在摩托车钥匙上，现在据我所知，那个挂件应该在修车行卷帘门的一把备用钥匙上，通常情况下他不用，但是经常带在身上，以防他临时有事把钥匙给了小阳他们。你有机会找到那把钥匙就有答案了。”

姜暮皱起眉头疑惑地看向三赖，偏偏三赖噙着笑，不再多说一句。

前两晚姜暮睡觉前，靳朝都在，她能睡得安心，可今晚黑漆漆的修车行里就她一人，抬头就是空荡的维修间，她难免心里发毛，好在三赖将闪电抱了过来陪她。

闪电倒也听话，姜暮做题时，它也不捣蛋，就四仰八叉地躺在桌子上睡觉，小肉爪子还搭在她的卷子上，她不时摸一摸倒也不觉得害怕了。

晚上睡觉时，姜暮把三赖给她的狗垫子放在床旁边，闪电就挨着她睡在床下，这倒让她的内心有了些安慰。

只是关了灯躺在床上，她又开始胡思乱想，她本想发个信息给靳朝跟他说自己睡了，可转念一想，万一靳朝现在不是一个人呢？她发过去会不会不方便？他要不是一个人，那现在应该在干吗呢？这个问题有了开头，就一发不可收拾，导致当晚她的梦里全是靳朝。诡异的是，也不知道是不是晚上和三赖聊天内容的缘故，梦里的靳朝上半身没有穿衣服，站在这个小房间的外面擦玻璃，她撩开百叶窗想看看他的腰，却看见一个看不见脸的女人从靳朝身后抱着他，靳朝丢下抹布，回身将那个看不见脸的女人打横抱起，压在那个被大篷布盖着的东西上面。

那幅画面视觉冲击力过强，以致姜暮早上醒来后愣是在床上坐了半天都没有缓过神来。她自认为是个思想单纯、心灵纯洁的姑娘，这大概是她整个少女生涯第一次做尺度如此之大的梦，梦中的主角居然是靳朝和一个没有脸的女人。关键是，梦里的她还很着急，一个劲地想从床头那扇窗爬出去阻止靳朝，至于为什么要阻止，她也说不清。

闪电见姜暮起来了就兴奋地摇晃着屁股趴在床边求撸。姜暮长呼了一口气，摸了摸闪电的头，从床上站起身，拨开百叶窗朝外看去。太阳还没探出头，棚院一片漆黑，当然也不存在梦中没穿衣服擦玻璃的靳朝。只不过就在她准备松开手时，突然发现棚院里那个原本被大篷布盖着的东西不见了，不过她也不太在意，打了个哈欠，下床换衣服。

靳朝两天都没有回来，姜暮为了不太招摇，拒绝了三赖要去接她的好意，说她自己坐6路公交车也挺方便。只不过她回来的时候，三赖坐在门口嗑瓜子，看着她进修车行锁好门后，才将板凳搬回店里，打电话给靳朝："她到家了。"

靳朝"嗯"了一声。

三赖问："什么时候回来？"

"我想去看看地形，可能还要两天。"

靳朝是这么打算的，但是计划赶不上变化，因为他第二天就接到了马老师的电话。

上晚自习的时候，班长长江抱着一沓通知单走进来，一双小眼睛挤成一道缝，嘴里嚷道：“老马让你们做一下早上那张卷子，他在跟人谈话，迟会儿过来。”

不知道前排哪个问道：“谁啊？”

班长长江把通知单发下去，回道：“我怎么知道？一个年轻帅哥。”

“帅哥”两个字成功传入严晓依耳中，她听说后非要拉着姜暮去厕所。姜暮内心是拒绝的，但是力气没她大，被她一把从座位上扯起来架着就走。一出教室姜暮就提醒道：“厕所不在这边。”

严晓依不以为然地说：“逛一圈，让眼睛休息一下，对视力好。”

果不其然，她们逛到了马老师办公室门口。办公室亮着灯，她们走到门口的时候发现门外居然不止她们俩，还有几个路过的同学正伸头向里张望。但是严晓依骨架太大，她往那儿一站，连柱子都遮不住，马老师想不注意到都难，直接喊道：“严晓依，不上自习在那儿看什么？”

旁边人都跑了，姜暮也想跑，奈何严晓依直接挽着她笑嘻嘻地对马老师说：“我和姜暮去厕所。”

姜暮莫名其妙地被拉到办公室门口，刚想扯出一个配合的表情，却猛地看见跷着腿稳坐在马老师旁边黑色沙发上的靳朝。那一刻，她的脸色直接就僵住了，她没想到靳朝回来了，而且会出现在马老师办公室，她当即就有种不好的预感。

果不其然，马老师看见她后，开口道：“严晓依，你回班去。姜暮留一下。”

严晓依无辜地对姜暮摊摊手，只得先走了。姜暮挪了几步走进办公室，靳朝还是那个姿势。他上身穿着黑褐调格纹衬衫，下身穿着绿灰色工装裤，低饱和色调让他整个人看上去清爽利落，透着一丝少年气，大概和高中生唯一的不同是，他眼中透着沉稳老练的光，落在姜暮身上。

靳朝手边的沙发扶手上放着一个一次性纸杯，里面的茶还冒着热气。

姜暮不自觉地将双手放在身前警惕地盯着他。马老师见状，对姜暮说：“没什么别的事，你不想找你爸我能理解，我就找你哥聊几句。

你啊，有什么事多跟家里人商量，都说开了也不是什么大事，去收拾下东西，今天早点回去。”

姜暮老实巴交地点点头。靳朝缓缓地从沙发上起身，拿起一次性水杯将茶水喝掉，顺手一捏扔进垃圾桶，转身对马老师说：“那我就先走了。”

马老师大概想拍一拍靳朝的肩，奈何身高悬殊，拍得比较吃力，于是他只能拍一拍靳朝的背，语气里满是无奈：“你也是，走了就没消息了，没事也不知道多回来转转。”

靳朝默不作声地点了下头，没有多余的话。

从马老师办公室出来，靳朝原本想直接下楼等姜暮，然而姜暮对他说：“我们班在那头，要从前面绕过去。”忽而又想起什么，说道，“你应该比我熟。我回去拿个东西，你等我。”

靳朝只能陪着她回了一趟班。如果不是今天接到马老师的电话，不是因为身边的女孩，他想不到有什么事值得他再回到这里。看着熟悉的教学楼，靳朝始终沉默着。

姜暮几次观察他的神情，但是从他脸上根本判断出不什么。两人一言不发地穿过走廊，路过高三（1）班的时候，章帆眼尖，看见了靳朝，透过窗户大喊了一声：“酒哥。”

靳朝蹙了下眉侧眼瞧去，浓密的睫毛掩着深邃清冷的眸子，这一眼绝杀让整个1班都沸腾起来，不少人趴在窗户边上问章帆那人是谁。

章帆眉飞色舞地说：“他就是传说中的头七啊。你们真是弟弟，啥都不知道，他跟我哥还是一个班的呢！”

在他非常夸张的渲染下，不出十分钟，这个消息就传出了1班，在好几个小团体年级群里疯传。

所以，在姜暮回到班上后，5班和6班已经有不少人在伸头张望。她将桌上的卷子有条不紊地折起来收进书包。靳朝就立在6班后门外，走廊灯很暗，他的背影隐在半暗的光中，修长、挺立。

严晓依实在忍不住，多看了两眼，问姜暮：“你认识啊？”

姜暮点点头，对她说：“我先走了，老马知道。”而后她看了眼后

门外的靳朝。他安静地等在那里，双手搭在护栏上，眺望着楼下某处，让她心头忽然升起一种很熟悉的感觉。

从前她小，靳朝放学总是比她晚，她记得有一段时间，妈妈单位事多，她总是在学校一边写作业一边等靳朝放学。如果作业写得快，她就背着书包到他们班的后门口等他。

那时他的班主任是个语文老师，总喜欢拖堂。有一次班队会被那个语文老师拿来讲试卷，下课铃响了好久还没有放人。靳朝就那样在全班的注视下突然站起身，对那个老师说："什么时候下课？"

老师十分错愕，说了他一句："你急什么？没看到大家都在认真听讲，你有什么要紧的事赶着回家？"

靳朝将书包往肩上一甩，很平淡地对那个老师说："我妹还在等我，她肚子会饿。"然后就当着全班的面拉开后门，牵起姜暮的手直接走了。

那一幕给姜暮幼小的心灵造成了很大的冲击，毕竟小学时的她对待老师的态度，尊敬中多少带着畏惧，而靳朝敢为了她公然站起来抵抗老师拖堂，所以有很长一段时间，靳朝在她眼里勇敢得仿若一个英雄。

可风水轮流转，她怎么也没想到，有一天靳朝会站在她班上的后门等她放学。

姜暮收拾的动作变得轻快了一点，她把书包挂在肩上，从后门走了出去。潘恺着急地喊她："姜姜，你——"

他话还没说完，靳朝就转过身来，目光幽深地从门外扫向他，就在那一瞬间，潘恺大脑一片空白，竟然忘了喊姜暮是因为什么事了。

靳朝很自然地从姜暮肩上扯过书包，替她开口道："还有事吗？"

潘恺魂不守舍地摆摆手："没事没事，姜姜，拜拜。"

靳朝转身便带着姜暮走了，留下一群不明真相的人。

路过高二（5）班的时候，靳朝随意瞥了一眼站在讲台上的物理老师。那位老师正说得激情四射，偏头看见靳朝的身影从窗外掠过，声音突然就停住了。靳朝低下头加快了脚步，姜暮跟在他身后回头看了一眼那个中年男老师，只见那人目光愣怔又复杂地盯着靳朝的背影。

下楼的时候姜暮问道："刚才那个老师认识你吗？"

靳朝淡淡地"嗯"了一声。

两人路过橱窗的时候，姜暮拉了靳朝一下，他慢下了步子，她转头指着那张运动会接力赛的照片问他："最后赢了吗？"

靳朝的视线顺着她的手指落在那张照片上，眼里的平静被照片的影像搅动了。姜暮侧过头凝望着他，只一秒，他就已经收回视线："忘了。"他向着长廊的另一头走去。夜的黑暗还校园一片宁静，将年少时的热血和拼搏一同埋葬。

姜暮看着他的背影，想他此时心里一定是不平静的，这个地方是他人生的岔路口，他在即将迈入最高学府的门槛前戛然止步，任谁也无法坦然面对。想到他每次来附中总是戴着帽子隐藏在不起眼的街对面，到底是他怕别人认出他带来麻烦，还是他根本不想面对这里的一切。

姜暮的心忽然紧了一下，她小跑几步追上靳朝，扯住他的袖口。靳朝低头看着她的手，姜暮别开头咕哝："怕摔，借我拽一下。"她也不知道为什么要拽着他，只是看见他形单影只的背影，此时此刻，她不想松开他。

回去的路上，姜暮以为靳朝会说些什么，毕竟马老师今天让她早点回去，应该是和靳朝聊到她了。但是一路上靳朝都没有开口。

车子停在修车行门口，姜暮下车后看见三赖在店里伸头张望，她对着他挥了挥手。刚走进维修间，靳朝就直接把身后的卷帘门拉下一半，对姜暮说："聊聊。"

姜暮的脚步停了下来，靳朝将她的书包放在一边的箱子上，隔着举升机望着她，却并没有说话。

他的眼神让姜暮有些局促，她先开了口："三赖哥说你出差了？"

靳朝"嗯"了一声，很快又肯定道："嗯。"

姜暮的鞋底在维修间的地上轻轻摩擦了两下，维修间很安静，安

静得她能听见自己呼吸的声音。她犹豫了片刻，又问道：“你一个人出差吗？”

“不是。”靳朝声音略显低哑，好像没睡好的样子。

姜暮的内心开始动摇，最终她还是问出口：“是跟女的一起？”

她的问题成功让靳朝撩起眼皮，随后说道：“为什么这么问？”

姜暮看了一眼帘子的方向，因为那后面的床头柜里放着一盒不可描述的东西。但是此时和靳朝面对着面，她却问不下去了。

过了半晌，靳朝声音轻了几分：“还是想回苏州？”

姜暮低垂着睫毛看着自己的脚尖：“老马跟你说的？”

靳朝淡淡地呵了口气，跨过举升机走到她的面前。姜暮往后退了一步，身体向后靠去，还没贴到墙上，靳朝直接一把抓住她的校服将她拉到身前，突如其来的力道让姜暮心跳速度攀升，她抬起头，脸瞬间就涨红了。

而靳朝只是对她说：“墙上脏。”

姜暮大脑失去控制地望着他，靳朝移开步子，靠在举升机的柱子上对她说：“就那么想走？”

姜暮低下头，小声说：“住这里怕打扰你。”

“打扰我什么？”

姜暮咬了下唇。维修间的灯没有开，光线从拉下一半的卷帘门外照进来，她脸上是难以启齿的尴尬。

靳朝似乎突然反应过来，默不作声地审视着她的表情。直到姜暮败下阵来，微微垂下视线，他才叹了一声，抬腿重新走到她面前。

他个子太高，姜暮才到他胸前，高大的影子如薄纱般轻轻罩着她，他对她说：“我和金疯子一起出去的，没有什么女的。”说完，靳朝忽然笑了起来。他低下头，感觉自己有些荒唐，搞得像他做了什么见不得人的事需要解释一样，可他孑然一身这么多年，哪里会有女人来管他，又哪里会有女人让他交代清白。

他抬眸，眼里带着笑意，俊冷的轮廓让人无法直视，沉声问道：“你就是因为这个顾虑才想走的？”

姜暮吸着腮帮子，虽然被他一语道破，但是她没脸承认，只好将双手老老实实地放在身前。

靳朝不知道姜暮这些乱七八糟的想法是从哪里来的，看着她手脚局促的模样，他心里五味杂陈。从前那个开心会大笑、难过会大哭，随时爬到他身上抢吃的，有点小心思都要缠着他说半天的女孩，如今在他面前变得如此敏感、小心，时间改变了他，又何尝没有改变她？他甚至想，如果那时他一直在她身边，如今的她会不会多一些自信和底气。

姜暮的短发落下来挡住了脸颊，衬得她的脸更小了，他抬手刚准备帮她把头发拨开，三赖就弯着腰将头从卷帘门外面伸了进来。他一眼看见的就是姜暮缩着身体乖巧地低着头，靳朝抬起手要去抱她的样子，半暗的光让两人的影子交叠在一起。那画面惊得三赖直接喊道："你们干吗？"

这一声让靳朝收回手，拉开卷帘门走了出去，半天都没再回来。而姜暮提着书包进休息室看书去了。

靳朝去三赖那儿坐了一会儿，三赖问他这两天怎么样，靳朝就随口和他聊了两句。只不过三赖一直一副要笑不笑的样子盯着靳朝，盯得靳朝拿起手中的烟盒就朝他砸去："再用那种眼神看我就把你眼珠子抠出来。"

三赖抬手接过烟盒，顺手抽了一根烟出来，又把烟盒扔还给他："姜小暮向我打听你有没有女人。"

靳朝低着头从烟盒里弹出一根烟叼到嘴上："你怎么回的？"

三赖往旋转椅上一躺，双脚跷在收银台上，弯着眼笑道："我说你有还没盖章的。"

靳朝神情一滞，这话怎么听上去都像他有个床伴的意思。他缓缓地站起身，走到三赖面前，伸手从他嘴上把才点着的烟夺了过来，摁灭在旁边的烟灰缸里，骂道："你他妈的真会给我找事。"

靳朝从隔壁回来的时候，姜暮还在埋头做题。他走到玻璃窗外清

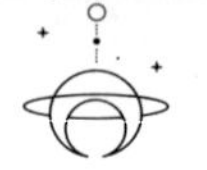

洗喷油嘴，姜暮只要一抬头就能看见他忙碌的身影，虽然各忙各的，但姜暮很喜欢这种踏实的感觉。

不知道过了多久，靳朝忽然开口道："我没有女人，目前也不会考虑这个，你不用有什么顾虑。你既然来了铜岗，除了靳强那里，如果你愿意，这里也可以是你家，我在这儿，没人能赶你走。"

姜暮握着笔的手微微收紧，那彷徨无措的心在听见靳朝亲口说出这番话后，好像飘零的叶子找到了可以短暂依附的树根。

靳朝见她始终低着头，没什么反应，便停下手中的活，抬头瞧了她一眼。姜暮伸手拿起晚上才发的那张通知单贴在玻璃窗上，指了指右下角的"家长签字"，对他露出明亮的笑。

通知单是一封告家长的信，大意就是让家长注意高三学子的身心健康，及时关心现阶段孩子们的心理状况和作息时间，和学校携手帮助高三学生完成高中阶段最后的冲刺。

一些模式化的内容，靳朝却看得很认真，直到看完最后一个字才伸手问姜暮要笔，然后弯下腰在桌角签下他的名字——靳朝。

这不是靳朝第一次帮姜暮签字。上二年级那年，她拿着考砸的卷子跑到靳朝面前，说不敢告诉妈妈，但是老师要家长签字。靳朝见她哭唧唧的，就帮她签了。

结果老师让她请家长到校。才上初一的靳朝背着书包跟个小大人一样出现在老师面前，对那个年轻的女老师说，他能对她的成绩负责，保证她下次不会再考出这个分数。

年轻的女老师听过这个才从六年级毕业的小学霸，看着他认真的模样，给了他们一次机会，帮他们守住了秘密。后来，每天晚上靳朝都拖着姜暮默写生字和古诗，并且随时随地考她。可就在姜暮考出好成绩的第二周，靳朝就离开了她，自那以后，遇到再大的困难也没有人会帮她扛了。

姜暮接过通知单看了半天。简单的两个字苍劲有力，她已经好久没有见过靳朝的字了。他离开苏州那年，字已经有笔锋了。姜暮曾经对着靳朝留下的作业本模仿，但始终没有学会他那一手刚劲潇洒的字体，只能多年来一直追随着他的步伐努力练字。

姜暮将通知单折好放进书包里，抬起头看着外面的靳朝，露出掩饰不住的笑意，一个小小的签名让他们的关系跨越时空，重新紧密地联系在一起。

靳朝没有看她，但似乎能感受到她的目光，他低下头，眼里也有了温度。

姜暮没有再管那盒不可描述的东西到底是干吗用的，就那样扔在床头柜里，不再理会。

自从靳朝帮她签了通知单，姜暮感觉他真的在家长这条道路上越走越远，因为第二天修车行门口就多了个奶箱——靳朝居然帮她订了牛奶。

虽然姜暮很讨厌吃煮鸡蛋，但靳朝依然帮她煮了鸡蛋，第一天姜暮还很敷衍地接过，放进口袋，并告诉他路上吃。第二天靳朝干脆直接帮她把鸡蛋壳剥了，让她连敷衍的机会都没有，只能当着他的面把鸡蛋吃掉。这就导致那几天姜暮有种被鸡蛋支配的恐惧感。

靳朝还把三赖的榨汁机抢了过来，买了一堆橙子。她每天下了晚自习回来，桌上都有一杯鲜榨的橙汁。

某天早晨姜暮终于忍不住，说：“你比我妈还严格。”

靳朝淡淡地回道：“我签了字。”

姜暮盯着他看了半天才反应过来他签的是那张通知单，一封告家长的信给他签出了一种契约感。

正在姜暮一脸无语地瞧着他时，靳朝把剥好的鸡蛋递给她：“你要是因为待在我这儿搞得营养不良，我的脸往哪儿搁？吃掉。”

而靳朝非常执着的橙汁，据说是用来给她补充维生素C的，怕她抵抗力太弱再感冒发烧。

至于三赖提到的那个神秘挂件，姜暮还是十分好奇的，所以这几天她一直在找机会打探，终于在周四的晚上寻到了一个机会。

姜暮回来的时候，靳朝蹲在修车行门口忙活，她瞅准靳朝满手脏，

不方便拿东西，故意凑过去指着修车行的卷帘门对他说：“明天我要早点到学校，你不用早起，给我把备用钥匙吧，我自己开门就行。”

靳朝没多想，站起身就要去洗手，姜暮立马跨出一步拦在他面前，说道：“在哪里？我自己拿。”

靳朝站着没动，瞥了一眼牛仔裤左边的口袋。姜暮两只眼睛压抑着好奇的光，她立马将手伸进他左边的口袋里，果不其然摸到了一把钥匙。可钥匙还没拿出来她便感觉到它光秃秃的，并没有拴任何挂件，于是她装作没找到，又把手伸进他右边的口袋里。

姜暮一门心思都在寻找挂件这件事上，身体不自觉地靠近，被风撩起的短发不停地扫过靳朝的胸前，痒痒的感觉撩着他的心口。靳朝拧起眉头，低眸看她，随着她的靠近，那逐渐升温的氛围一遍又一遍提醒他，面前站着的是个面容姣好的成年女性，他无法再把她当作小孩看待，所以在她的手准备往他后面口袋里伸的时候，靳朝眯了一下眼，问道：“你到底在摸什么？”

他危险的目光弄得姜暮尴尬无比，她用余光瞥见三赖靠在店门口快笑岔气的身影，忽然感觉自己被耍了，恼羞成怒地跑回了房间。靳朝很迷惑，他不知道不给她摸口袋她怎么就不高兴了。他口袋里能淘金吗？是不是他以后得在口袋里放一把硬币给她抽着玩？

当天晚上临走时靳朝还特地把钥匙给姜暮放在书包旁。结果第二早晨西施都起来放风了，她还没有醒，也不知道她问他要钥匙的意义何在。

周五的时候校模成绩出来了，总的来说，姜暮还是挺满意分数排名的，她考出了年级第四十八名、班级第七名的成绩，这对她来说是从未有过的。在她原来的学校，基本上是“神仙打架”，她一般是在一百名以内徘徊，成绩最好的一次大概是年级排名第七十几名。不过她清楚，不是她来到这里后成绩突飞猛进，而是学校之间存在差距。

姜暮这个排名直接就把潘恺和严晓依看呆了，潘恺还有些不敢相信，问她：“你不是上次高考才三百多分吗？”

“……我是江苏来的。”

在高考总分偏高的教育大省，姜暮消极对待的三百多分虽然离一本线还差一段距离，但她算不上差生。

潘恺立马对她肃然起敬，严晓依在旁默默道：“英语习题册借我抄一下。”

姜暮没有远大的志向，也没想过冲刺“清北复交”那种一流名校，所以她很容易满足，并且觉得这次自己发挥得还挺稳定的。

但是晚上回去的时候，靳朝去休息室拿东西，瞥见她的校模卷子，随手拿起来翻了翻，突然冷不丁地问：“你要不要报个补习班？”

这一句话都把姜暮说蒙了，她诧异地问道：“你是觉得……我考得差？”

靳朝笑了起来：“很好吗？”

姜暮瞬间感觉遭到了一万点暴击，放学时那种自我满足顿时消失了。

靳朝属于天赋型选手，学习对他来说从来都是件很轻松的事情。在姜暮的印象中，他没上过课外辅导班，还能空出大把时间看书或去模型店。而从小学到初中，姜迎寒几乎各科培训班都给她报了，她能一直排在年级上游不知道熬了多少夜、付出了多少努力。

在靳朝面前，她不得不承认，人与人的先天差距还是挺大的。她想到了身上的校服，抬起头问他：“你这件校服是参加什么比赛赢来的？”

靳朝拽了把椅子过来，又拿了支笔，然后在旁边的铁皮柜上扯了张报纸放在桌上，回道：“市里物竞选拔赛。”

姜暮想到严晓依说过，只有进入市级以上前三名的人校服前的奖杯才是金色的。

她不禁问道：“所以你选上了？”

靳朝也只是“嗯”了一声。

她接着问道：“然后呢？”

“没有然后了。”他回答得干脆利落，手上的笔飞快地写着。

姜暮想到前几天他去学校的场景，试探道：“所以那天高二的物理老师……”

“市里比赛他带队。”

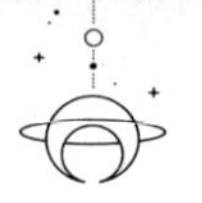

姜暮又想到他们班的老郑头上次盯着她校服上的校徽看了半天，还莫名其妙地说了一堆鸡汤话，好像是什么“苦心人天不负，卧薪尝胆，三千越甲可吞吴”。那时她还以为这个物理老师是个性情中人，现在回想起来，她感觉老郑头的这番话有可能根本不是对她说的，而是想起了这件校服的主人。姜暮的神情突然变得有些凝重，她犹豫半天，郑重地问道：“你……那时候为什么没有参加高考？”

靳朝的笔头突然顿住了，但仅仅停了一瞬，便又将数学卷子翻了一面，手下没有停歇。

虽然他什么也没说，但姜暮依然感觉到他周身散发出一种沉闷的气息。空气安静下来，她清楚自己触及了他身上最敏感的话题，她突然有点后悔问出口了。

正在她绞尽脑汁，想着怎么把这个话题掩过去时，靳朝忽然直起身子，将报纸扔给她道：“你先看看吧，看不懂再问我。”说完，他便大步流星地出去了。

姜暮低下头，看见报纸两边的空白处写满了密密麻麻的公式，都是她的错题解答步骤。她攥着报纸，看着他流畅的解题思路，内心一阵阵发紧。

晚上的时候，她将校服脱下来，叠好放在床边。关了灯，她仿佛还可以在黑暗中看见校徽中间那个闪着金色光芒的奖杯。

姜暮突然觉得这件衣服已经不单单是校服，而是靳朝曾经的战利品，这件绣有特殊奖杯的战袍如今穿在她身上，让她受之有愧，好像在时刻提醒着她，她的能力还不足以配得上这件校服带来的荣耀。

她闭着眼，世界归于一片混沌的黑暗，听觉被无限放大，身体仿若变成一片羽毛浮在浩瀚无垠的空间中。渐渐地，很远的地方出现一个微小的光亮并逐渐越来越多，她看见很多抽象的、远行的光点，它们勾勒出的巨大光束将她的世界点亮。等她再次睁开眼后，迷茫了十八年的未来找到了方向，她头一次看清脚下的路该通往哪里。

Chapter 8

人命

“你在跟我撒娇？”

周六早晨姜暮破天荒地没等闹钟响就起来了，连三赖都有些诧异她的反常行为，但是姜暮精神抖擞，一脸准备出门干番大事业的表情。

到学校后，她也难得地一改往日淡然的状态，积极了许多，这样的状态一直维持到傍晚回来。

当看见坐在修车行门口的靳强时，姜暮瞬间蔫了。

靳强知道姜暮平时下了晚自习已经不早了，怕耽误她学习，特地等到周六才来找她。

看见姜暮，靳强站了起来，脸上挂着笑意对她说：“回来啦？东西放下来，我们先去吃饭。”说完转头喊道，“朝啊，你看附近哪儿有饭店，找个地方。”

靳朝将检测仪交到小阳手上，交代了两句，然后把他们带到一家生意还不错的小饭店。老板和靳朝是熟人，虽然正是饭点，客人比较多，但老板还是给他们安排了一个靠窗的比较安静的角落。

姜暮和靳强面对面坐着，靳朝单独搬了把椅子坐在桌子另一边。服务员把菜单递给靳强，靳强推到姜暮面前，对她说：“你看看喜欢吃什么，多点些。”

姜暮垂眸看着面前的菜单，没有拿。奇怪的是，面前的人是她的爸爸，她却无法像在一个亲人面前一样随意、自然。

靳朝见她没动，便接过菜单点了几个菜。

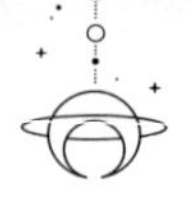

姜暮始终垂着眸，靳强有些局促地瞧了一眼靳朝，似乎不知道该怎么开口。靳朝神色淡淡的，拿起茶杯分别给他们倒好茶水。

铜岗的夜越来越长，太阳落山后裹挟着丝丝寒气。姜暮捧起茶杯焐了焐手，听见靳强说道："你妈这么多年没少在你面前埋汰我吧？"

姜暮没有吱声，似乎怎么回答都不太妥。姜迎寒每每提起靳强的确都是冷嘲热讽的，但更多的时候，她压根儿不会提起他。

靳强叹了一声，继续说道："你怨恨我、责怪我都不要紧，这么多年我的确没对你尽到责任，我们走的那年，你还小，很多事情都不知道。"

姜暮无法反驳，她唯一的印象就是爸妈经常吵架，但是他们不吵架的时候，家里的气氛会更压抑。特别是上了小学后，她对爸妈的关系变得更敏感。

有时候姜迎寒和靳强发生争执，会故意关着房门，可这并不能掩盖家里的惊涛骇浪。姜暮害怕地坐在客厅的小板凳上偷偷哭。很多次都是靳朝把她拉进房间，塞给她一对耳机让她听歌，那时她哪懂为什么，只是现在回想起来才知道靳朝是不想让她听见那些撕扯、指责和谩骂。

很长一段时间里，姜暮都觉得，这个世界上大概只有靳朝和她同命相连，懂得她的感受——那种对父母关系的彷徨、无措和恐惧。姜暮不禁侧头看向靳朝，靳朝接收到她的目光，抬起眸，眼里流露出一丝熟悉的温度，或许正是他眼里的温度让姜暮再想起那段时光时也不全是悲伤和难过。

服务员上了一盘水煮鱼，打破了沉寂。

靳强说："来，先动筷子，都饿了吧？"

姜暮低下头沉默地吃菜，靳朝拿起她面前的碗替她盛了碗白米饭。一顿饭三人各怀心思，但起码表面看上去还算平和。

桌上有一碗蒜头，靳强放下筷子，抓了几瓣剥了塞进嘴里，又抓了两瓣给靳朝。姜暮抬眼，默不作声地瞧着，在她和姜迎寒的家里没有出现过生吞蒜的吃法。

靳朝接过蒜后，用眼尾瞥了一下姜暮，没有剥。

靳强低头剥着蒜道："我知道，昕昕的事让你对赵阿姨有看法。她那个人就是这样，嘴永远比脑子快，说什么都不过脑的，别说是你，就是我和靳朝也经常被她说道。你说，是吧？"

靳强说着看向靳朝，似乎想让他也说几句缓和关系的话，但是靳朝只是垂着眸，把玩着那两瓣蒜，没有出声。

姜暮平淡地反问道："那你为什么还要选择她？"

这句话让饭桌上的气氛凝固下来，靳朝揉着蒜的手停住了，靳强有些始料未及，望着姜暮。

在靳强没有再婚前，姜暮始终天真地认为，爸妈还在吵架，只是这次吵得比较厉害，总有一天爸爸会带着靳朝回来，他们还会像一家人一样生活在一起。直到靳强再婚的消息打破了她所有的希望。她就这样看着靳强。这是长大后的她第一次向爸爸问出如此犀利的问题：为什么丢下她？为什么和别人组建了家庭？为什么不再要她了？

靳强低着头，脑门上的褶皱暴露在白炽灯下，让他看上去苍老了不少。

靳朝放下蒜，说道："我出去抽根烟。"他拉开饭店的门，出去了，只留下父女二人。

靳强断断续续地跟姜暮说了很多。他告诉姜暮，她出生的那天苏州下了一场大雨，他骑着电动车拿着保温桶直奔医院。路上太滑了，他摔了一跤，保温桶里的稀饭全洒了。夏天衣服穿得少，他也跌得狼狈，很多地方擦破了皮，但到了医院把她抱在怀里的那一刻，所有伤口都不疼了。

他说，她第一天上幼儿园时扎着两个高高的小辫子，他们都以为她会哭着要妈妈，之前还提心吊胆了一晚上。但是她一去幼儿园就和别的小女孩玩到一起了，还主动跟他说："爸爸，再见。"

他说她小时候喜欢粉色。六一儿童节那天，他带着她去店里买公主裙。没找到粉色的，她就指着黄色的公主裙，但老板拿了一件蓝色的，她也喜欢，于是他两条都买了。后来终于找到粉色的公主裙，结果却

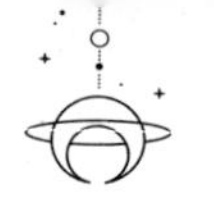

在回家的路上把前两条裙子弄丢了，那是他整整一个月的私房钱。

他说，她上幼儿园大班那年得过一次肺炎。他每天下午从单位溜出来，背着她翻过一道大坡去挂水。路上有个老爷爷卖棉花糖，她总要吃上一个。有一次背她时，她把棉花糖全部粘在他的头发上了，回去被她妈妈发现了。

他说，有一年正月十五，他们去看花灯，看见别的小朋友都拿着各式各样的花灯，他也想给他们买。姜迎寒觉得浪费钱，买一个玩玩就行了。但是他觉得，两个小孩，一个人有了，另一个不能没有。

说到这儿，靳强突然停了下来，姜暮重新把视线落在他身上，好像这次来铜岗她还没有好好看过爸爸。不知道是不是饭店灯光的缘故，她突然发现爸爸已经有了不少白发，似乎早已不是她记忆中的模样了。其实她对爸爸的记忆并不多，儿时的她只记得爸爸很忙，几乎每天都要加班，挣回来的钱交给妈妈，尽管这样，他们还是经常为了钱吵架。

靳朝说的那些琐碎的事情，她大多都没有印象，只记得花灯这件事。那次爸妈因为买花灯发生了争执，后来爸爸一只手抱着她，另一只手牵着靳朝，买了两只花灯，一只是小白兔的，另一只是龙舟的。付钱的时候，她记得，爸爸东拼西凑了一堆零钱。

她渐渐垂下眸子，听见爸爸问她："你妈有没有跟你说过靳朝的事？"

姜暮点了点头。靳强逐渐皱起眉，声音里透出几丝无奈："你妈生产后身体不好，我又要工作又要弄饭，还要照顾你们母女。靳朝那时也就是个五六岁的孩子。夜里你哭闹，他就爬起来搬个板凳抱着水瓶帮忙冲奶粉，就连手被烫了都不敢告诉我们。

"你妈总说他养不熟。他和你妈的确一直不亲，不会没事挨着她，刚来家里的头几年一声'妈'都不肯叫，也不会把学校里发生的事告诉她。你出生后，他一直努力对你好，为什么？因为你妈眼里只有你，他个傻孩子，以为这样你妈就会接纳他。

"你刚上小学的时候，在楼下因为调皮爬到小朝腿上玩，跟他滚到了草坪上，被你妈看见了。她叫我把你带上楼，还训斥小朝没有分寸。

"分寸？他当时只是个孩子啊！"

姜暮听到这儿，感觉喉咙里堵着一块石头，不上不下。她抬起头，看着玻璃窗外的靳朝。街道上起了风，几截枯枝被风卷着从靳朝脚边掠过，他站在不远处的路边，手里燃着一根烟，夜晚的薄雾让他的身影看起来有些模糊。

靳强捏着手中的蒜，神情黯然："你问我为什么会选择赵阿姨，我答不上来，但是跟她生活在一起我不会因为吃瓣蒜被嫌弃，不会因为洗了碗忘了洗锅就觉得自己犯了什么错，不用记着拖鞋放鞋架、球鞋放鞋柜、皮鞋放阳台。

"虽然小赵对靳朝谈不上视如己出，但不会冷落他。今天出门前她还跟我说，天要冷了，要是你不肯跟我回去，就看看你衣服够不够穿……"

"……"

"你爸一束花都没送过我，哪能记得什么节日？脱下来的衣服就知道乱放，门口才拖过也不知道注意，每次下雨还穿着鞋子进来，踩得门垫上全是泥。跟他说了一万遍，炒土豆丝不要放姜，煮青菜汤不要放蒜，根本是对牛弹琴……"

姜暮还记得从前妈妈对爸爸只言片语的谈论。姜迎寒是个细致的女人，她的头发总是盘得一丝不苟，每周会给家里换鲜花，桌垫是清新的蓝色，所有东西都有它们归属的位置。在她眼中，靳强是个破坏者，他总是跟她对着干。

这是姜暮第一次从另一个角度看待父母关系。他们错了吗？好像他们都没有错，可结局就是这样……

靳朝已经提前结过账了。他们从饭店出来的时候，他扔掉了手中的烟头，靳强最后对姜暮说道："你住在那里到底是不妥的。"

他在靳朝走过来前止住了话头，然后对靳朝嘱咐道："我先走了。领着妹妹早点回去。"

他刻意强调"妹妹"两个字，似乎无意间提醒着什么，只是姜暮并未在意，而靳朝垂着眸点了下头。

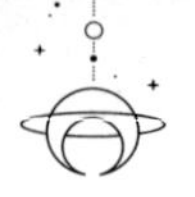

回去的路上，街上已经很清冷了，他们沿着街道往修车行走。靳朝和姜暮拉开一步的距离，问道："靳强喊你回去住？"

姜暮"嗯"了一声。

"决定了吗？"

姜暮踩着脚下的枯叶，发出咔吱咔吱的声音，回道："没有，我对他说，再考虑考虑。"

脚下没有枯叶了，她又跳到路牙上面，突然问道："你说靳昕在学校遇到不好的事，是什么？"

夜色浓稠，灯影模糊。片刻过后，靳朝才回道："最严重的一次是被几个四年级男孩塞进垃圾箱，爬不出来导致窒息。"

虽然靳朝一句话带过，姜暮却受到了不小的震撼，她从未想过8岁的靳昕居然遭遇过校园霸凌。她突然意识到那次靳昕为什么撒谎，为什么在她发现后慌乱地砸掉学习机，为什么听到她妈妈的名字会失控，因为她害怕上学，害怕被人发现她会做那些题从而被送去学校。在此之前，姜暮从未想过，这个女孩的反常、抵抗、不配合和怪异都是她躲避外界的方式。

她渐渐皱起眉，问道："你什么时候发现的？"

"三个月前。"

"赵阿姨知道吗？"

"知道她不愿意去学校，不知道她故意让老师怀疑她智商有问题。"

"那你没有跟他们说过？"

靳朝回道："昕昕的学习能力没有问题，问题在于她对集体生活的恐惧。如果告诉他们，他们会逼她去适应，我认为这不是解决问题最好的途径。她那天的行为，你也看出来了，我会尽量说服靳强带昕昕去看心理医生。但是他们始终觉得这和承认她是精神病没有任何区别，比较抗拒这件事。"

姜暮注意到，靳朝在谈及靳强的时候说的一直是他的名字，她这次过来没听他叫过一声"爸"。不知道是不是她多想了。她试探地问道：

“你跟着他们过得好吗？”

靳朝只是淡淡地笑了笑：“什么叫好？什么叫不好？”

“你和他们住在一起是什么感觉？”

靳朝看着她踩在缘石上东倒西歪的样子，担心她踩空，于是落后半步紧盯着她：“你指哪方面？”

“会觉得难以适应吗？或者……靳昕出生后呢？会感觉格格不入吗？”

靳朝双手放在裤子口袋里，神色淡漠地说：“还好。”

姜暮突然停住脚步，站在缘石上瞧着他：“‘还好’是什么意思？不觉得别扭吗？”

靳朝也跟着停下步子，尽管她站得高，但依然比他矮一些，她望着他渴望找到一些共鸣，可却只听见靳朝说：“习惯了。”

这三个字让姜暮愣住了。伴着清冷的夜风，姜暮不禁打了个寒战，她突然忘了，这种感觉她只经历了一次就受不了，可靳朝经历了两次。第一次是她来到这个世界上，分走了姜迎寒全部的爱和靳强对他原本的关注，而第二次是他跟着靳强来到现在这个家。

“习惯了”这三个字落入姜暮耳中，像巨石落入湖中，发出沉闷的声响，荡出一圈圈无法平息的波纹。她狠狠地踩着脚下的枯叶，发泄某种不痛快的情绪。

靳朝说道：“多大了？下来。”

姜暮却不听他的，像走平衡木一样沿着缘石往前走，直到缘石断了一截，她不得不停下脚步。靳朝以为她可以下来老实走路了，却听见她说：“我要跨过去。”

靳朝看着前方两块缘石的距离，提醒她：“你跨不过去。”

姜暮斜眼看着他：“你在说我腿短？”

靳朝嘴角浮起笑意：“那要看跟谁比。”

“反正不跟你比。”

她不肯走，他只能停下来看着她。姜暮把手递给他，对他说：“帮我跨过去，下面是河，我不能掉下去。”

靳朝眸色微转，这个幼稚的游戏她居然能从8岁玩到18岁。他没

搭理她，直接往前走去并落下一句：“下面鳄鱼等着你，赶紧掉下去。”

“朝朝……”

月色朦胧，夜影迷离，靳朝停下脚步，眼里深如潭水的光瞬间被搅动了。他转过身望着她：“你在跟我撒娇？”

姜暮一个劲笑。他指了指她，警告道：“你不是8岁，这招不管用了。”

姜暮抬起双手伸向他，扬起下巴，表示自己一定要跳过去，以一副势在必得的姿态对他说：“你不会让我喂鳄鱼的，是吧？”说罢，她当真不管不顾地一跃而起。身体腾空的那一瞬，姜暮闭上了眼，她需要一个赌注来做一个决定——一个对她来说无比重要的决定。

就在身体下落的时候，一双手托住了她。对面的缘石太窄了，即使她真能跳过去也不一定能站稳，靳朝几乎是把她稳稳地放在缘石上才松开手。

姜暮再次睁开双眼的时候，眼里有了闪动的光。她望着靳朝对他说：“我决定了。”

靳朝呵呵笑，问道：“决定喂鳄鱼了？”

“差不多吧。我决定以后考什么专业了。”

靳朝眉尾微扬：“刚刚决定的？”

姜暮眸里透着夺目的兴奋，朝他点点头。

“……那还真够随意的。下来。”说完，靳朝便转身往前走去。

姜暮从缘石上跳下来，跟着他的影子走，双手背在身后问道：“你那时候参加物理竞赛难吗？”

“不简单。”

“那你物理怎么学的？”

“高中课程比较好懂，大学物理自学，不懂的问人或者自己研究、找资料。”

“你看我这样能学好吗？”

靳朝突然停下脚步，回过身看着她：“你要参加竞赛？”

姜暮连忙摆摆手：“不不不，我知道自己几斤几两。我现在物理化还有待加强，如果以后想往那个专业方向发展的话，我得精进。”

靳朝眼里挑起一丝笑意，评价道："难，你连现有的公式和数形结合都用不熟。"

"那你可以教我啊。"

靳朝站在原地，锋利的眼形边缘微微弯着，没答应，也没拒绝。

其实不用靳强来找姜暮，姜暮也不可能一直赖在靳朝这里：一来，她和靳朝的关系不尴不尬；二来，还得麻烦三赖。虽然三赖看着不像怕被麻烦的样子，反而对她挺热情，不过总归是因为她在这儿才迫使他们起早贪黑的，她也不好意思。

现在她的东西虽然都拿回靳强家了，放学和周末她还是经常往修车行跑，正如靳朝所说，这里是她的第二个家，所以她也算来去自由。

可能是因为从前家里只有她和妈妈，妈妈要顾彩票店，大多时候她都是一个人，所以她才会如此喜欢修车行闹哄哄的环境，哪怕他们都很忙碌，没人理睬她，但是她坐在休息室，隔着玻璃窗看着他们忙碌或者聊天的身影就觉得莫名的踏实。比起靳强家，她待在这里学习更有安全感，不用顾及赵美娟什么时候在她房门口晃悠，也不用顾及靳昕会不会突然撞门或者拿着她的卷子到处跑。

尽管姜暮回到靳强家后，赵美娟主动跟她说过话，不过姜暮的心没那么大。虽然靳昕的遭遇让她觉得小姑娘挺可怜的，但赵美娟那天情急之下对她的指责还是让她耿耿于怀，虽然现在她心里少了点怨念，但到底有了隔阂，所以除了回靳强家睡觉，她能不跟他们相处则不跟他们待在一块儿。

自从靳朝"出差"回来，姜暮发现那个被大篷布盖着的东西又在那儿了。有一次她好奇得还想再去棚院看看，结果维修间通往棚院的门被锁上了，她注意了好几次，好像那扇门白天通常都是锁着的，她便只能放下这件事。

虽然姜暮嘴上说是来修车行学习，表现出一副勤学好问、谦虚好

学的态度，但三赖说她是循着香味来的，知道他们这儿有好货。

三赖说得倒也不假，只要姜暮过去，修车行总会加餐，在吃这方面，几个大男人倒是一点都不含糊。

姜暮自从那天从三赖那儿顺了几块牛肉干后就迷上吃牛肉干了，熬夜写题的时候往嘴里扔一块，越嚼越香，老带劲了。奈何牛肉价格越来越贵，一小包要两百多块，两天就吃没了，她惆怅得嚷着要努力学习，日后挣钱实现牛肉干自由。

她的这个目标硬是被铁公鸡和三赖他们笑了好几天，毕竟他们这群人中正经上过高中的也就靳朝和三赖，而他们两个一个没上大学，另一个到三流大专院校混了两年半。现在好不容易有了个好苗苗，他们都指望姜暮考个名牌大学让他们也沾沾光，结果她的目标却是牛肉干。

靳朝从汽配城回来的时候，几个男人正在拿这件事说笑，还不停地夸他这个妹妹老有出息了。靳朝低着头笑也不说话，不一会儿走到休息室门口，靠在门边问道：“你考虑好的专业就是往牛肉干方向发展？我觉得你不应该在物理方面使劲，可以考虑搞搞生物。”说完，他从背后拿出一大袋牛肉干放在她的桌边，然后就出去了。

姜暮愣怔地看着她的快乐源泉，对着玻璃窗外的靳朝喊道：“我的目标说出来吓死你，所以我不会告诉你们的。牛肉干只是障眼法，等小阳他们觉得我要开家牛肉干专卖店时，一转眼我已经是畜牧业的老大了，掌管千头牛羊，到时候我会记得你这包牛肉干的恩情。”

靳朝翻找着零件，眼里掩着笑：“准备怎么还？给我个农场主干干？”

“嗯，我会考虑的。”

靳朝抬眸瞧着她：“昨天那题搞会了？”

姜暮赶紧低下头去，闪电摇着尾巴从休息室跑了出去，围着靳朝绕来绕去。

关于这只小黑狗，说来也奇怪，前阵子万记车行的人来找事，小平头还指着奶凶的闪电骂了一句“装×××拉布拉多啊”。也不知道是不是这句话刺激了它，一个多月后，闪电当真长得越来越像拉布拉多——宽阔的大脑门、垂挂在两侧的耳朵。可能是每天在宠物店和修车行两头跑，骗吃骗喝，伙食异常地好，比起它的兄弟姐妹，闪电竟然整整大出一圈，顶着黑亮的毛色往那儿一坐，透着一种高冷禁欲的气质。虽然每天在宠物店和修车行两头跑，闪电却非常清楚自己的窝在哪里，通常去三赖那儿骗完冻干小零食就头也不回地溜回修车行。

闪电爸爸是谁这个未解之谜在闪电身上找到了答案。三赖怀疑，就是包子铺楼上的拉布拉多。那只拉布拉多的主人偶尔出差，有时候会把狗寄养在三赖店里。三赖做这个生意，按天收费，但通常这种大型犬寄养在店里，他都会把它们关在单独的笼子里，到了饭点才拉出来溜一溜。他万万没想到那狗东西居然在他眼皮子底下让他家西施怀孕了。为了这件事，三赖还特地牵着闪电跑到包子铺楼上认亲。拉布拉多主人为了自家狗子欠下的风流债，不停地道歉，并承诺随时欢迎闪电来他家父子团聚。

从此，闪电除了宠物店和修车行，又多了个骗吃骗喝的去处，它成了铜仁里这一带最潇洒的狗。姜暮每次从学校或者靳强家过来，还没修进车行就能在街边看见它招摇的身影，周围的泰迪、雪纳瑞和柯基每每路过修车行，都被它威武雄壮的身姿迷得不行，纷纷对它发出狗之咆哮。

靳朝似乎很不齿闪电这种过于滋润的狗生，始终对它不冷不热的。但是狗这种生物好像天生对人的气场有种特殊的灵敏性。比如闪电，对待三赖有时候爱搭不理，有时候过于热情，用它脏兮兮的爪子往他身上扑；对待姜暮就总是很安静、温驯。不知道是不是怕她的小身板承受不住它越渐壮硕的身躯，闪电见到姜暮，再兴奋也不会扑她，顶多一个劲地蹭她的腿求撸求抱。只有面对靳朝时，它才会表现出绝对的服从，动物身上那种与身俱来的嗅觉让它自然而然臣服于比它强大的生物。

闪电非常清楚讨好靳朝的重要性，所以，即使姜暮对它再好，只要靳朝靠近，它总是屁颠屁颠地跑去找他。

姜暮经常看见的场景是，靳朝在修车行门口抽烟，闪电笔直地坐

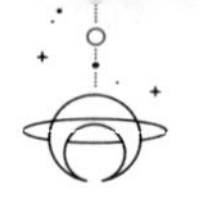

在他身旁，从不会像在她身边一样懒散地趴着。靳朝身上那种冷厉的气质，加上闪电越发威武的外形，那画面竟然十分和谐，让姜暮忍不住拿出手机拍了一张，设为手机桌面。

靳朝很忙，不是总待在店里，就算在店里也有很多活，顾不上姜暮，所以他压根儿没有答应帮她补习这件事。只不过有时候姜暮有不懂的地方会跑去问他，一来二去，他看她那样实在替她着急，于是抽空把她的书又过了一遍，然后告诉她怎么做。

这样的情况持续几天后，靳朝几乎已经掌握了姜暮所有的短板，他开始偶尔找几道题让姜暮做。几次过后，姜暮发现靳朝让她做的题型都很有针对性。不过他很忙，即使姜暮写完了，他也不一定有空跟她讲解。有时候姜暮来修车行，会发现上一次靳朝让她做的题旁边多了大片的批注，包括证明过程解析、适用书上多少页的定律和公式，都标得清清楚楚。然后姜暮根据靳朝的批示自己慢慢消化吸收。

终于，在一个周日的下午，靳朝把活交给小阳他们，吃完饭就开始系统地给姜暮查缺补漏。他打算花一个下午的时间帮她把所有问题搞通，如果她能吸收，他不介意日后有空给她讲讲微分方程、定积分、极限、级数、二重积分甚至三重积分；如果她吸收不了，他建议她放弃所谓吓死人的大目标，尽早转弯，不要浪费时间。

然而姜暮疑惑道：“你既然大学的课程都能自学了，为什么不去拿个文凭呢？”

靳朝眉眼低垂，只是用笔点了点纸，语气淡然地说：“每个阶段都有每个阶段要做的事，你现阶段的任务是高考，对我来说，总有更要紧的事。”

姜暮托着腮问道：“那是什么呢？修车吗？”

靳朝抬起眸阴恻恻地看着她：“你要是觉得跟我聊天能让你的理科有质的飞跃，我可以陪你聊个三天三夜。”

姜暮乖乖低头做题。

她每写一题，靳朝便针对题型帮她梳理概念和知识点。她写得半对不对的倒还好，就怕那些她完全不会的，靳朝坐在她对面的椅子上盯着她的笔，搞得她压力山大，所有公式在脑海中一片空白。

特别是抬起头的时候看到靳朝那一言难尽的表情，姜暮都要开始怀疑人生了。她以为靳朝要开始嫌弃她了，但是他并没有说什么，只是把椅子搬到她旁边，慢慢地引导她一步步解答。好在没过多久姜暮就找回了做题状态。大概怕她有心理负担，她后来再做题的时候，靳朝就拿出手机看，没盯着她，干脆等她写完了再检查。

姜暮的底子不算太差，头脑也算灵光，靳朝说过的题型，变着法子让她再做两遍她就基本掌握了。

几个小时过去，姜暮终于知道靳朝的天赋源于什么了，他对很多抽象的概念都有自己一套准确的表达方式。例如，当初姜暮花了不少时间去体会数列极限和反正弦函数这类逻辑性强的概念，靳朝可以直接甩出证明，加强她对这些概念的运用和理解。她在先前学习过程中遇到的那些枯燥的文字和缥缈的符号到了靳朝这里变得具象，比起学校老师正统的教法，靳朝的教法要简单粗暴很多，但对姜暮来说十分管用。

几个小时下来，姜暮竟然可以将之前那些晦涩难懂的概念用语言符号表达出来，在概念网中建立了初步的联系，这是在她以往的学习生涯中从未到达的境界。

姜暮和靳朝做题风格上最大的区别是，他会省略一些烦杂的过程，直击要害。而姜暮往往需要经历一轮又一轮的暴力计算，导致她常年陷入题海战术，时间不够还烦躁无比。同样一道题，她如果用十行才能找到答案，靳朝只用五行，节省了一半时间。这就好比他们同时从山脚往山上爬，靳朝在还没开始时就已经能锁定山顶坐标和上山的所有道路，他需要做的就是选择最近的一条道直奔终点，而姜暮却像老牛拉车一样吭哧吭哧地一条道一条道去探索。

现在姜暮对靳朝佩服得五体投地，她觉得她和靳朝的思维模式根本不在一个层面。

靳朝显然也感觉到了，不过他并不着急，语速不快不慢，始终挂着平淡的表情。他能通过姜暮的神情判断出她理解了多少，如果她出

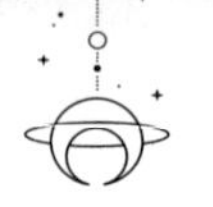

现那种略带困惑的表情，他会立马换种方式讲解，直到她理解、吸收为止。

虽然姜暮不得不承认这一下午的学习效率还是挺高的，但是耐不住靳朝又低又磁的嗓音环绕在耳边，总有种催眠的效果。五点刚过，她托着腮盯着他一开一合的嘴，意识逐渐变得混沌。随着说话的节奏，他下颌的轮廓被拉伸得无可挑剔，而她则在想一个问题：以后她去外面上了大学，他们会不会再也没有交集了？

靳朝感觉到了她的心不在焉，侧头看着她的时候，发现她睫毛抖动，上下眼皮已经在打架了。他轻声说：“我脸上有什么？”

大概是因为太困了，姜暮的神情有些呆滞，柔润的面庞犯困的时候像个小可怜，她眨巴了一下眼，问道：“我能睡十分钟吗？”

靳朝轻笑了一下，没有阻止她。于是姜暮趴在桌上，靳朝扯来一张纸，把她还存在的问题记下来，免得事多忘了。

姜暮很快睡着了，似乎还抽动一下。靳朝盯着她看了一眼，见她缩成小小的一团，闭着眼的时候显得安静、乖顺。

五分钟后，可能是手臂压麻了，她把头挪了个位置直接枕在靳朝的手臂上。他愣了一下，抬起头，看见三赖站在维修间说道：“看你把孩子整得。”

靳朝对他做了个噤声的手势，刚想轻轻地抽出手臂，姜暮皱起了眉头，发出哼哼唧唧的声音。他无奈地看向三赖，三赖摊了摊手表示帮不上忙。

于是姜暮一觉睡醒后发现靳朝的右胳膊一直垂着，连吃饭都用左手，她还十分关心地问：“你右手怎么了？”

靳朝抬起眸幽深地盯着她，一言不发。

经过靳朝的点拨，姜暮最明显的感觉是自己的思维模式发生了变化，对很多笼统的概念有了新的认识，运用起来不会那么生涩，不再像以前一样惧怕庞大的计算量。

那段时间靳朝在她心中就是神一般的存在，哪怕把再难的题扔给他，即使他当天没法给出完美的解答，第二天他也能用她看得懂的方式告诉她解题思路。

靳朝激发了姜暮对数理化从未有过的热情，让她有种朝目标迈进的冲劲。

直到10月底，修车行突然来了个人。

那天正好是周末，下午阳光还不错，姜暮睡醒后就去了修车行。靳朝他们都很忙，姜暮就搬了个板凳坐在修车行和宠物店之间，戴着耳机练习听力。闪电懒洋洋地躺在她的脚边。休息日里，三赖店里生意不错，先后来了几只狗做洗澡护理。

傍晚前后，一辆棕色的奔驰缓缓地停在修车行门口，从车上下来一个年轻男人。他对着修车行里面说："来个人，检查下右前胎。"

小阳听闻，从维修间走了出来。这时，那个男人突然对着修车行里面喊道："嚯，这是谁啊？我没看错吧？附中头七？"

靳朝正在维修间帮一个车主更换机芯和机滤，闻言侧过头来。这个男人他的确认识，叫梁志，原来跟他是一个班的，身为学习委员，高中三年从来没有在靳朝面前翻过身。他大概是心里不平衡，背后小动作不断，靳朝迟到半分钟都会被他记录下来，高中时靳朝的检讨书有一半缘于这个梁志。他曾经举报靳朝抽烟闹得靳朝差点背个处分，不过梁志并没有实质性证据，最后马老师只能息事宁人。三赖带人揍过他一次，从那之后，他老实不少。没想到今天他会到飞驰来。

梁志见到靳朝穿着工装的模样，突然笑了起来，朝小阳挥手道："不用你来了，我跟那个师傅熟，让他来。"

小阳有些为难地回头瞧着靳朝，靳朝让铁公鸡接替他的工作，便走了出来，问道："车什么问题？"

梁志上下打量着他，答非所问道："怎么混成这副样子了？我差点

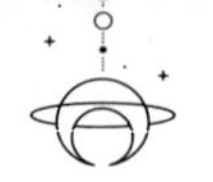

没认出来。”说罢，他拿出包香烟，递给靳朝一根，摇着头道，“想不到啊。”

靳朝没有接，转身说道：“右前胎是吧？”

梁志舔了下后槽牙，有些不痛快地把烟插回烟盒，靠在他的奔驰上，突然问：“小卉，还记得吧？3班班花，被廖子约到小竹林又被你坏了好事的那个女的，从此把你当靠山一样。你出事后，她被廖子他们整得可惨了，天天跑去你家找你，结果你连高考都没回来。她听说我考上‘985’后对我态度好多了，女人就是这么现实。我玩腻了以后把廖子约出来，她做梦也没想到几年以后自己还是落在廖子手中，听说现在被廖子弄去广州了，啧啧……”

靳朝检查完胎压就拆卸轮胎，依然低垂着视线，没有任何回应。

梁志拍了拍车子，冷嘲道：“你怎么想起来修车的？要是混不下去，来跟我干啊，我现在在铜建集团搞工程，正好缺个开车的。”

姜暮扯下耳机盯着那个男人，他穿得倒是周周正正的，人模人样，就是说出来的话让她想打人。

靳朝神情淡漠，转头对姜暮说道：“进去弄。”说完，他便收回视线，继续拆卸轮胎、检修。

姜暮拿起手边的一沓卷子起身，正准备往维修间走，突然停下脚步，又回过头，脸上挂着笑看着梁志说道：“小哥哥，你‘985’毕业的啊？好厉害哦！”

梁志的注意力全在靳朝身上，倒是没注意到姜暮，此时闻言侧头看见一个长相水灵细嫩的姑娘，一双大眼噙着笑意。他来了几丝兴趣，回身道：“你多大了？”

姜暮对他笑道：“我吗？高三了。”

靳朝蹙起眉回头冷戾地瞧了姜暮一眼，姜暮完全没有管他的眼神，从手中抽出一张卷子，然后把其他东西放在板凳上。她指着那张卷子上的一道题给梁志看，面带期待地说：“我这题一直弄不懂，你一定会吧？”

梁志十分受用地接过卷子，对她说道：“帮你看看吧。”说完，他当真从姜暮手中拿过纸笔放在车子引擎盖上，姜暮就乖乖地站在他身边虚心地看着。梁志只要抬头，她就对他露出满是崇拜的笑，这倒搞得梁志不得不把这题做下去。他低下头后，姜暮脸上的笑意荡然无存，神色冰冷地盯着他手下的笔尖。

靳朝扫了她一眼，姜暮也转过视线，两人的目光无声地交会了一瞬间，她收回视线，他继续补胎。

姜暮问梁志的这道题不算简单，靳朝给她讲过两遍，她现在也不能完全吃透，更何况梁志高中毕业这么多年了。虽然当年他的成绩还算可以，但他这种资质的学生多是在高压的学习环境下冲出来的，高考后一松懈，现在回过来做高三的题目多少有些吃力。

十五分钟过后，梁志将那张演算纸递给姜暮并对她说："应该差不多了。"

姜暮接过后越看，眉头皱得越紧。

梁志见她愁眉苦脸的样子，反问道："怎么了？看不懂吗？"

姜暮老实地点头："是啊，你写得我有点看不懂，而且似乎不太对呢。"说罢，她把之前靳朝写给她的那张稿纸拿出来递给梁志，用淡淡的语气对他说："'985'也就这样嘛，连个没上过大学的都不如。"

梁志这才反应过来，面前这个姑娘哪里是问问题，分明是在给他下套。他当即恼羞成怒，将那张纸揉成一团。

靳朝及时把姜暮拽了过来并对他说："你这是防爆胎，补完以后也不见得耐用，水浸高速时还是容易漏气，要是经常跑长途，建议你直接换掉。"

三赖听见动静推门出来，看见梁志面色带怒，突然凑近，胸口抵着靳朝对他道："换，也不在你这儿换。"

靳朝点点头，回头对身后的小阳说："给他补一下装上。"说完，他就准备往维修间走。

梁志冷冷地盯着他："我看你这辈子只能这样了，以前再牛又怎么样。"

靳朝的身影顿了一下，但他没有回头。梁志眼里迸着狠毒的光，他突然说道："听说你身上还背着条人命啊？"

"砰"的一声，姜暮只感觉一条木凳从自己身旁掠过，带着劲风直

接砸向梁志的脑门，她惊恐地回过头看着三赖。上次万记车行的人来闹事，三赖都没有出过手，她从未见过这样的三赖，脸上是阴骘可怕的神情。

一瞬间，小阳和铁公鸡全都围了出来。傍晚的夕阳将大地染成血色。姜暮仿若被狠狠敲了一棍棒，四周的声音变得凄厉、尖锐，她的身体好似被钉在原地,僵硬得无法动弹,她的脑海中反复回荡着两个字——人命。

混乱中，靳朝扯住她的胳膊将她推进修车行，紧接着将卷帘门直接从外面拉上了。姜暮瞬间置身于一片黑暗之中，恐惧像冰凉的蛇爬过她的全身，隔着一扇卷帘门，她不知道外面正在发生什么、他们要干吗，甚至不知道那个男人到底在说什么，只感觉自己所有的认知瞬间被摧毁。

“听说他高中后就不读了，为什么？”

“学不下去了。”

“小子，改改口，他早就不是头七了。”

“毕竟这个称号终结了他热血的少年时代。没几个人喜欢把陈芝麻烂谷子的事拿出来给自己找晦气。”

“不知道出了什么事，高考前一两个月这个人突然消失了，学校的人再也没见过他。说是他后来连高考都没参加。”

人命。

所有的疑惑都在以一种令姜暮猝不及防的方式撞击着她的大脑，逐渐汇聚成最恐怖的答案。

她站在原地没有动，也根本动不了，流动的血液仿佛凝固了，她无法相信自己听到的，也无法把这件事和靳朝联系起来。她还记得小时候自己用树枝去戳一只蜗牛，靳朝都会阻止她。他说，不要随便伤害一个没有反击能力的生命，大自然有食物链，这并不代表人类就该高高在上，藐视一切弱小。就是这样一个对世界抱有最大善意的人却背负着一条人命。

在卷帘门落下的那一刻，姜暮对靳朝整整十八年的认知瞬间被颠覆了。时间在她面前变得相对静止，她感觉自己跌入了冰窖，黑暗中从四面八方涌来无数细小的虫子啃噬着她的思维，让她整个人发抖。

卷帘门被再次拉开，门外已经恢复了平静，那个男人连同他的奔驰都不在了，小阳和铁公鸡也走了，只有三赖蹲在路边抽烟。

靳朝踏入修车行的一瞬间，看见姜暮的身体微微晃了一下，她在发抖，眼中的恐惧像一把利刃向他的心脏捅来。靳朝就这样看着她，仅隔着一步的距离却仿若横着刀山火海。这些日子两人重逢后升起的温度在这一刻落到冰点。他没有说一句话，沉默地走到维修间里，拉开棚院的门。随着轻轻的“叩”的一声，门被关上了。维修间再次只剩下姜暮一人，她的睫毛剧烈地颤抖着，整个人变得不知所措。

三赖扔了烟，站起身回过头来，看见贴在卷帘门边攥着拳头瑟瑟发抖的姜暮，他几步走过来，在进店前对她说：“不要去问他，什么都别问。”

在三赖进店后，姜暮转身朝着棚院走去。她拧了几下门把手，门被靳朝从外面锁住了，她敲了几下门，门外都没有动静。她对着外面说：“你能开门吗？”

靳朝依然没有理她。姜暮有些着急了，她把手都拍红了，对着门外喊道：“我不说话，你开门行吗？”

直到两只手都拍疼了，她才转身跑进房间，爬到床上打开百叶窗。棚院很暗，没有开灯，她终于在院子的角落看见了靳朝。他背对着她靠在那块大篷布上，月色凉薄地洒向他的背，他低着头，扭曲缥缈的烟雾自他指尖的香烟升腾到半空，化为虚无。

姜暮对着他的背影喊道：“你干吗不理我？”

靳朝没有动，姜暮着急地说道：“你说话啊！”

靳朝缓缓抬手吸了口烟，声音随着烟雾从身体里送了出来：“你没我这个哥也挺好的。”

姜暮的双手扒着百叶窗，在听见这句话后，心突然沉了下去，脸上的血色一点点褪去。

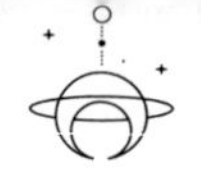

他的声音融在夜色里，很淡、很轻。

“回去吧。”

“回你爸家，没事别过来了。”

姜暮的眼眶瞬间就红了，她努力抑制住颤抖，质问他：“你不是说这里也是我家，没人能赶我走吗？”

靳朝嘬了口烟，带着玩世不恭的语气说：“是啊，没人能赶你走，除了我。”

他深深地吐出烟雾，声音里透着不耐烦：“其实以你的能力应付高考绰绰有余，我是开门做生意，不是开培训班的，你要真想冲清华、北大，我也帮不上你。说实话，你在这儿也挺碍事的。”

姜暮扒着百叶窗的指节渐渐泛白，她无法掩饰那压抑不住的哭腔，望着他的背影说道：“你再说一遍。”

“别烦我。”

闪电仿佛感应到了什么，在维修间来回哼唧着，发出可怜兮兮的声音。姜暮冲出去时，它也像疯了一样追着她凄厉地吠叫。姜暮跑到修车行门口便停下来，闪电扑到她身上。姜暮抱着闪电，哭着对它说：“我没有丢下你，我不会不要你的，我现在只是没有办法带你走。”

三赖听见闪电反常的叫声，起身推门而出，看见姜暮跑到了马路对面，闪电站在路边不停地对着她叫。在出租车停下前，她擦干眼泪，然后拉开车门，消失在夜色中。

三赖转身走进修车行，停在棚院的门前敲了敲，说道：“她走了。”

不一会儿，门开了，靳朝眉骨投下一片阴影，死寂的眸中只剩下一片冰凉。

三赖不是滋味地靠在墙边说：“何必呢？”

靳朝面无表情地从他身边掠过，蹲下身对还站在修车行门口张望的闪电招了招手，说道：“蚁栖树要是没了穆勒尔小体，你说，阿兹特克蚁还会留在它的树干里吗？是我这阵子糊涂了。”他抬手揉着闪电的脑袋轻轻安抚它，闪电呜了一声，乖乖地趴在他脚边，脑袋埋进两爪之间，紧紧挨着他。

Chapter 9

疏离

她早已把靳朝当作自己在这座城里唯一的依靠。

在姜暮平淡如水的十八年生命中，最大的波折大概就是9岁那年爸妈离婚，尽管之前高考失利，但也在她预料之中，她并没有受到多大打击。

作为一个受到良好教育且遵纪守法的高中生，猛然听见一直视为亲人的靳朝背负着一条人命，她整个人都是蒙的，或者说是受到了惊吓。在她还没有缓过劲来的时候，靳朝又对她说了那番话，导致她之后两天都是恍惚的，比起难过，更多的是忧心。她试探着问过靳强，但是好像所有人都对靳朝的事比较敏感，只要姜暮聊起靳朝的高中时期，靳强总会敷衍过去，让她别管那么多。

姜暮完全想象不出这些年在靳朝身上到底发生了什么巨变，她越是猜测，各种可怕的想象越是折磨她。她有整整一个礼拜没有往修车行跑，也没有联系靳朝。可是每天早上出门，看着家门口的奶箱，她总会忍不住回想起那天临别前靳朝孤寂的背影。

奶箱是她刚搬回靳强家后，靳朝让人帮她移回来的。那时靳朝还叮嘱她，天冷了，早起五分钟把奶热一下，不要喝冷的。所以姜暮每天出门捧着手中的牛奶，心里总是五味杂陈。

她不确定那天是不是靳朝心情不好对她说了气话。

周六上午，姜暮没忍住，给他发了个红包，备注："闪电的寄养费。"但是对方一点动静都没有，靳朝没有点收款也没有回复。她又发了个

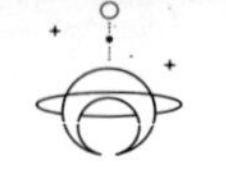

红包过去，依然如石沉大海。后来姜暮好似赌气一样一个接一个红包发过去，直到自己的零钱包全部空了，靳朝还是没有任何回复。

放学后，姜暮上了6路公交车坐到铜仁里。可是下了公交车，她看见修车行的卷帘门是关着的，就连三赖的宠物店门都是锁着的。她看着修车行门口的空地，突然茫然无措。

靳昕出事后的一段时间里，她一度觉得自己难以融入靳强现在的家庭，甚至觉得这里没有自己的容身之地，只有靳朝像浮木一样出现在她身边，让她不至于在不想回去时没有去处，不至于在狼狈不堪时流落街头，也不至于在伤心无依时孤身一人，她早已把靳朝当作自己在这座城里唯一的依靠，她根本没想过这根浮木会消失，留她一人在海中漂泊。

姜暮不善于交际，她和身边的同学相处时间不长，除了学校里必要的交集，私下并没有任何联系。平时除了每天去学校，回到靳强家沉默地关上门躲在自己的小世界里，她没有任何地方可以去。此时站在清冷的街头，人还好好的，心却空了。

天气更冷了一些，太阳落山后，气温骤降，姜暮的校服外面穿着件外套，可她依然觉得很冷。她把手缩进袖口，走到修车行门口敲了敲卷帘门。没人给她开门，她的神情逐渐沮丧。就在她准备收回手时，突然从卷帘门里面发出“咚”的一声，她听见闪电在修车行里不停地撞着门对着她吠叫。

姜暮顺着闪电撞击的地方蹲下身叫它：“闪电，闪电，是我啊！”

闪电听出了姜暮的声音，带着焦急的哼叫声，把卷帘门撞得轰隆作响。

姜暮贴在卷帘门上对它说：“我没有钥匙进不去。你别着急，我不走，我就在这里。”她蹲在卷帘门边，不停地跟闪电说话，闪电不时发出呜咽的声音，好似在回应她。

街上起了风，人越来越少了，姜暮抱着书包蹲靠在卷帘门上。闪电也不再撞门，只是在门内不停地走动。

姜暮将手放到嘴边呵了呵气，对着闪电嘀咕道：“修车行老板也不知道去哪儿了。好冷，我要走了。”

闪电像能听懂一样，抬起小爪子“啪嗒”一下搭在卷帘门上，姜暮回过身，将手贴在卷帘门上。

车灯闪过，白色本田在路边上停了下来，三赖从车上下来。看见卷帘门边蹲着的小身影时，他怔了一下。

姜暮感觉到了路边的光亮，回过头来。她见三赖回来了，他的身后跟着穿着黑色外套和牛仔裤的靳朝。在看见姜暮的那一刻，他的眉头轻蹙起来。

姜暮抱着书包老实地站起身让开卷帘门的锁，贴在修车行旁边。三赖有些吃惊地问她：“什么时候来的？”

“放学后过来的。”

三赖看了一下时间：“这么长时间就一直蹲在这里？不冷吗？傻丫头。”

姜暮没有回答，只是小心翼翼地瞥了靳朝一眼。他面目清冷，打开了卷帘门。闪电兴奋地狂叫着扑了出来，姜暮还没反应过来，它就已经跳到她身上。姜暮现在已经有些无法承受闪电之重，手中抱着的书包掉在了地上。大概有好几天没有见到姜暮，闪电像疯了一样来回乱扑，姜暮被它扑得抱着胳膊到处闪躲。直到耳边响起一声呵斥：“过来。”闪电才停止那疯癫的行为，摇着尾巴跑到靳朝面前，高兴得就连健硕的肥臀都在晃动。

靳朝没有看姜暮一眼就进了修车行。姜暮赶紧从地上捡起书包跟了进去，对着靳朝说道：“我发红包给你，你没理我，所以我来看看。”

“看完了？”靳朝背对着她，声音淡漠。

姜暮咬着唇，停在修车行门口，没再往里走。靳朝拉开维修间的灯，声音很低：“看完就回去吧，我要拉门了。”

姜暮抱着书包的手指逐渐收紧，她不肯走，也说不出一句话，就那样盯着他的身影。

靳朝脱了外套走进房间，不一会儿又到休息室里翻找了一会儿东

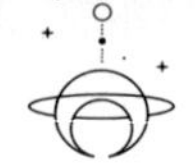

西，开了两张维修单，理了理账目，然后走进维修间，蹲在铁箱子前找东西。

其间，姜暮一直戳在修车行门口，冷风从她背后掠过，她的嘴唇冻得发紫。

靳朝将手中的工具往工具箱里一砸，直起身盯着她：“你到底要怎样？”

姜暮不知道，她也不知道要怎样，她就是不想他们俩是现在这种状态。她知道靳朝是在推开她，把她推离他的世界，可她不愿意离开，就是这么简单。

靳朝见她红着眼睛的样子，紧紧地抿着唇，然后冷声道：“我再说一遍，我要拉门了，你要是不走，就在这里站一夜吧。”

三赖从隔壁过来，看见姜暮居然还抱着书包站在门口，有些讶异，他一把接过姜暮怀里颇重的书包，问道：“你这姑娘脾气也够硬的，晚上吃饭了吗？”

这句话让姜暮委屈得泪眼模糊，她摇着头憋着泪的模样让三赖看得都不忍心，他侧头瞧了靳朝一眼。靳朝转身进了休息室。

三赖叹了一声，手搭在姜暮肩上直接将她带走了，嘴里说道：“走走走，别在这儿待着了，到我那儿去。”

姜暮在寒风中蹲了一个多小时，脚步早已虚软，就这样被三赖拽进了宠物店。店里开了暖气，一进门，温暖扑面而来，姜暮的眼泪就吧嗒吧嗒地往下掉。

三赖没面对过这种情况，赶紧安慰道：“是不是肚子饿了？”

姜暮点点头。

“冷吗？”

姜暮还是点点头。

三赖将他舒服的老板椅推了出来，对她说：“先坐着暖和一会儿，我给你搞吃的去。”说完，三赖将她的书包放在收银台上就上楼去了。

他走后，姜暮的情绪才慢慢平复下来。她来过宠物店很多次，知道宠物店还有个小二层，那儿是三赖住的地方，她从没上去过。

她抬头往上看了看，听见三赖从上面对她喊道："你啊，别着急，遇到什么事不能折磨自己。这就是我的宗旨，就算要解决问题也要把肚子填饱……"

三赖跟个老妈子一样絮絮叨叨半天。青春期的女孩多少都有点死心眼儿，他也不知道姜暮有没有听进去。等他端着面下去的时候，发现情况比他想象中要好点，姜暮脸上已经看不出泪痕了，只是整个人神情黯然。

他将玻璃小桌拖到姜暮面前，对她说："趁热先把面吃了。"

三赖煮的面料很足，放了不少三赖妈卤的牛肉，还加了一颗卤蛋，牛肉很烂，卤蛋也很入味。不知道是不是饿狠了的缘故，姜暮竟然觉得这是她吃过的最好吃的牛肉老卤面。

三赖看见她这副饿惨了的模样，将自己的微信二维码放在她面前。姜暮愣了一下，小声问道："这是……推销我办卡吗？"

三赖大笑道："你把我想成什么人了？你都这么惨了，我还落井下石吗？这是让你加我为微信好友，下次再想过来，找我。"

姜暮拿着筷子愣愣地盯着三赖，三赖将椅子往前拖了拖，跟她说："要是想看闪电，提前发个消息给我，我把闪电牵过来。"

姜暮憋下去的泪又涌了上来，她鼻尖通红地说："三赖哥，你不仅面煮得好吃，人还这么好，关爱小动物，有爱心。铁公鸡怎么老说你找不到老婆呢？"

三赖见她感动得眼泪都要出来了，话头一转："当然，如果你真想感激我，不妨办个超级至尊VIP，你家小闪电以后洗剪吹一条龙服务，打七折。"

"……"

姜暮加了三赖的微信，把面吃完。店里一楼有个水池，姜暮把用

完的碗筷拿去洗干净，再把水渍擦干，然后端着干净的碗筷回来，放在桌子上。

三赖已经给她泡了杯菊花茶。姜暮捧着暖和的玻璃杯，闻了闻菊花茶，好像每次三赖站在门口都会端着一杯菊花茶。

她不禁问道："菊花茶很好喝吗？"

三赖耸耸肩："我这里只有这个茶，我一般不喝别的。"

姜暮喝了一小口，有点苦涩，她更喜欢茉莉花和玫瑰花，于是问："为什么？"

三赖认真道："去火啊。"

姜暮还正儿八经地问："你火气很重吗？"

三赖彻底笑开了，没正形地告诉她："你下次问问有酒他深更半夜上不上火。"

姜暮突然明白三赖在说什么，脸颊绯红一片，她端起茶杯局促地喝了一口，打岔道："他现在不理我了……"

三赖懒懒地靠在椅子上，瞧着她："他不理你，你就不理他呗，该上学就上学，他还能吃了你不成？"

姜暮放下茶杯，双手撑在坐垫边问道："靳朝他……是不是因为摩托车比赛出的事才没高考的啊？"这是她能联想到最有可能的猜测。

三赖的表情却渐渐敛了起来，他说道："和这事儿无关，他高二以后就没碰过摩托车，之前跟人比赛也是没有办法的事。"

姜暮神情凝重，眼睛里的光透着急切："为什么？"

三赖看了她一眼，说道："他家那个条件你应该清楚，他老子，哦，不，应该说你老子，除了学费和伙食费，哪有多余的零用钱给他？有酒身边兄弟多，今天这个请吃饭，明天那个请喝水，这种事次数多了，他又不是个喜欢占人便宜的人。

"加上他老喜欢去逛书店，随便买几本书就是他一个礼拜的饭钱。到处都要钱，他未成年，去哪儿打工人家都不收。后来身边几个玩摩托车的兄弟加入了一个地下车队。说是车队，也就是当时铜岗一些年轻人经常晚上约到四荡山，一人出几十块，多的出一两百押人头，押赢的和跑赢的都可以分到钱。

“有酒向人借钱搞了辆二手摩托车，自己改装了下就杀去了四荡山。人家看他脸生，都不看好他，结果他成为黑马，一战成名，当天就把借别人的钱还了。

“别人去跑比赛都是为了玩车子，有酒是为了生存，所以他敢不要命，也不惧怕任何对手，往往他往摩托车上一跨，眼神扫过那些对手，别人就尿了。

“后来他有空就经常去四荡山跑比赛赚点零用钱，那时候的有酒的确把名气跑出来了。不过后来警察盯得紧，一到夜里就在山道口逮人，碰到上山的小年轻就把车子收了，有段时间还直接封了山。从那之后，玩车子的人就散了，有酒也再没去过。”

姜暮没想到靳朝高中玩车子是为了钱。靳强如今在物业公司上班，这里人均工资不算高，靳强一个月的工资扣除五险，到手大概也就三千块出头。赵美娟因为要照顾靳昕，需要花费大量时间待在家里，只能偶尔去超市做促销，按小时结账，每个月的收入也非常微薄。她能想到靳朝的日子过得多么拮据。

相比而言，在靳强离开苏州后没几年，姜迎寒就把他们原来住的“老破小”房子卖了，从单位下岗后拿了个门店开彩票店，又用剩余的钱和后来在彩票店赚的钱陆续买了两套房。再后来，房价翻倍，姜迎寒的两套房都升值了，她出手一套，还了另一套的贷款，手头的钱足以富足地培养姜暮。所以姜暮一路到现在，生活都还算宽裕，她无法想象一个高中生除了应付大量烦杂的学习任务还要维持生计是件多么难的事。

姜暮对靳朝还有气吗？好像所有的怒气都在这一瞬间烟消云散了，取而代之的是一种胸口发闷的感觉。倘若当初他们没有分开，他会不会不用承受这些？姜暮不知道答案，这是个伪命题。她在这一刻非常难受。

三赖端起他的大茶缸喝了口菊花茶，在姜暮还没有机会进一步问

出口时，就把话题转到自己身上。他说，他当时也有辆雅马哈，每次靳朝去赛车，他也跟着去，虽然他从来不参赛，但他的雅马哈绝对是整座山最亮眼的仔。

不知道为什么，当三赖说他的摩托车是最亮眼的仔时，姜暮脑海中想到的不是多酷的造型，而是满车拉着花里胡哨的LED灯，放着电音舞曲的场景。她觉得三赖真能干出这种事，毕竟他现在那辆本田被他搞得到处是氛围灯，就连打开车门都有一圈射灯照在地上，生怕别人不知道他要下车。

姜暮问三赖他为什么不参加比赛。三赖说得理直气壮，说他追不上最后一名是小事，关键是他身娇肉贵，万一摔着哪儿，他怕疼。他去四荡山往那儿一站，造型一摆，多少美女看到他的车就要过来自拍。

“不是我吹，我三赖想当年在四荡山就是个神话，只要我去，押注就没输过，保准赚一口袋下山。”

“怎么办到的？”

“简单啊，全押有酒就行了。”

“……”

姜暮那次听到潘恺打听来的消息时还没有什么概念，可今晚坐在三赖店里，听着他描述他们年少时的岁月，脑海中就有了画面，她仿佛能透过三赖的声音看到他们的曾经，有荒唐的，有激情的，有热血的，都是无法重现的青春。

可是每次三赖只聊到他们高三之前的时光，对之后的事，他总是很巧妙地避开。

时间在闲聊中过得很快，不知不觉一个小时过去了，姜暮听得入迷。毫无疑问，如果三赖是个十分不靠谱且说起来滔滔不绝的演说家，那么姜暮绝对就是那个最忠实的听众。好像只有这样，姜暮才能从三赖的言语中捕捉到她未曾参与过的岁月里靳朝的样子。

当然，三赖的话里更多的是他对自己容颜的描述。说实话，认识三赖也有三个多月了，由于他总是满脸胡楂，还经常披头散发，姜暮压根儿就看不清他到底是什么模样。每每听到他描述自己多么迷人，姜暮都感觉他夸的根本就是别人的幻觉。

她再次盯着三赖仔仔细细、认认真真看了半天，问道："你既然有着天妒容颜，为什么又要把自己搞成这样？"

三赖抖着腿，慵懒地说："搞成哪样了？"

姜暮不太好意思直说，就委婉地摸了摸下巴示意："就是毛发很多的样子。"

三赖把腿一放，神秘兮兮地凑近，告诉她："你三赖哥我桃花太旺盛，我怕人家女的看到我走不动路影响生意，所以故意让人捉摸不透我的真实、帅气。"

"……那你用心良苦了。"

三赖点点头表示赞同。

姜暮见他一副正经的模样，实在憋不住，捂嘴笑了起来，然后对他说："不过，说真的，你要是把胡子刮了，头发剪一剪，应该挺清爽的。"

三赖见她终于笑了，眉眼也跟着舒展开来。

正在他们说笑时，宠物店的玻璃门被人敲了两下，两人同时转过头去，见靳朝的身影立在门口。三赖笑着喊道："不是说要拉门了吗？我以为你睡了呢。"

靳朝打开门走了进来，盯着姜暮看了一眼。她的笑意未散，神态放松。他又凉凉地看了三赖一眼，说道："没完没了了？声音这么大，怎么睡？"

三赖吊儿郎当地回道："那你别睡啊，真要困，拖拉机在你耳边你都能睡着。这说明你不困。"

姜暮看了看时间，的确不早了。她站起身，把书包背上，对三赖说："我先回去了。"

三赖慢悠悠地站起身："这么晚了还回去啊？"

姜暮回眸看着靳朝："是啊，没人收留我。"

三赖弯起眼睛笑了起来，靳朝淡淡的目光移向她："知道就早点走。"

也许和三赖聊天能增强心理素质，再次面对靳朝冷漠的态度时，姜暮已经有点适应了，她也很平淡地回道："这就回，不用送，再见。"

然后她当真不紧不慢地打开门，挪到修车行门口揉了揉闪电的大脑袋，然后走到路边，拦了辆出租车走了。

星期天早上，靳朝没有收的那些红包又陆续退回姜暮的零钱包里。姜暮难得没有赖床，起了个大早，下楼找了家干净卫生的早餐铺子填饱了肚子，还带了些肉馅锅贴饼子去了铜仁里。

修车行没开门，卷帘门还是拉着的，姜暮只能去敲三赖的店门。三赖貌似才起来，长发随意绑了个小鬏儿，正趿着拖鞋，穿着睡衣，尽职尽责地做铲屎官，忙活着那些猫砂盆。

11月的铜岗已经入冬，姜暮穿着暖和的白色棉衣，又把衣服上的毛边帽子戴到头上，把脸裹得只有巴掌大，伸头往里张望。

三赖侧头就见到一个打扮得毛茸茸的可爱姑娘，他笑了起来，放下猫砂铲，替她开了门。姜暮拎着热乎乎的锅贴饼子，宠物店里立刻飘满肉馅的香气，所有小动物都活跃起来，姜暮感觉自己瞬间掌握了三赖的召唤密码。

她把袋子放在玻璃小桌子上，说道："修车行今天还没开门啊？"

三赖将柜门关上，对她说："早上客人少，要十点以后开门，你走了后，有酒就恢复正常开门时间了。"

"嗯……那他还没起床吗？"

三赖洗完手回来，说道："他那个变态觉少，一般六七点前就醒了。"

姜暮在玻璃柜门外晃了晃手指逗猫，问道："那他起床后干吗去了呢？"

三赖抽了张纸巾，一边擦着手一边盯着她笑。

姜暮见他不说话，转过身来又问道："你说他待会儿见到我会不会又赶我走？"

三赖走了过来，拿起锅贴饼子，问："要是再赶你走，怎么办？"

姜暮义正词严地说："我能怎么办呢？给他唱歌？说相声？变魔

术？不行的话，我给他来支舞吧。”

“你还会跳舞啊？”

“不会啊，但小时候学过芭蕾，跳跳看呗。我都给他跳舞了，他还好意思赶我走吗？”

三赖看着姜暮穿得跟熊一样，实在无法想象她穿着如此笨拙的外套跳芭蕾是多么辣眼睛的画面，于是整个宠物店都洋溢着三赖奔放的笑声。姜暮见他乐成这样，也跟着笑。

在一片欢乐的笑声中，三赖突然抬头朝楼上喊道：“听到了吧？还不下来看看小天鹅？”

姜暮的笑容瞬间就僵住了，脸色瞬间变白，她震惊地盯着楼梯上面，只听见二楼有了动静。紧接着楼梯上出现一双修长的腿，靳朝漫不经心地走了下来。姜暮的心跳越来越快，直到靳朝完全出现在她的视野里。

他停在楼梯口，转过身缓缓地靠在扶手上，说：“跳吧。”

姜暮当然不可能在两个大男人面前跳丢人的芭蕾舞。她没想到和三赖闲聊还能被正主听见，要是早知道靳朝一直在楼上，她是一个字都不会说的。但事情已经发生了，她只能红着脸往三赖待的那个角落凑。三赖倒是一副看热闹不嫌事大的模样，显然，姜暮的这副模样为他周日的早晨带来了无穷的乐趣。

说起来，靳朝真看过姜暮跳芭蕾。她上幼儿园中班时，姜迎寒给她报了舞蹈班，靳朝跟着靳强去接过她。当时，她穿着粉色的小裙子和白色丝袜，绑着个冲天辫，跟一群小朋友在一起练舞，神情还特认真。那时的她肉嘟嘟的，双腿裹在白色丝袜里，像一只小小的肥天鹅。

靳朝现在还能记得她跟着音乐跑来跑去、摇头晃脑的样子，以至他此时的眼睛里带着些笑意。姜暮被他看得极其不自在，不过靳朝并没有久留就去修车行开门了。

小阳和铁公鸡倒是对姜暮态度依旧，开开玩笑，打打趣，中午还

帮她点了一份饭。姜暮去修车行吃饭的时候，靳朝没说什么，就是吃完后对她说："吃完早点回去。"

姜暮很傲娇地回道："腿长在我身上。"

靳朝瞧了瞧她，抿唇垂眸，干活去了。

下午姜暮搜到家奶茶店，问完大家喝什么就出门买奶茶去了。

来到铜岗后，姜暮点外卖的频率的确降低了。由于平时没有任何业余活动，所以学习之余唯一能放松、消遣的就是出来买东西。

这就跟做任务一样，确定了目的地，然后沿途欣赏陌生的街景。大概是平时太无聊了，有时候碰到两只狗吵架，她都会停下来看一会儿。如果偶尔碰见什么稀奇的建筑或没看过的小摊子，她也会驻足围观一会儿。这样的探索的确给她枯燥无味的学习生活带来了一丝丝新鲜感，以至一个小时过去了，她还没有回去。

靳朝将补好漆的车子倒了出去，打开车门下来，问小阳："暮暮去哪儿了？"

小阳告诉他："买奶茶去了。"

"去了这么久？"

小阳这才拿出手机看了一眼，然后诧异道："是哦。"

姜暮的确是买奶茶去了，只不过回来的路上遇见几个大爷在下象棋，她就伸头看了一眼。正好碰上一个大爷要去厕所，问周围有谁能帮他下一盘，她看那个大爷闹肚子挺急的，于是自告奋勇地接下了这活。

对面那个大爷见她是个小姑娘，还问她："你会吗？"

姜暮上到象棋、围棋和军旗，下到五子棋、双蜂棋和飞行棋，都挺在行，这大概是因为小时候深受靳朝影响。靳朝儿时最大的爱好除了去模型店跟人比赛玩具赛车，就是看书和下棋了。但下棋的话，他一个人下不了，所以只好拖着一丁点大的姜暮陪他下，她不懂，靳朝就一遍遍地教她。可是小孩子哪能坐得住，没有那么耐心，往往下到一半姜暮就趴在棋盘上睡着了，口水流得小肥胳膊上到处都是。但意外的是，幼儿园大班那年，园内举办小小围棋家竞赛，姜暮居然得了第一名。从那之后，她就对下棋产生了浓厚的兴趣。

当靳朝找到她的时候，她正盘着腿坐在路边跟一个穿着棉袄的大爷面对面下棋，一只手还托着腮，老气横秋的模样。

姜暮总感觉街对面有人在盯着自己，她不经意间抬头瞟了一眼，看见的就是靠在石桥边手上夹着烟的靳朝。不知道他已经在那里站了多久，吓得姜暮立马丢了棋，拎起奶茶就说道："不下了，我要回去了。"

老大爷还没尽兴，连声挽留："着急什么，再来一局。"

姜暮尴尬地笑了笑，应付道："再约再约。"然后一口气跑到马路对面。

靳朝直接掐灭了烟，转身往回走。姜暮追了上去，问道："你是来找我的吗？"

"不是。"

"你不会担心我走丢了吧？"

"不会。"

"我要走丢了，你着急吗？"

沉默。

姜暮看着他的步伐越来越快，小声嘀咕道："嘴硬心软。"

靳朝突然停下脚步回过头，锋利的目光扫了过来："我现在脾气好多了，要不然你已经在河里了。"

姜暮见他又板起了脸，也不怕他，上前就攥着他的袖子晃了晃，还对着他笑。见她被冻得通红的鼻尖让她整张脸看上去颇有活力，靳朝撇开眼，抽回袖子。

靳朝回到修车行就给客户送车去了。铁公鸡跑去买配件。姜暮回到休息室看书。大约四点多的时候，本来在维修间忙碌的小阳突然大骂道："你们赶紧滚。"

姜暮猛然抬头，站起身走了出去。她刚踏入维修间，刺鼻的油漆味就扑面而来。她走到门口，赫然发现修车行门前被人泼了大片红色

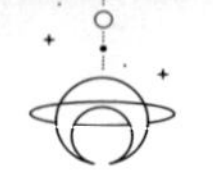

油漆，难闻的气味在空气中弥漫，鲜红的油漆像血一样，让本来干净的门口变得惨不忍睹。

小阳一个人站在维修间外狠狠地瞪着路边。姜暮顺着他的视线看过去，发现街边站着两个年轻男人，他们正露出一副得逞后不怀好意的笑。

她的火气瞬间蹿了上来。这时，三赖推门出来，骂道：“青天白日，人事不干尽干鬼事，××××的。”

姜暮问道：“也是万记的人吗？”

小阳气愤道：“除了他们还有谁？！”

距离上次万记的人来找事才过去一个多月，这次来的人没有打砸，上来就泼了桶油漆，果真如三赖所说，他们虽然不至于烧杀抢掠，但光做这些事就够恶心人了。

闪电在修车行门口不停地徘徊，对着那两个人狂叫，狗爪子沾上了红色油漆，踩得到处都是。

姜暮蹲下身对它喊道：“闪电。”

闪电听见姜暮的声音，掉转回来。姜暮跟它低语了几句，然后拍拍它的狗屁股，闪电突然撒腿就朝两人跑去。那两人见势不对，还没来得及逃上车，闪电已经扑到他们身上，狗爪子上的红色油漆沾得两人满身都是。最后两人骂骂咧咧地逃上车，扬长而去。

闪电对着车尾吠叫两声就跑了回来。姜暮拍了拍它的脑袋，帮它擦爪子。小阳也赶紧找来东西清理门口。三赖担心闪电舔了油漆会中毒，就拿来宠物沐浴乳帮忙洗爪子，又把沾上油漆且洗不掉的毛修剪掉。

等靳朝和铁公鸡回来的时候，小阳已经将门口冲洗得差不多了，虽然没有一开始那么瘆人，但是红色油漆依然没法被完全清洗掉。

小阳气愤地说着刚才发生的事，靳朝面色很沉，但相对于小阳的义愤填膺，他眼里除了狠意，看不出其他情绪，他只是拍了拍小阳的肩，对他说：“再忍忍。”

后来小阳说起闪电今天立的功劳，倒是透出一种扬眉吐气的畅快感，他还问姜暮：“你是怎么让它扑上去的？”

姜暮抱着闪电的大脑袋，给它顺着毛，口袋里拿出了一根肉条。小阳立即笑了起来：“还是你有办法。”

靳朝转头盯着她，若有所思。姜暮抬起头迎上他的目光，他又立即别开眼，进了维修间。

其实姜暮觉得这样下去也不是办法，万记那边的人就跟狗皮膏药一样，隔三岔五地过来找事，影响生意。而且据她这段时间的了解，万记在铜岗有好几家规模化的门店，算是有一定的势力，如果他们真想搞垮靳朝的店，光这么耗下去就能把飞驰耗死。靳朝和那边的矛盾一天不解决，这种恶心人的事就还会发生，他们摆明了不想让靳朝好过，还不知道下一次要干出什么事来。

这件事一直萦绕在姜暮心头，有一次她跟三赖聊起，三赖还教育了她一顿，说这事儿不是她该操心的。

接下来的一段时间，虽然姜暮不像之前那样把作业和资料等一堆东西都带过来，一待就待一整天，但她有空会过来待一小会儿。

小阳和铁公鸡，甚至三赖，都对她挺热情，只有靳朝依然冷淡，甚至比起她刚来铜岗那段日子还要冷淡。

如果刚重逢时靳朝只是给姜暮陌生和疏离的感觉，那现在的靳朝给她的感觉就像严丝合缝的冰块，没有可以突破的缝隙。

有时候她站在维修间跟小阳聊天，还会被靳朝嫌弃。他莫名地就丢来一个眼神，冷着声对她说：“你是不是没事干了？没事干了出去跑一圈，别在这儿碍事。”

然后姜暮就真的走了，约老头儿们下棋去了，下饿了再回来吃饭。

比起和同龄人社交，下棋的好处是不用尴尬地寒暄，避免社恐，坐下来就下，下完就走。有时候旁边有老头儿多嘴，还会被和姜暮一起下棋的老头儿骂。

但对于她这个爱好，就连三赖这种思维新奇的人都看不懂，他问靳朝：“你这小妹儿是不是提前步入老龄化了？她是怎么单枪匹马打入西洼凹退休老干部那个神秘组织的？”

靳朝一言不发，总感觉这事儿跟他脱不了干系。

这样的情况一直持续到某一天，三赖突然把长发剪了，常年挂在脸上的胡子也全部刮掉了。他去修车行找靳朝抽烟的时候，别说小阳和铁公鸡吓了一跳，靳朝也莫名其妙地瞧着他：“抽什么风？”

三赖笑道：“暮暮说我这样比较清爽。”说着散给靳朝一根烟。靳朝接过烟点燃，无声地盯着他看了看。

最近靳朝没给姜暮好脸色，她去三赖那里的确比较频繁，有时候一待就是一两个小时。三赖跟她也不客气，给猫狗洗澡也会让她打下手，一点都没有把她当外人。三赖废话又多，靳朝在门口干活时经常听见隔壁宠物店传来两人断断续续的笑声。只是他没想到三赖留了这么多年的长发会因为姜暮，说剪就剪了。隔了一会儿，他又盯着三赖瞧了两眼。三赖还笑着摸了摸一头青皮：“咋的？帅气不减当年吧？”

靳朝没搭话，沉默地把烟掐灭了。

周五傍晚，姜暮刚下6路公交车，三赖就瞧见她了，还主动拉开店门走到街边，做好受到一顿猛夸的准备。结果他造型都摆好了，姜暮却从他身边径直走了过去，压根儿没认出他来。

小阳和铁公鸡狠狠地发出嘲笑声，姜暮这才感觉不对劲，又转过身来瞧着街边那位摆造型的男子。

姜暮本来就有点近视，加上三赖这改头换面的新造型和他原来的颓废风差距不是一星半点，导致她看第一眼的时候根本没有认出他来。直到她眯着眼睛瞧了半分钟之久，才张大嘴巴惊讶道：“三赖哥？”

三赖终于感觉站了半天没白站，想非常潇洒地甩一甩刘海儿，这才发现已经没有东西可以甩，头甩到一半生硬地止住。他走到姜暮面前，问道：“怎么样？”

姜暮认认真真把他瞧了个遍。三赖虽然比较清瘦，但个子不算矮，有一米八，只不过平时老喜欢趿着拖鞋弓着背，整天一副没睡醒的慵懒样，姜暮压根儿没把他往帅哥那个方向联想过。这下猛然瞧见他理完毛发后的整张脸，的确眼前一亮，她终于明白三赖为什么要把自己搞得胡子拉碴了，因为他的五官真的经得起看，是画个眼线就可以变身为花美男的颜值，但这精致的五官多少有些阴柔，胡子的确可以增加点阳刚之气。只不过三赖的性格比较吊儿郎当，所以他整个人倒是给人一种浑然天成的痞气。大概是为了配上新造型，他这几天连穿衣风格都变了，不再是邋里邋遢的，整个人都精神了不少。

姜暮立马笑了起来，嚷道："三赖哥，你这是去整容了吧？你原来是长这个样子的吗？我感觉我认识了个假的你。"

三赖看到了预期的效果，非常享受地高昂着头。

靳朝听见姜暮的声音，侧头瞧了过来，就看见姜暮一直围着三赖转，跟发现新大陆一样新奇，最后还很自觉地跟着他回了宠物店。

靳朝吐掉口香糖，慢条斯理地摘下手套，又走到水池边用肥皂洗了两遍手，边往休息室走边对小阳说："去隔壁把暮暮喊回来。"

小阳伸着头喊道："姜暮。"

姜暮还没坐下，听见小阳的声音又走出了宠物店。不知道她跟三赖聊了什么，脸上还挂着笑，问道："怎么了？"

小阳抬了抬下巴，示意她去休息室。姜暮不明所以，往休息室走去。她刚推开门就看见靳朝坐在椅子上跷着腿。这是这么多天来靳朝第一次主动找她，姜暮有些意外。

见她进来，靳朝抬了下眼皮，对她说："门关上。"

姜暮回身把休息室的门带上。小阳和铁公鸡透过休息室的玻璃朝里面张望，靳朝瞥了一眼，直接抬手拽着一根绳子，休息室的窗帘立即放了下来。姜暮从来没注意过休息室这扇玻璃上有窗帘，她有预感靳朝要对她说什么，可是又猜不到，只能贴着墙边盯着他看。

本就不大的休息室里忽然暗了几度，靳朝从椅子上站起来，走到姜暮面前，又缓缓地靠在桌子上，离她仅一步的距离。姜暮抬眼望着他，

他垂下眼，眉骨投下一片阴影，拿起手边一枚螺旋齿轮，开口道："听说你总向三赖打听我的事，打听出什么了？"

姜暮有些心虚地拽着书包背带。她这段时间只要有机会就和三赖独处，拐着弯打听靳朝的事。她能绕，但三赖比她还能绕，两人有时候打太极能打到外太空去，到头来她什么都没套出来。

靳朝捏着齿轮中间，另一只手轻轻一拨，齿轮在他手中慢慢转动起来，他轻扯了下嘴角："为什么这么想知道我的事？"

姜暮盯着旋转的齿轮，声音闷闷地回答："因为……是你。"

靳朝点了点头，声音里带着些疏离感："那天晚上我让你少来这儿，看来你没有听懂。"

姜暮对上靳朝黑沉的眼眸。他近在咫尺，却又好像远在天际。她的眉头轻轻拧了起来，水润的脸颊青涩中带着种不服气的倔强。

靳朝单手转着那枚齿轮，齿轮转动发出细微的声音，伴随着他低沉的嗓音："你现在也清楚我们两个并没有血缘关系。虽然小时候和你生活过一段时间，但那时候你只是个小孩，现在……"他的眼神无声地撩着姜暮，锋锐的眼睛里带着很轻浮的光，仿佛裹挟着微小的电流。

姜暮从来没有被靳朝这样打量过，也从来没有见过靳朝的这一面，他浑身上下都透出一种散漫，神态轻佻却有一种难以言喻的吸引力。她感觉自己的神经突然紧绷起来，甚至生出一种无法自拔的紧张。

靳朝手中的齿轮没有停，声音也持续在两人之间响起："你老往这儿跑，就没考虑过靳强会怎么想？别人会怎么看你？不知道的还以为你跟我有什么，我是个大男人倒无所谓，你呢？"

姜暮的心跳越来越快，她完完全全没有想到靳朝会把他们的关系直接捅破，将两人尴尬的处境放到台面上来。她紧紧抿着唇，满眼满心都是难堪。

靳朝手中的齿轮忽然停下了，休息室安静得仿佛能听见他们彼此的心跳声。他渐渐直起身子，呼吸越来越近，直到低下头将她圈在方寸之间，滚烫的眼神压了下来，语气轻佻："还是你想跟我有什么？"

姜暮倏地抬起眼，眼里的光不停地颤动。靳朝双手撑在她身边弯下腰，他的眉眼就在她面前，下眼睑弯着的弧度太有冲击力，透过姜暮的眼眸射进她的心口。

姜暮感觉自己像被钉在墙上一样动不了了，就连手心都出了一层薄汗。她盯着靳朝紧闭的唇，唇泛着淡淡的血色，她好像从来没有这么近距离地看过现在的他。靳朝从前的样子在她脑海中慢慢淡去，取而代之的是现在这个鲜活、高大、容易让人动心的男人。

似乎是注意到了她的目光，靳朝的唇角弯了起来，姜暮的心脏也跟着发颤。

小阳和铁公鸡不知道靳朝和姜暮关在休息室里说了什么，只是看到十分钟后姜暮红着脸几乎是从休息室跑出来的，然后一路逃荒似的走了。

自那天以后，姜暮很长一段时间没再来过修车行。靳朝不可能当真对姜暮说出重话，冷落她对她来说似乎并不管用，但他知道怎样能让她主动退缩，并且效果显著。

姜暮近来的确不太敢去修车行了，她一想到靳朝那滚烫的眼神，整个人就恨不得找个洞钻进去。她明明很想将这个画面“格式化”，但偏偏几乎每天都会想起好几次，无论是吃饭、做题还是休息时，总会冷不丁地想起那天的场景，甚至好像还能闻到靳朝身上淡淡的薄荷味。

姜暮并不知道那天靳朝嚼过口香糖，她只是费解，明明每天干着脏活、累活，为什么他身上还能有好闻的薄荷味呢？这导致她现在已经闻不得这种味了，一闻到就羞涩得不行。

一天课间，潘恺给她两颗口香糖，她顺手扔进嘴里。越嚼感觉味道越熟悉，她整张脸都红了起来。潘恺还莫名其妙地问道：“姜姜，你怎么了？不会发烧了吧？”

姜暮恼羞成怒，把口香糖吐掉：“就因为你的口香糖。”

潘恺把装口香糖的小盒子拿出来研究了半天，嘀咕道：“没过期啊，我早上才买的。”

后来整节课姜暮齿间都是淡淡的、甜甜的薄荷味，以致靳朝的样

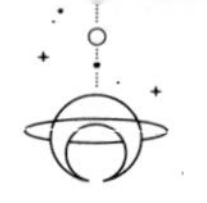

子也在她脑海中跑了一整节课。她觉得自己可能是魔怔了，她看待从小生活在一起的哥哥不再单纯了，这种想法让她觉得无比羞耻。

三赖发现姜暮好一阵子没过来了。周五的时候，他还特地发了条信息给她，告诉她晚上弄火锅，喊她放了学过去吃。姜暮随便找了个理由搪塞过去。

三赖觉得反常，到隔壁问靳朝："你跟丫头说了什么？怎么都不肯过来了？"

靳朝手臂暴着青筋，他将螺丝拧紧，丢掉扳手站起身，望着街对面的公交车站台出神道："嗯，是说了些。"

三赖将烟扔给他："她在铜岗孤零零的，也没其他地方可去。"

靳朝接过烟盒，弹了一根出来，又将烟盒扔还给他，只是把烟夹在手中没有点，声音低沉："过去的事一旦被她撕开一道口子，她迟早会摸到我今天的事上。她是来这里过渡的，不能被卷进来，而且我以后会经常不在，她总会起疑的。"

三赖默不作声地点燃烟，靳朝侧眼瞧着他："你有什么想法？"

三赖吐着烟，吊儿郎当地回视靳朝："我能有什么想法？"

靳朝深深看了他一眼，移开视线。三赖低着头，淡淡地笑了。

月亮慢慢爬上星空，街边的路灯亮了起来，夜总是很漫长……

姜暮自从不去修车行，在靳强家的时间就变多了。有一天赵美娟买完菜回来突然问她："你怎么不去靳朝那儿了？"

姜暮别扭地反问她："你觉得我总去他那儿合适吗？"

赵美娟大大咧咧地说："你又不是跟他处对象，有什么合不合适的？"

姜暮竟无法反驳。

本来姜暮还在拼命调整自己的心态，结果赵美娟一句话直接把她的心态讲崩了。那一整晚她脑海中都飘荡着"处对象"三个字，越想就越羞耻，干脆早早蒙头睡了。

不久后的一天晚上，姜暮像往常一样坐公交车回靳强家。赵美娟早上已经跟她说过吃完饭会带靳昕去澡堂子，还问她去不去。姜暮果断拒绝了。事实上，她依然无法适应他们隔三岔五要往澡堂子跑的习惯。在她看来，那么多人不穿衣服袒身相见，一年见一两次也就算了，但常年在一种裸着对看的环境中待着，她会直接被羞死。

本来靳强今天应该上夜班，然而姜暮进家后发现厨房的灯竟然是亮着的，油烟机发出轰轰的声音。

她换了鞋，问道："爸，你没去上班啊？"

没有人回答她。她奇怪地放下书包和手机，往厨房走去，又叫道："爸？"

油烟机的声音停止了，就在她刚要拐进厨房时，一道人影正好走出来，她差点直接撞上去。她抬起头，靳朝就这么猝不及防地出现在她眼前。姜暮几乎是下意识地后退了一大步，脸瞬间红到了脖子根，瞳孔骤然放大。

这个反应太过反常。靳朝挑了下眉，问道："怎么了？"

姜暮默默地深吸一口气，声音不太自然地说道："你……炒饭啊？"

"嗯。给昕昕送药。这次方子改了，怕他们搞不清楚，打电话没人接。"

姜暮的视线飘向锅里，她告诉他："她们去洗澡了，可能一会儿就回来了吧。"她之所以盯着炒饭，是因为她压根儿不好意思与靳朝对视。明明之前经常在一起也没觉得怎样，可一阵子没见，突然在这逼仄的空间碰上，家里还没人，她觉得怪尴尬的。

靳朝见她看着锅，问道："吃吗？"

姜暮的思维有些僵，她还没回答，大门响了，赵美娟带着靳昕回来了。姜暮匆忙回道："不了。"然后拿起书包回了房间。

她进了房间，把习题册一一拿出来摊在桌子上。不一会儿，赵美娟在门外扯着嗓子喊："暮暮，你手机响了。"

她这才想起来手机丢在外面了。于是她又拉开门走到鞋架边上拿手机。看见是妈妈打给她的，她立即接通，往厨房门口走。

姜迎寒问她最近怎么样、铜岗冷不冷，然后又聊了聊她那边的情况，说她和Chris已经订好了机票，会在过年前回国。

姜暮和妈妈通电话时，不时还能听见Chris的声音，妈妈会让她等等，然后回应Chris一两句。貌似除了Chris，妈妈旁边还有其他人，姜暮问妈妈都有谁。姜迎寒告诉她一堆她压根儿没听过的陌生名字。

明明才分别几个月，她却突然感觉妈妈离自己好远，已经有了自己的生活，好像适应得还不错。她应该为妈妈高兴的，可眼里却掩饰不住一丝沮丧。

姜暮心不在焉地听妈妈向她介绍那里的学校，眼睛不禁瞟向客厅。靳朝吃饭真的很快，一盘炒饭已经吃完了。她有时候觉得靳朝似乎做什么事都很快，好像把每天都分成很多份做不同的事，他永远在和时间赛跑。

两个人有将近半个月没见了，靳朝好像剪头发了，短短的，有些凌乱，不过利落有型。虽然他几乎每天都要和那些脏兮兮的零件、底盘打交道，可不干活的时候他总是把自己收拾得很干净。从客观上讲，姜暮觉得靳朝算是修车界的颜值天花板，在没来铜岗之前，她大概不会留意任何一个修车工。可来铜岗后，她竟然觉得这些动手能力很强的修车工很有男人味，当然，这种危险的想法源于那头握着笔的人。

赵美娟似乎看不懂医生开的单子，于是靳朝找来纸笔，一边跟她说一边又给她手抄了一份。他握笔的姿势这么多年倒是没变过，还是那么端正。

靳朝每个月都会为靳昕拿药，一来他去医院比较方便，二来赵美娟和靳强都看不懂处方单。只不过靳朝这次送药的时间早了一周，因为下周他要外出，他总是习惯性地在外出前回一趟靳强家，把该安顿好的事交代清楚。

赵美娟问道：“这个月怎么拿得这么早啊？”

靳朝飞快地抄着药单回道：“我下周不在。”

赵美娟随口问道：“去哪儿啊？”

靳朝没有回答，而是抬起视线扫向姜暮，姜暮猝不及防，接收到他的目光，然后像被按在原地，无法动弹的感觉又来了，她拿着手机匆匆回了房间。

等姜暮做了会儿题再开门出去时，靳朝已经走了，房门的把手上挂着一个袋子。她将袋子拿下来打开一看，里面是一大包牛肉干。姜暮抱着牛肉干，内心久久无法平静。

Chapter 10

意外降临

那异常平静的表面背后是被尖刺扎得血肉模糊的筋骨、尊严和志气。

生活充满未知，谁也不知道意外会在何时何地降临。

附中高一的学生陆续放寒假了，校园变得清冷了一些，高二和高三学生要临近春节才会放假。姜暮在最近的一次测验中将年级排名冲进了前三十名，这要归功于数学把总分拉了上来。然而她似乎没法把这个好消息告诉靳朝。

周六晚上，赵美娟又带靳昕去澡堂了，姜暮摸黑回到家，刚放下书包就接到了小阳的电话。电话里小阳急匆匆地对她说："不好了，闪电被人掳走了。"

姜暮放下书包，跑出小区，打车去飞驰。小阳在修车行里等。她下车后才知道，靳朝已经出去好几天了，铁公鸡到客户那儿拿车去了，三赖今天正好也不在。小阳到街那头的小店买烟时，闪电就趴在修车行门口，他付钱的时候就听见一阵狗叫声，等他付完钱拿着烟回店的时候，闪电已经不在门口了，他只看见街尾有一辆面包车疾速开走。

姜暮当场就蒙了，直觉告诉她，这件事不简单，不会有人平白无故冲着一只狗来。

正好这时铁公鸡拿完车回来，她跑去铁公鸡的车旁问道："万记车行在哪儿？"

铁公鸡听小阳把事情复述了一遍，然后发愁道："我倒是知道在哪儿，但关键是铜岗有好几家万记，就算他们真把闪电带回修车行，我们也不知道是哪家店啊。”

“那就一家一家找。”说完，姜暮直接拉开车门，上了车后座。小阳也锁上卷帘门上了副驾驶座，铁公鸡直接掉头，开往最近的一家万记。

车子停在万记门前。车行门头还亮着灯，两个小工正在收拾东西，看见铁公鸡带着一男一女往店里闯。一个男孩阴阳怪气地迎了上来：“不是说这辈子不踏入万记吗？你怎么还有脸回来？”

铁公鸡瞪了那个男孩一眼，问道：“你们这边有没有人去过飞驰？”

那个男孩和姜暮差不多大，一副流里流气的模样：“去飞驰干吗？你们修车行还招了个妞啊？”

姜暮皱起眉，铁公鸡不跟他啰唆，带着小阳冲进维修间和办公室找了一圈。姜暮站在门前打量着那个男孩。他穿着脏兮兮的夹克和松垮垮的灯芯绒裤子，袖口红迹斑斑，衣服像常年不洗一样。

铁公鸡和小阳找了一圈没找到，便带着姜暮去了第二家万记车行，结果同样一无所获。姜暮着急地说道：“万记在铜岗还有店吗？”

铁公鸡告诉她：“还有家大的，但是那家不太可能，金疯子在那家店，我刚才打过电话给他了。”

“能报警吗？”

小阳为难地说：“警察为了一只狗满铜岗搜的可能性不太大。”

铁公鸡只好把车子往回开，姜暮坐在后座，一颗心始终悬着。铜岗虽然不算大城市，但在这里找只狗无异于大海捞针。

闪电是她看着长大的，从它东倒西歪地走路到长成威风凛凛的模样。她没有养过宠物，闪电算是她真正意义上的第一只宠物，她不知道其他狗是不是也像闪电一样懂事，会在她害怕时陪着她，在她难过时抱着她，在她高兴时也跟着活蹦乱跳，无论她什么时候来飞驰，闪电永远用最大的热情迎接她，在她离开时送她到路边。很多次，她上车后回头看去，闪电总是站在路边对着她摇尾巴，直到再也看不见她。

对姜暮来说，闪电是家人，从她和靳朝提出想养它那刻起，她就决定，无论以后何去何从，她都不会丢下闪电。闪电突然被掳走，姜

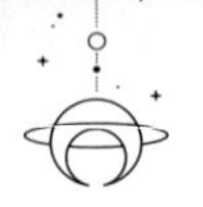

暮根本无法淡定。

小阳提议去打印寻狗启事，但姜暮清楚闪电不是走丢，而是被人绑走的，寻狗启事不见得有什么作用。

车子一路往飞驰开，姜暮始终牢牢地盯着窗户外面。街上每出现一只狗她就神情紧张。夜色越来越浓，她看东西也越来越模糊，车外掠过的街景串成一片霓虹，她脑海中突然闪过什么，拍着前面的椅背对铁公鸡说："回去第一家修车行。"

铁公鸡把方向盘一打，车子从巷子里直接穿了出去，开回第一家修车行门口。那个穿着灯芯绒裤子的男孩诧异道："你们怎么又回来了？"

姜暮冲到他面前，对他说："手伸出来。"

男孩莫名其妙地斜眼看着她："你谁啊？"

姜暮皱起眉，铁公鸡二话不说，上前攥住他的手腕。姜暮对他说："你看看他袖子上是不是有油漆。"

话音刚落，男孩突然开始挣扎，嘴里骂骂咧咧道："你们干吗？有病啊！"

小阳也上前帮忙。

车行里另一个男人走过来，吼道："铁公鸡，你回来闹事的？"

然而此时小阳已经握着那个男孩的袖口闻了闻，脸色突变："好像是血。"

姜暮抬起头就问铁公鸡："这家修车行还有没找过的地方吗？"

铁公鸡松开那个男孩就要往后冲，铁架楼梯上又下来两个痞里痞气的维修工，其中一个手上拿着套筒，对着铁公鸡骂道："你当万记是你家啊？说走就走，说来就来？你敢往里踏一步试试看。"

姜暮觉得浑身血液都在沸腾，她紧紧握着拳头，想到闪电有可能被他们关在这里的某处就忍不住大喊道："闪电！闪电……"没有任何回应。

拿着套筒的男人走到姜暮面前："喊什么喊？叫魂啊，我还打雷呢，闪电。"

姜暮收回目光，恶狠狠地盯着他。男人将套筒拿了起来，嘴里说道：“这样看我干吗？你求求我，说不定我会帮你问问打雷在哪儿。”

说着，他就拿着套筒往姜暮脸上抚去。姜暮刚想让开，突然她的身后落下一片阴影，一只手轻轻拨开套筒，紧接着她身后传出一个男人的声音：“宁火啊，我一来就看见你调戏小姑娘。万老板上次找你谈心没谈到位吗？”

姜暮猛地回头，看见金疯子带着两个人赶到了这里。宁火有些诧异地问道：“你来干吗？”

金疯子直接把姜暮往里推了一把，说道：“业务交流啊。看看你们店业绩怎么一直上不来。”

姜暮被金疯子推进修车行后，想都没想就往楼上冲去。金疯子在她身后提醒道：“下来，要找往后找。”

姜暮的脚步止住，她又跑了下来，往后场跑去。穿着灯芯绒裤子的维修工直接拦住她。姜暮回头盯着金疯子一行人。金疯子块头大，满脸邪气地看着那个男孩：“我看你皮痒了，你酒哥的人也敢拦，手不想要了？”

那个男孩怔了一下，姜暮绕过他就往修车行后场跑。铁公鸡熟门熟路地带她找到了后门，推开门后，地面上一大摊血渍赫然入目。姜暮大脑瞬间嗡嗡作响。金疯子他们随后赶到，也伸头看了一眼，低声骂人。

姜暮到处喊着闪电的名字却始终没有得到任何回应。她此时已经不知道害怕了，冲回去就质问那帮人：“狗呢？我问你们，狗呢？”

宁火还是一副无所谓的样子：“什么狗？我们在自己的地方杀只鸡还犯法了？”

姜暮气得浑身发抖。金疯子将她扯到身后，逼近宁火，问道：“小扁和大光现在住哪儿？”

宁火没有表情地回视他：“不知道。”

金疯子皮笑肉不笑地说：“好，事情不搞清楚大家今天就都不要下班了。”说完，他直接掏出手机打了个电话。

其间，姜暮感到身体一阵阵发寒。后面空地上的那摊血还没完全干，

也就是说，他们第一次来到这家修车行时，闪电有可能正被关在那里。前后共十几分钟，她不敢想象发生了什么事，它遭遇了什么流了那么多血，这一切让她的脸色越来越可怕。

几分钟后，金疯子告诉姜暮，狗有可能在伍石村，但不清楚具体位置。

姜暮联系三赖。三赖刚从他妈家回来，听说这事儿，直接回到店里带上西施杀了过来。西施最不待见的孩子就是闪电，小时候喂它奶都要看心情，可奇怪的是，当西施冲进后院闻到那摊血时，它突然躁动起来。

宁火他们开始联系人，金疯子直接打掉他的手机，坐在店里守着他们。

铁公鸡和三赖立即开着两辆车去伍石村。伍石村离铜仁里并不远，是一片平房集中的老区，条条巷巷都很逼仄。下了车，西施就冲了出去。三赖牵着它，姜暮和铁公鸡等人都跟在后面。

伍石村很大，有一村、二村，一直到五村。大冬天的，所有人都跑出了汗，几个大男人停在街口点起烟，西施也吐着舌头喘气，可即使累成这样，它也没坐着，依然流着哈喇子来回徘徊。

姜暮几个小时滴水未进，已经累得跑不动了，但一想到那摊血，她就一分钟也不想耽搁，接过三赖手中的狗绳，争分夺秒地朝着另一条巷子跑过去。

约莫过了十分钟，西施很奇怪地再次绕回来，并且一直在那一带打转。姜暮感觉蹊跷，便带着它在一家又一家大门前寻找。

最后，他们停在一个贴着褪了色的“福”字铁门前，西施忽然变得异常暴躁，开始对着大门拼命吼叫。

姜暮立马拍着铁门，对里面喊道：“开门！开门！”

他们的动静引来了周围邻居的观望，站在街口的铁公鸡等人也听见了西施的叫声，踩灭烟，循着声音往巷子里面找。

这时，铁门开了，有人从里面探出头来，不耐烦地问道：“谁啊？”

随着铁门被打开，西施的叫声越来越凶残，姜暮认出了这个人。他就是去飞驰闹过事的小平头，人称小扁，她开口问道：“闪电是不是在里面？”

小扁看见姜暮也很诧异，立刻要锁门。姜暮一脚伸过去卡住铁门。未承想小扁根本不管她，看见巷子那头又来了一拨男人，便死命拽着铁门。姜暮的小腿被铁门夹住，疼得她狠狠地捶门。

铁公鸡等人赶了过来，见状直接将门撞开。在铁门被撞开的一刹那，所有人都呆住了，院里的柿子树下用一根绳子挂着一条血淋淋的狗，绳子拴在狗脖子上，它浑身黑色的毛被血水浸透，不停地往下滴血，嘴巴被麻绳捆了好多道，眼皮耷拉着，已经失去反抗能力，即使在西施如此狂吼下依然没有任何反应，不知是死是活。

在猛地看见那幅血腥残忍的画面时，别说姜暮，就连她身后的那些大老爷们儿都惊住了。

铁公鸡一脚蹬在小扁身上，大骂：“畜生不如的东西！”

大光从房间里走了出来，叫嚣道：“本来就是只畜生。既然来了，一起吃顿狗肉啊？”

平时怕事的小阳突然被这一幕刺激了，上去就跟大光扭打在一起。院中一片混乱。

姜暮颤抖着对三赖喊道：“刀，剪刀……”她顾不得闪电浑身是血，死命托着它。三赖冲进出租屋，翻找出一把剪刀，将吊着闪电的绳子剪断，姜暮一把将闪电抱在怀中。

小阳被大光揍得抱头，却歇斯底里地吼叫着：“酒哥不会放过你们的，你们等着……”

大光咆哮道：“让他来啊！他坏了万记的生意还想动同盟的利益，万老板不可能容得了他。你以为他真能拿我们怎么样，还嫌牢饭没吃够？”

夜静得没有一丝风，姜暮就那样抱着血淋淋的闪电站在柿子树下。她脑海中深不见底的湖水突然全部抽空，她看清了湖底的黑洞，那里被铁笼铸死，铁笼的另一头是她从未触及的世界——一个令她生畏的世界，一个充满罪恶的世界，一个被法律焊死的世界。她脑海中仿佛

雷轰电掣，冰冷如潮水袭击着她的心脏，让她从心里升起寒意。

三赖喊道："西施，过去。"

西施和大光是老熟人，它立即就朝大光扑去。大光看见西施就发怵，顾不得小阳，满院乱窜。三赖喊了两声"姜暮"，她才机械地转过头，听见三赖对她说："我去把车子开过来，你带闪电到巷口。"

姜暮无意识地点着头。就在三赖冲出院子的那一刻，姜暮怀中的闪电突然轻微地呜了一声，姜暮瞬间回过神来，意识到闪电还活着。她热泪盈眶地看着它，蹲下身将外套脱下来包住闪电，忍着疼一瘸一拐地往巷口走，不停地对闪电说："你撑住啊，闪电。没事了，我带你走，我们现在就走，我们可以回家了……"

她语无伦次地对闪电说话，闪电微微睁开眼，不知道是因为气味还是声音，它认出了姜暮，痛苦地呜咽了一声，似乎在向姜暮诉说它的遭遇。姜暮忍不住哭道："我知道我知道，我带你去医院，我们去医院就好了……"闪电很想对她摇一摇尾巴，像以前一样回应她，可它似乎已经用尽所有力气，尾巴微微动了一下又垂了下去。

三赖把车开了过来，下车就从姜暮手上接过闪电放在后座上，一边打电话联系当宠物医生的朋友，一边将车子开得飞快。

闪电的生命气息很微弱，姜暮避开它的伤口，一边轻轻顺着它的毛一边叫着它的名字。它偶尔微弱地回应一下，到后来几乎一动不动。

姜暮从来没有这么害怕过，她害怕一个鲜活的生命在自己身边悄然离去，她的身体一直在发抖，眼睛紧紧地盯着车前方，却不敢再去催促三赖。

好在铜岗夜里从不堵车，车子很快开到一家宠物医院。姜暮抱起已经毫无知觉的闪电跟着三赖往里冲。

整个过程一片混乱，她甚至没有看清那个医生的样貌，手中的闪电就被接走了。

医生检查过后就直接给闪电安排了手术。铜岗叫得上名的宠物医院并不多，三赖做这行多少结识了一些宠物医生，他的这个朋友算是铜岗比较好的医生了，如果这个人都没有办法，闪电这道坎就过不去了。奈何三赖没有办法久留，西施还在伍石村，铁公鸡他们也情况不明，他必须立刻赶回去。但他又担心姜暮一个人扛不住，便联系金疯子让他赶紧过来。

三赖刚走没多久，金疯子就赶到了宠物医院。他一到医院走廊，看到满身是血的姜暮，吓了一跳。小姑娘一个人坐在冰冷的塑料椅上，整个人都在发抖，也不知道是被冻的还是被吓的。他往姜暮对面一坐，半天说不出一句安慰人的话。他实在不太会安慰人，说节哀顺变吧，狗还没死；说乐观点的话吧，怕万一待会儿狗死了打脸。

金疯子思来想去，干脆问道："大妹子，要不要来点酒压压惊？"

换作平常，姜暮滴酒不沾，可她现在根本控不住身体里的阵阵寒意，她对金疯子点了下头。金疯子立马跑去隔壁便利店提了一袋子易拉罐回来，然后顺手开了一罐递给姜暮。

夜越来越深，姜暮的肚子依然空空的，一口啤酒下肚，思维清晰了许多，她沉默地捏着易拉罐，突然声音消沉地问道："你说，闪电会不会死？"

金疯子还真答不上来，要是只猫，他还能忽悠忽悠她，说猫有九条命，死了一条还有八条，但闪电是一只狗。他只能随口胡诌道："应该不能吧，它在有酒身边待了这么久肯定随他，命硬。"

姜暮始终低着头，头发挡住了她的脸，她声音沉闷地问道："你跟他认识多久了？"

"谁啊？有酒啊？算算也有七八年了，玩车子的时候就认识了。"

也许是因为害怕或是紧张，姜暮手中的啤酒罐被她捏得一直响，清脆的响声在寂静无人的医院回荡着。她和金疯子隔着一条走廊沉默地喝酒，也不知道是不是酒精在姜暮体内发挥了作用，她身体里的那团迷雾被点燃了。

易拉罐的声音戛然而止，她的轮廓隐在发丝里，让人看不清脸上的表情，从喉咙里挤出一句话："靳朝……是不是杀过人？"

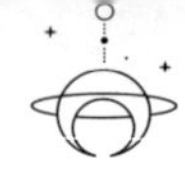

✧ ✧ ✧

金疯子听见这个问题，拿着啤酒的手突然僵住了，他抬起头盯着她，皱起眉：“你听谁说的？”

姜暮瘦小的身影好似要被蓝色的塑料椅吞噬，她依然低着头，声音低沉：“他没有参加高考，是被抓了，对吗？”

金疯子忽然沉默了，他的沉默似乎证实了姜暮的猜测。她握着啤酒罐，声音控制不住地颤抖：“金哥，你告诉我，他到底有没有杀人。”

金疯子抬手将啤酒喝干，把罐子捏扁，然后对姜暮说道：“我不知道你从哪里听来这些的，有酒是栽过，但要说杀人，那条命算不到他头上。”

姜暮缓缓地抬起头，金疯子赫然看见她眼里带着血丝噙着泪，又听见她哽咽着说：“从我出生起他就在我身边。小时候我一直想成为他那样的人。你见过他站在主席台上演讲的样子吗？见过他原来房间里的奖状墙吗？见过他四年级的时候手工制作泵的完成驱动装置吗？我见过，我见过他太多优秀的样子。他那样的人，从小就活得比同龄人明白，怎么可能犯法？怎么可能坐牢？”

她那双眸子里满是担忧和颤动的光。金疯子从来没有见过一个人为了靳朝的事这么忧心、难过，他认识靳朝身边所有的朋友和家人，但几乎没有人会因为他伤心成这样，即便在靳朝处于低谷的那段日子，他的家里人也只是一个劲地责备他，更多的是失望，觉得丢脸，到处托学校老师别乱传。靳朝进去的那段时间，只有他身边的兄弟凑钱给他送去，希望他在里面的日子能好过点，他家里人前前后后也没去过几次。

金疯子又开了罐啤酒。想起当年那件事，他心里也不痛快，更不痛快的是眼睁睁地看着这个真心实意为他难过的姑娘再对他失望。直到喝完整罐啤酒，他才陆陆续续告诉姜暮一些事情。

当年，随着四荡山被封掉，靳朝的经济来源再次断了。也正是那年，靳昕被查出患病，靳强和赵美娟带着她跑遍铜岗就医，但是病情还在不断恶化。他们听说北京可以做准分子激光手术，对这个病治疗效果好，便带着靳昕赶往首都。两次来回耗光了家里的所有积蓄，然而这个病的治疗无法立竿见影，对整个家庭来说就是个无底洞，光一个靳昕就压垮了靳强和赵美娟，他们根本顾不上靳朝，他经常饥一顿饱一顿。他需要钱应付自己的生活，如果可以，也希望靳昕能有钱继续治疗。

所以在四荡山被封没多久，原来那些人有的改玩汽车。靳朝经人介绍去了万记。金疯子那时已经不上学了，他和靳朝差不多同期进万记，他跟着老师傅做学徒，靳朝打杂做零工，尽管这样，他学东西比金疯子还要快。可是这样来钱太慢了，那时候修车行有修车工私下联系车主收些便宜的二手车回来，自己整装后再卖出去，一转手就赚一两万块，有的甚至赚得更多。

靳朝看到了赚钱的路子，他也跟人凑了点钱收了一辆不值钱的车。有个买主对他说，如果能把这辆车提升百公里加速和一些性能，可以多给他些钱。于是靳朝对动力系统和传动系统进行了改造。

在那次交易中，靳朝赚到了一笔钱，便收手专心备考。他想考出铜岗，他很清楚，家里是指望不上了。他将一部分钱给了靳强，自己留了一部分用于大学期间的生活所需，上大学后再去申请助学贷款。

如果没有后来的事，他当然可以按照之前计划的那样，没有人会知道也没有人会因为他曾私下倒卖一辆车而来找他。

可偏偏那辆车出了事，那个车主在一次驾驶过程中车辆失控，导致人车尽毁。后续的调查判定事故缘于出事车辆非法改装引起的安全隐患。

后来警察查到靳朝身上，逝者家属认为他非法改装并销售的行为造成了过失犯罪，起诉他。

而那一年靳朝还未成年，最终被判处六个月的拘役。

从靳朝站上法庭的那一天起，他的一腔傲骨就被生生地折断了，他无法接受一条人命因自己的失误而丧生，更无法接受他的行为让另一个家庭支离破碎。看着对方迈入中年的父母哭得几度昏厥的模样，

他再也无法原谅自己。他任他们打，任他们骂，在他看来，他都应该受着，甚至应该得到更多的惩罚，他也的确用最残忍的方式折磨自己。

从那以后的很长一段时间内，他性情大变，沉默寡言，从前飞扬自信的模样也不复存在，甚至在出来后对任何人的嘲笑和排斥，打不还手，骂不还口。

附中的老师联系过他，希望他能重新回到考场完成他未竟的学业，但他的人生迷失了方向。他没有杀过人，可他手上从此沾上了血，他不愿踏入附中半步，甚至觉得自己不配再踏入那座神圣的殿堂。

靳朝回到了万记，这一次他干起了学徒，他做着最脏、最累的活，像台机器一样不停地运转，没有上班时间和下班时间。他比任何人都刻苦，比任何人都任劳任怨，他只想让自己的技术不断地精进，好像在用这种方式惩罚自己当年的失误。

他肯钻研肯吃苦，在万记几家店里技术提升速度最快，甚至到后来只要稍微听听发动机的声音就能判断出车辆故障的位置。

很多车主和靳朝打过一次交道后便只认他，而他似乎为了避免当年的事件重蹈覆辙，每次交车前都会反复检查，亲自试驾没有问题才会交车。

最初那两年，逝者的爸妈还会经常跑来万记，修车行的人嫌他们烦，对他们恶言相向，甚至威胁他们再来就揍死他们。每次都是靳朝拦住，他会默默塞给他们一些钱，在他看来，老两口因为他，中年丧子，他能补偿就尽力补偿。

可随着技术越来越成熟，靳朝也越来越了解万记的门道。如调包零件、套餐维修、小病大医、过度维修这些五花八门的手段，修车行和修车工为了利益无所不用，还有故意调整点火时间、往机油里加饮料损坏发动机、往防冻液里放盐加速水箱老化等不堪入目的小动作，让老顾客源源不断地往修车行送钱。

后来万老板赏识靳朝，让他管理修车行。他不给手下的人干这些脏活的机会，他在的时候，这些小子还算规矩；可总有比他年长、资历久的师傅做“老油条”做惯了，不受他管。

这些维修工手上都有很多旧配件，有故意换下来的、车主不要的、快要报废的、有问题的，等等，胆子大的就利用这些旧配件进行调包，然后把好的或者新的零件拿去换酒钱。

有一次靳朝发现一个资历很老的维修工差点把整车配件都调包，他发了好大的火。那个人却不以为意，说，大家干了多少年了，心里有数的。

那个老师傅的话好像突然点醒了靳朝，他的意识从那一天开始觉醒，他回忆起高三那年的改装过程，每一个步骤和细节都不停地被放大，呈现在他脑海中。那时他经验不足，出了事认为自己一定在哪里疏忽大意才酿成了悲剧，从此他对技术领域始终怀着敬畏之心，小心谨慎，时常反省。

结合经年累月的工作经验，再回想当年的事，他几乎可以断定，那时他的改装不足以造成车辆失控，车子在交付前的很长一段时间里一直放在万记。当买家把钱给他后，他甚至没有对车辆进行检查就让那个买主直接到万记拿车。

那辆车不是万记的车子，甚至不是任何一个客户的车子，只是他收来暂放在那儿的。即使是客户的车子，这些人都能动手脚，何况是一辆毫不相干、常年落灰的车子。

靳朝开始向所有资历超过四年的老员工侧面打听。没有不透风的墙，终于在一个酒局上一个老师傅松了口，告诉靳朝，当年万大勇动过那辆车上的传感器和执行器元件。

万大勇是万老板的侄子。在那辆车出事后，所有人都三缄其口，万老板还私下警告过几个知情的人。毕竟当时的靳朝和修车行无关，还是个未成年人，事情落到他头上也是从轻处理。但如果万大勇牵扯进去，不仅会面临起诉、坐牢的风险，还会直接影响万记的生意。

靳朝的确犯了错，错在不应该答应别人的要求对车辆进行非法改装，但这项罪名不足以让他背负牢狱之灾。然而就是这样孤立无援的他被推了出去，一个人背负一条人命债。

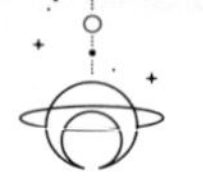

当靳朝到万老板面前质问他的时候，万老板反问他：“你有什么证据？”

没有证据。当年出事的车辆早已无法追查了，即使那个老师傅出于良心告诉靳朝真相，也万万不可能得罪万老板，站出来替他做证。早已无法翻案。

万老板却好言劝靳朝要往前看，不要老巴着过去不放，他已经给了靳朝这么大的平台。如果他愿意，万老板还可以给他一笔经济补偿，就当偿还他那半年在里面所受的苦。

那天，铜岗很热，修车行里的小工们有抽烟的、有干活的、有胡扯的，也有打闹的。可所有人都听到靳朝砸了万老板的待客室，看着他离开了待了三年多的地方，从此再也没回来过。

靳朝走后，万记内部人心涣散，传言不断，陆续走了很多人。金疯子本来也想离开，但他爸身体不好，他在万记干了这么多年，收入还算不错。靳朝走时只对他说了一句话：“你和我不一样，我是为了丢掉的公道离开万记，而你必须为了你的家人留在万记。”

夜越来越凉，姜暮已经感觉不到身体之外的凉意，她只感觉那股钻心的凉从身体里面涌出，夹杂着最冷、悲鸣的风。

在她过着每天上学、放学两点一线的简单生活时，靳朝早已深陷复杂的旋涡。她不在他身边，也没有别人在他身边。他每天经受着良心的煎熬，将一腔热血熬干，将炽热的梦想碾碎。那时他才17岁，独自面对逝者的父母和法律的铁笼，没有人告诉他接下来的路该怎么走，没有人陪着他熬过那折磨人的日日夜夜。他想尽力弥补，弥补17岁那年的过失，那么锋芒毕露的一个人，从此蒙了尘、折了翼，躲在暗无天日的角落不停地折磨自己。

她不敢想象从地狱里爬回来的他在听说事故背后的真相时是多么愤怒、多么冤屈、多么痛苦，那是他人生中无法逆转的四年时光。可她再次见到他时，他已经被现实磨平了棱角，将这个世界对他的残忍隐没在无人看见的地方，表面上风平浪静。

直到这一刻，姜暮才看清那异常平静的表面背后是被尖刺扎得血肉模糊的筋骨、尊严和志气。

姜暮不知道喝了几罐啤酒，她喝完一罐，金疯子就递给她一罐。她并没有感觉身体暖和起来，反而随着金疯子的话越来越冷，她的眼前出现很多道重影，每一道影子都是靳朝的样子，直到他好像真的出现在她面前喊着她的名字。

“暮暮，暮暮……”

她的肩膀被晃了几下，手术室的门开了，她听见了那个李医生的声音。

他对金疯子和连夜赶到的靳朝说：“伤口已经缝合了，失血太多了，幸亏狗子血型是DEA1.1，还能给输上，能不能活就看这两天的情况，做好最坏的打算吧。”

姜暮摇摇晃晃地站起身，隔着玻璃看见闪电被送进另一个房间。她贴在玻璃上无声地流着眼泪，她已经分不清是为了闪电难过还是为了靳朝悲痛，过去十八年的安逸生活被狠狠撕裂，她看到了生活最残忍的模样，血淋淋地展现在她面前。

李医生对他们说：“你们登记下联系方式，交完押金就先回去吧。晚上这里有人值班，有什么事联系你们。”

靳朝去做登记的时候，姜暮就坐在椅子上看着他。靳朝穿着黑色的短款派克服，戴着黑皮手套，轮廓冷厉。姜暮不知道他是什么时候回来的，只是看着这样的他觉得不太真实。

靳朝的眉始终蹙着，他不时看一看坐在一边的姜暮。她的外套包着浑身是血的闪电时就已经脏了，现下她只穿着一件乳白色的毛衣，领口和袖口沾着红黑色的血，眼神迷离发蒙，坐在那儿，好似在晃，像个迷茫无措的小可怜。

靳朝唇角紧绷，手下的动作更快了些。他将登记的信息交给护士，转头就对着金疯子低骂道：“你他妈的是不是有病啊？给她喝那么多酒干吗？”

金疯子大大咧咧地说："这不是怕她没经历过生离死别被吓到吗？"

靳朝无话可说，瞪了他一眼，走到姜暮面前。姜暮的目光随着他移动，最后抬起头木木地盯着他，一双眼里全是水汽。

靳朝将外套脱下给她穿上，又蹲下身将手套取下给她套在手上。姜暮心底的那股寒意被一股暖流冲散了，她眼里氤氲着水汽，目光一刻也不想从靳朝身上离开。

他抬起眸问她："回去吧，好吗？"

姜暮点点头，但是没动。

靳朝又问她："能走吗？"

她摇了摇头："不能。"她腿疼，肚子饿，眼睛花，已经不能再走路了。

靳朝见她说得理直气壮，轻扯了下嘴角，弯腰将她从椅子上打横抱了起来。

在身体离开地面的那一瞬间，姜暮瘦小的身躯紧紧缩在靳朝怀里，就像鸟儿回了窝。靳朝不知道姜暮是不是被吓着了，将她往胸前拢了拢。

出了宠物医院，冷风过耳，姜暮抬起手环着靳朝的脖子，将脸埋进他的锁骨之间，温热的液体顺着脸颊滴落在靳朝胸前。他停住脚步，低头看着她被发丝遮挡住的脸颊，感受到她微微发颤，听见她说："别再赶我走了，好不好？"

金疯子上了副驾驶座，靳朝把姜暮放在后座，驾车往飞驰开。一路上他听着金疯子说晚上在万记发生的事，眉头始终紧拧着，不时从倒视镜里看一眼后排的姜暮。她蜷缩在后座上，身体被靳朝宽大的外套包裹着，闭着眼，半天没有动一下。

在路上靳朝还在想，幸亏她喝了点酒，回去以后倒头就能睡，不至于为了闪电的事继续操心。然而他似乎高估了姜暮的酒品。

他刚把姜暮抱进维修间，她就苏醒过来，不停地拍着他的肩膀，声音细软朦胧地说着："难受……"

靳朝刚把姜暮放到休息室的地上，她就东倒西歪地冲进他的房间。等靳朝走进房间的时候，姜暮已经把自己锁在淋浴间里吐得昏天黑地。

靳朝只听见淋浴间里的动静跟打仗一样，一阵兵荒马乱过后，水便一直放着。

靳朝敲了敲门，问她："没事吧？"

姜暮本来脑子不太清醒，可这会儿神志开始渐渐恢复，她没有回答靳朝，恨不得把脸埋进水槽里。这是她第一次喝酒喝到吐，还是在靳朝面前，与靳朝一门之隔，她觉得自己丢脸丢到姥姥家了，以至无论靳朝怎么喊她，她始终不应声。

靳朝在门外又问道："是不是头晕？你把门打开，我看着你，别摔着。"

姜暮双手撑在水池边，死死咬着唇。

"说话。不说，我进来了。"

"不要。"姜暮慌乱地用身体抵着门，嘴里嘟囔着："你走。"

靳朝的影子映在门上："我走去哪儿？"

"我不管。"

三个字松软得像发酵的面包，很难分辨这声音里是带着点赌气还是娇嗔的意味。

靳朝愣了一下。他活了二十几年，只有在年少时那个生活在苏州的妹妹会对着他无理取闹。上了高中以后，偶尔有些沉迷于疼痛文学的女生把自己搞得一副惨兮兮的模样，然后跑到他面前莫名其妙地哭。不过，面对这种情况，他通常冷着脸显出不耐烦，对方也就不敢继续闹了。未承想多年后，还是同一个人对着他无理取闹，甚至连台词都一样，每次自己没有道理，或者说不过他时，她都是一句"我不管"，然后他就拿她一点办法都没有了。

他自己都觉得可笑，多年后这招在他身上依然管用。

姜暮把耳朵贴在门上，听见靳朝终于走了，然后开始清理淋浴间。她把洗手台擦得锃亮，又顺手打开洗手台边的储物格。看见自己的牙

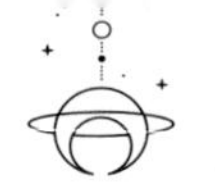

刷、杯子和毛巾依然整整齐齐地放在里面时，姜暮又清醒了些。靳朝没有扔掉她的东西，虽然前阵子对她冷冰冰的，却没有将她的物品丢掉，姜暮那复杂的情绪像被掀起的浪潮一样在心间徘徊。

她将牙刷、杯子和毛巾拿了出来，又把淋浴间和自己收拾好，然后拉开门。出去的一刹那，她呆住了。靳朝靠坐在床头柜上低头看手机。在她拉开门的瞬间，他锁了手机抬起头，视线落在她身上。

四目相对的时候，姜暮很想原地转个圈再回，她尴尬地往房间走。靳朝打量着她的神态，又瞧了眼她不太对劲的步伐，问道："在里面干吗呢？待这么久，我以为你睡着了。"

姜暮躲开他的眼神，结结巴巴地说："就……缓缓。"

"缓好了？"

姜暮点点头。靳朝也没点破，而是直起身子，递给她一件棉质套头衫："把衣服换了。"说完，他就出去了。

姜暮这身沾了血的毛衣是不能再穿了，她换上了那件套头衫，听见他在外面问道："换好了没？"

"嗯。"

靳朝走了进来，递给她一杯水："喝掉。"

屋内开了暖气，温暖的环境让姜暮犯困，她接过水杯捧在手心。

靳朝又对她说："坐着喝。"

姜暮往后退了一步坐在他的床边。她刚坐下，靳朝就走到她面前，半蹲下来，握住她的左脚踝，将她的裤脚向上撩。他的触碰把姜暮吓了一跳，她几乎下意识地收回腿，问他："你干吗？"

靳朝抬起眸看着她："我手上有刺？"

"不是这个意思。"

"那是什么意思？"

靳朝依然半蹲在她面前，这样几乎和她平视。姜暮无法解释自己过激的反应，前阵子那种羞耻的感觉又来了，靳朝的手指就像带电一样，会让她紧张，心跳加速。

靳朝见她拒绝沟通的模样，轻叹了一声，问道："疼吗？"

姜暮有些错愕，她不知道靳朝是怎么发现她腿有伤的，只是收回视线看着他，可怜巴巴地点点头。

她喝醉酒的时候看上去不太聪明，连扭头的动作都是迟缓的，靳朝只能半哄半诱道："疼就给我看看。"

不知道是不是连夜开车赶回来有些疲惫的缘故，他的声音里透着丝沙哑。平时倒不觉得，可现在深更半夜两人共处一室，姜暮竟然因为他的声音红了脸。

靳朝抬眸看了她一眼，再次提起她的脚踝，卷起她的裤脚，才卷了几道就看见她小腿上的一片乌紫，靳朝的脸色立即就变了。

"谁弄的？"

姜暮虽然有些迷糊，但还是记仇的，对他说："就那个……小平头。"

靳朝没再说一句话，他这个样子的时候总是让人觉得有些可怕。姜暮弯下腰，像说悄悄话一样小声对他说："我好饿。"

靳朝抬起头看着她："没吃饭？"

姜暮摇摇头。靳朝利索地站起身出去了，回来的时候带着关东煮和药。他把吃的递给她，说道："只有卖这个的，总比泡面强点。"

于是姜暮吃着关东煮，靳朝帮她上药。她吃着吃着突然惆怅起来。也许是终于有食物填肚子了，姜暮又想起了靳朝过去的那些事，她突然将手中的肉串伸到他嘴边。

靳朝怔了一下，他不太习惯别人对他如此亲昵，这么多年似乎没有人会对他这样。他垂着眸道："你吃你的。"

姜暮好像跟他较劲一样，用命令的语气娇嗔道："不行，有我一口就得有你一口。"

靳朝几乎可以断定她还醉着，只能依着她咬了一口。

姜暮直接将脸伸到他面前，问他："好吃吗？"

靳朝一晚上奔波到现在没歇下来过，哪能吃出什么味道？只是看着她红润的唇、水汪汪的眼、微醺的小模样，他只得顺着她的话说："不错。"说完以后，他就发现他根本就不该评价，因为接下来姜暮每咬一口都要再递给他吃一口，还用一双含着水光的眼睛注视着他，就好像

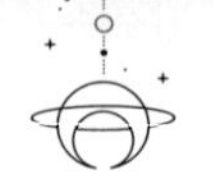

他饿了三年没吃过东西一样，明明是买给她吃的，结果她一个劲地往他嘴里塞。

等他把吃完的竹扦拿出去扔掉，再回屋的时候，姜暮已经倒在床上睡着了。他帮她把鞋子脱了，怕她贴着床边睡会掉下来，又把她往床里面推了推，给她盖上被子。

姜暮迷糊地小声说了一句话。靳朝没有听清楚，就低头凑到她面前问道："什么？"

凌晨的夜静得悄无声息，姜暮身上有淡淡的酒气和少女的体香，融合在一起像奶油的味道，靳朝的喉结轻轻滑动了一下。他刚想直起身子，听见她带着微甜的声音在他耳边问道："你说等我长大，还算数吗？"

"哥哥，你做爸爸，我做妈妈，我的小兔子做我们的宝宝。"

"不玩这个，幼稚死了。"

"哥，你陪我玩会儿嘛，我都陪你下棋了。下次我也不陪你玩了，哼。"

"你还会威胁我了？磨人精，说吧，我要干吗。"

"你拿着这个包包去房间外面上班，我要抱着我们的宝宝做饭啦。"

"……"

叩叩叩。"开门。"

"重来，你要说：'亲爱的，我回来啦。'"

"我说，你这些乱七八糟的东西都是跟谁学的？"

"幼儿园的小男生都会，你为什么不会呢？朝朝，你这样，我们幼儿园的小女生都不会选你当老公的。"

"嘀，不要叫我朝朝，没大没小的。"

"朝朝，朝朝，朝朝，没关系的，没人选你当老公，我可以选你，你出去上班，买好多好多好吃的给我。"

"做梦。"

"我要吃巧克力甜筒、棉花糖、小熊饼干还有薯条，好多好多……"

"……你找不到老公了。"

"那你可以当我老公呀，好不好吗？好不好吗？好不好吗？不然就没有人买好吃的给暮暮了。”

“靳暮暮，你真的很烦人，等你长大再说。”

几乎每次玩娃娃家都会绕到同一个话题，姜暮缠着靳朝娶她，直到靳朝被缠得烦了，他就会以“等你长大”作为这个无休止话题的终结词。

那时姜暮太小，哪懂得什么亲缘关系、道德伦理，即使长大后每每想起从前缠着靳朝玩娃娃家的事，她也只是觉得自己小时候的想法很荒唐，当然也并没有放在心上。

直到来到铜岗后，特别是最近一段时间，她才频频想起这些过往。她不知道当时比她大五岁的靳朝在明知道他们没有任何亲缘关系的情况下跟她说等她长大的时候，有没有在某一刻真的有过这个想法。

当晚金疯子没走，他跑去隔壁三赖那里窝了一晚，早上起来去万记上班前，想起昨晚跟姜暮说的事，还跟三赖提了一下。

三赖当即拍着他骂道：“你是不是有大病？你跟个小姑娘扯那些干吗？你还真是个名副其实的疯子。”

金疯子含含糊糊地说：“我不是喝多了嘛，你帮我跟有酒打声招呼。”

没有人想把自己最不堪的一面摊在一个毫不知情的人面前。三赖没想到，靳朝不想姜暮知道的他的那些破事，最后还是被金疯子无意间捅破了。

于是，早上靳朝站在修车行门口接完一个电话，三赖便走了出来，故意干咳了几声，然后把金疯子跟他说的事转告了靳朝。

靳朝只是沉默地听着，抽完一根烟，他的神情并没有什么变化，如果有，大概就是眉宇之间的阴影越发重了些。

三赖看了他几眼，试探地问道：“昨晚回来后姜暮有没有对你说什么？”

靳朝忽然眼神古怪地盯着他看了一眼，然后默不作声地进了维修间，看得三赖也很迷惑。

Chapter 11

后院的秘密

“我写给你的信，你从来没有回过。”

姜暮早上是从床上惊醒的，她想到的第一件事就是，完了，天都大亮了，上学肯定迟到了。等她匆忙洗漱完冲出淋浴间的时候才发现，没有书包，这才反应过来今天好像是周日。

她刚松一口气，紧接着想到了闪电，落下去的心又提了起来，赶忙套着靳朝的外套继续往外冲。她走到维修间的时候看见靳朝和一个男人站在修车行门口,他随手发给那个男人一根烟。姜暮听见男人问他：“什么时候？”

靳朝的声音听上去有些严肃：“过几天，你最好少往这儿跑。”

姜暮往外走的脚步慢了下来。正好这时小阳去完洗手间回来，那个男人话锋一转，问靳朝：“老板，多少钱？”

靳朝挥了下手：“开走吧，不要钱。”

那个男人对小阳着点了点头：“那麻烦你们了。”

小阳笑着回道：“打个气，小事，下次有问题再来。”

“行。”说完，那个男人站在车边，将手中的烟抽完。

姜暮走出维修间，看见三赖蹲在宠物店门口端着大碗吃面，目光倒是一直似有若无地落在那个和靳朝说话的男人身上。姜暮不禁又盯着那人看了一眼。

那个男人约莫40岁，脑门很宽，鹰钩鼻，穿着藏青色羽绒服，脚上是一双老式皮靴，长得挺精神。他明明背对着姜暮，在她打量他的时候，他立即转过视线，盯着姜暮看了一眼。

姜暮扭回头问道："那人是谁啊？"

三赖慢吞吞地收回目光，又不紧不慢地回道："客人呗。"

姜暮拿出手机对三赖说："你把宠物医院地址发给我，我马上去趟医院。对了，昨天后来怎么样了？"

三赖将大碗放在旁边，一边给姜暮找地址，一边对她说着他回到伍石村后的情况。

西施果真和大光结下了不解之缘，谁都不咬，专盯着大光咬。奈何这只狗是三赖的，没人敢动，只能拿条绳子将它五花大绑，扔在院中。三赖赶回去的时候，大光的裤子都被西施咬破了，他光着腚站在院子里骂街，屁股上都是狗牙印，嘴里还一个劲地说他狂犬疫苗抗体能管半年，得亏咬的是他。

据三赖的转述，那四个人都是渣渣，实力太弱，打了半天谁都没把谁撂倒，要是他在，不说别的，分分钟就能让大光跪着唱歌。

姜暮现在已经明白三赖的聊天技巧了，总之，无论跟他扯到什么，他都要想尽办法、绞尽脑汁、挖空心思猛夸自己一顿，关键是拐得一点都不生硬。她从他的话中大概能听出来，昨天四个人虽然干了一架，但应该都没大事。他过去的时候，警察也在那边。后来几个人一起去了趟派出所，虽然他们偷狗是违法行为，但并不构成犯罪，所以还是被行政处罚，今天万记会来人谈赔偿问题。

姜暮想到万记的人还要来，心里就不痛快，她现在多看那些人一眼都觉得糟心。

三赖将地址发给姜暮后，又抬起眼对她说道："听说小扁昨天把你夹伤了？放心，他的好日子也到头了。"

"什么意思？"

三赖继续端起他的大碗，告诉她："你的朝哥哥交代过了，金疯子早上找万老板把小扁调到他那边去了。你知道老金为什么叫金疯子吗？"

姜暮摇摇头。

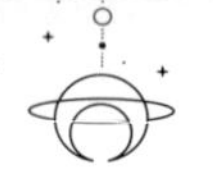

三赖笑道："因为他疯啊，哈哈哈哈哈……"

三赖的笑声太过魔性，本来还在忙的靳朝也瞧了过来，姜暮看到靳朝的眼神总感觉莫名地心虚。她大概能回忆起自己昨晚干了点丢人的事，例如，把自己关在淋浴间吐了半天，不想让靳朝听见还赶他走，后来又莫名其妙地喂他吃东西。虽然这些事情不像正常人干出来的，但她到底喝了酒，喝多的人难免做出一些丢脸的事，这应该也不算什么。

可是不知道为什么，她总感觉今天早上靳朝看她的目光带着点不一样的意味，有审视，有研究，还有些说不清道不明的东西，并且他有事没事就瞧她一眼。姜暮感觉自己像被放在蒸锅上一样，哪儿哪儿都不自在，总感觉自己可能在不知情的情况下干了什么羞耻的事情。所以她匆匆地跟靳朝说道："我去宠物医院看闪电，衣服晚些还你啊。"说完，她看都不看他就去路边拦车。

靳朝盯着她的背影问："你的腿能走吗？"

"能，没大碍。"说完，姜暮就一溜烟地跑没影了。

到了医院看见闪电的惨样，姜暮的心又沉了下去。闪电依然闭着眼趴在那儿输液，她过去叫了它两声，它的眼皮子动了动，但仅仅是动了动，情况很不好。想到它好好的时候活蹦乱跳的样子，姜暮就难过。但她现在能做的只是让医院尽力救活它，别无它法。

闪电需要继续住院，姜暮只好先回到靳强家，将衣服换下来。靳强正好下夜班回到家没多久。昨天姜暮喝醉后，靳朝和靳强打过招呼。

靳强看到姜暮穿着靳朝的外套回来，欲言又止了一会儿，然后对她说："你妈昨天给我打了一个电话，说她周六就到铜岗了，我本来想请她来家里吃顿便饭，她好像带着那个外国老头儿，不愿意过来。反正我意思到了，她不来也就算了，你最近就尽量少往小朝那儿跑。"

姜暮本来准备进屋，听见这句话突然回过头来看着他："为什么？"

这三个字问得特别认真，靳强不太自然地说："不是马上快放假了嘛，学校的事要抓紧。"

姜暮看了靳强一眼，点点头，什么话也没说进了房间。她将靳朝的衣服换了下来，然后把衣服叠好放进一个袋子，随后做了会儿题，又看了会儿书。

临近傍晚的时候，姜暮提着靳朝的衣服出了门，但是这一次她没有直接跟靳强说去哪儿，只告诉他一会儿就回来。

姜暮赶到修车行的时候，门口停着一辆眼熟的红色跑车。万记果然来人谈判了，只不过姜暮没想到来的人居然是万青。她突然想到那次和三赖的对话。

“有酒不可能要她。”

“为什么？”

“她是万老板女儿。”

那时候姜暮还不能理解，然而此时再看见万青，她突然就明白三赖话中的意思了。

她走进维修间，径直走向靳朝，把手中的袋子递给他时，听见万青对他说：“有酒，你说句话，这事儿怎么解决？”

靳朝只是从姜暮手中接过袋子，声音清冷地说道：“狗不是我的，你问她怎么解决。”

门口还站着两三个男人，姜暮不认识，但他们应该也是万老板的人。

万青听见靳朝这句话，神色微僵了一下，她没有看姜暮，而是盯着靳朝说道：“你拿个态度出来。想让小扁他们过来认错，还是我直接撵他们走，只要你一句话。”

靳朝缓缓地转过身看着她：“好啊，我一句话就可以？那让你爸亲自过来。”

万青的脸色立马变了，她对着靳朝说道：“他是我爸，你就不能——”

“不能。”靳朝没有给她继续讲下去的机会。

姜暮站在靳朝和万青中间，她能非常清晰地感受到两股相冲的气流在空气中涌动。

三赖走过来，把姜暮拉开并对她说：“帮我搭个手。”

姜暮一步三回头。修车行门口剑拔弩张。这边西施浑身是泡沫，

老老实实地站在水槽里。姜暮脱掉外套，撸起袖子，一边帮西施揉搓着毛一边问三赖："万青她……她是不是挺喜欢靳朝的？"

三赖嘲讽道："何止是喜欢啊，就差把'求娶'俩字贴脸上了。"

听三赖提起，姜暮才知道万青和靳朝是在万记认识的。靳朝长得好，肯吃苦，脑子也灵活，没多久被万青注意到，她经常往靳朝那儿跑。一些小工私下开靳朝的玩笑，说他是万家的准女婿，以后这铜岗万记的产业都要便宜他了。

三赖絮叨道："女人就是奇怪。有酒上学那会儿也是，目中无人，对女人冷言冷语的，但就是有大把大把的姑娘凑上去，你说，图啥？"

姜暮回答不上来，因为在她眼里，靳朝并不是目中无人，只是更多时候他不愿意和别人走得太近，经历过太多次分别的人总是会情不自禁跟他人保持距离感，她也会这样。于是她问道："靳朝和万青……在一起过吗？"

三赖沉默了好久，直到把西施身上的泡沫全部冲掉才开口道："我也不知道。"

"……"

"有酒的妹妹，哦，另一个妹妹，你知道的，小青蛇替她介绍了一个老中医，效果挺好的，后来病情控制住，没再继续发展。之后有酒对她态度好了点。可能是为了感谢她，还请她吃过几次饭，俩人在没在一起过不好说，反正后来出了那事，他们是不可能再来往了——就金疯子跟你说的那事。"

姜暮不知道，是万青和靳朝在一起后，靳朝发现那件事后提出分手，还是快要在一起时两人闹掰了。看刚才万青的反应，她大概是意难平的。其实上次万青出现时她就能感觉到，只是这次的感觉似乎更加强烈了。

姜暮把手擦干净，从三赖店出去了，到了修车行门口发现万青居然还没走。

万青她看见姜暮出来了，直接开口问她："有酒既然说找你解决，那你开个价吧。"

姜暮心里有气，气万记的人干这些破事，不仅仅是闪电这件事，还有对靳朝造成的不可磨灭的伤害。虽然这些事也许跟万青并没有多大关系，但她实在对万青友好不起来。她看了万青一眼，反问道：“你是不是觉得钱是万能的？那青姐你的命值多少钱呢？”

小阳和铁公鸡大概准备下班了，这会儿没事，一人啃着一个苹果在门口围观。靳朝没再理这群人，半弯着腰在维修间门口摆弄东西。

姜暮说完，没有给万青回话的机会，直接扭头问小阳：“还有苹果吗？我也想吃。”

小阳从里面拿出一个苹果，帮她洗了一下就扔给她。姜暮抬手接过，咬了一口发现苹果是面的，不是脆的。她几步走到靳朝身前。靳朝侧过头，姜暮直接将苹果递给他：“面的，我不吃。”

靳朝眯起眼睛发出一道充满探究的光。昨晚姜暮醉着做那些荒唐的事也就算了，现在她显然是清醒着的，并且很清楚自己在干什么。但他依然弯腰咬走了她吃过的苹果。他的纵容让万青愣怔。姜暮转过身来，面无表情地看向万青：“我会让医院把账单直接发给你们。”

万青又看了一眼靳朝，没再久留，带着万记的人走了。

姜暮站在修车行边，直到看见车尾消失，听见她身后突然落下的声音：“挺自信啊，凭什么觉得我一定会吃你吃过的东西？”

姜暮没有回头，眼眸微动：“难道你还想继续被她纠缠？”说完，她转过身来，抬起视线瞧着他。

傍晚的霓虹和霞光交错，她的脸被染成绚烂的色彩，黑白分明的眼睛里星光点点，清澈见底，像冉冉升起的旭日，赤忱、坦荡，让他看见了曾经的自己。靳朝唇边终于露出一丝笑意。

姜暮本来打算还了衣服就回靳强家的，走前顺便和小阳聊了几句闪电的情况。正好这时有个车主才下高速，车子就遇到了点问题，便一路开到飞驰，想让他们帮忙看看。这个车主还要继续赶路，靳朝喊

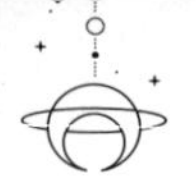

了一声铁公鸡。铁公鸡是从后面棚院过来的，过来时只是将门轻轻带了一下。

姜暮用余光瞥了一眼，对小阳说："那你忙去吧，我一会儿就走了。"

小阳丢下手中的东西，也出去查看那辆车的情况。维修间此时空无一人，姜暮慢悠悠地往休息室走去。在快要走进休息室时，她回头看了一眼门口那几个人，大家都在忙，没人注意到她。于是她脚步一转，直奔棚院。

门果然没有锁，姜暮直接拉开，身影消失在门后。

铁公鸡刚才忙活的东西还散落在地上，好些汽车零件和工具。姜暮抬起脚尽量避免碰到那些东西，小心翼翼地往里走。院子角落那个被大篷布盖着的东西又回来了。

她发现好几次了，但凡靳朝出去，这个东西也会跟着消失，靳朝回来，这个东西就被放在棚院的角落，被大篷布盖着，神神秘秘的。这个东西甚至曾经在她的梦中出现过，她实在很难按捺住好奇心。此时四下无人，她的脚步不受控制地径直朝那块四方的篷布走去，心跳也在不断加快，脑海中闪过各种可能。管制器具？违禁品？抑或是其他什么见不得人的东西。

她蹲下来，掀开大篷布一角伸头一看。入眼的是一只汽车轮胎，再掀开一些，一辆车跃入她的眼中，只不过车身用泡沫海绵护着，从篷布外面压根儿看不出车子的形状。

这是一辆再普通不过的黑色汽车，完全不是姜暮之前脑海中想象的那些危险的东西。就在这时，棚院里突然响起一个声音："你在干什么？！"

姜暮下意识地丢掉大篷布，转头看，靳朝的身影就立在棚子下，太阳已经完全隐没，棚院内没开灯，黑暗的光线让靳朝的轮廓看上去像冷锋过境般透着寒意。

姜暮故作镇定地说："我就看看。"

靳朝的目光无声地扫过她，像劲风扫过并在她脸上留下口子般锋利，随后道："看好了就出去。"

姜暮却指了指车子："这辆车是谁的？你的吗？"

靳朝只是“嗯”了一声。

姜暮不死心，继续问道：“为什么从来没见你开过？”

靳朝只是侧过身子拉开门瞧着她，她又问了句：“那你能开它送我回去吗？”

“不能。”靳朝回得果断。

见姜暮皱起眉，靳朝对她招了招手，姜暮走了过去。他顺势将她推进维修间，带上门，锁好，对她说：“那车子开不了。”

姜暮还想说些什么，靳朝直接对小阳喊道：“你下班吧，把车给老杨，顺便将暮暮送回家。”说罢，转头对姜暮说：“我还要忙会儿，让小阳送你走。”

姜暮抿了抿唇，只能跟着小阳离开修车行。

路上，她向小阳打听了后院那辆车。小阳说，那辆车是去年铁公鸡和靳朝盘来的车，有点故障，上不了路。

可姜暮分明见过那辆车在棚院消失，如果开不了，那么重的车子总不能被人抬着跑吧？而且靳朝三番五次让她别进棚院，姜暮总觉得靳朝在刻意对她隐瞒什么。她又想到了早上看见的那个宽脑门、鹰钩鼻男人，他的鼻侧翼还有道淡淡的疤，看人的眼神不太友善，给她的第一印象特别像纪录片里的大毒枭。

所有事情串联在一起，姜暮总感觉靳朝在秘密地干些事，很显然，他并不想让她知道这些事情。可靳朝越是这样，姜暮就越想搞清楚。她记得刚来铜岗没多久，有一次靳朝和铁公鸡他们去附中找章帆拿过一份图纸。

第二天到学校，姜暮就去找章帆。当她的身影出现在1班门口的时候，章帆也很诧异。他晃啊晃地走出教室，身后一帮兄弟都在起哄。

章帆笑着问道：“找我什么事啊？”

姜暮没有绕弯子，开门见山道：“你哥是做什么的？”

“啊？”章帆也很蒙，没想到姜暮特地来找他，问的却是他哥的情况。

章帆告诉姜暮，他哥在一个国产汽车公司的总装车间上班，工厂在安徽，他哥一年还不见得能回来几次。再多的情况，他也不清楚。

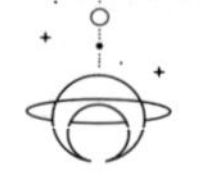

临近过年，天气越发寒冷。铜岗没有很高的建筑，城中还有很多违章建筑和自家盖的二层小楼没被拆，一场大雪倒为这些矮房覆上了几丝童话的气息。

由于天气恶劣，放假前最后几天的晚自习取消了，姜暮每天早早放学就去宠物医院陪闪电。果真如金疯子所说，闪电命硬，在医院的悉心照料下，情况似乎一天比一天好。现在它已经能吃一些流质的东西，只是腿被打断了，还需要很长一段恢复期才能走路。

宠物医院的工作人员告诉姜暮，小家伙虽然吊着口气，但什么都知道。平时它趴着，一动不动，谁逗它，它都不理，但一到下午一点左右、晚上七点，它就支棱着脑袋在笼子边张望。

姜暮近来不上晚自习，六点多放学，到宠物医院时差不多是七点。从护士口中，她才得知，每天中午一点左右靳朝会过来绕一圈，待的时间不长，只是看看闪电的情况，和医生聊上两句。

尽管每次靳朝提起闪电都会冷淡地撇清关系，说闪电不是他的狗，可他依然会在意闪电的安危，亦如闪电始终忠于他一样。

伤口可以愈合，疤痕却永远留在身体上，磨灭不掉。那天万记人的嚣张和残忍，都刻在姜暮脑海中。可万记在铜岗就像地头蛇般存在着。她不傻，经过这么多事情，她能感觉出来，三赖虽然整天一副混日子的模样，但他在当地是有点背景的，可在这几次冲突中，就连他都不会动万记的人，这说明其中的利害关系远比她想的要复杂。如果连她都无法咽下这口恶气，靳朝会放任那些人一次又一次来挑衅吗？他的隐忍、低调和退让总让姜暮有种不好的预感，从金疯子口中得知靳朝的事后，她并没有感觉到豁然开朗，反而心头蒙上更大的阴影。

靳强并不知道姜暮的晚自习取消了。姜暮从宠物医院出来，依然去了修车行。靳朝见她过来，隔得老远便把烟掐灭了。

姜暮径直走到他面前，对他说：“我妈过几天来铜岗，说带我回苏州过节，我可能要开学前才能回来。”

靳朝依然低头忙着，什么话也没说。

姜暮蹲下身，歪着头看他："你不想对我说什么吗？"

靳朝抬起眸："你想让我说什么？"

"我的意思是，我在铜岗待不了几天了。"

"嗯，给你办个饯行酒？"

姜暮笑了起来："也不是不行。"

靳朝眉头舒展了几分，对她说："进去吧，外面冷。"

姜暮脸上的笑意浓了些。靳朝终于让她留下了，不管是不是因为没几天她就要走了，还是什么别的原因，起码他不再对她冷冰冰的了。

姜暮走到维修间门口的时候，突然回过头瞧着他："你过年要回爸家过的吧？"

靳朝侧头看向她，沉默了一会儿，才"嗯"了一声。

姜暮走进休息室。等到九点多的时候，靳朝去了三赖那里。她盯着维修间门口看了半天，突然起身在铁皮架上翻找了一会儿，并没有发现什么东西。她又走进靳朝的房间，在那一排书中找了一会儿。大冷天的她出了一身冷汗，感觉像在做贼一样，于是一边放缓动作，一边听着外面的动静，依然一无所获。

就在她准备重新回到休息室的时候，目光突然落在那个简易衣柜上，她记得靳朝从柜子底下拿过创可贴和棉签。于是她轻手轻脚地拉开那层抽屉，看见一堆杂物下面果然压着两本书。她把书拿出来，在其中一本书的内页中发现了一沓叠得四四方方的图纸。她伸头看了一眼房间外面，然后打开其中一张图纸拍了张照片，又迅速将它叠好放回原位。之后，她走进休息室收拾东西，很快将书包一背，对三赖和靳朝说了声"走了"，然后出门拦了辆车。

路上，她将那张图纸照片截了一角发给潘恺，让他查查看这是什么东西。

潘恺果真很给力，第二天就告诉姜暮结果了。他把图片给他家厂里的老师傅看过，是进气冷却器，安装在汽车涡轮增压器出口和进气管之间，类似于散热器。

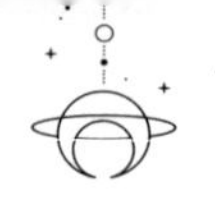

果真如姜暮所猜测的，那几张图纸和汽车内部构造有关，她立马联想到棚院里那辆车，到底是车子上不了路，还是根本不能上路？

赵美娟管不了靳朝，而靳强这么多年来对靳朝是什么心态，其实姜暮也很迷惑，就她来铜岗的这段时间观察，靳强很少过问靳朝的事，除了有必要的事会联系靳朝，也谈不上关心，大概只要靳朝活着，并不在乎他在外面怎么混。如果靳朝真干什么危及生命的事，姜暮无法坐视不理。

姜暮想知道靳朝在干什么，但她也清楚从他口中是不可能问得出的，而那辆车就是最好的突破口。她甚至想到，只要掌握那辆车的动向，说不定就能知道靳朝不在修车行的时候去了哪儿。

有了这个想法就有了具体的操作方向，比如安装追踪器。但是追踪器是什么样？去哪儿买？怎么安装？这些都是姜暮的知识盲区。

她问潘恺："你知不知道怎样才能掌握一个人的动向？"

潘恺笑了起来，说："一看你就是没有恋爱经验。"说完还给自己找补一句，"别误会啊，我也没有。"

姜暮蹙了下眉："跟恋爱经验有什么关系？"

潘恺越说越来劲："手机定位啊。怀疑老公出轨就用手机定位他，现在这个功能多强大啊，行踪轨迹能查得一清二楚。"

一句话让姜暮犹如醍醐灌顶："你真是个平平无奇的小天才。"

潘恺被夸得挺不好意思的，他又问道："你要定位哪个啊？要不要帮忙？"

姜暮对他做了个噤声的手势，潘恺跟着她放低声音："反正放假期间我都在家，你有事就招呼我一声，我骑摩托车十分钟就能到你家。"

马老师进来了，两人自动停止交谈。马老师说了几句放假的注意事项和返校时间就结束了。

当天放学后姜暮就找到一家卖手机的店，花了几百块买了部带定位功能的旧手机，设置好受控端，将手机调为静音状态，充满电，然后等待时机。

放假了，姜暮可以从早到晚都待在修车行。这几天靳朝和铁公鸡去棚院越发频繁了，姜暮虽然表面上并不在意他们的动作，但暗地里一直留意棚院的动静，寻找合适的机会。

周四中午，靳朝带小阳出去了，铁公鸡一个人在棚院里忙活，不时传出发动机的声音。修车行来了个客人，姜暮喊了一声铁公鸡，他出去的时候，姜暮瞅准机会溜进了棚院。棚院没有其他车，发动机声应该来自这辆黑色的车子。姜暮拉了下车门，车子果真没有锁。她摸索了一遍，最后打开后备厢，将手机放在后备厢垫布的下面，贴着边。确认位置非常隐蔽，很难被发现后，她迅速关上后备厢，溜回休息室。彼时铁公鸡还在修车行门口跟那个车主聊车子的问题，并没有在意她。她打开自己的手机搜索定位，目前那部旧手机的定位红点和她的位置是重叠的。

晚上，姜暮回到靳强家后，又把定位搜索打开，旧手机的定位在铜仁里87号，一晚上没有动过。

第二天白天，那辆车依然没有挪过位置，直到晚上。姜暮始终把定位开着，不时扫上两眼。九点多的时候，她洗完澡进房间，再次打开手机瞧，突然发现红点位置变了，并且隔几分钟就刷新一次，向东边行进。她赶忙一边换衣服一边拨打潘恺的电话。

潘恺正在打游戏，突然接到姜暮的电话，很诧异："姜姜，你找我有事啊？"

"定位往东移动快出铜岗了，那边是哪儿？"

潘恺一听立马来了精神："追不追？"

"追。"

"来了。"

潘恺上初中的时候有段时间特别沉迷于游戏机室的摩托车，奈何游戏比不上现实过瘾，听说有追踪定位如此刺激的事情，他立马赶了

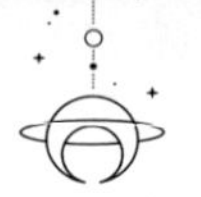

过来。姜暮已经全副武装在楼下等他，接过潘恺递来的头盔就跨上车对他说：“你先骑，我告诉你往哪儿走。”

潘恺一副气势汹汹的模样，回道：“没问题，包在我身上。”

姜暮一看他这架势，心说，稳了。

摩托车一拐上街，姜暮立马就蔫了，她是感受过靳朝骑摩托车的速度和技术的，眼下突然坐上潘恺的摩托车，看着身边一辆辆掠过的电瓶车，她无语地说道：“你这车是没油吗？”

潘恺不好意思道：“我不常骑，你先让我适应适应。”

姜暮看着红点越来越远，着急得很，然而潘恺力不从心，直到开出城区才敢把速度稍微加快一点。好在红点到东郊的时候就停下了，没有再移动。

姜暮把地图放大给潘恺瞧了一眼，问他那里是什么地方。潘恺奇怪地说道：“那里没东西啊，就是荒地，跑那儿去干吗？”

眼看离红点越来越近，姜暮提醒他：“你骑慢点，别被发现了。”

潘恺胸有成竹地回道：“放心。”

一路上人和车越来越少，跟着导航，他们上了一条荒无人烟的新大道，一路畅通无阻。潘恺突然兴奋起来，就像一匹脱缰的野马，仿佛根本停不下来。冷风呼呼地吹，吹出了一种劲风小子的帅气感，让他沉醉其中，以致看到前方的大道边上停着一辆闪着车灯的汽车时，他还吼了一声：“姜姜，你看，那里有辆GT-R。”

“……”

在他的吼声中，姜暮看见了夜色下那辆低调的黑色汽车。柏油马路似乎刚铺好没多久，道路两旁没有路灯和植物，那辆车打着大灯突兀地停在路边。姜暮一眼就看见靳朝靠在车门上，嘴上叼着烟，星火闪烁，划破漆黑的夜，他神色不明地侧头盯着他们来的方向。然后潘恺当着靳朝的面骑车驶过。

姜暮心中大骇，整个人都缩在潘恺身后拿手挡着脸，愤愤道：“我叫你骑慢点别被发现！”

潘恺还警惕地四处寻找："啊？我们被发现了吗？"

身后响起了两声汽车喇叭声。潘恺停了下来，回头看去，又瞧了瞧手机上的定位，看到位置已经重合了，他突然抖了一下，吃惊地说道："啊，我们被发现了！"还好不是去打仗，不然他已经死了。

姜暮没好气地说："回去吧。"

本来掉头就行，但潘恺大概不擅长，他硬生生地沿着空旷无人的马路绕了一个大弯才又往GT-R开去。

直到开到近前，潘恺才认出靳朝，激动地叫道："头七哥，原来是你啊。哟嗬，这么巧？！"

姜暮此时只想伸长胳膊掐死他。

靳朝皱了下眉，看着他越来越近却完全没有减速的意思，提醒道："刹车。"

潘恺像是突然反应过来，一踩急刹车，但没刹住。靳朝抬起右脚蹬在他的摩托车前轮上帮了他一把，此时摩托车仅差一米就撑上GT-R了。

姜暮被惯性甩得身体直接朝潘恺撞去，条件反射般抬起双手一巴掌拍在潘恺背上。潘恺被拍得往前栽去，对着站在车前的靳朝就是一个标准的九十度鞠躬。

靳朝收回脚，淡淡地说："别拜了，没钱。"

潘恺赶忙直起身子，嬉皮笑脸道："我有我有。头七哥想吃什么，我请客。"

靳朝没理他，看向姜暮。

姜暮更尴尬了，不知所措，生硬地说道："我要是跟你说，我和潘恺是出来找烧烤店的，你信吗？"

靳朝不紧不慢地从裤子口袋里拿出一部旧手机，在掌心转了一圈。姜暮两眼一黑，听见靳朝对她说："还不下来？"

姜暮老老实实地从潘恺摩托车上下来了，解下头盔还给潘恺，低着头走到靳朝面前，一脸犯了错的表情。

靳朝抬了抬下巴示意她："上车。"

姜暮走到副驾驶座拉开车门，转头看见靳朝站在外面跟潘恺说话，潘恺连连点头，然后弯腰对着姜暮挥了挥手，骑着他的小摩托晃晃悠悠地走了。

靳朝看着潘恺左摇右摆的模样摇了摇头，拉开门上了车，扭过头来，漆黑的眼眸落在姜暮身上，带着该死的压迫感。姜暮默默撇开视线，听见他开口道："半个小时就能到，我等了一个多小时，你真敢坐。"

姜暮心虚地将目光飘到窗外："你知道是我？"

"不知道。"

靳朝重新发动车子："所以在这儿等等看能等到谁。"说罢，用阴恻恻的眼神剜了她一眼，"能耐了？"而后把旧手机扔到她腿上。姜暮咬着牙说不出一句话，只感觉脸上火辣辣的。

夜色越来越浓，车子在漆黑的大道上行驶，纵使靳朝开着大灯，前方也是漆黑一片，车子被黑暗吞噬，仿佛是照不亮的未来，看不见的尽头，这就是姜暮此时此刻的感受——对靳朝最真实的感受。

车内气压空前地低，姜暮的心口像被大石压着，无法顺畅地呼吸。

寂静的夜，空荡的街道，只有她和靳朝的环境，让她突然有点不管不顾，扭头对着他说道："我听见三赖对你说的话了，你要去干不要命的事。也许你觉得可笑，我刚来铜岗听见这件事时就淡定不了，是不是特不能理解，不能理解我为什么会这么担心你？也许你只是把我当儿时的玩伴，也许你觉得我只不过是来上一年学，走了以后就跟你没关系了，是吗？"

姜暮的声音不禁带着点颤音："当然了，你怎么可能理解？如果你能理解，就不会这么多年也不肯回来看我一眼了。我等到第二年的暑假，你没有回来，第三年、第四年你还是没有回来。我给你写信，你一封都没有回过，从小升初到初升高，你从来没有回过。我知道你不会回来了，但每隔一段时间我还会回到原来我们住的那个地方，在楼道里的广告单上写下我的联系方式，就怕你突然回来了找不到我。

"后来我甚至想，你是不是把我忘了。我真的很讨厌补习班和写不完的作业，但是我不敢松懈，我怕你哪天回来了看见我考得一塌糊涂会对我失望……”

靳朝无坚不摧的眼神终于有了一丝细微的晃动。

姜暮吸了吸鼻子，情绪激动地说：“所以我今天出来就是想知道你的安危。你觉得我自作多情也好，多管闲事也罢，我该说的说完了，你送我回去吧，我以后不会再干这些蠢事了。”

话音刚落，靳朝突然对她说道：“把安全带系上。”

姜暮这才反应过来，不知不觉中，车子已经加速了。刚才开在大道上，姜暮还觉得这辆车看着挺普通的，可这会儿发动机突然叫嚣起来，她匆忙拉过安全带，还不知道发生了什么事，靳朝就一脚油门下去，强烈的推背感让姜暮的心脏顿时狂跳起来。她扣上安全带，看见靳朝眉峰紧拧，后面传来汽车的咆哮声。

姜暮这时才回过头去，看到有两辆车子紧紧咬着他们的车屁股。靳朝一个甩尾，直接从光秃秃的坡道开上另一条路，姜暮吓得惊道：“怎么了？”

靳朝脸色紧绷，双眼炯然地盯着前方，只嘱咐她：“抓紧。”

随着话音落下，他毫无征兆地急打方向盘，车子从直路猛地拐进一片废弃的工地，后面的一辆车子反应不及时，冲到了前面，但另一辆车跟着拐了过来。

靳朝眼里透出一丝张狂的狠意，带着姜暮横穿高低起伏的工地。姜暮双手全部攀住车扶手，眼睛紧紧地盯着后面那辆车，紧张得不敢眨眼。

就这样飙了大约十分钟车，眼看车子就要开到一个小区附近，那里还有些夜宵摊子，靳朝却将方向盘一打，原地掉头擦着一棵大树驶过，姜暮的心脏在那一刻差点就要从喉咙里跳出来。

靳朝将他的手机从裤子口袋里掏出来扔给姜暮，对她说：“知道什么是领航员吗？”

“知道……也不知道。”

“恭喜你，从现在开始成为我的领航员。解锁密码是我们的生日，

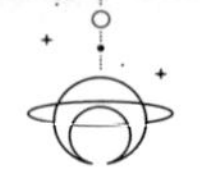

找到数字命名的App，打开置顶群定位信息，告诉我怎么走。”

就在这时，同一个路口又蹿出来两辆车，一辆车子上来就挡在他们前面故意挡住靳朝的路线，为另一辆车子开道，靳朝的方向盘开始左右摇摆，前面那辆车也跟着转向。姜暮即使被安全带绑着，依然被甩来甩去，五脏六腑都在晃动，根本拿不稳手机。她看见前面那辆车落下车窗，车主向靳朝竖了中指。后面还有车紧追不舍，更麻烦的是前面那辆车故意点刹要逼停靳朝，好几次都差点追尾，惊得姜暮一身汗。她双手抖个不停，密码输错两次，完全不知道发生了什么事，脑袋都是蒙的。

靳朝伸来一只手，紧紧握住她的手：“别怕，照我说的做，能行吗？”

靳朝宽大的手掌突然给了姜暮一股力量，让她的心神稍微稳了稳，他紧紧捏了她的手一下便迅速收回手。姜暮尽量稳住手机屏幕，输入熟悉的数字，手机锁屏解开了。她找到一个数字命名的App点开，果然一个临时组建的群里弹出一条未读信息。这个群一共有二十几个人，是全体禁言状态，只有一条定位信息。姜暮快速点开，目的地距离他们十几公里。

她焦急地对靳朝说：“没有确切地名，地图显示就是一块空地。”

“没关系，告诉我方位。”

“往西南。”

姜暮刚说完，靳朝猝不及防地一个转弯，她差点直接把手中的手机甩掉。姜暮双手死死地扣住手机，盯着屏幕说道：“目的地现在在三点钟方向。等等。”

姜暮迅速把地图放大，眼睛横扫：“前方四百米有条路，右拐。”

话音刚落，靳朝已经朝着她说的那条路拐了进去，后面那辆车还在紧追不舍。靳朝对姜暮说道：“公里数，弯道角度。”

“15公里，东北方向，40° 弯，700米后右拐。”

“地理没白学。”

“8公里，西南角，45° 弯，500米后左拐，紧接着50° 弯，右拐。”

姜暮逐渐冷静下来，不再去管车外的情况，两根手指不停地缩放着地图，五官全部拧在一起，一刻也不敢松懈："注意，800米左右有个……有个不知道什么东西，旁边共三条路都可以走，距离差不多，路况看不到。"

"选一个。"

姜暮抬头看了眼车后，那辆车居然还在跟着他们，而且越来越近。她手脚发麻，思绪却突然清晰起来，地图在她脑海中瞬间成了具象的三维立体图。她灵光一闪，说道："绕那个东西开一圈，到东面的时候直接90° 进入第二条弯道。"

"听你的。"

靳朝将油门轰到最大，姜暮也在等这个最关键的时刻，希望能甩掉后面那辆车。

果然前方出现了一栋废弃的建筑物，但地图上并没有显示。这条路上高墙围筑，常年见不到太阳，地面反着光，姜暮直起身子喊道："前面结冰了。"

靳朝面不改色，直接将车子开了过去。后面那辆车见靳朝没有停下的意思，就追着他跑了一圈。可就在这时靳朝突然猛打方向盘拐弯，松手刹给油，动作连贯、熟练，车子猛地飘进第二条弯道，姜暮甚至没有反应过来他们是怎么过去的，只感觉五脏六腑都要被甩出身体。刚进弯道，她就赶忙去看后面那辆车。她从倒车镜里看见后面那辆车失去控制，在冰上行驶，直接撞上了那栋建筑物。

刹那间，姜暮心跳骤停，惊呼出声："后面撞车了，怎么办？"

靳朝并没有停下，问道："距离？"

姜暮还在重复："那个人撞车了。"

"告诉我距离。"

姜暮手脚发凉，拿着手机的双手都在抖动，她将手机再次拿到眼前，告诉他："出弯道，十一点钟方向，800米后到达目的地。"

"你现在听我说，出了道口，你听我的指令，倒数十下的时候你来握住方向盘。"

姜暮整个人都快灵魂出窍了，颤抖着问："怎么握？"

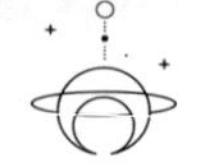

“用手握，十、九……”

车子冲出道口，姜暮赫然发现从四面八方约莫有三辆车子都在向着同一个方向狂奔，她大骇道：“靳朝，你看。”

“七、六……”

靳朝目不斜视，车子猛地开上一片沙土地，姜暮只感觉他疯狂地打着弯，车下轮胎扬起沙尘，整片沙地顿时尘土飞扬，漫天黄沙使视野变得极差，车子几乎寸步难行，冲过来的两辆车同时放缓了速度，只有一辆车几乎和他们并驾齐驱。

“三、二……”

靳朝突然打开驾驶座的车门，随着一声“一”落下，姜暮整个人向着驾驶座扑了过去并握住方向盘，余光看见靳朝的手拽着车门，身子已经探到车子外面。左边是一片残破的砖墙，砖墙上挂着一袋东西，那一刻，周围的一切仿佛调成了慢动作。疯了，这是姜暮的第一反应，她感觉眼前的场景不真实到好像某部不切实际的电影中的画面。

不到一秒的时间，靳朝便拿到了那袋东西。就在他准备关上车门时，轮胎碾过一块凹凸不平的地方，车身猛地打晃，姜暮死命稳住方向盘，车子擦着砖墙而过。靳朝接回方向盘，将袋子扔给姜暮，顺手摸了下她的脑袋，嘴角飞扬：“干得漂亮，好姑娘。”

姜暮喉咙干涩，恐惧感并没有减退，她转头看见和他们并驾齐驱的那辆车突然停了下来，并落下车窗。车上是一个剃着圆形寸头的男人，对着她比了个数字“六”，不再追赶。

再往前，沙土地的尽头停着一排车子，全部闪着大灯，将黑夜照亮。姜暮猛地去看靳朝，靳朝神色如常，放缓车速，对姜暮说：“待在我身边别乱说话，下车。”说着，他一脚油门将车子开了过去，到近旁才停下。

姜暮跟着靳朝下了车。所有人的目光都落在姜暮抱着的袋子上。姜暮下意识地抱紧手中的东西，快速走到靳朝身边，防备地注视着那些人。

靳朝接过姜暮手上的东西，顺手扔给靠坐在法拉利上戴着头巾的男人。

那个男人伸手抓住袋子，然后递给身边的一个小伙子，说道：“不是说今天不来吗？”

靳朝随意地耸了耸肩：“是没想来，万胜邦手下的几个小鬼在街上看见我的车就跟疯狗一样，硬是把我逼上道了。”

戴头巾的男人说道：“你们啊，私事别带到盟里来解决。”

靳朝神态不羁：“老子只想搞钱，你跟他说去。”

戴头巾的男人的目光来回在姜暮身上打转，他又看向靳朝说道：“不合规矩啊，有酒，你知道我们这里但凡带外人来是什么下场的。”

姜暮紧张得往靳朝身后挪了一寸，未承想，靳朝直接将她一把搂在怀里，笑道：“不是外人，是我女人，最近老怀疑我在外面有人，说我一到晚上就鬼鬼祟祟地往外跑，我再背着她出来她就要跟我提分手了。”

周围一群人都大笑起来。姜暮猛地抬起视线看向靳朝，却发现此时的他早已换了副面孔，流畅的轮廓挂着漫不经心的笑意，眼里透出风流气。在姜暮看向他的时候，他低眸对她道：“回去还生气吗？”那声音里带着哄人的意味，温柔、低浅，他像个对女人应付自如的老手。

姜暮被他搂在怀里，心跳比刚才还要快，真假难辨的话语竟然让她一时间恍惚起来。

旁边有人说道：“看不出来你有酒还能为个小姑娘这么上头，一说‘分手’就把你拿捏住了。”

靳朝抬起视线迎向那人，语气里带着丝不正经：“疼都来不及，哪能舍得分？”

旁边又是一阵哄笑。姜暮的心跳声盖过了耳鸣，靳朝不动声色地捏了下她的肩膀，姜暮收回视线，低下头，但身体依然很僵硬，靳朝的手握住她的肩膀才没让她的身体颤抖得厉害。

戴着头巾的男人从车上拿出一个信封扔给靳朝：“好好哄哄你的小女友。”

靳朝接过信封，直接递给姜暮，姜暮捏着信封，心口紧张得发烫。

对面一个男人给靳朝散了根烟，靳朝松开姜暮，低头点烟。旁边

不时有人打量姜暮，有穿着皮靴的女人，也有抽烟的辣妹，看上去都很成熟、妩媚。相比而言，姜暮清纯的样子显得如此格格不入，她站在原地，那种尴尬得要死的感觉又来了。

靳朝点燃烟后，将打火机扔给一旁的男人，顺手牵起姜暮，将她柔软冰凉的手牢牢攥在掌心。姜暮像终于找到了救命稻草，身体不自觉地向靳朝挪了挪，提心吊胆地站在他身边，看着他应付自如的模样，透着社会人的痞气和随性，什么玩笑都能接，和平时在修车行严谨、冷峻的模样判若两人。

姜暮从蹒跚学步起就是被靳朝一路牵着长大的，这么多年过来了，他的手掌变得更加宽阔有力，薄薄的茧抚着她的手背，在这个这鱼龙混杂的地方悄悄安抚着她。

Chapter 12

成为我的领航员

他无根无源，从南到北，

这是唯一始终牵挂他的人啊！

此时此刻的一切都让姜暮感到无比煎熬，无论是周围这些身份不明的人，还是当晚发生的事，抑或是现在靳朝带着温度的手，每一个纹路都烙在她的皮肤上，清晰得让她根本难以忽视。姜暮感觉自己的心脏一直飘浮在空中，那种不真实感让她脚步虚软。突然，那辆白色的车子开了过来，姜暮一眼便认出车主是在沙土地上几度和他们并驾齐驱的男人。

当时靳朝故意带起一片沙尘干扰对手的视线，只有这个男人没有减速，甚至一度超出他们半个车位，只是当时在两辆车都不能停下来的情况下，他们多了个人，所以占了点优势。

剃着圆形寸头的男人走下车来。他穿着贵气的貂皮上衣，双手抱胸靠在车边，对着靳朝说道："有酒，你的领航员有价吗？"说完，他感兴趣地盯着姜暮。

旁边一个男人插嘴道："怎么？丰少现在改口味了？也喜欢嫩的？"

梁彦丰没有答话，只是对着姜暮露出意味深长的表情。

靳朝呵笑一声，直接回道："不好意思，无价。"

梁彦丰挑着眉，几个跟他熟悉的人对着靳朝笑道："有酒，你注意点啊，丰少看中的女人，没有他哄不到手的。"

靳朝无所谓地回看着他，语气里带着几丝不屑："试试看啊。"

梁彦丰嘴边的笑意逐渐扩散，他低头点燃一根烟，又慢悠悠地抬

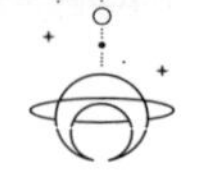

起头朝着姜暮吐出一个个爱心形状的烟圈。

姜暮没有看过这种操作，顿时判定这人不正经，一脸严肃地盯着他。

梁彦丰从来没见哪个姑娘会用一种考古的眼神瞧着自己，那撩不动的小表情让他瞬间就笑出了声。

靳朝皱了下眉，转过头平淡地看向她。姜暮尴尬地收回视线，对靳朝说：“好冷啊。”

周围光秃秃一片，夜里寒风四起，靳朝缓缓地收回目光，目光落在姜暮冻得通红的脸上。他拉开夹克拉链，眼里泛起饶有兴味的笑：“要抱抱吗？”

姜暮的瞳孔逐渐放大，眸子微微颤抖着，无法分辨现在靳朝到底是在演戏还是跟她说真的，他眼里像有钩子，溢出一种令姜暮心神俱荡的神采。相比而言，她的演技略显拙劣，她根本不敢与他有任何触碰，只是把双手伸进他的外套里，还不敢贴着他的腰，基本悬空。

靳朝低眸浅笑，直接收紧外套将她圈进怀中。姜暮的身体猝不及防地碰到他温热的胸口，被他的外套包裹着，上升的温度和熟悉的安全感瞬间将她淹没。

到铜岗第一天看见靳朝站在路边看着自己的时候是什么感受？姜暮曾想过像这样和他来个久违的拥抱，可那时候她已经知道，现在的靳朝已经不是过去的哥哥了，他不会再主动捏她的脸、冷的时候帮她焐手、没事时抱着她转圈。这个拥抱迟了五个多月，姜暮的手渐渐抬起来，环着他的腰并紧紧环住他，眼圈发酸。

靳朝对着旁边的人说道：“我对象怕冷，先带她回去了。”

其他人说着“是挺冷的，都散吧”。姜暮的神情僵住，她不知道靳朝把她拽过来是不是只为了找个借口离开。她从他怀中抬起头看他。靳朝垂眸，眼中有着难辨真假的柔情，对她笑道：“没抱够回家慢慢抱。”

旁边的男人说道：“行了，你们赶紧回去办事吧。”

靳朝抬起头，脸上挂着玩世不恭的表情和那人笑骂了一句。姜暮立刻松开手，仓皇失措地转过身去。靳朝搂着她的肩，带着她往车子那边走。可是一离开人群，靳朝就松开了她。大家都陆续上了车。一转眼的工夫，所有车子都开走了。靳朝的手机还在姜暮口袋里，一上车手机就振了一下，她将手机拿出来，看见刚才那个群解散了。

姜暮把手机还给靳朝，余光看去，他脸上哪里还有那些柔情和风流气，早已恢复往日的平淡和冷漠。所有人都被他那副样子骗了，只有她明知道那是假的，某一刻还沉溺在他滚烫的目光中。姜暮把目光移向窗外，整个人异常沉默。

靳朝不时瞧上她一眼。姜暮的表情紧绷绷的，双手死死握着安全带，明明车开得不快，可她还是很僵硬的样子，满脸愁容。

开了十多分钟，靳朝将车子拐上一道小山坡，一直开到山坡尽头才缓缓地将车停下来。

前方是看不到底的断崖，头顶是星空，四周没有一点光亮。在姜暮从小长到大的城市，似乎很难找到这样一个安静得仿若真空的地方。靳朝打开门下了车，从车后绕到姜暮这边的车门边。车子没有熄火，暖气还开着，靳朝敲了敲车窗。姜暮把窗户落了下来，他用身体替她挡窗外的冷风，点燃一根烟，深吸一口后抬起头将烟雾吹散，对她说：“打开信封看看吧。”

姜暮把一直攥在手中的信封撕开，里面是一张张百元钞票。她垂着眸，紧紧捏着那沓钱。

靳朝叼着烟望着苍茫的黑夜：“这就是你想知道的。”

姜暮的身体里涌出寒意：“为了钱。”

“不然呢？还能为了什么？”

姜暮后怕道：“刚才那个人撞了车。”

“死不了。”靳朝的语气冷淡，甚至稀松平常。

姜暮抬起眸，难以置信地看向他的背影：“什么叫死不了？是我让你绕一圈拐进二道的，我想让你甩开他，没想让他撞车。万一他有什么事，会查到我们头上的。”

靳朝将烟拿到手上，半垂着眸：“全国每天那么多车祸，都怪附近的车？”

“可是，你们这是……这是非法飙车啊，万一有人报警，怎么办？”

“能怎么办，谁知道我们在场？”

“那些人——”

靳朝嗤笑了一声：“顺便把自己供出去？”

“如果有路人看见呢？”

“我不认识那群人，这条路还能不让我走了？”

“群里那个定位，群……”

群解散了，全员禁言，没有留下任何聊天记录，现金交易，无法追查。附近是未开发的地段，连监控都没有。

姜暮突然感到一股凉意从脚蔓延至胸口，她将信封狠狠地甩在座位上，拉开车门下了车，又一把狠狠地甩上车门，盯着他：“即使做得再隐蔽又怎么样？万一出了事呢？为了钱，难道还要把命搭进去？今天是他，明天是你呢？钱就那么重要吗？为什么要过着这种命悬剑上的生活？”

靳朝的眉骨投下一片阴影，让他的眼窝深邃得像无法探索的星海，他的声音仿若从山谷里传来，浑厚、压抑，他重复低喃着：“命悬剑上的生活。”他的唇边突然掠过一丝讽刺的笑意，“那你觉得我应该过什么样的生活？”

冷风吹起姜暮的短发，她转身走向崖边，看着无际的黑暗，回答他：“不知道，起码不是这样的，不能安安稳稳的吗？”

“既然不知道，那我来告诉你。”靳朝将烟扔到泥土地上，厚厚的鞋底踝了上去，直至将烟头彻底踩入地里。

“我和靳强刚来铜岗时没地方住，租了个地下室，没有窗户没有光，白天当晚上过。只要下大雨，屋子里能淹到腿，作业、书包和床垫全泡在水里，还有老鼠尸体漂在水上，只能把桌子拼一拼当床睡觉，第二天再把积水一盆一盆往外泼。

“他听人说可以介绍他去做土石方工程，要交介绍费，就把身上的钱都交了出去。但那个人的电话直接成了空号，我们连地下室都没的住，睡过天桥，睡过马路，睡过澡堂子。你跟我说钱不重要？

“后来，他终于找了个靠谱的工作，碰上了赵美娟。他离过婚，但赵美娟是头婚，他没有房还拖着我。好不容易凑足了首付，那点工资每个月付完房贷，根本没有多余的钱。学校一要交钱我就得拿着缴费单站在他们房门口，为了两三百块难以启齿，你说钱不重要？

“二十年的房贷、无止无休的医药费，你以为靳强一个人能扛得住？他最难的时候没有丢掉我，你觉得我应该对你爸拍拍屁股走人吗？”

北方的天际挂着一颗最亮的星，无数漆黑的夜里，那颗星星指引着姜暮，她顺着它的光亮一步步走到今天。她以为，爸爸和靳朝离开她以后，她的生活从此四分五裂。在她羡慕其他孩子有爸爸，为了自己的情感需求伤春悲秋时，大地的另一头，靳朝却在为了生存苦苦挣扎，甚至连最基本的温饱都解决不了。

姜暮再抬起头时，那颗星星依然挂在北边，只是它的光变得刺眼，像冰锥一样扎进她的心脏，让她泪眼模糊。

她转过身对他说：“我妈知道吗？知道爸过来被骗的事吗？知道你们没地方住的事吗？”

暗淡的光影衬着靳朝的侧脸，他低着头。在姜暮提起姜迎寒时，他的神色到底波动了一下，只是最终归于一片死寂。他淡淡地说道：“知道又怎么样？不知道又怎么样？他们离婚了。”

姜暮几步走到靳朝面前，噙泪望着他：“即使是这样也不至于，不至于去干那些铤而走险的事。”

靳朝撩起眼皮，表情淡漠嘲弄地说：“对我来说，只要能弄到钱就至于，命悬剑上的生活又怎样？命都没了还怕悬在剑上？我不想让你看到这些事。对，你说得没错，你来这里不过就是上一年学，本来就不应该掺和进来，现在知道怕了？”

姜暮踮起脚死死地抓住他的前襟吼道：“你非要这样吗？光明大道不走，偏偏一条道走到黑？”

靳朝只是低垂着眼眸，对她说：“松手。”

“不松，我为什么要松？”

靳朝的外套被她死死地攥着，耐心已经耗尽，他最后一次警告道：

“松手。”

姜暮瞪着双眼拽得更紧：“你看我会不会松！你以为没人能管得了你了吗？”

靳朝下巴微抬，削薄的唇透出一道邪性的冷厉，他直接握住她的肩膀将她整个人提离地面，回身压在车门上，逼近道：“你想管，是吧？以什么身份管？你还以为自己姓靳？你连姓都改了，你忘了自己姓什么，我提醒你，姜暮。”

姜暮在他面前个头太小，整个人被他箍在车门上，脆弱却又固执地望着他。靳朝身上那强悍却森冷的气息铺面而来，钻进姜暮的心脏，她气得连身体都在发抖。

靳朝没有喊过她的名字，她来到铜岗后，他从来没有一次连名带姓地叫过她，就连靳强也没有。他们都是在意的吧，一个小小的姓就让他们的关系、让他们的生活从此天差地别。

她声音哽咽着问他：“所以……这就是你不回去看我的原因？你怪我们？怪妈让爸净身出户，你恨她，对吧？”

靳朝握着姜暮肩膀的手几不可察地晃了一下，他渐渐耷拉眼皮，嘴边挂着不屑的弧度将苦涩咽进身体里，然后拉开车门，把姜暮塞进车内，再关上门。

姜暮坐在车子里面，靳朝站在车外，一根接一根地抽烟。这不是他们第一次吵架，事实上他们儿时，吵架几乎是每一周的日常，为了玩具能吵，为了吃饭能吵，为了玩能吵，甚至为了一根粉笔都能吵。可每次都是靳朝退让，他可以把玩具让给她，可以把好吃的鱼子和鸡胗让给她，可以迁就她陪她玩那些在他看来幼稚无聊的游戏。可是有一件事他不会退让——每周六下午去模型店。即使姜暮对着他哭闹，即使靳强和姜迎寒都不准他去，他也会梗着脖子独自站在门口，僵持到他们拿他没有办法。

姜暮清楚他可以对所有事情做出让步，可他真正想做的事，没有人能拦得住，他从小就是这样。正是因为这样，她才越发焦虑，她怕他在一条万劫不复的道路上越走越远，她怕他的未来会重蹈覆辙，她怕她走了以后他会更加无所顾忌。

不知道过了多久，靳朝接了个电话，随后灭了手中的烟，敲了下车窗，问她："靳强打电话来了，回去吧？"

"不回。"姜暮没有看他，没有落窗，只回了这两个字。

靳朝绕回驾驶座关上车门，单手搭在方向盘上，侧着身子盯着她。她一生起气来，嘴总是嘟起来，跟受了多大的委屈一样。靳朝的语气缓了几分："怎样才能回去？"

"你先答应我。"

靳朝身边情史最丰富的就是金疯子，虽然谈了很多对象，但是一般不出三个月就被甩了，他常年在被甩的路上狂奔。他一失恋就喊兄弟们出来喝酒，喝到后面大家也习以为常了，颇有种他是为了喝顿酒才去体验恋爱的感觉。金疯子最常说的就是："女人吧，一委屈起来总让人感觉自己做了什么特对不起她的事。"

靳朝虽然从没有过这种烦恼，但此时看着姜暮嘟着嘴的模样，他莫名其妙地有了这种感觉。他无声地轻笑，手指敲打着方向盘，眼里已经重新挂上散漫的神色："你要我答应你什么？"

姜暮不知道他怎么能笑出来，便没好气地说："答应我干正经事，别瞎混了。你不答应，今晚就都别回去了。"

靳朝绷着下巴，目光平静，淡淡地看了她一会儿，然后放下椅背，直接躺了下去。

姜暮坐直身子，着急地说道："你……"

靳朝双手交叉放在脑后，一副随遇而安的模样："那就不走吧。"

姜暮气得快要爆炸了。靳朝干脆闭起了眼。要是小时候，她早跨到他身上跟他干一架了。但她现在打不过他，又不敢跨到他身上去，只好也把椅背一放，重重地哼了一声，翻过身去。

靳朝听着她故意闹出的声响，眯起眼朝她看去，她背对着他，缩成一团。靳朝脑子里的事太多，今晚被姜暮一搅，得好好顺一顺，所

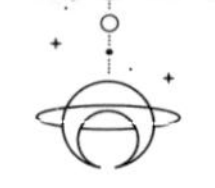

以他虽然闭着眼，但并没有睡着。

倒是姜暮躺下后没一会儿就呼吸均匀了。靳朝坐起身盯着她看了看。睫毛微卷，她睡着了还微微皱着眉，一副心事重重的模样。他抬起拇指轻轻抚了下她的眉心，姜暮翻了个身，柔润的脸笼在月色下像镀了层温柔的纱，拂过他的心口。他无根无源，从南到北，这是唯一始终牵挂他的人啊！

无论夜有多黑，路有多长，在这一晚，靳朝心里常年阴寒的角落，因为眼前的人，透进了光。

姜暮感觉自己并没有睡多久，只是打了个盹，等她睁开眼时，身上盖着靳朝的外套。她坐起身，透过风挡玻璃看见他站在崖前，东边的天际透着微微的光，照亮他高大修长的背影。她就这样安静地看了他一会儿，直到靳朝回过身来。一个在车中，另一个在崖边，微弱的光勾勒出他的轮廓，他向她走来。

在回去的路上，两人一句话也没说。他们之间到底还是谈崩了，靳朝没有答应她，她心里不痛快。

在天完全大亮前，车子从小道开回修车行的后院。靳朝将车子停了进去，换上三赖的车，送姜暮回靳强家。

在路上的时候，姜暮的手机响了，她接通后说了几句话，挂断后盯着早晨清冷的街道对靳朝说："我妈到铜岗了。"

靳朝依然目视前方，眼中一片沉寂，只是握着方向盘的指节泛白。直到把姜暮送到靳强家楼下，看着她往楼里走去，靳朝才突然下车，对着她的背影说道："在哪儿？我送你过去。"

姜暮回过身告诉他："丽缘酒店，你知道吗？"

靳朝点了下头。

"我上去拿行李。"

明天就是大年三十了，靳强一早就带赵美娟和靳昕去他老丈人家过年了。家里贴上了春联，但没有人，冷冷清清的。

进了屋，姜暮径直走进房间收拾东西。姜迎寒在丽缘酒店订了房，让她带上行李过去找她。

屋里很安静，靳朝坐在客厅，拿着打火机有一下没一下地磕着桌面。过了半晌，他忽然问道：“待会儿就回去了？”

姜暮不准备带衣服，只将需要的复习资料收进行李箱，声音从屋里传了出来：“明天早上。”

靳朝便没再问。

姜暮将行李箱从屋里推出来，靳朝起身接过，下了楼。姜暮把门重新锁好，跟在后面。

丽缘酒店在火车站周围，算是一家比较大的酒店。靳朝将车子开到附近的街边，下了车把行李箱从后备厢拿出来。

姜暮垂着视线接过行李箱，又飞快地扫了靳朝一眼，问道：“你要不要……过去打个招呼？”

靳朝不动声色地垂下眼睫，声音缥缈，听不出情绪：“不了。”而后看向丽缘酒店的方向，对她说，“你去吧。”

姜暮猜到他不想见妈妈，便推着行李箱背着双肩包往酒店走去。几步之后，她回过头来，看见靳朝已经把车子开走了。她的心情到底是失落的，临走时还跟靳朝吵了一架，大过年的，走得都不痛快。

姜暮推着行李箱进了丽缘酒店，见到了姜迎寒，还有那个Chris。Chris对她挺热情，帮她安顿行李，还问她最近生活得怎么样。

倒是姜迎寒抱怨了两句：“这里空气真干，你记得多涂点润肤霜，别顾着睡懒觉，不涂防晒，把脸吹得干巴巴的。”过了一会儿又说，“早上下了火车跟你Chris叔叔在附近吃了早点，一碗黏糊糊的不知道是什么的东西，看着就没食欲，跟你爸做出来的东西一样倒胃口。”

以前姜迎寒也是偶尔说这种话，每当说到什么不好的事，就会带一句“靳强××××”。从前姜暮听后没什么感觉，也听习惯了。可现

在她听了却觉得有些刺耳。不管是姜迎寒对靳强的评价还是对这里的嫌弃，都让姜暮有些不舒服。她刚来的时候也很不适应，觉得这里什么都没有家里好，可待长了才知道，赵美娟他们不天天洗澡并不是因为不爱干净，而是这里气候干燥，夏天只要不在大太阳下暴晒，基本上一天也不会出汗，不像在苏州，闷热的时候坐在家里不动都会浑身黏腻。至于吃的，姜迎寒口中那些没有看相的糊糊，姜暮经常看见三赖吃，有一次三赖还分给她一些，她虽然吃不惯，但感觉味道并没有那么糟糕。

他们把姜暮的行李箱拿回房间后，没一会儿就带她去楼下吃饭。

丽缘酒店一楼有个临街的中式餐厅，姜迎寒和Chris点了一桌子的菜。姜暮坐在他们对面，无声地打量着妈妈。她身上穿着姜暮没有见过的衣服，手上戴着不知道从哪儿来的戒指，就连头发都剪短了。这让姜暮有些诧异，在她的印象中，妈妈就没有剪过短发，无论是盘发还是编发，永远是一丝不苟的样子。现在她看着挺不适应的。

也不知道是不是发型的原因，这次姜暮见到妈妈后发现她瘦了一些，就连Chris的头发也变少了，显得更像个外国老头儿，她根本不知道妈妈看上他哪儿了，是看上他肚子大还是头发少？

菜上来后，Chris用怪腔怪调的中文问姜暮平时喜欢吃什么，还告诉她，他也会做一些料理，如果有机会，可以让她尝尝。

姜暮兴致缺缺地应付着。

姜迎寒能感觉出来女儿情绪不高，问她："你是不是作业比较多啊？别给自己太大压力，实在考不好就来墨尔本，学校已经帮你打听好了。"

然后，接下来的十多分钟里，姜迎寒一直在说澳大利亚那边学校的情况，还让姜暮抽空考雅思，云云。姜暮心不在焉地听着。

说到第二天回苏州的事，姜迎寒才提起初四之后约了房产中介和几个有意向的人去看房，要是谈妥，年后店面和房子就能交易了。

姜暮听到这儿才突然回过神来，她有些难以接受，说："你要把房子卖了？你好好的卖房干吗呀？"

姜迎寒没想到女儿的反应会这么大，于是跟她解释道："这次去你

Chris叔叔家，那边环境不错，周围空气好，开车去城区买东西也方便，挺适合以后养老的，住着也舒服。我既然决定在墨尔本定居，也需要放些钱在身边的。”

姜暮担忧道：“你把房子卖了就没想过万一哪天——”她看了一眼Chris，突然止住了声音。姜迎寒能猜到她要说什么，严厉地瞪了她一眼。

Chris倒是很识趣，起身说去大堂问问酒店有没有游泳池，他有游泳的习惯。

Chris一走，姜暮就憋不住了，直接问道：“妈，你卖房做什么？你跟他才好多久啊？房子卖了以后，你要是过不好，回来住哪儿？”

姜迎寒只回了她一句：“这不是你该烦心的事，把你自己学习顾好就行。”

“我不同意。”姜暮掷地有声地说。

在她看来，妈妈找了个不知根不知底的外国老头儿不说，只跟这个老头儿去了趟澳大利亚，回来就要卖房，这事儿怎么看都不对劲。她甚至怀疑Chris是不是骗财骗色，或是对妈妈进行了现在很流行的洗脑。

姜迎寒在这件事上态度很强硬：“我知道你不喜欢Chris，但我的事情不需要你同意。”

姜暮直接丢下筷子，她甚至觉得眼前的妈妈让她心寒。她们相依为命九年，现在不过是出现了一个Chris，妈妈就好像把她归为外人，甚至不在意她的想法，执意要把房子卖了。

“没有什么好商量的，这次去澳大利亚也是去看看那边的情况和环境，如果合适，我本来就打算回来将房子处理掉，带你回苏州过年也是想在房子卖掉前一家人再在里面聚聚。”

姜暮的语气不大好：“那你就没想过房子卖掉我们就没有家了，我要是不出国，以后去哪儿？”

姜迎寒强调道：“我是准备卖房，但不是不管你，以后无论你跟我去墨尔本还是在国内上学，你上大学都是要住校的。等你毕业以后决

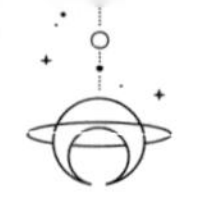

定了在哪儿定居，到时候我会给你留笔钱，你不用担心这个问题。”

姜暮着急地说道：“我是图你的钱吗？我是担心你被Chris骗。”

姜迎寒听到姜暮最真实的想法后，怒道：“我不希望再听到你说这种话，这个话题到此为止。Chris中文说不利索又不是听不懂，你给我注意点。”说完，她拿起水杯目光缓缓地看向窗外。

铜岗火车站附近常年鱼龙混杂，摩的三五成群地停在路边问那些背着大包小包的旅客去哪儿。街边蒙着灰尘的小吃店招牌下飘着蒸笼的热气，来往的行人个个包得跟粽子一样，还有穿着老棉袄置办年货的。路上还有一堆昨晚留下的鞭炮屑没人清理，被人踩来踩去，风一吹，到处都是。路上不时掠过早已停产多年的国产汽车。这里没有丝毫都市的气息，拥挤、混乱、嘈杂，整条街都充满市井气。

姜迎寒穿着柔软的羊绒大衣看着窗外，漫无目的地扫视这条街。姜暮不知道她在想什么。突然，姜迎寒放下水杯，盯着街对面的一个男人，神情紧绷起来，站起身说道：“那个人是靳朝？”

姜暮听见姜迎寒这么说，赶忙扭头看去。街对面的那个男人在姜迎寒看见他的瞬间已经转身离去，姜暮只看见一个行色匆匆的背影，但是她一眼便认出了靳朝的外套——那件早上还盖在她身上的黑色夹克。

他不是已经开着车走了吗？为什么会回来？为什么不告诉她？为什么一个人站在街对面？他在看谁？不可能看她，那么只有一种可能，他想看一眼的人是妈妈——远远地、默默地看她一眼。姜暮内心掀起巨浪，一种难以言喻的情绪让她冲出了餐厅。可街边早已没了靳朝的身影。

姜迎寒跟了出来，质问道：“他怎么会知道我们住这儿？”

姜暮的目光还在街对面来回寻找，她无意地回道：“他送我过来的。”

姜迎寒的声音变得有些尖厉：“你怎么会跟他在一起？你爸不是答应我，你在的这一年不让他回去住吗？”

姜暮缓缓地收回视线，看向妈妈：“为什么？为什么不让他回去住？”

姜迎寒严肃地说道：“哪有大姑娘跟个年轻小伙住在一起的道理？

你最好少跟他来往。”

姜暮不敢置信地说道：“你怎么这样？他是靳朝啊！”

姜迎寒没想到女儿会如此激动，她毫不客气地说：“来之前我就告诉过你，他不是你哥，跟你没有血缘关系。你这么大了，还听不懂我这话是什么意思吗？他现在不是好人。”

姜暮胸口发胀，双眼通红：“你为什么这么说他？不管他跟我有没有血缘关系，他都不是外人啊。”

姜迎寒冷哼了一声，看着女儿为了那个小子激动的样子，话到嘴边又咽下，最终还是残忍地丢出几个字：“他是个劳改犯。”

风声四起，空气骤冷。

紧接着，姜迎寒不留情地说道：“你知不知道他坐过牢啊？还不是外人？我们家没有出过这种犯罪分子。”

姜暮睫毛颤动，声音沉闷地从喉咙里挤出来：“我知道。”

姜迎寒有些意外：“你知道？你爸跟你说的？你既然知道，还跟他来往，你脑子呢？”

姜暮喉间哽着一股气，像要随时要冲出来，她一字一句地对姜迎寒说：“他不是劳改犯。”

姜迎寒没想到姜暮明知道靳朝的事情还这么维护他，瞬间来了火，声音提高了几分：“不是劳改犯是什么？我早说过这个小孩养不好，从小胆子就大，天不怕地不怕的，准要出事。当初他三番五次地往家里打电话，我就警告过他，就是不想你们有什么来往，是不是给我说准了？出了那种要人命的事，你爸还有脸联系我向我借钱，说要保他不坐牢。荒唐！我告诉你，这种小子就是要进去吃点苦头，不然根本不知道害怕。”

冷风吹过，百树凋零，凛冽的寒意像刀子一样扎在姜暮的脸上，她怔在原地，看着姜迎寒：“你说什么？”

姜迎寒将大衣裹紧了点，对姜暮说：“进去吧。”说完，她转身就往酒店走。

姜暮直接跑到她面前，挡住她的去路，逼问道：“他以前找过我？你警告他什么了？”

姜迎寒不耐烦地说道："我能警告他什么？我让他懂点规矩，你上了初中也就不小了，还以为是小时候呢，像什么样？"

姜暮紧紧咬着牙关，双手贴在身边握成拳，呼吸越来越急促："靳朝出事后，我爸找过你？你为什么不帮他？"

"我怎么帮他？说是先拿十万块钱给那家人让人撤诉。先不说我跟你爸离婚那会儿他总共没留给我十万，他走了以后，这么多年一分抚养费没给过，我一个人把你拉扯大，到头来他还向我要钱给那个小子擦屁股，哪有这种事？"

姜暮身体里的血液仿佛都沸腾起来，一股脑冲上脑门，她说道："可是你当时要能帮他渡过那个难关,他就可以参加高考了,他就不至于——"

"我为什么要帮他？"姜迎寒强行打断姜暮的话，可姜暮并没有发现，妈妈在说这句话的时候，声音也在微微颤抖。

"我当时就跟你爸说了，他做错了事就应该受到法律的制裁，受受教训。"

"要是我呢？"姜暮脸色发白，嘴唇颤抖。

"要是我也犯了错，你明知道可以保我也会亲手把我送进去吗？"

姜迎寒严厉地说道："你是我女儿，他是我十月怀胎生的？还是我该对他尽到什么义务？我告诉你，就是现在，他身上还有不少民事赔偿没还清，你给我离他远点！"说完，她便转身大步走进酒店。

冷风不停地从四面八方吹来，姜暮就这样站在原地，无数的画面涌进她脑海中。

"我没有对你失望，如果有，只有一个原因——你跟我断了联系。"

"你怎么可能理解？如果你能理解，就不会这么多年也不肯回去看我一眼了。"

"所以……这就是你不回去看我的原因？你怪我们？怪妈让爸净身出户，你恨她，对吧？"

面对她一次次的质问，靳朝隐晦的神色、沉默的表情、嘴角苦涩却若无其事的弧度，每一个细节都在姜暮脑海中被放大，她好像在这一刻全部读懂了。他没有辩解一句，纵使她不止一次怨过他食言，他也没有为自己解释过一句，因为他清楚，她如此在意这件事，一旦将真相告诉她，她就会责怪妈妈。他选择维护她和妈妈和谐的母女关系。如果之前的姜暮不懂他为什么要这么做，可在看到他站在街对面只为了默默看上妈妈一眼的举动，她好像突然明白了。

靳朝被靳强带回家的时候才两岁多啊，两岁多的孩子已经能认得人了，知道姜迎寒不是他的亲生妈妈。那么小的他对这个世界的认知才刚刚开始，年幼的他也会在夜里惊醒，也会摔倒受伤，也会对大人充满依赖。在姜暮没有来到这个世界上的时候，是姜迎寒带着他长大的，她是他生命中从懵懂无知到少年初成的时光里唯一的女性，他在她身边待了十二年。姜暮从没考虑过靳朝对姜迎寒的情感，然而此时此刻她仿佛突然体会到靳朝心里徘徊多年的苦涩与挣扎。那是后来的赵美娟无法替代的。姜迎寒是靳朝最弱小的童年里独一无二的存在，她给了他对母亲这个角色唯一的幻想，她曾经也是他的妈妈啊！

在姜暮思念着爸爸，渴望爸爸能够出现在她身边时，靳朝又何尝不希望妈妈也能在他身边呢？

姜暮仰起头，泪顺着眼角滑落。天空铺满灰白厚重的云层，压抑的感觉无边无际地朝她胸口袭来。

Chapter 13

撕开那些不堪

从那一晚开始，她和靳朝的人生从此进入了截然不同的轨道。

晚上，姜暮和姜迎寒还有Chris吃了一顿安稳的晚餐，虽然整个过程中她的话并不多，基本是靠Chris蹩脚的中文调节气氛。

最后，Chris说道：“大家开心点，中国新年不都应该高兴起来吗？”他举起酒杯又说了一句，“新年快乐。”

姜迎寒也举起杯子，姜暮配合着他们说了一句“新年快乐”。

晚上，姜暮回到姜迎寒给她开的单间。睡觉前，姜迎寒敲开了她的房门，在她房间坐了一会儿，对她说：“我白天说的话可能有点重，但你也要想想我都是为了谁。你爸刚走那几年，我从工作单位下来，哪有什么钱，后来搞彩票赚了点小钱，但你每个月的古筝课和补习课就要小几千块，你能理解吗？”

姜暮坐在床边垂着眸点了点头，姜迎寒起身坐到她身边，拍了拍她的手背：“一个人一个命，靳朝这个小孩是聪明，但是聪明的人多了去了，不是每个人都能有出息的。我也知道你小时候跟他要好，但你也要有分寸，以后你跟他走的路是不一样的，懂吗？”

这次姜暮没有点头，就这么一动不动地沉默着。姜迎寒又劝慰了她一会儿便离开了。

第二天早晨，姜暮和姜迎寒平和地吃了顿早餐，甚至问候Chris的家人。姜迎寒很乐意告诉姜暮这些，她以为，经过一晚上，女儿终于想通了，她可能无法立马接受Chris，但起码想要试着了解他。

可让她没想到的是，退完房，姜暮扶着行李箱，背着双肩包，对她和Chris说:“我就不跟你们回苏州过年了。学校就放了一个礼拜的假，来回折腾完就又要开学了，挺麻烦的，我想多休息几天补补觉。”

这个决定突然到让姜迎寒一时愣在当场:“你是不是因为昨天那事？”

姜暮不说话，只是沉闷地摇了下头。

姜迎寒有些急躁地说道：“哪有大过年不回家的？”

姜暮闷闷地说：“我回我爸家不也一样嘛。”

姜迎寒顿时来了火:“那是你爸跟别人的家，是你的家吗？我发现，我现在说什么，你已经听不进去了，是吧？”

姜暮鼻尖通红，憋了半天回道：“我的话你又能听进去多少……”

姜迎寒刚要发作，Chris及时站出来做和事佬。他说，暮暮看上去是挺憔悴的，一看就是没睡好，孩子不想回去，他们就别累到孩子了。

快到火车出发的时间了，姜暮还是坚持留在铜岗。最后姜迎寒只能和Chris去了火车站。

姜暮独自背着包拖着行李箱往靳强家走。大年三十不好打车。她走了好长一段路，心里一直闷闷的。这大概是她十八年来头一次背井离乡，一个人过年。街上的门面都关了，虽然很多店门都贴着福字和春联，但已经没有多少人还在路上晃悠，她越走越觉得凄凄惨惨。但宁愿这样，她也不想跟他们回苏州。自从听说妈妈要卖房带着全身家当跟Chris远走高飞，姜暮便对Chris有了些芥蒂。想到要和Chris尴尬地过上两天，她宁愿一个人待在靳强家，这样还轻松点。姜暮也不知道就这样走了多久，一辆出租车停在她旁边问她去哪儿，她顺势上了车，报了靳强家的地址。

昨天才从这里离开，今天又回来了，姜暮背着包，将行李箱拖上五楼，累得上气不接下气。她打开门后，里面依然是她昨天离开时的样子。靳强他们这几天应该都会在赵美娟娘家过。

姜暮懒得把行李拿出来，就这样将箱子扔在门口，然后回到房间倒在床上。

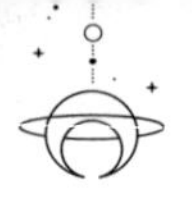

也许是太累了，无论是身体还是大脑都濒临崩溃，她不太想动，好像是睡着了，但脑子里的东西像放电影一样一帧帧地跳动。

9岁那年和靳朝分别的大雨夜反反复复出现在她脑海中，时光好像倒回到那一晚，也是从那一晚开始，她和靳朝的人生从此进入了截然不同的轨道。

她在南方，他在北方；她为了课业拼搏，他为了生存挣扎；她的世界简单到只有学校和家，而他的世界睁开眼便是一地鸡毛。

她不知道除了考试发挥失常、觉不够睡，还有什么值得烦恼，而他却已经陷入世情冷、人情恶，如履薄冰，四面楚歌。

除了二十年的房贷、无止无休的医药费，还有他肩上那笔冤屈的民事赔偿，靳朝到底没有把最残酷的现实告诉她，这就是他不答应她收手的原因吧。

“命悬剑上的生活又怎样？命都没了还怕悬在剑上？”这句话始终回荡在她耳边，让她的心脏仿佛被密密麻麻的针来回扎着。

多少次她想看清靳朝平淡的眼眸里到底藏着什么，可当她真的读懂后，血肉筋骨仿佛也跟着被狠狠地剥离一遍。

不知不觉，窗外下起了雪，一片又一片堆积成白茫茫的一片，街上已经看不见人了，家家户户团圆。在这个特殊的日子，无论富有或贫穷，都不妨碍家人们在一起热闹地迎接新一年的到来。

姜暮醒来的时候，房间里漆黑一片，她迷迷糊糊地坐在床边愣怔了好一会儿。看着窗外的鹅毛大雪将夜粉饰成另一种白，她突然有点恍惚。

手机上显示着几条群发的祝福短信，其中一条是宠物医院那个李医生发的。姜暮回了一条过去，祝他新年好，顺便问他明天医院有没有人、她能不能去看闪电。李医生告诉她，下午四点前有人值班，她要是去的话趁早。

总算给明天安排了点事，姜暮便无事可做了。感觉有点饿，她便从抽屉里抽出一袋饼干，然后就不知道该干吗了。不想看电视上的联欢节目，也不想翻手机看到那些喜庆的动态，好像在这个日子里看书做题也有点心酸。

她叼着饼干坐在床边，对着墙上挂着的那只大飞镖盘发愣。上面的三支飞镖依然扎在正中红心的位置，从她第一天来这里一直没变过。她盯着飞镖看了一会儿，想着它们会不会是靳朝掷上去的。

于是，她走下床，将三支飞镖拿了下来，又回到床边，试着瞄准红心扔了一支出去，没中，飞镖打到墙上直接掉地上了。她又试着掷了另外两支，只有一支扎在外环上，射中比她想象中要难。她走过去捡了起来，站回床边重新来过。就这样一遍遍地试着，竟然一个人玩了半个小时，最后她觉得无聊，干脆拿着三支飞镖同时掷了过去。有一支飞镖贴着飞镖盘扎在墙上，姜暮赶紧跳下床，把那支飞镖拿下来，墙上出现了一个很小的洞，虽然根本看不清楚，但她依然有些自责，抬手试图压一压那个小洞，手肘却不小心碰到了飞镖盘。飞镖盘只是挂在一颗钉子上，晃动了一下就从墙上掉了下来。

“哗啦”一声，随之散落的是几封信，房间的光有些暗，姜暮立在墙边看着那一个个熟悉的信封，整个人犹如从山谷被猛地抛向高空，心跳急剧加速，她震惊得捂着脸慢慢蹲下身。

眼前的信封上有耷拉着脸的流氓兔，有荡着秋千的小孩，还有文艺清新的紫色小花，每一个信封都是她纠结好久才选出来的。

姜暮已经在这间屋子住了半年多，她从来不知道这只飞镖盘的后面绑着这么多封信，而且每一封都来自她。

那一年靳朝不再打电话给她，她打过去的号码成了空号，她和他彻底失去了联系。

姜暮拿起那个有可怜兮兮捏着脸的流氓兔图案的信封。那是她第一次给别人写信。五年级的她字还有些稚嫩，她在信里写道：

哥，你好久没来电话了，我不知道怎么找你，只能试着给你写信，希望你能收到。

哥，你上高中了吗？好想知道你中考考得怎么样啊，一定很棒

吧？你考上重点高中了吗？是不是上了高中事情很多，所以没时间打电话给我了呢？

我和妈妈要搬家了，老房子被妈妈卖掉了，原来那个电话机，妈妈说不用了，我们可能会暂时搬进新租的房子里，等确定了地方后我再给你写信。

……

想你的暮暮。

姜暮拿着那张信纸，刚准备折好放回信封，却看见信纸的反面有个用铅笔画的女孩，女孩肉嘟嘟的脸，扎着两个丸子头，躺在地上打滚。她可以肯定那是靳朝画的，她见过他画画。她不擅长画画，那时的她画的人永远是“火柴人”，幼儿园的手工作品和画有一大半都是靳朝帮她做的。靳朝走后，有很长一段时间她最大的难题就是手抄报。

姜暮迫不及待地打开另一封信，她没记错的话，那是她搬进新家后写的信。那时她已经上六年级了，她写道：

哥，我和妈妈终于退租，搬进新房子了。是电梯房哦，住在12层。楼下有个大花园，还有秋千和滑梯，超级超级漂亮。好希望你能回来哦，可是你现在学校的作业一定很多吧？

我明年就要上初中了，也有很多作业和补习班要上，不过你不用担心，妈妈说学区里的中学还不错，就是希望我能考个好成绩分到实验班，所以我得加油了。

如果我能考好的话，毕业后的暑假你能回来看看我吗？

家里的新地址是……

想你的暮暮。

那一年她寄了好多封信给靳朝，信里有无聊时的碎碎念，有小女生幼稚的烦恼，关于学习的、关于生活的、关于想他的。她所写的每一张信笺背面，靳朝都留下了一幅铅笔画，而他的画中，她从打着滚的小女孩慢慢长成了少女的模样。他没有见过她后来的样子，每一幅画都是他想象中的她。

最后一封是她六年级毕业时写给他的：

朝朝，这是我最后一次给你写信了，因为你从来没有回过我，我觉得是在对着空气写信。我要上初中了，会有很多新的同学，也会交到更多好朋友，所以，就这样吧。

……

再也不会想你的暮暮。

姜暮迫不及待地将这张信纸翻过来。没有画，在反面的右下角只有一行字：

对不起，想你的朝朝。

姜暮看着那苍劲有力的八个字，顿时哭成了泪人，她把信纸紧紧地攥在手中，所有情绪都决了堤，从胸口奔涌而出。

她套上外套就跑出了门。街上一辆车都没有，漫天的大雪将街道覆盖，她就深一脚浅一脚地往铜仁里跑去。雪落在她的头发上、睫毛上、肩膀上，可她一点也不觉得冷，甚至感觉体内有团火让她浑身都热血沸腾起来。她充满期盼的信并没有丢失，他收到了，而且每一封都画出了想象出的她的模样，一直保存至今。她不是一厢情愿，也不是单向思念，他也想着她，这么多年，和她一样牵挂着彼此。

翩翩起舞的雪花围绕着姜暮，她一会儿激动地抹泪，一会儿又傻笑起来，弯腰捧起一把雪抛到空中，又轻又柔的雪花纷飞，萦绕着她，像夜里泛着光的小精灵照亮了她充满生机的眼眸。整条空荡的街道上只有她一个人不惧严寒，不怕难行的路，滑倒了再爬起来继续向前走。她完全感觉不到疼痛，整个人都很亢奋，就连老旧的居民楼、斑驳的石亭和早已结冰的喷泉都变得可爱起来。

路程明明不算近，姜暮竟然一点都感觉不到累，她的脑海中是从小到大靳朝的模样。他牵起她的手,喂她东西吃。他们滚在地板上打闹，她被他气哭，又被他抱过去哄。她对他说：“哥哥，你会永远对暮暮好吗？”他告诉她：“只要你不变，我就不会变。”

到了铜仁里，姜暮走得越来越轻快，甚至奔跑起来。远远地，她看见飞驰的卷帘门是拉上的，突然蒙了。今天是大年三十啊，所有人都会和家人在一起吃年夜饭。靳朝去找靳强他们了吗？

姜暮的脚步慢了下来，她拿出手机。她该打电话给他吗？可如果他在靳昕的姥姥家，她该怎么办？

姜暮在雪地里踩出一排长长的印子，直到停在飞驰门口，她的情绪终于渐渐平复下来。现在所有人都在吃年夜饭吧，她这时候打给靳朝似乎不太合适，会打扰他们一家人团圆吗？

姜暮蹲下来，靠在卷帘门上，这会儿才感受到寒冷。正在她踌躇苦恼时，突然听见隔壁宠物店里传来三赖魔性的笑声。姜暮忽然一愣，迅速站起身，走到三赖店门口拍了拍卷帘门，喊道：“三赖哥。”

里面突然没了动静。几秒后，卷帘门猛地被拉开，热乎的火锅气和闹腾的笑声同时扑面而来，三赖一脸惊讶地把姜暮从头看到脚，咋呼道：“我没看错吧，你不是回苏州了吗？”

姜暮被冻得通红的脸抬了起来，对他露出灿烂明媚的笑：“新年快乐。”然后歪着头向店里望去。

宠物店一楼放着一张桌子，桌上的火锅正在咕嘟咕嘟地冒热气，金疯子和铁公鸡都在。

姜暮的视线越过他们。落在坐在最里面的靳朝身上。他穿着黑色毛衣倚在一张躺椅上，火锅腾腾的热气让他的身影朦胧了一些。在听见那句清脆的“新年快乐”时，他转过视线，眼尾轻轻挑着，脸上是闲散慵懒的神情，在看清姜暮后，眼里忽然跳动着光。

小阳回家过年了，铁公鸡和金疯子都是在家里吃完年夜饭过来的。而三赖年前因为替老赖还了一笔数目不小的钱而跟他大吵一架，今年索性不回去过年。所以，六点钟的时候，他就跟靳朝把火锅弄上了。铁公鸡和金疯子到了以后，四个人喝酒喝到现在。听见这个时候还有人在外面敲门，他们都很诧异，看见门外的人是姜暮后就更诧异了。

姜暮走进来的时候，头发和肩膀上都落满了雪，恰巧她穿的也是白色外套，好似一个雪人从外面滚了进来。然而当她站定后，大家才看清她身上摔得狼狈的痕迹，白色外套也脏了，全都吓了一跳。

金疯子直接站起来，说道："大妹子啊，你大过年的怎么把自己搞成这样？"

三赖拉下卷帘门，绕到她前面，惊讶地说道："你出什么事了？"

然而，姜暮颇为反常地洋溢着笑并盯着靳朝。

靳朝已经从躺椅上直起身，皱着眉问她："怎么没走？"

姜暮目光炽热地告诉他："不走了，留下来过年。"然后瞧了瞧他们吃得差不多的火锅，委屈巴巴地撇了下嘴，"没有我吃的了吗？"

三赖拖了把凳子过来给她，靳朝则抬眸对三赖说："再去搞点东西来。"

三赖笑着说："哪能饿着你哟喂。公主殿下请，卑职这就去把满汉全席操办起来。"

姜暮给他一个无比灿烂的笑，然后直直地看着铁公鸡，对他说："我们换下座位，我要挨着我哥坐。"

铁公鸡听见姜暮今天对靳朝异常亲昵的称呼，也笑着站起身。靳朝眸色微转，深深地看着她。姜暮挤到靳朝身边，角落里暖气很足，她舒服地伸直了双腿。

靳朝垂眸打量着她脏兮兮的外套，沉声问道："怎么搞的？"

姜暮却浑然不在乎，一双含着水汽的眼睛牢牢地望着他："大家都过年了，路上没人铲雪，太滑了。"

"从哪儿过来的？"

姜暮把椅子往他旁边拖了拖，对他说："从爸家啊。"

靳朝皱了下眉，目光在她脸上停留了片刻：“就这样走过来的？”

姜暮摇了摇头，把外套拉链拉开，脸和脖子都泛着淡淡的红，然后她侧头对靳朝柔声细语道：“不光走，我还跑了一会儿。”

靳朝无声地注视着她。姜暮想把脏掉的外套脱下来，但角落里地方太小，外套刚从肩上滑落，手就伸不开了。靳朝抬起双臂，从她身后绕过去帮她拉了一下。他的气息突然笼向姜暮，姜暮仰起头，靳朝对上她闪着光的眸子，眼神里有探究。不知道是因为他喝了酒，还是因为今天过年，靳朝的眼神不似往常冷淡，闪着浅浅的迷人的光。姜暮看着他，嘴角弯了起来。

靳朝起身把姜暮的外套挂在他右边的衣架上，姜暮里面就穿着一件柔软的浅蓝色马海毛毛衣，突然感觉有点冷，就缩了缩肩膀。

靳朝坐下后瞧了眼，问道：“很冷吗？”

姜暮很自然地把手递给他：“哥，你帮我焐焐。”

靳朝缓缓地挑起眉梢，盯着她伸到自己面前的手，沉默了一瞬。

姜暮在来铜岗之前才得知自己和靳朝没有血缘关系。多年的生疏和现实的原因导致她在面对靳朝时始终有些别扭，不知道该怎么与他相处。来了这么长时间，她没正儿八经地叫过他一声“哥”，总觉得自己这声“哥”叫得一厢情愿，她始终无法释怀他这么多年冷落自己的事实。大概唯一一次清醒着叫他“哥”，也是那次拜托他回靳强家帮她拿衣服时，靳朝故意逗她让她喊的。

今晚姜暮自从进门后已经是第二次喊靳朝“哥”了，这反常的举动让靳朝不知道她受了什么刺激。只是这么多兄弟在场，当着外人的面拉扯她的手有点不像样，他清了清嗓子，捉着她的手腕放进自己的毛衣口袋里。

姜暮没见靳朝穿过这件衣服，毛衣蓬松舒适，套在他身上却显得雅致，口袋里有他身上的温度，从她指尖蔓延到心口。靳朝将手肘随意地搭在扶手上，遮挡住了其他人的视线，而姜暮的手臂放在他的手肘下，虽然没有任何触碰却好似挽着他，仿佛在这个寒冷落寞的夜终于找到了安稳的归属，她的笑容从进门就没消失过。

当姜暮的指尖再往里伸一些的时候忽然碰到了什么，她渐渐摸出一把钥匙的形状，钥匙上面还拴着个东西。姜暮愣了一下，脑海中闪过一个想法，她瞬间就将那把钥匙从靳朝的口袋里拽了出来。

随着钥匙被她拿到手中，钥匙上拴着的小东西也落在她眼前。是个方正的纯手工牛皮钥匙扣，样式有些复古，上面刻着四个字——“朝思暮想”。

“靳朝……他……有女人吗？”

“你有机会找到那把钥匙就有答案了。”

姜暮看着眼前小小的钥匙扣，周围所有的声音仿佛都消失了，她缓缓地侧头看向靳朝。这个在鱼龙混杂的环境磨出一身冷漠和沉练的筋骨的人，依然是那个有血有肉有她的靳朝，他也许没了年少时的自信和张扬，可他还是他，是她的朝朝。

靳朝已经扭过头来，看着她手中的钥匙扣，表情多少有点不自然，而后他抬起头，目光移到她脸上，眼里涌动着厘不清的情绪。角落里的姜暮笑得连眼睛都眯成了月牙形，冷白色的皮肤透着好看的红晕，从翘挺的鼻尖一直蔓延到干净漂亮的锁骨，少女的透亮和美艳就那样撞进他的眼中，还带着点得逞的小骄傲。他只能垂下眸，无奈地牵起嘴角，整个屋子都仿佛被她动人的气韵感染了。

姜暮动了动手腕，将钥匙扣握在掌心，没打算还给他。他放任她拿去玩，侧过头提起酒。

三赖端着锅过来了。他重新弄了一锅不那么辣的食材，又把才去了虾线的大虾往里丢。

姜暮看着三赖，想起第一次告诉三赖她的名字时，三赖那颇有深意的眼神。

“你叫什么？”

“姜暮。”

“朝思暮想的暮啊？”

她攥着那个钥匙扣歪着头盯着三赖笑。

三赖被她看得也跟着乐了起来："别用这种迷恋的眼神看着我，你三赖哥我单身久了，现在看西施都觉得它眉清目秀。你笑什么？"

姜暮将钥匙扣收了起来，夸道："三赖哥，你真是个好同志。"

三赖虽然觉得莫名其妙，但也顺着她的话接道："我主要是没个正经的工作单位，不然肯定去写入党申请书。"

"……"

三赖店里的墙上挂着一台电视机，平时用来投屏看电影或者打游戏，今晚倒是放着春晚。虽然大家没看，不过，有春晚的声音当背景倒是让年味更浓了些。

菜上来后，姜暮便大快朵颐起来。所有人都能感觉出来她今天不仅心情不错，食欲也不错，这几乎是她到这儿以来吃得最多的一次。她甚至拿起碗问三赖要了几个茴香馅饺子。

三赖诧异道："你不是吃不惯这个吗？"

姜暮笑着回道："我想再尝尝。"

四个男人在旁边喝酒胡侃，姜暮的筷子就没停下来过，她还跟着他们的话题一起傻笑。

靳朝个高腿长，一个人占着一张躺椅，又喝了不少酒，神情是少有的放松。他不时地看一眼吃得很香的姜暮，所以只要她转头看他，便能发现他眼里挂着淡淡的笑回应她。

每当三赖或者铁公鸡问她还要不要虾滑或者黄牛肉时，姜暮都傲娇地说："我要我哥帮我下。"

靳朝只能一次又一次直起身子帮她拿菜，到后来干脆不躺了，直接坐在躺椅上，等菜涮得差不多了再夹到她碗里。

三赖忍不住说道："我们下的菜有毒啊？"

靳朝抿嘴笑，金疯子也大笑着递酒给姜暮，被靳朝一个眼神瞪了回去。

三赖拍着金疯子的肩骂道："你真是有了大病，老给她喝酒干吗？"说着转头看向姜暮："来点饮料呗。喝什么？"

姜暮这会儿吃热了，坐在暖气十足的角落，鼻尖冒出了细微的汗，她仰起头问道："有雪碧吗？"

三赖站起身回道："有，我的大冰箱里啥都有。"

姜暮愉快地举起手："要加冰块。"

靳朝在旁边说道："喝个常温的就行了，还加什么冰块？"

姜暮扭过头就竖起一根手指："就一块。"接着又竖起一根手指，"还是两块吧。"紧接着再次竖起两根手指："四块好吗？'四'这个数字不吉利呢，五块吧，好不好吗，哥？"

靳朝看着她讨价还价的样子，还带着点娇嗔，便纵容地扭过头，没再说她。

金疯子喝多了，聊着聊着就说道："前两天小勇车子撞了，虽然人没事，但估计很长一段时间都活跃不起来了。"说完，好像突然意识到姜暮在场，他咂了下嘴，看向靳朝。

靳朝倒是神色平淡道："她知道了。"说完，意味深长地盯着姜暮，"那场抢夺赛，她是我的领航员。"

此话一出，在座的两人和拿着雪碧回来的三赖全都怔住了，齐齐转头看向埋头吃肉的姜暮。

金疯子率先反应过来，拿起酒杯就往桌上磕了一下，对着姜暮说道："妹子，知道领航员对于一个车手而言意味着什么吗？"

姜暮放下筷子望向他，金疯子半开玩笑半正经道："就像爱人，能成就车手，也能随时要了车手的命。所以有酒从来不会轻信任何一个人。"

三赖将雪碧倒进透明的玻璃杯，又将冰块丢进雪碧里，气泡升腾，亦如姜暮此时的内心。从未有过的悸动悄然而生，瞬间蔓延至四肢百骸，那一秒，她听见了自己心跳的声音。

四个男人酒足饭饱后把东西收拾好便打起了麻将。姜暮搬个小板凳坐在靳朝身旁，一边看春晚一边嗑瓜子，看到好笑的小品时她自个儿在旁边捂着嘴傻乐。靳朝搓着牌，不时用余光扫她一眼。虽然往年

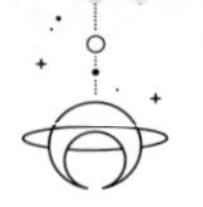

过年也是和兄弟在一起打牌度过，但是今年身边多了个小尾巴，心里空洞的角落像被什么填满了，他的眉眼也舒展开来。

夜里十二点的时候，姜暮的手机响了。她放下零食，拿出手机看了一眼，居然是靳朝给她发红包。她错愕地抬头看向他。他依然盯着眼前的牌，脸上是难得惬意的神态，随手拿了一张牌扔了出去。

姜暮抿着嘴低下头，随着红包被点开发出声响，在座的三个男人都抬起头看了过来。还是三赖最先反应过来，回头看了一眼电视上的时间，说道："新年了啊。"然后发了个红包给姜暮，对她说："小暮暮，给你压压岁。"

铁公鸡和金疯子也给她发了红包，姜暮有些不好意思收。她情不自禁地去看靳朝，三赖说道："我们给你的压岁钱，你看他干吗啊？"

金疯子插话道："我们这儿的规矩，没工作的都能拿压岁钱。"

姜暮还是拽了拽靳朝的衣角，不知道该怎么办。他低下头，接过她的手机，把几个红包一起点开，然后将手机还给她。

姜暮脸上挂着盈盈的笑，乖巧地给几个哥哥拜年。

换作往年，四人大概率是要打通宵的，但是今年靳朝身边多了个小尾巴，刚过十二点，他们就草草结束了牌局，各回各家了。

靳朝刚起身，姜暮就凑到他面前小声问道："我今晚能不回去吗？反正……爸也不在家。"

靳朝严肃地说道："你这夜不归宿的习惯得改改。"

姜暮嬉皮笑脸地说："我又不是跟外面的坏人混在一起。"

靳朝转身往外走："你怎么知道我不是坏人？"

"没坏到我身上你就是好人。"

靳朝拉开门，回头瞧了她一眼，什么都没说就出去了。姜暮跟着他走到了隔壁。靳朝回头看向她："钥匙。"

姜暮把钥匙拿出来，然后将那个"朝思暮想"的钥匙扣解下来，把钥匙递给他。

靳朝接过钥匙，抬眼盯着她手上的东西。

姜暮晃了晃，对他说："这个送我吧，你应该不需要了。"

靳朝蹲下身拉开卷帘门，回道："你又知道了？"

姜暮笑着说："知道呀，我都在这儿了，你还用得着朝思暮想吗？"

靳朝顿了一下，站起身，眼里蕴着光盯着她。姜暮抿着嘴踏入修车行。靳朝拉上卷帘门，望着她轻快的背影，眼里的光越发深邃。

姜暮径直走进休息室，靳朝也跟了进去，打开暖气，把椅子推给她。姜暮坐下后，靳朝将另一把椅子提到她面前，往上一坐。刚才人多，他没好多问，这会儿才开口："不是说好回去的吗？跟你妈吵架了？"

姜暮垂着眸抠着自己的指甲盖，耷拉着脸嘀咕道："我妈说……她要回去把房卖了。"

靳朝没出声，微微皱眉，姜暮继续道："她之前说要跟外国老头儿去澳大利亚生活，我就觉得不太靠谱，现在去一趟回来直接就要卖房了，就跟被人洗脑了一样。我就是怕她被那个人骗，又不是一个国家的，她要真被骗，维权都困难，你觉得呢？"

靳朝沉吟了片刻，说道："我没法下结论，毕竟我没见过那个人。不过，你有没有想过一件事？"

姜暮抬起眼望着他。

"她和靳强分开这么多年都没找，你觉得她会将就吗？她做出这个决定必然有她的原因，你以后也会有自己的家，找个合得来的人不容易，她总不能一个人过到老。"

姜暮脱口而出："我之前就想过了，不结婚，和妈一直一起生活也挺好，就是结婚也能带着她一起过。"

靳朝笑了起来，姜暮被他笑得脸颊发烫，她也意识到自己的话有些幼稚，嫁不嫁人这事儿不是她现在意气用事就可以判定的。

空气安静了一瞬，靳朝压住唇角的笑意，斜着眼看她："真不打算嫁人啊？"

姜暮转开视线，看着维修间，心里有种被羽毛挠着的感觉，她红着脸说："我……怎么知道……"

靳朝问她："你试着跟她沟通过没有？"

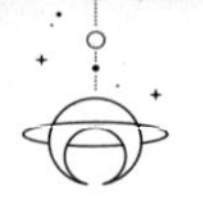

姜暮点点头："不知道说了多少遍，高考前为了这事儿没少吵。"

靳朝双手交叉搭在膝盖上，注视着她："既然这样，你也改变不了什么。如果我是你，与其瞎操心，不如把眼下自己的事情忙好。她以后过得好，你也可以放下心；要是过不好，起码你有能力让她安度晚年。"

靳朝在休息室发黄的光线下显得沉稳、可靠，姜暮好像在靳朝的这番话中渐渐得到不一样的思考角度。她的确很怕Chris给不了妈妈安稳的生活，怕她跟着Chris去国外会因为各种问题不如意，所以三番五次想阻止妈妈，却根本没想过妈妈也需要另一半，也需要有个人在她脆弱的时候给她依靠，在她孤单的时候陪着她，在她无聊的时候和她一起打发时间。好像自从爸爸离开后，妈妈就理所当然地和她相依为命。她只顾着担心妈妈的安危，却根本没有考虑过她的需求。姜迎寒的确是个妈妈，可她也是个女人。

姜暮的确做不了什么，如果可以干扰姜迎寒的决定也不会走到今天这步，只是她依然有些郁闷说："可是妈把房卖了，我要是回苏州，真的就连落脚的地方都没有了。"说完，她抬起眸看向靳朝。在昏暗的光线下，她就这样凝视着他，嘀嘀咕咕道："以后我要是无家可归了怎么办？"

她的声音软糯得让靳朝想起小时候在南方吃的一种蒸糕，他听在耳中，没有说话，只是垂着眸笑。

姜暮鼓了鼓腮帮子："有什么好笑的？"

靳朝干脆直起身子靠在椅背上，双眼直勾勾地瞧着她。姜暮觉得他可能是喝了不少酒的缘故，连眼神都那么醉人，瞧得她越来越局促，只能看向天花板，蚊子哼哼似的声音从喉咙里挤出来："爹不管，妈不要，哥不疼……"

靳朝的笑蔓延至眉梢，细碎的光从他眼底化开，声音是微醺后的松弛："你想让我怎么疼？"

姜暮的心脏怦怦地跳，她没想过靳朝的一句话居然会让她心窝痒痒的，她不知道这是什么感觉，没有喝酒，却有些醉。

靳朝望着她通红的脸颊，不再看她，起身倒了杯水放在她的手边，才又重新坐回椅子上。

虽然刚才姜暮多少有点耍脾气，但靳朝真这样问了，她却一个字都说不出口。她憋了半天才挤出一句："我不逼你了。可是你不能拿自己的命开玩笑，就是无论如何也要保证安全，这个可以答应我吗？"

靳朝扬眉注视着她，她的双眼剔透、清澈，表情是那样认真，一眼就能让人看见她眼底的担忧、真挚和纯粹。

姜暮见他不说话，身体向前倾去，试探地问道："很多钱吗？民事赔偿？"

靳朝脸上的松弛渐渐收了起来："从哪儿知道的？"

姜暮咬了咬唇，终是没有回答，她怕他想起那段往事。

可靳朝替她说了出来："你妈吗？"

姜暮垂下了眼帘，低声说道："妈说把房子卖了会留笔钱给我，我和她谈谈，让她先拿一部分给我。"

靳朝没有说话，气氛逐渐冷了下来。姜暮悄悄抬眼去看他，他的表情很冷，眼里也仿佛覆上了一层拒人于千里之外的寒霜。她只是不想靳朝去干那些危险的事，她想尽快帮他还清那笔债，可是她意识到靳朝不会接受妈妈的钱。当初妈妈袖手旁观，他自尊心这么强的人现在又怎么可能让她跟妈妈开口？

姜暮急得眼圈一下子就红了："我不说了。"

靳朝叹了一声，半弯下腰来对她道："不是钱的问题。"

姜暮不解地看向他："那是什么？"

靳朝只是抬起手揉了揉她的脑袋，对她说："快两点了，不睡觉了？"

"不瞒你说，我从中午睡到傍晚，现在一点都不困。你困了吗？我陪你睡吧？"

话说出口，两个人都愣了一下，姜暮蓦地站起身解释道："不不，我的意思是，你睡你的，我就……就在旁边坐着。"

靳朝抬起眼皮："坐着？"

姜暮尴尬地贴在桌边，靳朝缓缓地站起身，对她说："那你坐吧，我去冲个澡。"说完，他便走进屋中。

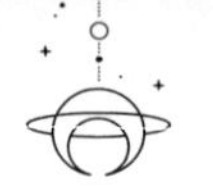

不一会儿，姜暮就听见水声传来。她摸了摸自己的脸，有点烫，也没看手机，真在那儿干坐了十多分钟。

水声停了，靳朝的脚步声在房间里响起，姜暮站起身撩开帘子站在房间门口。房间很暖和，靳朝只穿着一件短袖，他背对着姜暮抬手拿放在架子上的吹风机，T恤被掀起一角。姜暮直愣愣地盯着他紧实的腰，瞬间就感觉浑身紧绷起来。

之前三赖告诉她，靳朝高中时擦玻璃，好多女生会偷看他的腰。那时她还不明白腰有什么好看的，此时此刻她依然不知道腰有什么好看的，可她就是挪不开目光。

靳朝拿起吹风机插上电，用余光瞥了她一眼，见她呆呆地戳在门口，便用热风朝她吹了一下，随后低着头吹头发，问道："在看什么？"

姜暮当然不会告诉他她在偷看他的腰，于是眼神瞟到架子上，说道："看你平时看的书。"

"感兴趣？"

"……也不是。"

"……"

靳朝吹干头发后转头看向她，觉得两人不能总在这巴掌大的地方大眼瞪小眼，于是默了片刻，说道："送你回去。"

靳朝重新穿上外套，拿起车钥匙。姜暮只好跟着他走进棚院。那辆黑色的车子，靳朝好像只有在这种夜里才会开出去，白天一般不会动。姜暮不懂车，但她见识过这辆车的速度，知道这是靳朝用来挣钱的家伙，所以之前他才会那么谨慎。

上车后，姜暮便问道："你们那天抢夺赛的规则是谁先拿到那袋东西谁赢吗？"

靳朝将车子开上寂静的街道，应了一声。

姜暮接着问道："那钱一般是谁给？"

"谁发起的谁给。"

"你们是有个庞大的组织吗？"

靳朝没有回答。

姜暮又问道："每次都是这么玩吗？"

"不一定，这种闹着玩的局不多，有的富二代闲着没事会弄一两场。"

姜暮吃惊道："闹着玩？那不闹着玩的时候是什么样？你们平时都是怎么联系的呢？"

靳朝剜了她一眼，收回视线道："你还真敢问。"

姜暮侧头看着他，听见他继续说道："那天之所以会说你是我对象，是因为只有这样才比较合理。他们都知道我家里的妹妹才上小学二年级，突然多出个这么大的妹妹，他们会对你的身份产生怀疑。这个同盟的存在不是一天两天，他们有自己的一套把控风险的方法，但凡出现一个外人，就很容易被盯上。所以当时的情况下我只能那样说，让他们认为你是我的人才能打消他们的猜疑，其他的，你知道得越少越好。"

姜暮突然觉得细思极恐，她想起了靳朝手机上那个数字命名的App，他们没有通过微信或者QQ联系，所以那个App就很可疑，这或许也是靳朝口中规避风险的一种途径。

上次闪电出事时，大光说靳朝碰了同盟的利益，所谓的"同盟"会是这个地下组织吗？靳朝到底干了什么事？

所有的疑问像一张密密实实的网，在姜暮眼里既危险又恐怖。

靳朝见她表情凝重的样子，笑了起来："我是去赚钱，赚完钱走人，又不是去杀人，你慌什么？"

姜暮却担忧道："会一直下去吗？还是等钱还完？"

"顶多半年。"

"半年就能还完钱了吗？"

靳朝看上去很随意："差不多吧。"

这算是那天姜暮和靳朝为了这事儿争执以来，他第一次正面给她的答复——半年的期限。姜暮稍微松了口气。

靳朝用余光看见她如释重负的模样，眸光深沉，不再多言。

姜暮从来没有看过凌晨的雪景，当下大街上一个人都没有，靳朝

开得也不快，她拿出手机拍了几张照片。

苏州也会下雪，但不是每年都下雪，即使有时候下场雪，第二天起床，街上的雪已经被清理掉了，到了下午，雪差不多都已化了。

所以一到下雪天姜暮总会很兴奋，特别是铜岗这里的雪，厚到让人忍不住想去踩踩。

她记得小时候，只要下雪，她和靳朝准得一大早出门寻找没被踏过的雪地一顿猛踩。如果出门晚了,楼下干净的雪被其他小朋友破坏了,姜暮总是很失望。

车子开到一片空旷的广场前，放眼望去，一整片白茫茫的雪地。以前这样一片雪地对他们来说是很珍贵的，姜暮眼巴巴地看着，扭头对靳朝说："能停车吗？我想下去玩会儿。"

靳朝缓缓地将车子停在路边，提醒她："外面冷。"

"就一会儿。"

靳朝看她蠢蠢欲动的模样，知道她想干吗，只好陪着她下车。

雪已经没到姜暮脚踝了，她一下车就朝那块空地奔去。靳朝在后面朝她喊道："别跑，还没摔够？"

姜暮哪能顾得上，回过头来对靳朝说："你等我一下，我要踩出个形状，然后你帮我拍张照，记录新年的第一天。"

靳朝不明白女孩为什么对拍照这种事情如此执着,只好在旁边等着她。

在姜暮卖力地踩雪时，靳朝站在广场边的路灯下点燃一根烟。铜岗每年冬天都会下大雪，有时候一下就是很多天，他已经没了儿时对雪地的新鲜感，也失去了玩乐的兴趣，但他依然顶着天寒地冻看着那个女孩兴奋的身影，陪着她挨冻。

姜暮慢慢踩出一个爱心的形状，她站在心形尖上抬起头看向靳朝。他的身影被路灯镀上一层光晕，拉得颀长，丝丝缕缕的烟雾从他手指间飘出，星火点点，梦回旧景，花非花，雾非雾，人还是那个人。

姜暮脸上的笑在茫茫天地间明艳得不可方物。她举起双手放在头顶对着靳朝比了个心形。靳朝夹在手指间的烟被他捏紧，下一秒他听见姜暮喊道:"我摆好姿势了,你照呀。"他捏着烟的手指才渐渐松开……

第二卷

烫了心，惊了梦，
烟火四起，坠入星河。

Chapter 14

朝思暮想

希望父母各自健康安乐，希望靳朝前路顺遂，

希望他们朝朝暮暮。

姜暮玩尽兴了，裤脚和鞋子全湿了，她一上车就不停地哆嗦：“哥，我好冷，怎么这么冷呀？”

靳朝把暖气开大了些，对她说：“把鞋子脱了。”

姜暮把湿冷的鞋子和袜子都脱掉了，双脚被冻得都快没有知觉了，她一直往靳朝那边缩。靳朝垂眸看见她缩成一团的模样，侧身过来替她系好安全带，无奈道：“坐好，我开车了。”

小区里面积雪已经很深，车子开不进去，靳朝只能将车停在小区外面，然后下车绕到副驾驶座那边。他背过身去，姜暮拎着自己的鞋子爬到他的背上。靳朝用外套包住她环在自己身前的小脚，带着她往小区深处走。

小时候靳朝也会背姜暮。每次姜暮陪靳朝去模型店，他和其他小伙伴如果玩久了，姜暮就会撑不住，睡在旁边的小沙发上。她小时候总是玩着玩着突然就困了睡着了，每次都是靳朝把她背回家。家门口的人总是笑他们兄妹是大孩子背着小孩子，而靳朝从来都不忍心喊醒她，当然，大多数情况下，他想喊也是喊不醒的。

现在的靳朝已经是个成熟的男人了，他的背很宽，给人安全感，让姜暮不禁把脸贴在他的后颈上，他身上沐浴过后的薄荷味和淡淡的酒气让她有些着迷。

姜暮身上微甜的气息从靳朝的衣领钻了进去，他的脚步没停，脖

子却有点不自然地僵着，他出声问她："困了吗？"

姜暮呢喃般"嗯"了一声，靳朝便一口气将她背到五楼。之前姜暮真的以为这辈子靳朝再也不会像小时候那样背她上楼了。黑暗的楼道、怦怦的心跳声、寂静的夜似乎翻开了旧时光里的一些画面，姜暮好似回到了小时候，变回那个在靳朝面前毫无保留的自己，随心所欲地依赖他。

到了靳强家门前，靳朝对她说："开门。"

"我先下来。"

于是靳朝一只手伸到后面，环着她的腰直接将她提到身前。姜暮不知道他是怎么做到的，他的力气真的很大，黑暗中，她只是感觉身子一晃就已经到了他面前，而他始终没有让她的脚沾地。

姜暮赤着双脚踩在靳朝的鞋子上掏家门钥匙，靳朝的手虚扶在她腰侧护着她，他的呼吸落在她的头顶，距离近到两人的身体几乎贴在一起。

突然，姜暮抬起视线，靳朝眼底发烫的光荡到了她心底，自己像被揉碎了，化在他的眸中，她意识模糊到甚至忘了掏钥匙。

靳朝见她突然一动不动，便垂下视线，看到了她那张柔润的脸。记忆中那张圆乎乎的小脸已经长成如今动人的模样，眼睛像蒙了水汽。他想象过很多次她长大后的模样，每一种都带着儿时的可爱和稚嫩，却从未想过那个活在他记忆中一直是小孩子的她会像今天这样，眉眼间透着少女的妩媚，虽然依然有些女孩子的不成熟，但这样青涩娇羞的模样对男人来说是要命的。

姜暮感到腰间的手突然收紧，靳朝低下头来，嘴唇微抿，喉结随着光影缓缓滑动。那一瞬，她蒙了，双眼不停地闪烁，紧张得心跳骤停。然而靳朝只是弯腰从她口袋中拿出家门钥匙，便直起身子将大门打开，提起姜暮放在柔软的地垫上，然后给她拿拖鞋。

双脚落地后，姜暮的呼吸还是停滞的，胸腔的空气仿佛被夺走了，她无法自主呼吸，脑子是晕乎的。

过了会儿，姜暮回过神来。因为裤脚湿了，她只能匆忙回房间拿

换洗衣服。其间，他们俩一句话也没说。姜暮是突然有点不知所措，不知道该说什么，可她不知道为什么靳朝进门后也没有出声，只是走到玻璃缸前用手敲了敲，查看靳昕养的两只乌龟。

姜暮拿着换洗衣服准备走进浴室的时候，回过头看见靳朝已经重新拿起放在桌上的车钥匙，她连忙问道："哥，你要走了吗？"

靳朝转头看向她："不走干吗？"

姜暮眨了下眼，气息无声地流动着，她的声音不大，却带着让人无法抗拒的柔软："小时候我们都是一起守岁的，你怕我睡着，还会跟我讲很多好玩的故事，你好久没给我讲过故事了。"

靳朝失笑，说道："你每次一个故事都坚持不了。"

"这次我不睡。"

靳朝垂下眼帘，沉默了几秒，然后提醒道："你不小了。"只是他自己也不知道，这句话是在提醒她还是在提醒自己。

姜暮明白靳朝的意思，她不是小孩子了，他们不能再无所顾忌地躺在一起天马行空。可她真的很怀念那样的日子啊，这么多年来，她的大年夜都是一个人守岁，今年她不想再一个人守岁了。她吸了吸鼻子，说道："没你大，我永远都是小的。"说完，双眼莹润地望着他，"好吗？"

靳朝拿起手机看了眼，然后说道："最多待一个小时。"

姜暮便赶紧走进浴室简单洗了洗，换上她绒绒的睡衣。靳强住的是老房子，暖气效果并不是很好，她出来后就往房间跑去，对客厅里的靳朝喊道："哥，帮我拿下吹风机。"说完，她坐在床上笑了起来。如果他们之前没有分开过，一直生活在一起的话，也是这种状态吧，他们会因为生活上的琐事使唤对方。

不一会儿，靳朝拿着吹风机进来，走到床头帮她插好插头。他刚想把吹风机递给她，她已经很自觉地挪到床边，把头伸了过去。靳朝只得打开热风，站在床边替她吹头发。

靳朝记得，姜暮小时候是留长发的，上幼儿园的时候都要早点起来梳辫子，而且梳辫子的时候，她一直闭着眼坐在小板凳上打盹。那时他一直不能理解为什么有人能坐着睡觉，后来发现她不仅能坐着睡觉，还能站着睡。

有一次，暑假里的一天，姜迎寒早上有事出去了，姜暮醒来后找不到妈妈，就抱着她的小兔子跑进他的房间，掀开被角钻进他的被窝，一头埋进他胸前继续睡。他还记得那个早上她起床后披头散发的样子。当时，他把姜迎寒留好的饭热给她吃，结果她头一低，一些头发就掉进了碗里，她非要缠着他帮她把头发扎好，不然她不肯吃饭。他哪里会扎头发，只能瞎捣鼓。他忙活了大半个小时，她一头的小辫子，像个外星人一样，出门后被楼下那个姓王的小孩嘲笑，追着她喊她是花园宝宝唔西·迪西。那天以后很长一段时间里，家门口的小朋友都叫她唔西·迪西。这可把他的小暮暮气坏了，哭着跑回来找他，要他认真学习梳辫子。于是他真的慢慢地学会了梳辫子。

现在的姜暮已经不需要扎辫子了，头发很短，经风一吹，乱七八糟地顶在头上，但依然是细软的触感。

姜暮余光还能看见那只飞镖盘，她之前临走时把信件重新放了回去。现在她知道那只飞镖盘后面有着他们这么多年来对彼此的惦记，心里仿若灌了蜜一样。

暖风从姜暮的发根吹过，靳朝修长的手指穿梭在她的发丝间，她感觉很轻、很柔，很舒服。她闭着眼对他说："之前问你，你不是说过年会回爸家过吗？"

风声夹杂着靳朝低沉的嗓音："现在不是回来了吗？"

姜暮心里不是滋味。虽然往年过年她家里人不多，可妈妈一直没有再婚，她能和妈妈在一起，然而靳朝的处境和她不一样，他可以和靳强、赵美娟相处，但让他去赵美娟的父母家，到底有些格格不入。所以，这么多年他都是一个人过年吗？姜暮没忍心问，只是想到这些便感觉心口疼，她情不自禁地将脑袋搭在靳朝的胸前。

靳朝握着吹风机的手顿了下，他微微蹙起眉。几秒过后，他将风力调小了一挡，叫道："暮暮。"

姜暮埋在他胸前"嗯"了一声。

“你……”他只说了一个字，后面的话都卡在喉间，过了半晌，他才问道，“你妈这次过来有没有对你说什么？”

“你指哪方面？”

“她既然提到我身上的债，应该也说过叫你和我保持距离吧？”

姜暮垂着头，没有说话。靳朝的表情一直僵着，他默默地帮她把头发吹干，然后关上吹风机，准备出去。姜暮忽然扯住他的衣角，靳朝回过头来，见她的脸露了出来，对他说：“如果爸也对你说同样的话呢？假如今天是我出了事，靳强让你和我保持距离，你会答应他吗？”

姜暮继而替他回答道：“你不会的，又凭什么让我听妈的话？”

靳朝若无其事地说道：“嗯，看出来了，你现在进入叛逆期了。”

姜暮盯着他咯咯笑。

靳朝把吹风机放好，姜暮对他喊道：“哥，我要喝水。”

不一会儿，靳朝端着两个杯子进来，把其中一杯递给她，说：“事这么多，怪不得说不嫁人，还挺有思想觉悟的。”

姜暮接过水杯，笑道：“你怎么知道我以后不会是好妻子呢？”

靳朝拖了个垫子过来，放在床边的地板上，然后靠在床头柜上，弯起眼角评价道：“难。”

姜暮不服：“我可温柔、可贤惠、可善解人意了，你不懂。”

靳朝挑起眉梢睨着她：“你说的这人我认识吗？”

姜暮拿起枕头就要砸他，靳朝手挡了下，笑着夺过枕头，对她道：“还有家暴倾向，可别祸害人了。”

姜暮气道：“我才不祸害别人呢，我就祸害你。”

靳朝脸上依然挂着淡淡的笑意，然后垂下视线，将枕头放在腿上，没再看她。姜暮突然意识到自己说了什么，咬了下嘴唇，不再说话。靳朝的突然沉默让姜暮又紧张起来，她偷偷去看他。他手中的水杯冒着热气，袅袅地融入空气，气氛变得暧昧不清。夜很静，两个人很近，姜暮不敢动弹。

靳朝缓缓地喝了口热水，将枕头递给她：“真打算不睡觉了？”

姜暮摇了摇头，说道：“还是要睡的，我明天还要去看闪电，一起去吗？”

“等你睡醒吧。”

“我不可能睡醒的，你记得喊我。”

靳朝看了看时间。姜暮怕他马上就要走，便把枕头放在床边，下巴搭在枕头上，说道：“哥，你能给我说说小时候的事吗？好多我都记不得了。”

靳朝侧过头来瞧着她：“你想听什么？”

“想知道爸妈因为什么事才决定离婚的。我知道他们老是吵架，可是总有件事情让他们下定决心，不是吗？”

靳朝的目光微抬，窗帘在墙上投出晃动的影子，仿若把他的思绪晃回了童年。

那天傍晚，吃完饭没多久，姜迎寒带着暮暮洗澡，靳朝在房间写作业，靳强在收拾碗筷。这一天没有什么特殊的，是再平凡不过的一天。

姜迎寒看着暮暮自己爬上床后，就走进了厨房。靳强洗完的碗已被放进柜子，几只盘子丢在水槽旁。姜迎寒把盘子从水槽里拿出来，质问靳强为什么每次做事情都要留个尾巴、是不是什么事情都做不好。靳强也发了火，对她说，如果觉得他做得不好，那就离婚，去找做得好的人。

当时，靳朝没睡，隔着一扇房门听着他们翻东西的声音，他们说第二天去民政局办离婚。他以为他们只是像往常一样吵架，一觉过后就会继续将日子过下去。可第二天放学回家后他才知道，他们真的离婚了。

是什么引起的呢？

靳朝声音很沉地告诉姜暮：“几只盘子吧。”

姜暮怎么也不会想到，父母离婚的导火索是几只盘子。男人和女人经历试探、摸索、磨合，最终经历万难结合，在一起生活，为什么

会因为几只盘子离开彼此呢？她的下巴陷进枕头里，表情前所未有地复杂。靳朝侧眸看着她，想到她说过不打算结婚，大概那句话并不是不经大脑说出口的，父母离异多少给她带来了对婚姻的恐惧，这一点是他没有想到的。

那时他虽然时常提心吊胆，担心靳强和姜迎寒在气头上动手，但他已经懂事了，多少能理解他们过不好的原因，有时候也会因为他们的争吵不休而感到疲惫。而那时姜暮还小，在她的世界里，爸妈离婚就跟天塌下来一样严重，她无论如何也承受不了这样的现实。

这是靳朝第一次发现靳强和姜迎寒离婚对姜暮造成的影响。

靳朝不喜欢花费大量口舌讲大道理，但此刻他感觉到面前的女孩陷入了某种困惑，便渐渐屈起一条腿，对她开口道："没有不幸的婚姻，但是的确有很多不幸的夫妻，不是婚姻带给他们灾难，人要是真的想逆天，即便山高路陡，也能走出一马平川的道来，还是事在人为。"

靳朝的话让姜暮突然想起那次和爸爸去饭店吃饭，她有些惊讶于靳强生吃大蒜的习惯，因为在她和妈妈的家里，大蒜只是偶尔出现在荤菜的配料中。当时，靳强很自然地拿蒜给靳朝，这说明，在他们的生活中，生吃蒜是很正常的饮食习惯。可她不喜欢蒜，靳朝便一直捏在手上，没有动。姜暮现在回想起来，感触良多。两个来自天南地北的人到底经历多少磨合才能融入对方的生活，她不知道，但她从靳朝身上看到了迁就和包容，或许这就是靳朝所说的事在人为吧。如果那天晚上爸爸默默地把盘子放回柜子里，爸妈是不是就不会离婚了？也许结果不会发生多大变化，爸爸和妈妈都不想再为对方努力改变什么了吧？好像就在一瞬间，姜暮就想通了，因为她从靳朝身上看到了另一种出路。

她轻轻眨了眨眼，望着他，脱口而出："朝朝，你以后肯定会是个好丈夫。"

靳朝莫名其妙地被夸了一句，嘴角微弯，声音略沉："是不是好丈夫这事儿，得由妻子来评价。"说完，他转眸看向她。

姜暮心跳漏了半拍。靳朝的话听上去没毛病，她站在妹妹的立场自然无法评价他是不是个好丈夫，可她这样大胆地评价了，他是在提醒她不要逾矩吗？姜暮不知道，也不敢猜，但想到他终有一天会娶妻生子，她就感觉一股挥之不去的雾气堵在心口。她喃喃道："那你想过什么时候结婚吗？"

靳朝愣了下，抬起头，无意识地看向房间某处，沉默了片刻，然后说道："没想过。"

姜暮又想起一些琐碎的事，念叨道："小时候，有一次在家看见你和一个大姐姐一起放学进小区，我在楼上喊你，你没理我。我可生气了，一直在想你以后要是找了女朋友，是不是就再也不会理我了。"

靳朝错愕道："什么时候的事？"

姜暮打了个哈欠，说道："我应该上二年级了吧，你那时候已经上初中了。"

靳朝不知道她是从哪儿来了气，半低着头扯起嘴角笑了笑。

姜暮又嘀嘀咕咕道："我看见过好几次。那个姐姐对着你笑得可欢了。我告诉你，你走了以后，她还来家里按过门铃找你呢！"

靳朝眼里带着玩味的光，问她："那你怎么回的？"

姜暮翻过身来，噘了下嘴，说道："我就说嘛，你记得吧？"

靳朝说道："人小鬼大。"

姜暮立马反驳道："我不小了。"

靳朝缓缓站起身，说道："是，刚才不知道谁才说自己小的，反正你在我面前就是孙悟空他徒弟。"

"什么意思吗？"

"会七十二变，忽大忽小。"说完，他走向门口。

姜暮笑道："你去哪儿？"

靳朝回过头来，看着她："不走，我出去抽根烟。"

姜暮这才放下心来。

靳朝独自坐在客厅里看了会儿手机。他知道姜暮其实已经困了，他要是在房间里待着，她会一直硬撑着。所以他干脆出来坐会儿。看

时间差不多了，他才进去看了她一眼。

姜暮的确已经闭着眼躺在床边一动不动了。

靳朝走到床前，将她往里面推了推。姜暮闭着眼声音呢喃：“哥……”

靳朝不确定她是不是醒着。

姜暮抱着枕头，眼睛缓缓睁开一道缝：“我的确是姜暮，但我也是你的靳暮暮，新年快乐。”说完，她又闭上了眼，而她的话却像一缕轻烟充斥在靳朝的胸腔间。他弯腰替她把被子拉过来，将被角掖好。准备直起身时，他瞧了眼她纤长的睫毛，睡着的时候还微微抖动着，好像受了很大的委屈一样。这大概是她第一次离开妈妈，独自过年，虽然嘴上不说，但心里应该是难过的。一根发丝落在她颊边，靳朝抬手将那根发丝撩到她耳后。她的唇泛着淡粉的光泽，很柔软，手指不经意间的触碰让他停留了一瞬，便迅速收回手，他不舍得再碰她一下。

姜暮醒来的时候发现有两个未接来电，全是靳朝打来的。她回拨过去，电话很快就接通了。她慌忙跳下床，对他说：“我睡着了，没听见。你现在在哪儿？在修车行吗？我马上过去，李医生说过了四点就没人值班了，我们得赶紧去医院。”

她噼里啪啦说了一大堆，靳朝只回了两个字：“穿鞋。”

姜暮把手机拿到眼前瞧了瞧，又瞧了瞧自己赤着的双脚，她都怀疑自己是不是按成了视频通话，不然靳朝怎么知道她跳下床没穿鞋。

她把鞋穿好，才听见靳朝继续说道：“过去顶多半个小时，来得及，你慢慢收拾，吃点东西再出来。我在小区门口。”

姜暮压根儿不知道靳朝是什么时候回去的，居然已经来了。虽然靳朝让她不用着急，但她还是以最快的速度出了门。

楼下的雪依然很厚，不过姜暮今天穿的是中筒马丁靴，她还穿着一件设计入时的亮面拼接外套，收腰的设计特显个子高。过冬的衣服是她来铜岗之前妈妈帮她打包过来的。姜暮平时上学，所以一次也没穿过这件外套，想着过年就稍微打扮了一下。她从远处走来，就是个时髦的年轻女人。靳朝只瞥了一眼就移开了视线，压根儿没想过远处那个苗条的女人是姜暮。

姜暮倒是还没出小区就看见了靳朝。他穿着御寒的黑色长款羽绒服，只身一人站在冰天雪地里，周围踩出了一圈脚印，那道黑色修长的身影在一片白雪地里特显眼。离得很远，她就对着他挥手。

靳朝因为她的动作再次转过头看向她，直到姜暮走近才认出她。他不确定她是不是化了淡妆，嘴唇像樱桃一样莹润，睫毛纤翘，本就光滑细腻的皮肤更加白皙、通透。他不得不承认“女大十八变”，她只不过换了一套妆容，他差点就没认出来，平时看惯了她穿校服运动裤的模样，现在她好像突然蜕变成了一个让人眼前一亮的轻熟女。

靳朝双手抄在口袋里，不动声色地瞥了她一眼。

姜暮问他：“你来多久了？”

“电话没打通就干脆过来了。”

姜暮笑道：“你怎么不上来叫我啊？”

“还早，你多睡会儿也赶得及。”随后，他挪开视线，指了下公交车站台，示意她过马路。

姜暮跟在他身边，转头问道：“你不冷吗？把手给我。”

“干吗？”

“给我。”

靳朝的右手从口袋里拿了出来，姜暮把一个小小的暖手宝塞进他掌心，他握紧焐了焐。姜暮又拿出一个暖手宝，告诉他：“我还有一个。这个就送你了。”

靳朝拿起来手中的那个瞧了瞧，上面的图案是橘黄色造型奇怪的丑鸭子，这只鸭子双手叠在一起打开往外发射一颗爱心。他“啧”了声，说道：“还喜欢卡通图案啊？”他以为，姜暮好歹是这么大的姑娘了，得成熟点了，没想到她跟小时候基本没啥变化。

姜暮却跳到他面前，不服道：“你懂什么，这个是‘爱你鸭’。”她学着那只鸭子的造型，伸出双手对着空气发射了一颗爱心。

靳朝看后弯了唇角，问她：“你的是什么？”

姜暮把口袋里的那个拿给他看。同款丑鸭子，屁股后面还冒着一

股烟。

靳朝说道："你这个鸭子不太文雅。"

姜暮大笑起来，说道："我就说你不懂吧，我这个叫'冲鸭'。"

靳朝不知道她哪里来的这些奇奇怪怪的叫法，低头看了眼他手上的"爱你鸭"，似乎稍微顺眼了一些，于是放入兜中。

姜暮问他："没开车吗？"

"雪厚，不开了，反正也没什么要紧事。去医院的公交车正好是条观光路线，想看看吗？"

姜暮来了兴趣："好呀。"

靳朝走在她身旁，余光漫不经心地扫着她。

姜暮抿着嘴，歪头问他："好看吗？"

靳朝明知道姜暮在问自己她这样穿好不好看，他却故意扬起眼角，回道："是挺好看的，能看到雾隐寺的塔楼。"

姜暮鼓了下腮帮子，气道："哥，你这样能找到女朋友就怪了。"

靳朝只是垂着眸笑。

姜暮的马丁靴底子比较厚，等公交车的时候，她就在站台边蹦蹦跳跳地踩雪，她踩得"咯吱咯吱"的，一刻也闲不下来。靳朝安静地看着她闹，在她每次要滑倒的时候默默地移一步替她挡着。

不一会儿，公交车来了，车门打开，上下车的台阶上结着一层冰，靳朝先踏上去，然后将手伸向姜暮。姜暮看着他宽大的手掌，把手交给他。靳朝牢牢地攥着她的小手，拉她上车，然后付钱。姜暮感觉到他本该拿笔的手因为常年的活计而变得粗糙，有些心疼，另一只手也伸出来握住他的手。

铜岗没有地铁，可能是下雪的原因，今天不少人出门拜年都选择坐公交车。车上人还挺多，没有空位，靳朝带着姜暮走到车厢的后面。站定后，他低头看了眼她紧紧握着自己的双手，轻轻抽了下，对她说："真当我是扶手了？"

姜暮尴尬地缩回手，扶住旁边的扶手。

面前的一位大妈听见他们的对话，笑道：“我正好下一站到，让你女朋友来坐。”

姜暮感觉更尴尬了，她正在犹豫要不要跟这位大妈解释一下，靳朝已经将她推到座位上，转头对那位大妈说：“谢谢。”

后来的几站路，靳朝站在她的座位前低头看手机，姜暮坐得僵直。小时候她和靳朝去哪儿都牵着手，路上车子多，如果她自己撒手，还会被靳朝训斥，告诉她，乱跑有多危险。她挺怀念小时候那样无所顾忌地黏着他。但现实情况是，他们都大了，成年男女之间应该保持距离，世俗的条条框框都横在他们之间，让姜暮多少感觉有些郁闷。

不知道过了多久，姜暮座位后面的那个人下了车，靳朝便在她身后坐了下来，姜暮侧头便可以看见玻璃上映出的靳朝的侧脸。他还在看手机，面部轮廓清隽、流畅，不说话的时候有些冷厉、俊朗，可这样的他，姜暮小时候经常抱着亲。她抿了抿嘴唇。靳朝抬起头锁了手机，目光笔直地落向玻璃，对上她的眼，眸中挑起一丝兴味。看见姜暮跟做了亏心事似的仓皇闪躲的眼神，他无声地笑了。

铜岗正儿八经的景区不多，雾隐寺算是为数不多叫得上名的景区。车子路过雾隐寺景区门口的时候，靳朝碰了下姜暮的肩膀，她侧头瞧去。高高的塔楼铺着银白色的雪，塔楼后面是一座烟雾缭绕的山，似仙境一样，不时还能听见浑厚的声音回荡在塔楼和山谷间，悠悠远远。

她回过头问道：“那是什么声音？”

靳朝告诉她：“钟声。新年第一天很多人会去敲钟祈福。”

直到公交车离开那里，姜暮仿佛还能听见钟声，感觉心境安宁。

两人到了宠物医院，发现医院门前挂着两只大红灯笼，贴着喜气的春联，但是医院里面仅有一个小姐姐在值班。

闪电的复原能力比他们预期的好些，大概由于他们这两天没来看它，小家伙见到他们时激动极了，甚至拖着断掉的腿坐了起来，鼻尖

直往笼子外面钻，尾巴摇个不停，如果不是笼子上了锁，它那模样好像都要扑进姜暮怀中了。

姜暮听不得它可怜且委屈的叫声，回头拽着靳朝的袖子，声音软软的："哥，把闪电丢在这里过年太惨了。"

闪电能听懂姜暮的话似的，仰起头对着靳朝哼哼唧唧，一人一狗都用水汪汪的眼睛盯着他。靳朝无法，只好走到一边打电话联系闪电的医生。姜暮不知道他是怎么和那位医生说的。十来分钟后，靳朝挂了电话，回过身瞧着她。姜暮闪着一双满是期盼的大眼。

下午的暖阳落在靳朝的背上，他逆着光，眉眼俊朗、清浅，对她说："接闪电出院。"

"哇呜！"姜暮激动得双手都举了起来，她看着闪电笑道："我们可以回家啦！"

闪电似乎也被姜暮的情绪感染了，疯狂甩着尾巴叫了两声回应她。

于是，靳朝去值班护士那儿做交接，把每种药的吃法和次数问清楚，确定复诊时间，等等。办完一系列手续，他们便提着闪电的大笼子回修车行。

到了熟悉的环境，闪电明显放松了不少，它试图走出笼子，奈何腿还没长好，行动比较困难。靳朝在外面铺了一块很柔软的垫子，然后将闪电庞大的身躯抱出来，轻轻放在垫子上。姜暮蹲下身，拿着药包想喂它吃药。闪电看到药包就躲，不肯配合，很怕吃药。

姜暮抬头，无助地看向靳朝。他接过药坐在软垫上，把闪电的大脑袋抱在怀中，姜暮就在一旁的小板凳上看着。靳朝耐心地一次又一次引导闪电吃药，头顶的光晕一圈圈地落在他的发旋周围，让他整个人都温柔起来。

她小时候也是这样，怕吃药怕苦，一生病就哭闹，吃药比登天还难。妈妈为了让她喝口糖浆能急出一身汗来。靳朝便骗她，吃了药能成为力大无穷的超人。为了演示给她看，他自己先喝一口，然后搬起收纳箱。她信以为真，脸上挂着泪喝完药，然后吵着也要去搬箱子。靳朝就偷偷把箱子里的东西拿出来，再让她搬。就这样靳朝骗了她好几年，也陪她喝了好几年苦苦的药。

谁会喜欢喝药？连闪电都不喜欢。姜暮望着靳朝低着头的轮廓，眼里的温情蔓延至心底。

靳朝成功给闪电喂了药，闪电又趴下了，他便起身收拾东西。姜暮跟在他身后。他进休息室把药分类，重新写上标签，再一个个贴好，放在架子上。姜暮就托着腮坐在他旁边。他要去接水给闪电烧熟水喝，姜暮就拽着他的衣角跟着他走到棚院接水。他回休息室给水壶插上电后，终于回过头来瞧着她，说道："你明天要是再过来的话，把习题册带着，我这几天正好休息，给你讲讲题。"

姜暮瞬间萎了，不再跟着他了。

靳朝在棚院里用电磁炉炒了几道菜。外面冷，他不让姜暮出来，她只好脱了鞋子扒着窗子望着他。靳朝只要一抬头就能看见她发馋的小模样，和小时候如出一辙——放学回来准要扒在厨房门口等，有时候太馋了，想偷吃一块肉，不知道被姜迎寒打了多少次手。

靳朝低头，夹了一块牛腩送到窗边。姜暮打开窗户伸出头，靳朝把那块肉喂到她嘴边。她一口咬下去，感觉那肉又烂又香，入口即化，味蕾瞬间就精神了。靳朝在外面替她关好窗户。她对着靳朝竖起大拇指表示肯定，他唇角微勾，回身将菜盛了起来。

姜暮赶紧下床，穿上鞋迎了出去。

靳朝已经将折叠桌搬到维修间，姜暮把休息室的两把椅子拖了过去，面对面放好。

虽然只有四道菜，比不上别人家的过年宴，但对姜暮来说非常丰盛，有肉有鱼，还有她爱吃的糖年糕。她已经好几年没吃过糖年糕了，从前吃都是过年的时候妈妈做。做糖年糕时，要先将年糕切成片裹上特调的糊，放到锅中油炸，这样外脆内糯，超级好吃。每次妈妈都不允许她多吃，说会消化不良。她怎么也不会想到，多年以后，在遥远的北方，在天寒地冻的年初一，她还能吃上一口家的味道。

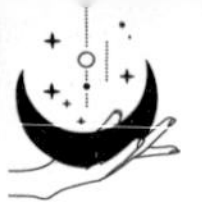

她抬头问靳朝："你怎么会做这个？"

靳朝脸上挂着淡淡的笑，给她开了罐饮料，他自己拿了罐啤酒，并没有回答这个问题。

姜暮一块接一块地吃着。靳朝把鱼和年糕换了个位置，对她说："差不多就行了，又不能当饭吃。"

姜暮脱口而出："你跟妈一样。"

靳朝低头捏着手中的啤酒罐，沉默地喝了一口。

姜暮意识到什么，心突然揪了起来，她低声说道："其实那个驱动车，妈没有扔……"

那是靳朝上四年级时手工制作的一个驱动装置，他还特地做了一个漂亮的外壳，在那年的母亲节那天将它开去姜迎寒的脚边。结果姜迎寒没在意，一脚把它踩坏了，捡起它时还说了他一顿，让他别在家里玩这个，绊倒人怎么办。

那天，姜暮把幼儿园老师带着她们剪的贺卡送给了妈妈。妈妈夸她做得漂亮，把贺卡贴在客厅的墙上。那是她第一次在哥哥眼中看见受伤的神情，只是那时候的她无法感同身受。

后来，靳朝将那个踩坏的装置复原了。直到他和靳强离开苏州，也没能将那个东西带走。姜暮一直以为那个东西早就不在了，直到后来她们搬家，在收拾新房的时候，她在一只箱子中重新看见那个装置。她拿出来问妈妈，妈妈盯着那个东西看了好一会儿，对她说："扔掉吧。"可是姜暮没有扔，而是偷偷地收了起来。

但是她没有告诉靳朝这件事，她不知道这样说能不能给靳朝心里带来一丝安慰。而靳朝只是安静地听着，没有任何表情。

姜暮举起饮料对他说："哥，新的一年祝你事事顺心、平安喜乐。"

靳朝提起啤酒和她轻碰了一下。

姜暮问道："你不对我说些什么吗？"

靳朝黑色的眸中盛着幽淡的光，他缓缓地注视着她，开口道："祝你学业有成、前程似锦。"

维修间的大灯没有开，只亮着一盏小灯，姜暮和靳朝面对面坐着，闪电安静地趴在他们身边，不时晃动两下尾巴，抬起头吐出舌头做微笑状。这对姜暮来说是最特别的新年，只有她和靳朝还有闪电的新年。虽然环境简陋，她一无所有，他负债累累，闪电浑身是伤，可他还是尽力给了她和闪电一方庇护。尽管没有烛光，尽管后来姜暮踏遍山河，品过世间珍品，但这一晚是她对“烛光晚餐”这个词诠释的浪漫唯一的体会。

晚饭过后，姜暮主动提出要洗碗。靳朝看着她白嫩的小手，不忍心冻着她，让她去旁边待着。她真的在他身旁待着。他洗碗，她将碗擦干再放好。靳朝好几次用余光扫着她认真的脸，明明身边只是多了她一个人，他却莫名觉得这个新年异常热闹。

他将最后一个盘子放好，转身擦着手问她：“想去敲钟吗？”

姜暮脸上浮起笑：“雾隐寺？现在还能去吗？”

靳朝往里走去：“有什么不可以的？晚上有灯，去的人多。”

有的玩，姜暮又兴奋起来，围在靳朝身边乐个不停，还一直催促他。靳朝给闪电喂了点水，拍了拍它的脑袋安抚了两下，才起身穿上外套。

姜暮也低下头揉了揉闪电的大脑门，对它说：“乖乖的哦。”

闪电嗷呜了一声，趴了下去。

然而他们刚出修车行，正好碰见才从亲戚家回来的三赖。他一身浮夸的黑色貂皮大衣，戴着一条大红色的羊绒围巾，大概是剃了青皮后头顶冷，他还顶着圆边的毛毡帽。猛然看见他从车上下来时，姜暮都看直了，以为他是许文强附体。

三赖见他们要出门，非常热情地问他们去哪儿。听说他们打算去雾隐寺敲钟，他死乞白赖地要跟着，还主动当起了司机。

在铜岗过年没多少地方能去，所以好多人吃完饭都会去雾隐寺。

三人还没到雾隐寺，车前就排起了长长的队伍。三赖车上循环放着《新年颂》《喜气洋洋》《恭喜发财》这类歌，听得靳朝头疼，让他关掉，三赖就是不肯。不肯就不肯吧，他还跟着唱了起来。姜暮坐在

后面笑个不停。三赖唱到高潮部分，一回头指着姜暮让她接，姜暮便毫无障碍地接着唱下去，两人这闹腾的样子让靳朝拿他们一点办法都没有，觉得排队也不那么枯燥了。

好不容易进了停车场，靳朝用手机买好三张门票，没想到景区入口处也要排队。入口处排着好几条长长的队伍，大家都是携家带口或者和朋友一起来的，好些同来的人会分散排队，哪个队伍快些就一窝蜂挤到那里。

姜暮个子小，人多一挤，她就啥也看不见了，被周围的人推推搡搡。靳朝将她让到左侧，三赖也自觉地站在姜暮另一边，姜暮被他们护在中间，一直到进入闸口都没再被人挤过。

进门后是条很开阔的步道，步道两旁摆满各种造型的花灯，好多人围在那里拍照。尽管游人如此多，他们三个的回头率还是出奇地高。三赖浮夸潇洒的打扮和靳朝干练俊冷的模样形成了非常鲜明的反差，再加上他们中间娇艳动人的姑娘，这三人瞬间成了一道亮丽的风景线。

姜暮和靳朝倒是没察觉出什么，还在商量是先转转还是先去敲钟，但三赖已经感觉到无数道向他们投来的目光，他自我感觉非常良好地对他们说："就咱们仨这优秀的长相，不组个组合都可惜了，名字我都想好了，就叫'铜仁三不理'，牛不牛？"

靳朝和姜暮默默地看了他一眼，然后很自觉地跟他拉开一点距离，不太想承认自己跟他是一伙的。而后，三人打算先去烧香拜拜。

领了香，三赖就跟奓毛的狮子一样，对着点香室里喊道："你们拿香都注意点，别烧着我的毛。"一句话引得无数路人朝他望去，大概都没见过有人穿着一身带毛的衣服来烧香，不免觉得他是奇葩，纷纷绕着他走开。

三赖低头悄悄地跟姜暮说："你看，这样就没人跟我们挤了，他们都怕赔钱。"

姜暮也赶紧跟三赖拉开距离，把才点着的香换到另一只手上："我也怕赔钱。"

三赖扬了扬下巴："哪能让你赔，让你哥赔。"

靳朝只对他说了一个字："滚。"

姜暮学着三赖和靳朝，围着香炉分别朝四个方向拜了拜。其间，她偷偷睁开一只眼，看见靳朝拿着香眉头紧锁。她又看了看三赖，他闭着眼，不知道在嘀咕什么。三赖嘀咕完，见姜暮正在看自己，就对她说："你别光拜，你得祈福，把你的心愿念出来，求保佑。"姜暮便也将香举到头顶，默默念叨了一会儿。大概是她的心愿实在太多了，等她睁开眼时，靳朝和三赖早已在边上等她好一会儿了，她回身把香插进香炉。

然后，他们走进了大殿。靳朝给了姜暮一把硬币，让她自己去拜一拜。姜暮发现大殿里有很多神像，每尊神像前都有用于跪拜的垫子。三赖一进去就直奔财神爷，那里排队跪拜的人是最多的，拜完后，大家都会往功德箱里扔硬币。

姜暮认识的神像不多，反正她把能认出的神像都拜了一遍。等靳朝和三赖找到她的时候，她正虔诚地跪拜在月老像前，淡淡的华光笼着她，她闭着眼，安静柔和的面庞挂着执着的神情，让人不禁敛住呼吸，不忍打扰她。

姜暮拜完，睁开眼，将手中的一把零钱塞进了功德箱。起身的时候，她看见靳朝和三赖就在不远处的大殿后门瞧着她。

见她终于拜完了，三赖忍不住笑道："哟，跟月老星君说了这么长时间的悄悄话啊？看不出来小暮暮已经有心上人了。"

姜暮的脸"唰"地就红了，目光仓促地扫过靳朝的脸，对上三赖揶揄的表情，她嗔怒道："别乱说，哪有的事？"然后她从他们身边走过，装作若无其事，又将目光晃到靳朝的脸上。他唇畔溢着不太明显的笑。姜暮不知道他是不是也和三赖一样在笑她，只感觉整颗心在这个夜里被默默地点着了。

雾隐寺里两大地方游人最多，即敲钟和求塔牌的地方。话说当地

做生意的大老板大年初一都要来这里求一尊塔牌供奉在塔楼里，借以庇佑自己的生意新一年里顺风顺水。塔牌的价格从几百元到几万元不等，有钱人相信，塔牌的价格越高，供奉的位置便越高，越灵验。所以靠近塔楼的地方游人特别多。

本来三人是走在一起的，结果硬生生地被挤散了。姜暮对这个地方不熟悉，想着打电话给靳朝和三赖。不知道是不是游人太多的缘故，手机居然没有信号，她不再往前走，而是在人流里不停张望，逐渐有些着急。直到一只手臂横在姜暮肩上，将她从人流中扯了过去。姜暮吓了一跳，赶忙回头看去，只见靳朝挡在她身后。姜暮开口说了句话，但是周围人太多了，太嘈杂了，靳朝没听清。于是她踮起脚对他喊道："三赖哥呢？"靳朝耸耸肩表示不知道。姜暮又喊道："那怎么办？去找他吗？"

靳朝指了指敲钟的地方，便带着她先去排队。姜暮怕再和靳朝走散，便顾不得那么多，低着头找到他的手，紧紧攥住他的指尖。这大概是姜暮有生以来干得最大胆的事——在人潮中主动去牵男人的手，要是换个人，她无论如何都做不到，可这个人是靳朝，她多了点底气，不过也有些不好意思。

靳朝感觉到姜暮柔软的手，回头看了她一眼。姜暮赶忙侧头，躲开他的视线，去望塔楼的灯。于是靳朝收回目光，在前面开道。姜暮她紧紧攥着他的指尖跟着他。靳朝身材高挑，视线能够越过绝大多数人，识别前行的方向，也几乎没人能挤得过他，姜暮跟在他后面很有安全感。

到了敲钟的地方，两个人才发现游人更多了，姜暮差点就被一位老大哥挤到后面去。眼看她就要握不住靳朝的手了，靳朝反手将她的手攥住，姜暮赶忙借着他的力道硬是从那位老大哥身边挤到前面，紧紧贴着靳朝的背，生怕有人再试图从他们中间穿行。靳朝回过身来，把姜暮拉到自己身前，她的手依旧在他的掌心。她偷偷抬头瞧了靳朝一眼，而这时靳朝已经松开她，正在查看排队的情况。

游人很多，声音嘈杂。姜暮踮起脚问他："你之前来敲过钟吗？"

靳朝弯下腰迁就着她的身高，告诉她："没有。"

见姜暮又要说话，靳朝便没有直起身。她凑到他耳边问他：“你住在铜岗这么长时间都没来过？”

靳朝低下头答道：“你看这场面，来一次得掉层皮。”

姜暮的眼角弯了起来，贴上他的脸：“那是因为我才来的吗？”

灯火辉煌，声音嘈杂，他们两个就这样被淹没在人群中，渺小甚至微不足道，没有人认识他们，也没有人知道他们的关系，那一次次的耳语像情人间的呢喃。姜暮知道这只是为了听清对方说的话，可她的心还是会因为每一次的靠近怦怦直跳。

突然，姜暮身后的一个人猛地退了一步，撞到了她，她的身子一倾，柔软的唇瓣便擦过靳朝的侧脸。清晰的触感和干净、充满蛊惑的男性气息同时撞入姜暮的脑海中，她未经人事，没有和异性相处过，靳朝身上天生的吸引力，对她来说危险却也迷人。她整个人都僵住了，面红耳赤，像不知所措的小奶猫，缩到他身前，突然安静下来。靳朝看着前面不断后退的人群，抬起手拥着她的后背，将她半圈在自己身前。

姜暮想去看看靳朝的反应，她慢慢地抬起头，刘海儿拂过她的脸颊，显得她的脸只有巴掌大小；花灯五彩的光掠过她的面庞，显得她明艳、娇俏。

靳朝垂眸迎上她的目光，没有闪躲，也没有其他异样。他总能把自己的情绪隐藏得很好，让姜暮找不到一丁点的破绽，可他专注地看着一个人的时候，漆黑的瞳仁总是有一种摄人的魔力。

姜暮轻轻地眨了眨眼，好像融化在他的目光中，像落入浩瀚的星辰和辽阔的大海，找不到出路，似乎也不太想去找出路，就这么沉沦。

靳朝放在姜暮背后的手细微地摩挲了一下，姜暮不知道是不是他用力拥紧了自己，还是自己控制不住脚步，她很快地靠在他的胸前，看着他低下头，目光在她的唇上徘徊了几秒。某个瞬间，姜暮甚至觉得他们之间暧昧的关系会被挑明，可是他没有，他只是低下头对她说：“你待会儿到台阶上等我，我去问问怎么付钱。”

姜暮垂下视线点了点头，她听从他的话爬到了台阶上，看见他去不远处的小窗口付钱，然后回到自己身边。他只买了一张票，递给姜暮。

姜暮问他："你不敲吗？"

"不了。帮你拍照。"说完，他便走到另一边的石柱旁等她。

姜暮把那张票递给工作人员，然后走到大钟旁。她抬眸看向靳朝，靳朝正拿着手机对准她，她望着他的方向一共敲了三下：第一下希望父母各自健康安乐，第二下希望靳朝前路顺遂，第三下希望他们朝朝暮暮。

……

从雾隐寺出来的时候，两个人并肩向前走。

靳朝对她说："三赖找不到我们，应该会去停车场。"

姜暮点点头："那我们回去看看。"

一路上姜暮没有看靳朝，只是低着头看脚边的影子。他们就这样有一搭没一搭地说着话往停车场的沙石地走去，没有再提起刚才人群中的小插曲。

然而他们还没有找到三赖的车，就在停车场意外碰见另一拨人。这拨人站在一棵大树下抽烟，有的夹着包，有的挂着粗金链子，看起来都不安分。

靳朝远远地就注意到了那群人，他微蹙起眉，拐了一个弯，刚准备带着姜暮从另一头走，奈何那拨人中已经有人瞧见他，对着他就喊："有酒，去哪儿啊？怎么现在搞得这么生分，看到跟没看到似的，不过来给万老板拜个年吗？"

姜暮侧头瞧去，虽然她不认识那些男人，但她看见了万青，她穿着高跟靴就站在一群男人中间。

靳朝的脚步没有停留，继续往前走去。那边便过来几个人，直接挡住他们的路。靳朝缓缓停下脚步，眉眼冷厉，声音沉着，没有丝毫温度："好狗不挡道。"

这几个年轻人一听这话便来了火，其中一个立马骂道："你他妈不想从这里活着走了？"

靳朝双手抄在兜里，懒得跟那个年轻人废话，抬脚从沙石地里挑起一个石子，直接就朝他踢了过去，既快又准。那个石子打在那个年轻人的膝盖处，他吃痛，膝盖微弯，差点条件反射地跪下来。这一下他更加恼火，气势汹汹地向着靳朝而来。然而，一只手突然压在那个年轻人肩膀上，紧接着那个年轻人便让到旁边，从他的身后又走过来一拨人。

为首的是个看上去精明世故的中年男人，个子不算高，长相很富态，面上挂着笑，眼里却藏着刀。万青也跟了过来，站在那个中年男人身旁，虽然两人长得不算像，但从眉眼间的神韵中依然能看出来他们是父女俩。

万老板装模作样地训了身边人两句："不懂规矩，有酒怎么说辈分也比你们大，怎么跟他说话的？"

那个年轻人明显不服气，但只能将头低下去，没有出声反驳。

万青抱胸看向靳朝，万老板抬起视线对靳朝说道："本来初四、初五想找个日子把原来的小老弟们一起喊回来聚聚，这不赶巧碰上了，最近怎么样啊？"

靳朝面无表情，冷淡地回道："老样子。"

万老板朝靳朝走近几步，他身边的左右手立马警惕地跟了上来。万老板对他们摆了摆手，那些人便停住脚步。万老板走到靳朝面前站定，无声地打量了他一番，然后抬手拍了拍他的胳膊，说道："身子越来越健壮了。想当年你刚到我那儿时还是个瘦小子。"

万老板看似寒暄，但话里话外暗示靳朝跟着他的时候势单力薄，现在翅膀硬了学会飞了，只不过这话说得软中带硬，怎么理解，全看个人。

姜暮第一次见到传说中的万老板，顿时在心里敲响了警钟。尽管这人看起来不像坏人，但想到他对靳朝做过的事，姜暮就总觉得他那温和的表情下是绵里藏针的笑意。

靳朝倒是没多大反应，依然平淡地回应道："人哪有一成不变的？非亲非故的，聚一聚就免了。"

万老板不仅没有因为靳朝驳了自己的面子而生气，反而笑了起来，只是他的笑意让姜暮感觉有些生寒。

在两人说话时，一个看上去30岁左右的男人叼着烟上前几步。这人叫贺彰，专门跟着万老板忙外面的事情，不在修车行做事，但也是个老人。他直接对着靳朝说道：“饭可以不吃，但话要说清楚，听说你准备插手西口关的生意？胃口不小。”

靳朝缓缓地将视线对准贺彰，波澜不惊道：“插不插手不是我说了算，更不是你说了算，各凭本事。”

贺彰冷哼一声，说道：“你是有本事，把小勇的车弄得半报废，踩了几个人的排名，这么短的时间就让上面的人注意到你。是不是打算跟万老板对着来，想吃下西口关的盘？我告诉你，别太天真了，现在收手还来得及。”

靳朝不再理他，而是转头看向万老板，垂眸轻笑，再抬起头时，眼里的光锋利刺骨：“就这么自信我是冲着你们来的？我为什么要针对你们？”

这一句话问得所有人脸上都有些挂不住，靳朝的目光直接射向人群中的一个男人。那个男人接收到靳朝的视线，往后面晃了一下。靳朝嘴角浮起一丝不屑。姜暮虽然看不清那个男人的面貌，但几乎可以断定，那个躲在后面不敢出来的男人应该就是万老板的侄子万大勇。

万老板依旧和颜悦色地对靳朝说道：“前阵子下面几个小孩不懂事，跑到你那儿瞎闹的事我听说了。小青为了这事儿还跟我吵了几天，她到底还是向着你。你自己现在也是小老板了，所谓和气生财，出来做生意能双赢干吗要两亏呢？”

靳朝顺着他的话问道：“怎么个双赢法？”

万老板笑呵呵地拍了拍他的肩：“你也知道我就这么一个宝贝女儿，要是连她我都能舍得给你，我们还有必要说见外话吗？”

贺彰脸色一变，立马插嘴道：“万老板，你——”

万老板挥了下手制止他，接着对靳朝道：“既然你不愿意去我那儿吃顿便饭，那么趁今天这个机会，我就把话给你撂这儿，修车行的生意你带走也就带走了，但是你要想打盟里的主意，我奉劝你还是好自为之。当然，年轻人有点野心，我挺欣赏，不过有野心的年轻人在我这儿只能分为两种：自己人和外人。”

靳朝垂眸淡淡道：“自己人怎样？外人又怎样？”

万老板笑着说：“我对女儿有多好，对女婿就有多好。”

姜暮愣了下，转头去看万青，靳朝则侧眸扫了姜暮一眼，听见万老板继而说道：“反之，要是外人，我下面这些小年轻都是不要命的，他们待会儿愿不愿意放你走，我可管不了。”

万老板的话音刚落，他身后那帮小伙子齐齐围了上来，万青落后一步，对着靳朝无声地摇了下头，示意他不要硬来。

就连一旁的姜暮都能感觉到剑拔弩张，她紧张得猛地吞咽了一下。

万老板开出的条件很诱人，从男人的角度来看，万青性格豪放，是个人间尤物，如果放下个人追求，选择和万青在一起，不仅能抱得美人归，还能两人共同搞事业。如果说靳朝身上背负着一笔巨额债务，那么摆在他面前的便是一条多少男人都梦寐以求的捷径。无论是答应万老板提出的条件还是采取权宜之计先稳住对面的人得以脱身，靳朝似乎都必须点头。

姜暮明白这个道理，只是心口一阵阵发紧，她低下头，眸中的神色不断变换，她从来没有一刻像现在这样，被一种无力感包裹。

突然，一只大手牢牢牵住了她的手，毫不犹豫，坚定不移。姜暮蓦地抬起头看向靳朝。他的侧脸依然沉着、冷峻，可姜暮心里那种无力感却消散了，眼里的不安也瞬间不见。

靳朝这细微的动作落在所有人眼中，他似乎已经表明自己的态度。此时大家都将视线落在姜暮身上。

万青从来没有被人当众给过这样的难堪，她直接转身，开车走了。万老板一直以为靳朝和万青认识这么久，有情分在，没想到靳朝会这么直接地让女儿难堪。见女儿受了气，万老板脸上的笑意全无。

姜暮感觉到情况不妙，下意识地往靳朝身边靠，默数着对面的人数，同时默默观察周围的地形，想着，万一双方干起架来，是往左边跑还

是往右边跑，若是去景区门口的保安亭喊人，她以百米冲刺的速度能不能在两分钟内赶到。

冲突一触即发，却在这个当口儿，一个男人突然大声喝道："我国《婚姻法》明确规定，禁止包办、买卖婚姻和其他干涉婚姻自由的行为，还有没有王法了？！"

众人闻声瞧去，一个穿着贵气貂皮大衣的男人正站在一根高高的水泥柱子上，大概由于高处的风比较大，他那条围在脖子上的红围巾随风飘荡，活像戴着红领巾。

Chapter 15

迷恋的咖啡香

大学四年，四年啊，她还会是她吗？

他又还会是他吗？

三赖到车子边绕了一圈都没找到靳朝和姜暮，本想爬到水泥柱子上登高望远地寻一寻，结果看见了这一幕。

万老板眯着眼睛看了好一会儿这个打扮奇特的年轻人，要不是他脚下是一根光秃秃的水泥柱子，就他这浮夸的打扮，还真让人以为他是要出演舞台剧之类的演员，正常人好好的，怎么会穿成这样还爬到那上面去。

不一会儿，万老板就认出了三赖，笑道："原来是老赖的儿子啊，我年前和你爸在一起喝过酒，最近很少看到你回去。"

三赖听到他爸的名字就生气，潇洒地把围巾往身后一甩，对着万老板说道："下次再和我爸喝酒麻烦转告他，让他还钱。"

众人面面相觑，不知道是什么情况。

万老板倒是悠悠地说道："小赖啊，我和你爸也不是一天两天的交情了，我和有酒这事儿啊，我劝你少掺和。"

三赖把裤脚一提，露出他锃亮的高帮新皮鞋，张口就道："俗话说，长江后浪推前浪，一代更比一代浪。既然你跟我爸交情不错，那我就要掺和掺和了。"

万老板皱起了眉，心想，这小子说话一套一套的，莫名其妙，毫无逻辑。他总算明白上次老赖提起他儿子时那一言难尽的表情。

万老板头仰了半天，脖子着实有些酸了，他对三赖招了招手："小

伙子，有话下来说，站那么高干吗？”

三赖非常霸气地回道：“我也想下去，太高，不敢跳。”

“……”

就在万老板和三赖掰扯的时候，一群大爷大妈兴高采烈地从景区东大门往这边走来。他们径直走到一辆依维柯前，还有人从依维柯上拿下来一条横幅，众人排着队想照相留念。但是，由于停车场光线不太好，背景也不佳，所以他们商量着要不要重新回到景区大门口拍合照。

距离太远，姜暮没看清那些人，倒是看清横幅上写着“西洼凹老年活动俱乐部”。

就在万老板的视线重新落到靳朝身上的时候，姜暮举起一只手就朝那群大爷大妈那里大喊道：“陶爷爷。”

那群拿着横幅的大爷大妈瞬间全部转过头来，姜暮继续挥舞着手喊道：“我，是我，姜南山。”

靳朝撩起眼帘看向姜暮，不知道这是什么奇奇怪怪的名字。

虽然那群大爷眼神不好，但听见“姜南山”这个名字，立马认出姜暮来，拖着巨大的横幅成群结队而来。于是，不一会儿，不大的空地上就挤满了人，陶爷爷笑呵呵地问姜暮：“你也来烧香啊？”然后看着万老板他们，笑着颔首示意，“这都是你家亲戚啊？”

姜暮赶忙摆手：“不是的，我们是在这里碰见的，他们还要动手。”

姜暮也算是老年俱乐部的编外人员，一听她跟别人起了矛盾，大爷们自发用横幅将万老板一行人围住，大声谴责道：“哪边的人啊？看着就不像好东西。”

其中一个大爷退休前是片警，整天在地方上处理矛盾。铜岗这巴掌大的地方就这么多人，他绕了一圈，发现都认识。他盯着人群中的一个小年轻问道：“你是新圩3村15幢201毛大平家的儿子吧？”说完，拿起手机，“喂，老毛啊。过年好，过年好。我在雾隐寺烧香啊，碰到你家孙子了。不得了啊，他说在这里要打一个小姑娘。”

“……我没说。”

人群中一阵骚动，一个男人举起拳头就要吓唬吓唬身边那个指着他的碎嘴老头儿，结果他的拳头还没竖起来，旁边的一位老太太就往车引擎盖上一躺：“要命啊！打人啦！”然后拽着这人的裤腰带就喊道：“我家儿子在法院上班，你叫什么？你别走，有种等我儿子来。”说着就要打电话给她儿子。场面顿时炸开了锅，还有个看着仙风道骨，留着白胡子的大爷走到万老板面前，劝道：“古人云——”

“云你妈啊！”贺彰直接开骂。

万老板立刻转身上了车，跟着他的那些年轻人被一群老头儿指着鼻子大骂，拳头都捏得咯吱咯吱响，偏偏不敢对这群老头儿老太太下手，最后只好灰头土脸地走了。

另一边的三赖一直站在大水泥柱子上大喊大叫，说要下来。这时大爷们才注意到他，一个大妈回头一看还被吓了一跳，直接叫了起来：“这上面怎么还站个人啊？”

后来，两个热心的大爷一人扶着三赖的一条腿，硬是把他抱了下来。

眼看没事儿了，大爷大妈们准备继续拿着横幅去景区大门口照相，还喊着姜暮一起去。姜暮不好意思拒绝，便跟着浩浩荡荡的老年俱乐部成员走向景区门口，一路上有说有笑。靳朝和三赖无语地对看了一眼，只好跟在后面。

到景区门口后，大妈们蹲在第一排，大爷们站在第二排，把姜暮拉到两排中间，让她蹲下来，大家一起提着横幅。在排队形的时候，几个大妈觉得后排的大爷全都穿着清一色的灰黑衣服，不好看，于是看中了一旁的三赖，非说他的红围巾上相，就把他扯到大爷的队伍中。最后，一位大妈把一台非常专业的单反相机塞进在一旁抽烟的靳朝手中，对他说：“小伙子，多拍几张，帮我们拍得年轻点。”

靳朝踩灭了烟，莫名其妙地走到这群人面前，论拍照，他勉强能行，但要把老人拍得年轻，他还真不得要领。几个大妈围着他，兴高采烈地教他怎么找角度、相机怎么摆，还不忘夸他长得帅，问他有没有女朋友、要不要她们帮着介绍。

靳朝脸上挂着不尴不尬的表情，敷衍道：“有有，孩子都会打酱油了。”

大妈们一脸可惜的样子。靳朝抬起头，看见姜暮眼神凉凉地盯着他，他扬唇一笑，举起相机对着她拍了一张。

大爷大妈们对成像要求很高，让三赖站在后面把围巾甩起来，要有飘扬的感觉，还让靳朝对着光线变换了好几次角度。三赖倒是很配合，甚至有点乐在其中，他把围巾拉开，直接围住身旁两位大爷的脖子，增加色彩的渲染面积。靳朝没过过如此荒唐的年，也不知道是怎么被老年俱乐部临时征用的。

万胜邦上车后，贺彰在副驾驶座上回头，说道："万老板，你还当真要撮合小青和那个小子啊？"

万胜邦靠在后座的椅背上，半闭着眼，鼻子里发出轻哼的声音，开口道："小青因为有酒的事跟我闹了小半年，今天不当着这么多人的面逼她看清楚，她恐怕还不死心。"

贺彰松了口气，脸上的表情终于缓和了些："我还以为你当真想收有酒当女婿呢。"

万胜邦声音沉缓道："如果他真肯为了小青，放下与我的嫌隙，我未必不会同意。"

贺彰皱起眉："你就这么看重他？"

车子在街道间穿梭，万胜邦缓缓地睁开眼，看向窗外，道："危机四伏的丛林，谁也不知道敌人什么时候会在背后给自己捅刀子，这个时候出现一只凶兽，最高明的办法不是猎杀，而是驯服。"

贺彰沉默了一瞬，听见万胜邦继续道："当然，要是驯服不了，最保险还是……"他转头看向贺彰，笑得冰寒，"你的小打小闹只会助长兽的凶性，该想想其他法子了。"

三赖开车回去的时候，他们问姜暮姜南山是谁的名字。

这要从两个月前姜暮在西洼凹的战局说起。那天和她下棋的老头儿叫章北海，也就是那位留着白胡子，仙风道骨的大爷。当时那局棋一度胶着，姜暮和海大爷棋逢对手，盘了好长时间。听说姜暮是从南方过来的姑娘，西洼凹那片凉亭里就有了“姜南山”之称。大爷大妈们不一定都认识姜暮，但说起姜南山，个个都知道。

三赖和靳朝在铜岗生活了这么多年，从没听过这么离谱的事。他们纷纷笑着摇头，毕竟西洼凹那一片是本地的中老年社区，有组织有纪律，并且相当排外。

三赖将车子停在靳强家楼下，姜暮下了车，走了几步又回过头来。

靳朝落下车窗，看着她：“怎么了？”

姜暮憋了半天，没说话。

三赖将头伸了过来，问：“一个人不敢上楼啊？”

姜暮回道：“才不是。”然后便说了句，“三赖哥，拜拜。”她又匆匆看了眼靳朝，就跑着上楼了。

三赖的头还伸在靳朝身前，他盯着姜暮的背影叹道：“你不觉得姜小暮这么打扮挺好看的吗？”

靳朝垂眸看着面前这颗头，合上了车窗。

三赖收回脖子，把车子往铜仁里开去。在路上，他冷不丁地问道：“你刚才牵她手干吗？”

靳朝目视着前方，没有出声。

三赖瞥了他一眼，嘴里“啧啧”了两声。

靳朝手肘搭在窗边，声音清淡地回道：“怕她想多了。”

“想什么？你怎么知道她在想什么？想就想呗，你牵她手干吗？”

靳朝瞥了眼三赖，揉了揉太阳穴：“我牵你手了，你激动什么？”

三赖立马露出不怀好意的笑：“有酒啊有酒，你的报应来了。”

靳朝回骂道：“放心，你的报应来了我的都不会来。”

三赖自顾自地说道：“我当初就跟你说过，对姑娘别太绝情，拒绝太多人，等你想要的人站在你面前时，报应就来了。我就问你，难受不？”

靳朝从烟盒里弹出一根烟，扔给三赖堵住他的嘴，然后转向窗外。看着前方暗淡、没有尽头的路，他渐渐拧起了眉。

第二天，靳强和赵美娟带着靳昕回来了。本来靳强打电话给靳朝

喊他来家里吃饭，结果靳朝说有事，这两天回不去。姜暮听说后，回到房间给靳朝发信息，问他怎么了。

一直到下午，靳朝才抽出空闲给姜暮回了个电话。电话那头声音非常嘈杂，貌似三赖也在他旁边，不知道在和谁争执。

靳朝告诉她，铁公鸡家里出事了，他爸一大早从老家房顶跳了下来，现在半死不活，还在抢救。他这两天可能都会待在医院里，他和靳强说过了。他让姜暮下午和靳强一起去修车行把闪电接回家。电话那头有人在喊靳朝，靳朝没有多说便匆匆挂了电话。

姜暮也不知道发生了什么事，在当天下午和靳强去了趟修车行。靳朝把钥匙放在三赖店门口的花盆下面了。

靳强和姜暮带着闪电回到自家楼下的时候，靳强说去买烟，让姜暮等他一下。闪电身体不好，无法控制大小便，已经顺着笼子尿了一路，姜暮手忙脚乱，想把笼子拎到大树根那儿。一个大妈路过看见了，停下来，说道："怎么养的狗啊？随地大小便也不能搞得楼里都是吧？这还让不让人走路了？现在养狗的一点都不自觉。"

姜暮连声道歉，说马上上楼拿东西下来，保证会清理干净。那个大妈又骂骂咧咧道："大过年的我都不想讲你，小姑娘穿得漂漂亮亮的，净干这些不文明的事。"

周围不明真相的邻居不知道姜暮干了什么不文明的事，纷纷瞧着她。姜暮脸涨得通红。正在这个时候，赵美娟从五楼推开窗户，朝楼下骂道："刘婶啊，你可嘴上积德吧，别哪天倒下来，大小便失禁，被你家媳妇骂净干不文明的事。"

刘婶抬头一看，是赵美娟，指着她说道："关你什么事？"

赵美娟毫不示弱，那嗓门大得恨不得传遍十栋楼，叫道："怎么不关我的事？我家的女娃、我家的狗，你等着我下来。"

很快，赵美娟趿着拖鞋气势汹汹地到了楼下。

靳强买完烟回来，听见了动静就询问是什么事。

刘婶见他们这架势，没再多说，直接走了。

赵美娟还指着刘婶家窗户喊了几声，然后拎着狗笼子上楼。姜暮跟在她后面，好几次想说“谢谢”，又有点说不出口。

这几天姜暮基本都睡到自然醒，靳强好几次一大早就想喊姜暮起来吃早饭，都被赵美娟劝阻：“你让她多睡会儿，过两天开学又没的睡了。”

初四上午，姜暮是被一阵爆炒的香味馋醒的。她穿着睡衣，顶着乱糟糟的头发走出房间时，靳昕正蹲在笼子前逗闪电玩，靳强和赵美娟在包饺子。她觉得奇怪，是谁在厨房炒菜，这么香？于是她挪到厨房门口，看见了围着围裙正在颠勺的靳朝。他从容地驾驭着锅，来回翻炒，高大的身影站在灶台前拿着锅的随意劲就跟玩玩具一样。

似乎是察觉到门口的动静，靳朝转过头来，盯着姜暮看了几秒，嘴角微勾：“早啊。”

姜暮的余光看见厨房玻璃上映出的自己，看到像鸟窝一样的爆炸头，她叫了一声，转身就跑回了房间。

靳强诧异道：“一惊一乍干吗呢？”

靳朝收回目光，继续炒菜，眼里浮上些许不明的光。

姜暮收拾了老半天才肯走出房间，齐耳的短发已经乖顺地贴在耳边，身上穿着柔软的长款毛衣，整个人看上去秀气得很。

其他人已经上桌，就等她了。她坐在自己的位置上，靳朝坐在她对面，她抬头看了他一眼。靳朝接收到她的目光，扬起视线，她又假装拨弄头发，眼神躲开了。

赵美娟开口道：“靳朝说你不喜欢吃水饺，给你炒了两个菜，你就吃饭吧。”说着，她把菜挪到她面前，把水饺拿给靳昕。

姜暮垂着视线说：“谢谢了。”说完，发现没有动静，她又抬头看了一眼。

靳朝见她又看了过来，唇边露出隐约可见的弧度，缓缓回道：“不客气。”

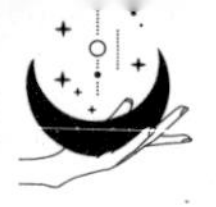

挺平常的对话，但似乎过于客套，客套得让姜暮感觉有点无中生有。

吃完饭，靳强和赵美娟带靳昕回房午休。姜暮从房间出来的时候没见到靳朝。大门是虚掩着的，她打开门，走到楼道里，听见微弱的“啪嗒”声。顺着声音，姜暮看见靳朝正坐在台阶上抽烟，手上的滑盖式打火机有一下没一下地滑弄着。

姜暮走到他身边，也踏上一级台阶。靳朝往旁边让了让，姜暮挨着他坐下了。

靳朝将烟从左手换到了右手，对她说：“呛吗？”

姜暮抱着膝盖盯着他指间燃烧的烟，半天没出声，楼道里静得只能听见他们彼此的呼吸声。靳朝侧过目光瞧着她。

突然，姜暮从靳朝指间夺过那支烟，放在唇边吸了下。烟嘴上还残留着他的温度，在碰上的那一瞬，姜暮觉得自己疯了。下一秒，她被呛得直咳嗽，连眼泪都咳了出来，手上的烟被靳朝强行拿走，踩灭。他的声音带着几分严厉：“不想好了？”

姜暮却转过头对他说：“不试试看怎么知道呛不呛？”

靳朝冷着脸：“没有下一次。”

姜暮却抬起视线，漫不经心道：“上次那些玩车子的女人不都抽烟吗？万青也抽烟。”

“你跟她们不一样。”

姜暮歪着头注视着他：“哪里不一样？”

靳朝转头回视着她。奇妙的磁场在他们之间来回撞击，午后的阳光透过窗口落在地上。

靳朝轻笑了一声，收回视线。

姜暮继续追问道：“那我和靳昕哪里不一样？”

靳朝说不上来。在靳昕没出生时，他以为所有小女孩都像暮暮一样喜欢撒娇，喜欢闹腾，无厘头、傻气却又可爱得很，哼唧起来，整个世界都融化了。直到后来靳强有了靳昕，他才知道这个世上只有一个暮暮。靳昕会听他的话，但并不会像暮暮小时候那样黏他，他和靳昕到底年龄差比较大。在他那段回不去的童年里，自始至终只有一个女孩，无法替代。

靳朝沉默了一会儿，说道：“你比她皮，比她爱哭，也比她难带。靳昕能听进去我说的话，而你小时候任性起来不讲道理。”

姜暮立马鼓起了腮帮子：“你就快失去我这个妹妹了。”

靳朝半笑道：“最大的不同是，靳昕知道怕我，对付你只能用哄的。”

尽管靳朝口中的自己没一样比得上靳昕，但姜暮还是眉眼都弯了起来，她又问道：“对了，铁公鸡爸爸怎么样了？”

靳朝脸色凝重了几分：“不太好。”

铁公鸡的爸爸之前帮一个人做担保。据说，那个人跟铁公鸡的爸爸是二十多年的老交情，年轻的时候，两人一起进厂，同吃同住，后来相继找了老婆成了家，两家人也经常往来，处得比亲戚都要近。但是谁也没想到，那个人捅了大娄子就一走了之，现在谁也找不到他；债主便拿着白纸黑字的担保书，跑到铁公鸡爸爸家逼他卖房。

铁公鸡家境不算多好，把房子卖了的话，全家都得喝西北风。这次过年回老家，铁公鸡的爸爸本打算从家里亲戚那里借点钱凑一凑，结果他的老姐妹听说这件事后一个劲地骂他傻、糊涂。铁公鸡的爸爸本就被逼得走投无路，又怕连累老婆儿子，儿子还没成家，真要卖房，以后儿子连媳妇都讨不到。他喝了酒，想不开，直接从老家房顶跳了下去，想着死了就一了百了，老婆孩子也不用跟着受累了。未承想他没死掉，伤得不轻。

债主也怕铁公鸡的爸爸死了，自己讨不回钱，便带着不少人跑去医院闹事。所以靳朝和三赖硬是在医院守了两天，没让那群人动铁公鸡和他妈妈。

最后，双方谈判的结果是铁公鸡先还五万块，后续等铁公鸡的爸爸出院再说。铁公鸡爸爸的命被救了回来，这次住院花了不少钱，就这五万块还是三赖和靳朝先帮铁公鸡垫付的。

大过年闹出这种事，姜暮也觉得糟心，只能说家家有本难念的经，跟铁公鸡比起来，她家房子被卖这点事真不算什么。

后来的几天里，靳朝把闪电接回修车行照料。虽然闪电在没出事之前养在修车行，但靳朝对它仅限于给点口粮安个窝，这次闪电出院，他照料起来都是亲力亲为，喂药、喂食、护理、梳毛。

闪电经历这一遭，性格也发生了明显的变化，虽然腿逐渐好了，它能站能走，但它变得有些怕人，除了靳朝和姜暮，甚至连三赖和小阳叫它，它也只是摇摇尾巴，并不靠近。原先它到处浪，现在只敢趴在维修间里面，大多时候跟在靳朝身边。如果靳朝不牵着它出去方便，它能憋上一整天也不自己出去。

对于闪电的变化，姜暮时常感到惆怅。身体的伤痛可以愈合，可心理的创伤很深，他们却无法替它抹去，只能加倍仔细地呵护它，希望时间能冲淡它对那件事的阴影和对人的防备。

姜迎寒在回澳大利亚前联系姜暮，告诉她，苏州的房产已经处理好了，让她安心高考，没几个月就能再见面。

姜暮开学了，下学期的课业更加紧张。元宵节过后修车行才开门，靳朝正好利用这段时间帮姜暮查缺补漏，尽管姜暮对他说，她现在的成绩进入年级前三十名了，已经是历史最强了。但靳朝只是笑笑，不说话，帮她列复习提纲和画思维导图时一点都不含糊，让她做的题一样都不少。姜暮深刻怀疑靳朝对她有望女成凤的心思，虽然她对学习并不很积极，但她愿意跟靳朝待在一起，哪怕他看书，让她做题，她也不觉得枯燥。

经过雾隐寺的小插曲，他们之间到底跟以往有些不一样了。

有时候姜暮做题时抬起头，盯着靳朝走神，他就敲敲桌子提醒她："专心。"但有时候靳朝自己也会看着姜暮走神，姜暮就在他面前晃晃手，对他说："我好看吧？"靳朝便笑着走开，反正从来不承认她好看。

靳朝依旧时常出门，但大多都是夜里出去，姜暮不知道。如果他离开超过两天，瞒不住，就直接告诉姜暮，姜暮总是再三嘱咐他注意安全。然后她就提心吊胆到他办完事打电话给她。

铁公鸡是在元宵节后回来的，就连姜暮都看出来他整个人瘦了一大圈。她想到自己帮不上多大忙，就做顿饭给大家吃吧，她每次过来都是蹭吃蹭喝，总该表现表现。对于姜暮要做饭这件事，三赖对她的厨艺深表怀疑，点名要吃松鼠鳜鱼。于是姜暮拽着靳朝去菜市场。

到了卖鱼的摊位，买鱼的人挺多，姜暮呆愣了半天，转头问靳朝："你认识鳜鱼长什么样吗？"

靳朝含笑挑了一条肥美的鱼让老板称重，姜暮扬起嘴角对老板说："麻烦杀一下。"

老板似乎跟靳朝很熟，看了他一眼。

靳朝轻扯嘴角："不用了，你忙吧。"付了钱，拎上鱼就准备走。

姜暮凑上前去问道："你们这里不帮忙杀鱼吗？鱼不杀，回去怎么弄？这个还要去鱼鳞的，我怕我弄不干净，我没掏过鱼肚子，最重要的是，我不敢杀鱼。"

靳朝瞥了她一眼，说道："没看见那么多人排队？"

姜暮回头瞧了瞧，鱼摊生意的确挺好的，她收回视线，追着问道："那你能杀鱼吧？"

靳朝语气随意地回道："我还能杀人呢。"

姜暮笑着跟上他，看到卖葱的摊子便拽住他，捡了一根小葱递给卖葱的大婶。但卖葱的大婶没接，只是看着她。姜暮不知道这是什么意思，一直举着那根小葱，问她："不要称吗？"于是两人对视了半天。

直到旁边又来一个人，拿起一捆小葱扔过去，那位大婶才接过，轻飘飘地对姜暮说："拿去吧，别埋汰我的秤了。"

姜暮白捡了一根葱，有点过意不去，又觉得这个大婶真大方，转头就把那根小葱拿到靳朝面前邀功："你看，老板送我的，没收我钱呢！"

靳朝眼里浮起笑意，没好意思告诉她，在他们这里，像她这样买葱的一般是来砸场子的，要不是刚才他站在她身后，那位大婶早就开骂了。

后来，靳朝绕到卖肉的摊位，带着姜暮买排骨。姜暮不太懂挑排骨，肉多肉少、好不好也看不出来，于是靳朝买排骨的时候，她就拎着她

的小葱来回晃悠。

姜暮不经意间侧头，看见隔着四个摊位有一个穿着立领外套的男人在买五花肉。她一眼注意到了那个男人的鼻子，鼻梁似驼峰，鼻尖微勾，她似乎在哪儿见过。

姜暮迅速在记忆中搜寻出这个鹰钩鼻男人，随后碰了碰靳朝，对他说："那个人是不是来飞驰修过车啊？"

靳朝顺着她的声音侧眼看过去，那个男人接过肉付了钱，正好转过视线，靳朝已经收回目光，淡淡道："不认识。"

那个男人拎着袋子从他们身后掠过，姜暮一直盯着那个人，说道："你确定不认识？上次来给车胎打气的，你还没收他钱。"

靳朝将选好的排骨扔给肉摊老板，转眸对她说："你知道一年有多少路过的车子过来打气？举手之劳的事，为了赢得回头客，本地的车我一般都不收钱，难道我还得顺便记着每个人的长相？"

姜暮无言。

靳朝接过排骨扫码付款，转身问她："还有想买的吗？"

姜暮摇摇头。

靳朝指了指菜场门口的水果店："那你去挑些水果吧，我在门口抽根烟。"

姜暮进去选了几个橙子，又盯着草莓看了几眼。新上市的草莓总是很贵，用精美的盒子装着，论颗卖。姜暮纠结了几秒还是忍了，回头看见靳朝在门口打电话。她看过去的时候，他正好挂了电话，转过头来。

姜暮把橙子交给老板称重，靳朝顺手拿了盒草莓放在收银台，扫码，走人。

姜暮跟了出来，在他旁边提醒道："其实再迟一个月草莓会便宜很多。"

靳朝侧头扫了她一眼："再迟一个月万一你不想吃了呢？"

姜暮笑了起来："我又没说我想吃。"

"嗯，我想。"

回到修车行，姜暮正儿八经地把松鼠鳜鱼的烹饪步骤截屏、保存，认真研究起来。靳朝把草莓洗好，放在她旁边。于是她一边将操作步骤记录下来，一边吃草莓。

可能是因为草莓太贵了，所以特别好吃，姜暮不知不觉就吃了大半。等她发现时，赶紧停下来，抱着草莓跑去找靳朝，对他说："你不是要吃草莓吗？再放里面就要被我吃光了。"

靳朝眉眼微展，对她说："放着吧。"

姜暮把草莓放在旁边，这才发现，从杀鱼到改刀，靳朝已经一并搞定了。他甚至连油锅都帮她热上了。

在要丢鱼下油锅的时候，姜暮看着那一锅的热油，有点㞞，转头问靳朝："能不能先关了火，等我把鱼放进去再开？"

靳朝往她嘴边塞了颗草莓，接过鱼，直接丢了进去，"滋啦"声惊得姜暮直接躲到靳朝身后。

所以，整个烧鱼的过程中，姜暮参与了，比如开番茄酱、浇几下油，最后摆盘是她完成的。其间，她还不间断地被靳朝投喂了几颗草莓。

等鱼烧好后，草莓也吃完了，姜暮有些疑惑地问靳朝："你刚才吃草莓了吗？"

靳朝端着鱼进屋，丢下两个字："吃了。"

"吃了吗？吃进我嘴里了吗？"

"劳烦你受累了。"

"……"

开饭后，三赖、小阳和铁公鸡看着像模像样的松鼠鳜鱼，直夸姜暮是个中华厨艺小天才。

姜暮红着脸看了看靳朝，感觉就像找枪手考了满分，而枪手、考官和考生坐在同一张桌上，她多少有些心虚。

靳朝只是低着头，脸上挂着若有似无的笑意，也不点破，充分展现了一个专业枪手的职业素养。

✧ ✧ ✧

姜暮又过回了刚来铜岗时的那种日子，只要周五放学早或者到了周末，她就窝在修车行做题背书。年后修车行更加忙碌了，后棚院被靳朝改成了一个临时仓库，很封闭，里面堆满了箱子，经常有人过来拿货，都是姜暮没见过的生面孔，而且那些人几乎都是晚上过来。

姜暮一度以为靳朝开展了有关毒品交易的副业，但她看过那些东西，都是汽车配件。姜暮不知道靳朝是不是找到了新的赚钱路子。不过靳朝最近买草莓都是成箱买，姜暮有一天还见他把一张银行卡递给铁公鸡。

后棚院的出货量很大，姜暮两天没去，棚院里的箱子就都不见了。

靳朝对后棚院的东西很谨慎，一般白天修车行开门做生意的时候，怕客人误闯，棚院门都是锁着的。只有前面卷帘门拉上了，棚院的后门才能开。姜暮是自己人，靳朝没有刻意防着她，她问靳朝那些是什么东西，靳朝便如实告诉她，都是代理配件。

3月里虽然靳朝很忙，但姜暮能见着他。每当结束了一天忙碌的工作，他才会回到休息室，应姜暮的要求给她讲些较深的物理知识。

在此之前，姜暮一直认为物理是一门无聊且枯燥的学科，充斥着大量玄乎的理论和烦躁的公式。但靳朝帮她敲开了这扇通往未来的大门。有时候姜暮学着学着，感觉自己并不是在学物理，而是在学数学，有时候又感觉不像学数学，像是学哲学，越学越觉得缥缈。

一个毕奥-萨伐尔定律差点让姜暮学哭,她晚上做梦都是三重积分、曲面积分。这仅仅是电磁部分的一个知识点，更别提对量子力学的学习了。靳朝只说得比高中课本上涉及的内容稍微深了一点点，她就开始哭天喊地，非说他的大脑结构跟她的不一样。随着对这个领域的深入学习，她理解不了的问题越来越多，有时候她一下子问出好多个“为什么”，把靳朝都问笑了。他告诉她，这是好事，判天地之美、析万物之理，有疑问就是有兴趣，这是一个很好的开端。这样学的好处是，一段时间下来，姜暮再做高中物理题的时候，已经游刃有余。

姜暮能感觉出来这段时间靳朝总是很劳累，晚上给她榨完一杯橙汁，他自己会泡一杯特浓的咖啡，之前他是不喝咖啡的，也不知道是不是最近太累的缘故。

休息室总是飘荡着咖啡的浓香，伴随着靳朝低缓、有磁性的嗓音，姜暮逐渐迷恋上了这种香气。有好几次她也想尝尝咖啡，靳朝总是说她："你还小，喝什么浓咖啡？"

姜暮当然不会承认自己还小，有一次，她趁着靳朝出去，偷偷喝了一口他的咖啡，苦得她赶忙吸溜了一大口橙汁。靳朝回来后，端起咖啡刚准备送到嘴边，手顿了下，撩起眼皮看向姜暮，语气散漫地问道："好喝吗？"

姜暮心虚地回道："我觉得我可能还小……"

进入4月，靳朝忙得经常见不到人影，很多时候他都不在修车行，用铁公鸡的话说，他要跑生意。姜暮还没踏足社会，对于跑生意的理解，大概就像跑销售一样，得磨破嘴皮子上门推销，但显然，她理解的跑生意和靳朝正在做的事情是不一样的。

好几个晚上姜暮下了晚自习就打电话给靳朝，靳朝都是先挂断电话再回她信息，或者有时候要隔上十分钟再给她回电话。姜暮问他在哪里，他只是告诉她在外面忙，让她早些回家，到家后给他发一条信息。

整个4月，姜暮几乎很少见到靳朝。她白天要上课，这学期的晚自习有时候要延长到将近十点，难得周日有空，靳朝却不一定在店里。

有一天夜里，姜暮忙完躺在床上时已经是后半夜一点了。她很困，却怎么都睡不着，就给靳朝发了个可怜巴巴的表情包。她本以为靳朝不会那么快回信息，没想到她刚把手机放下，他的信息就过来了："怎么还不睡？"

姜暮看着手机屏幕发呆了好一会儿，不知道怎么回。这几天上晚自习的时候，姜暮脑海中总是萦绕着咖啡的味道，心神不宁。

斟酌了好半天，她才回信息："没什么，就是想闻闻咖啡香气。"

靳朝回道："早点睡。"

姜暮不知道他是不是还在外面忙，他过早地踏入社会，交际圈里

鱼龙混杂，她所接触的只是冰山一角。除了修车行的生意，姜暮对靳朝几乎一无所知，他会画图纸，也会对照着那些配件全英文的数据和他人沟通，她不知道那些经常来买货的人是谁，更不知道他每天出去都会接触哪些人。

经常有形形色色的人来修车行找靳朝。有一次，姜暮看见几辆豪车停在修车行门口，直接把靳朝叫走了。那辆车上还有个外国人。那次靳朝一去就是一整夜，不知影踪。

靳朝的生活在姜暮眼里是一分为二的，他给她看到的是单调、周而复始的营生，而他从没给她看过的，是姜暮无法想象的世界。

姜暮依然过着家和学校两点一线的生活，简单到对外面的浮浮沉沉一无所知。

看着苍白的天花板，姜暮心里的倒计时越来越快，还有两个月就高考了，她前路未卜，这一走，无论是去外地还是去外国，都势必要跟靳朝分开。大学四年，四年啊，她还会是她吗？他又还会是他吗？一切似乎都是未知数，而这种未知随着高考日期的临近让姜暮越来越心慌。

第二天，姜暮像往常一样背着书包要去坐公交车，刚出小区就看见靳朝靠在一辆黑色的SUV门边。太阳刚从东边探出头来，他穿着工装外套和牛仔裤，利落的身形修长挺拔，清晨微弱的光像薄薄的雾笼照着他。那幅画面就这样猛地撞入姜暮的眼中，好像就是一瞬间，她突然清楚前一晚心慌的根源是哪里了。她可能……也许……好像对这个她一直称为哥哥的男人产生了不该有的感情，无法控制，泛滥成灾。

姜暮面上平静无波，内心却在看到靳朝的那一瞬就已掀起巨浪，她不知道该怎么办，如果将这件事告诉靳朝，他会是什么反应。她更不知道，一旦她把话说出口，他们的关系将会怎样。

许是好多天没有看见靳朝的缘故，姜暮觉得他瘦了一些，脸上的轮廓更加明显。她就那样停住脚步望着他，直到靳朝弯下腰从车子里拿出一个杯子，递给她：“咖啡没有，有豆奶。”

姜暮心情很复杂，她走过去，从靳朝手中接过那杯热乎的豆奶。

然后，靳朝送她去学校。在路上，他问她最近复习得怎么样。她心不在焉地回道：“还好。”但她始终看着窗外。

其实，姜暮明白，靳朝一直对自己挺好的。这次她来铜岗读书，多少带着怄气的心理，无论是刚来爸爸家时的种种不适应，还是过年期间和妈妈闹得不愉快，如果不是靳朝在她身边，她大概率会度日如年。可这份好里有多少是因为往日的情分，又有多少是因为如今的兄妹关系，还有多少是因为她无法猜透的其他情愫，姜暮不确定。但可以肯定的一点是，一旦她把心里话说出口，靳朝也许不会做得太绝，可他一定不会接受她。

过完年姜暮就发现了，无论她在修车行待到多晚，靳朝都会把她送回靳强家，从不让她在他那里过夜。他依旧关心她的学业，也会照顾她的生活，可他们之间有条很清晰的界线。每当姜暮碰到那条界线时，靳朝便会不动声色地将她的位置摆正，她跨不过去，也很怕真的不管不顾地说开了，两个月后高考结束，他们会彻底断了联系。

靳朝将车子停在学校对面的路边，姜暮转头看向他，好几次欲言又止，最后只是问道：“最近还是很忙吗？”

靳朝点了下头。

姜暮嘀咕道：“那么拼干吗？急着挣钱娶老婆吗？”

靳朝笑了起来，斜眼看着她：“你给我介绍啊？”

姜暮脸色不好，语气也不好：“好啊，我们学校美女多着呢。”

靳朝嘴角微撇：“太小了，下不去手。”

姜暮一句话都没再说，直接下了车，带上车门。

靳朝落下车窗，下巴搭在胳膊上，瞧着姜暮从车前绕到路边的身影，悠悠地说道：“你昨晚发信息给我的时候，我还在邬市。”

姜暮停住脚步，在离车门一步的地方回过头来。靳朝浓密的睫毛下是深邃如潭的眸子，虽然盯着她笑，但眉宇间多少有些疲惫，只是语气轻松：“早上赶回来送你上学，你就这副气鼓鼓的样子？”

姜暮轻轻眨了下眼，嘟囔道：“我哪有生气？”

靳朝手指微拨，倒车镜往她的方向转了转，他挑了下眉梢，对她说：“自己瞧瞧。”

姜暮抿着唇不肯承认，靳朝伸手在她头上敲了下：“去吧，要迟到了。”

姜暮紧紧地盯着他，怕这一转身又得好多天见不到他。

靳朝收手，靠回椅背上，对她说：“我不走，看着你进去。”

学校打铃了，姜暮只好收回目光，狂奔过去。直到她爬上三楼，透过走廊往校门口望去，那辆SUV还停在那儿。姜暮不知道靳朝能不能看见她，她抬起手对着车的方向挥了挥。

手机响了。姜暮拿出来，看见靳朝给她发了条信息：“安心上课，不要胡思乱想。”

4月底的一天，下了晚自习，严晓依非要带姜暮去吃炸串。她说是东桥北街那家新开的炸串店最近可火了，都是晚上出摊，她们这时候过去正好赶得及。

今晚姜暮在学校没吃饱，想着多绕两站路不算太远，便和严晓依一起去了东桥北街。

到了地方，姜暮才发现这条街挺热闹的，夜市小吃、洗浴中心、棋牌室应有尽有，特别到了晚上，灯火通明，到处都是人。等她和严晓依摸索到那家炸串店门前时，已经有好多人在排队，香味传得整条街都是。她们好不容易排到队首，点了一堆炸串，抓在手中边吃边往回走。

快走到车站的时候两人也吃得差不多了，严晓依一路都在和姜暮说最近新上的古装探案剧，她抱怨没时间追，等高考结束要第一时间把那部剧看了。姜暮随口问了问剧里都有哪些明星。

车站对面有家夜总会，门头很豪华，亮着浮夸的灯，照得街对面通亮。姜暮侧着头看去，夜总会大门口正好走出一群人。她的视线随意扫过，听到严晓依报了个熟悉的男明星名字，刚想问那人为什么演古装剧，突然目光顿住，她猛地转回去，在人群中一眼看见了靳朝。

如果不是他鹤立鸡群的身高，她几乎认不出他来。他穿着黑色的衬衫，领口微敞着，怀里搂着一个穿着暴露的风尘女子，在男人堆里侃侃而谈，游刃有余，尽显风流。

姜暮停下脚步，望着他，听着街那边传来的笑声，她浑身的血液都凝住了。明明只是隔着一条街，可她感觉街道的对面是另一个世界——一个灯红酒绿、纸醉金迷的世界，一个成年人游戏人间的世界，一个靳朝从没让她看过的世界。

严晓依也停下脚步，顺着她的视线看了过去，问道："你看什么呢？"

也许是姜暮的目光太过执着，靳朝有所察觉，转过头，看见姜暮穿着校服背着书包站在街边。

那一眼对视让姜暮想起了之前靳朝的那句"太小了，下不去手"，她的视线有些模糊。

靳朝眼中浮现一丝讶异，但仅仅是一瞬，他便收回视线。面前的男人对他说："尹大在凤苑开了房，去那儿耍？"

靳朝搂着怀中的女人笑得肆意："早说我就不喝那么多酒了，影响发挥。"

旁边的女人笑道："不用你忙。"

周围的男人都笑了，其中一个骂道："长得好就是他妈的占便宜，办事都有人伺候。"

靳朝脸上也挂着轻浮的笑。

姜暮转过身，努力抑制发颤的声音，对严晓依说："我不和你一起坐车了。"说完，她朝着街的另一头疾步离去，越走越快。她不知道自己在逃离什么，只感觉黑夜朝她裹挟而来，街道旁亮着灯的招牌全部消失了，她的身体不断下陷，看不见光亮。

Chapter 16

最后的机会

她是个等待高考的学生，而他早已踏入社会的熔炉。

姜暮沿着那条街走得很快，最后几乎跑了起来。手机响了，她气喘吁吁地靠在一根电线杆上接通电话。靳强问她怎么还没回家，她将指甲抠进肉里逼迫自己稳住声音，对他说："和同学吃点东西。"挂了电话，她把手机关机，扔进书包里，五脏六腑仿佛被撕碎，糅在一起，连呼吸都变得稀薄。她从来没有过这种感觉，仿若溺水，身体不受控制，想挣扎出水面，失重感却将她吞没，她无力抵抗。

再往前走时，姜暮看到一家电玩城，一头扎了进去。入眼全是眼花缭乱的游戏机，吵闹的娃娃机唱着姜暮听不懂的歌，投篮机前是少男少女哄笑的身影，她拖着脚步走到角落，坐在一台街机前，弯下腰捂着胸口。直到旁边有人碰了碰她，问她是不是不舒服，她才匆匆拎起包，再次丢掉这个短暂的救生圈。

姜暮漫无目的地走了很久，也想了很多。她想到之前晚上打给靳朝，他故意掐断电话，她甚至猜想，他挂断她电话的那些夜晚是不是都像今晚一样拥美女入怀，所以才会不方便接她的电话。她不想胡思乱想，可所有可能性就这样猝不及防地拼凑起来，涌现在她脑海中。她不停地告诉自己，就算是为了谈生意，出入这种场合也没什么好大惊小怪的，这本来就是你情我愿的事情，只有她这个年纪的女孩才会纠结于那些童话般的执着。可她内心的情绪无法控制，她知道自己现在这样不好，但似乎找不到出口。她是个等待高考的学生，而他早已踏入社会的熔炉。她未来还有四年学业要去面对，他会继续游走在复杂的社会圈子里。他们两个的人生从她9岁那年起就已经迈入两条无法相交的轨道，她没有办法控制自己向他靠近的心，也不知道该怎么开辟一条道路，让双轨相连。

姜暮回到靳强住的小区时，已经是将近两个小时后了。夜里，居民楼总是很安静，连野猫都不见踪影，接触不良的路灯发出吱吱的声响。姜暮垂着脑袋借着时亮时暗的光走到那栋老楼前。

打开楼门，她耷拉着肩膀刚探身进去，楼道的地上就响起鞋底摩挲的细微声响。姜暮顺声望去，一道身影立在她眼前，那道影子被外面半暗的路灯拉得很长，一直延伸到她脚边。

姜暮的手顿住了，表情凝住了，隔着两步的距离，她扶着大门的手微微收紧，没有再向前一步。她不知道靳朝是什么时候来的、等了多久。此时靳朝轻拧着眉盯着姜暮。姜暮感觉到一股汹涌的情绪就要从体内奔腾而出，她立刻松开楼门，掠过靳朝，向里走去，身后的大门自动合上了，楼道里又是漆黑一片。

在她路过靳朝身边的时候，手臂被他拽住。姜暮垂着视线，短发盖住了脸，他看不清她的表情，只感觉到她拼命想要抽回自己的胳膊。他干脆移了一步挡在她面前，低下头问道："去哪儿了？"

姜暮声音干涩地回道："逛了会儿。"

"逛会儿需要关手机？"

姜暮将不断往上涌的情绪抑住，对他说："你让开，我要回去了。"

靳朝没有动。他身形高大，立在她面前便让她无法前行。姜暮想从他身边挤过去，靳朝干脆一只手放在扶手上，另一只手贴在墙上，然后弯下腰来，衬衫领口依旧微微敞着，透着成熟男性的魅力，声音低沉了几分，像在哄人："我不是没去吗？"

这句话反而让姜暮的情绪开始决堤，她依然不说话，只是肩膀微微抖动。靳朝把她拽到身前，拨开她挡住脸的短发，借着微弱的光线，看到她清澈明晰的双眼里噙满了泪，整个人看上去羸弱无助。

靳朝愣了下，问道："你哭什么？"

姜暮不知道自己哭什么，她无法解释，只是感觉心口一阵阵地抽搐般地疼，她不断退后，想和靳朝拉开距离。

她的举动到底让靳朝皱起眉："我哪里让你不痛快了？"

姜暮越哭越凶，委屈得泪水往下滑落，像风雨飘摇的落叶，她望着他："你哪里都让我不痛快了。"

靳朝垂下眼睫，向她靠近，妥协、纵容地问道："怎么才能痛快？"

姜暮不想让他靠近，抬起手捶打他胸口，力道不小，发出沉闷的响音。靳朝没有动，只是垂眸注视着她。

姜暮又带着哭腔推他："我痛快不了了，再也痛快不了了……"

小小的拳头一下又一下砸着靳朝的胸口又推他，但是靳朝没有躲，也没有让开，就这样任由姜暮发泄。烦扰姜暮多时的情绪找到了宣泄的出口，每打一下她就哭得就更厉害，拳头的力道也越来越轻，到最后，她都快哭成泪人了。

靳朝终于忍不住，攥住了她两只手腕，弯下身子拢着她轻唤道："暮暮……"

"吱呀"一声，楼门再次被打开，一缕光从外面射了进来，赵美娟错愕地站在楼门口，看着两人惊道："你们在干吗？"

姜暮赶紧动了下手腕，靳朝松开了她，她便头也不回地冲上了楼。

赵美娟打工的超市每个月月底盘点都要求加两天夜班，有加班费，她也乐意挣这笔钱，只是没想到今天会正好碰见他们两个。

姜暮冲回家，把自己关在洗手间，一遍又一遍地洗脸。她听见外面开门的声音，一时间不知道该怎么面对赵美娟，也不知道她会怎么想，就这样在洗手间待了好一会儿，听见外面没动静才出去。

靳强和靳昕已经睡了。姜暮走出洗手间的时候，赵美娟并没有看她，只是自顾自地将靳昕晚上换下来的小衣服收进洗衣机，好像刚才什么都没发生过。

姜暮忐忑地走到房间门口，手碰到门把手，她还是咬了下唇，转身走到赵美娟身旁，对她说："那个，赵阿姨，刚才的事……能不能别告诉我爸？”

赵美娟这才直起腰，看了眼她已经不见泪痕的脸，叹了口气，说道：“这话按道理也轮不到我来讲，小朝是我一路看着过来的，他吃了不少苦，也不容易，是个可靠的人。但你妈肯定不会同意的，你自己要想想清楚。”

赵美娟见姜暮垂着眼帘沉默着，便看了眼大房间的门，压低声音道：“说句良心话，我也希望小朝过得好，但我要是你父母，可能也不会同意，你以后再怎么着也是个清清白白的大学生，他……”“他是有案底的”，赵美娟到底没有把这句话说完，只是告诉姜暮，今晚就当她什么都没有看见，让她专心高考。

进入5月，姜暮便很少再去修车行了。劳动节过后还有一个月就高考了，时间越来越紧，她只能把所有精力放在应付高考这一件事上。

5月中旬的一天晚上，万青带着几个人蹲守在附中门口。看见姜暮出来，万青朝她闪了两下大灯。姜暮脚步顿了下，但并不打算理会万青。万青直接从她的跑车上下来，径直走到姜暮面前，对她说：“找你聊两句。”

见姜暮一脸防备，万青笑了笑：“不用这样看我，我万青还不至于对你做什么龌龊的事，真想干也不会自己跑来让你知道。找你说说有酒的事。”

听到靳朝的名字，姜暮蹙起了眉。

万青左右看了看，指着不远处的步道：“去那儿吧。”

那里是附近小区配套的一个小花园，跳广场舞的大妈们已经散场了，不少木椅子空了出来。万青直接朝那儿走去，跟她一起来的几个男人也提步跟上，被她训道：“你们过来干吗？别吓着人家小姑娘。”说完，她回头瞧了一眼姜暮：“走啊。”

姜暮紧紧地抓着书包带子跟了上去。与此同时，章帆被人叫到学校门口，晃悠了一圈也没见到喊他出来的人，倒正好碰见万青的人，便顺手打了个电话给靳朝。

初夏的凉风徐徐地吹起姜暮的短发，她将书包放在身边，万青没有坐在她旁边，而是站在她对面，点燃一根女士细烟。姜暮不得不承认万青抽烟的姿势很飒，如果不是万老板的缘故，她对万青还真谈不上多讨厌。

万青抽了几口烟，沉默地打量着姜暮，忽而笑了起来："说实话，在没认识你之前，我还真不知道有酒会吃这款。"

姜暮别开视线，回道："我好像跟你说过了，我是他妹妹。"

万青用食指弹了两下烟灰，神色清淡："妹妹就妹妹吧，总归是在他面前说得上话的人。"说完，她猛吸了一口烟，吐出烟雾的时候，声音也随着烟飘散而来，"有酒刚到我爸那儿干活没多长时间，我就听人提起过他，说修车行来了个帅小伙，干活利索还能干。真正第一次碰见是有一天我从酒吧回来，开车路过修车行，发现那么晚还亮着灯，就把车子停下，进去看看。我进去的时候，他赤着上身弯腰在引擎盖下忙。我站在店门口把一根烟都抽完了，他都没有看我一眼，我从来没见过哪个小工能像他这么专注。后来我高跟鞋的声音惊动了他，他抬起头朝我看过来。小姑娘，你信一见钟情吗？"

万青的嘴边蔓开轻佻的笑意："可能是因为他抬起头后，我发现他不仅身材好，长得也帅，就对他来了兴趣吧。有时候玩得晚了会特地去修车行绕一圈，找他抽根烟；有时候什么也不干，坐旁边玩会儿游戏陪他干活。

"在我爸店里像他那么大的维修工有很多，跟跑马一样，今天过来，明天就能走了，没几个安分的，就是干活，也是能偷懒就绝不勤快，拿多少钱干多少活。他是我见过唯一书不离手的，在他做学徒的那段时间，人家柜子里都是烟酒，他柜子里都是书，光笔记本我就见他记满过两个大本子，写得一手好字。

"有酒在万记的那几年，内部员工闹过事砸过场子，和同行为了客户结过梁子，新店扩张，没人领头，乱过一阵子，很多事情都是他挑大梁。

"他的能力本就不应该局限在维修间那个破地方，我爸下面那些亡命徒学习学不好，干活怕吃苦，只能拿命混钱。

“有酒跟其他人都不一样，他只要踏踏实实地干，哪怕时间长一点，总有一天会出人头地，他不应该沾上那些东西。”

姜暮表情僵住，问道：“哪些东西？”

万青低头将烟踩灭：“你不知道他最近倒卖配件搞得风生水起吗？”

姜暮皱起眉：“知道。”

“知道？他怎么跟你说的？”

姜暮默了一瞬，看向万青：“他说他拿了代理。”

万青轻蔑地笑了声，道：“你以为一线的代理谁都能拿？那些都是走私的配件，有酒拿的那批货很有可能已经被盯上了，就是有问题，上面才放给有酒出掉，万一出了事，他一个人背锅，你知道要判多少年吗？”

瞬间，姜暮的神情冻结，她猛地从椅子上站起来，风不再是初夏的凉爽，而是夹着刀子不停地拍打在她身上。她怔怔地问：“上面是哪里？”

万青表情严肃地说：“你别管是哪里，连我都不知道，总之，你想想办法劝有酒收手，那批货不能再碰了。”

不一会儿，靳朝出现在步道上。

万青没想到靳朝会找来这里，有些惊愕地看着他大步而来的身影，讽刺道：“附中眼线挺多的吗？这会儿工夫就找来了？”

靳朝直接走到姜暮旁边，将她往自己身后一扯，看着万青冷声问道：“你来找她干吗？”

万青见他护着身后女孩的架势，眼神动了动，嘲弄地笑了：“找她玩玩儿，不行啊？”

靳朝沉着脸警告她：“我给你几分面子，再有下一次，我就不跟你客气了。”

万青眼里的光微微颤动了一下，随后唇边溢出几丝凄楚，不易察觉，转瞬即逝。

靳朝的手机响了，是三赖的电话。接通后没说几句，靳朝就脸色大变，挂断电话，他眼里突然涌现出可怕、凶寒的光，牢牢盯着万青，

随后提起姜暮的书包，转身大步往回走。

万青不知道发生了什么事，看了眼姜暮，一起跟了上去。

靳朝带着姜暮刚到修车行，万青的车子也停了下来，三赖火急火燎地上前对他说："你赶紧进去看看。"

靳朝打开修车行的门，径直穿过维修间，开了锁。后棚院的门被推开的刹那，他的身影顿在原地，一院的狼藉，箱子被人扔得到处都是，里面的货砸的砸、毁的毁。他缓缓将视线落向院角，篷布被撕了，黑色GT-R被砸得惨不忍睹，像报废车。

自始至终，靳朝拿货的事情没有跟三赖提过，不管三赖心里有没有数，靳朝不想把他牵扯进来，只有铁公鸡知道这批货的来历。这几天他们一直守在修车行，等着明天出货。一个小时前，铁公鸡接到电话，临时有事，离开了。是三赖从外面回来听见闪电反常的叫声，才察觉出不对劲，打电话给靳朝。

万青恰巧在今晚去找姜暮，恰巧被章帆看见，然后打电话给靳朝，恰巧靳朝离开修车行几十分钟，货就被人搞砸了。太多的巧合拼凑在一起就不是巧合了。

靳朝的视线扫过棚院的每一处，他缓缓地转过身，看向万青，对她道："滚。"

万青看着靳朝阴鸷的眼神，浑身打了个冷战，解释道："我真不清楚。"

靳朝再次低吼道："给老子滚。"

万青是红着眼睛离开的。姜暮站在角落看着靳朝，她不知道这批货会让他损失多少，或者会导致什么后果，可她清楚，如果这些东西真是走私来的，他就没办法报警，那就意味着不可能通过正规的途径解决。

靳朝额上暴出淡淡的青筋，双眼阴沉得可怕，整个人散发着一种好像要随时毁天灭地的气场。姜暮从没见过靳朝发这么大的火，以往面对再大的事，他总是习惯不动声色，泰然处之。这是她第一次看到靳朝表露出如此大的情绪起伏，她甚至不敢靠近他，不敢说话。

靳朝转过身对三赖说：“帮个忙，送暮暮回去。”

三赖站在维修间的另一头，什么话也没说，对着他点了下头。

而后靳朝移过目光，瞧了姜暮一眼。她缩在角落，双手抱在胸前，眼里是受惊的神色。

靳朝深吸了一口气，朝姜暮走来。停在她面前的时候，他侧头看了三赖一眼，三赖转身往外走。待三赖离开后，靳朝才垂眸，声音很低很沉地问她：“吓着了？”

姜暮的确吓得不轻，无论是得知他在贩卖走私配件还是棚院那狼藉的场面，抑或是靳朝盛怒的样子，对她来说都是不小的冲击。

靳朝见她眼里闪烁着不安的光，轻轻拧了下眉，双手搭在她的肩上，弯下腰来迁就着她的身高，尽量平视着她，眼神认真如炬：“你小时候考试考砸了不敢找妈签字，我帮你签了，被你班主任发现要请家长，你哭得可惨了，觉得天都塌了吧？我当时告诉你，不是大事，我能搞定，记得吗？”

姜暮脸色苍白地望着他，眼里浮起淡淡的泪光。靳朝握着她肩膀的力道逐渐收紧，对她郑重道：“相信我吗？”

姜暮从小闯的祸都是靳朝帮她解决的，她对他的信任是骨子里的，仿若与生俱来。他不是神，可在姜暮心里，他就是能让她信任、让他依赖的“神”，就是因为相信，她才不认为他会去冒险走私。现在摆在她眼前的不是考试代签请家长，而是弄不好便会搭上后半辈子的铤而走险，她身体发颤，眼里满是掩饰不住的害怕。

靳朝望着她的双眼，他眸中好像有一束光射进她心底，声音带着蛊惑：“要是你信我的话，回去好好应对高考，做你该做的事。”说完，他直起身子，抬手揉了揉她的脑袋，说道，“听话，跟三赖走吧。”

靳朝将姜暮的书包提了过来，绕到她身后给她背上。三赖已经发动车子，在路边等。姜暮转身，迎着夜色一步步朝维修间外走去，每走一步，她的心脏就跟着撕扯一下，一直走到维修间的门口，她停下

脚步，回过头。

靳朝还站在原地望着她，对她扯出一个很淡的笑容，可姜暮笑不出来，她只是这样担忧地看了他一眼，便朝三赖的车子走去。

高考前一周，晚自习停了，马老师让大家不要泄气，早点放学是为了让大家充分休息，调整作息，保持良好的睡眠，才能拿出最好的状态奋战高考。

对于姜暮来说，紧张了四年，终于在最后几天缓了下来，比起其他同学，她已经做好了充足的准备。自从那天晚上被三赖送回家后，她便一直没再去过修车行。

临考前两天，趁着没事，她想去看一眼大家，还有闪电。她坐公交车特地多坐了一站，去平时买奶茶的店。她还记得铁公鸡的奶茶半糖、不要奶霜，三赖要全糖加芝士，小阳不喜欢珍珠，而靳朝只喝乌龙茶。她排了半天队，把大家的都买好了便提着袋子往修车行走去。

路过浮桥的时候，一辆出租车从姜暮身旁开了过去，停在桥下。从车上下来一个中年男人，手中拎着两袋水果，关了车门，他便往旁边的老年社区走去。

姜暮的眸光落在那个男人身上，总觉得他面熟，恰巧此时，那个男人碰见一个熟人，侧过头来打了声招呼，宽阔的脑门和鹰钩鼻让姜暮一下子想起了他是谁——去年到飞驰修过车，那天修车行没有其他客人，铁公鸡不在，小阳去厕所了，姜暮从休息室绕出来的时候听见了靳朝和他的对话，只是寥寥几句，靳朝让他少往那儿跑。姜暮还记得当时靳朝的表情很严肃。可年后在菜场碰见那个人的时候，靳朝却说对他根本没有印象。连她看过一眼都能认识那个人，靳朝的记忆力那么强，还跟那个人说过话，怎么会对那个人没有印象？

姜暮越想越觉得奇怪，脚下的步子已经不自觉跟了上去。

西洼凹这一带是由几片老楼围建而成，基本都是原先的干部宿舍兼家属院，由于年代久远，内部四通八达，没有正规小区大门，住的都是老年人，里面的健身器材、路边卖菜的小贩随处可见。

姜暮跟着那个男人穿过一条热闹的街道。傍晚来来回回的人很多，那个男人停下脚步，问路边上摆摊的大妈西红柿多少钱一斤。姜暮便站在一家理发店的门口装作看价目表。那个男人买了一袋子西红柿，继续往里走。姜暮便赶紧跟上去。

穿过那条街，那个男人拐进了一个大院。路上的人越来越少，姜暮不敢跟得太紧，便拿出手机，低着头假装玩手机，但视线依旧往前。大院内，几个老太太坐在小马扎上聊天，一群孩子骑着亮灯的滑板车来回追赶，然而那个男人不知影踪。

姜暮几步跑到大院中央，周围有几栋楼，不知道那个男人进了哪一栋。就在转身之际，她忽然看见大院东边有一袋西红柿一闪而过，往后面的楼走去，院东角一棵桐树挡住了一半的视线，姜暮只好上前几步跟了上去。可绕过桐树，那个男人的身影再次消失了，她跑到那几栋楼的后面，发现那是一块空的水泥地，停着不少电瓶车和自行车，压根儿没有人影。

就在姜暮准备回去的时候，蓦地转身，那个男人从那棵桐树另一边的车棚下面走了出来，直直地盯着她。

姜暮心头大骇，表情当场僵住了。

那个男人拎着水果和西红柿一步步朝她逼近，无声地打量着她，随后停在她面前，开口道："小姑娘，你找我啊？"

姜暮有些发虚地说："没……没有。"

那个男人眯起眼睛："不找我，你一直跟着我干吗？"

姜暮余光扫见那些还在唠嗑的老太太，直起胸膛，淡定地回道："找不到同学家了。"

那个男人目光深沉地瞧了她几眼，正好这时候大院那头有人喊道："姜南山。"

姜暮侧头一看，是海大爷，立马对他挥了挥手。那个男人便拎着东西走了。姜暮赶紧绕过那棵桐树，再次回到大院里。

海大爷拿着一个茶杯背在身后，笑眯眯地说："怎么跑这儿来了？"

姜暮讪笑道："找人，找人。"

说着，两人便往大院外走去。

海大爷突然问道："你认识卢万儿子啊？"

"谁？"

"你刚才不是还和他说过话吗？"

姜暮愣了下，立马反应过来："不算认识。对了，那人是干吗的？"

海大爷说道："小卢啊？在海关上班。"

姜暮拧了拧眉："海关？做什么？"

"好像是海关下面的缉私局吧，平时挺忙的。他父母家就住我后面那栋楼。"

这是姜暮第一次听说"缉私局"这个单位，告别海大爷后，她立马拿出手机搜索这三个字。网页跳出介绍，缉私局是海关的重要组成部分，领导单位是公关部和海关总署，职责是严厉打击走私违法活动。

姜暮脑袋"嗡嗡"响——缉私局的人去飞驰修过车，靳朝让那个人少去他那儿，年后靳朝开始大量走私配件，这一切被一根无形的线串联起来，在姜暮的脑海中勾勒出让她无比恐慌的猜测。

"你既然大学的课程都能自学了，为什么不去拿个文凭呢？"

"每个阶段都有每个阶段要做的事，你现阶段的任务是高考，对我来说，总有更要紧的事。"

"很多钱吗？民事赔偿？"

"不是钱的问题。"

姜暮突然感觉每个毛孔都被冰凉的液体侵蚀着，全身的汗毛都竖了起来，一个令她震惊的真相隔着一层纱，呼之欲出。

她的确为靳朝辍学感到可惜，也的确觉得他终日干着体力活，窝在巴掌大的修车行是埋没了他，可她从没有因为这些就对他失望，哪怕在得知他非法飙车后，她也始终认为他玩两场便会收手，她真正失望的是，这十天来得知他在冒险干着违法的行当，这是她无法接受的，甚至上次一别，她觉得现实终究把他们逼上了两条截然相反的道路，他会离她越来越远，那种绝望让她时常像溺水的人，连挣扎的力气都没有。可这一刻，当所有真相以一种她完完全全无法预料的样子呈现在她眼前时，她只感觉体内生出一团炽热的光，令她害怕、恐惧，却也在瞬间照亮了她的前路。

姜暮几乎是小跑回了修车行，然而靳朝并不在，铁公鸡他们也要下班了。小阳对她说："你别等了，还不知道师父什么时候回来呢。"

靳朝回来的时候的确不算早。夜已深，他拉开卷帘门，见休息室亮着微弱的灯，姜暮正坐在桌前安静地等着他。在他踏进维修间的时候，她抬起了头，眼里是炯亮的光。

隔着漆黑的维修间，靳朝看了一眼姜暮的身影，回身拉上卷帘门，脚步声沉稳地响彻空荡的维修间，停在休息室的门口。他看着姜暮朝着自己站起身，脸上浮起一层淡淡的红，她到底年纪还小，在他面前藏不住事。前些天她从他这儿走的时候还一脸悲恸，眼里噙满哀伤，现在已经充盈着炯亮的期盼。

靳朝默不作声地盯着她看了会儿，才落下两个字："果然。"

姜暮不知道他口中的"果然"是什么意思，只是感觉他对于她出现在修车行并且这么晚了还在等他并没有感到多讶异。他穿着简约的深色开襟半袖衬衣，和平时穿工作服的样子不同，这样的他看上去干净、内敛，还透出几分成熟的雅致。

靳朝没再说什么，只是转身从角落的冰箱里拿出一瓶椰奶递给姜暮，然后转身泡了一杯特浓咖啡。

姜暮随手把椰奶放在桌上，走到他身边，急切地问道："果然是什么意思？那个人，姓卢的……缉私警，他告诉你他见过我了？"

靳朝搅动咖啡的手顿了下，他撩起眼皮扫向她，沉着目光，嘴唇微启："你知道的太多了。"

姜暮双手扣在桌边，一副担惊受怕的样子："要灭口吗？"

靳朝将咖啡送到唇边抿了口，露出似笑非笑的弧度，眼里光影流动，

他幽深地瞅着她："你以为我们是干吗的？"

姜暮也想扯出个轻松的笑容，但她轻松不起来，整个人都被一张巨大的网罩着，迷惘、紧张。

靳朝放下咖啡，拿起椰奶替她拧开，递给她："坐下说。"

姜暮机械地听从他的话，把身后的椅子拖到靳朝身前，乖乖坐下，又喝了一大口椰奶，然后拧上盖子放在旁边，牢牢盯着他。

靳朝靠在桌边，拿着咖啡低头浅酌几口才抬起视线，不徐不疾地开口道："金疯子既然跟你提过我的事，那你应该清楚我的处境，我在万记待到两年多的时候，万胜邦会偶尔让我替他办些修车行以外的事。

"他那个人好赌，我原先以为他只是喜欢打麻将，顶多去外面的赌场，后来才知道他养了一批年轻人，不定期会参加一些地下赌局，玩的是车，赌注很大，动辄六位数。

"有一次他底下的车手出了事，押金交了，没人跑车，临时让我顶上。我始终觉得他对我有恩，便答应下来，之后跑赢了，替他分得不少钱。他希望我从修车行退出来，专门替他干这个，开出的筹码不小，但我拒绝了。

"隔了一阵子，他又让我帮忙，说跑完那次，保证不会让我再参与那些事。

"我到底还在他手下做事，抹不开面子，便答应帮他最后一次。不巧的是，那次我们的路线被卖了，所有人都进了局子。卢警官就是那时候找上我的。

"虽然话没明说，但他的意思是希望我能协助他们盯着万胜邦，有什么事情就跟他通通气。我当时不知道卢警官的身份，以为他只是个普通民警，或许想查非法飙车的事，便表面上应付过去，但实际上从来没跟他联系过。

"直到后来我知道万胜邦拿我顶包的事，从万记出来后，我才联系卢警官。那时我才了解到，他们想查的根本不是万胜邦，也不是非法飙车，而是通过非法飙车这个组织摸到背后的走私团伙。

"在此之前，他们已经在全国各地相继破获过一些大大小小的走私案件，走私的物品有豪车，也有进口配件。在调查中，他们发现好多案件都有共通性，每次以为抓到了主犯，但灭了一处，隔一段时间又会在其他地方冒出来一处，背后的人藏得很深，甚至可以掌握一些外企的公章和资料，自如地实施犯罪。

“后来他们摸到那群飙车的人，发现那些人中很多人的车子都是非法走私来的，或者车辆经过改装，使用的都是走私配件，这才将目光锁定这个飙车组织。

“不过这一次他们没有打草惊蛇，抓到人，被抓的人缴完罚款就都被放了。他们想安插几个人进去，通过飙车混进去，摸到背后的走私团伙。

“但是这个同盟做事很谨慎，平白无故地进个外人是根本不可能的，缉私那边一直很难打入这个组织，直到我联系卢警官。”

靳朝垂眸喝了口咖啡，姜暮的神情前所未有地认真，甚至上课听讲时她都没这么认真过。靳朝的话在她脑海中勾画了一幅完全陌生、可怕的画面，那个画面充满罪恶和凶险，是她闻所未闻的。

她接着靳朝的话说道：“所以他们选中了你，因为你之前帮万老板跑过，那个组织或者说那个同盟的人对你熟悉，而且你身上有那笔赔偿，大家都知道你缺钱，从万记出来，你想搞快钱也变得理所当然。”

靳朝唇边溢出一丝笑意：“还不笨。不过，不光是这个，我有个让所有人都无法怀疑的动机，他们会认为我在这个时候参与进去是因为万胜邦，我跟他闹翻了，所以想跟他对着干，就连万胜邦也是这样想的，虽然这的确是一部分因素。”

姜暮恍然大悟，她竟然没有想到这一点。靳朝的身份太特殊了，他从高中开始就玩车子，铜岗这些飙车党都听过他的名字，甚至有的说不定还跟他交情匪浅，对他自然知根知底；虽然他从牢里出来后没再涉足那个圈子，但是和万老板闹翻这件事是个很好的时机，没有人会怀疑。

可是姜暮注意到了靳朝的措辞：“一部分因素？还有另外一部分？”

靳朝微垂着眼帘，整个人仿若静止了，良久，他的声音低缓：“作

为条件，卢警官答应我，只要能破获这起案件，就会对万胜邦及其党羽进行收网，一旦他们落网，那边承诺会替我翻案。”

姜暮感觉体内燃烧着一股热浪，连手心都冒了汗，她感觉好像回到了那晚——跟着靳朝去飙车那晚，在那个荒无人烟的山坡上，她一直劝说他干正经事，别瞎混了，靳朝只是绷着下巴沉静地注视着她，自始至终没有松口。她从没想过他坚持的，根本就不是为了赚那些钱，而是还自己一个公道和清白。

姜暮此时此刻的心情已经无法用语言来形容，激动、震惊、害怕，或许都有。她目光灼热地盯着靳朝，问道：“卢警官联系你了？告诉你我跟着他的事？”

靳朝没有否认，姜暮继续追问道：“他对你说过什么吗？”

“就是知会我一声，让我看着处理。”

姜暮指尖轻颤，声音也有些不稳：“那你现在告诉我就不担心吗？”

靳朝低着头，眉骨投下深邃的阴影。忽然，他笑了起来：“担心什么？担心你把我卖了？”

“我当然不会！”姜暮几乎惊呼起来。

靳朝身边的人鱼龙混杂，虽然个个与他称兄道弟，但让他信得过的屈指可数。而姜暮是所有人中最特殊的存在，他们没有血缘关系，但靳朝清楚，哪怕身边的人都来踩他一脚，姜暮也不会。他撩起眼皮，眼里的笑意还没散，落在她的脸上。

姜暮从来不知道一个男人仅用眼神就能挖人心噬人骨，她的心跳也跟着他目光的温度越来越快。

靳朝对她说：“回来的路上我一直在想怎么才能把这件事圆过去，先让你安心高考。快到的时候，我想通了。”呼吸起伏间，他弯下腰告诉她，“我即使暂时扯个谎堵住你的问题，但总要编更多的理由来圆这个谎，与其让你为这件事分心，不如直接告诉你。我在高考前出的事，可能会成为我一辈子的遗憾，如果因为我的事再耽误你，那可能我得遗憾到下辈子。现在能答应我回去好好睡觉了吗？”

姜暮微微眨了下眼，望着他，没有动。几秒后，她冷不丁地问道：

“那你……”

靳朝疑惑地抬起头：“我怎么了？”

“你去那些地方也是因为要跟那些人打通关系吗？”

“哪些地方？”

姜暮的眼神闪躲，她抿着唇低下头，憋了好半天才说出一句：“你不干净了……”

靳朝干咳了一声，拿起手边的咖啡快速喝光，然后放下杯子探身过来，眼里带笑，唇齿间是咖啡的香气，将双手摊开：“要怎么证明？”

姜暮满脑子都是这蛊惑人心的气味，脸噌地红了，头都快低到地底下了，她小声道：“我怎么懂？”

靳朝看着她又气又羞的模样，不再逗她，拿起手机看了一眼，提醒道：“不早了。”

姜暮忽然抬起头抗议道：“可是我现在不想走，我还有好多问题，你不是才回来吗？我就不能多待会儿吗？”

靳朝垂下眼睫，声音戏谑：“就这么想跟我待在一起？”

姜暮这下真的觉得无地自容，她背过身去，说道：“你就非要说出来吗？我不要面子的吗？”

靳朝眼角都弯了起来，他直起身对她道：“走吧，路上说。”

靳朝开了辆修车行的车把姜暮送回靳强家。在路上，姜暮心潮澎湃，忍不住问道：“那你现在查到什么了吗？”

靳朝眉梢微扬，敲打她：“你就没想过你在打听的东西是重要机密啊？”

姜暮条件反射地捂住嘴，一副后怕却又万分好奇的样子。

靳朝看着前方，却好似注意到了她的小动作，隐隐地笑了笑，说道：“这个玩飙车的同盟有个排名，会详细记载每个人出车的场次、名次和赏金。卢警官他们怀疑，这个排名跟利益集团挂钩，这么大的跨国走私案件，上面有做事的人，下面地方上总得有人接盘，背后操纵的人不会轻易放货，飙车组织不过是个幌子，利用飙车来培养或者观察合

适的人来接这种生意。

“其中还涉及比较复杂的风险分类，比如一部分可以利用万胜邦这些在当地比较有势力的老板出货，风险比较大的货就需要散户来走，万一被查到，也容易撇清关系，不会牺牲地方上的大户，这也是缉私那边总是扑空的原因。

“但不是每个人都有足够的心理素质和胆量做这种生意，排名越靠前的人越容易被注意到，因为这部分人有个共同点——胆子大、不要命，还缺钱。”

姜暮越听越入神，不自觉地凑到靳朝身旁：“所以你才要去一场场地刷比赛吗？”

靳朝低眸看了她一眼：“我没有万胜邦那么大的盘子，对我来说，跑比赛是最快被人注意到的途径。年前他们的猜测被证实了，有人联系我出一批货，一开始只是放在我这儿试试，对方联系好下家，由我出面走货，一来二去，出货量越来越大。”

姜暮突然想到什么，皱起眉：“过年的时候在雾隐寺，那个男的说你准备插手西口关的生意是什么意思？”

“那个男人叫贺彰，专门跟在万胜邦身边负责这方面的生意。万胜邦那个侄子万大勇现在也跟贺彰一起做事，两人贪到了一起。也是因为万胜邦那里出了纰漏，年前才会有人联系我试走一批货。那人没想到我这里货走得越来越顺，现在就西口关的归属权，我和万胜邦也算是闹到明面上了。”

姜暮想起万青找她那天的事，问道：“他们那次就是想方设法要搞你的货？”

靳朝叹了口气，落下车窗，窗外的风徐徐地吹来，他的声音好似被吹散，缥缈到让姜暮觉得不真实。

“损失那批货的确让我在盟里的信誉打了折扣，但是大家都清楚是怎么回事，这么短的时间就能把我那辆车搞报废，只有同行能有这种本事。

“我和万胜邦的矛盾一旦影响到盟里的生意，势必要有个解决方案，从大的利益上来讲，那些人不会看着我和万胜邦窝里斗。”

姜暮越来越紧张：“什么样的解决方案？”

靳朝拍了拍方向盘：“最传统的途径。”

姜暮似乎猜到了什么，只是信息量太大，她整个人都有些愣怔，听见靳朝接着说道：“万胜邦那边也清楚，我跟他的事一旦拿到台面上来，肯定会有人站出来叫我们解决干净。现在的问题是西口关的归属权，我只有拿下这个归属权才有可能摸到上面的人脉，那么按照惯例，如果我们两个私下无法达成一致，最传统的解决方法就是用车子来赌，赌输的人不能再对另一方的货动手脚，这是规矩。”

姜暮渐渐明白过来：“怪不得他们在毁掉货物的同时把你的车子也给毁了，这是在断你后路吗？”

靳朝没说话，只是撇了下嘴角，一切不言而喻。

姜暮从椅背上直起身，问道：“什么时候？我是说，什么时间跟他那边的人做个了结？”

“月中。”

“车子能修好吗？”

靳朝沉默不语，把汽车停在小区门口，转头对她说：“到了。”

姜暮却迟迟不肯下车，她侧着身子，牢牢地盯着他：“我答应你好好高考，不会被这件事影响，可是你要跟我说实话，你得让我心里有个底。”

靳朝转头望着她急切的双眼，斟酌了半分钟，然后下车点燃一根烟，告诉了她实情。

那辆车现在从外观到内部都需要修复，要改动的地方太多，飞驰在硬件方面不具备这个改造能力，而目前铜岗一带稍微大点的修理厂都明确拒绝接这个活，靳朝自己配齐设备和工具是一笔很大的开销。上次那批货被毁已经让他损失惨重，就算他自己组建一个具备改造能力的修理厂，也缺乏资金，时间上更是不允许。另外，改装所需的配件难买，无论是V6双增压发动机、二代宽体套件还是用于进气、涡轮、全段排气或者悬架和避震的配件都买不齐。万胜邦那边的人显然已经

事先截了靳朝的路子，铜岗一带从修理厂到配件商整条生意链上的人都在站队，帮靳朝就等于断了万胜邦的财路，万胜邦的势力在铜岗这个地方盘踞了几十年，没有人敢轻易动摇。

姜暮万万没想到会是这样的局面，她下了车，问道：“不能寻求卢警官的帮忙吗？让他弄辆可以跑的车子？”

靳朝摇了摇头：“不能，他那边的车子都是收缴上去的，一旦重新出现在市面上，车子的来历会引起人怀疑。”

姜暮焦急道：“没有其他办法了吗？”

靳朝只是淡淡地抽着烟，眉宇深锁：“我托人从外地调货了，只是还需要找个肯接活的修理厂。”

姜暮急得来回踱步道：“假如，我是说假如，要是修不好，怎么办？”

靳朝侧过头将胸腔里的烟雾吐了出去，回道：“那就随便找辆车开过去。”

姜暮虽然不懂车子，但她见识过上次那些车子的速度，如果靳朝随便用一辆原厂出产的汽车参赛，在性能上肯定会落后那些经过改造的跑车，就算他技术再好、开得再稳也不占优势。

姜暮停住脚步，站在他面前，担忧道：“就没有其他解决途径吗？非要去吗？”

靳朝反问道：“什么解决途径？让我跟万胜邦坐下来喝茶谈判？”他嘴角勾起轻嘲的弧度，“要真是为了做生意，那当然有的谈，但我的目的不是卖货赚钱。想私下谈拢，不是他妥协就得我妥协，你觉得他可能妥协吗？他一旦向我低头，丢的就是他在铜岗几十年的威望，而我一旦向他低头，就得一辈子背着这个案底。”

靳朝将烟头狠狠踩碎，垂眸，目光炯然地盯着姜暮：“你以为万胜邦手上没有人命吗？你以为他们那个玩车子的组织干净吗？多少飙车出事的人都当车祸处理了。

“从非正规渠道进口的车子，外观看着新，内部很多零件都是报废翻新的零件，出了车祸不会有人负责。

“当年从我手上出事的那辆车的零件就是被万大勇用这种方式调包

的，我难道还要看着更多人栽在他们的脏手上？

“我是可以向前看，不去计较过去的事，但我就得一直低着头，被所有认识的人打上杀人犯的标签，即使离开铜岗，这个案底也会像影子一样跟着我，我永远甩不掉。

“我失去了高考的机会，蹲了半年牢，出来后整整四年活得人不人鬼不鬼，我难道还要继续这样低着头过一辈子？”

靳朝眼里迸发出一股狠戾，他看着姜暮，一字一句地告诉她：“这是我唯一可以翻案的机会。”

姜暮听后，灵魂都在震颤，她再也说不出一个字来。

走进小区后，姜暮感觉大脑里是混乱的。对她来说，这是一个不真实的夜晚。她来铜岗、来到靳朝身边已经大半年了，他一直像个勤勤恳恳的维修工，每天按部就班地打理一间不大的修车行，有三五个知心兄弟，偶尔喝喝酒撸撸串，跟其他所有普通人的生活没什么不同。然而在今晚靳朝展示了他最真实的一面，一个让姜暮无法想象的一面——他看似淡漠的外表下不肯屈服的心、在她认为只会出现在老港剧或者影视大片里的身份。特殊、神秘、凶险，这一切都让姜暮觉得像在做梦。她没有立马回靳强家，而是在楼下找了个健身器材坐了下来，她需要好好想想，消化靳朝对她说的那些话。

换位思考，要是她遇上这些事，她能咽下这口气吗？明知道自己是被别人推出去顶包，从此毁了前途，还为那个罪魁祸首干了四年活，每天忠心耿耿地付出，对着那张伪善恶心的面孔，到头来对方没有丝毫忏悔之心，还要不断打压自己甚至把自己逼到绝境，她会怎么做？就在那一瞬间，她似乎理解了靳朝的绝地反击，他没有其他退路，即使他想安安稳稳开着这家修车行，万胜邦也容不下他，如果两人能相安无事，之前的一年多万胜邦也不会放任下面的人隔三岔五来修车行找事。这样下去，总有一天修车行会耗不起，生意会受到影响，靳朝没有活路。他不是一个甘愿被人踩在脚下的人，她眼里的靳朝，久有凌云志，他不会让自己蒙尘，也不会甘心背负冤案，所以这条路是他

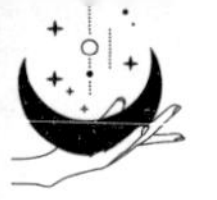

势必要走的，纵使前有猛虎，后有饿狼，他也会毫不迟疑地走下去。

案底，这是赵美娟难以启齿的词、让靳强一再闪躲的话题，也是让姜迎寒鄙夷的原罪。如果靳朝能翻案，那么未来横在他们两个之间的阻力是不是也会迎刃而解？

姜暮感觉浑身都燃烧起来，一团巨大的火焰蹿到她脑海中，让她热血沸腾。

靳朝送完姜暮，驱车回到修车行，但他刚坐下十几分钟，修车行的卷帘门突然被敲得震天响。他蹙了下眉，转身走回维修间，拉开卷帘门，就见姜暮正气喘吁吁地出现在他面前。

靳朝目光诧异地看着她：“不是把你送回去了吗？你怎么又来了？”

姜暮激动地拽住他的袖口，对他说：“我有办法了，你跟我去一个地方。”

Chapter 17

我不会让你吃苦

她从来不知道靳朝的怀抱是可以将她淹没的。

重新上车后，靳朝问姜暮去哪儿。她把手机拿出来，根据定位直接导航，目的地在铜岗西边，靠近县城的一个地方。她拿给靳朝看，靳朝扫了一眼便根据导航路线往目的地开去。

晚上铜岗的路上车子本就少，靳朝开车的速度很快。说来奇怪，姜暮刚来铜岗的那天也是靳朝去接她，她记得第一次坐靳朝车的时候，车速太快，她还紧张地悄悄拉着车门，靳朝当时嗤了声，说“怕什么”。那时的她当然不会知道眼前的男人是赛场上游刃有余的车手，还纠结于他为什么开得那么快。现在，即使靳朝开得飞起，她也毫不畏惧。

车子开得越远，外面的景色越荒凉。不久，车子跟着导航路线进入一片厂区。夜里的厂房看上去漆黑、空旷，不少加工厂相互挨着，隔几条街便是另一家厂子。

他们绕到一家厂区后门，那里紧挨着一座荒芜的小山，仅有一条道，两旁连路灯都没有。靳朝开着大灯一路把车开进去，而后停在传达室门口，闪了两下灯。

传达室里一个值班的老头儿走了出来，问他们是干吗的。

姜暮拨通一个电话，将手机递给那个老头儿。不知道那个老头儿跟电话另一边的人说了什么，他挂断电话就把电动门打开了，对靳朝说：“往里200米左拐，开到仓库区3号门。”

靳朝递给他一根烟，说了声“谢了”就一脚油门便将车子开进厂区。

这还是姜暮第一次深更半夜来到陌生的厂区，硕大的厂区内安静得一丁点声音都没有，莫名地让她起了层鸡皮疙瘩。靳朝倒是很淡定，扶着方向盘探头找路标，看到仓库区的箭头便将车拐了过去。

那是一片连通的大厂房，每个方位都有紧锁的大门。姜暮也落下车窗寻找，一直到左前方的仓库门上出现一个很大的圆圈，圆圈中间写着数字“3”，姜暮才抬起手指着那里说道：“是那边吧？”

靳朝把车子开到那个标着“3”的大门前，按了两下喇叭，随后下车。姜暮也从副驾驶座上下来。两人分别站在车子的两边，望着这扇门。

不一会儿，里面传出细微的动静，然后随着机械门的响声，原本闭合的大门逐渐往上升去，车子大灯正对着仓库里，门后的两人随着上升的机械门渐渐出现他们眼前。

其中一个是潘恺，站在潘恺身边的是一个50岁左右的黝黑男人。

在看见他们的那一刻，潘恺兴奋地挥手对姜暮说：“你们真快，我也刚到。”然后他看向靳朝，老老实实地喊道：“七哥。”

靳朝对着他点了下头，目光落在那个中年男人身上。

潘恺立马介绍道：“他是任栋伟师傅，我爸厂里的总工，姜暮说你想复原车子，要么你跟任工聊聊？”

靳朝眼里露出久违的神色，看着任师傅道：“好久不见了，任叔。”

潘恺和姜暮都有些诧异，任师傅指了指靳朝：“我当小潘口中的七哥是哪个呢，原来是你啊，不到黄河不死心。”

靳朝淡笑道：“办法总比困难多。”

任师傅对他说：“里面聊吧。”

姜暮和潘恺没进去，任师傅跟靳朝在里面聊了半个多小时，具体聊了什么，他们也不清楚。

姜暮瞧着黑压压的厂区，不禁感慨道：“你家这生意做得挺大啊。”

潘恺不好意思地说：“还行吧。”

姜暮侧头看向他：“那你还老坑我笔。”

潘恺顿了下，笑道：“高考前一定还，一定还。”

靳朝出来的时候，姜暮和潘恺正坐在仓库门口的台阶上闲扯。他走了过去，姜暮听见脚步声，立马站起来问道："谈得怎么样了？"

靳朝眼里浮起一丝笑意，他毫无征兆地抬手捏了下姜暮的脸。这一举动令姜暮愣住了，随后她也跟着笑起来。潘恺看看姜暮，又看看靳朝，一脸疑惑。

靳朝送姜暮回去的时候，她才知道那位任师傅在铜岗圈子里算是个老技术员，靳朝玩摩托车的时候就跟他打过交道，但是他们两个好多年没见面了。其余的，靳朝并没有多说，他只是嘱咐姜暮不要操心余下的事，他自己能应付，让她专心考试。

结果第二天一放学，姜暮和潘恺就跑来了。

小阳留在修车行，铁公鸡过来帮忙了。任师傅又带来两个手下。姜暮和潘恺过去的时候，他们已经在仓库里开辟一个临时的场地专门修理这辆车。

靳朝见姜暮来了，对她招了招手。姜暮屁颠屁颠地跑过去，他一边忙一边教育她："知道什么时候考试？"

"知道啊，明天早晨九点。"

靳朝削了她一眼。

姜暮嬉皮笑脸道："反正闲着也是闲着嘛，你从前总挂嘴边上的——'大考大玩，小考小玩，不考不玩'，我都快大考了。"言下之意："现在不玩，更待何时？"

靳朝嘴角微扬，对她道："吃完饭就回去。"

姜暮噘了下嘴，无声地表达不满，一回头看见潘恺坐在台阶上，竟然还在做题。姜暮再看看她自己，今天连书包都没带。她几步走过去，弯腰看了眼，惊道："明天就考了，你现在还搞这个有什么用啊？"

潘恺神神道道道："你不知道，我这人记性不好，复习太早没用，就要临时抱佛脚。"

高考都临时抱佛脚？姜暮抬起头，看着眼前这一大片厂房，突然觉得他这样好像也不是不可以，反正考不好还有家产可以继承。

她蹲下去问道："他们在这里搞车子，你爸知道吗？"

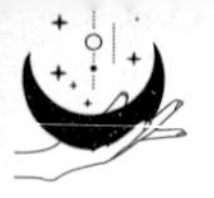

潘恺头也不抬地回道："知道啊。"

"你怎么说的？"

潘恺停下笔，转头告诉她："你给我打完电话，我就去找我爸了，跟他说，事情不搞定，我这高考就考不好了。"

"……你这不是威胁你爸吗？"

潘恺笑嘻嘻道："反正他就我这一个儿子，不敢在这个时候刺激我，万一我以后拔他氧气管呢？"

"……"

潘恺接着道："头七哥这事——"

"你还是喊他'酒哥'吧，现在没人那么叫他。"

潘恺愣了愣，转而说道："酒哥这事儿，我不是跟我爸说了吗？然后他打了两个电话，表情挺严肃的，盯我看了老半天，我以为他不会同意呢。后来他才答应把任工给我，要的东西和人由任工去协调，会在仓库腾个地方出来，其他的事当他不知道。"

姜暮还是挺感慨的，潘恺爸爸显然已经知道靳朝和万胜邦的事，在整个铜岗的修车行避风头的当口儿，潘恺爸爸还能暗地里给他们提供技术支持，她脑海中突然飘过五个字——"良心企业家"。

到了饭点，三赖的白色小车出现在仓库门口，姜暮眼尖，最先看见。她跑了出去，喊道："三赖哥，你怎么来了？"

三赖戴着一副酷炫的大墨镜，本来他的脸不算多大，这一挡几乎看不见了。他非常帅气地摘下墨镜，卡在衣领前，一惊一乍道："你不是都要高考了吗？怎么还往这儿跑啊？"

一眼看去，台阶上还有个正在做题的憨憨，三赖无语地从后座拎出几个大袋子，对姜暮喊道："过来帮忙。"

姜暮赶紧跑过去，帮三赖把后座剩余的袋子全部拎出来，然后跟着三赖一起搬桌子，把袋子里的打包盒一样样拿出来摆好。

三赖对着正在忙活的几个人喊道："洗手吃饭了，吃完再弄。"

不得不说，三赖真是个称职的后勤保障，饭菜极其丰盛，他一声令下，所有人都陆续丢下手中的活。

靳朝洗了手，来到仓库外面，点燃一根烟。天色已经变暗了，他抽了几口烟，回头瞧见潘恺那认真的劲头，问道："能看见吗？"

潘恺抬起头，骄傲地眨着他的小眼："5.0的，还可以。"

靳朝哼笑一声，转过头去。天边的晚霞逐渐暗淡，他的声音变得深沉而悠远："这个人情我记下了，以后会还你。"

潘恺抬头，错愕地盯着靳朝看了看，又回头看了眼正在分筷子的姜暮。

靳朝直接将潘恺的头转了回来，压下眼皮说道："是我还你不是她，少打她主意。"

潘恺讪笑道："不敢，不敢。"

吃完饭，三赖便跟个老妈子一样把两个待考的孩子各自送回家。一路上他还婆婆妈妈地叮嘱他们明天考试要准备的东西，顺便说起他当年高考的辉煌战绩。当年，他道听途说，以为第一个冲出考场的能上电视，为了赶上这个"第一个"，他特地穿了双跑鞋。结果他赶到门口，什么都没有看到，只见一群家长迅速赶过去，把他围住问东问西，问到后来他的衣服都差点被撕。所以，他劝告他们千万不要争做第一。

第二天考试，靳强特地请了假，赵美娟一早就把早饭备好了，光是吃早饭期间就跟姜暮说了不下三遍"别紧张"。姜暮没感觉多紧张，就感觉赵美娟连高中都没上过，比她还紧张。姜暮临走的时候，靳昕跑到她面前，盯着她。

姜暮弯下腰，问道："有事吗？"

靳昕递了一张很小的便利贴给她，对她说："你下楼再看。"

姜暮握着那张小小的便利贴出了门。靳强已经先一步出去拦车了，姜暮走到楼下的时候打开那张便利贴，上面画着小小的爱心围成的一个圈圈，里面写着两个铅笔字——加油。姜暮的眼睛顿时弯了起来，她将便利贴收好，往小区外走去。

手机响了，她拿出来看，是靳朝打来的。

接通后，靳朝问道："出门了吗？"

"爸已经在打车了，你呢？"

"还在那儿。"

"你昨晚没回去吗？"

"嗯，今天要接个人。"

姜暮笑着说："考好了有奖励吗？"

靳朝似乎也带着笑："要什么奖励？"

"容我想想。"

电话里安静了两秒，靳朝的声音透过听筒传来，带着无法阻挡的悦耳、低沉："暮暮，好好考。"

挂了电话，姜暮迎着朝阳的光，像奔赴战场的女战士，只是这一次她带着靳朝错失的信念一同踏进考场。

靳朝今天的确需要去接一个很重要的人，这个人便是章帆的哥哥章广宇。一周前章广宇辗转杭州、上海两地，把靳朝需要的东西都配齐了，他怕中途快递出岔子耽误时间，便直接请假，亲自把那些配件背回了铜岗。

靳朝一接到章广宇便直接赶回仓库，一行人马不停蹄地投入维修改造。

所以，在姜暮为了未来奋斗的时候，靳朝也在为了前路战斗，所有人都在争分夺秒，不敢倦怠。

高考最后一天迈出考场的时候，姜暮终于感觉压在肩上四年的担子就这么卸下了，整个人前所未有地畅快。

潘恺隔着好远就激动地喊着她的名字，一蹦一跳，像个傻瓜一样朝她跑来，兴奋地喊道："解放了解放了。走走走，今天一定要去嗨一下。"

姜暮难得不觉得他疯癫，跟着他笑。两人刚出校门就看见靳朝、三赖还有一个陌生男人站在人群后面。

虽然校门口全是家长，还有拉着标语、捧着鲜花的，场面极其热闹，但姜暮还是一眼就看见他们了，实在是因为这三个人个子都高，往那儿一站太显眼，特别是三赖还穿着他那件印着大红色“中国人”的国潮T恤。别人手里拿着花，他拿着一小面国旗挥舞，令人想注意不到都难，这让她深刻怀疑，他是想来蹲守电视台记者的。

姜暮没想到靳朝今天会丢下手中的活来接她，她刚准备朝他们挤过去，就发现有个人比他们先挤了过去。那个人就是章帆，他直接跑到章广宇面前，问他要手机和烟。

姜暮挤过去以后才知道，那个陌生的年轻男人居然就是以前给过靳朝图纸的章帆哥哥。

她走到靳朝面前，对着他笑，把自己的准考证递给他。

靳朝接过来仔细看了看，眼里星火点点，抬起眸对她说：“收好，上大学还要用。”

章广宇喊大家一起去他家吃烧烤，热热闹闹地庆祝一下。潘恺跟来接他的小姨打了声招呼，就跟着他们一道去了。

今天铜岗很多地方都戒严，到处都是学生和家属后援团，他们都没有开车过来。于是，一群人浩浩荡荡地沿着街道往章广宇家走去，在路上不时能碰见开怀大笑的人群，还有不少驻足拍照留念的学生，整条街都洋溢着欢乐的气氛。

潘恺和章帆甚至勾肩搭背地唱了起来：

我还是从前那个少年
没有一丝丝改变
时间只不过是考验
种在心中信念丝毫未减
眼前这个少年
还是最初那张脸
面前再多艰险不退却
Say never never give up

Like a fire

Wu oh oh……

两人没有一句唱在调上，真是大型尴尬现场，他们两个还唱得丝毫不在意形象。

三赖走在姜暮身后，把袖珍小旗子往她后领插。一开始姜暮还没注意到，后脑勺顶着个小旗走了一路，直到碰见严晓依她们指着她笑，她才透过街边的橱窗看见自己的怪样，立马拿下来，举着小旗子追着三赖跑。

而靳朝和章广宇走在最后，聊着零件上的事，目光倒是追着他们哄闹的身影。姜暮追上三赖就是一顿暴捶，她还要跳起来把旗子插他领子里。靳朝看到这里，眉眼舒展开来。他不会再回到那个年龄了，也回不去高考那天了，可看着姜暮脸上洋溢的笑容，他好像也跟着她重新走了一遭，心底缺失的东西终究以另一种形式填补了。

章广宇家在城中村，是过去的自建房，后来他们家加盖了个小三层，最上面一层有个天台，隔出两块地方，有桌子，有烧烤架，弄得像模像样，还装了一圈星星状的闪串灯带，姜暮一上去就“哇哦”了一声。

女孩子天生对这种氛围感十足的地方没有任何抵抗力。章广宇说，这里是他女友去年从网上买来东西装饰好的，太阳能灯，一到晚上自动亮。章广宇女友是他高中同桌，晚些时候过来了，靳朝和三赖他们都认识。再晚些时候，金疯子也来了。

为了庆祝这三个孩子完成高考，金疯子还特地搬了两箱酒上来。在他递酒给姜暮的时候，姜暮望向靳朝。今晚靳朝没有阻止，不过提醒她：“适可而止。”

“适可而止”四个字在金疯子眼里就是“放开了喝”，所以他一上来就说了一大堆漂亮话，几乎把他会的所有成语都用上了，说得慷慨激昂、激情澎湃、热血似火，然后让大家喝酒。

靳朝和三赖他们习惯了，知道他每次喝酒前都要说一大堆废话，压根儿不理他。奈何三个小孩听得很上头，一上来就猛喝，好像不喝猛点就体现不了他们已经从高中这个门槛跨出去，即将成为一个大人的勇猛。

后来章广宇他女友问他们考得怎么样、准备上什么学校。章帆报了个有汽修专业的大专院校，但是说他不一定能考上，要是实在不行，就去学开挖掘机。大家也不知道他是说真话还是开玩笑。

潘恺说他准备去学哲学。这话一出，整桌人瞬间安静下来，都觉得他可能喝大了。

然后大家问到姜暮。姜暮抬头望向靳朝。靳朝垂眸转着面前的啤酒瓶盖，看似漫不经心。她垂眸说道："还没想好。"

潘恺激动道："你还没想好啊？两个月前问你你就说没想好，加紧想啊，分数一出来就要填志愿了。"

姜暮没说话，捧起酒杯一小口一小口地喝着。

金疯子到了没多久，大家就忙活着烧烤了。章帆和潘恺鼓捣了半天都没把炭点着，三赖看得着急，干脆亲自上手。

章广宇女友放了音乐，金疯子扭嗨了，顺带问道："铁公鸡怎么没来？"

靳朝回道："家里有事回去了。"

烧烤的烟雾直往桌子这边飘，靳朝干脆起身绕到天台另一头抽烟去了。姜暮去烤了一会儿，被烟呛得直咳嗽，被三赖撵走了。她回到桌子边，找了一圈没看见靳朝，便绕过隔断，往天台另一边走去。

天台这半边堆着杂物，有咸菜缸子、工具箱，居然还有个装满东西的破浴缸，收纳效果很是神奇。而靳朝就坐在天台边上叼着烟低头打电话，长腿随意搭在浴缸边上，不拘小节，一只结实的臂膀撑在身旁，肌肉隆起，散发出迷人的硬汉气息。

姜暮情不自禁地朝他走去，停在他身旁，安静地趴在天台边上。靳朝侧眸盯着她，对电话里说道："气囊先不急，等我明天回去再说。嗯，今天不过去了，你也早点回去休息。"

章广宇家的天台位置挺好，夜里能看见城中村的百家灯火，充满

了烟火气。夏风一吹，凉爽舒服，只不过姜暮每次喝完酒都感觉眼皮在打架，她也不是困，就是睁不开眼睛。

靳朝挂了电话，问道：“喝多了？”

姜暮立马直起身子，说道：“才没有，我清醒得很。”

靳朝眸光深沉，含着淡淡的笑。他看着她绯红的小脸，听见她软糯糯地喊道：“哥。”

“嗯。”

姜暮的身子晃了下，她问道：“你说我考哪儿好？”

靳朝将烟掐灭，低下头说：“你应该跟你妈商量。”

“她希望我去澳大利亚。”

靳朝的睫毛微微动了动，姜暮凑近他，抬起头问道：“我要真去了澳大利亚，就很长时间不能回来了，你会舍不得吗？”

靳朝抬起眸看着她，没有说话，只是眼里荡着令人目眩的光，像一眼望不到边的星河，可此时此刻他的宇宙里只映出小小的她。

周围灯火璀璨，闪着星光的小灯围绕着他们，姜暮目光焦灼地盯着靳朝，目光从他浓重的眉眼滑落到他清晰的唇线上。不知道是不是喝了酒的缘故，他的唇泛着诱人的潋滟，就在一瞬间，大脑不受控制，她踮起脚吻了上去。

唇瓣相触时，姜暮的心跳声淹没了世间万物，纯情、生涩、香软的唇覆在靳朝的唇上，转瞬即离，却又像燎原的星火。靳朝瞪着双眼，眸中是被触发的灼热，盯得姜暮低下头去，眉眼闪躲，他呼吸沉重地训道：“你昏头了。”

姜暮的胸腔剧烈起伏着，她的确感觉自己昏头了，整个人都是飘的，像踩在棉花上。但她不服气，硬是大着胆子再次抬起头吻了靳朝一下。而这一次在她离开他的唇时，腰忽然被抱紧，她整个人都被靳朝揽入怀中，他低下头噙住了她的唇。唇齿被撬开的刹那，姜暮感觉心脏骤停了，尽管她小时候经常睡在靳朝身边，可这种从未有过的亲密让她脚步虚软。

短暂的纠缠过后，靳朝的额头抵着她的，他呼吸滚烫地对她说：“我也昏头了。”望着她迷离的眸色和如玉的脸蛋，他再次失控地吻上她柔软细腻的唇。几步之外是慵懒的音乐、潘恺他们大喊大叫的玩笑、金疯子扯破嗓子的歌声。

刺激的紧张感让姜暮整个人都蜷缩在靳朝怀里，心脏仿若被他放置在云端，身体却在下坠，靳朝揽住她的腰支撑着她，舌尖不断纠缠着她。姜暮大脑缺氧甚至眩晕。靳朝迷人的气息、温柔的侵略、不断的亲昵让姜暮身体轻颤，那么久以来的愁绪以一种比较原始的方式宣泄出来，姜暮被他吻得红了眼眶。

突然，三赖扯着嗓子喊道："暮暮，鸡翅好了，你跑哪儿去了？"

姜暮惊得从靳朝怀中逃了出来，猛地退后一步，慌乱地看了他一眼就跑了回去。靳朝盯着她仓皇的背影，抿了抿唇边残留的温度，也提步绕过隔断。

三赖把一串鸡翅递给姜暮，抬头时看见姜暮眼圈通红，怔了下，扭头对着随后走来的靳朝说道："你有病啊，才高考完你就不能给孩子轻松轻松，又说什么把她说哭了？"说完，他把鸡翅塞进姜暮手中，对她说："你这哥别要了，就会欺负你。"

姜暮低着头接过鸡翅，不敢吱声。

靳朝也沉默以对，无法反驳，要说欺负，好像是那么回事。

姜暮拿着鸡翅坐了下来。靳朝走过来后跟章广宇说了两句话，坐到姜暮旁边，他从她的对面转到她身边，一切都是那么自然，没有人留意到他换了位置。

其实刚才姜暮并没感觉自己醉了，只是这会儿心跳很快，思绪也是朦胧的，的确有些醉后的感受。特别是在靳朝在她身边坐下后，尽管头垂得非常低，她依然能感觉到他强势的存在，那种紧张到极致的心悸让她的手腕都在轻颤，特别在这么多人的眼前，她感觉就像干了一件不能见人的事，心绪不宁。

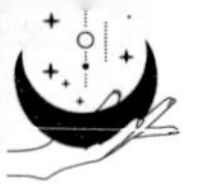

潘恺他们拿着一盘刚烤好的肉串过来，烤肉的香气、酒杯的碰撞、欢笑的声音在天台上空回荡，可这一切都无法掩盖姜暮的心跳声，她甚至觉得此时此刻的眩晕比上次喝那么多酒还要上头。

后来，三赖提议7月里选一天，等大家手头的事都忙完了一起去爬山。他还说要找个有索道的山，也不知道“爬山”有什么意义。金疯子说要去就去五岳之首泰山。章广宇说，“黄山归来不看岳”，让大伙去黄山，他在安徽工作，去黄山也近。

大家讨论得热火朝天，靳朝拿着酒，唇边挂着淡笑，不时插几句话，显得很自若。姜暮的心理素质就没那么好了，她一直埋头吃串，其实她已经吃饱了，只是这会儿干坐着似乎有些无措。其间，她和靳朝的手肘不经意地摩擦，明明是挺稀松平常的事，可这样的触感被她无限放大，甚至产生了一种只有他们俩才知道的小暧昧。

潘恺见姜暮一直没有停嘴，诧异地问道：“姜姜，你今天挺饿的吧？”

姜暮这才感觉自己的确吃不下去了，只不过大家正喝到兴头上，她只好干陪着。她用余光偷偷去看靳朝，他的右手放在桌边，靠近她的左手垂在椅子上。

姜暮不禁低下头，看着他的右手，骨节修长，手背筋络清晰。其实她很少注意到这么细枝末节的地方，以前发烧了去输液，护士总是说她手背的血管不明显，要是运气不好碰上个经验欠缺的护士，免不了要多挨一针。看着靳朝微微凸起的筋络，姜暮觉得新奇，然后真的伸手戳了一下。

靳朝略微偏头，似有若无地睨着她。姜暮戳了一下没过瘾，原来戳人筋络后回弹的触感还挺有意思的，于是又戳了一下，只是这一次她还没戳到，靳朝便翻转手掌直接将她的小手攥住了。姜暮瞬间抬头去看他，他已经收回视线，若无其事地转过头听三赖闲扯峨眉山的猴子，手自始至终都没有松开，轻轻摩挲着她圆圆的指甲。

这不是靳朝第一次牵姜暮的手，无论是飙车那次演戏还是在雾隐寺门口面对万胜邦的时候，他都牵过姜暮的手，然而那两次都是在她极度不安的情况下，他用这种方式安抚她，只是握着，没有多余的动作。

而今晚，在如此放松的环境，他每一下的触碰都带着撩动人心的电流。姜暮根本不敢去看别人，虽然她知道这会儿根本没有人会注意桌子下面的动静，可手被靳朝握着，他指腹烫人的触感直接烧到了她的心窝，再攀到脸颊上，绯红一片。周围的人在说什么，她已经听不清了。

不知道过了多久，章广宇女友问她："你是不是喝多了啊？"

姜暮心虚地将手抽回来，顺着她的话点点头："可能吧。"

于是大家都说，差不多就散了吧。

回去的路上，三赖叫了辆车，和靳朝一起把姜暮先送回靳强家。三赖一喝酒，话便没完没了，从上车开始他就坐在副驾驶座跟司机谈他开的那家宠物店。看他那架势，不知道的还以为他开的是大型宠物交易市场。正好那个司机家里养了两只狗，话匣子一打开就刹不住。

靳朝和姜暮坐在后座，中间隔着一段距离。前面的两人太聒噪，一路上他们一句话都没说。姜暮偶尔偷瞄靳朝，他感觉到她的视线便扭过头来，姜暮又瞬间躲开。

等到了小区门口，三赖居然已经成功得到一位VIP客户，姜暮不得不佩服他。

三赖还转过头来，嬉皮笑脸地对她说："回去可以痛快睡一觉了，大学生。"

姜暮也跟着他笑下了，而后仓促地瞥了一眼靳朝。

靳朝感受到了她的目光，对三赖说："我送暮暮进去。"而后告诉司机："麻烦等下，算钱。"

姜暮拉开车门下车，靳朝也跟着下了车，三赖继续跟司机闲聊。

两人拐进小区后就看不见出租车了。老小区的路灯蒙着一层很厚的灰尘，光线颇暗，姜暮要去拽靳朝的袖子，还没碰到他，手便已经被靳朝握住了。他没有看她，两人就好像有感应一样默契。

穿过幽静的道路，靳朝带着姜暮走到老楼门口。打开楼门后，姜暮语气带着微醺后的绵软："哥，爬不动。"

靳朝笑而不语，明知道她是故意耍懒，还是弯下腰等着她跳上自己的背，然后背着她往上爬。靳朝的步伐并不快，姜暮双手交叉在他身前，脸靠在他宽阔的肩膀上，她的呼吸微甜，夹杂着淡淡的酒气，扫着他的脖颈，让他本来沉稳的呼吸越来越灼热。

昏暗的楼道里，声控灯随着靳朝的脚步声亮了起来。到了五楼，靳朝将姜暮放下，转过身，目光黑亮有力地注视着她。姜暮身体有些晃，靳朝怕她站不稳，便往楼梯口挪了一步替她挡着，视线扫过她温软的唇，停留了几秒。声控灯突然灭了，漆黑的空间里，他们的距离非常近。靳朝低下头凑近姜暮，姜暮的身体止不住地微颤。

靳朝轻笑了下，直起身，对她道："你今天喝了酒，等你清醒后再说。"

姜暮抬起如水的眸子，她的黑眼珠很大，醉着的时候看人总是看起来楚楚可怜，她轻声问他："你要走了吗？"

靳朝提醒她："三赖还在出租车上等着。"

姜暮又低下头去。她垂着脑袋站在靳朝面前的时候总是显得很小。两人都没再说话，姜暮向前微微挪了挪，脑门靠在他胸前。靳朝垂下视线望着她，眼里流淌着醉人的光，嘴里却低声道："磨人。"话音落下的时候，他已经抬起双臂将她揽进怀中。

这是姜暮第一次被靳朝这样拥着，仿佛融进他的身体，她从来不知道靳朝的怀抱是可以将她淹没的，无论是他呼吸的温度还是他迷人的气息，抑或是结实的胸膛，只要他想，他就能将她完全融化在他的臂弯里。

等靳朝走出小区，回到出租车上时已经是二十分钟后。三赖很是诧异地问道："怎么去了那么长时间？"

靳朝沉默地盯着他看了两眼，然后转过头，对司机说："走吧。"

姜暮其实不太清楚自己是怎么回到家的，好像是靳朝替她打开门，但是他没有进家，只是单手提起她的腰把她放进门内，和她说了声"晚安"就替她关上了门。后来姜暮一直迷迷糊糊的，直到躺到床上后都感觉自己可能在梦游。她是个睡眠质量还不错的姑娘，绝大多数夜晚都能睡得安稳、踏实。但今天晚上她始终处于一种浅眠的状态，灵魂是飘浮的，脑海中断断续续出现靳朝的眉眼、好听的声音和诱人的唇色，就连周身好似都萦绕着靳朝的气息，是一种清爽独特的薄荷香，还掺杂着淡淡的烟草香，令人迷恋。

姜暮不是第一次梦见靳朝。在意识模糊间，她搞不清楚自己到底是在做梦还是真实发生过什么事，兴奋、紧张、害羞，甚至连她自己都难以置信的其他情绪不断刺激着她，直到快天亮的时候她才真正睡沉。

赵美娟认为姜暮这段时间忙高考，精神压力太大，这一放松下来难免会进入自我修复状态，所以白天没喊她起床吃饭，就让她一个劲地睡。

姜暮果然很争气，这一觉睡到了下午两点，她睁开眼的时候甚至连自己在哪儿都恍惚了。大概有十几分钟的时间她的大脑是断片的，所以行为举止一切正常。但是这十几分钟过后，昨晚的记忆逐渐回笼，她开始意识到自己很有可能干了一件十分生猛的事情。坐在饭桌上的她突然脸色苍白地站起来，把赵美娟吓了一跳，问她出啥事了。

姜暮一声不吭地回了房间，反锁房门，一头栽到枕头下面号叫起来。她亲了靳朝，还亲了不止一次，然后他回吻了她，不是亲，是吻。

这是姜暮的初吻，在此之前，她从来不知道和异性接吻原来是可以这么亲密的，她还依稀记得那感觉就跟被下了蛊一样，她动弹不得，浑身发软，却无法抗拒。

一想到那一幕，姜暮浑身都烧了起来。沿着昨晚的记忆线，她想起和靳朝在楼道分别前，他貌似说过，等她清醒后再说。姜暮现在严重怀疑靳朝认为她昨晚的壮举是喝醉酒后的冲动所致，虽然她是有点冲动，但并不是无意识的。

至于清醒后要怎么面对靳朝，姜暮不知道，她抬起头，摸到手机看了眼。靳朝昨晚走后到现在并没有联系她。姜暮想打给他，又感觉整个人都在发虚。斟酌了半天，她给靳朝发了一条信息，只有三个字：“我醒了。”

靳朝没有让她等很久，不一会儿就回了过来："还在忙，去修车行等我。"

姜暮收到这条信息后瞬间感觉满血复活了，她翻出自己的背包，把里面的笔、习题册、英语单词本、饭卡等东西全部倒了出来，然后装了点简单的随身用品便出了门。赵美娟以为她和同学出去玩，便没多问。姜暮还特地去了趟超市，买了一大堆零食带去修车行。

铁公鸡和靳朝在一起，只有小阳在修车行，生意不是很忙。姜暮分了点吃的给小阳，然后把其他零食全部搬到靳朝的房间，摆得他整洁的床头柜上全是吃的和饮料，大有彻夜畅谈的架势。

只不过傍晚的时候，靳朝又发了条信息给姜暮，告诉她他可能要晚点回，任师傅他们都在，他走不开。姜暮让他安心忙，然后去隔壁找三赖玩。

三赖最近生意不大好，从下午开始一直在打游戏。姜暮就搬个小板凳坐在旁边看着他打。晚上，她和三赖一起点了外卖。吃完晚饭，三赖干脆把姜暮拉入游戏，让她也玩。

靳朝回来的时候，隔着玻璃门看见姜暮专注地握着游戏手柄的样子，身体还随着左右键来回晃，着实有些蠢萌。他没进去，在门口敲了两下门。姜暮转头看了一眼，立马丢下手柄，站起身。她脚边的闪电早已朝门口小跑而去。

三赖撇了撇嘴，优哉游哉地说道："没良心的丫头和狗蛋。"

靳朝转身回修车行，姜暮和闪电也跟了过去。他径直往休息室走去，对姜暮说："把门拉上。"

姜暮没有靳朝那么高，碰不到卷帘门，但是她熟门熟路地从墙角拿来一只长钩子，把门往下一钩就锁上了，然后把长钩子放回墙角。

姜暮进休息室的时候，靳朝正在洗澡，她突然有些不知所措。

不一会儿，靳朝穿着松垮的T恤拉开淋浴间的门，看见姜暮跟个小媳妇一样安静地坐在床尾。他扫了眼堆满零食的床头柜，目光落回姜暮身上，他挑起嘴角：“酒醒了？”

很平常的三个字，但是令姜暮的脸瞬间滚烫，她老老实实地点了点头，不敢看他，像犯了错的孩子还不知悔改。

靳朝说完这句便没再问，他将头发擦干，把脏衣服放进洗衣机，倒洗衣液，旋转按钮，按下“开始”键。其间，他的目光似有若无地扫视着姜暮，姜暮就更加局促了，她和靳朝单独待在一起时从来没有这么紧张过。

直到洗衣机运作的声音响起，靳朝才走到她面前，靠在衣柜上盯着她看了一会儿，然后开口道：“有什么要对我说的？”

姜暮的眼珠子转了老半天，然后她抬起眸摇了摇头。

靳朝唇边隐藏着笑意，面色一本正经道：“你要是觉得自己昨晚草率了，现在后悔还来得及。”

姜暮又猛地摇了摇头：“我没后悔啊，草率是草率了点，稀里糊涂的，没感受到。”话说出口她就意识到，糟糕，把心里话说出来了。

姜暮慌乱地扫了一眼靳朝，他扬起眉梢，眼里是藏不住的笑意。姜暮只恨这里没有地洞让她钻。

两人安静了半分钟之久，闪电趴在床边，目光在姜暮和靳朝身上来回打转，洗衣机滚动着，机器的声音在夜里格外清晰。

靳朝打开旁边的衣柜，从里面的第一层抽屉里拿出一个白色的小玩意儿在掌间把玩，漫不经心地对她说：“我没房没车，前途未卜，你想清楚了？”

姜暮抬起头，目光笔直地看着他：“我需要想什么？想你会不会欺骗我的感情吗？还是想你没房没车会不会饿死我？”

靳朝低垂着眉眼，睫毛被房间的光染成了浅色，他的目光落在掌间的白色玉珠上，呼吸克制：“从小到大，身边的人换来换去，我没对谁认真过。”他抬起眸注视着她，“所以，一旦认真起来，可能不会给

你反悔的机会。”

他的目光有令姜暮无法退让的热度，好像她的情绪被他点着了，皮肤微烫，她迎上他的目光，肯定地告诉他：“我不会反悔。”

靳朝唇角微微扯了下，抬手将掌中的玉珠抛给她。

姜暮伸手接过来，拿到眼前看了看，立马认出了这个东西。她对这个小东西再熟悉不过了，它是一个羊脂白玉做的玉雕小球，中间有一颗红色的玛瑙。小的时候这个东西一直戴在靳朝的脖子上，夏天小球冰凉冰凉的，冬天则带着靳朝的体温，姜暮总喜欢握着它睡觉。她还问他要过，但是靳朝不肯给她，她每次问他这是什么，他都不肯说。没想到这么多年了，靳朝还留着这个东西。现在再看，这个小玉雕的确做得精致，她问道：“给我了？”

靳朝对着姜暮招了招手。姜暮朝他走了过去。靳朝接过那颗小珠，绕到姜暮身后，替她扣上了黑色绳扣。

姜暮低头看着落在锁骨间的小玉珠，赌气道：“现在肯给我了？小时候怎么要都不给，小气。”

靳朝的声音落在她发旋上：“知道这是哪里来的？”

“你也没告诉过我啊。”

“我妈留给我的。”

姜暮愣了下：“你是说你亲妈啊？”

靳朝“嗯”了一声。姜暮瞬间转过身来，牢牢握着这颗玉珠。她忽然想起从前每次问起这颗玉珠的来历时他沉默的样子。那时的靳朝没法告诉她，告诉她就等于让她知道他并不是她的哥哥，她幼小的心灵是无法接受这个事实的，所以他只能小心翼翼地保守这个秘密。

靳朝比同龄的孩子成熟些，很多小时候姜暮不能理解的点滴，直到现在她才逐渐领悟。她动容地问道：“这是你爸妈留给你的唯一的东西吧？”

靳朝没有否认。姜暮又问他：“舍得给我？”

靳朝将目光从玉珠移到姜暮的脸上，发现这颗小玉珠戴在姜暮身上很合适，精致的锁骨配上羊脂白玉，显得她的气色更加温润。

他目光变暖，对她说：“以前的确不能给你，现在——”

姜暮接着他的话说了下去：“现在就可以了？为什么？”

靳朝的笑意更深了些：“得从这个东西的来历说起，以后慢慢告诉你。”说完，他瞥了一眼床头柜上那些零食，出声道，“你把家搬来了？”

姜暮轻轻捏着玉珠，试探地问道：“那个……我晚上能不能不走啊？”

靳朝笑着反问道：“你觉得呢？”

“我觉得可能不大行，比如爸待会儿打电话给我，我就不知道怎么回，所以，你帮我想想办法嘛。”

靳朝无声地瞧着她，姜暮被他看得低下头去，自顾自地说了句：“我可能是有点叛逆了。”

她突如其来的自我检讨让靳朝忍俊不禁，但是她很快又推翻了自己的检讨，接着嘀咕道：“不是考完试了吗？爸家又没网，我回去也无聊，就当……让我留下蹭蹭 Wi-Fi 不行吗？”

靳朝沉默了片刻，拿起手机出去了。姜暮听见他给靳强打电话，但具体说了什么，她并没有听清。只是靳朝再进房间的时候，手上端着两杯浓香的咖啡，顺手递给姜暮一杯。

姜暮依旧坐在床尾，接过咖啡的时候有些诧异。这是靳朝第一次递咖啡给她，之前她每次想喝，靳朝总是说她还小，好像她的年龄只配喝饮料和酸奶。所以此时她手中的这杯咖啡才会显得意义非凡。她仰起头望着靳朝。

靳朝吹了吹手中的咖啡，香气四溢，他唇边噙着不太明显的深意，眼皮略抬：“不尝尝吗？”

姜暮这才低下头去将咖啡杯送到唇边，她做好苦涩的心理准备，浅浅地抿了口。当顺滑的液体从舌尖席卷所有味蕾时，姜暮有些惊喜地抬起头望向靳朝。

靳朝眼里带笑：“甜吗？”

短短两个字直接攻入姜暮的心房，她又尝了一大口，脸色绯红：“我上次喝明明是苦的。”

靳朝含着笑。姜暮望着他手中的咖啡问道：“你的呢？”说着，她

已经凑到靳朝面前。

靳朝将手中的咖啡递给她，但姜暮并没有接过来，而是直接伸头顺着他的杯口尝了下，苦得她眉头都皱了起来：“还是我的好喝，为什么我的咖啡是甜的？”

靳朝微晃手腕，咖啡在杯中形成了浅浅的旋涡，他的视线带着烫人的温度盯着她：“不是所有咖啡都是苦的。”然后他垂下眼帘，“我不会让你吃苦。”

有那么一瞬间，姜暮觉得靳朝并不是在跟她讨论咖啡，而是许下某种不言而喻的承诺，空气似乎凝固了，姜暮的心脏都酥了。她低头喝了一大口咖啡掩饰紊乱的心跳，可能是喝得太猛了，她再抬起头的时候，上唇边沾着一圈咖啡，像粘上了假胡子。

靳朝笑了起来，接过她手中的杯子，连同他的一起放在旁边，把姜暮拽到身前，拇指覆上她的唇替她轻轻擦拭着。那清晰的温度从姜暮的上唇一直滑落到唇角，他俯身，眸色令人沉迷地问她：“你要感受什么？”说完，他抬起她的下巴，在她唇角落下很浅的吻：“这样吗？”姜暮眸光闪动，望着他近在咫尺的轮廓，身体僵硬、紧张。靳朝又落下一个吻。这一次，他贴着她的唇，缓缓厮磨着，声音从喉咙里漫了出来：“这样？”

靳朝就像个天生的主导者，循序渐进地主导姜暮的意识，声音低哑地问：“还是这样？”他贴着她的唇，侵入她的领地，一点点地勾着她的兴趣，每一个动作都如此清晰地烙在她脑海中，陌生的酥麻感让她浑身战栗。

这是姜暮意识清醒的情形下第一次和靳朝接吻，唇齿交缠间是咖啡醇厚的香气，苦涩中带着微甜的诱惑，让人品不完，也忘不掉。

吻了多久，姜暮不清楚，只是靳朝松开她的时候，她的唇胀胀的，他让她去洗澡。她听从他的话进了淋浴间。花洒打开的时候，她的呼吸还是乱的，身体里像住进了很多陌生的小虫子，啃咬着她，她控制不了，也根本不知道为什么会这样，只能感觉淋浴间暖黄的灯光朦胧，她的情绪也跟着亢奋。

姜暮洗好澡出来的时候，靳朝正在看电影。他转头看着她。姜暮走到床边，靳朝往里面让了让，她只是干坐在床边，不太好意思躺下去。

靳朝似有若无地笑道："小时候爬我床的时候没见你这么客气。"说完，他拉了姜暮一下。姜暮立刻跌进他的怀里，身体是僵着的，不敢动。靳朝只是半搂着她继续看电影，可姜暮躺在他的臂弯里，被他的体温包围着，根本没有心思看电影，而是悄悄抬头看他。

靳朝垂眸回望着她，问道："我比电影好看吗？"

姜暮赶紧收回视线，假装非常认真地盯着屏幕，实则什么都没看进去。

过年的时候，姜暮还想着要像小时候一样和靳朝躺在一起该多好啊，可以无拘无束地闹着彼此。可现在真跟他躺在一块儿了，姜暮才发现根本就不是那么回事，她不可能再像小时候那样把头钻进他的衣服里再从他的衣领口冒出来，说自己是他生的宝宝，还去咬他下巴，气得靳朝压住她挠她痒。现在的她像木乃伊一样僵直，老实地躺在靳朝身边，连动都不敢动，她不禁感慨，童年无忌。

本来这样躺着挺好的，和靳朝一起安安静静地看部电影也是难得安逸的时光，但是姜暮突然发现这部搞笑片里竟然有亲密镜头。其实她一点都没看进去，但是莫名看到画面跳到一个男人和一个女人激吻且互脱衣服的画面时，她瞬间回神，心脏越跳越快，紧张得连呼吸都放轻了，根本不敢抬头去看靳朝，整个人有种虚脱的感觉，比小时候坐在家长旁边看吻戏还要尴尬。

靳朝靠在床头，手臂环着她，手搭在她枕边，抬手碰着她的肩头，缓缓摩挲着，力道很轻很撩人。姜暮原本就僵硬的身体更加僵硬了，就连眼神都无处安放，她只好笔直地盯着天花板。

电影里这一幕持续的时间太长了，每一秒都是煎熬，靳朝终于忍不住说了句："闹心。"

他侧身出现姜暮眼中，然后在她眼前落下黑影。他吻着她的眼、她的脸颊，抚摩着她的发际，很仔细也很温柔。姜暮身体绷直，呼吸

全乱了。不一会儿，靳朝的吻滑落到她颈间，滚烫的呼吸烫着她的神经，他感觉到姜暮身体微颤，终究没再继续下去，便放开她，继续躺回原位看电影。

姜暮翻了个身面朝着床边，却猛地对上闪电黑漆漆的大眼珠子，惊得差点滚下床。之后，她一直保持这个姿势，渐渐睡着了。靳朝关电影前把她抱到床里面。

第二天早上姜暮是被一阵黏腻湿润的感觉弄醒的，她迷迷糊糊地睁开眼，看见闪电摇着尾巴在床边舔她手。大概是因为姜暮很少在这里过夜，所以闪电特别兴奋。姜暮摸了摸它毛茸茸的大脑袋，起床洗漱完给它套上狗绳。

靳朝和小阳在维修间忙，有客户正在跟他们说话。姜暮只是匆匆看了靳朝一眼便牵着闪电出门放风去了。

三赖开店门的时候，看见一道穿着睡裙的小身影牵着闪电，心里正奇怪哪个姑娘这么早过来帮靳朝遛狗，而那个姑娘正巧回头，打着哈欠对他挥了挥手："早啊，三赖哥。"然后就牵着闪电回修车行了。三赖愣是走出宠物店，来到修车行门口，盯着姜暮的背影瞧了半晌。

靳朝忙完出来，看见三赖，顺手扔给他一根烟。三赖将烟往耳后一夹，张口就问道："暮暮昨晚没走？"

靳朝撩了下眼皮，没说话。

三赖又接着问道："你也没到我这儿来啊，那你们昨晚怎么睡的？"

靳朝依然没说话，走到一边，拧开水龙头打了肥皂将手洗净。

三赖跟了过去，震惊地指着他："你个狗东西不会——"

靳朝抬起视线按下他的手，声音轻淡："看破不说破，兄弟还能做。"然后他便转身走了，丢下满脸凌乱的三赖。

Chapter 18

只有他懂她的遗憾

她身上的纯粹是靳朝颠沛流离的岁月中唯一的牵挂。

不一会儿，有两个男人来修车行找靳朝。维修间里不太好说话，靳朝打算带他们去斜对面的茶社，临走前他回休息室，问姜暮："你后面还要去学校吗？"

姜暮瞅着修车行外面那两个男人，回道："明天还要去一趟。他们是干吗的？"

靳朝告诉她："房产中介的。早点回家，我忙完还要去任师傅那边，可能会很晚。"

那两个人还在等他，姜暮也没机会多问，靳朝走后，她便回靳强家了。

姜暮知道靳朝最近很忙，如果月中就要比赛，那么留给他的时间就没几天了，从零部件到技术再到设备全部需要整合，虽然她不懂行，但也知道这不是件容易的事，他能抽出时间跟她见面已经很不容易了。

然而热恋中的人连一分钟的分别都难以忍耐，姜暮晚上躺在床上，闭上眼都是靳朝的样子。说来奇怪，以前他们分开那么久她都没有这么强烈的感觉。可现在，明明早上才见过，她却总是控制不住地想他，好像两人已经分开很久了。

姜暮拿出手机，忍不住给他发了一条信息："朝朝，朝朝，朝朝……"

本来她是无聊发着玩的，然而真像念魔咒一样，半个小时后，靳强家大门响了。姜暮听见动静跑出房间，靳朝就像变魔术一样出现在

她眼前。她愣愣地望着他的身影，一身牛仔衬衫和黑裤，利落干练地站在门边对她扬唇一笑，抑制不住的喜悦立刻攀上姜暮的眉眼。

与此同时，靳强也听见了动静，他从大房间走了出来，诧异道："这么晚怎么过来了？"

靳朝若无其事地换了拖鞋，说道："你不是说手机卡吗？过来看看。"

靳强说道："是啊，看个新闻都得等半天。在屋里充电，等下。"

靳朝转着手中的钥匙扣回道："不急，给它充会儿。"说完，他将钥匙收进兜里，淡淡地瞥了一眼姜暮，然后拐进了厨房。

姜暮看了看走进房间的靳强，端起自己的水杯也往厨房走去。

她刚走到厨房门口就看见靳朝修长的身影靠着大理石台面，听见她的脚步声，他侧过头来。在姜暮进来的时候，他抬脚将厨房门关上。

姜暮憋着笑把水杯放在旁边，问道："你是特地来看我的吗？"

靳朝眼里露出一丝笑意："不然呢？"

姜暮抿着唇侧过脸，感觉像掉进了蜜罐里，嘴边是抑不住的笑。忽然，她想起什么，又扭过头问道："对了，白天房产中介的人来找你干吗？"

"我打算把修车行转租出去。"

"什么？！"姜暮震惊道，"你不开了啊？"

靳朝垂下视线，说道："本来飞驰是我和铁公鸡合开的，他家出了那个事，年后我就把他那部分钱给他了。改装车子要不少钱，广宇请假过来帮我，总不能还让他垫钱。"

姜暮突然意识到，靳朝走的这一步相当于把全身家当都赌进去了，成败在此一举。但在这件事上他似乎只能成，连败的退路都没有。她的神情不禁凝重起来，问道："开到什么时候？"

靳朝告诉她："最多到月底吧。"说完，他目光肆意地扫着她，笑道，"你确定要继续跟我聊这个？不是想我了吗？"

姜暮嘴硬道："我什么时候说想你了？"

靳朝伸手掐着她的腰将她拉到身前："不想我喊我那么多声干吗？"

狭小的厨房里，门只是虚掩着，靳强在房间摆弄手机，赵美娟的脚步声在客厅响起。姜暮觉得靳朝太大胆了，可他身上强烈的吸引力让她根本无力招架，她小声道："才没有。"

靳朝"嗯"了声，说道："那我想你了。"

他的声音很低，落在她耳畔，姜暮的耳郭立马烧得滚烫。靳朝从来没有说过这样的话，纵使小时候两人再亲密也没有过，姜暮逐渐体会到被他认真对待的感觉，就好像他把所有的柔情都给了自己，心里被塞得满满的。她被靳朝蛊惑得已经听不见客厅里的动静了，倒在他怀里，感到刺激又紧张，长到这么大都没如此疯狂过。

两人短暂地相拥，靳强拿着手机说道："差不多了吧。朝儿呢？"

靳朝松开了姜暮，揉了揉她的脸，对着外面说道："来了。"

可能是心虚的缘故，姜暮愣是站在厨房里喝了半杯水才出去。她走到客厅后，看到靳朝坐在沙发上替靳强摆弄手机，靳强戴着老花镜站在旁边伸着头看，赵美娟回房睡觉了。

姜暮捧着水杯站在靳昕养的小乌龟旁，手指敲着玻璃缸，看似在逗乌龟，目光却一直落在靳朝身上。

等待微信清除缓存文件的时候，靳朝抬眸对靳强说："上次的龙井还有吗？"

靳强取下老花镜，说道："有，我给你泡杯去。"说着，他去饭桌旁泡茶了。

靳朝这才抬起头，回视姜暮，弯起嘴角。

在靳强的眼皮子下面，他们两个连话都没再说上一句，只是这样望着彼此，看不见的电流在空气中流窜。

把手机摆弄好后，靳朝递给靳强。靳强在一旁鼓捣他的手机，靳朝端起茶喝光，然后起身说要走。靳强告诉他有空回来吃饭，他应付道："等手上活忙完。"

姜暮已经回了房间，听见大门关上的声音，她又开始失落了。不一会儿，身旁的手机亮了，是靳朝打来电话。姜暮赶忙接通，他好听的声音仿佛在她耳畔响起："开窗。"

姜暮跑到窗户边上推开窗，见靳朝正立在楼下拿着手机瞧着她，

他旁边停着一辆黑色的越野车，也不知道他从哪里开来的，姜暮从没见过，只听见他说道："给你看样东西。"

那辆车车头对着楼，姜暮看不见后备厢里有什么，她以为靳朝要从后备厢里拿出什么东西给她看，就巴巴地等着。结果靳朝只是伸了下手，便收回胳膊对着她笑。下一秒，好多个气球从后备厢里飞出，大片的彩色猝不及防地撞入姜暮的眸中。那巨大的视觉冲击让她眼睛骤亮，数不清的气球从她眼前掠过，飞往更高的夜空，无声地上演着这个夜里最浪漫的故事，而靳朝的身影融入夜的缤纷中，那幅画面永久定格在姜暮的脑海中。

《飞屋环游记》上映那年靳朝离开了姜暮，预告片里大束气球腾空的画面让儿时的姜暮憧憬，靳朝答应她，在这部电影上映后陪她看。结果他没有等到电影上映那天就离开了苏州。后来姜暮独自看了很多遍，可身边早已没了当初答应陪她一起看的那个人。她从没想过，很多年后，靳朝会带着那么多气球再次走进自己的生命中。姜暮望着漫天的色彩，眼眶温热。他懂她的遗憾，只有他懂。

那晚睡觉的时候姜暮嘴角挂着笑。人们总说，这尘世间的一切冥冥中都是安排好的。9岁那年，她失去了挚爱的哥哥；18岁这一年，命运还给她挚爱的男人。她再也无怨。

第二天上午，姜暮去了学校。班上的同学都像脱缰的野马。去年这个时候姜暮还沉浸在高考失利、妈妈要去国外定居的惶惶不安中，时间飞逝，转眼一年过去了，同样的场景，心境却不一样了，比起去年对未来的种种不安，今年的她似乎更加有底气一些。

放学后，潘恺问她去哪儿。姜暮哪有什么地方可去？两人一合计，吃了顿快餐便直奔潘恺他家仓库而去。

两人到了3号库房，只见任师傅和章广宇还有一个男人在忙，没见靳朝。姜暮绕了好几圈，后来实在忍不住，跑到章广宇面前打听。章广宇指了指左边。姜暮绕过几排套箱才看见靳朝和铁公鸡还有另一个男人在电脑板上调试设备。她怕打扰他，就在很远的地方玩手机。

靳朝抬头的时候余光瞥见一道身影，那道身影在这个全是男人的车间里显得格外引人注目，一身及膝的浅粉连衣裙，腰间不规则的褶皱显出优美的腰身，清新靓丽的短发贴在耳边，显得皮肤白皙、柔润。靳朝嘴角露出笑意。姜暮抬头的时候，他已经收回目光，但脸上的笑意没散，手上的速度倒是悄无声息地加快了。

安逸的午后，姜暮难得偷闲，看着正在忙碌的靳朝，好像渐渐体会到万青口中的“一见钟情”的含义了。

靳朝在专业领域认真的模样很迷人，总给人一种天下尽在掌握的从容、专注，姜暮看得入了神。只是偶尔路过的人总是盯着她笑，让她有些不自然。

靳朝从兜里摸出一包烟，扔给跟他一起干活的一个小伙子，对他说：“抽根烟歇会儿。”然后便从另一头走开了。

姜暮不过一闪神的工夫就找不到靳朝的身影了，她立马直起身子往那边跑了几步，伸头张望，连铁公鸡和那个工人都不见了。她刚准备拿出手机，一回头就见靳朝靠在她几步开外的地方盯着她笑。她知道自己刚才慌乱的样子肯定被他看到了，便气鼓鼓地走到他面前，问道：“你故意的吧？”

靳朝噙着笑把手放到她面前：“洗手去了，回来就看见你跟丢了魂一样，怕找不到我啊？”

他越是逗姜暮，姜暮越是一本正经，她道：“我找潘恺的。”话才说完，她的手腕就被靳朝攥住了，整个人被他拉到一个僻静的角落。

这个角落背光，没什么人，靳朝低下头，语气颇沉：“再说一遍试试看，皮痒了？”

姜暮仰着头笑，靳朝问她：“早上去学校的？”

姜暮点点头：“老马带我们复盘。”

“怎么样？”

姜暮骄傲地回道：“考个‘211’应该没问题。”说完，她神秘兮兮地告诉他，“其实上次潘恺问我准备考哪里，我早想好了，半年前就想

好了。”

靳朝挑起眉梢，饶有兴致地等着她说下去。

姜暮眼里发光，对他说：“南京，我想上的大学在南京。你去过南京吗？”

靳朝摇了摇头。其实姜暮也没去过南京，说来南京离苏州很近，但是她一直没去过。这个憋在心里半年的打算，姜暮没有告诉过任何一个人，就连对姜迎寒也没说过。靳朝是第一个知道的，她有些激动，脸颊也攀上了些富有生机的红晕，眼睛紧紧看着他：“以我的分数应该能考上的。你昨晚不是说修车行开到月底吗？那……那你后面有什么打算？”

靳朝沉吟道：“还不确定。”

姜暮斟酌了半晌，试探地问道：“你想跟我去南京吗？”

靳朝沉默地注视着她。

姜暮干脆一口气把心里话全说了出来：“听说南京那个地方包容性挺强的，毕竟是省会城市，机会应该也很多。如果你还想开修车行，我们一起想办法；如果不开的话，等我毕业了我们一起开家咖啡店吧？”

姜暮的想法在靳朝看来太过理想化，华东地区本就经济发达，租金、设备人员开支就是一笔不小的支出，加上咖啡店这种小资格调的生意，光装潢就得投入不少精力，而且在生活节奏快的地方，大多数人还是会选择那几家耳熟能详的连锁咖啡品牌店。他们并没有那么多闲钱，开咖啡店的话或许连回本都难。

在姜暮提出这个建议时，靳朝脑海里已经有本账了，只是他并不想扫她的兴，笑着问道：“为什么是咖啡店？”

姜暮又想到了那个充满层次的吻，憋得脸颊通红，垂下头去，有些忸怩地说：“就觉得能跟你找个山脚开家咖啡店挺好的。”她脑海中已经有了画面感，只是她不太清楚怎么表达出来，她觉得这大概就是生活最美好的样子吧。

靳朝目光似钩，里面是让人望不见底的幽深，唇边挂着淡淡的笑。他抬手把姜暮举起来放在套箱上，凑近，平视着她，眼神认真如炬：“再等我几天，我会给你答案的。”

姜暮牢牢地盯着他，知道他要了结那件心头大事，他不会带着案底跟她走，要走他也会清清白白地走。她什么话也没说，对他点了点头。靳朝双臂圈住她，两人同时没了声音，呼吸很近。靳朝的目光始终在姜暮唇边游移，姜暮感觉自己中了靳朝的毒，他什么都没做，只是这样看着她，她心里就软得不行，眼里满是无助。

靳朝突然问：“外面热吗？”

姜暮抬起头刚准备回答，靳朝便吻上了她，他不需要答案，他只需要她抬头。很浅的一个吻，却让姜暮大脑瞬间空白。他没有继续纠缠就放开了她，直起身将她搂进怀中，对她说：“刚在一起就不能多陪你，怕刹不住影响工作状态，会生我的气吗？”

姜暮摇了摇头，她知道他要操心的事情很多，只会心疼。

靳朝摸了摸她的后脑勺，对她说：“15号下午我尽量早点结束去接你。”

姜暮稀里糊涂的，还没反应过来，就听见不远处传来一声惊呼：“哇，哇，哇，你们……不是亲戚吗？”

靳朝和姜暮同时扭过头去，看见的就是在原地一蹦三尺高的潘恺那惊惧且怀疑人生的表情。

回去的路上，本来姜暮想解释点什么，她总感觉，要是不解释的话，可能有刷新潘恺三观的嫌疑。结果让她万万没想到的是，潘恺用一种敬佩的眼神盯着她，说道：“那你这样，以后就是七哥的女人了吧？”

姜暮愣是没明白过来为什么这句话出自潘恺之口后，给她的感觉就像她是大哥的女人一样。她话还开口，潘恺就一个劲地跟她保证，这事儿他一定会烂在肚子里，即便被天打五雷轰也不会说出去。临走前，他还说了句“神明保佑你”，然后慌慌忙忙地离开了。

自那天以后，姜暮基本上没再见过潘恺，也不知道她和靳朝到底给他幼小的心灵造成了多大的冲击。

之后的几天对靳朝来说是在与时间做最后阶段的赛跑。姜暮问过他具体是哪天比赛，但是靳朝一直没有告诉她确切的时间。

修车行已经处于半歇业状态，只有小阳蹲守在那里，偶尔为一些熟悉的老客户服务，基本很少接复杂的活。

靳朝说过15号来接姜暮，而姜暮直到回到家中才反应过来15号是她的生日，或者说是他们的生日。她似乎应该为靳朝准备个生日礼物，所以趁着这几天空闲便好好去街上逛了逛。

可是到了15号那天姜暮却有些忐忑，她也说不上来为什么。一早起来情绪就很亢奋，她翻出一次都没戴过的新发夹别在一侧，那只新发卡上镶着小钻，闪着淡淡的光，很精致。她又特地换上一条纯白色的裙子，这个习惯从小延续到现在，只不过从蓬蓬裙换成了裁剪贴身的连衣裙，然后安静地等着靳朝。

坐在写字台前对着镜子的时候，姜暮看着镜中衣领的蕾丝花边，突然觉得自己像待嫁的新娘，穿着神圣的纱衣等着自己的命定之人，这种感觉十分微妙。

下午四点的时候靳朝让姜暮下楼。她抱着一个巨大的礼物盒下楼，来接她的是一辆出租车。靳朝已经告诉过司机目的地，司机一路导航过去。目的地不算太远，但很偏。

下了车，姜暮带着那个礼物盒站在路边。四周没有车，也没有任何建筑，远处是望不到边的农田，夕阳正在以极缓的速度下落，天边是渐变的橙色。姜暮迎着夕阳，白色身影笼罩在柔雾般的光影中。

突然，路的尽头传来一阵引擎发出的声浪。两秒过后，一辆黑色的车仿佛流线划破余晖，甚至在姜暮还没看清的时候已经停在她的面前。她望着眼前的车，完全已经认不出它原本的模样，虽然仍然是低调的黑色，但整辆车的结构被重新调整过，全身采用碳素纤维和铝合金材料，变了样的前后杠和侧裙加装了大套件和尾翼，看起来狂野、凶悍，整辆车仿若脱胎换骨。这震撼霸气的造型让姜暮怔住了。

靳朝拉开车门，身穿暗黑色拉力服站在车边，高大的身影逆着夕阳，对她展颜一笑："有幸邀请你成为它副驾驶的第一人吗？我的领航员。"

姜暮的笑容在脸上扩散，把比她上半身还大的礼物盒递给靳朝。

靳朝看着这个大家伙，问道："什么东西？"

姜暮神秘兮兮地说："回去再说。"

上车后，这辆车内部的科技感和防滚架让姜暮很蒙。靳朝为她绑上六点式安全带，眼前的一切都让姜暮感觉自己坐的不是一辆普通车子，而是一辆真正的战车。

靳朝做好了一系列准备，转过头对她说："知道GT-R的宿命在哪儿吗？"

姜暮心跳加快，靳朝目光紧紧地盯着她："赛道上，我的宿命就是征服赛道。准备好了吗？"

姜暮吞咽了下，有些紧张地点了点头。靳朝收回视线时已经敛起笑容，双眼似星似火，大灯骤亮，风驰电掣间，百公里2.5秒的加速度导致强大的推背感，使姜暮感觉大片夕阳变成了模糊的滤镜。她听见了发动机最原始的咆哮声，前方的大道被照得通亮，靳朝眼里迸发出不惧前险的冲劲，带着她奔赴更远的地方。她坐在靳朝身边，肾上腺素不断攀升，那种和死亡并驾齐驱的刺激感永久刻在姜暮的脑海里。这是她整个青春里最疯狂的记忆，在她19岁生日这天。

太阳逐渐隐入大地，姜暮不知道靳朝带她开到了哪儿，她问道："我们是不是已经出铜岗了啊？"

没想到靳朝回得肆意："也许吧，开到哪儿算哪儿。"

车速渐缓，姜暮放松地笑了起来。是啊，开到哪儿算哪儿，他们在一起，去哪儿又有什么关系呢？

靳朝落下车窗，姜暮把手臂伸了出去。微风拂过，凉爽的感觉漫过肌肤，反正没有目的地，索性姜暮指哪儿，靳朝就开向哪儿。她全凭感觉，看哪条路顺眼就让靳朝开过去。车子行驶在陌生的小路和田埂间，有种探险的感觉，每一处的风景都是独一无二的画面。

后来，在姜暮不靠谱的领航下，他们成功走上一条没有路灯且没有岔路的小道，两旁全是树林，大夏天还给人一种冷风飕飕的阴森感。

姜暮关了车窗，有些害怕。靳朝笑着单手扶着方向盘，握住她的手。继续开了十多分钟，他们才在路边看见亮光，是村头的一家农家乐。

靳朝问她："饿吗？"

姜暮点点头。靳朝把车子开进那家农家乐的院中。

正值暑期，农家乐接待了几桌客人，都在一楼厅里。老板是个四十几岁的大娘，热情地迎了出来，问道："后院还有桌，你们要是不介意，可以去那边，比较安静。"

靳朝看向姜暮，她点点头，他便把车子直接开去后院。

客人都在前面大厅，后院果然很安静，有一张木桌。老板的儿子给他们拉了盏灯过来。夜里很凉快，两条土狗绕来绕去，远处有蝉鸣，空气里都是清新的味道。

姜暮双手撑在桌上托着下巴，靳朝起身进去点菜。

从第一道菜上来到最后一道菜上完，姜暮一直在竖大拇指，能让这个挑食的姑娘竖大拇指，着实是件不太容易的事情。这个惊喜让姜暮格外兴奋，她对靳朝道："我说走这条路吧？要是我们刚才没开过来或者选择回头，怎么能发现这家店呢？我真是机智啊！"

靳朝顺着她的话笑道："你这是被三赖传染了什么坏毛病？"

姜暮想了想三赖那三句话离不开自夸的聊天模式，也跟着笑了起来。

两人吃得差不多后，靳朝握着一把玉米粒往远处的鸡群扔去。姜暮问他要了些玉米粒，便起身去喂鸡。城里长大的女孩就着这点乐趣也能玩半晌。等姜暮手上的玉米粒扔光了转身回来，发现木桌上的盘子已经被撤掉了，桌子正中央放着一个燃着蜡烛的蛋糕，而靳朝就坐在烛光中，目光深邃地注视着她。

在这个偶然发现的农家乐，在荒郊野外的村落旁，在连超市、小卖部都找不到的地方，眼前的蛋糕仿佛是靳朝用魔术变出来的。姜暮捂着脸，眼里是藏不住的惊喜，她出声问道："哪里来的？"

几个熊孩子贴在墙边盯着姜暮笑，老板娘把他们拽走，训道：“别打扰客人。”

靳朝提醒她：“蜡烛快烧光了，来许愿。”

姜暮赶紧坐回原位。她对生日许愿这种事总是很虔诚，闭眼之前还对靳朝说：“你也许。”

等她嘀嘀咕咕地说完，睁开眼睛，靳朝的脸上跳跃着烛光，他没有许愿，始终看着她，脸上是淡淡的笑，眼眸里是深情摄人的微光。蜡烛灭了，他眼里的光却点亮了姜暮心中的那团火。

靳朝伸手把蜡烛从蛋糕上拿掉，姜暮望着他若有所思。她和靳朝的生日是同一天，从她记事起到靳朝离开，他们每年的生日都是共同过的。小时候她不觉得生日有多么特殊，她每年都期待过生日吃蛋糕。可此时姜暮望着靳朝才突然意识到，那时家里经济条件不好，爸妈每年只买一次蛋糕，就在她生日这一天，所以靳朝每年只能和她一并过生日，他真正的生日却没人记得，连句生日祝福都没有。

靳朝将有巧克力的那部分切给姜暮，就像小时候她总是分到水果最多的或者带花带图案的那部分一样。姜暮低头看着面前的蛋糕，突然心绪翻涌。

她捏着小叉子抬头看着靳朝，问道：“你不吃吗？”

靳朝不太爱吃甜食，只是象征性地吃了一点。

姜暮一直望着他，目光闪烁地问：“你真正的生日是哪天？”

靳朝拿着叉子的手顿住,然后反复搅动眼前的奶油。在他的记忆中，好像没人问过他这个问题。两岁前自己到底有没有过过生日，他已经毫无印象了。暮暮出生后，他每年都是和她一起过生日，小时候对出生没什么概念，也一直以为自己的生日和姜暮的是同一天。直到后来转到铜岗上学，很多表格得自己填出生日期，又领了身份证，他才知道自己的生日是哪天。但他过惯了小时候的生日，始终认为自己的生日就是姜暮生日这天，他出生那天的日期早已变成一串证件数字，仅此而已。

靳朝淡淡地回道：“不重要。”

姜暮却正经道：“怎么能不重要呢？那是你来到这个世界上的日子。”

靳朝只是云淡风轻地说：“这么多年都没在意过，只记着你来到这个世界上的日子。”

姜暮垂下视线，胸腔里憋闷得很。她不知道为什么，就是有点难过，自己每年高高兴兴地和靳朝过生日，可他的生日从来就不是那天，她心疼他，心疼得快要窒息。

靳朝见姜暮一直埋头吃蛋糕，半晌不说一句话，凑近瞧了瞧她，见她眼圈通红，便问道：“怎么了？”

姜暮的脑袋垂得更低了，靳朝见她闪躲的模样，半笑道：“不要告诉我你哭了？”

看见她仍然不吱声，靳朝敛起笑容，起身将她拉了起来，低下头诧异道：“好好的哭什么？”

姜暮抬起头，泪眼婆娑地哽咽道：“感觉有点对不起你。”

靳朝眉宇舒展，把她的脑袋按进自己怀里，轻声哄着：“傻丫头。”

靳朝几乎没哭过，好像面对再大的事他也很难红眼睛，从小就是这样，挨打了只会绷着脸，一副不屈不挠的样子，学不会示弱。所以他从来找不到姜暮奇奇怪怪的哭点，比如，看个动画片，里面小猪崽找不到妈妈，她会哭；小女孩的棒棒糖掉到地上，她也能跟着眼泪汪汪。看到她为了那些莫名其妙的画面掉眼泪，靳朝总是乐，每次都不忘嘲笑她。那时的他大概怎么也不会想到，这个女孩长大后的眼泪会让他心口发紧。他用手蘸了点奶油点在她唇上：“这样就更傻了。再哭凶点，我看看。”

姜暮顿时不哭了，脱口而出道：“你再弄，我不跟你玩了。”

靳朝的笑容逐渐蔓延开，他低下头吻上她的唇，舔走了奶油，声音性感：“你还想跟我玩啊？玩什么？”他的手握着她的腰，力道时轻时重，光线微暗，气氛刚好。他们的头顶是一片星辰，姜暮只感觉靳朝在她身体里洒下一种无法排解的悸动，她脚步有些软，缴械投降道：“不玩了。”在玩火这件事上，她不是靳朝的对手。

后来，他们把蛋糕分给老板的小儿子和暑假过来玩的侄子。去前厅的时候，姜暮居然看见角落里有一架被布盖着的古筝，她掀起盖布一角看了眼。

老板笑着对她说：“你懂古筝吗？”

姜暮回身说道：“懂一点吧。”

老板娘告诉她，这架古筝是她去年从村里一个老师手里收过来的，很便宜，放在这里做装饰。有小孩过来，喜欢就弹着玩，她还没碰见过真正会弹的客人。

姜暮回头看了眼靳朝，他站在厅门外的院子里点起一根烟。姜暮收回视线，悄悄对老板说：“我能弹吗？”

老板笑道：“当然可以了。”

于是，姜暮掀开布，在筝首找到一副甲片。她将所有琴码重新归位，熟练地调着弦。靳朝听见声音转过身来。

姜暮坐在那架有些复古的古筝前，白色的衣裙被光染成暖色，落下手腕时一连串动听的旋律从她的指尖泻出。靳朝手中的烟缓缓燃烧着，他就这样盯着她，她的背影和他脑海中的记忆渐渐重叠。刚学古筝那年她才6岁，冬天粘胶带，手指脱皮，疼得她一边哭一边弹，还总是弹得断断续续，连首儿歌都弹不完整。她在音乐上天赋有限，学简谱学了好长时间，能弹出如此行云流水般的旋律，不知道这些年付出了多少努力。

里面吃饭的客人中有好些围了上来，有的拿出手机拍照，有的驻足观赏。

琴音是古筝版的《吹梦到西洲》。

“南风知我意，吹梦到西洲。……来时芳华，去时白头，忘你不舍，寻你不休。”

绕指柔的琴音流淌着浓烈的情感，把人带入那绸缪的意境。儿时笨拙的身影终长成倾倒众生的模样，手指翻转间，眸光流盼，举手投足间皆惊艳。

一曲了，余音绕，掌声四起，姜暮有些诧异地回过头，不知道什

么时候身后已经围了这么多人。她去寻找靳朝，他就站在人群外面，目光灼热地看着她。

为了感谢他们的蛋糕，在他们临走前，老板的小儿子送给他们一把叫夜明珠的烟花。这种东西原来南方也有，姜暮小的时候玩过，说来她已经好久没见过了。她拿着那把烟花，像捡到了宝贝。靳朝见她跃跃欲试，便把车子开到田埂边的堤坝前。

从前还没全面禁放烟花爆竹，过年的时候靳朝总会拿着压岁钱和他的同学们在家门口放炮仗。男孩子喜欢玩的那些小炮仗很响，姜暮既害怕又想跟着靳朝一起玩，每次都一惊一乍地躲在他身后。可小男孩总调皮，越是见她害怕越喜欢往她脚下扔擦炮。靳朝每次都要对那些小伙伴吼道："别吓我妹，吓哭了你有本事哄啊？"

姜暮是不敢玩那些擦炮的，靳朝会给她买女孩子玩的仙女棒，她敢玩那些没有声音的烟花，却不敢点。现在也一样，姜暮一下车就拿着夜明珠围在靳朝身边催促他点。靳朝摸出打火机，替她点着，侧眼瞧着她双手握着彩珠筒既紧张又兴奋的模样，嘴角露出笑意。

在等待烟花燃爆的过程中，姜暮很安静。靳朝知道她并不是老实下来了，而是以前第一颗冒出的彩珠总会吓着她，所以她才会聚精会神。

果不其然，彩珠从彩珠筒里迸射出来时，姜暮惊得手臂一抖，不过等到第三颗、第四颗迸出来时她已经适应了，转头对着靳朝笑。

靳朝眼里含着细碎的光，回视着她："我以为你会放弃。"

"什么？"

问完，姜暮便意识到靳朝说的是古筝。她想到自己小时候一练筝就哭闹的惨样，也笑了起来："我也以为自己会放弃，四级学摇指摇不下来差点就丢掉了，后来六级D调转G调又总是出错。妈说，如果我实在弹不来，她就不逼我了。停了三个月我自己又练起来了，练了很多年啊，终于可以弹给你听了……"

小小的彩珠射入夜空，再炸出五彩缤纷的模样，让这个漆黑的夜多了绚烂的色彩，光影掠过姜暮白净恬淡的面庞，那是一种近乎理想的美好。她望着夜空，靳朝望着她。到底还是孩子气多一些，一根小小的彩珠筒就能让她心满意足，她身上的纯粹是靳朝颠沛流离的岁月中唯一的牵挂。在离开苏州后的日子里，他总会想，要是暮暮被人欺负了怎么办？她长得矮，力气也小，没有他撑腰，她受委屈了只会偷偷哭。他也偶尔想起以后自己想要过什么样的生活，没有具体的概念，但脑海中总会出现她的小身影。可她真正来到他身边后，这一切又安逸顺遂到让他觉得不太真实，就像这升入夜空的烟火，绚丽，却总让他害怕，以为这一切下一秒就会消逝在茫茫黑夜中。

彩珠没了，姜暮还是站着不动举了好久，直到确定再也不会迸射出彩珠时，她才放下手臂。还没转身，她就跌入靳朝怀中。他从她身后搂住她，把她圈到身前，将一个黑色方盒递到她眼前，呼吸落了下来："生日快乐。"

姜暮望着面前低调奢华的方盒子，捧起来，打开盒盖。里面是一支优雅明亮的纯银色派克钢笔，箭标笔夹，三环镶金，笔身精致的工艺使它看起来像艺术品，她舍不得拿出来用。

靳朝的声音悠缓、低沉："之前那支太旧了，以后用新的。"

他在姜暮人生中的两个阶段分别送给她两支钢笔，第一支伴随她度过了漫长的学海，第二支是在她成年后进入最高学府之前，这对姜暮来说有着举足轻重的意义。

姜暮在他怀中转过身来，抬起眸望着他："去年送你的那支，是我用在外面表演挣的演出费买的，不是用妈的钱。"她低下头去，声音渐渐弱了，"可是你好像用不到。"

"你怎么知道我以后用不到？"

夜风微动，星辰闪耀。

姜暮抬起头，他眼里映着盛世烟火，那是她看过的最美的景色。

车子开回修车行门口的时候，三赖正百无聊赖地瘫在宠物店门前

的躺椅上乘凉，见两人回来了，懒洋洋地挑起眼皮，酸里酸气地说了句：“你们是人啊，浪到这么晚？”

姜暮抱着剩下的夜明珠盯着他笑，靳朝搬着那个礼物盒，盒子大得都把他的脸挡住了。

三赖觉得稀奇，问道：“什么东西这么大？折叠床啊？”

“……”

姜暮瞪圆了眼睛，瞧着他：“这是我送给靳朝的礼物，什么折叠床？你见过谁生日送人折叠床？真是的。”

三赖慢悠悠地开口道：“难说，你们还真差张床。”然后看向姜暮抱着的夜明珠，他毫不客气地抢了过来，“这个给我了，就算弥补我这孤家寡人的寂寞难耐。”

姜暮问：“你要这个干吗？”

三赖慵懒地站起身，丢下一句：“你管我？拿去骗小姑娘。”说完，他当真丝毫不客气地把那些夜明珠收进自己的汽车后备厢。

姜暮无语地瞧了他一眼，转身跟着靳朝进修车行了。

进了休息室，姜暮一脸期待地盯着靳朝。靳朝将东西放下，拆他的礼物。包装纸撕掉后，里面是一套很大的乐高积木，盒子上有“中国航天”字样的火箭，如果能拼出来，就是一个具备发射中心和地面控制室的大型航天模型。

这个礼物的确引起了靳朝的兴趣，他翻出拼装说明书研究了好半天，而后抬起头，眉梢微扬：“你知道这工程量多大吗？我怀疑你在给我找事。”

姜暮望着那一袋袋零零碎碎的积木，笑了起来。

从前他们放学经常路过一家玩具店，好多次都趴在橱窗玻璃上看着里面做展示的乐高模型，对于那时候的他们来说，能拥有这样一大套玩具是件非常奢侈的事情。虽然组装这个模型的工程量巨大，但姜暮想到，他们以后有的是时间，没事的时候他们俩可以慢慢搭，总有一天可以完成这项大工程，当然不会是今晚就完成。

靳朝将说明书收好，若有所思地看着绕来绕去的闪电，把它喊到棚院里，放水给它洗澡。

姜暮奇怪道："大晚上的给闪电洗澡干吗？"

靳朝垂着视线将闪电的毛淋湿，对她说："最近忙，该给它洗洗了。"

闪电从前都是在三赖店里洗澡的，可是自打从鬼门关里走了一遭回来，它的性格就有点孤僻，平时只有靳朝帮它洗澡时它才肯老老实实地站着，别人都搞不定它。

姜暮走过去，问道："你车子弄好了，明天还要去仓库吗？"

"不去了。"

姜暮把闪电的浴液递给他："那怎么不明天再洗？"

靳朝接过浴液说："白天太晒了，晚上凉快。"

姜暮也来帮忙。闪电抬头，用黑漆漆的大眼盯着她，还要用它的大耳朵蹭她。姜暮东躲西窜，靳朝笑着把闪电身上的泡沫冲掉，然后将大毯子递给姜暮，让她先帮闪电擦水，他去拿吹风机。然而靳朝刚走，闪电就开始拼命地甩身上的水。姜暮闪躲不及，弄得一身水，狼狈不堪。

等靳朝再回来的时候，毯子不在闪电身上，而是被姜暮举着满院乱窜，闪电像逗她玩似的偏偏追着她甩水，那欢腾的画面让靳朝眉宇间染上了笑意。他朝闪电吼了声："行了，过来。"

闪电听话地夹着尾巴乖乖回到靳朝身边，老实站着等吹毛。姜暮回过身，不服气道："明明是我的狗，为什么听你的话？"

靳朝拿着吹风机，眼皮微抬："你不听我的话吗？狗随主人。"

姜暮竟无言以对。

闪电的毛被吹干了，靳朝抬起视线看见姜暮的白裙子湿了大半，裙内的风光若隐若现，她却没有察觉。靳朝垂下视线，对她说："暮暮，你去洗个澡。"

姜暮还在替闪电梳毛，闻言抬起头"啊？"了一声。

靳朝垂着眸，没有让她察觉到丝毫窘迫，只是说道："洗个澡换身干的衣服，别冻着。"

姜暮没感觉到有什么不对劲，点点头，起身进了维修间。可她刚进休息室就打开窗户对靳朝喊道："我没衣服换呀。"

靳朝起身走进休息室，打开衣柜替姜暮找衣服。

姜暮靠在衣柜旁不停说着："闪电的智商差不多等于四五岁小孩吧？我感觉你跟它说什么它都懂，你是怎么训练的？我也没见你训练过它呀。三赖哥那天问我准不准备替它绝育，你说，要不要绝育呢？要是不绝育，它以后还可以交配生小狗……"

靳朝不知道她为什么偏偏要在这个时候跟他讨论闪电交配、绝育的事，他的目光不禁落到她身上。白色的布料浸了水，透出她身前诱人的弧度，就连腰身曼妙的曲线都清晰可见，她的声音吴侬软语般在整个空间荡漾，越是纯粹，诱惑力越大。靳朝明明已经找到了衣服，可是他手上的动作却停住了。他自嘲地扯下嘴角，自己到底不是圣人，做不到视若无睹。于是，他呼吸温热、克制地喊了声："暮暮。"

姜暮止住了声音，看见他又把衣柜门关上了，然后侧身将她一把拉了过去，压在衣柜门上。当他的唇压上来时，姜暮的心跳几乎要把胸腔撕裂。她的体温、她的柔软、她不经意间发出的嘤咛声都让靳朝失控，他没有这样吻过她，带着摧毁一切的气息，释放出他克制内敛的外表下最真实的情绪，野性难驯，张狂不羁，带着最原始的征服欲。

姜暮深陷其中，头脑越来越昏沉，身体里是痒得无法排解的难受，她轻唤着："哥……"

靳朝轻咬着她的唇，呼吸烫得吓人："这时候别叫我'哥'，像在犯罪。"

姜暮站不住，攀着他的肩，身体软得像失去了骨头，她生涩地回应着他，语气娇嗔："朝朝……"

这一声让靳朝失控了。姜暮没见过这样的他，眼里透着野，身上满是欲，浑身都是蓬勃的力量感。她脑袋混沌，听见了拉链下滑的声音，裙子从肩头滑落，他掌心的薄茧滑过她细软的肌肤，激起一阵战栗。她再单纯也知道靳朝想要干吗，便害怕地闭上眼，做好了承受一切的准备。可滑落的衣服却再次被靳朝穿好，他将手探到她背后，把拉链重新拉好。

姜暮不解地睁开眼望着他，他眼里是隐忍的火光，他只是对她淡笑道：“还不是时候。”说完，他重新打开衣柜，将那件衣服拿给她，便出去了。

姜暮冲进淋浴间，脸烧得像熟透的苹果，她站了好半天都没有缓过神来。刚才的画面不断涌现在她的脑海中，可能是太亢奋了，她慌慌忙忙出来时不小心夹到手指了，痛得她呼道：“朝朝。”

靳朝从外面进来，看着她短发湿漉漉地贴在脸颊旁，惨兮兮的，问道：“怎么了？”

姜暮委屈巴巴地将手指举了起来，告状道：“你的门欺负我。”

靳朝抿着嘴，不说话。她这个样子让他想起了很久远的往事。

姜暮上幼儿园时每次在外面摔跟头都会忍着不哭，但只要回到家，一见到他就开始哭，无论如何都要爬到他腿上哭诉、委屈半天。靳朝小升初参加军训，好几天不在家。其间，姜暮膝盖蹭破了，结了痂都快好了，怕等不到他回来，每天洗完澡还特地用圆珠笔在腿上画一个圆圈提醒自己。靳朝军训回来后，跟她玩闹了好久都没事，但问起她为什么要在腿上画个圆圈时，她眼里豆大的泪珠突然就开始往外冒。靳强告诉他是怎么回事后，他笑得半天都合不拢嘴。

那时的小暮暮就和她现在一模一样，有些生气地问道：“笑什么？”

靳朝转身走到床前，打开床头柜的抽屉。他抽屉里的东西收纳得很整齐，用几个铁盒子分类放置好。姜暮眼睁睁地看着他拿出两个铁盒放到一边，摸到最里面的一个木盒子。她暗自心惊，一个箭步跑过去，压住他的手就问道：“你干吗？”

靳朝已经握住那个木盒，正在往外拿，转头回道：“找创可贴。”

姜暮有些激动地说：“你放药的地方不是在衣柜的抽屉里吗？怎么在这儿找？”

靳朝眼睛微眯：“床头有，为什么要翻衣柜，有问题？”

姜暮的手也握住了那个木盒，并且悄悄地往自己这边拽，她略心

虚地回道："没问题是没问题，我自己找。"

然而靳朝盯着她反常的举动，目光略带审视，手中纹丝不动，姜暮根本抽不走，只听见他不徐不疾地说道："你的手不是破了吗，还要自己找，不怕疼了？"

姜暮抽出纸巾把手指上的血一擦，立马瞪大眼睛，一副健康、精神的模样回道："没事了，你看，好了，不要贴了。"她把那根手指举到靳朝面前，然而她的手指实乃猪队友，在靳朝的眼皮下再次渗出了血。

靳朝斜着眼"啧"了声，缓缓道："还是贴上吧，我怕你失血过多。"

就在他准备打开那个木盒的一刹那，姜暮扑了过去。靳朝愣住了，怕她摔到哪儿，硬是没敢躲，用身体护着她。结果她一头撞上他的胸膛，发出沉闷的声响。那力道不小，靳朝闷哼一声，诧异道："这盒子里有什么？你的传家宝啊？"说完，他单手握着那个木盒，用大拇指直接挑开。

在木盒打开的瞬间，空气仿佛凝固了几秒，实在是因为创可贴、棉签、体温计中间那盒大红色的东西太引人注目，令人想注意不到都难。姜暮的动作也静止了，她直愣愣地盯着那盒东西。

靳朝默了片刻，然后意味深长地看向她："传家宝？"

姜暮赶忙退后一步，尴尬得恨不得在原地挖出铜岗地图。

靳朝将那盒东西拿了出来，戏谑地说道："在我床头藏这个，你真是……能耐。"

姜暮当然担不得这个夸奖，立马反驳道："这不是你送我的吗？"

靳朝蹙起眉峰："我送你的？"

姜暮的脸颊烧得厉害，她背过身去，点点头。

靳朝莫名其妙道："我送你这个干吗？"

姜暮回头，羞涩地瞥了他一眼，声音很小很软："我怎么知道……"说完，她爬上床，然后用薄被把自己捂得严严实实，一动不动。

半晌，靳朝都没有动静，也没再出声。没多久，姜暮感觉被角被掀开了，靳朝将她的手拿了出来，替她贴上了创可贴。

姜暮悄悄拉下被角去看他，他的目光轻飘飘地落在她身上。姜暮心惊了一下，又将被角拉了上去，只露一双眼睛在外面，问他："你在想什么？"

靳朝就这样瞧着她，唇边的笑意一点点扩散开来，那盒安全套被扔在床头，他直起身往外走，姜暮伸出手拉住他。

靳朝停下脚步，目光灼灼："你还真不怕我会动你。"

姜暮还是怕的，但是她没有松手，靳朝声音舒缓地告诉她："我去洗澡。"

Chapter 19

山道之战

“无名英雄。”

靳朝从淋浴间出来后，姜暮贴着床里侧躺着。房间暗了下来，靳朝的身影渐渐靠近，姜暮不敢去看他，只感觉身旁的床凹陷下去，他躺了下来。

这张床真的很小，跟从前靳朝房间里的那张床差不多，只不过那时候他们都是小孩。现在姜暮无法忽视她身边这个令她心动的成年男性，更重要的是，经过刚才的事情，姜暮变得十分敏感。

她侧身过来，窝在他的手臂边，问道：“你用过吗？”

靳朝半靠在床头，问道：“什么？”

“那个。”

两人都没再说话。过了半晌，靳朝才出声：“跟谁用？”

姜暮把脸贴在他紧绷的手臂上，低喃：“我怎么知道？三赖哥说你上学的时候很受欢迎，听说还有其他学校的女孩来找你。”

靳朝低下头，浓密的睫毛下漆黑如潭的眸子专注看人的时候满是深情，眼里流淌着清浅的光华：“你在吃什么飞醋？”

姜暮嘀咕道：“才没有，就是感觉你很会的样子，不像我，没有经验的话就什么都不懂。”

靳朝彻底笑开了，将她往上拽了拽，在她耳边说：“谢谢夸奖。”说罢又道，“我是天赋型人才，我以为你小时候就应该认清现实了。”

姜暮承认靳朝在很多事情上都比她有天赋，可能聪明的人看到什么都一学就会，比如他们一起剪窗花，都是第一次尝试，结果她剪烂了，他却剪得像模像样，可男女之间的事情又不是剪窗花。

靳朝见她发愣，便用下巴蹭着她的额头，对她说："你不需要懂，我以后慢慢教你。"

四下无人的夜里，靳朝的情话落在她的耳边，成了最动听的催眠曲。

靳朝对待感情是理智的，哪怕面对身材火辣且主动的万青，他也会权衡利弊，他在万记时，无论是为了学技术还是为了挣钱，绝不把自由交待在那儿。可这样理智的他那天在天台上还是对姜暮冲动了。那点酒根本不至于对他有任何影响，更何况他们在很多人看来还是兄妹关系，比起万青或者其他女人，姜暮的身份更尴尬一些，但他还是那样做了，这不是个简单的决定。

姜暮甚至想过，要是以后她和靳朝没法走下去，那他怎么面对靳强，他们以后见了面该怎么相处？所以那晚靳朝才会让她酒醒了再说，好像他们一旦迈出这步，最后只能以结婚收场。

姜暮笑了起来，靳朝看着她紧挨着自己的样子，问道："不热吗？"

姜暮点点头："有点。"

"热还黏人？"

姜暮仰起头："我黏别人了吗？"

"？"

靳朝起身将休息室的风扇提了进来，开了小挡，然后重新躺下，把她捞回自己身边。

姜暮的手搭在靳朝腰间，风扇吹拂着靳朝宽松的衣角，她仰起头再次问道："比赛时间确定了吗？"

靳朝的目光被微垂的睫毛遮住了，看不大真切，他只是回道："快了。"

"只有你和万老板的人比吗？"

靳朝若有所思道："不是，还有其他人。这种比赛很少会组织，所以参加的人不少，赏金额度也高。我和万胜邦的事只是借这次比赛做个了结。"

听靳朝的意思，姜暮感觉这次比赛规模貌还挺大的。她不禁问道：“是什么样的比赛？”

“山道障碍赛。”

姜暮心惊道：“障碍赛？就是说会在路上设置障碍吗？那岂不是很危险？”

靳朝看着她担忧的小脸，语气轻松道：“我能提前拿到地图和障碍位置，到时候避开就行了。”

姜暮诧异道：“这也行吗？你怎么拿到的？”

靳朝盯着她，沉默了一会儿，才开口道：“卢警官会给我。”

姜暮立马反应过来：“你是说那个组织里除了你，还有人替卢警官他们办事啊？”

靳朝“嗯”了一声。

姜暮觉得刺激的同时，稍稍放下心来，起码靳朝不是一个人在战斗。但是她的好奇心也被疯狂调动起来：“那你认识那些人吗？就是那些埋伏在暗处的同伙？”

靳朝笑了起来：“埋伏在暗处的同伙，你这是什么说法？没那么神秘，各取所需罢了。卢警官他们既然找过我，肯定也找过别人，想要摸清那批走私团伙的底牌，我冲在前面，总要有人跟我打配合，每个人的用处不一样。这种事情比较敏感，以后还要在这儿混，谁也不想把自己干过的事暴露。”

姜暮算是听明白了，卢警官他们当时抓了一批飙车党，不只找靳朝搭过线，也找过别人，所以，现在同盟里除了靳朝，还有人在帮警察做事，每个人提供的信息不一样，但以防自己被卖、身份暴露，或者影响以后的口碑，他们彼此之间并不会单线联系，而是通过卢警官他们做信息整合。比如这次靳朝参加比赛，看似赛程挺危险，但有人已经提前拿到比赛信息，这样靳朝就可以避免不必要的危险，比起别人也多了些胜算。

缉私局那边既然希望通过靳朝打入走私团伙上层，自然会在暗中保护他，不会让他单枪匹马。姜暮想通这一层，也就渐渐安心。

她又问道："这么说你也不知道盟里谁在帮你了？"

靳朝沉吟了片刻，回道："不能确定。"

"不能确定"的意思应该就是，他大概知道是谁，只不过为了双方的利益着想，这种事情不会被捅破。

两人闲聊时，姜暮的手不知道什么时候滑到靳朝的衣服底下，停留在被风撩起的小腹上，来回按压着。

直到靳朝再也无法忽视她的触碰，她才噤声片刻。靳朝问道："你在我小腹上找宝藏？"

姜暮正儿八经道："我就是按按看你这里怎么这么硬。"

虽然姜暮指的是腹肌，但"硬"这个字从她口中说出来就像指令一样，靳朝忽然坐起身，把姜暮吓了一跳："咋了？"

他坐在床边，背对着她说："我抽根烟，你先睡。"说完，他直起身，从床头拿起香烟的时候，正好瞥见那盒要命的套，顺手一起拿走了。

淡薄的月辉罩着后院的棚顶，靳朝坐在台阶上，左手夹着一根烟，烟丝缓缓燃烧着，他心头那把火也在熊熊燃烧。他一直以为自己算是个自持的人，特别是在对待女人方面，今天他才意识到，那是因为他没有遇到让他难以自持的女人。他现在的生活悬在钢丝绳上，明天过后会怎么样，他没有十足的把握。他不忍心放开姜暮，却又舍不得碰她，顾虑太多，每一桩事都是牵一发而动全身。他太清楚爱情磨光了会剩下什么，姜迎寒和靳强就是最现实的例子——无休止的争吵、埋怨，甚至把对方当仇人，老死不相往来。他不能让姜暮过这样的日子，她那么惧怕婚姻，又那么渴望家庭，他不能让她的人生淹没在生活的奔波和操劳中。她到底还小，19岁，第一次恋爱，懵懵懂懂，一腔热情，对他又是无条件地信任，可他却不能糊涂，趁着她青涩冲动的时候要了她。他不得不承认，有件事被三赖料准了：送上门的人，他拒绝了太多次；等真正想要的人出现时，他的报应就来了。

靳朝狠狠地吸了口烟，看着手中这个刺眼的红盒，爱而不得的感觉扰得人心烦，他抬起手将它扔进垃圾桶里。

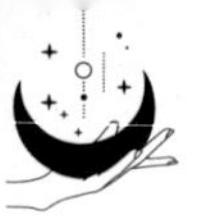

靳朝独自坐了很久，也冷静了很久。好在等他回房的时候，姜暮已经睡着了，闭着眼安静的样子很乖，他俯身亲了亲她，把她搂进怀里。

姜暮睡着的时候已经是凌晨了，可能是晚上疯得太久，比较累，迷迷糊糊中感觉靳朝很早就起来了。不知道过了多久，她听见了铁公鸡的声音，便撑着爬起来洗漱，把一头乱糟糟的头发理顺，然后探头对站在维修间的靳朝喊了声："我起来了哦。"

然而靳朝进来喊她吃东西的时候，看见她倒在床上，可能是怕发型乱了，她是整个人趴在床上，脸埋进枕头里。靳朝真的担心她把自己憋窒息了，便将她拉了起来。姜暮就闭着眼摇摇晃晃地坐在床上。

换作平时，靳朝会想办法把她彻底弄醒，让她下床，先吃饭再睡觉。但今天靳朝特别纵容她，出去将饭菜端进来，让她靠在自己胸前，然后把饭菜喂到她唇边，对她说："张嘴。你不能连吃都要我帮你吧？"

姜暮闭着眼笑了起来，乖乖张嘴。

她上幼儿园中班前的那几年，靳朝没少喂她吃饭。但长这么大了被他喂饭还真是第一次，她很享受被他宠着，就好像自己真的回到了小时候，对他可以全身心地依赖。

把姜暮肚子填饱后，靳朝站起身，问她："还困吗？"

姜暮点点头，眼睛蒙眬地眨了两下："我一般没事的时候都睡不醒。"

靳朝扯起嘴角："那就继续睡。"说完，他把碗拿出去。

铁公鸡和三赖正在修车行门口的折叠桌旁吃饭，看见靳朝拿着空碗出来，三赖咋舌道："惯吧，你就可劲惯吧，惯成二等残废，以后有你愁的。"

靳朝把碗往桌上一丢，回道："关你屁事？"

姜暮在靳朝出去后又玩了会儿手机，还没玩五分钟，眼皮就开始打架，她丢下手机，翻个身继续睡。

不知道睡了多久，身体被带进一个宽阔的怀抱，很踏实、很暖，姜暮没有睁眼，懒懒地窝在这个熟悉的怀抱中，无意识地哼唧了一声。发丝被拨弄着，舒服得她拿脸蹭着他的胸膛。

迷糊间，她听到靳朝说：“今天小阳休息不过来，我要出去一趟，有点事，可能会比较晚回来。你安心睡，睡醒了要是回去，记得锁门。”

姜暮摇了摇头，抱着他的腰不让他走。靳朝低头吻着她的发，轻声哄着：“听话，明天带你出去玩，好不好？”

姜暮才点点头，松开他。靳朝离开前，在她唇上落下一个很轻、很浅的吻，站在门边又看了她好一会儿才转身离开。

靳朝走后，姜暮便开始睡得不太安稳了。她做了很多光怪陆离的梦，梦里已经到了第二天，靳朝要来接她出去玩，她穿着漂亮的小裙子。靳朝开着那辆战车来接她，停在马路对面看着她。姜暮对靳朝大喊，可他无动于衷，反而一脚油门，车子消失在她眼前，她慌乱地去追。场景又突然跳到他们从前住的老小区，靳朝变成了小时候的模样，拿着夜明珠替她点着，突然“砰”的一声，烟火在靳朝手中炸掉了。姜暮吓得大叫，可浓烟滚滚，她怎么也找不到靳朝的身影。当她穿过层层烟雾终于看见他后，他又变成了现在的模样，就站在上次飙车过后他带她去的那道野坡上，下面是杂乱的崖底。靳朝看着她，一步步后退。姜暮疯狂地朝他奔去，就在指尖碰到他衣角的那一刻，他身体往后一倾，落下悬崖。姜暮叫喊着，直接就从床上弹了起来。

她睁开眼的时候，窗外天还是亮着的，她额上出了一层细密的汗珠，身体轻微发颤。她下意识地拿起手机看了眼，快下午四点了，她竟然又睡了三个多小时。

姜暮昏昏沉沉地走进淋浴间洗了把脸，抬起头的时候看见镜子中的自己眼睛都肿了，眼皮还在不规律地跳动着。她走出淋浴间，房间里的一切和平常毫无两样，可也许是刚才接二连三的梦境都太过荒诞，她总感觉有些不踏实。

突然，姜暮想到了什么，赶忙爬上床推开窗户，只见棚院里空空荡荡的，昨天夜里靳朝带着她开回来的GT-R不见了。她猛地跌回床上，神情怔忡。昨天靳朝是叫一辆出租车把她接到郊区的，直到晚上才把车子开回来。按道理说，白天的时候这辆车子在城区开有风险，也是

不能上路的，但是车子怎么会不见了？

姜暮再次下了床，穿上鞋。闪电听见动静，跑了进来，在她脚边打转。姜暮弯下腰摸了摸它，昨晚洗的澡，现在它浑身都是浴液的香味。可摸着摸着，姜暮的动作便迟缓下来。

铜岗的夏天白日里虽然很晒，但是太阳落山后空气多少还是带着些凉意的，早晚温差比较大。自从闪电出事，它的体质就弱了很多，靳朝总会挑大太阳的午后帮它洗澡，以防它受凉，可昨天明明那么晚了，他为什么突然要给闪电洗澡？姜暮越想越觉得奇怪。一切都是巧合吗？他给她过了个难忘的生日，回来后把闪电照料好，今天给小阳放了假，然后呢？他要去干吗？

姜暮的身体僵在休息室门口，一个可怕的猜测突然在她的脑海中盘旋。那场比赛——那场决定性的比赛——很有可能就在今天举行。她扶着门框，拿出手机打给靳朝。

没多久，电话接通了，靳朝的声音从听筒里传来："睡醒了？"

他那边似乎风很大，姜暮没有问他在哪儿，只是"嗯"了一声，手指紧紧扣住门框，开口道："你说明天带我出去玩，是吧？"

时间静止了两秒，好像过去了一整个世纪，靳朝的声音才再次响起来："我尽量。"

姜暮的眼眶红了，但她没有让他听出任何异样，故作轻松地说："那我等你……你不会食言吧？"没等他回答，她就继续说道，"我很记仇的，你要是食言了，我就再也不理你了。"

"知道了。"他声音很沉地落下这三个字。

挂了电话，姜暮靠在门框上，把手机紧紧攥在掌心。也许靳朝不告诉她就是怕她这样吧，担心到快要疯掉，一刻都没法停歇。她不能回爸家，那样只会更忐忑，守在这里说不定还能等到靳朝结束比赛。她反复告诉自己，没事的，也就是跑趟车而已，靳朝已经了解路线和障碍位置了，以他的技术和心理素质肯定能搞定一切，也许不到半夜他就能回来。

虽然这样想，情绪却无法控制，越发焦躁，姜暮干脆走出修车行，想找点事做做。她打开卷帘门，发现三赖正靠在门口的躺椅上嗑瓜子。他听见动静，回头看见姜暮，有些诧异："你还没走啊？"

姜暮心不在焉地回道："能走去哪儿？"

三赖收回视线，望着川流不息的街道继续嗑瓜子。姜暮搬来椅子坐在修车行门口。三赖扔了一袋瓜子给她，她接过后也嗑了起来。

三赖一反常态，沉静地嗑着瓜子，半天都没有说一句话。姜暮也没心情聊天，索性望着街道上来来往往的人。闪电就趴在她脚边，寸步不离，每当有黑色车子路过，它都会抬起头张望。

天色渐渐暗了，街旁的路灯陆续亮了起来，姜暮嗑瓜子嗑得嘴都麻了，便将瓜子壳收拾起来扔掉，进修车行喝了口水。突然，她听见汽车引擎的声音出现在飞驰门口，便丢下水杯，冲出车行。一辆陌生的车子停在门口，三赖放下手中的瓜子，盯着那辆车。

很快，从车上下来一个男人。他看见跑出来的姜暮便直奔她大步走来。姜暮瞬间认出了他——梁彦丰，丰少，那次抢夺赛和他们一起跑到最后的男人。

梁彦丰走到姜暮面前，她下意识地退后一步，三赖缓缓地站起身盯着他。

梁彦丰警惕地看了三赖一眼，对姜暮说："能到里面讲吗？"

梁彦丰是盟里的人，姜暮不敢大意，转身往维修间走了两步，梁彦丰赶忙跟了进来，问道："有酒比赛的事情，你知道多少？"

他的开门见山让姜暮诧异，但是她不敢轻易交底，眼神防备地说："你问这个干吗？"

梁彦丰一改上次见面时的吊儿郎当样，反而有些郑重地说："我需要你跟我走一趟。"

姜暮蹙起眉："我凭什么跟你走？"

"我现在联系不上他，想要有酒活命，你就必须跟我走。"

“我怎么知道你是不是在忽悠我？”

说完，姜暮已经拿出手机拨打靳朝的电话，果不其然，那边传来号码不在服务区的提示。

三赖这时已经走到修车行门口，双手抱着胸，不太友善地瞧着这位花花大少。

梁彦丰抬起手腕看了眼手表上的时间，突然朝姜暮逼近一步，眼里带着强烈的压迫感，放低声音：“卢警官让我来找你。”

姜暮的双瞳骤然放大，梁彦丰继而问道：“能走了吗？”

姜暮赶紧跑回休息室,拿上钥匙和手机。梁彦丰已经回到车上等她。

姜暮锁上门就要走，三赖一把扯住她，问道：“去哪儿？”

姜暮表情凝重地说：“不清楚，靳朝那边有事。”

三赖没有松手，交代她：“开手机共享位置给我。”说罢，他看了一眼梁彦丰，“我怕你一个人应付不来。”

“好。”

姜暮不知道靳朝那里到底出了什么状况，她不敢耽搁，和三赖匆匆沟通了两句就赶忙上了车。

梁彦丰提醒她：“把安全带系好。”

姜暮刚系上安全带，车子猛地起步，飞速穿梭在街道之间。姜暮只坐过靳朝的快车，她对靳朝有着绝对的信任，所以不会那么害怕。可面前开车的是个完全陌生的男人，这样的车速让她不禁拽住了车门。

然而此时比起害怕，更多的是担心，她问道：“他出了什么事？”

“有酒在做的事，你到底知道多少？”

“知道个大概。”

正好遇到一个红灯，梁彦丰一脚刹车，猛地拍了下方向盘骂了句：“他妈的。”然后转头对姜暮说，“有酒不能按照原定路线跑。”

姜暮心头一惊，松开扣住车门的手：“什么意思？”

“有人怀疑盟中混入了警察的人，现在没法锁定身份，一旦他按照路线跑，他就完了。”

绿灯骤亮，车子冲了出去，姜暮的大脑也随着身体来回冲击着。

车速越来越快，姜暮反而冷静下来。她想起上次抢夺赛到了最后阶段，几辆车子从不同的方向往目的地冲去，靳朝利用地势激起一片尘土，的确阻碍了一部分车的速度，但并没有甩掉所有车，直到梁彦丰追上来挡在他们身后逼退其余车手，才让他们在最后关头畅通无阻。在快要拿到那袋东西的时候，姜暮透过倒车镜往后看，看到梁彦丰的车子停了下来。当时她只是以为梁彦丰没有胜算，所以放弃了比赛，可现在回头想想，他有可能根本就没打算赢那场比赛。她还记得，在他们夺得东西时，梁彦丰对她比了个“六”的手势。那时她根本不知道他是什么意思，现在才明白，那是“666”的意思，他在说他们干得漂亮。可他为什么要这么做？原因只有一个。

姜暮转过头，直截了当地问道：“你这样的条件，什么都不缺吧？为什么要冒险替警察办事？”

梁彦丰脸上再次挂上吊儿郎当的花花大少神情，告诉她：“为了正义。”

“嗬。”连姜暮都觉得这套说辞敷衍至极。

车子一路开了五十多公里，早已出了铜岗，姜暮不断确定手机上的定位没有跟三赖断开，直到车子开上一条完全无人无灯的野道，她的神情开始越来越紧张。

梁彦丰的表情阴沉得可怕，他突然开口道：“三年前我最好的兄弟就是死在这条道上。”

姜暮不禁打了个寒战，侧头看他。

梁彦丰眉峰紧拧，语气带着很浓的戾气：“他本不应该死的，被两个人硬是逼到只能往树上撞。事故判定是车速过快导致的意外。去他妈的意外！根本就是人祸，我让我家老头儿出面，他告诉我，那些人动不了。为什么动不了？因为那伙人身上牵扯更大的利益链。我本想，靠不了我家老头儿，我就自己混进来查，查到东西就把他们给掀了，兄弟的一条命不能白白交待了，黄泉之下死得不明不白做个冤魂。”

后面的话他没说，姜暮也能猜到。之后，卢警官找上他，他便参与进来。

夜色越来越浓稠，一个多小时后，梁彦丰把车子停在一条荒无人烟的泥土小道尽头，对姜暮说："看到那座山了吗？"

黑色的幕布笼罩着大地，大灯范围外的东西一概看不清楚，只能瞧见大山隐隐约约的轮廓，姜暮焦灼地问道："就在那座山上比吗？"

梁彦丰点点头，对她说："穿过这片树林能看到几座平房，你往相反的方向走应该就能走到山脚下。离比赛还有四十多分钟，你速度快点能来得及。找到有酒，告诉他，他知道该怎么做。"

姜暮一刻也没停留，解开安全带下了车。梁彦丰没有离开，关掉大灯，车子就停在原处。他落下车窗，对她说："我会看着你穿过这片树林。"

姜暮回头问道："你不去吗？"

梁彦丰嘲弄地动了动嘴角："我要是能去就不会特地接你过来了。卢警官说，有酒身边唯一知道这件事的应该就是你。"

姜暮这才突然意识到，梁彦丰的身份可能已经暴露了，所以他提前得到的那条路线也许就是有人故意放出来钓鱼的，想钓出梁彦丰之外拿到这条路线的车手，所以他不能跟靳朝见面，更不能出现在靳朝身边。

这种难度系数高的大赛比赛期间会中断通信，以防有人中途报警或者避免不必要的麻烦。梁彦丰得到消息的时候已经联系不上靳朝了。要想把消息递进去，姜暮是唯一的人选，她不算面生，不少人见过她，知道她是靳朝的人，她把消息带进去不容易被人怀疑。

姜暮厘清利害关系后，没再多说一句，转过身提步朝树林跑去。夜晚树林湿气很重，她深一脚浅一脚地在泥地上前行。风一吹，树叶的沙沙声好似蛇吐芯子，可此时此刻纵使有再多蛇虫鼠蚁，姜暮也顾不得了。树林不大，她跑出来仅仅用了五分多钟，鞋子上沾满了泥土。她的确找到了几座平房，与平房相反的方向是条小道，她毫不迟疑地朝那条小道上跑去。

姜暮跑出那条小道，便来到一条相对宽阔的公路上。夜晚的山坳死寂瘆人，没有路灯，没有农户，姜暮曾有一瞬间甚至产生苍茫的天地间只有她一个人的错觉。恐惧和焦急让她不停地加快脚步。山的轮廓越发清晰了，她向着那条公路延伸到大山脚下的方向跑去。

山的另一头好似传来沉闷的声音，离得较远，声音不清晰地回荡在山谷间，但是姜暮听得出那是跑车发出的。她急得满头是汗，背后却突然有大灯朝她闪了两下。姜暮回头，见一辆熟悉的本田正朝她行驶而来。她心头大骇，立马停下脚步，三赖一个急刹车停在她身旁，问道："怎么说？"

姜暮赶忙跑上副驾驶座，指着前面就道："赶紧送我去找靳朝。"

三赖多的不说，加大油门，车子直奔大山而去。然而车子起步没两分钟，后视镜里一辆车从一条小道上直接冲出，狂追过来。三赖诧异地看了看后视镜，将油门踩到最低。奈何他这辆车被他装饰得花里胡哨的，但中看不中用，跑不过人家百万级别的跑车，分分钟就被梁彦丰逼停。

姜暮落下车窗，对着梁彦丰点了下头，然后梁彦丰一个甩尾，把车子掉头，向着相反的方向开走了。

三赖骂骂咧咧道："有病吧，追上来看一眼是什么意思？以为我把你卖了不成？那货到底是谁啊？"

姜暮看着倒车镜中越来越小的车尾，回道："无名英雄。"

然而，他们还没上山，远远地就看见山道口停着一排车子，一字摆开，将上山的道堵得严严实实。

三赖"嗞"了一声，道："这是让我表演飞车才能过去啊！"说完，他当真将车速提得越来越快。

姜暮握紧安全带惊道："不会吧！这怎么飞啊？"

就在她吓得差点心脏从喉咙里跳出来之际，三赖突然一个急刹车停在那排车子前，姜暮整个人被甩向风挡玻璃，又被安全带拉回砸在靠背上，差点吐了。

三赖翻出他的大墨镜往脸上一戴，转头对她说："我车子又没翅膀飞什么飞？没看到都是玩车子的小兄弟们，气势要做出来，不能丢了份。

走，下车看看。”

说完，三赖立马打开车门，长腿往外一跨，脸上立马换上一副高冷的姿态，已经有人开口问道：“你干吗的？”

三赖慢悠悠地看向那群人，他们三五成群地站在一起抽烟，有的戴着耳机坐在跑车上，或者立着剪刀门和姑娘打情骂俏。只不过此时所有人都将目光射向他，不光是目光，由于三赖的大灯对着这帮人，那刺眼的光线让对面的人也朝大灯射向他。

霎时间，十几辆车子的大灯照向三赖和姜暮，把他们的身影打得通亮。姜暮捂着眼睛，根本睁不开，三赖则大骂道：“开灯泡厂的吧？照你姥姥的大裤衩！我们进山找人，你们让下，好狗不挡道。”

对面人二十来号人就这么盯着他，没有一个动一下。三赖气愤道：“你们要是不让，别怪我撞出道来。”

一秒、两秒、三秒，全场安静，那群人只是默默地打量着三赖身旁那辆号称要撞开他们的老家伙，第四秒的时候，全场哄笑。

姜暮虽然不懂车子，但也看得出来对面那排车子里随便开出来一辆，他们都是撞不过的，她不禁拉了拉三赖，提醒道：“你说点靠谱的。”

这里的动静闹开后，原本在另一边的人闻声赶来，姜暮一眼认出了那群人中间的万胜邦——肚大腰圆，剃着光头。虽然上次见他时是冬天，但是他的样子化成灰，姜暮也能认出。

比起姜暮越来越警惕，三赖就跟见到老熟人一样，热情地上前打招呼：“这不是万叔吗？这么巧来遛弯啊？”

万胜邦看了看三赖，又瞧了眼他身后的姜暮，皱起眉：“遛什么弯，你跑过来干吗？”

三赖突然握着万胜邦戴着金戒指的老肥手，热乎道：“我们来送饭的啊！”

万胜邦有些嫌弃地抽开自己的手，提醒他：“小伙子说话就说话，别动手动脚的。你送什么饭？”

“给兄弟送饭啊，他不是要在里面比赛吗？不吃饱怎么比赛，你说是不是？”

万胜邦张了张口，大概想开骂，但又考虑到他是老赖的儿子，硬是把脏话咽了下去，说道："赶紧走吧，别多事。"

三赖往旁边一辆红色轿跑上一坐，一副死皮赖脸的架势说道："我就搞不懂了，我送口饭给兄弟吃，你们怕什么？怎么？还怕我给他饭里放兴奋剂？你们以为办的是奥运会啊？要不要邀请国际奥协来给你们评判评判？我把丑话说在前头，今天我三赖这口饭还就送定了，我兄弟忌口，就喜欢吃我烧的大肉圆子，我今天不把饭送到他手中我就不走。"

姜暮急得直抓头，她想趁着三赖发疯之际悄悄溜到路边，想跑进山。一个牛高马大、长相粗犷的男人直接拦住她的去路，一只手掐住她的脖子。姜暮哑着嗓子呼了一声。

三赖侧过头，直接吼了句："放开她。"

那个男人显然根本不把三赖当回事，掐住姜暮的脖子就把她往路中间拖拽。三赖双手抄在黑裤中，缓缓从轿跑上直起身，重复了一遍："我说最后一次，放开。"

那个粗犷男回过身，就把姜暮按在自己身前，双手掐着她的脖子，手掌收紧。姜暮的呼吸越来越困难，脸色已经开始发白，他却还跟玩儿似的，不当一回事，说道："这小姑娘，我一只手就能掐死，挺好玩的。放你进去行啊，把她留下给我们。"

旁边一群男人都不怀好意地笑了起来。三赖面无表情地一步步朝粗犷男走去，直到立在他面前，对他说道："那不行，饭可以不送，姑娘不能给你，还我。"

粗犷男无趣地松开姜暮，狠狠往她后背上一推，姜暮重心不稳地朝前栽去。三赖伸出手臂接住她的同时，一脚蹬上男人的腹部。一米八的大块头被他蹬得连连后退，举起拳头刚准备上来干，突然他身后车灯骤亮。

所有人都立起身望着路的那头陆续开过来的车子。粗犷男也莫名其妙地回过头去。打头的是一辆普通得不能再普通的黑色大众，但黑色大众后面跟着的车子就不普通了——两辆五菱宏光一左一右地开道，

再后面是车灯贴着睫毛的粉红色F0、几辆杂七杂八牌子的家用型轿车，有SUV，有两厢车，还有七座商务车，最奇葩的是，后面还跟着一辆贴着“铜岗—兴望”的大巴车和一辆渣土车。

三赖傲娇地将他装范儿用的墨镜卡到头顶，拍了拍那位粗犷男：“让让。”而后他走到前面，像交通指挥员一样指挥那些车停在哪里。

那些车子根据指令一字排开。三赖指挥着那辆渣土车司机，让他直接开到最前面，正对着那辆跑车。最后他回到那些车中间，仿若一个音乐指挥家那般高举他的双手，大吼一声：“都把大灯打开给我照过去。”

随着三赖一声令下，五花八门的车子齐齐打开车大灯。三赖脸上挂着阴险的笑意，在一排大灯中缓缓回头，背有光芒地瞧着对面那帮人，不急不忙地说：“刚才谁笑我来着？来来来，先站出来给爷瞧瞧，我保证不第一个撞你。”

仿佛是配合他嚣张的话，他身后那位渣土车司机还咧着大龅牙按了两下喇叭。

对面一片安静，没有一个人跳出来。

这时一个男人从黑色大众上下来了。这个男人同样肚大腰圆，甚至有着和万胜邦同款的光头造型，他面色不大好地瞧了眼三赖。三赖倒是规规矩矩地叫了声：“爸。”

姜暮愣愣地看着这个传说中的铜岗老赖，他一把岁数了还穿着花衬衫、锃亮的尖头皮鞋，腰上是让人根本难以忽视的金色“LV”标识的皮带。姜暮好像瞬间就理解三赖的浮夸作风遗传自谁了。

老赖走到三赖面前，指了指他：“一天到晚惹是生非。”

三赖则抱着胸淡淡道：“反正你搞不定就还钱。”

话音刚落，老赖立马换上一副和善的面孔，朝着万胜邦走去。

若不是老赖的打扮太像土豪，就他和万胜邦站在一起的样子，活像一对失散多年的双胞胎兄弟。

万胜邦见老赖亲自带人过来插手这件事，有些不悦，开口道：“赖兄啊，牌桌有牌桌的规矩，赛场也有赛场的规则，你应该清楚的。”

老赖笑呵呵地说：“我不清楚，我就清楚我只有这么一个倒霉蛋儿子，以后还指望他给我养老送终，关系不能处僵咯。”

万胜邦拍了拍老赖的肩，皮笑肉不笑道：“回头牌桌上我让你吃几个大的。今天这事儿，听我一句，你别过问，后头都是大人物，你我都惹不起。”

这话不说还好，一说起来，老赖的胜负欲立马被激起了，他张口就道：“什么大人物是老子惹不起的？想当年老子在铜岗带兄弟的时候，你们他妈的一个个不还跟孙子一样？谁敢摆谱摆到他太爷爷这儿，我让他走着来跪着回。”说完，话锋一转，“虽然，我这些兄弟如今不混了，都在各行各业发光发热……”

他把手一挥，姜暮顺着老赖叔叔的手往后瞧去。开大巴车和渣土车的所在行业，她还能理解，那位开着粉红色F0、车灯上粘着假睫毛的大婶所在的行业，她着实看不懂。

老赖继续道：“但是，谁敢让我老赖不痛快，只要我招呼一声，我保准让他在铜岗寸步难行。”

贺彰夹着烟从万胜邦身后走出来，说道：“赖叔，话别太狂，现在早就不是你那个时代了。”

老赖慢悠悠地将目光移到他脸上，眼里挂着几分笑意：“是吗？”

话音落下时，眼里的笑意荡然无存，他一把夺过贺彰手指间的香烟，直接在他脑门上摁灭。一声惨叫从贺彰嘴里爆发出来，周围一圈玩车的小年轻全部脸色煞白。

贺彰疼得举起拳头，老赖不仅没躲，反而冷笑道：“打啊，我倒要看看你多有量。”

霎时间，从渣土车车厢里跳出来一大拨民工兄弟，不过一眨眼的工夫，黑压压的一群男人立在老赖身后，每个人手上都举着板砖。贺彰的手腕微微晃了下，那一拳头愣是没有落下。

万胜邦抬起手将贺彰的拳头按下去，转眸看向三赖：“不是说送饭

吗？饭呢？”

姜暮捏了把冷汗，但见三赖当真打开他的车门，从后座拿出一个包好的饭盒，还打开盒子走到万胜邦面前，炫耀道：“万叔，要不要尝尝我烧的大肉圆子？不是我吹，就我这手艺，以后开家饭店妥妥的。来，尝一个，红烧的，带劲。”说着，他非常热情地邀请万胜邦吃肉圆。

姜暮盯着三赖变戏法般弄出来的饭盒都惊呆了。

万胜邦不耐烦地挥了挥手：“我吃过饭了，你自己吃吧。”

三赖笑眯眯地把饭盒盖上。

万胜邦对一个小伙子使了个眼色，那个小伙子上了一辆车，把车子挪开。

姜暮见状，尽量不把焦急表现出来，回到三赖那辆车上。三赖也已经上了车，将车子从缺口处往大山里开。临走前，他瞥了眼老赖，老赖扶了扶他的金色皮带，令人不易察觉地点了下头。

穿过这段路才真正进入山道，姜暮诧异地问道：“我以为你是胡诌的，哪里来的饭？”

三赖却一本正经地说道：“我像是会胡诌的人吗？”

“……”

“走时带着的啊，谁知道要搞到多晚，万一点不到外卖，我饿起来会心慌。你要是想吃，待会儿分你两个肉圆。”

“……倒也不用客气。”

姜暮把视线移向窗外。车子越往山里开，之前她在山外听见的声浪越来越清晰。她拿出手机看了眼时间，和万胜邦僵持得太久了，离比赛只有十分钟左右。她赶忙催促三赖：“能再快点吗？我怕来不及。”

三赖的神情也前所未有地严肃，已经可以看到对面的山道上许多跑车的车灯。

姜暮指着窗外：“是不是那里？”

三赖瞥了眼，车速越来越快：“应该是。”

可就在他们准备沿着山路往里开时，前方又出现一大帮人，将路堵得水泄不通。

三赖直接开骂道:“×，里三层外三层，这他妈的是打游戏通关吗？”说完，车子已经停下。

一个穿着超短裙的辣妹跑过来，对三赖说：“帅哥，来看比赛车子就停这儿哦，前面不能过去。”

三赖对她说：“我兄弟在里面参加比赛，给他送个东西。”

这位辣妹笑道：“比赛要开始了，不能进人了哦。”

三赖和姜暮对视一眼，一起下了车。眼前全是乱哄哄的年轻人，几台音响同时开着，放着节奏感强的劲歌，响彻整片山道。各种夜灯、荧光棒到处飞，成群结队的年轻人举着啤酒随着嗨歌不停地扭动身体，这完全是一场赛前的狂欢派对，别说车子了，连人想挤过去都难。

汗水不停从姜暮额上滴落，她抬起腿就往人堆里冲去。身后三赖焦急地喊着她。混乱中，姜暮很快被群魔乱舞的人淹没。她拼命往里挤，人群不断推搡着她。周围是闪烁的霓虹和震耳的音乐，可她此时只有一个念头——来不及了，找到靳朝，必须要找到靳朝。

突然，一只手猛地扯住姜暮的胳膊，将她从人堆里拉了出来。姜暮还没站稳便看见了金疯子。他吃惊道:“你怎么过来了？你一个人来的？”

姜暮刚准备说话，三赖已经挤了过来，骂道：“我×，衣服都要被扒了，魔怔了，这些人。”

金疯子却神色紧张地问道：“你们从哪儿过来的？”

三赖莫名其妙道：“干吗？”

周围声音太吵，金疯子直接吼了起来:“我问你们是从哪儿过来的？有没有看见铁公鸡回修车行？”

三赖见金疯子这副表情，怔了下，回道：“没有啊，铁公鸡不是跟有酒一起过来的吗？我们一下午都在修车行，没见他回去。”

金疯子突然脸色一紧：“糟了，糟了糟了，车子可能有问题，去找有酒。”

三赖也吼了起来：“我他妈的也想去找他啊，把这些人炸了吗？”

金疯子回头瞧了一眼和一群人站在高石上的万青，面色凝重：“不

知道小青蛇肯不肯帮忙。”

姜暮再次看了眼手机，已经没有多少时间了。她直接对三赖和金疯子说：“你们去开车，我去跟她说。”

话音刚落，她直接撞开旁边的壮汉，身体里像突然爆发出强大恐怖的力量，直奔万青而去。

原本跟几个兄弟在一起抽烟闲聊的万青猛地看见姜暮出现在这个地方，也很诧异，她皱起眉低头睨着她气喘吁吁的身影，警告道：“这地方不是好女孩混的，赶紧回去。”

姜暮却直接爬上高石，立在她面前，眼里透着刚毅，声音却止不住地发颤，对她说：“我们要去找他，帮我们过去。”

万青轻轻地嘬了口烟，又轻轻喷到姜暮脸上，嘴角噙着嘲讽：“我和你很熟啊？”

周围的男人都发出嘲弄的笑声，姜暮却充耳不闻，又逼近她一步，胸腔不停地起伏，眼里浮上一层水汽，水汽下面是可怕的猩红，她那副充满煞气的样子让万青蹙起眉。

“你要是不想他出事，就帮我们过去。”

万青的手顿了下，表情微敛，她却淡漠地回道：“是他让我滚的。”

姜暮的声音带着前所未有的狠劲，对她说：“他为什么让你走？你爸借你的手毁他一次还不够吗？你很清楚他是怎么被逼到今天这步的，你可以不帮我们，除非你不想他活命。”

万青将指尖的烟灰抖落，目光微紧地盯着姜暮。姜暮毫不闪躲，也不能再躲，就在那一瞬间，她放下所有的尊严、脸面和傲骨，双拳紧紧握住贴在身边，垂眸对她说：“算我求你……”

两分钟后，群魔乱舞的人被万青的兄弟们全部拉开，他们强行劈开一条仅供车子穿过的道。姜暮跳上车，三赖直接把车子开进赛道。

一上车，三赖就怒道：“前面不会还有人拦着吧？老万真他妈耽误事。”

金疯子一听，赶忙问道：“什么老万？万老板来了？”

“不然呢？我们能在山下耽误这么长时间？”

金疯子一拍大腿：“不对劲，不对劲啊，三赖，万老板一般不会来比赛现场的。”

三赖也急了：“你要说什么就赶紧说。”

“万老板今天不是要赢比赛，他要彻底废了有酒啊！你下来，我开。”

两人迅速调换了位置。金疯子开着三赖的车，一脚油门就轰了出去。也就是在这时，对面山头突然传来“砰”的发令声，车里的三人猛地怔住，姜暮瞬间感觉手脚冰凉，声音已经不是她自己的，颤抖着重复道：“怎么办？开始了，怎么办？”

金疯子愣了一瞬，将油门加大，车子加速朝着那些冲出起跑线的跑车追去，三赖也紧紧皱着眉，盯着窗外那些在山道间闪烁的极速车灯。

直到金疯子一脚刹车猛地将车子停下，一拳揍在车门上，粗着嗓子说道：“追不上了。”

姜暮打开车门，冲到山崖边。一辆辆跑车紧追着彼此在山道之间穿梭，速度太快，车灯拉成一道魅影，割破漆黑的山脉。姜暮的心脏在胸腔间剧烈跳动着，强大的恐惧像猛兽将她的身体撕裂。可就在这时，她看见了那辆车——那辆熟悉的黑色GT-R，它以一种难以阻挡的速度强势过弯，直接压在第二的位置。

金疯子也瞧见了，吼道：“有酒的车。”

姜暮的目光不敢移动分毫，她死死地咬着唇，直到满嘴都是血腥味，大脑受到刺激，她突然回过神来，拽住三赖：“夜明珠！夜明珠还在你车上吗？”

三赖点头：“在后备厢。”

“快给我。”

两人跑到车后，将那把夜明珠全部拿了出来。姜暮的身体不停地发抖，她从金疯子手中接过打火机的时候几乎握不住，满脑子只有一个念头——要将夜明珠点着。

当彩珠从筒里迸射出时，姜暮把手臂高举过肩。她不知道靳朝能不能注意到，可这是她唯一的办法，她希望他能看到，看到夜明珠发

出的光亮。可一根夜明珠的光太微弱了，彩珠迸射到空中，很快陨落。

姜暮回头对三赖和金疯子说道：“一起点着给我。”她一口气爬到山崖边沿，三赖在下面喊着：“你下来，危险。”

脚下是万丈深渊，靳朝命悬一线，姜暮不知道什么是危险，她只知道这一刻她与靳朝性命相连。她将所有夜明珠高高举起。刹那间，七八根夜明珠同时向夜空迸射彩珠，再齐齐炸开，如一把把降落伞展现绚烂的色彩。姜暮的一颗心已经悬在箭上，她赌那百分之一的概率，只要靳朝能看见，哪怕看上一眼他也会知道她在这里，在用她的方式提醒他。

她看见那辆黑色战车消失在她的视野中，却在下一条山道上突然咆哮着超过第一辆车，冲向前去。

她看见靳朝驾驶的GT-R在夜影中遥遥领先，她甚至能听见轮胎摩擦在山道间回荡出的声音。

她看见鬼魅的黑色车影在驶入直道时突然减速，开始打飘。

她看见原本应该拐进连续弯道的车子不受控制地朝崖壁撞去……

姜暮的双手松开了，夜明珠脱落，坠下悬崖。下一秒，火光四起，刺眼的光芒猛地射入姜暮眼中，后面的车子在离崖壁很远的地方陆续停了下来。

“轰隆”一声巨响，天地震颤，爆炸的火光冲破夜幕，照亮整片山谷。

姜暮的灵魂摇摇欲坠，她的身体向前倾去，被三赖一把拽住。

Chapter 20

送她去更远的未来

想你的暮暮。

姜暮根本不知道自己是怎么被三赖从崖壁上拽下来的，她的眼中只有山下的熊熊烈火。直到警车的声音从四面八方传来，响彻山谷，周围越来越混乱，群魔乱舞的年轻人全部上车四下逃窜，那些车手也从各个山道逃走。

不停地有车子从他们身旁呼啸而过，有人惊叫道："出人命了，快跑啊！"

姜暮没有意识，是被金疯子和三赖拖上车的。他们两个把她塞进后座，金疯子就发动车子，三赖赶忙跳上副驾驶座。

直到这一刻姜暮才回过神来，带着哭腔嘶吼着："靳……靳朝……他还在，还在车上，我们不能走……"

三赖看着火光冲天的山谷间，说："警车开过去了，我们不走，待会儿就走不了了。"

而金疯子已经朝着山外开去，姜暮几近发狂："爆炸了！靳朝的车子爆炸了！你们没看见吗？"

三赖回过头，一把攥住她的手腕，狠狠抑制住她的颤抖，对她说："我知道，但是我们不能过去，警察会找到他。我们过去只会被当成飙车党，自投罗网，起不到任何作用。我们必须先离开这里再想办法。"

万胜邦他们早就不在山下了，金疯子一路开车躲过几辆往山里开去的消防车。

出了山，姜暮没再说一句话，她只是僵直地坐在后座，手脚发麻，身体止不住地冒虚汗。而副驾驶座上的三赖自从出山，手机恢复信号，就一直打电话到处联系人。

姜暮不知道他们经过了哪里，窗外的掠影像一帧帧模糊的画面，她看不清，也不想看清。直到车子停在飞驰门口，金疯子拉开后座的门喊她下车，她整个人好似还是飘浮着的。

把姜暮和三赖丢在修车行门口后，金疯子直接开着三赖的车急匆匆地走了。姜暮蜷缩在门口的小木凳上，恐惧地盯着三赖，死死地掐着自己大腿。她觉得这是一场梦——一场无比恐怖的噩梦，如果不是梦，谁能解释中午她还在靳朝怀里，他喂她饭，说她是长不大的懒虫，她用脸蹭着他，跟他撒娇，说自己就是长不大了，就要赖着他一辈子。

一辈子到底有多长，姜暮并不知道，但绝对不会只有半天，这不是梦，是什么？

可直到腿被她掐紫，她依然无法从这个噩梦中醒来，所有的痛苦都那么清晰。

三赖一个电话接一个电话地到处打听。姜暮从没见过一向没正形的三赖发这么大的火，最后她看见三赖直接对着手机里面狂吼道："你他妈的到底有没有点用？局子里没消息，不会叫你舅舅在医院网问问？实在不行，也去殡仪馆看看。"

姜暮在听见"殡仪馆"三个字的时候，胃部突然一阵阵痉挛，里面翻江倒海地搅动着，她跑到路边就是一阵干呕。奈何晚上没有吃东西，什么都没吐出来，她难受得汗水和泪水全部混在一起。

三赖挂了电话，赶忙过去将她扶起来，对她说："你回家去。"

眼泪顺着姜暮的脸颊滑落，她说不出一个字，只是摇头。

三赖看着她惨白的脸，不忍地咬紧牙根，然后对她残忍地说道："你必须回家去，万一……万一出了什么事，警察会联系家属的。"

姜暮憋了一晚上的情绪终于彻底爆发了，她失声痛哭起来。

姜暮听从三赖的话回到靳强家守着。她一晚上没睡，一直坐在床边。她不敢睡，她怕夜里警察会突然打电话给靳强，她睡着了会听不见，她更怕清醒着的时候听见靳强的手机铃声。

她把飞镖盘后面的信全部拿了出来，一封接一封地反复看。直到看到那行“对不起，想你的朝朝”时，她滑倒在地上，信件散落一地，她哭成了泪人儿，却不敢发出声音，死死咬着虎口，直到手背被她咬出血印。

就这样，姜暮恍惚地等到了天亮。好消息是，并没有警察联系家里；坏消息是，靳朝依然没有消息。

姜暮无法再一个人干等着，她快要疯了，六点钟就冲出了家门。刚到修车行她就看见三赖的车子停在路边，不知道金疯子什么时候回来的，两人也是一夜没睡的样子。

三赖看见姜暮哭肿的眼睛，于心不忍，说道：“整个铜岗包括附近的三甲医院都打听过了，没有他的消息。你要知道，没有消息就是好消息，懂吗？”

姜暮抿着颤抖的唇点点头，金疯子抽着烟瞧着她的憔悴样，问道：“早饭吃了吗？”

姜暮摇了摇头。三赖叹了口气，说：“昨晚就没吃。”

金疯子踩灭烟，站起身：“我去买几个包子。”

三赖把姜暮拉进宠物店，将她安置在椅子上，递给她一杯热水，说：“等到八点以后都上班了，我们再去派出所问问。”

姜暮捧着水杯机械地点点头。

不一会儿，金疯子带着几个包子回来。姜暮吃不下，捏着一个肉包子，半天才撕一点包子皮。

三赖抬头，看着她心不在焉的样子，对她说：“暮暮，多少吃点，别还没消息你就倒下了，待会儿还要去找人，没体力不行。”

姜暮听进去了，大口大口地往嘴里塞肉包子，却根本吃不出味道，只是为了让肚子里有东西。

三赖和金疯子看见她手背上的牙印，对视了一眼，眼里越发担忧。

姜暮才吃完，胃里又搅动起来，像被火灼烧着。她站起身说要去洗手，一进去就待了好久。三赖不放心，起身绕到后面去看她。水一直放着，她刚刚吃下的东西全都吐掉了，她的脸和头发湿漉漉地往下滴水，正蹲在水池边，她不想让他们知道，没有发出一点声音，可肩膀却在控制不住地颤动。三赖咬着后槽牙退了出去。

不一会儿，姜暮出来了，她已经收拾干净，将短发别在耳后，看不出哭过的样子。三赖抽着烟，沉默地看了她一眼，又装作什么也没看见，转过头去。

整整一天的时间，他们不知道跑了多少家派出所，没有一家接到昨天夜里车祸爆炸的消息，甚至就连飙车的事情都没有人听说。

直到中午的时候，靳朝原本不在服务区的手机突然通了，只不过一直没有人接。

这个发现让两天一夜都没睡的他们突然打起精神。假如比赛的时候手机在靳朝身上，那么起码可以肯定一点，车子爆炸时没有炸毁手机。换言之，靳朝并不在车上。

在没有找到靳朝前，这是最好的猜测。金疯子和三赖十分有默契地这样对姜暮说。他们看得出来这个小丫头跟着他们跑了一天已经撑不住了，无论是精神上还是身体上，要不是急于找到靳朝的信念支撑着她，她可能随时都会倒下。

金疯子和三赖商量了一下，然后亲自把姜暮送回家。他们当着她的面跟靳强打了声招呼，一是不放心姜暮现在的状态；二是万一靳强这两天接到警察的电话，也让他心里有底。

靳强听说这件事后大为震惊，说要去报警。金疯子和三赖告诉他，白天该去的派出所他们都去过了，警察要是知道早就通知他了。

第三天，三赖和金疯子决定再回比赛的那座大山那里看看。他们原本不打算带上姜暮，但她一大早天没亮就来到修车行，麻木地给闪电喂食、换水。三赖开店门的时候就看见她抱着闪电蹲在修车行门口，双眼空洞地望着早晨安静的街道出神，他甚至怀疑她昨晚到底有没有睡觉。

金疯子一大早就过来了。他和三赖都不放心把姜暮一个人丢下，便干脆带着她一起回到事发地。他们从附近的村子打听到管辖地派出所。奇怪的是，他们问了一圈，管辖地派出所的民警也对那晚发生的爆炸毫不知情，告诉他们，如果要报人口失踪，满24小时正常走流程，会有人立案处理。

从那个派出所出来后，三赖和金疯子在门口各自点了一根烟，姜暮盯着派出所院子里的土狗发愣。

经过两天的询问，要不是三人亲眼看见靳朝的车爆炸了，他们甚至怀疑那晚的事情到底有没有发生过。于是他们决定回到山里看看。

在发生爆炸的崖边还能看见被撞的凹处和周围杂草灌木被烧焦的痕迹，但除此之外，山道上一丁点车子碎片都没有，全部被清理干净了。

回去的路上，三人出奇地沉默。所有事情都不太对劲，靳朝就像凭空消失了。按道理说，如果他真的意外身亡，40个小时过去了，警方应该能比对出死者身份并联系家属，如果将伤者送去医院，也应该通知家属，怎么可能一点消息都没有?

三赖和金疯子已经动用了在铜岗的所有关系，几乎把整个小城翻了过来，都没有任何消息。除了等待警方联系他们，已经别无他法。

这几天里，姜暮一直浑浑噩噩的，闭上眼后睡上不超过两个小时就会惊醒，睁开眼后又很难再次入眠。只要一进入休眠状态，她整个人就会突然陷入惊天的火光和震耳的爆炸声中，然后再次吓醒，周而复始。她依然天蒙蒙亮就去修车行照顾闪电，一待就是一整天，不说话也不怎么吃东西。不过几天，她就肉眼可见地瘦了一大圈，连眼圈都凹陷了。

第四天下午，姜暮累得撑不住了，趴在闪电身上刚合上眼，模糊间有个想法在她脑海中回荡。几分钟后，她猛地睁开眼，将闪电送进修车行，锁上门就往西洼凹跑去。这是她最后的希望。她迎着烈日越跑越快，一直跑到平时大爷们纳凉下棋的地方，这一问她才知道海大

爷的女儿前几天带他去桂林旅游了，不在家。

接下来的两天里，姜暮会时不时地跑去西洼凹打听海大爷有没有回来，终于在第三天碰上了出来买菜的陶大爷。陶大爷告诉她，海大爷昨天晚上回来了，让她去凉亭那儿找。

姜暮来不及谢陶大爷就转身往凉亭跑去。上午的凉亭里围满了老头儿老太太，有打纸牌的，有下棋的，也有在旁边玩斗翁的，回旋式的凉亭全是人。姜暮焦急地来回穿梭，不知道跑了多久，斜后方的榕树下有人喊道："姜南山。"

姜暮转头看见穿着马甲坐在大树下的海大爷时，激动得红了眼睛。海大爷吓了一跳，赶忙让旁边的老头儿接替他的位置，起身朝姜暮走来，问道："听说你这两天到处找我？怎么还哭了？"

姜暮狠狠地揉了揉眼睛，对他说："我要找卢警官，海爷爷，帮帮我。"

十分钟后，海大爷亲自把姜暮领到卢警官父母家，敲开防盗门。卢父热情地把海大爷请进家。多少年的老邻居对海大爷也不见外，听说他领来的小姑娘要找自己儿子，卢父当着海大爷的面拨通了卢警官的电话。

当听筒里的"嘟"声响起时，几天来的焦虑也达到了极致，姜暮紧张得手都在发抖。海大爷将她拉到沙发上坐。

电话通了，姜暮一个激灵，猛地从沙发上弹起来，她握着手机，声线发紧地说道："你好，卢警官，我是姜暮。"

电话那头的人很诧异，声音有些严厉地说："你怎么找到我家的？"

"对不起，实在对不起，我没有办法了……"姜暮眼眶含泪，哽咽道，"靳朝，你知道他在哪儿吗？"

电话那边的人沉默着。漫长的沉默中，姜暮感觉到自己的灵魂被人从身体中一点点抽走，时间仿佛静止了，甚至整个世界都静止了，她开始站不稳，赶忙扶住桌角，指甲陷进肉里，对卢警官说："他……他还活着吗？"

两秒过后，卢警官告诉她："我这会儿有事，你等我一下，我回你电话。"说完，他便挂了电话。

海大爷在旁连声问道：“到底出了什么事？不要着急，你先来坐，我让老卢儿子帮你想想办法。”

卢父也在旁附和道：“是啊，丫头别急，来，先坐下喝点水。”

接下来的几分钟里，姜暮握着手机坐在沙发上，一秒也不敢挪开视线。十几分钟后，卢警官回了电话，姜暮第一时间接通。

卢警官问：“姜暮，是吧？”

姜暮双手握着手机，呼吸沉重地“嗯”了一声，答道：“是我。”

紧接着卢警官告诉她：“靳朝没事，一切安好，你不用担心。至于他现在在哪儿，我暂时不能告诉你，明白我的意思吗？”

姜暮听到这个消息的时候，激动得一个劲点头。直到看见电视机液晶屏里映出的自己，她才发现卢警官根本看不见她点头。

自打得知靳朝安好的消息，姜暮能吃饭也能睡觉了，只是她依然容易惊醒，每天都会盯着手机发呆。她发了很多条信息给靳朝，虽然全都石沉大海，但她想着靳朝总能看见，只要他还活着，总有事情忙完的一天，他会回来，回到她身边。他还没有带她出去玩，还没有回答她要不要跟她去南京，她得等着他，等着他回家。她也依然每天去修车行照料闪电，和闪电坐在修车行门口，一待就是一整天。她的生活看似恢复如常，可她的心是空的，除了等待靳朝归来，她对什么事情都提不起兴趣。

后来严晓依打电话问她考了多少分，她才知道可以查分数了。她查出自己的分数比预期的要高，足以让她踏入理想的大学。她觉得应该开怀大笑，甚至庆祝一番，毕竟这是自己比别人多辛苦一年，用四年的时间换来的成绩。可姜暮坐在电脑前，一丝笑容也没有。她最想分享的那个人现在下落不明，在没有亲眼看见他前，她的心始终悬着。

然而让姜暮没想到的是，在高考分数出来的第二天，一个人出现在靳强家，特地从遥远的澳大利亚飞来中国找她。

✧ ✧ ✧

姜暮没想到Chris会独自来中国找她。当她得知妈妈没有跟他一起回来时，她已经有了一种不太好的预感。

在此之前，Chris已经和靳强聊了一会儿，只是在姜暮回到家后，Chris提出希望和她出去单独谈谈。

在一家并不大的私房菜馆，Chris告诉姜暮他这次来中国的目的。他知道高考结束了，听她妈妈说她考得不错，恭喜她的同时给她带来了另一个消息。

去年3月，在Chris和姜迎寒认识的第五个半月，她被查出来心血管狭窄程度在78%，再发展下去，血管有完全闭塞的风险。医生建议她尽快手术，否则随时都会有生命危险。

当时离姜暮高考仅剩两个多月，姜迎寒无法在那个节骨眼儿进行手术。了解手术的成功率和风险后，姜迎寒更加犹豫了，一旦进入手术室，漫长的康复过程会拖垮她唯一的女儿，她甚至考虑到，如果姜暮去外地读大学，她的病情会成为姜暮的羁绊。那时她把自己的情况告诉了Chris，本以为他们的关系会就此终止。但让她没想到的是，两天后Chris带着鲜花和戒指来找她，直接向她求婚。

那两天里，Chris联系到了老同学、有名的心血管专家，希望能接姜迎寒去澳大利亚进行手术。

在发达国家医疗系统排名中，澳大利亚排名靠前，特别在心血管治疗方面，Chris的老同学艾维克教授给了姜迎寒很大的精神支持。她把国内的检查报告通过Chris发给艾维克后，他出具了一份详细的手术方案，并希望她能尽快前往澳大利亚，当面商讨后续的治疗。

姜迎寒把艾维克教授发给她的手术方案拿给她的主治医师过目。意外的是，这位主治医师居然认识艾维克，十多年前曾在国外听过他的报告。这位主治医师建议，如果她有条件，去艾维克教授那里进行手术是个不错的机会。

然而自费到澳大利亚医疗非常昂贵，如果考虑到后续长期在那里接受治疗，移民是性价比最高的选择。姜迎寒更多考虑的是，接受

Chris，去澳大利亚治疗，可以在减小手术风险的基础上最大限度地减轻女儿的负担。她没有把自己的病情告诉姜暮。当时姜暮还小，心性不稳，姜迎寒不想让她承受太大的压力，以免影响高考。她本想等姜暮高考结束再找机会告诉她，只是没想到姜暮提前发现了那些移民文件，她不得不把自己和Chris的事告诉姜暮。她知道姜暮会反对，只是没想到姜暮的反应会那么激烈。

对于姜暮高考失利，姜迎寒心存愧疚，她很清楚女儿在担心什么，但更怕她知道自己活命的概率不到50%后会更加崩溃。与其这样，她干脆狠下心来，把她送去靳强身边。如果不是万不得已，她不希望姜暮和那边再有任何牵连。可在她自身难保的情况下，靳强似乎是她在国内唯一可以依托的人，他毕竟是姜暮的爸爸。也许姜暮会怪她，怪她狠心丢下自己，在这个时候出国，怪她突然选择和Chris结婚并移民。但姜迎寒并不希望自己的病情影响女儿的前途，与其让女儿在这个时候面对手术有可能会失败的风险耗上大半年的心力，她宁愿选择将这件事继续隐瞒。

“三个月前你妈妈接受了心脏手术。”

Chris坐在姜暮右手边。当他把这个消息告诉她的时候，明明是炎热酷暑的天气，那无法阻挡的寒意还是一阵阵席卷她全身，她的眼泪根本止不住，瞬间夺眶而出。她知道妈妈一直患有心绞痛，好多年了；她也知道妈妈长期服药，只是没想到口服药物的效果越来越差，会发展到需要动手术的地步。她焦急地询问情况。

Chris肯定地告诉她，手术效果还算不错，虽然后续还需要进行一些治疗，但是命保住了，现在姜迎寒已经出院了。在他来中国前，他的大女儿已经从麦尔登回到家中照料姜迎寒，会一直等到他回去。而他此次前来，也是征询姜暮的意见，如果她同意去澳大利亚读书，他会帮她办理留学手续，并接她过去。当然，如果她不愿意，他和姜迎寒会尊重她的选择。

可最后，Chris拍着姜暮的手背，对她郑重说道：“你妈妈需要你。”

姜暮含泪看着Chris，他似乎比过年的时候苍老了一些，他和妈妈是半路夫妻，愿意接受她的病情并四处陪她看病并且一直照料她，而自己却在过年的时候当着妈妈的面怀疑Chris是骗子，还为了回不回苏州过年的事情和她吵架，甚至不理解她为什么要把房子卖了。现在回想起来，她做的所有事情都是在往妈妈心口上捅刀子。

姜暮早已泣不成声。爸妈离婚时她还很小，此后一直和妈妈相依为命。那些年妈妈没有再婚，一直是一个人带着她，努力赚钱供她上学、上各种补习班、培养她学古筝，无论刮风下雨，妈妈都独自带着她到处参加比赛和演出。从她来到这个世界，妈妈就将全部的精力、关爱、时间、金钱投注到她身上，可在妈妈在生死一线，甚至被推入手术室的那一刻，她不在妈妈身边。妈妈一个人在国外，身边没有一个亲人，生死未卜地躺在手术床上的时候得多绝望啊！姜暮把脸埋在双手间，她有什么理由拒绝Chris的提议，有什么理由不回到妈妈身边照顾她，有什么理由让Chris的大女儿替她尽这个义务？她没有理由。在听说妈妈的病情时，她已经恨不得马上飞去妈妈身边。

沉重的愧疚感让姜暮整个人陷入无尽的自责，她只恨自己没有早点发现妈妈的异常，恨自己没有陪着妈妈渡过如此大的难关，恨自己的任性让妈妈一次又一次地为自己操心。她只是一直反反复复地说着：“对不起……”不知道她这是对Chris说还是在对妈妈说，抑或是被这突如其来的消息彻底击溃，她只是无意识地将内疚化为一声又一声的“对不起”。

接下来的一段时间里，Chris带着姜暮办理出国手续、联系学校、申请学校。靳强几乎帮不上多少忙，便请Chris到家中吃了两次饭，感谢他为姜暮到处奔波。

从了解学校概况到具体的课程设置、专业选择、准备材料，接着到附中开证明，再根据审理要求到指定医院体检、缴纳保险费用、填写无数的表格、拍照、做人脸识别，几乎都是Chris陪着姜暮一起商量解决。如果不是他，在这个时候，在靳朝下落不明、姜迎寒病情严重的情况下，姜暮内心一团乱麻，根本不知道该怎么办。

在此期间，姜暮没有停止向靳朝的手机发送信息。她把妈妈的情况通过短信告诉了他。她对他说，她必须去趟澳大利亚看望妈妈，可能会暂时留在妈妈身边读书。这些对未来的打算是她在短短几天时间内决定的，她对接下来的路一片茫然，惶惶不安。她不再每天都有时间去修车行，闪电暂时寄养在三赖店里。而三赖最近也很忙，有好几次姜暮去找他，他的店门都是关着的。

等所有手续都陆续办好，Chris订好了前往墨尔本的机票，而姜暮与靳朝失联已经快一个月了。

在收到航班信息的那一刻，姜暮站在小房间的窗户边，目光呆滞地望着那轮残月。没有时间了，如果靳朝再没有消息，她就没有时间继续等下去了。她将手机拿了起来，点开靳朝的微信头像，编辑了很长一段文字，比如她对以后的打算、她计划什么时候再回来，再如他们的未来。可看着那些苍白的文字，姜暮忽然意识到，没有意义，这一切都没有意义，只要靳朝一天不出现，她想得再完美都没有任何意义。她把所有文字一并删除，只给他发了一条信息："我要走了，如果你能看见，无论如何都要尽快联系我。想你的暮暮。"

姜暮以为这条信息也会像以往的无数条信息一样石沉大海，不会收到任何回复。可是在后半夜三点半的时候，枕边的手机突然亮了，就像有感应一样，她几乎立刻睁开了眼睛。看见被照亮的天花板时，她怔了一会儿，才想起拿起手机。那个始终没有任何反应的账号突然回了一条信息。

朝："明天上午我会让三赖去接你，见一面吧。"

姜暮猛地坐起身，盯着那条信息反反复复看了好几遍，她激动得以为自己产生了幻觉。后来姜暮便没再睡，天刚亮，她就穿戴整齐联系三赖了。

那天一大早就阴云密布，甚至有些阴冷，着实有些反常。姜暮穿着一条浅色的连衣裙缩着手臂，很早就站在路边等。不久，三赖开着

他那辆白色小车来接她。

车子开了很久，久到姜暮以为都要出省了，可其实不过开了两百多公里。姜暮一路上心情忐忑，眼睛紧紧地盯着窗外。

车子出了闸口，开到了另一座城市。这里算是附近唯一有机场的地方，比起铜岗，这边稍显发达，高楼相对多一些。车子开进市区，随处可见购物广场和办公楼。

靳朝发给三赖的地址在一条巷子内。车子在巷口堵了一会儿才开进去。里面是单行线，三赖将车子停在路边，右手边就是一家蓝色门头的休闲吧。

他告诉姜暮："有酒说的应该就是这里。"

姜暮侧头看了一眼门上挂着的"欢迎光临"木牌子，忽然开口道："你早就联系上他了，对不对？"

三赖没有说话，姜暮转过头看着他："为什么不告诉我？"

三赖眼神空洞地盯着前方，突然他耸了耸肩："有酒这么交代的，你自己问他。"

姜暮渐渐拧起眉，三赖提醒道："上去吧，他在二楼。"

这是一家吃甜品喝鸡尾酒的休闲吧，一楼是点餐的地方，二楼和三楼是餐饮区，中午前后客人很少。姜暮顺着楼梯走到二楼。

二楼没有客人，桌椅上都是空的，只有靠窗的沙发上坐着一个穿着白衬衫的男人。在听见姜暮的脚步声时，他望向窗外的视线缓缓转了过来。

斑驳的阳光透过梧桐树叶子的缝隙照在他身上，那一尘不染的白色衬衫像幕布一样映着那些微微晃动的细碎影子，一双整齐的剑眉下是如墨的深邃眼眸，在看向她的那一瞬，漆黑的眼瞳里是诉不尽的岁月。

多年后姜暮始终无法忘记那一幕，那是……她对靳朝最后的印象。

她还记得那次见面的情形。当时，她在靳朝对面坐下，然后他们望着彼此笑，没有任何言语，只是这样深深地看着对方，有劫后余生的喜悦，有久别重逢的激动，也有分别在即的悲伤。她记得靳朝给她点了一杯咖啡——一杯有着淡淡肉桂味的香草拿铁。

靳朝先开口："这段时间担心坏了吧？"

他不说还好，这一说，姜暮满心满眼的委屈就都流露出来，她问他："你的任务结束了吗？"

靳朝双手交握，放在咖啡杯的把手上，对她说："快了。"他身上的衬衫是临时借来的，有些不合身，为了不让姜暮看出破绽，他把短了一截的袖子卷到手肘处，倒也显得清爽干净。

姜暮又问道："那晚的夜明珠你看见了吗？"

靳朝垂眸浅笑："看见了。"

姜暮激动地要握他的手："所以，你没在车里，爆炸的时候你不在车上，对吗？"

靳朝不动声色地端起咖啡送到嘴边，也毫无痕迹地躲开了姜暮的触碰，很细微的动作，令姜暮的心脏沉了一下。她脸色紧绷地盯着他，眼里噙着难以掩饰的难过。

靳朝喝了一口浓苦的咖啡，将杯子放回原处，低垂着视线对姜暮说："我不是神，其实我只是个普通人。"

姜暮的目光开始闪动不安，她出声问道："什么意思？"

靳朝抬起视线看着她不安的样子，本来她的脸就不大，这段时间瘦得颧骨凸出。他的眉峰轻轻皱起，又迅速挪开视线看向窗外，眼底的情绪被他及时隐藏起来，他对她说："你妈怎么样了？"

姜暮低下头，声音哽咽："手术过了，虽然还算顺利，但还在恢复期，具体情况要等过去以后才知道。"

靳朝沉默了一会儿，点了点头："早点过去。人要是生病，还是有家人在身边好。"

姜暮眼里浮起一层水汽："之前还问你要不要和我去南京，现在我自己却去不了了，你会怪我吗？"

靳朝转过头来，黑沉的眸里是缱绻温柔的光，声音很低很沉也很坚定地对她说："你还年轻，我们以后还有很多时间。但是你妈等不了，经过大手术，心情很重要，你陪在她身边她会舒心一些，对康复也有利。"

姜暮紧紧抿着唇，没说话，听见他继续说道：“那次你问我以后的打算，我对你说过，等晚几天再给你答案。

“其实这段时间我一直在想这个问题，想我们的关系，说起来总有些违背人伦的感觉。

“我没想过在这个时候和谁有什么发展，时机不合适，我也没有精力，但这个人是你，不是别人。

“你说你从小跟我闹惯了，在外面文文静静的，到我面前说哭就哭，说任性起来就使小性子，我能拿你怎么办？你想跟我，你知道我根本不会拒绝你，你从小想干什么我拒绝过你？”

姜暮认真地听着他的话，握着杯子的手越来越紧。他只是盯着她笑，笑得清浅、纵容。

他对她说：“但这里面有多少是习惯、有多少是对异性的感觉，我其实也很难分清。你从小身边除了同学，没有其他男性朋友，可能长到这么大也就接触过我，你对我有依赖很正常，就像你八九岁的时候看见我和女同学在一起走而没理你，你还会生气，那时候你对我是喜欢吗？当然不可能，所以，你有没有想过，你对我到底是男人和女人之间的感觉，还是你只希望我是个能陪着你、照顾你的哥哥？”

姜暮的心很乱，她根本理不清靳朝的这些说辞，只是深陷其中，情绪剧烈起伏。

靳朝轻轻叹了一口气，端起咖啡浅酌了一口，然后放下杯子，看着微晃的液体对她说：“我，到底是个男人，也有除了感情以外的冲动，之前对你做的那些事，是我轻率了，趁着你这次出国，我们都冷静冷静。

“你妈要是知道我们的事，对她的病情不会有任何帮助。你应该清楚的，她……对我存在一些看法，这不是一朝一夕就能改变的，你不要拿我给她添堵，惹她生气，听到没有？”

姜暮紧紧绷着自己的情绪，睫毛一直轻颤。

靳朝垂下视线，喉咙紧了一下，然后对她说道：“你也去外面多接触一些人，也许到时候会发现比我好的人太多了。”

姜暮的眼前由清晰转为模糊，她不禁睁大了眼睛，不让眼泪流出来，可开口还是暴露了她的情绪，她声音颤抖地问："你要跟我分手吗？"

靳朝嘴角露出浅笑，身子向前倾去，对她说："过来。"

姜暮趴在桌子上，将脸凑近。他抬起双手捧着她的脸颊，目光从她噙满泪水的眼到通红的鼻尖，停留在颤抖的唇上，冰凉的指尖微紧。他好几次想不管不顾地把她拉过来，可最终只是抹掉她的泪，呼吸温热地对她说："你知道我不是这个意思。"

姜暮已经说不出一句话来，垂着眼眸，听见他说："到了那边和你继父一家好好相处，要是处不来，起码做做表面功夫，不要让你妈为难。听说那里风景漂亮的地方挺多的，没事的时候多出去走走，别总是窝在房里睡懒觉。多交些新朋友，不要怕跟人打招呼，人都是一回生二回熟的，外国人也不例外。

"如果遇见合适的男孩，别刚认识就跟人回家，没几个男人像你哥我这么有定力。"

姜暮的眼泪滑过靳朝的指尖，他一遍又一遍、不厌其烦地帮她擦干，她咕哝着对他说："你以为我谁的家都会去吗？我才不会跟别人回家，我会跟你回家还不是因为……因为你的家就是我的家吗？"

自始至终，靳朝一直含着浅淡的笑意看着姜暮，他的轻松让姜暮感觉好像他们这次分别后很快就能再见，她只是去上学而已，等她再大一些，她就能回来，更加坚定地告诉他："你看，我都二十几岁了，还没忘了你，是真爱了吧？"可她又很害怕，害怕自己这一走，他们的生活又会天翻地覆，他们不是小孩子了，没有那么多的九年。

姜暮抬起湿漉漉的睫毛，死死咬着唇，望着眼前的靳朝，然后问道："要是我走了以后，你和别人好了，我会跟你断绝关系，再也不回国了，让你惦记一辈子，你知道吗？"

靳朝无奈地扯了下嘴角："那岂不是白瞎了我这张脸？"

姜暮气得直起身子坐了回去，狠狠地瞪着他，那副梨花带雨的模样脆弱得好像全世界都背叛了她。

靳朝不忍再逗她，对她保证道："在没确定你开始一段新恋情之前，我不会找别人。"

姜暮这才算吃下一颗定心丸，她握着锁骨间的小玉珠问他："那……那这个需要还你吗？"

靳朝看着她小心翼翼又舍不得的样子，目光软了下来："留着吧。"

他们没有待很久，只是一杯咖啡的时间，靳朝便告诉姜暮："楼下是违停区，三赖要在车上憋坏了，走吧。"

姜暮望了靳朝很久，然后起身朝他走过去。靳朝的神色露出一丝不易察觉的慌乱，但很快稳了下来，他抬头看着她。

姜暮停在他身边，张开双臂问道："走之前能抱抱吗？"

靳朝的指节不断收紧，仿若要把杯子捏碎，可他只是挂着淡笑对她说："还是不了吧，下次见面给你抱个够。你先走，我还要等个人。"

姜暮的手落了空，她像溺水后失去挣扎的人，终究放弃了抵抗。

楼梯上的声音消失后，靳朝便一直望着窗外。金疯子匆匆从三楼下来，走到靳朝身边对他说："你真是够了，不是跟我说可以装假肢了吗？谷医生刚才在电话里把我臭骂了一顿，说最快也要在创面愈合半年以后才能装。你连我都忽悠，他让我告诉你，要是不想二次手术就赶紧回医院。"

靳朝的目光没有从窗外移开，声音里透着难掩的落寞："不急，等他们走了，我不是……怕她瞧出来吗？"

金疯子抹了一把鼻子："都走了还不告诉她，你就真不怕她找个外国小子撇了你？"

这番话到底还是令靳朝的目光剧烈波动了一下，是人就会有贪恋，没尝过也就算了，可一旦尝过甜头又怎么舍得放手？他的喉头微微滚动，将那些不甘的情绪埋进心底，然后声音很沉地开口道："她才知道她妈病了，肯定受了不小的打击，再让她知道我的事，你说她是留下来照顾我还是去陪她妈呢？十几岁的小姑娘已经够难了，后面还要上大学，不能耽误她。与其两个人都痛苦，不如一个人自由。"

靳朝忍着左腿的疼痛看着姜暮上了车，他一直没有眨眼，怕一眨眼就是一辈子再也不见。他只是很庆幸那一晚自己没有碰她，以后她还能清清白白地开始自己的人生。

姜暮落下车窗，白净的小脸探了出来，不舍地抬起头望着他所在的方向。

几经起伏，没有什么事能将靳朝击垮，可那辆白色本田开走的一瞬，他还是红了眼眶。

回去的路上，姜暮心里很不安。小时候和靳朝分别，她总觉得是短时间的事，转眼他们还能见。现在她才知道距离有多可怕，隔着几个省他们都能失去联系，以后隔着太平洋，他们又会变回无法相交的轨道，前面的路遥远、漫长，没有尽头。

开回铜岗的时候，三赖问她："几号走？"

姜暮回过神，告诉他："28号。"

三赖沉默了。

姜暮想起了什么，说道："对了，闪电的事情我咨询过了，它的疫苗正好要到期了，没法跟我一起出入境，下个月能麻烦你帮它接种完疫苗，然后送它一程吗？到时候我会替它定好宠物箱。"

三赖握着方向盘没说话。过了半晌，他突然出声道："暮暮啊，我可能得告诉你个坏消息。"

姜暮坐直身子，问道："什么？"

"闪电走丢了。"

姜暮以为自己听错了，震惊地问道："你说什么？走丢了？怎么可能？"

三赖瞥了她一眼，对她说："前段时间不就跟你说最好给它做绝育手术吗？这一发情起来，一被放出去就不知道溜到哪儿了。昨晚我以为它到后面跑一圈就会回来，结果我再去找就一直没找到。"

说着，三赖将车子停在靳强家楼下，眼含歉疚地望着难过的姜暮，对她说："是我没看好它。你别急，这狗发情啊，我有经验，说不定被家门口哪条妖娆的母狗勾了过去，浪个几天还能找回来的。狗认识家，说不准还能给你骗个弟媳妇回来，要是后面它回来，我再告诉你。就

是它不回来了，以后让西施再生条更俊的给你寄去，好不？”

姜暮擦着眼泪瞥向窗外。养了闪电这么长时间，有感情了，想带它走，偏偏这时候找不到了，她怎么可能不着急？她没法怪三赖。

于是，姜暮吸了吸鼻子，说：“那还是麻烦你多留意。要是它回来了，一定得告诉我。”

三赖看着风挡玻璃，神情不明地点了点头。

姜暮转头看了眼三赖飘逸的小鬈发，他越来越有日式颓废范儿了，她不禁问道：“认识这么久，我还不知道你的全名。”

三赖欲言又止，最后干脆顺手把一旁的行车证扔给她。

姜暮打开小本本，看见姓名那栏写着“赖哈莫”，吃惊道：“你叫癞蛤蟆？”

“不重要。”三赖一把夺过行车证，扔到一边。

说起来，三赖和老赖的不解之仇大概从出生取名时就开始了，所以他从来不让人喊他本名。

姜暮和他道别，下了车。

三赖突然落下车窗，对着她的背影喊了句：“姜小暮。”

姜暮回过头来，清丽的面庞迎着阳光，那是她最美好的年纪在这里留下的倩影。

三赖望着她，不正经的笑中带着丝捕捉不到的痕迹，对她说：“以后要是有酒不要你，你出国又过得不开心，回来，三赖哥要你，保证每天给你吃大鸡腿，养得白白胖胖的。”

阳光从龟裂的云层缝隙洒下道道光，在她眼里投下锦瑟华年。

在医院的阳台上能看见楼下的合欢树，夏季，合欢花开，淡粉色的花瓣在轻风微拂下看起来毛茸茸的。靳朝坐在轮椅上，一看就是好几个小时，他总是想起暮暮睡在他身边的那两晚，她短短的发尾也是像合欢花花瓣那样柔软，撩着他的脸，痒痒的，让他一整晚难以入眠，却又出奇地心安。以后，就什么也没有了。

门响了，靳朝没有回头，也没有动，自从那天见过姜暮，他对周围的一切都变得不太上心。

三赖走到阳台上，靠在一边，瞧了一眼还没动的饭菜，长叹了一声。

靳朝没有抬眼，只是问了句："她走了？"

三赖将手中的开盖式打火机弄得脆响，回道："不走，留下来过年吗？"

靳朝没再出声，整个人仿若静止了一般。

"听说你见姜暮的时候还找人弄了条假肢？真是够胡来的，别那么急着站，养好了再说。"

"不急了，她走了我就不急了。"

良久，三赖突然说了句："铁公鸡落网了。"

铁公鸡原名王牧。3月的一天夜里，金疯子跟兄弟喝完酒回修车行拿东西，出来后在附近打车，看见万胜邦的奥迪一闪而过。他瞧见后座的人长得很像铁公鸡，但这事儿，他一直没说。那晚他喝大了，不确定有没有看错，怕胡说八道伤了兄弟们的感情。

直到比赛那天，金疯子看见铁公鸡突然要离开便叫住他，问他去哪儿。铁公鸡神色慌张地说回修车行拿东西。之后赶来的姜暮和三赖却说铁公鸡根本没回去，他才感觉到不对劲，可那时候已经迟了。

当年靳朝吃官司，他的家人忙着他妹的病，都是兄弟们挺他，就连烟都是兄弟们凑钱整条整条地给他往里送。后来他跟万胜邦闹僵了，很多兄弟讲义气，也从万记离开了。在他决定出来单干时，王牧知道他缺钱，甚至一句话都没问就掏钱出来跟他合开了飞驰。

从万记离开是一回事，但和靳朝一起搞修车行等于公然和万胜邦为敌，可王牧还是站出来了，在靳朝最困难的时候。靳朝是个重感情的人，这么多年走过来，他把身边的兄弟看得很重。他只是个普通人，有情感，有软肋。他高中时在万记认识了王牧，两人共事多年，早就像亲兄弟一样默契。正因为王牧对靳朝太了解，才知道他有多谨慎，也知道他对车子的细致和专注，他和靳朝互相扶持多年，不会有第二个铁公鸡。

在比赛场上，王牧是靳朝最信任的合伙人，吃饭、抽烟、上厕所，

两人都是轮流去，为的就是保证车子不被外人动。所以，直到最后一次赛前检查的时候王牧才动手，那时候靳朝已经没有时间再试车了。当发动机输出扭矩达到最大值时，车子就会出问题，这是必然的结果。

在家人和兄弟之间，王牧选择了家人。这一次，靳朝是被最信任的兄弟卖了，这对他来说是致命一击。

王牧为他的选择付出了应有的代价，但换来的是家人的平安无事。这世上的事，有多少决定是因为身不由己，有多少看似让人选却根本别无他选的前路？

靳朝出事后，他反而被排除了嫌疑。跑在第二的男人被锁定了，卢警官他们先一步逮捕了他，经过一晚的秘密审问，第二天就把这个人放了。后来这个人便和万胜邦来往过密并放出一些消息，引得上头人对万胜邦起了疑心。

一旦万胜邦那头的货源中断，靳朝这边的渠道就会畅通，这样他便掌握了一批参与人数更庞大的名单，这对案情进展起到了决定性的作用，但他永远失去了他的左腿。

姜暮放的烟花救了靳朝一条命，为他争取了两秒的时间，就是在那两秒的时间内，他解开了安全带。

卢警官他们赶到的时候，靳朝已经失去知觉。铜岗没有很好的医疗条件，卢警官他们只能连夜送他到更大的市立医院。做了两次手术，靳朝都是没有知觉的，左腿缺血性坏死，为了保命，他不得不截肢。他并不是神，没有金刚护体，也无法料事如神，他只是在他认为对的道路上如履薄冰，谨慎地走着每一步。有收获，也势必会付出代价。

三赖看着靳朝，问道："要起诉吗？"

靳朝向来无坚不摧的眸光终于有了裂缝，他神情凝滞地盯着某处。三赖不知道他想起了什么。

最终，靳朝只回了两个字："算了。"

三赖知道他心里不好受，他又何尝不是？他将打火机拍在阳台上，说道："昨天夜里金疯子喊我喝酒，大老爷们儿哭得跟什么似的。他说他对不起你，是他大意了。今天我喊他来，他说没脸见你。”

靳朝垂眸，摇了摇头：“你和他说，我后面还有好些事得麻烦他，他不见我可不行。”

三赖点了点头，忽而又玩笑道：“暮暮走前我跟她说了，要是你不要她，她去那边又过得不好，回来我要她。你猜她回什么？”

靳朝的目光微动，他转头看向三赖。三赖扯了下嘴角：“她说，你不会不要她的。”

说完，两个人都沉默了。不知道过了多久，三赖敛了笑意，有些认真地问道：“真决定了？”

靳朝看着阳台外湛蓝的天空，陷入了回忆：“她妈妈怀她的时候身体一直不好，八个多月时生下的她，她早产，刚出生的时候就四斤多。我跟她爸在玻璃窗外面看见她躺在保温箱里，那时候我在想，这么小的人儿能养活吗？

“所以从小能让着她的地方我都尽量让着，总觉得能把她养活不太容易，她吃东西挑，吃得也少，还总是感冒发烧，一换季就得往医院跑，还特别爱哭，看到一点大的虫子都伸手要我抱，会被吓得哭半天。”

三赖靠着阳台边安静地听着，脑海中浮现出一个个画面，嘴角微扬。

靳朝想起姜暮小时候的样子，眼里总算有了点光：“也好哄，打个岔说点其他事，她就笑了。小时候想，她以后嫁人了，一定得找个会哄她的，知道她的脾气、她喜欢吃什么、不喜欢吃什么、害怕什么、讨厌什么，万一找个让她吃苦的，我可不揍死他？”

靳朝的目光渐渐暗淡下来，整个人笼罩在一片阴影之中，落寞、寂寥，嘴角泛着苦笑：“你说……我总不能揍死我自己吧？把她留在身边，让她以后跟着我吃残疾人补贴吗？三赖啊，我是个废人了……”

他缓缓抬起头，轻风拂着合欢花，远处夕阳的光辉渐渐消失，万物彻底归于暗淡。

第三卷

朝为日，暮为月，
日月同辉，朝朝暮暮。

Chapter 21

玲珑骰子安红豆

地球不停地自转，没有人停留在原地。

在去澳大利亚前，姜暮还担心Chris的家里人会不会接纳她，不过真正到那儿，这种顾虑便荡然无存了。

Chris有一个儿子、两个女儿，他们在姜暮刚抵达澳大利亚时就放下手头的工作，携家带口前往墨尔本迎接她。他们每个人都精心准备了礼物，欢迎这个远道而来的新妹妹加入他们的大家庭。他们给了姜暮最热情的拥抱，就连Chris刚会走路的小孙子也不例外，这让姜暮放下了心里的芥蒂和担忧。

姜暮到澳大利亚的前三个月不太适应，她没在国外生活过，无论语言环境、饮食习惯和新的交际圈，对她来说都是不小的挑战。那时候她和靳朝还有联系，她经常发信息给他，和他抱怨、诉苦，也会分享喜乐。靳朝只要有空就会陪她聊一会儿。实在太想他的时候，姜暮会吵着要和他视频看看他。她每次都要提前一两天甚至两三天软磨硬泡，他才肯答应。视频通了，她看着屏幕那头的他又舍不得挂电话。刚到澳大利亚的时候，姜暮的世界里全是他，随着开学后课程越来越紧张，他们的联系就慢慢少了。

姜暮读的专业是自然科学，偏物理和天文方向，因为语言障碍，头一年的学习对她来说非常吃力，甚至连课堂上出现的专业名词她都没法当场听懂。有时候一堂课下来，她感觉自己像听了场天书，这就需要利用大量的课后时间补习。

姜暮就读的大学在堪培拉，大多时间她都待在图书馆或者找家安静的咖啡店反复巩固和学习课堂上没理解的内容。每个月她都会找个周末坐一个多小时飞机去墨尔本，在Chris的房子里陪妈妈度过短暂而愉快的假日。

几个月后，姜暮就渐渐适应了这里的生活，也处了几个不错的室友，连那些生涩难懂的专业词汇也慢慢能听懂了，一切都在不知不觉中上了轨道，她不像刚来澳大利亚时那么手忙脚乱，对待很多难以应付的事情也从容了许多。

在姜暮出国后第六个月，潘恺转发给她一条新闻：海关总署在多地缉私局和地方公安局的支持、配合下，破获一起案值8亿元的走私进口汽车配件案。那条新闻下面有条链接是铜岗的地方新闻。姜暮点进去，看见了被捕的涉案人员名单，其中有“万某某及其侄子和下属员工数名”。

看到这条新闻，姜暮的心情久久无法平复，她清楚这起案件的破获是多少公职人员和普通线人拿生命危险搏来的。她当天就发信息问靳朝是不是一切都结束了。

稍晚些的时候，靳朝回给她一条信息，告诉她，他打算离开铜岗，可能会去远点的地方闯一闯，这个号码和微信号，他不打算用了。

姜暮明白他的意思，他想和过去彻底画上句号。

最后，靳朝对她说，等他去新的地方安顿下来再联系她。

后来的日子里，姜暮一边上学，一边等靳朝的消息，而这一等就是半年。自那以后，靳朝没再联系过她，原来的号码成了空号，微信号也被注销了。

第二年夏天放假后，姜暮找了一大堆理由说要回国一趟。姜迎寒虽然没表现出多赞同，但也由着她去了。

再次回到铜岗这片土地的时候，姜暮内心百感交集。这次是靳强亲自去车站接她回家。在路上她就在问靳朝的情况，靳强说得不清不楚，只是告诉她靳朝去外面打工了，具体到他去了哪儿、在做什么，他都

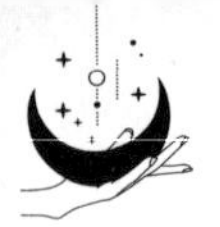

没说明白。

到了家，姜暮问爸爸要靳朝现在的联系方式，她想给靳朝打个电话。靳强支支吾吾，说他没有。姜暮缓了半天都没明白爸爸的意思。

一直到晚上吃完饭，赵美娟把姜暮拉到一边对她说，靳朝几个月前去了外地，走的时候就跟靳强说过，如果安定下来，可能以后就不回铜岗了。她还说，他毕竟不是靳强的孩子，这些年始终一个人生活在外面，他们对他照顾得不多。无论是他决定离开铜岗还是打算不再回来，他们都没有立场去左右他的决定，希望姜暮能理解。最后，她劝姜暮，既然出了国，就好好在那边读书，人各有路，不能强求。

这次回国姜暮停留的时间不长，她再次去了铜仁里。不过一年多的时间，飞驰修车行和金三角宠物店的门头都没有了，现在那两个店面被别人承包下来，打通后开了一家快餐店，昔日的场景像一场梦。

姜暮联系过三赖，得知闪电再也没能找回来。三赖关了宠物店，也不在铜岗混了，他也说好久没联系上靳朝了。

好像自从姜暮走后，所有人的生活都发生了翻天覆地的变化，地球不停地自转，没有人停留在原地。

这次临走时，姜暮和爸爸聊了很多。她劝他带靳昕去看心理医生，现在靳昕还小，总不能因为害怕面对外界就和社会脱节，这样以后随着年龄的增长，靳昕会更难走出来。她不知道爸爸能不能听进去，她只希望这个同父异母的妹妹以后能顺遂些。

再次离开这片土地，姜暮带着遗憾和失望，心里满怀牵挂，可她必须回到自己的轨道上，向着未来奔跑，不敢停歇。

姜暮回到澳大利亚后，生活又开始按部就班地继续。和Chris相处久了，姜暮才慢慢发现他和爸爸的不同，比如他对妈妈一直很有耐心，妈妈发牢骚时，他会专注地听着，虽然他也会无奈地朝姜暮眨眨眼，但总会等姜迎寒发完牢骚再试图和她沟通。比如无论到了大节日还是小节日，他都会订一束漂亮的鲜花送给姜迎寒，他能记得全家人的生日、纪念日等大大小小特殊的日子，并提前邀请家人回家吃饭。

姜暮每次回到Chris和妈妈住的房子，屋里总是摆放着新鲜的花束，窗户是一尘不染的明亮，地毯永远是白净柔软的，家里的陈设，无论她何时去，都有条不紊。渐渐地，她不再纠结于父母当年对于离婚的选择。在铜岗待了一年，又回到妈妈身边待了一年多，她逐渐领悟到，哪有那么多对与错，人的一辈子很长，每个人都在蹒跚前行，直到遇上那个最合适的人。

Chris的前妻走得早，他的孩子们都很孝顺他。相应地，他们对姜迎寒也很好，每次回家都会给姜迎寒带她喜欢的香薰和装饰，也经常寄好吃的给远在堪培拉的姜暮。

姜暮赶在感恩节前苦练中国菜，好好地招待他们。她的澳大利亚哥哥姐姐们对她的厨艺赞不绝口，问她是不是经常下厨。

在出国前，姜暮甚至连一顿完整的饭都没做过。人哪，哪有一成不变的？她原来那么挑食，后来没人惯着，一个人在外面上大学不也什么都吃了？

十几岁的时候，她为了漂亮，不肯戴眼镜，后来眼镜戴上了，头发也留长了。慢慢地，她褪去了少女的稚嫩，变得更加成熟、知性、独立，可她再也没有回国。

姜暮也遇过追求者，有外国人，也有华人，就连Chris小女儿身边的朋友都要过她的联系方式。她并不是刻意把自己包裹起来，也曾试图和一些男孩子约会、吃饭，可她似乎总是很难进入状态。她会情不自禁拿这些男孩和靳朝比，虽然她知道这样做并不好，然而她无法控制自己的意识。例如，吃饭的时候，他们并不会像靳朝那样为她切开难咬的牛肉，逛街的时候也不会像靳朝一样照顾她的步伐，甚至她明明已经很累了，对方也丝毫感觉不到，还要去打球。她知道这都不算要紧事，不是否定一个人的理由，偏偏她爱跟自己较劲，没有靳朝好的男人，她不想将就。

大二那年，姜暮参加天文爱好者协会，认识了顾智杰。说来两人挺有缘分的，他和姜暮在同一所大学就读，学的也是同一个方向的专

业。不过那年顾智杰刚从国内来读研，他的本科是在南京读的。姜暮听说他来自南京航空航天大学，激动万分。如果高考那年不是突然得知妈妈的病情，她大概率也会去南航的。她与南航失之交臂，一直很遗憾，所以当得知顾智杰是南航毕业的，总感觉他特别亲切。更巧的是，他们都是江苏人，姜暮是苏州人，顾智杰是淮安人，在异国他乡碰见，备感亲切。

两人第二次见面是在学校的图书馆。当时，姜暮正在做笔记，顾智杰看见她，便走到她旁边，坐在她对面。姜暮一直没有抬头，很专注，直到顾智杰凑过来笑道："同学，这么认真，真是祖国的好苗子。"姜暮抬起头，看见是他，笑了起来。那次他们才留下联系方式。顾智杰借完书，临走的时候盯着她的钢笔，突然说道："能给我看看吗？"

姜暮垂眸，将手中的银色钢笔递给他。顾智杰接过后，拿到眼前端详了会儿。

姜暮问道："你懂钢笔吗？"

顾智杰笑着把笔还给她，问道："别人送的？"

姜暮接过笔，苦涩地说："前男友。"

"交往很久吧？"

姜暮愣怔了片刻，告诉他："一周。"

顾智杰有些讶异："交往一周送你这支钢笔？天冠的镶章是镀金的，笔尖也是，箭头翎羽，你前男友挺有钱的吧？"

静水流深，春去秋来，姜暮望着窗外的落叶出了神。他没有钱，他只是在最困难的时候把最好的给了她。

在读大学的几年里，令姜暮最欣慰的就是妈妈心态上的转变，大概是经历过生死，妈妈对很多东西看得淡了，每天和Chris喝喝茶、养养花，倒过上了这辈子从没享受过的安逸日子。那次姜暮独自回国去看爸爸，回来后，妈妈也没说什么。

姜暮偶尔会在姜迎寒面前提起靳朝。一开始的时候，姜迎寒还有些排斥听到他的事，后来心情好的时候能听上一些，姜暮在她旁边絮絮叨叨说着，她也没吱声。姜暮花了很长的时间才把靳朝这些年的故事讲完，因为不是每一次姜迎寒都愿意听，她自己也不是每一次都能讲下去，直到她把靳朝的案子断断续续说完。

有一天，姜迎寒突然问姜暮："那他现在都在国内做什么？"

这句话把姜暮问得鼻尖酸楚，她拿起茶杯掩饰发胀的眼睛，站起身往厨房走去，回道："没联系了。"

自那以后，姜迎寒没再问过关于靳朝的事，姜暮也没再说过。

一年后，顾智杰研究生期间的课程结束了，姜暮问他是否打算留在澳大利亚。顾智杰很明确地告诉她，他要回国，读了这么多年书终于毕业了，还是学有所用吧，他要回到祖国为国家的航天事业尽一份绵薄之力。

在顾智杰回国前，姜暮和一些学长学姐一起为他办了场送行派对。顾智杰喝了点酒，问姜暮以后有什么打算、会不会回国。

姜暮茫然地晃动着杯子里的香槟，耸了耸肩："不知道，家里人在这里，也许不会回去了吧。"

顾智杰遗憾地说："那就可惜了，你这么努力，成绩又优异，不回去是国家的损失啊。"

这两年国际局势动荡，他们这些留学生感触尤其深，因为立场问题，也涌现出很多爱国潮，聊天时总会不自觉地带上"国家"这个词。顾智杰便是这样。姜暮知道他是在拿自己打趣，但跟他比起来，自己总归是有些惭愧的。

顾智杰回国前对她说，如果她以后有机会回江苏，一定要联系他，他请她去淮安吃小龙虾、长鱼面。姜暮答应了。他回国后，姜暮偶尔会和他联系，但都是逢年过节收发祝福短信。除此之外，两人便没有交集了。

姜暮读研究生最后一年有机会跟随导师到加州理工学院做交流访问。她特别珍惜这个机会，毕竟加州理工学院是世界上最好的理工大学之一，无论是物理学、天文学还是空间科学方面，学术排名都很靠前。

在去之前，姜暮和姜迎寒进行过一次深谈，关于毕业后的就业问题。姜暮的研究方向是天体测量与天体力学，她想在墨尔本附近的城市找一份合适的工作，选择机会十分有限。姜迎寒听完她的打算，沉默了很久，然后对姜暮说，她考虑这件事的前提是有问题的，她不应该以地理位置为选择条件，而是应该从自身发展出发。

当年姜迎寒刚做完手术，身体各项指标都不稳定，最脆弱的时候有女儿在身边总是安心的。一晃这么多年过去，她早已习惯了和Chris相伴。她鼓励姜暮往长远看，找到自己真正想从事的工作。

这次谈话过后，姜暮踏上了去洛杉矶的行程，但她怎么也没想到，这次前往加州理工学院会碰见许久未见的老熟人顾智杰。

两人真算是缘分匪浅，居然能在另一个国家碰上。三年未见，他整个人老成了许多，一直在为祖国航天事业四处奔波，整体还算意气风发。

顾智杰次过来也是工作需要，是合作项目外派。询问之下，姜暮才知道顾智杰回国后又回南京工作了，现在在中科院分院。姜暮问他在做什么，他说，目前大多时候都在天文台工作。那里是发现小行星“中华”的地方，这么多年的科研成果，姜暮是有所耳闻的。很遗憾的是，她还没去山上的旧址看过浑天仪、圭表那些古老的传统测天仪。

顾智杰见姜暮挺感兴趣的，问她什么时候毕业。姜暮告诉他，快了，还有几个月。顾智杰说，现在他们那里缺两个研究助理，要是她有想法，他回去会想办法给她留个岗位。

这个邀请很突然，姜暮没法立马答复。顾智杰笑着说，不急，反正还有几个月，她可以考虑考虑。他还说，第二天有个小范围的聚会，都是这次跟他从国内一起来的同事，还有当地的一些同行，邀请姜暮参加，大家一起聚一聚。

聚会地点是一家露台酒吧，参与者基本都是中国人。其中，男人居多。所以，当晚姜暮一到，大家就开始起哄，吵着让顾智杰介绍。顾智杰难得露出不好意思的神情，说道："姜暮，我学妹，在堪培拉上学时认识的。"

聚会人数不算多，十几个，大家一起喝了点酒，聊了些无关紧要的话题，气氛还算轻松。

后来，姜暮去天台边上接导师的电话，正好碰上一个过来抽烟的中年男人。刚才介绍时，姜暮听见他们都尊称他为甘老师，所以她挂断电话后，便客气地和他点了点头。

甘先生的目光停留在她锁骨间的小玉珠上，说道："玲珑骰子安红豆。"

姜暮怔了下，低头握住小玉珠："请问，您知道这个吊坠有什么说法吗？"

甘先生笑了笑，说道："玉骰中间的玛瑙仿红豆形状做成相思豆，这种镂空镶一颗红豆进去，复成六面，六面皆红就是玲珑骰子安红豆——'玲珑骰子安红豆，入骨相思知不知'——在古时候作为一种定情信物盛行过，现在很少看到了。"

甘先生说完，掐灭烟便进去了。

姜暮转身迎着夜风，长发翻飞。

"现在肯给我了？小时候怎么要都不给，小气。"

"以前的确不能给你，现在——"

"现在就可以了？为什么？"

"得从这个东西的来历说起，以后慢慢告诉你。"

…………

她努力看过这个世界了，这些年遇过许多优秀的男人，可她的内心再也没有掀起任何波澜，因为没有一个人是他。细究起来，他们只在一起一周，短短的一周却好像已经久到刻在她的骨髓里，哪怕想起从前他说过的话都能让她心绪翻涌，也只有他能让她在这个陌生的城市、陌生的地方、陌生的人群中握着这颗小玉珠差点失控。那一刻，她才意识到，不会有了，这辈子除了他，不会再有人能轻易让她心生

波澜，只有那片土地上的那个他。

姜暮拿起手机，拨通了妈妈的电话，对她说：“妈，我想回国发展……”

几分钟后，姜暮双眼炯亮地走到顾智杰面前。他正在和几个朋友推杯换盏，看见姜暮目光灼灼的样子，对身旁人说了句：“失陪。”然后，他站起身，跟姜暮走到一个没人的地方，问道：“怎么了？”

姜暮激动得胸腔起伏，这对她来说是个不小的决定，只在一念之间，也是多年后她第一次为自己的人生做主。她激动得脸颊上现出了充满生机的红润，她对顾智杰开口道：“你昨天说的缺个研究助理的事，是认真的吧？”

顾智杰愣了下，回道：“当然是认真的，你都考虑好了？”

姜暮点了下头：“考虑好了，我一毕业就回去。”

顾智杰眼里带笑：“不是说家人在这儿，不打算回去了吗？”

姜暮脸上洋溢着抑制不住的激动：“要回去的，回去为祖国的航天事业添砖加瓦。”

顾智杰朗声笑了起来。

在回国之前，姜暮依然不知道靳朝在哪儿，也联系不到他；但她知道，他就在某个地方，他不会丢下她，她要回去。

南京这座城市对于姜暮来说有种无法抵抗的吸引力，很难说清是为什么，也许是为了圆当年的一个梦，人总是会对留有遗憾的地方生出向往。所以她义无反顾地回来了。

飞机降落在首都，但是姜暮没有停留，先回了趟铜岗。

短短几年，小城面貌一新，原本破败的街道起了商品房，街边的塑料大垃圾桶换成了自动分类垃圾桶，熟悉的公交车站牌变成了电子站牌。日新月异的面貌终将原本的痕迹抹掉了，可有些记忆永远留存在心里，无法磨灭。

靳强和赵美娟的变化不算太大，然而靳昕已经长成少女的模样。姜暮记得最后一次见她的时候她才10岁，现在她刚上高中，留着齐耳短发，让她想起了自己上高中时的模样。

比起从前，靳昕见到姜暮时会笑。这次回国姜暮同样给靳昕带了礼物，靳昕不再闪躲，反而有些害羞地对她说："谢谢姐。"虽然两人接触得并不多，但这一声"姐"让姜暮觉得莫名地亲切，她突然能体会到当初靳朝的心情，虽然他们的牵连不多，可总归是有种微妙的亲情联结着彼此。

姜暮问起靳朝这些年的事，试图再联系他。可靳强只是告诉她，靳朝每年都会打钱给他们，却很少回来，因为联系得少，他们也不大清楚靳朝在外面的情况，还说他已经好些年没回来了，说不准已经在外面安家了。"安家了"三个字让姜暮的心仿若蒙上了一层霜。

姜暮和三赖也有很多年没有联系了。出国的时候，她觉得现在通信这么发达，不像从前那样还要打家里电话或者写信，他们无论如何也不会断了联系。可她从没想过，生活上没有交集后，再想找到对方真的很难。

姜暮在铜岗停留的时间并不长，只有两天。她去了趟母校，还在校门口拍了张照片发到朋友圈。潘恺看见后第一时间联系她，问她是不是回铜岗了，非要见一面，请她吃饭。

从毕业后，姜暮就没再见过潘恺。两人约了地方，潘恺开了辆招摇的奔驰S300来接她。车子往路边一停，他大摇大摆地下车，一身名牌，梳着大背头，姜暮看见就笑了。

当年潘恺的高考分数没能让他在哲学这条道路上发光发热，所以后来他学了个经管类专业，毕业后就回家继承家业了。如今他做了采购经理，虽然他爸没有完全放权，但他在厂里混得风生水起。

姜暮上车后，潘恺陪她坐在后面，前面是司机开车。潘恺把经理范儿拿捏得十分到位，但下了车，一进包间单独面对姜暮后，他那愣头青的劲又来了。他告诉姜暮，严晓依结婚了，生了对双胞胎，去年

刚离婚。姜暮听得一愣一愣的，她感觉自己只是出国上了几年学，曾经的同窗居然已经几经周折，从婚姻里走过一趟了，不禁感叹不已。

潘恺的确够八卦，说完张三说李四，姜暮基本一直做惊讶状。后来他问道："你呢？现在怎么样？"还没等姜暮回答，他又想起什么，说道，"我 ×，我之前真的以为你跟酒哥是亲戚，给我憋了好几年没敢乱说。结果去年酒哥回来，我才知道你们原来没血缘关系啊，吓得我——"

"当"的一声，姜暮手中的勺子落在瓷盘中，她猛地抬起头盯着潘恺："你说什么？靳朝回来是什么意思？"

潘恺被她的反应弄得有点蒙，就解释道："去年年初厂子里有批货的供应链出了问题，客户那边是长期订单，货供应不上的话，我们得承担不少的赔偿款，我就到处联系。那段时间急得我头发直掉。周边城市都调不到货，我就联系西部的朋友，那边也帮不上什么忙。后来有一天我突然接到了个陌生电话，他说他是靳朝，报了几个型号，问我是不是缺。我一听，当场问他是什么价，结果他给我的价格比我们之前拿的均价还要低。我和公司里面几个老家伙商量一番，都以为遇到了骗子。他说过来当面谈。我见到人才知道他是酒哥，靳朝原来就是酒哥，我跟他联系了好几天都不知道啊！"

"……"

这是近几年来姜暮唯一听到的关于靳朝的确切消息，她怕错过任何一个细节，不停地向潘恺打听。

潘恺只是说："我还真不知道他现在在干什么，还说想请他吃顿饭好好答谢他解了我的燃眉之急。他说时间紧，就来了一天，帮我们联系完新的供应链，第二天就走了。他来的时候带了个人，喊他'领导'，对他毕恭毕敬的，就是——"

"就是什么？"

潘恺瞧着姜暮迫切的样子，疑惑地说："就是感觉挺狗腿的，上个楼都要扶他，被酒哥瞪得缩回手。现在年轻人想升职加薪想疯了。"

正是那次靳朝帮潘恺扭转了局面，潘恺才在厂里掌握一定的话语权，不会老被说是关系户。

然后潘恺对姜暮说："我后来才想起来酒哥为什么会突然联系我。"

姜暮问道："为什么？"

"还记得以前你把酒哥领来我爸厂里修车的事吗？"

姜暮点了点头，潘恺"啧啧"道："那时候酒哥对我说，以后他会还我这个人情。我早就忘了那事儿了，以为他是客气，随口说说的。没想到这么多年了他还能记着，我敬他是条汉子。"

姜暮不知道他们有过这段对话，只感觉心头发紧，他欠潘恺的人情都能记着，为什么偏偏答应联系她却没有兑现？她眉宇轻拧，问道："那你肯定有他的联系方式吧？能给我吗？"

潘恺不紧不慢地拿出手机翻找："有啊，我找找。"然后他翻出一串号码发给姜暮。

姜暮一看，皱起眉："座机啊？"

"啊，那时候酒哥就是用这个号码跟我联系的啊。"

一拿到这个可以联系靳朝的座机号，姜暮就没心思继续吃了。

和潘恺分道扬镳后，姜暮握着手机走了一路，一直走到街角一张没人的长椅边。她坐了下来，平复了半天的心情，又组织了好一会儿语言，比如待会儿要是电话接通她该说什么才能不显得突兀。她纠结了好久才把电话拨通，令她没想到的是，那个号码居然是个空号。心情大起大落间，她真怀疑潘恺在耍她玩。

她又查了下那个座机号的归属地，在长春。她对长春不熟悉，也没去过，更从来没听过靳朝在那儿有认识的人。她不明白靳朝怎么会去长春，可现在这个号码也打不通了。

回去的路上，姜暮越琢磨越觉得事情很蹊跷，以她对靳朝的了解，既然去年都回来了,路过家门没有不去看靳强的道理。他不是薄情的人，当年经济状况那么难还经常帮靳昕拿药、贴补家里，不可能案子结束后就再也不回来了。可爸爸却说他好几年没回来过。也有可能靳朝回来过，但是出于某种原因，爸爸对她隐瞒了情况。

到底是什么原因让爸爸如此？姜暮唯一能想到的就是昨天爸爸那

句话："说不准他在外面已经安家了。"

这句无意间的话，令姜暮回想起来却像是爸爸在暗示她什么。

姜暮从没把自己和靳朝的关系告诉过爸爸，但赵美娟心里是有数的，她两次回来都急于寻找靳朝，爸爸不可能不知道她心里想着他。

现在靳朝已过而立之年，就算成家也很正常，可一想到他可能在某个地方已经有了家庭，姜暮心里牵着的那根看不见的线就像被人突然斩断了，她的心没了着落，回国前坚定不移的信念突然就被一股无形的劲风连根拔起。19岁时对承诺深信不疑，对前路充满希望，可时间终究会无情地带走年少时的天真和稚嫩，还原这个世界本来的面貌。就连当年只知道追星的严晓依都从婚姻里走过一遭，谁还能保证所有人会停留在原地？

可姜暮不甘心，她回去后又问过爸爸，但是爸爸一口否定靳朝回来过。生活还要继续，她无法一直纠结于这个问题，只能带着行李奔赴江苏。

在去南京报到之前，姜暮回了趟苏州。她总觉得那里是他们长大的地方，她想回去看看。从前她对靳朝说过，儿时他走后，她经常去老楼留下自己的联系方式，盼着有一天他回来了能找到她。姜暮心里有个念想，也许靳朝会用同样的方式传递给她一些信息，只要她回去，就能发现蛛丝马迹。

然而真正回到他们儿时一起生活过九年的地方，姜暮差点迷路，原来的老小区早就消失了，现在立在那里的是一个商务综合体，周围条条大路都扩修过，完全没了原来逼仄、破旧的模样。要不是问过周围做生意的小老板，她甚至怀疑自己找错了地方。

姜暮站在街头，茫然四顾。祖国960万平方公里，靳朝不来见她，她去哪儿找？那一刻，姜暮第一次觉得有可能这辈子就和靳朝这么错过了……

✧ ✧ ✧

姜暮之前在国外待了好些年，刚回到国内，还是在从没来过的城市工作，总要熟悉一阵子。可顾智杰第一次开车带她上天文台时，看着山道两旁整齐参天的梧桐树，姜暮就爱上了这座城。

顾智杰告诉她，南京的梧桐树由来已久，说法也众多。比较准确的说法是，那些梧桐树是为了迎接孙中山先生的奉安大典栽种的，但流传最广的说法是，当年宋美龄女士喜欢法国梧桐，蒋介石先生为了讨妻子欢心，将整座城种满了梧桐树。

姜暮刚到南京的时候正是夏天。到了秋天，梧桐树树叶连成金色的项链，能将美龄宫环绕，浪漫的传说使姜暮的目光流连在这冠大的树群上。粗壮的树干承载着历史的厚重，也见证了这座城市的百年沧桑。她想起最后一次见靳朝时，他穿着白色衬衫坐在二楼窗边，那时窗外也有一棵梧桐树，微风吹过时，梧桐树叶影落在靳朝白色的衬衫上。每当想起他时，姜暮脑海中出现的还是他那副样子。所以，她对这里产生了一种很特别的情怀。

姜暮决定在城东落脚，离研究所有一段距离。顾智杰问她会不会开车。这些年姜暮一直没有考驾照，曾动过几次念头，可总会想起靳朝出神入化的驾驶技术，习惯坐他的车，总想着再放一放，一放就放到了今天。顾智杰本来想帮姜暮解决住房问题，但她婉拒了。从递交材料到投简历，再到入职安排，她已经够麻烦他的了，再要他帮忙解决住房问题，就有点说不过去了。

姜暮租的小区不算新，地处钟灵毓秀的紫金山附近，休息的时候，她总是一早起来沿着爬山道走到天文台。兴致高的时候她就爬到头陀岭，然后回到出租屋洗个澡，拿出没完成的工作继续做。

她早已戒掉睡懒觉的习惯，一个人的时候往往会把时间充分利用起来。她也爱上了喝咖啡，每次工作前都要来杯咖啡才能进入状态。她去过很多地方，喝过很多杯咖啡，可始终喝不到那杯带有淡淡肉桂味的香草拿铁，而现在她几乎已经忘记那个味道了。只是每次在一个地方落脚，她还是习惯搜索附近的咖啡店，点过几家附近的店。

有一天，姜暮在外卖软件上看到一家叫“moon”的咖啡店，评分挺高，好多小姑娘都说店里的小哥哥很帅。姜暮抱着试试看的心理点了一杯香草拿铁，没想到味道很合她的口味。就这样，每次她需要咖啡续命的时候就点这家的香草拿铁，陆续点了两个月，从盛夏到初秋。

有一个周六早晨，姜暮回单位加了半天班，没坐地铁回去，坐了公交车，下车后离出租屋还挺远，她干脆刷了辆共享单车往回骑。

初秋时分，南京的桂花开了，暖风和煦，四处飘香，这是一座可以治愈人心的城市。每当想起靳朝，那种深深的无力感也渐渐在这座有着人文情怀的城里消散。

街道两旁是蔓蔓枝丫交错的梧桐树，空气中弥漫着桂花的芳香，姜暮骑行在悠长的小道上，耳机里放着一首叫《秋》的轻音乐，优哉游哉。

渐渐地，道路两旁出现一些灰砖建筑，暖阳洒落在店铺门前，吸引了姜暮的视线。她住在附近将近三个月了，但上班大多乘坐地铁，还没来过这条街。她感觉新鲜，便放缓了骑行速度。

不久，她的视线停留在一块被梧桐枝丫遮挡的招牌上。店门周围绿树成荫，不大的店面掩没在漂亮的鲜花和植被中间，招牌是星空蓝的色彩，一下子吸引了姜暮的注意。为了看清招牌上的字，她还特地绕了一圈，伸长脖子。然而让她万万没想到的是，招牌上的字是一种手写的英文字体，只有一个单词“moon”。店里传来的浓浓咖啡香气让姜暮瞬间就笑了。没想到这么巧，她会找到自己点了快两个月的咖啡店，既然路过，她自然是要停车，进去买杯咖啡。

姜暮推开有格调的木质大门，耳边响起一串铃铛的叮当声。一个可爱的单眼皮女孩抬起头来，对她笑着说：“欢迎光临moon。请问，喝点什么？”

姜暮看着黑色的价目表，觉得挺新奇。上面是一幅宏大的星空图，而每一种咖啡代表的便是一颗星球，她之前常喝的香草拿铁在价目表的标识上是水星。

姜暮觉得价目表的设计很有意思，告诉店员：“我经常点你家的外卖，没想到你们在这里，从门口都看不到招牌。”

店长是个比姜暮大几岁的已婚女人，听见这话，转过身来，眼睛弯了起来：“是啊，很多顾客都这样说，但是老板不愿意把院子里的树砍掉。”

姜暮也跟着笑了起来：“你们老板真佛系。对了，我每次都喝香草拿铁，有其他种类推荐吗？”

单眼皮女孩对她说：“要么你试试这款moon吧，我们这里的热卖，很多顾客都喜欢这款。”

姜暮望着那款咖啡在价目表上的名字。其他咖啡的名字都是打印体，唯独这款咖啡的字体和门口招牌上的字体一样。她记得每次点这家的外卖都会收到一张黑色的小卡片，卡片右下角也是这样一个手写的“moon”。她不禁说道：“这款moon就是每次点外卖卡片上的吧？字体挺特别的。”

店员告诉她：“这是我们老板自己写的。”

姜暮有些诧异，笑道：“那来个大杯吧。”

在等待的过程中，她环顾这家咖啡店。院子里有几张黑色的藤编桌椅，支着很大的阳伞。一楼店里有几圈沙发，不算太大，但装修得令人感觉很舒服。不知道这家店的老板是不是天文爱好者，落地窗前居然放置着一架超大口径的折射式天文望远镜。姜暮走了过去看了看，挺想上手的，但不太好意思碰。

店长告诉她：“没事，这就是给顾客玩的，不过上次被个小孩弄乱了，我们都不会调。”

姜暮放下包，调节赤道仪和经纬仪，然后启用寻星镜，对准目标完成校准。

单眼皮女孩凑过来问：“你会用天文望远镜吗？”

姜暮笑了笑，没说话。单眼皮女孩把咖啡递给姜暮的时候，姜暮对她建议道：“想要白天看的话，让你们老板加个巴德膜，可以观察太阳黑子。”说完，她接过咖啡，对她说了声“谢谢”便离开了。

出了咖啡店，原本停在门口的共享单车被人骑走了，姜暮愣了下。好在这里离出租屋不算远，她打开咖啡喝了一口，抬步刚准备往回走，突然顿住了。

人有近万个味蕾，每一个味蕾都是有记忆的。是的，她已经忘记当年那杯咖啡的味道，但是她的味蕾记得。

梧桐叶飘落，枫林尽染，一连串叮当声再次响起，单眼皮女孩看见刚才那个漂亮的女人又回来了，问道："怎么了吗？"

姜暮径直走到她面前，踌躇了一下，问道："你们这里是不是有个长得很好的小哥哥？"

单眼皮女孩被她问得微愣，姜暮补充道："哦，我是看外卖评价上别人说的。"

店长在旁边笑道："他今天休息，你下次来应该能看见他。"

姜暮紧紧握着咖啡杯问道："他叫什么？"

店长告诉她："姓顾。"

姜暮那颗悬着的心突然又落了下来，她再次问道:"他明天上班吗？"

"上的。"

出了咖啡店，姜暮又喝了口手中的咖啡，顿了几秒，摇了摇头，离开了。

第二天下班的时候，姜暮特地绕到这家咖啡店买了杯moon，也顺利见到了那位姓顾的帅哥——长相很白净，个子也挺高，但不是她要找的人，她多少有些失望。

昨天那个单眼皮女孩走到顾涛旁边，对他窃窃私语道："就是那个美女打听你。"

所以，顾涛在做咖啡的时候几度打量姜暮。

天色渐暗，姜暮再次走到天文望远镜前观测。

突然，换衣间的帘子后面冲出来一只狗，径直朝姜暮跑去。姜暮感觉到动静，转过身，看到面前有一只纯黑的拉布拉多，它十分谨慎地凑到她身边，不停用鼻子闻她，围着她转。

姜暮弯下腰看着面前的大狗，渐渐皱起了眉，它太像闪电了，好像那种熟悉感一下子就回来了。在遥远的南京，和铜岗隔着一千多公里，这种莫名的熟悉感让姜暮很蒙。

顾涛赶忙跑出来制止道："闷蛋，别瞎闻。"

姜暮直起身子问道："它叫闷蛋啊？"

顾涛抱歉道："对，叫闷蛋，平时不理人的，我们叫它它都不出来，今天不知道怎么了，可能是喜欢美女吧。"

姜暮无心理会顾涛的恭维，她摸了摸闷蛋的大脑袋，对它说："没事，我以前也养过一只这样的拉布拉多。"她轻轻拍了拍闷蛋的脑袋，闷蛋居然很乖地在她脚边趴了下来。

顾涛看得咋舌，诧异道："看来它挺喜欢你的。"说完，他去拿咖啡。

姜暮蹲下身，翻开闷蛋的肚皮。她记得闪电原来动手术的地方留了疤，好了后那里有一块是不长毛的，可闷蛋的肚皮上长着细软的黑色皮毛。她本想再把那些软毛扒开来看一看，但是闷蛋不乐意，站起身，对着她摇尾巴。

顾涛把咖啡给姜暮送过来，姜暮说了声谢谢。

临走的时候，闷蛋一直跟着姜暮到院子里，无论顾涛他们怎么喊，它就是不回去。不过，姜暮踏出院子后，它便停下了，只是站在院门口遥遥地望着她，一直到她走出去很远；回头看它，闷蛋耷拉的尾巴在她回过头的瞬间又竖了起来。姜暮心里的弦突然被触动，她想起了闪电。从前她每次离开修车行，闪电也会这样把她送到路边看着她上车。如果她故意跟闪电躲猫猫，藏在站牌后面再跳出来，闪电耷拉下去的尾巴就会忽然摇晃起来。后来，她再也没养过宠物，怕一旦动了感情，分别的那天会更难受。

第三天，姜暮下班后又情不自禁来到moon。厚重的木门才推开，换衣间里的闷蛋就跑了出来，摇着尾巴凑到姜暮面前。

单眼皮女店员叫小柯，很奇怪地说："闷蛋怎么黏上你了？"

姜暮蹲下身摸了摸它，笑道："不知道啊，我身上又没吃的。这是

你们店养的狗吗？”

小柯回道：“不是，这是我们老板的狗，他经常出差，不在的时候，狗就丢在店里。”

姜暮侧过头，脸上挂着淡笑：“咖啡店老板也要经常出差吗？”

小柯告诉她：“咖啡店是副业，他有主业的。”

一旁的顾涛纠正道：“应该说咖啡店是主业，他还有副业的。”

姜暮没明白过来这两种说法有什么不同，拿完咖啡，又摸了会儿闷蛋便离开了。

之后姜暮再来咖啡店的时候，闷蛋已经不在了，应该是他们老板回来把它接走了。

周末，姜暮爬山出了一身汗，回到出租屋洗完澡，带着笔记本来到moon，点了一杯咖啡和一块蛋糕。她见就小柯一个人在，问她另外两人去哪儿了。

小柯说：“店长今天休息，顾涛去老板家接闷蛋了。”

姜暮打开电脑，翻出工作文档，顺口问道：“你们老板又出差啊？”

小柯回道：“好像不是出差，是要去学校准备开题报告。”

姜暮打了一会儿字。小柯把咖啡给她送来，她端起咖啡说：“那你们老板挺拼的。”

小柯笑了起来：“我们老板是超人，还要赚钱养店。”

姜暮靠在椅背上，小口喝着咖啡，问道：“你们店不赚钱吗？”

小柯和她闲聊：“听说头两年一直在亏，老板得从其他地方挣钱养店，不过现在回头客多了起来，今年还不错。”

姜暮抿了下唇：“了不起。”说完，她便专心投入工作了。

大约半个小时后，顾涛带着闷蛋回来了。周末店里人流比平时多，不止姜暮一个客人，可闷蛋一看见姜暮就跑了过去，一下午都不肯回换衣间，就趴在姜暮身边不远处，大脑袋搭在两只爪子中间盯着她。它虽然没有黏上去，但也没有走远，就好像在那儿守着她一样。

好几次姜暮停下来喝咖啡的时候总有些错觉，仿佛回到了高三那年，自己闷头做题，闪电就待在她身边，她莫名地有种踏实感。

眼睛累了，她就把眼镜拿下来放在一边，抬起头透过落地窗看一看远处钟灵毓秀的紫金山。她记得很久以前和靳朝说过，以后想和他找个山下开家咖啡店，那时候觉得这样的日子很美满、很安逸，现在才知道那个提议有多天真。例如这家咖啡店亏了两年才开始挣钱，她也不知道自己当年为什么出这个馊主意。

天色渐暗，姜暮收起电脑，伸了个懒腰，走过去摸了摸闷蛋便准备回家。闷蛋慢吞吞地跟在她后面，把她送到院门口。姜暮走了几步，突然回过头来，一个奇怪的想法蹿了出来，她对着闷蛋冷不丁地叫了声："闪电。"

原本坐在门口的闷蛋渐渐站了起来，就那样瞪着一双浑圆的眼睛看着她，下一秒冲出院子，朝她狂奔而去……

闷蛋从来不会乱跑，换衣间里有它的狗粮和窝，甚至大多时候它都不会走出换衣间，所以，当它冲出院子的时候，小柯急坏了，赶忙追了出来。好在它并没有乱跑，只是扑到姜暮身上，但光是这样就够让小柯提心吊胆了。她赶紧过来牵走闷蛋，对着姜暮连声道歉，解释道："不好意思，它平时真不是这样的。闷蛋胆子小，连我们都不亲近，从来没跟客人走过，实在不好意思。"

姜暮却在闷蛋朝她冲过来的那一刻心潮澎湃，她半天没说出一句话来，只是眼睛紧紧地盯着闷蛋，问道："它一直叫闷蛋吗？没有其他名字？"

小柯对她说："对，我们都叫它闷蛋。不过我来得迟，今年才过来，之前它有没有其他名字我也不知道，得问顾涛。"

姜暮返回咖啡店。

顾涛伸着头问："没事吧？"

小柯拍了拍心脏："还是把它拴起来吧。要是闷蛋丢了，老板会杀

了我吧？对了，她问你闷蛋有没有其他名字。”

顾涛看向姜暮，对她说：“我只知道闷蛋是moon第一任店长给它取的名字，因为它性格比较闷，不理人，所以后来大家都叫它闷蛋。”

姜暮走到吧台前，开门见山道：“那你们老板叫什么？”

顾涛顿了下，以为她要找老板投诉，紧张地问道：“有什么事可以跟我讲？”

姜暮垂眸看着吧台边精致的价目单上醒目的月亮，心绪翻涌，她抬头问道：“能给我你们老板的联系方式吗？我有点事情想咨询他。”

顾涛看了眼小柯。这种事不是第一次发生，以前也有女孩找借口要过他们老板的联系方式，他们要是给的话，后果会很严重。所以顾涛圆滑地说：“老板的私人联系方式，我们不太方便给你。如果你有什么事，可以先跟我们说，明天店长过来会回复你。”

姜暮知道自己这样做有些鲁莽，但是来这里买咖啡这么多天她都没碰见过，而她又没时间一直守在这里，总得想个办法。于是她不动声色地点点头表示理解，然后又点了杯moon外带。就在顾涛和小柯忙碌的时候，她将包里的钢笔拿出来放在吧台上。怕被其他客人顺走，她又往边上推了推。接过咖啡，她忐忑地瞄了眼钢笔就转身走了。

接下来的日子里，姜暮再也没去过那家咖啡店，她想赌一赌，赌会不会有人联系她。咖啡店的人不知道她的联系方式，这么多年来她国内的号码没变过，如果有人因为那支钢笔联系她，那么所有信息就能对上了。

但是，显然，她的小聪明落空了。一周过去了，咖啡店那头毫无动静，姜暮担心钢笔真的弄丢了，便在周五下班后匆匆赶去moon。

她一进门，顾涛就对她说：“总算来了，是不是丢东西了？”

姜暮尴尬地笑了笑：“是的，一支钢笔，你们有看到吗？”

小柯在一边插嘴道：“有看到，本来帮你放在笔筒里，还以为你第二天会来拿呢。”

姜暮回道：“最近单位忙，今天来拿了。”

顾涛对她道："那要对你说声抱歉，让你白跑一趟了，前几天你的笔被我们老板拿走了。他这个礼拜天上午会在店里，他说，要是你过来找笔的话，让你礼拜天来，他亲自还你。"

姜暮站在原地，灯暖了，心跟着热了，咖啡的香气钻进她的每个毛孔，沸腾起来，她激动得眼睛莹润。

顾涛和小柯不解地对视一眼，姜暮赶忙恢复神态，对他们说："谢谢了，请转告他，礼拜天见。"

姜暮不知道自己是怎么度过周六的，她站在全身镜前把自己从头到脚扫视了一遍，好像以往和任何一个异性见面她都没有如此慎重过，担心自己有一丁点的不完美。她还想着早点睡，第二天不要有黑眼圈。

但事情总是不遂人愿，姜暮才躺下就接到了单位的电话，让她第二天早上去趟所里，下周一组里要去陕西蒲城出差，所以要在出差前开个小会商讨出差内容和安排。

姜暮算着时间，八点半去所里，咖啡店九点半开门，她应该能在会议结束后赶过去。然而早晨的会一直开到十点半才结束，姜暮和带自己的研究员提申请，说自己有点事需要先离开。那个研究员比较好说话，让她先去忙自己的事，周一早点到。

姜暮出了所里就开始打车，等了十分钟都没打到，急得快疯了。好不容易上了车已经是十一点多了，她翻出外卖软件，找到moon的电话便拨打过去。

顾涛的声音传了过来："你好，这里是moon。"

姜暮焦急地对他说："是我。"说完，她才发现自己从来没有告诉过他们自己的名字，于是只能说道："我是来拿钢笔的，单位临时有事，我可能要迟点到，你们老板还在吗？"

顾涛对她说道："稍等。"

电话那头没了声音，姜暮不安地等待着。不久，顾涛的声音再次传来："老板让你不要着急，路上慢点，他哪儿也不去，就在这儿等你。"

姜暮坐在出租车上握着手机，激动得手腕微颤。

出租车停在moon门口，姜暮下了车，突然紧张得呼吸都不顺畅了。她踩着黑色踝靴，穿着米色风衣，刚踏入院子，一个坐在藤编椅上的中年男人便抬起头看向她，还对她投以微笑。姜暮蒙了，她顿住脚步朝他走去，脸上的表情已经有些僵硬了，她刚出声问道：“你就是——”

话没说完，顾涛就在里面疯狂朝她摆手。姜暮尴尬地对这个顾客说了声“抱歉”，转身迈入咖啡店。她环顾四周，没有看到想见的人，那颗不安的心不断缩紧。她走到吧台，对顾涛问道：“人呢？不是说等我吗？”

话一出口就带着抑制不住的情绪，多年的委屈自然而然地从声音里流露出来，声线与以往没什么不同，可那双眼睛里迸发的情绪瞬间感染了顾涛，让他觉得自己好像干了对不起这位顾客的事情，莫名心虚起来。

在姜暮的声音响起的时候，柱子后面的一个男人抬起视线，顾涛表情不自然地朝那个角落扬了扬下巴，姜暮瞬间拧眉，转身探头看去。

回眸间，已是诉不尽的似水流年，道不完的沧海桑田。

靳朝就坐在那儿，和很多年前最后一次见他时几乎没有变化，面部轮廓俊朗、立体，眉眼清幽、深邃，深色外套搭在身旁的沙发靠背上，上身穿着暗纹针织衫，身形比起从前似乎单薄了一些，气质也发生了不小的变化，从前他看人淡漠如烟，现在好像更加深沉了。

隔着十多米，姜暮望着他，热泪盈眶，脚却像灌了铅，短短的距离仿若隔着山川湖海，她不知道该怎么走向他。

靳朝面前是摊开的书本，他慢条斯理地将书合上，盖好笔盖，插在笔记本里。他把所有东西收拾好，放在身边的沙发上，然后抬起眸看向她，伸手往对面的位置做了个请的手势。

姜暮一共用了二十步走到他面前，在他对面坐下，上涌至眼眶的眼泪已经重新被压了回去。

靳朝无声地注视着姜暮。她的变化很大，刚才她背着他和顾涛说话的时候，他几乎已经认不出她了。原本齐耳的短发留长了，落在肩膀上，柔美动人，少女时期脸上的婴儿肥已经随着岁月褪去，变得更加成熟、明艳，只是鼻梁上多了副眼镜，看上去稳重不少。四目相对时，她眼里曾经的稚嫩消失了，一颦一笑间眸光流转，顾盼嫣然，是靳朝未曾想象过的模样。

他垂眸清浅地笑了下："还真是你。"

姜暮的目光牢牢地盯着他："还能是谁？"

靳朝从身上摸出那支银色的钢笔，放在桌上。

姜暮的视线随着笔低垂："看到这支钢笔猜到是我的？"

靳朝缓缓地靠在沙发的靠背上，含着笑，目光未从她脸上移开分毫："会用天文望远镜、能让闪电反常，还有这支笔的人，不多。"

姜暮看了眼他身旁的书，问道："你回学校读书了？"

靳朝云淡风轻道："混个文凭。"

顾涛端着咖啡和蛋糕走了过来，两人同时噤声，咖啡放在姜暮面前。她没有下单，端来的是她平时喝的moon。

顾涛走后，靳朝将那块蛋糕移向她，声音沉缓："听他们说，你喜欢这款抹茶味的。"

姜暮没有动，目光笔直地盯着那款精致的小蛋糕。几秒后，她把蛋糕往旁边一推："不喜欢。"

两人之间的气氛随着这三个字安静下来。

无论是学习期间还是工作中，姜暮几乎没什么脾气，可不知道为什么，一遇见靳朝，那抑制不住的情绪便自然而然地流淌出来，有委屈，有难过，也有不甘。然而两人太久没见了，生活早就没了交集，不知道对方的现状，再次见到后那种无法突破的陌生感横在他们中间，她不可能再像儿时那样对着他无理取闹，只是用这种方式发泄心底的情绪。

靳朝扬了下手想让顾涛把那块蛋糕拿走，姜暮又将蛋糕挪到面前，对他说："不过，我饿了。"

顾涛刚准备走过来，靳朝对他摇了下头，他止住了脚步。

姜暮很注意形象地吃了一小口蛋糕，然后用小勺子拨弄着蛋糕上

面的抹茶粉，声音有些闷："为什么不联系我？"

正午的暖阳透过落地窗斜斜洒下，那支银色钢笔安静地躺在他们中间，发出幽亮的光。

靳朝端起手边的咖啡喝了口，好似在斟酌用词。直到放下咖啡杯，他才再次开口："隔得太远，总归是比较难维系的，要是身边遇上合适的人，双方都为难，不如都过得轻松些。"

姜暮将小勺子插入蛋糕里，抬头问道："那你过得轻松吗？"

靳朝唇角勾出要笑不笑的弧度，眼里的光却深如大海，望不到底。

姜暮想起什么，突然放下小勺子，郑重地望着他："你……是不是结婚了？"

靳朝眼里的光波动了一下又迅速恢复原样，面上是淡笑，他没有承认，但也没有否认。

姜暮在等他解释，哪怕他随便乱编一个说辞，她都会原谅他的突然失联，可是他没有，就连敷衍的谎言都没有。

姜暮突然感觉舌尖抹茶的味道苦涩难耐，她端起咖啡喝了一大口，眼神闪躲，她将内心的慌乱小心翼翼地隐藏起来。这时听见靳朝出声问她："你呢？交男朋友了吗？"

姜暮侧头瞧着远处的山峰，喉间发紧："交了，年底就要结婚了，这次来南京工作就是为了他。"

靳朝的眼帘渐渐垂了下来，过了半晌，他说出两个字："挺好。"

这两个字差点让姜暮的情绪彻底失控，她牵挂了这么久，惦念了这么久，再次见面换来的只是他的"挺好"。

姜暮硬生生地将上涌的情绪压下去，转过头来，眼里含着火光，问道："我要是结婚，请你来喝酒，你会来吧？"

靳朝无意识地挪动着面前的黑咖啡，目光暗沉："不确定到时候我在不在南京。"

姜暮鼻尖泛红："我会提前告诉你时间的。"

靳朝几不可察地点了下头，睫毛垂着："我尽量。"说完，他抬起手腕看了眼手表，对姜暮说，"下午还要赶去其他地方，就不喊你吃饭了。"

姜暮再也坐不下去了，拿起钢笔背上包就站了起来。

转身的刹那，心中的酸楚全部涌进眼眶，她匆匆推开木门，大步往外走。可刚走出院子，心中的那种不甘又拖住了她的脚步，她揉了揉眼睛，重新走回院中，隔着落地窗望着他。

靳朝还坐在那个位置，甚至连姿势都没变过，牢牢地盯着她离开的方向，在她身影消失的瞬间，他眼里的光也消失了。只是他没想到，十几秒后，姜暮重新回到他的视线中，停在院中冷飕飕地睨着他。

靳朝缓缓起身，就在他从沙发上站起来的瞬间，身形高大了许多。他走得不算快，一步一步地走到姜暮的面前，甚至让她看不出任何破绽。

姜暮的眼圈还有些泛红，表情却是凶巴巴的，她对他说道："把你电话给我，没联系方式怎么请你喝喜酒？"

靳朝站着没动，姜暮朝他逼近一步，扬起头："你不会还想躲我份子吧？"

靳朝无奈地牵了下嘴角，掏出手机。

姜暮记下号码便转身走了。走到院门口的时候，她特地回过头来，对他说："我明天要出差，等我这趟出差回来再找你好好掰扯掰扯闪电的事。"那气势汹汹的架势就像准备要夺回抚养权。

姜暮回到出租屋，把第二天出差要带的行李收拾好，然后洗澡，躺在床上。她这才拿出手机，登录微信，搜索靳朝留给她的手机号，果真找到了他现在的微信。他甚至连微信名都没变过，还是叫"朝"，她突然觉得这一幕异常熟悉。

只不过现在靳朝的微信头像变成了一轮太阳，太阳的光线并不强烈，很难判断这是一轮冉冉上升的太阳还是即将落向西山的太阳，好像怎么看都可以，完全在于看者的心境。巧的是，她的微信名在那年离开铜岗时从"起床困难户"就改成了"暮"，头像是那时候从戴着卡通兔子耳朵的月亮换成了一轮满月，一直用到今天。

姜暮点击了好友申请。几分钟过后，靳朝通过了。她盯着他的头像发了会儿呆，又翻开自己的头像看了看，忽然从床上坐了起来。

白天看见靳朝的时候，各种情绪交织在一起，姜暮气他这么多年不联系自己，气他背着自己在南京定居，气他一句解释、一句抱歉都没有，她头脑一热，说出一堆乱七八糟的话。可夜深人静后，她渐渐冷静下来。

moon，暮，月亮。她还要他解释什么？还用再解释什么？

她刚上大学的时候，靳朝曾问过她为什么学这个专业。她告诉他，自己从小到大没什么远大的抱负和理想，唯一的理想就是他，他不走这条路了，她得替他走下去。她甚至想象得出，有多少个夜晚，他用那架天文望远镜和她望着同一片星空。那宏大的星球图承载着他们共同的梦啊！

咖啡店，山脚下，南京城……哪一样不是在向她诉说那用语言无法表达的情感，而她白天只沉浸在遇见靳朝的激动和不甘中，把这些通通忽略了。

再次看向他们的头像和微信名，姜暮坐在床上突然笑了起来，笑着笑着眼眶就热了。她重新拿起手机，给靳朝发了一个旋转的小太阳。

没一会儿，靳朝回了过来：“早点睡。”

Chapter 22

金陵之约

在她稚嫩的年华里，他用谎言让她放手，把真正的残酷和现实通通隐藏，让她可以毫不迟疑地放开脚步向前迈去。

姜暮去蒲城出差三天，临回南京时看同事们都买了酥梨要带回去给家人，她总觉得也得买点。可要说起家人，她在南京只有靳朝。

买完酥梨，她就拍了张照片发给靳朝，对他说："我今天回来，给你带了酥梨。"

不一会儿，靳朝回道："我不在南京。"

姜暮失望得一路上都没有回他信息。

将行李放回出租屋后，晚上姜暮拎着酥梨去了moon。店里三个人都在，生意挺好的。

小柯见是她，立马就笑了："你去出差了吧？"

闪电从换衣间冲了出来，姜暮蹲下身把它抱了个满怀，对小柯说："才到家。"然后把酥梨拎到吧台里分给他们，说道，"本来带给你们老板的，他不在，你们记得帮他吃光了。"

顾涛凑上来："什么好东西？"

姜暮对他说："来杯moon，谢谢。"说完，她掏出手机准备扫码埋单。

店长方姐把二维码一挡，告诉她："老板交代了，你过来不收钱。"

姜暮愣了下，转而笑着收起手机，也不跟她客气。而闪电围着她转悠。

方姐问道："你和老板是熟人吧？怪不得闷蛋认识你。"

姜暮说道："当然认识了，这是我的狗。"

店里三人都露出了惊讶的神色，但看着闷蛋狗腿的样子又不得不信，毕竟闷蛋性格古怪，平时连他们都爱搭不理的。

姜暮坐在高脚椅上，敲了敲吧台，问道：“向你们打听个事，你们老板结过婚了吗？有女朋友吗？”

小柯一脸茫然地看了看顾涛，又看了看店长，顾涛说道：“我不知道，别看我。”

方姐不敢乱说话，回道：“老板平时忙，他私人的事情，我们还真不清楚。”

姜暮见问不出所以然来，话锋一转：“他为什么总要出差？是工作需要还是单位在外地？”

顾涛随口搭话：“老板没在哪家企业任职吧？他的身体没法朝九晚五地干全职。”

姜暮疑惑地抬起头：“他的身体怎么了？”

方姐将杯子放在水池里，偷偷捣了下顾涛。顾涛心头一惊，抬起视线看着姜暮解释道：“就是说，他还要打理咖啡店，学校那头也经常要过去，再出去干全职，是个人身体都吃不消。”

姜暮点了点头，既然不付钱，她也不好意思让他们替她端咖啡，干脆自己上手。她走到上次那个柱子后面的角落坐下，然后对闪电招了招手，闪电立马跑到她旁边，安静地趴下。

姜暮拿出手机，弯腰从上往下拍了张照片，把咖啡、她和闪电都拍进去了，然后将照片发给靳朝：“谢谢你的免费咖啡。”

靳朝告诉她：“我明天回来。”

姜暮心满意足地收起手机。

坐了一会儿，姜暮便起身离开。闪电将她送出了院子。但不同于以往的是，姜暮走出院子后，它依然亦步亦趋地跟着，她走一步它跟一步，可把追出来的小柯为难坏了。

姜暮干脆对她说：“我带它回家了，明天你们老板回来让他到我家接。”说完，她便带着闪电走了。闪电也当真跟着她走。

小柯赶忙冲回店里，让顾涛打电话给老板。顾涛赶忙打电话，说了两句就挂了电话。

小柯担心地问："老板怎么说？"

顾涛转头告诉她："老板就说知道了。"

小柯着实松了口气。

因为前一天出差是晚上到家的，所以第二天上午姜暮有半天假，就陪着闪电出去遛了一会儿。下午，她去了趟所里，回出租屋的路上买了几样菜回去做饭。回到出租屋，她炒菜，闪电就趴在厨房陪着她。关小火收汁的时候，姜暮盯着灶台发呆，想象着平时靳朝是不是也这样。他好歹有闪电陪着，而她什么都没有。想到这里，她又不痛快了。

让姜暮不痛快的人在七点钟发了条信息给她，让她把地址给他。于是姜暮把小区名称外加门牌号都发给了靳朝。

四十分钟后，靳朝到了，不过并没有上楼，只是告诉她："到了，楼下等你。"

姜暮牵着闪电下楼，看见靳朝立在楼下的银杏树旁。可能是刚出差回来的缘故，他穿得挺正式，深色长袖衬衫袖口和领口的扣子都扣得一丝不苟，他脚下是一片金黄的银杏叶，路灯半暗，照得他整个人修长挺拔。

姜暮这些年遇见过许多人，长得帅的、家世好的、学识渊博的，可没有一个再让她心动，有时候她甚至觉得自己的心境是不是老了，不会再对谁动心了。然而，在见到靳朝后，那控制不住的紧张和悸动让她明白，只有眼前这个男人有本事轻易拨乱她的心弦。

姜暮踩着柔软的平底鞋，穿着一身休闲装朝靳朝走去。她还是给他留了几个酥梨，很甜。她怕背着重，买得不多，自己没舍得多吃，用袋子装好递给他。靳朝接了过去。

姜暮问："吃过晚饭了吗？"

靳朝告诉她："回来路上吃了。"

姜暮问道："不是发门牌号给你了吗？怎么不上去？"

靳朝不禁抬头看了眼楼上，没说话。

姜暮眯起眼睛说道：“他不在家。”

靳朝沉默地侧头打量了一番这个小区，虽然还算干净整洁，但房龄毕竟快二十年了，小区里面租户多，住的人也杂乱。他收回视线，开口道：“你现在住他家？”

姜暮摇了摇头：“他没有房，我们在这儿租的房。”

靳朝的目光落在她脸上，有些沉：“不是说年底结婚吗？没打算买房？”

姜暮回得理直气壮：“啊，买不起，他一个月四千多的工资，扣除五险一金就没剩多少了。我现在还在实习，等我以后转正，省吃俭用多存点再贴补他买房。”

靳朝几不可见地皱起眉盯着她，姜暮转身对他说：“我才吃完饭，正好走走顺便送你。”

于是两人沿着小区外的步道走着。道路两旁是高大的梧桐树，路灯照得地上树影斑驳。姜暮牵着闪电，靳朝拿着酥梨，他们走得都不快，中间隔着一人的距离，似乎是刻意保持的。

姜暮问他：“三赖不是说闪电丢了吗？为什么在你这儿？”

靳朝沉默了片刻，说道：“你刚出国安顿下来，可能怕你麻烦吧，就送来我这儿了。”

“你不怕麻烦吗？”

靳朝淡淡地回道：“还好。”

闪电老老实实地走在他们前面，走几步就要回头看看他们。姜暮声音清冷地说：“当初谁不给我养的？”

靳朝眉眼舒展，没说话。姜暮余光扫了他一眼，眼角也微微弯了。她来这里不算久，对很多地方还很陌生。可靳朝走在她身边，她突然觉得好像已经在这座城住了很久，这种踏实的感觉没来由地填满心间。

突然，姜暮又想起了什么，故意酸溜溜地说：“那你的心还真够大的，养着前女友的狗，开了家咖啡店还用前女友的名字，大晚上的跑来找前女友一起遛狗，你老婆不介意呀？”

靳朝无声地瞧了她一眼，姜暮毫不退缩地迎上他的目光：“我说错了？不是前女友吗？”

靳朝收回视线，反问她：“那你男朋友不介意？大晚上的和别的男人出来散步？”

姜暮回得自然：“不介意啊。他当然不会介意了，他还经常约妹子出去唱歌，我说什么了？”

靳朝轻蹙了下眉，问道：“他对你怎么样？”

姜暮告诉他：“就那样吧，上个星期还因为换手机的事情跟他大吵了一架。”

靳朝挑起眉梢，姜暮接着说道：“手机用了两年多，本来想换的，他说我又不玩游戏，平时聊聊天、上上网不需要多好的手机，把钱拿去买装备了。”

靳朝咬紧牙关，沉默了片刻，开口道：“那你看上他什么了？”

姜暮长长叹了口气，叹出了生活的艰辛与无奈、心酸与彷徨，回答道：“反正到了结婚的年龄，找个人凑合过呗。”

几个玩滑板车的小孩从姜暮身边掠过，她往靳朝身边躲了躲，手臂碰到他的身体，触电般的感觉令她惊得抬头看他。靳朝停下脚步，将她让到里侧，目光沉沉地注视着她，看得姜暮脸上火辣辣的。

街边不时地有散步的人经过，也有车辆路过，靳朝没再向前走去，就这样认真地看着她，声音低沉：“下次别跟我开这种玩笑。”

如果说前面姜暮编得挺圆滑，但最后一句把她彻底暴露了，她从小受到父母失败的婚姻影响太深，导致她注定是个不会在婚姻里将就的人，对于这一点，靳朝很确定。他从姜暮手中接过狗绳，对她说：“回去吧，不用送了。”

姜暮看着他的背影努了努嘴，不太痛快地朝他喊道：“你凭什么觉得我在开玩笑？我怎么就是开玩笑了？怎么就不能说了？”

靳朝停下脚步，转过身来，隔着几步的距离瞧着她。姜暮不服气地扬起下巴：“说话啊！”

靳朝眸光幽深地落在她身上，开口道：“我听着不好受。”

直到回到出租屋，姜暮跌坐在沙发上，脑海中还回荡着这六个字，

以至她根本忽略了闪电被靳朝牵走了。

那天晚上，姜暮好像回到了少女时期，因为靳朝的一句话，她心神荡漾，一会儿傻笑，一会儿又露出苦大仇深的表情。直到睡觉前她才反应过来，闪电被靳朝牵走了，他连个说法都没有，闪电明明是她的狗！

于是，她发了条信息过去："你怎么又把我的狗牵走了？"

隔了几分钟，靳朝回了个微笑的表情过来。碍于第二天还要上班，她也没法把狗要回来照顾，只能暂时不跟他计较。

南京的秋天给人一种一秒入冬的错觉，前一天晚上姜暮在家还穿着短袖，第二天下班前突然刮起了一阵冷风，姜暮坐在办公室里把头伸出去感受了一下，冻得打了个喷嚏。

工作群里小伙伴发消息告诉他们，气象局最新通知，受冷空气影响，明后天会有特大暴雨，让大家出行、上下班注意安全。

姜暮走在下班回家的路上，想把这条消息转给靳朝，提醒他加衣服，可又觉得他们没什么关系，她嘘寒问暖，他不冷不热的。

可她没想到的是，她刚进家，靳朝的消息就过来了："明天下雨降温，记得多穿点，带伞。"

姜暮握着手机，压住微微上扬的嘴角，故意不回信息。

后面几天组里有新的任务，姜暮的工作一下子忙碌起来，就连moon那边都没时间去了。她还跟着带她的研究员去上海参加了一场会议。

在上海的时候，姜暮意外接到了靳朝的电话。那时候她正在工作中，不方便接电话，便按掉了。一直等到傍晚回到酒店，她才给他回拨过去。

电话接通后，靳朝问她："在哪儿？"

姜暮故意卖了个关子："不告诉你。"

电话里传来靳朝沉稳的呼吸声，姜暮也不说话，站在酒店的窗边看着黄浦江的夜景，直到他出声说道："有时间见面吗？给你个东西。"

姜暮回道："没时间。"

靳朝不徐不疾地问她："怎样才能有时间？"

姜暮看着玻璃窗上映出的身影，渐渐笑了："周末跟我去爬山。"

可是电话那边的靳朝却沉默了，半天都没有再说话。

姜暮的笑容敛了起来："不愿意就算了，反正你当初说带我出去玩也没兑现，三赖说暑假大家一起去爬山，后来也没去，我都记着呢。"

靳朝似乎轻叹了一声，然后问道："爬山能让你消气吗？"

"虽然不能，那你就不去了吗？"

良久，靳朝慎重地回答她："好，周末爬山。"

上周狂风大作，这周却暖风和煦，姜暮一早就把水和一些简单的吃食放进背包，与靳朝约好七点半在她住的小区门口见面。她七点二十出小区的时候，靳朝已经在那儿等着了。

今天，靳朝难得地穿着一身黑色的运动装和球鞋，斜挎着一台单反相机。姜暮停在他背后两三米的地方默默地看着他，突然有些恍惚，不知道是不是穿着的原因，前两次见他还感觉他成熟不少，现在看觉得他和从前几乎没有任何区别，依然是高挑精干的模样，让人挪不开视线。

靳朝转过身来，瞧见她已经到了，问道："站那儿不动干吗？"

姜暮抬步朝他走去，回道："看你怎么没变。我呢？变化大吗？"

靳朝盯着她看了一眼。她今天扎了马尾，看上去活力十足，可又和十几岁的她不太一样，那时候阅历少，还比较单纯、青涩，现在倒是伶俐不少。

靳朝眼里的笑意一闪而过："挺大的。"

姜暮追问道："以前好看还是现在好看？"

刚问完，姜暮便想起来貌似自己以前问过他类似的问题，他答非所问的本事一流。所以在靳朝刚准备回答时，她伸手制止了他："我只

想听三个字的答案。”

这次靳朝回得干脆：“都好看。”

姜暮眉梢终于露出了化不开的笑意，空气中都是好闻的清香。

两人朝登山道走去。在路上靳朝递给姜暮一个长方形的手机盒。姜暮愣了下，接过后发现是才上市的手机，不便宜。她记得靳朝前几天的确说有东西要给她，但她没想到居然是一部新手机。

她有些蒙，问：“干吗给我手机啊？”

靳朝很自然地接过她的背包，甩在肩上，说道：“不是说手机用了好几年想换吗？经常出门在外，还是用好点的。”

姜暮这才想起来，之前她跟靳朝胡诌钱被男友拿去买装备的事，忽而笑了起来。

靳朝停下脚步，问她：“很好笑吗？”

姜暮眼睛笑成了月牙，问他：“是不是我说什么你都信啊？你这样容易被其他女孩子骗钱的。”

靳朝垂着眼皮，面无表情地说：“你是其他女孩子？”

姜暮的笑突然就收敛了些许，她凑到他身边，钩着他的头问：“那我是什么？”

靳朝抿着唇不说话，夺来新手机，放进她的背包里。

姜暮又正儿八经地问道：“在爬山前，我必须确定，你还是单身吧？”

靳朝扬起眉梢：“这和爬山有什么关系？”

姜暮晃悠着手臂回道：“当然有关系了，我是个很有原则的人，绝对不会插足别人的感情，所以我要确定一下。”

靳朝嘴角扯出一个弧度：“不是说爬山吗？你还想在山上对我做什么？用得着牵扯插足感情？”

一句话就让姜暮哑口无言，甚至莫名其妙地有了画面感，特别那句“在山上做什么”。她真没想过做什么，就是脑海中奇怪地闪现出他们曾经在一起的画面。她表情不自然地转过头，去嘀咕道：“你倒是没有什么思想包袱，就不怕送手机给我，我男朋友会介意。”

靳朝回得坦荡："他介意，自己不会买？"

姜暮笑道："那不行，他还要买装备。"

靳朝没理她，直接往前走。

姜暮笑着追了上去，问道："你来这儿爬过山吧？"

"没有。"

姜暮诧异道："没有？咖啡店离山这么近，你都没上去过吗？"

靳朝"嗯"了一声。

"我周末倒是经常来爬山，这里空气好，你应该多上来走走。"

靳朝没说话，只是沉默地看着脚下的石砖路。

周末早晨爬山的人向来很多，本来还有些凉意的，没爬一会儿身体就热了起来。平时姜暮一个人爬山的时候，戴着耳机爬得挺快。今天和靳朝一起爬，他走得慢，她也不自觉被他带慢了速度。

每隔一段距离，靳朝都要停下来拍几张照片，姜暮在旁边奇怪道："你什么时候这么喜欢摄影了？"

靳朝随意拍了几张，歇了会儿。姜暮凑上前看了看，问道："你对着枯枝烂叶能拍出什么来啊？"

靳朝收起相机，回道："意会。"

"意会不出来。"

靳朝优哉游哉地告诉她："拍出大自然的灵魂。"

姜暮的鞋带松了，她停下脚步蹲下身系鞋带，对他道："我以前怎么没发现你这么能胡扯？"系完鞋带站起身之际，小玉珠从她领口滑了出来。靳朝的视线游走在她锁骨间，目光微滞。姜暮顺着他的视线低头一看，慌乱地将玉珠塞进衣领里，转过身，若无其事地往前走。

靳朝跟在她后面，声音带着几分玩味："戴着前男友送的项链，你现男友没意见？"

姜暮被这句话噎住了，转过身，负气地岔开话题："你爬得太慢了，我们比赛吧。"

靳朝淡淡地收回目光："不比。"

“为什么？怕比不过我？”

靳朝立在台阶下，和煦的暖光落在他周身，他眼里散发着清幽的光，对她说：“是比不过。”

姜暮抱着胸睨着他：“不比比看怎么知道？谁先爬到顶谁请肯德基。”说完，她就往上攀去，一直爬到好远才回头，发现靳朝还立在原地，安静地注视着她。

姜暮叉着腰对他喊道：“你行不行啊？这点路就爬不动了？”

靳朝眼里掀起波澜，紧紧抿着唇抬步朝她走去。尽管他已经加快了速度，但怎么也追不上姜暮。眼看着她的身影越来越小，他的目光越发收紧，那种想握却握不住的感觉亦如那年眼睁睁地看着她上了三赖的车。

姜暮停下脚步去看靳朝，他还是离她很远，她只能转身走回他面前，却看见他额上已经渗出了细密的汗珠。

她有些诧异地说：“很累吗？你是不是平时缺乏运动啊？”

靳朝淡淡地笑了笑：“你先爬，我会跟上。”

姜暮偏了下头，有些疑惑，欲言又止。

靳朝直起脊背，居高临下地扫着她：“没听过保存实力，厚积薄发？”

姜暮撇了下嘴，转身丢下一句：“山顶等你。”然后她当真头也不回地往上爬去，没一会儿就消失在靳朝的视线中。

她走后，靳朝垂头看着一直延伸到远处的石阶，深吸一口气向上爬去。他怕姜暮等得太久，后来便没再停过，汗湿了衣服，呼吸也越来越急，走了很久都没再看见她的身影。

刚装上假肢那年，靳朝度过了一段非常痛苦的适应期，他无法把那条没有温度的腿当成自己的血骨，也无法接受自己丑陋的步态，甚至惧怕陌生人异样的眼光。后来，他进入康复中心待了一个月。假肢技师对他的指导似乎作用并不大，他穿上裤子后依然能很明显地看出来戴了假肢。没人知道他为了纠正自己的步态，像正常人那样行走到底付出了多少努力，才能像今天这样毫无破绽地站在姜暮面前。可他到底不再是健全的人了，下肢长时间受力过度多少还是会产生不适，无法一直保持受力均衡。为了爬得快点，靳朝不再注重步态，逐渐松弛下来。

然而姜暮并没有往山顶爬，而是故意和靳朝拉开距离，直接偏离登山道，迈入树林中。登山道两旁有些未经人工开发的野路，姜暮顺着泥土道攀爬到高处，隐在一块大石头后静静地等着靳朝。她以为靳朝不一会儿就能赶上来，但实际上她等了将近二十分钟才看见他的身影从远处而来。不时有上了年纪的大爷大妈从他身旁匆匆走过。

姜暮蹙起眉盯着靳朝的身影，总觉得哪里不对劲，等他走近了才发现，他走路的姿势有些奇怪，身体的重量基本都靠右腿支撑，上台阶的时候尤为明显。

姜暮安静地观察着他，直到靳朝从她眼前走过，往更高的地方爬去，她才跳下小土坡，重新走回登山道，对着他的背影喊了声："朝朝。"

靳朝听见姜暮的声音从身后传来，有些诧异，便停下脚步转身。在看见姜暮凝重的表情时，他的眸光颤了颤。

姜暮一步步走到他面前，目光缓缓下沉，问道："你的左腿怎么回事？"

靳朝没有说话，只是这样静默地回视她。一阵秋风扫过，落叶纷飞，回旋在两人中间。姜暮颊边的碎发被风撩到了眼前，她的视线瞬间模糊了，思绪反而越来越清晰。

山道间车辆撞击发出的火光、小二楼的最后一别、无缘无故和她断掉联系、靳强的隐瞒、赵美娟的规劝、潘恺的疑惑、顾涛无意间说漏嘴、邀他爬山时的沉默……他曾说"我不是神，其实我只是个普通人"。她还记得那年靳朝坐在她对面说这句话时眼里掠过的落寞，那时的她不懂这句话的意思。

多年后，当所有看似不合理的事情全部串联在一起，姜暮感觉体内的灵魂在震颤，她突然向靳朝迈近一步，抬起手探了过去。靳朝敏感地躲开了。

姜暮抬眸牢牢地盯着他，眸里是破碎而恐惧的光，对着他一字一句道：“躲一辈子吗？”

靳朝眉峰渐紧，他没有打算一直隐瞒她，如果时机合适，他会告诉她，让她接受起来不会那么困难，只是没想到会在今天，以这种方式，如此突然。他望着她的眸子，那双会说话的眼睛里闪烁着不安，他不可能再躲，似乎也躲无可躲，只能这样立在原地，扬起头望着邃远的苍穹。

姜暮渐渐弯下腰，小心翼翼地触碰靳朝的左腿。靳朝没有动，可在感受到她的指尖时呼吸凝滞了。

没有什么不同，她能碰到他腿部的轮廓。沿着裤缝，她的手慢慢向下滑落，直到猛然间感觉那本该连着膝盖的线条消失了。当指尖碰上冰凉之物时，她听见了心碎裂的声音，眼泪瞬间夺眶而出，她颤抖地收回手，捂住脸，双腿发软。

他不是神，没能从那场事故中安然无恙地脱身，她无法想象他在医院里睁开眼时发现这个结果后的样子，也无法想象他在那样的情况下是怎样带着笑容坐在她对面跟她告别，更无法想象在她走后的日子里，他是如何一个人面对朝起暮落……他没有家人啊，没有人照顾他的起居，没有人在他脆弱的时候安慰他，没有人在他疼痛难耐时陪着他。没有人。

而在他最需要她的时候，她离开了他……她以为出了国门走了一遭，已经看遍世间的残酷与现实，直到这一刻她才知道，在她稚嫩的年华里，他用谎言让她放手，把真正的残酷和现实通通隐藏，让她可以毫不迟疑地放开脚步向前迈去。

这么多年对他的怨念顷刻间轰然倒塌，姜暮的心脏仿佛被狠狠撕碎，她忍不住，失声痛哭。

靳朝早已过了当初心如死灰的阶段，这些年慢慢地能正视自己的

身体情况，大多时候，他觉得自己和正常人没有太大的区别。可看着面前崩溃痛哭的姜暮，他的心情起起伏伏。

周围不明真相的人纷纷投来八卦的目光，一步三回头，全是那种想围观又不好意思直勾勾看的眼神，而且大家看的都是靳朝。毕竟女人能在一个男人面前哭成这样，多半是男人的错。

靳朝不自然地把姜暮拉到身前，试图用身体挡住她的失态，可他的手刚碰到她，她便投入他怀中，脸埋在他的胸前，身体颤得厉害。靳朝怔了下，久违的温软让他的手僵在半空，久久无处安放。

他缓声对她说："不哭了，再哭我就要被你哭成渣男了。"

姜暮的哭声低了下去，只是身体还是止不住地轻颤。抬起头时，她双眼通红，各种情绪交织在脸上，仿若风霜过境，支离破碎。

靳朝感觉心脏像被撕开了一道口子，便垂下眼帘，不忍再看。

后来，他们没有再继续向上爬，而是在周围找了一条石凳坐了下来。这突如其来的发现像一记重锤砸在姜暮的脑袋上，让她一时间无法承受，眼神木讷而空洞，半天说不出一句话来。

他们中间放着那台单反相机，有好几次，姜暮低下头盯着相机镜头，想到他刚才拍的那些枯枝烂叶，心中酸楚。尽管她已经尽量克制自己的情绪，可声音中依然带着哭腔："所以，照相不过是个幌子，怕我看出来？"

靳朝的呼吸很沉，他望着远处带女友向上攀爬的年轻小伙，眼里的光渐渐暗了。过了半晌，他对她说道："其实还好，没有你想的那么严重，前两次你不是没看出来吗？就是爬山还不太适应，山顶的肯德基今天可能请不了你了，等到了山下再补。"

姜暮转过头，泪在眼眶里打转，她心疼得几乎无法呼吸，靳朝明明已经这样了，还在不停地安慰她，他越是这样，她越是心疼。

"不吃肯德基了。"她低垂着头，拿起自己的背包，翻出里面的培根芝士三明治，仔细地将保鲜膜撕开，再递给他。

这是姜暮一大早起来特地做的，她本来准备爬到山顶再拿出来给他，让他看看自己现在多勤快能干，现在她已经没那种心情了。她只

是愣愣地看着不远处形形色色的登山者，他们两个就坐了这么会儿工夫，来来回回就有好多人经过，有的人头发花白，有的是还走不利索的小孩子，所有人都是健全的模样。

靳朝的身体曾经那么结实精干，在校园里，他是跑道上众望所归的健将；在赛道上，他是纵横驰骋的车手，无人匹敌。意气风发少年时，归来却只余残躯，他那么骄傲的一个人，这些年到底承受了多少？

姜暮没再说话，只是安静地坐在他身边，内心却已经鲜血淋漓。

靳朝刚准备把三明治送入口中，又顿了下，问道："你不会就做了一个吧？"

姜暮声音沉闷地说："我没胃口。"说完，她从包里拿出一瓶矿泉水，拧开后递给他。

靳朝轻轻叹了口气，对她说："我的手是好的。"

姜暮弯下腰抱着自己的胳膊，一直等到靳朝吃完，她才轻声说道："你当初应该告诉我，不管怎么样，起码让我知道。"

靳朝落回道："你那时候还小。"

所以他不忍心看着她为难，徘徊在姜迎寒和他之间，也不忍心她承受那么大的痛苦和压力，现在经历过时间洗礼的她听到这个消息尚且受不住，如果换作当初，在他们感情最浓烈的时候，他告诉她他这辈子就要是个残疾人了，她如何承受？又如何面对？他到底舍不得，舍不得让年纪那么小的她去经历那一切，就连他自己也是几经游走在崩溃边缘，何况是她。

姜暮眼眶温热，嘴角扯起苍白的弧度："所以干脆连联系都断了，你对自己够狠的。"

靳朝将保鲜膜揉成很小的球攥在掌心，语气微沉："头一年……"他顿了顿才接着说下去，"情况不太好，后来好不容易能走了，连个安身的地方都没有。那种情况下，你叫我怎么联系你？"

姜暮没忍心继续问下去，她的心尖都在发颤。那些年她在澳大利亚读书，生活平静有盼头，虽然沉浸在小情小爱的惆怅中，可妈妈身体状况稳定，日子还算顺遂。然而地球另一端的他却在暗无天日的道路上，拖着残缺的身体闯荡。

只是寥寥几句，姜暮已经能够想象那时候的他生活有多艰难，他在看不见希望的时候又怎么可能冒着拖累她的风险？她仰起头望着湛蓝的天空，眼泪氤氲在眼眶里，她终于知道为什么自己这么多年来踏遍各地，始终找不到一个能让她全心全意爱着的男人，因为这个世界上不会再有第二个男人如靳朝这般，从小到大，从她牙牙学语、蹒跚学步到青涩懵懂、少女初长成，一直护着她，哪怕自己风雨飘摇，依然保她一条顺遂安逸的路。

良久，姜暮擦干眼泪，没头没脑地说："我没有男友，没有要结婚，没有和谁同居……"

靳朝捏了下矿泉水瓶子，缓缓抬起头和她望着同一片蓝天，眉眼渐渐舒展。

下山的时候，姜暮故意放慢脚步，每走几步就问靳朝累不累、需不需要休息，还几度想去搀扶他，被他不动声色地避开了。

一直到了山脚下，姜暮问他："你现在住在哪儿？要不要我送你回去？"

靳朝沉默了片刻，喊了她一声："暮暮。"而后目光有力地转向她，"我是残疾，不是残废。"

一句话说得姜暮双颊微红，甚至一时间不知道该怎么接。靳朝不想让彼此太难堪，便叫了辆车，先把她送回去。

姜暮要下车的时候回过头来，眼神哀伤，几度想说些什么，可她明白，很多事情、很多情感无法在顷刻间厘清，她现在心里很乱。

靳朝侧头望着她略显憔悴的模样，对她道："回去吧，下午好好睡一觉。"

姜暮嘱咐了一句："那你慢点。"

靳朝点点头，她关上车门，目送他离开。

回到出租屋后，姜暮洗了个澡，随便弄了些吃的便躺到床上。她很多年没这么哭过了，整个人都有点虚脱，却睡不沉。那场爆炸过后冲天的火光再次像可怕的梦魇钻进她的脑海中，让她几次惊醒，最后她干脆坐起来靠着床头，拿出手机，找到顾智杰的号码拨了过去。

电话接通后，她出声问道："你知道研究所附近哪里有报考驾照的地方吗？"

顾智杰笑道："你不是说不急吗？怎么突然想要考驾照了？"

姜暮"嗯"了一声，说："想早点考出来。"

顾智杰的确把姜暮的事放在心上了，第二天中午休息时就来找她，领着她去了附近的一所驾校。从报名到付费整个流程，姜暮表现得干脆利落。从驾校出来后，顾智杰告诉她，没事的时候可以学习交规，准备科目一的考试，快的话两个月就能拿到驾驶证。姜暮点点头。

所以，接下来的几天里，姜暮下班后就回去学交规，还弄了套考试题库做。

爬山后第二天，姜暮就联系了靳朝。当时，她踌躇半晌，给靳朝发了条短信："我五点半下班，你有空吗？"

直到姜暮快要下班时，靳朝才回过信息："在忙。"

傍晚过后，姜暮又发信息给靳朝："你在哪儿？我炖了乌鸡汤，给你送去好吗？"

对话框始终显示"正在输入中"，可姜暮迟迟没有收到他的回复，直到几分钟后，靳朝才再次发来信息："不用麻烦，我吃过了。"

姜暮失落地盯着手机，她想，也许靳朝真的在忙，也许不是因为那天爬山突发的意外，也许他是被别的事耽搁了。

可后来连着几天，姜暮约靳朝见面，他都说没有空。姜暮依然会发些无关紧要的信息给他，有时候分享她工作上的一些事，有时候是几句问候，有时候甚至是刚看到的新闻。

然而，那天从山上下来后，靳朝似乎把自己包裹了起来。姜暮甚至不知道该用什么方式去靠近他，可她不会再跟他断了联系。

靳朝会回复信息，但并不会刻意和她闲聊，似乎只要她不主动聊下去，他就随时中止。

隔了两天，姜暮又提出：“我托人买了些养生茶，冬天可以祛寒保暖，效果很好，你有空吗？”迟迟未收到靳朝的消息。直到晚上洗完澡出来，她才看见手机里有一条回复：“我很好，什么都不缺。”

姜暮顶着湿漉漉的头发站在床边，盯着这条信息，眼眶发酸。其实那天在半山腰她已经把话说得很明白了，她没有男友，没有要结婚，她还是单身。这样的暗示，靳朝不会听不出来，但他没有接她的话，甚至对她的关心一再拒绝，这让她心口发堵。

姜暮拿起手机重重打下几个字：“是吗？你确定什么都不缺？”把这条信息发出去后，她将手机扔在床上。可几秒后她又拿了起来，看着靳朝那边显示“对方正在输入”。不一会儿，他回复道：“早点睡。”

那晚姜暮失眠了，她知道这个消息的时间点和他足足有六年的时间差，他好似已经从当初的事故中走了出来，显得平静，也努力像个健康的人一样生活。她那天一哭，反倒搞得他不得不面对自己身体的缺陷，这不是她的本意，但可能的确无意间触及了他的敏感地带。例如，那天下山时他刻意避开她的搀扶，对她提出要送他回家的提议也果断地拒绝了，这些天来她一再试图接近他，他都没有任何回应。

靳朝从小成绩优异，在老师眼里属于天才，无论他想做什么，似乎只要稍加努力就能轻易获得自己想要的结果。虽然小时候家里并不富裕，可靳朝活出了一身傲骨。要不是有强大的自尊心，他不可能几经磨难，鲜血淋漓地从低谷中爬出来。他不会接受她的同情，更不需要她的迁就，她的小心翼翼反而会影响到他。姜暮突然不知道该怎么和他相处了，好像她的每一次关心、每一次问候都成了他的负担。

姜暮冷静下来后，好几天没再联系靳朝。直到放假通知下来，她才发现一年一度的中秋节快到了。所里发了月饼礼盒，还有一些别的节礼。姜暮虽然是实习生，但也领到了相同的福利，只是在拎回家的路上有些茫然。

向来和家人团圆赏月的日子，她却孤身一人，到底有些落寞。在中秋节前一天晚上，她站在窗边对着圆月拍了张照片，发给靳朝。照片发过去后，她打下一行字："我在这里还有家人可以团圆吗？"

隔了好久，靳朝才回复："白天有点事。"

姜暮不知道他是不是再次拒绝了自己，反正自己无处可去，就去咖啡店吧。

第二天下午，姜暮拎着月饼礼盒跑到了moon，还没踏进门，就收到了靳朝的信息："在家？"姜暮对着星空招牌拍了张照片，发给他。

moon门口已经挂上"暂停营业"的牌子，不过门没锁。姜暮一推门进去就看到店员们在分螃蟹。

顾涛和小柯正撸着袖子，方姐刚好从吧台里面走出来。看见姜暮进来，她热情地招呼道："来得正巧，吃螃蟹吗？"

姜暮笑着说："给你们送点月饼，哪儿来这么多螃蟹？"

顾涛回头告诉她："人家客户送给老板的，他最近感冒发烧，不能吃凉性的，就便宜我们了。你也带几个回去吧。"

姜暮看他们已经分好了，就不好意思再拿，所以摆摆手："不用了。你们老板怎么感冒了？"

顾涛说："前阵子受凉了吧，拖了一个多礼拜。"

姜暮的脸色立马就白了，怪不得这段时间他不肯再见她。上次爬山时他还好好的，山上风大，他出了那么多汗，后来又跟着她坐在半山腰的石凳上吹了好半晌的风……

想到这里，她猛地站起身，准备出去打电话给他。可她刚走到院中，就见靳朝穿着深色大衣出现在门口，看见她走出来还有些诧异："迎宾啊？"

姜暮立马收了手机，无所适从地说："是啊，你开工资吗？"

靳朝唇边溢出淡笑："请不起。"说完，他走到她身边推开门。

姜暮跟着走了进去，对他说："你还没问什么价就说请不起？"

靳朝回眸深深看了她一眼，只一眼就让姜暮突然想起了一段往事。那年她误打误撞地跟着靳朝参加了一场赛车，有个富二代问他的领航员是什么价。

"无价。"

她记得他是这样回答的。

姜暮的心情突然好了起来，但是好不过三秒，因为接下来听到顾涛说道："挂完水了？今天很快嘛。"

姜暮赶忙凑上去看靳朝的手背，靳朝余光微转，然后将手收进大衣口袋。姜暮想到他之前说白天有事，所谓的有事居然是去输液——大过节的一个人跑去输液。姜暮越想越难受，早知道就陪他去了。她担忧地走到他身前，问："还烧吗？"

靳朝扫了她一眼，见她一脸内疚的模样，干脆转过身来，弯下腰说："要摸摸看？"

眼前落下一片阴影，熟悉的气息让姜暮的心尖颤了下，她情不自禁，抬手往靳朝额头上探去，眼看就要碰到了，靳朝突然直起身子，嘴角扯出一抹笑容，姜暮的手落了空。她看着他回过身去，若无其事地走到顾涛他们中间，说道："没事早点回去过节吧。"

不大一会儿，顾涛他们把东西收一收就准备下班回家。靳朝让他们先走，他留下锁门。

待顾涛他们走后，咖啡店突然安静下来，暖金色的光辉照在落地窗外的山顶上，半明半暗，寂静、悠远。

靳朝在吧台里面忙碌，姜暮坐在窗边看手机。

不一会儿，吧台里传来阵阵咖啡的香气，越来越浓烈。姜暮抬起头时，一杯咖啡已经落在她面前。

靳朝在她对面落座，对她道："moonlight，非卖品，尝尝。"

姜暮看着杯中的月亮拉花，笑了起来。

moonlight，月光，中秋，赏月。这是最应景的咖啡。

姜暮端起来喝了口，眼前一亮，很熟悉的味道——为数不多能让她记得的味道。那晚在修车行确定关系时靳朝递给她的那杯咖啡的味道，偏甜。他告诉她，不是所有咖啡都是苦的。他说，他不会让她吃苦。

岁月流逝，她才真正体会到这句话的意思。她抬起头看向靳朝，不知道什么时候他脱了外衣，穿着质感很好的深灰色针织衫，肩膀到手臂的线条恰到好处。

姜暮的眼睛弯成了月牙，她对他说："看见他们弄螃蟹就想起原来还住在苏州的时候，妈妈每年中秋都会买螃蟹回家。"

靳朝眼眸微垂，开口道："家里还有一盒。"

姜暮放下咖啡杯，嘴角泛笑："你要带我回家吗？"

靳朝住的地方离咖啡店很近，带着姜暮走回去不过十多分钟。之前姜暮和他散步时不觉得有什么，可自从知道他的身体状况，再见到他时，她会忍不住担心他累着。明明十几分钟的路，她担心得几度去看他。

最后靳朝干脆转过视线对她说："我不是纸糊的。"

这句话让姜暮小心翼翼收起了自己的担忧，起码不想再让他看出来。

接近小区门口的时候，姜暮愣了下。当初租房的时候，她在房产中介看到过这里的房子，环境比较好，她一眼就看中了，但是因为这个小区房价颇高，她没有考虑。

靳朝走到小区门口，业主人脸识别通过后，电子闸门自动打开。他回头看向姜暮，见她诧异地跟在自己后面，问道："原来你住这儿啊？"

靳朝侧了下视线："你来过？"

姜暮笑而不语。她来南京这么长时间都不知道他们两个住得这么近，在去moon之前，他们两个在家门口竟然一次都没碰到过。

靳朝住的那栋楼是一梯两户。姜暮进了电梯，问道："几楼？"

"8楼。"

姜暮伸手去按电梯按钮，就那么一瞬间的工夫，白天那种打算一个人过节的落寞荡然无存，她的脸上不自觉地攀上笑意。反正是背对着靳朝的，她便笑得无所顾忌。可是笑着笑着她就感觉不对劲，总感觉有人在瞅着自己。于是，她慢慢地把视线往左边一扫，果然对上一双墨黑的眸子。她忽略了电梯里的镜子，靳朝就这样安静地看着她笑，不知道他看了多久。在她转头之际，他收回视线，唇边扯出一抹似笑非笑的弧度。

熟悉的尴尬又扑面而来，姜暮佯装打理头发，把脸转到另一边。

这是姜暮第一次来到靳朝住的地方，到了家门口才发现自己两手空空，而且是大过节的来他家吃饭，似乎不太合适。她突然停住脚步。

靳朝回头看她："怎么了？"

姜暮指了指电梯，对他说："还缺什么吗？要不我去买点东西带过来吧？"

靳朝已经将门打开，看了她一眼："把你带着就行，进来。"

姜暮局促地朝他走去，不过只局促了一秒，因为下一秒闪电已经冲过来。看见靳朝把姜暮带回来了，闪电异常兴奋，两只前爪跃跃欲试，有种想往姜暮身上扑的架势。靳朝一个凌厉的眼神扫过去，它老老实实地跑去鞋柜边，叼了一双拖鞋放在姜暮面前，是一双很大的男士拖鞋。

姜暮故意问道："没有女士拖鞋吗？"

靳朝垂眸出声道："要不要检查鞋柜？"

姜暮的小心思被他识破了，她含含糊糊地说："我就是穿着有点大……"她换好鞋，蹲下身揉着闪电的大脑袋，亲热道，"你怎么这么懂事呢？嗯？我的闪电宝宝。"

她故意发嗲的声音落在靳朝耳里，让他嘴角也浮起了笑容。

姜暮的巨型宝宝表示很受用，跑去把骨头玩具叼来，大方地送给姜暮。姜暮捏了捏便放下了。闪电又叼起来往她手里塞，搞得她不好意思再拒绝它的好意，只能抱着它的骨头玩具，然后对着往厨房走去的靳朝问道："我能到处看看吗？"

靳朝拿出螃蟹，侧过头来看她，她正站在门口抱着闪电的骨头玩具。那个骨头玩具快有她半人高了，在闪电热情的攻势下，她就傻傻地一

直抱着。靳朝眼里蕴出一丝温度，对她说："随意。"

这套房子色调简单，客厅很宽敞，和靳朝的风格很搭，屋子里没有什么杂物，所以整体看上去干净清爽。客厅里有一张舒适的沙发，没有多余的装饰品或者绿植，甚至没有电视机，多少给人感觉有些冷清。

有两个房间，一个房间关着门，另一个房间里面摆放着一面很大的书柜，有一张深木色的办公桌。姜暮几步走了进去。办公桌上还放着几本投标书和一些文件，她伸头看了眼，都是和动力工程有关的。书柜里机械制造类的书籍偏多。再往外看是一个很大的阳台，阳台上放着几组健身器材和辅助器具。

姜暮从那个房间出来后，靳朝已经把螃蟹蒸上了，她出声问道："这里是买的还是租的啊？"

"买的。"他随口答道。

姜暮有些意外："这儿的房价，不便宜吧？"

靳朝打开冰箱，把里面的菜陆陆续续拿出来，回道："这几年做项目赚了点，付个首付还凑合。"

姜暮指着旁边那间关着门的房间："那间是卧室吗？"

靳朝"嗯"了声，问道："饮料还是茶？"

姜暮说："不用麻烦，我现在不想喝，可以进你房间参观吗？"

靳朝沉吟片刻，回道："我能拒绝吗？"

姜暮努了努嘴，扬起下巴睨着他："藏了个女人不能见人啊？"

靳朝垂眸笑了笑，不说话。他越是这样，姜暮越想进去一探究竟，她抓住门把手，挑衅地说："我进去了哦？"

靳朝撩起眼皮盯着她，目光深沉有力。

最终姜暮松开手，没有踏入他的私人空间，而是看向另一扇房门，问道："这是洗手间吧？借用一下。"

靳朝张了张嘴想说什么，有点不自然。

姜暮诧异道："洗手间里也藏了个女人，不能进吗？"

靳朝垂眸，转过身去，丢下一句："你自便吧。"

于是，姜暮打开了洗手间的门。入眼的空间干湿分离，宽敞、整洁，就连洗手台都收拾得很干净，并没有藏着女人，可姜暮还是愣在原地。地砖全部是防滑设计，周围墙上装了安全抓杆。淋浴间是无障碍卫浴设计，有专门可以放下来的浴凳，旁边还立着一辆可移动轮椅。

虽然那天就知道了靳朝的情况，可真正走进他的生活，亲眼看见这些设施，姜暮还是受到不小的冲击。曾经那么利落的一个人，单手提起她都毫不费劲，背着她一口气上五楼都不带喘，如今却受困于生活中简单的小事，姜暮心里难受，眼里蒙上一层雾气，但她还是在走出洗手间前恢复如常。

靳朝正在厨房里忙碌着。姜暮走了进去。厨房是L形的设计，空间很大，螃蟹的香气已经传了出来。靳朝正在准备晚饭，姜暮凑过去看了一眼，撸起袖子对他说："我也来弄两道菜吧。"

靳朝斜眼瞧她，语气揶揄："能干了。"

姜暮瞪着一双大眼，故意可怜地说："怎么办呢？这么多年没人照顾，总不能把自己饿死吧？"

她把外套脱掉，靳朝伸手接过。看着她眼圈微红却故作轻松，他唇角发紧，收回视线，随口问道："看不出来你会没人追。"

姜暮用刀背用力一拍姜块，愤愤道："我会没人追？追我的人从堪培拉排到悉尼歌剧院了好吧？"

靳朝挂好她的外套，走回来，语气淡淡："怎么不去处一个？"

姜暮把配菜切好，放进盘子里备用，扭头对他说："你怎么知道我没处过？说真的，我跟不少男人约过会。其中最夸张的是一个玩摇滚乐的，第一次约会就带我去深山老林。我以为他要烧烤，结果他直接往河里跳，连鞋子都没脱，还让我也跳。我都看傻了，河面还结着冰呢。"

靳朝微微蹙起眉，手上的动作迟缓了些许，一言难尽地瞥了她一眼。

姜暮立马笑了，歪着头："我说，我讲什么你都信吧？"

靳朝眼神带着压迫感，瞅着她："你没话聊了是吧？"

"还是有不少的。你现在还在搞汽车吗？"

“差不多吧。”

“我回国后先回了趟铜岗，和潘恺碰了面，他还给了我你的联系方式，是长春的座机号，我没打通。你怎么去长春了？”

“之前在那儿待了两年，毕业后就过来了，还有业务在那儿，有时候会过去。”

“是做什么的？”

“做项目，不固定，你打电话的那个地方搬过一次，号码不用了。”

姜暮嘀咕道：“怪不得。”然后又问道：“高考还是成考？”

靳朝已经利落地把她切下来不要的边角料收拾干净，回道：“自考。”

姜暮愣了下。她听说自考就是自主学习，考过十几门科目才能拿到毕业证，不是件容易的事，特别是他还要挣钱，两头兼顾。

她问道：“自考很难吗？”

“专科不难，本科要费点事，但还好。”

姜暮反应了一下，才明白过来，严格来说，他高中没毕业，要从专科开始考，她不禁问道：“要背书吧？”

靳朝几不可察地笑了下：“那些基本原理概论，做康复训练那段时间没事的时候就背下来了。”

姜暮倒是从不怀疑靳朝的能力，他的脑子好，从小背东西就比她快，白天在学校学的单词，晚上回到家就已经会背了。她高考前，靳朝还分享过他的记忆法，非常歪，能把一句话的意思扭曲成风马牛不相及的内容，但奇怪的是，下次再看到相同的知识点，偏偏就能过目不忘。

“你学的还是这方面的专业吗？”

靳朝熟练地将对虾去壳去虾线，说道：“那时候被广宇介绍到长春，有经验没文凭，干脆读了个机械设计制造及自动化。”

“那你现在是在读研吗？也是这个专业？”

“热能与动力工程，明年毕业。”

姜暮有些惊叹，也许常人读研究生没什么稀奇的，可靳朝读就不一样了，特别在看过他淋浴间的设施后，她心里总是一阵阵地疼，他越是努力地向上爬，她越能感受到他每一步的艰辛。

靳朝感觉到她的情绪，岔开了话题："你问题多得快赶上HR了，要不要我给你复印一张学历证书？"

姜暮终于笑了，不再说话。她穿着半高领的奶白色毛衣，长发在脑后随意绑着，几缕碎发顺着颊边落下，显得整个人温柔妩媚，让清冷、空荡的厨房多了些过节的气息。靳朝借着暖光瞧了她一眼，然后打开抽屉，拿出围裙递给她。

姜暮正在腌制五花肉，满手酱汁。靳朝怕她的白衣服被弄脏，干脆绕到她身后将围裙的带子套在她的脖子上。姜暮感觉到他的身影笼罩在自己身后，呼吸微滞，就连手上的动作都停了下来，但他很快又走开了。姜暮侧头看着他，他紧绷的轮廓透着克制的温度，她又转头看了看趴在厨房门口的闪电，有些恍惚，这一切像梦里才会出现的画面。

姜暮做了脆皮五花肉和鸦片鱼头，靳朝炒了几个菜。螃蟹出锅了，个头都很大。在吃饭前，靳朝接了个电话，虽然没按免提，但姜暮依稀听见那头说话的声音有些耳熟。她凑到靳朝面前竖起耳朵，果真听到了三赖奔放的笑声，他说："你不肯过来，我们就过去啊，现在出发，过去就两个小时。一个人过节多没意思。"

靳朝抬眸扫了眼贴上来的姜暮，语气淡然："你怎么知道我一个人过节？"

三赖立马道："抱歉，没把闪电算进去。我跟你说真的啊，我们马上过来了。"

靳朝回道："不用，反正我下周还要过去。"

姜暮笑了起来，捏着嗓子变换声调，对着电话里柔情蜜意道："亲爱的，你快点嘛。"

电话里顿时一片死寂。靳朝扬起视线凉凉地盯着姜暮，姜暮捂着嘴笑个不停。

十几秒后，三赖才骂了一句，然后在电话那头结巴道："那……那兄弟，你忙，我挂了。"

电话被挂断，姜暮刚准备跑，就被靳朝一把扯住衣领拉了回来，

语气颇沉：“我一世英名就毁在你手上了。”

姜暮嬉笑道：“我对你负责还不行吗？”

靳朝目光渐沉，空气突然静了下来，姜暮脸上的笑容淡了，目光却灼灼地盯着他。

Chapter 23

朝为日，暮为月

“我腿不好，你别跑，我怕追不上你。”

虽然姜暮是开玩笑要对靳朝负责，可她话里多少带着真情，只是靳朝并没有回应她，转而问道：“喝什么？”

他走到柜子旁，姜暮扫了一眼，对他道：“来点红酒吧。”

靳朝潜意识里还是习惯性地把她当作小女孩，瞥了她一眼，直到姜暮抬起目光问了句：“不行吗？”他才恍然，她早就不是小丫头了。

姜暮喝了点红酒，面容越发水润。

靳朝问她：“你妈身体怎么样？”

姜暮便断断续续提起这些年和Chris还有他的孩子们相处的点滴。靳朝安静地听着，尝了尝她做的菜，味道像模像样，卖相也不错。后来，他发现她吃菜不太忌口了，有葱姜蒜似乎也不在意。从前他一直希望她能改掉挑食的坏毛病，可她真改掉后，他心里却涌上一股复杂的情绪。

姜暮吃了半个螃蟹，吃得很费劲，最后评价道：“螃蟹好吃，就是吃起来太烦了。”

靳朝起身去找来一套专门吃螃蟹的工具，姜暮叹道：“你挺讲究啊。”

靳朝瞥了她一眼，没说话。

等姜暮一杯红酒下肚，靳朝把剔下来的蟹肉和蟹黄放在她面前，姜暮的心绪突然就翻腾起来。她这才想起来，螃蟹是凉性的，他不吃，那么费劲鼓捣都是为了她。满满一碗蟹肉，滴上几滴醋，一大口吃下去，说不出的满足感。她可能……这辈子不会再遇见一个肯这样为她剔蟹

肉的男人了。

姜暮安静了一会儿，再次抬起头的时候，她举起空酒杯对靳朝说：“再来点。”

靳朝说了她一句：“喝醉了别指望我抬你回去。”

姜暮盯着他笑。靳朝还是纵容地给她倒了一些。

她举起酒杯对他说：“朝朝，哥，不是，朝朝……”她语无伦次，靳朝笑了，怀疑她是不是喝高了。

姜暮却正儿八经地对他说：“鉴于你发生这么大的事情都不肯告诉我，我决定和你断绝兄妹关系了，从今以后，再也不认你这个哥了。”

靳朝怔了下，挑眉端详了她几秒。姜暮见他不动，把他的酒杯拿起来递给他，他顺手接过后，姜暮在他酒杯上碰了下，然后一饮而尽。靳朝依然沉静地注视着她，没动酒杯，又放了回去。

姜暮放下酒杯，对他道：“我现在还在实习，你知道吧？”

靳朝“嗯”了声。

姜暮嘀咕道：“工资不多，一个月租房要几千块，还有水、电、煤气费。以前上学有我妈资助，现在出来工作了总不能还伸手向她要钱，也怕她觉得我在国内混得不好。现在物价可真贵，前两天我舍友打电话给我让我垫付明年的宽带费，我感觉我要吃不起饭了。”

她莫名其妙开启的话题令靳朝默了一会儿，然后他抬眸问道：“你要借钱？”

姜暮瞬间就笑了：“能不还吗？”

靳朝表情松弛，语气也很懒散：“不能。”

姜暮吃瘪，吸了下腮帮子。

靳朝起身走进厨房，盛了碗热汤出来，放在她面前，继而问道：“要多少？”

姜暮捧起汤，唇边抿着笑。

靳朝重新坐下来，看着她道：“人家借钱最起码还套套近乎，你借钱之前跟我断绝兄妹关系，够与众不同的。”

姜暮喝了口汤："谁说我要跟你借钱了？考虑到后面的生计问题，一顿饱和顿顿饱，我还是能权衡出来的。你想，你一个人住也是住，我要是搬过来的话，不就有人跟你分担生活成本了吗？虽然我现在还没转正，工资不是很高，但是等我转正加了工资，我就可以省吃俭用贴补你了。"

靳朝眼里透着笑意："谢谢你的好意，谁贴补谁还不一定。"

姜暮喝完汤，靳朝准备收拾桌子，她站起身，说道："我来洗碗吧。"

靳朝瞥了她一眼："有洗碗机。"

后来，姜暮见闪电吃得一地都是残渣，刚准备找东西帮忙清扫，靳朝正好从厨房走出来，直接按了一个按钮，扫拖机器人从姜暮身旁掠了过去，没她啥事了。

靳朝端着一盘才切好的月饼，出声问道："赏月吗？"

姜暮小声说："赏我吗？"

靳朝"嗯？"了声。

姜暮笑了下："没什么，赏呗。"

于是两人坐在阳台上对着那轮满月。其实他们小的时候也在一起赏过月，但姜暮印象很模糊了，靳朝到底比她大五岁，记得倒很清楚。

他告诉她，要爬到顶楼。她不会爬，每次都是靳强在下面举着她。每次都是他先爬上去，然后从上面拉她。她小时候喜欢吃凤梨馅的月饼，他让她看月亮，她只顾着吃月饼。他跟她说嫦娥奔月的故事，她只记得月兔，后来还吵着要买只兔子玩偶。

现在姜暮不太爱吃那么甜腻的东西了，但她喜欢听靳朝讲她小时候的蠢事。

后来，聊着聊着，姜暮又把话题绕回来："跟我合租的那个哥们儿，嘿，当初急着找房都没在意室友性别。不过不重要，我住了三个月就见过他两次，他神出鬼没的，我怀疑他是职业捉鬼队的，一到晚上就不见人影，房间里还总是放着一些诡异的歌。你说，我要不要换个地方住呢？"她长长的睫毛眨动间楚楚动人，大概是喝了酒的缘故，脸

色红润，半靠在软椅上说不出地温软。

靳朝不跟她绕弯子，一语道破：“老毛病还没改，一过来就赖着不走了？”

姜暮笑了起来，强调道：“我又没赖着别人。”

靳朝望着那轮璀璨的明月，良久，对她道：“我问你件事，你这次回铜岗，你爸没有告诉你我的联系方式，对吗？”

姜暮点了点头：“他说你好几年没回去了，你是不是跟他串通好骗我的？”

靳朝的目光一点点垂了下去，他没吱声。隔了一会儿，他再次抬起头看着那轮满月，对她说：“朝为日，暮为月，日月交替，不复相见。”

姜暮渐渐皱起眉：“什么意思？”

洗碗机停止工作了，靳朝起身，走进厨房。在路过她身边的时候，他声音清淡地落下一句：“这是我对你爸的承诺。”

姜暮瞬间感到浑身冰凉，仿佛有块沉重的巨石朝着她的心口砸了下去。她读大一那年回国，爸爸就对她隐瞒了靳朝的情况，只是那时她以为靳朝还没安定下来，日后他总会联系她的。可她这次回来，爸爸还是用同样的借口避谈靳朝，虽然她感觉到不对劲，后来一直认为这是靳朝的意思，万万没想到爸爸根本不想让她和靳朝再来往。

这么多年，靳强早把靳朝当亲儿子一样牵挂，他希望靳朝顺遂，也希望他能够过得好。可姜暮是靳强的亲骨肉，他同样希望她能找个四肢健全的丈夫，过得轻松些。人都有私心，他不想一苦就苦了两个孩子，更何况他太清楚姜迎寒有多排斥靳朝。无论靳朝娶谁，他都不希望那个人是姜暮，否则所有人的关系都会被架到一种尴尬的境地。

“不是因为你的身体，即使没有这场意外，我也会劝你不要再联系暮暮，就当我对不住你。”

那个傍晚靳强去看靳朝的时候是这样对他说的。他带了很多东西，也说了很多话。靳朝始终一言不发，直到靳强离开的时候，望着他被生活压弯的脊背，才双手握拳，开口道：“爸，我答应你，不会找她。”

答应靳强的时候，靳朝坐在轮椅上，连日常生活都不能自理，根本不知道以后能不能再站起来，除了靳强那里的压力，更多的是他对未来心如死灰。

自那之后六年来，靳朝恪守承诺，没再主动联系过姜暮。可是人都有欲望，随着自身的情况一点点好转，靳朝也想过他们也许还会再见，哪怕做不成恋人，做家人远远地守着她也好过在茫茫人海中彻底失联。他每年都回铜岗一次，告诉靳强自己的现状，也定期打钱回去。他渐渐让靳强知道他有能力不给身边人带来负担。

尽管如此，这次姜暮回国，靳强依然没有松口。

朝为日，暮为月，日月交替，不复相见。

姜暮忽然意识到，自己刚才的话对靳朝来说何曾不是一种无形的刀子。靳强认可他这个儿子，但他的隐瞒也意味着他至今无法认可靳朝成为姜暮的另一半，所以在她说出那番话后，靳朝垂眸沉默了好一会儿。

姜暮猛地站起身，心尖发颤地去找靳朝。靳朝正将洗好的碗碟拿出洗碗机。她望着他的背影，就那么一瞬间，一股强烈的冲动充溢心间。她拿出手机，在离靳朝几步之遥的地方拨通了靳强的电话。

靳朝感觉到了动静，回过头来。那一瞬间，电话接通了，姜暮牢牢锁住靳朝的眉眼，对着电话里道："爸，中秋好。"

"吃过了，在靳朝家里吃的。"

在姜暮毫不迟疑地说出这句话后，靳朝的眉峰微微蹙了下。

紧接着，她再次开口道："是的，我们碰上了，你挺意外的吧？"

"打电话给你没有别的事，只是想告诉你一声，是我主动找的他。我长到这么大没怎么让你为我操过心，以后我的事情也请你不用操心了。"

说完，姜暮挂断电话，目光灼热地看着靳朝，空气仿佛凝固了，靳朝眸色深沉，两人就这么默默地望着彼此，直到靳朝的手机响了起来。姜暮把视线落在手机屏幕上，是靳强。靳朝扫了姜暮一眼，拿着手机走到阳台上，接通电话。

隔着拉门，姜暮不知道他们说了什么，直到五分钟后电话挂断了，靳朝背对着她立在阳台上，整个人陷入沉默。

姜暮没有犹豫，直接拉开门，走到阳台上，从他身后紧紧搂住他。靳朝的身体僵住了，他低下头看着腰间环住自己的手臂，听见她问道："你说要等我长大的，你说的话还算数吗？"

靳朝眼里掀起波澜，只是他依然站着，没有动。

姜暮的声线跟着情绪起伏："我26了，不再要谁来替我做主，即使所有人都反对又怎么样？"

靳朝听出她要哭，便拍了拍她的手臂，她收得更紧："你说下一次见面给我抱个够的。前几次见你我已经对你够客气了。"

靳朝眼里流露出温柔的光："没不给你抱，你让我转过来看着你，别哭。"

姜暮这才松开手。靳朝转过身来，深邃炯亮的目光太摄人，看得姜暮心脏发紧，又不好意思抱了。

她低着头，听见靳朝对她说："暮暮，你听我说，你刚知道我的事，我知道你心里不好受，但还有很多问题我没来得及告诉你。"

"什么问题？我爸又对你说了什么？"

靳朝轻轻摇了下头："没有，他只是打来问了问我最近的身体情况，让我照顾好你。"

姜暮热切地看着他："那到底还有什么问题比你站在我面前更重要吗？你也知道我不小了，我现在转身嫁给别人，你甘心吗？我要你说实话。"

她越说越激动，靳朝伸手想去拉她，姜暮后退一步，盯着他愤愤不平地说："我没你那么理智，也没法考虑那么多问题。是，你总是能面面俱到，我不能，我只知道船到桥头自然直，也活到这么大了。

"我要是嫁个男的，以后他对我不好，真像我说的，把钱拿去买装备找女人，甚至对我拳打脚踢、冷暴力，即使那个人四肢健全，你觉得我就能过得好了吗？

"你就没有想过，你放弃我，也是让我拿未来去赌？"

靳朝听到这番话，目光闪烁，渐渐拧起了眉。

姜暮哽咽了一下，目光清明地看着他："朝朝，我今天跟你断绝兄妹关系了，从今往后，我跟你做不成兄妹了，还要不要联系，你考虑清楚了。如果真的觉得跟我在一起压力太大，那就算了吧。"

靳朝怔怔地盯着她。姜暮转身就要走，靳朝的目光骤紧，他几步走进客厅，伸手拽住她，对她说："我腿不好，你别跑，我怕追不上你。"

明明是自己说了狠话，却在听见靳朝这句话后，姜暮泪眼模糊，心脏抽疼，就连眼镜片都逐渐模糊了，架在鼻梁上，像起了一层雾。她不忍心再离开他半步。

靳朝瞧着她，出声问道："还能看见吗？"

姜暮鼻音很重地说："看不见了。"

靳朝将她拉到身前，抬起手替她拿掉了眼镜，顺势低头吻上了她的唇。姜暮的视线还没有恢复，温热的呼吸已经扑面而来，熟悉的感觉一下子让她心胀到要爆炸。

没有循序渐进的撩拨，积压已久的思念像洪水溃堤，靳朝钩住了她的腰，将她整个人揉进怀中。姜暮此时的思绪全部停滞了，直到被靳朝压在身后的墙上，他与她十指紧扣，炽热的吻像火焰灼烫着她。姜暮哭得更凶了，那久违的、不甘的、委屈的情绪全部爆发出来。

靳朝捧着她的脸，轻声哄道："别哭，你哭起来我就没辙了。"他眼中摇曳着醉人的光。

姜暮抬起湿润的睫毛，她什么都听不见了，心跳声击打着耳膜，其他所有声音都朦胧不清。刚才喝的红酒这会儿是真的上头了，她脸色妩媚。靳朝干脆直接将她抱了起来。

姜暮身体悬空，双手攀着他的肩膀，客厅的灯影在她眸中摇摇晃晃。不一会儿，她被靳朝放在柔软的沙发上，双手还钩着他的脖颈。靳朝低下身子，在离她很近的地方望着她，性感的喉结不易察觉地滚动着，带着充满欲望却又克制的温柔，对她说："关于我的身体状况，你还没有完全了解，本来想让你缓一段时间，等你接受这个事实后再说。"

姜暮身体发软，靠在他怀里，抬起头，眼里跳动着不安的光，问道：

“你的身体……不能生小孩了吗？”

靳朝神色微愣，随即眯起眼睛：“你在想什么？”

姜暮承认她想歪了，可在这种情况下，他们这么亲密，她还能想什么？她有些不自然地躲开眼神。

靳朝俯身在她耳边问道：“想要我证明吗？”他的手握住她的腰，强势滚烫地存在着。姜暮被他吻得快要喘不过气来，浑身酥麻。

在失控的边缘，靳朝把她拉进怀里，对她说：“不要因为想照顾我或者觉得内疚才回到我身边，回去睡一觉。我把最近的身体报告发到你邮箱，你先看一看，一旦做了决定可能就意味着你将来会面对很多不便，我不一定有能力陪着你做你想做的事，还有你身边人的看法、你父母的看法，你考虑过后再给我答复。”

姜暮紧紧攥着他的衣服，大脑眩晕，声音沙哑地问：“我要是不愿意,你再做回我哥还是彻底跟我分道扬镳？”她收回钩着他脖颈的手臂，可在落下的时候，靳朝及时捉住了她柔软的手，摩挲着她的手背，笑得深沉，再也没有松开。

姜暮回去以后的确收到了一份关于靳朝身体状况的报告，很多页。她看得云里雾里，后来通过上网查询外加打电话问老同学才把这份报告读明白，花了好几天的时间。

她以为当年的事故只是夺走了靳朝的一条腿，可读懂这份报告，她才知道那仅仅是肉眼能分辨出的伤害。那场意外起初对他造成了全身性的损伤，脑组织受压致使他昏迷了一段时间，所以在他出事后，他们怎么都联系不上他。此外，他的身体多处骨折、断裂，在长期的康复过程中经常出现局部肿胀、关节疼痛，导致行动受限。之后，肌力也开始下降，他还经历过很长时间的幻肢痛。

“根据过往的病情，这个人就是从鬼门关里爬回来的，像正常人那样是比较困难了，按照你说的状态，他能恢复成现在这样肯定是下过狠功夫。”

这是姜暮同学的原话，而这些通通都是她没有想到的，比失去一条腿更严重的是无法修复的后遗症。

自从和靳朝重逢，他总是在她面前表现得和常人一样，她几乎看不出来他有何不同。可那天爬山吹了风，回来就生病了，他没有告诉她，到底是不想那么快让她知道他的真实情况。

知道得越多，姜暮便越感到压抑，她突然理解为什么靳朝说要等她缓一缓再慢慢告诉她，果真一桩桩事情压下来，她难受得难以喘息，对以后要承担的一切有了新的认识。

这一周迫切地把科目一考完后，姜暮又赶紧投入科目二的练习。这几天组里任务重，连加几天班，还要练车，姜暮的日程一下子塞得满满当当的。

周三接到同学的电话，周四她又在网上查了些同学告诉她的情况，她想着，忙完这个礼拜，周末再去找靳朝好好聊聊这事儿。

结果到了周五，顾智杰那边要接待几个外省的来访者去参观天文台。领导的意思是找两个气质佳的，这也是代表所里的形象，顾智杰立马就想到姜暮了，便跑来借人。带姜暮的研究员不情不愿的，顾智杰说好晚上请大伙吃饭。

姜暮从所里出来，上了顾智杰的车，他就笑道：“我够意思吧？知道你们最近忙疯了，把你要出来放放风。”

姜暮想到回去后，那些工作还得她来做，不由得满脸怨气：“我谢谢你了。”

顾智杰爽朗地笑道：“不客气。”

姜暮没想到，下午在山上的时候接到了靳朝的电话。他问她：“几点下班？”

姜暮看了一眼远处正在和随行解说员交流的人，对靳朝说：“在安排一些来访者参观天文台，还有一会儿他们就走了。”

靳朝说了句：“那你先忙。”然后挂了电话。

姜暮站在陨石展馆门前的空地上，抬起头望着远处的天空，凝神思考，直到顾智杰走过来，对她说：“待会儿他们另有安排，把他们送上车我们就撤。晚上吃火锅吗？”

看见姜暮一直仰着头，他也不禁抬头望天，纳闷道：“在看什么？”

姜暮眼里的光骤亮，脸上浮现绚烂的笑，很短暂。她收起笑容，转头对顾智杰说：“我都可以。”

顾智杰又盯着天上看了看，今天空气能见度较高，秋高气爽，除此之外，他没看出什么所以然来，便转身进去了。

过了一会儿，来访者们打算去展馆里面拍些照片，顾智杰就和姜暮走了出来，打算先到大门口等他们。

顾智杰跟姜暮开玩笑道：“别天天忙着考驾照，老大不小了，也考虑找个男朋友。”

姜暮回呛：“你比我大几岁，你都不急，怎么好意思说我？”

两人说笑间，发现远处的红枫下立着一道身影，深色大衣将他衬得清隽、沉稳，他似乎站在那儿有一会儿了，目光一直落在他们身上。

姜暮脚步微顿，笑容凝固了，瞬间脸色煞白，她提步就朝他走去，焦急地问道：“你怎么来了？”

靳朝看了一眼她身后跟来的那个男人，沉声回道：“来看看你。”

姜暮有些激动：“不能在山下等我吗？你怎么爬上来的？”

靳朝双手抄在大衣口袋里，语气淡然：“缆车。”

顾智杰在旁听见姜暮大惊小怪的声音，立马笑了起来：“上个山怎么还把你紧张成这样？”

姜暮看了顾智杰一眼，没再继续这个话题。

靳朝转眸问道：“这位是？”

顾智杰自我介绍道：“顾智杰，算是姜暮半个同事。”然后他碰了下姜暮，小声问了句：“谁啊？”

姜暮偏过头，用唇语快速说道：“一个礼拜前男友。”

顾智杰立马一副恍然大悟的样子，再看向靳朝时从头到脚把他打量了一番，感叹道：“久仰久仰。”

靳朝对他倒是很陌生，只是问道：“半个同事是……”

顾智杰开口道：“我是姜暮师哥，虽然工作不在一起，但她算是被我骗来南京的，大领域都是一家人，只能算半个同事。”

靳朝没说话，目光瞟到姜暮脸上，带着一种难以捉摸的压迫感。姜暮突然想到靳朝还她钢笔那天，在咖啡店里，她曾胡诌过“来南京工作就是为了他”。虽然那个“他”是虚构的，但结合顾智杰这番话，理解起来就很微妙了。

姜暮忽然明白了他这个眼神的深意，低着头笑了起来。

顾智杰见他们都不说话了，感觉到自己有点多余，便转头对姜暮说：“你待会儿就别过去了，我和小秦送下就行。晚上一起吃饭吗？”

姜暮说道：“待会儿电话联系吧。”

“行。”顾智杰应了声，转向靳朝打了声招呼：“还有客人，先过去了。”

靳朝微微颔首。

顾智杰离开后，姜暮走到靳朝身边，问他：“上来过吗？我是说，之前坐缆车上来过吗？”

“没有。”

靳朝垂眸看她，她穿着米色的高腰裤和一件浅蓝色的衬衫，长发披肩，温婉迷人。风撩起她的长发，阵阵幽香让他不禁抬手替她理了下被风吹到身后的发丝。

姜暮感觉到，转过身来的时候，他已经将手收回大衣口袋。她问他：“既然没来过，要转转吗？”

“如果你方便的话。”靳朝说。

“要是我不方便，还在工作中呢？你上来岂不是白跑一趟了？”

靳朝重复道：“我说过，我只是上来看看你。”

“只是来看我一眼吗？为什么？”

靳朝看向远处的蓝色琉璃瓦，目光深邃：“看看你是不是被我吓跑了。”

姜暮愣了下，随即问道：“那你看出什么了吗？”

靳朝淡笑不语，停在青铜铸造的天球仪前面，看着一旁的介绍，似乎很感兴趣。

姜暮虽然来南京时间不长，但不是第一次来天文台，便充当半个讲解员，告诉他上面的1449颗铜钉代表人类肉眼可见的星球，她还介绍了这台仪器的运作原理、估算恒星之间相对坐标位置的方法。让她意外的是，靳朝一听就明白了，还问她这个框架是不是子午圈和地平圈组成的。本来她只是随口问问他要不要转转，结果他认真地逛了起来。

从梯道下来的时候，靳朝问她："你现在的工作是哪个方向？"

姜暮告诉他："我待的地方主要从事多种天体系统动力学方面的研究。"说罢，她侧头看了他一眼，"准确来说，你是我的启蒙老师。"

靳朝不禁想到她高三学物理时费劲的模样，笑了起来，随后侧头瞧着她，目光深得仿若藏着百转千回，问她："最近很忙吗？"

姜暮心口发紧，她这几天的确很忙，那份报告也是直到昨天才全部弄明白，她没想到，短短几天的时间会让靳朝感到不安。

她反问道："问你个问题，我要真有个打游戏找女人的未婚夫，像我之前说的那样，你打算怎么办？"

靳朝眼里带着淡淡的笑意望着她的眼："想听实话吗？"

"当然。"

"我会在你结婚前让你心甘情愿地把那个男人踹掉。"

"然后呢？再让我心甘情愿地跟你？"

靳朝没有出声，眼里的笑意更加强烈了些。

姜暮又问："如果我的确被那份报告吓到了，想退缩呢？"

靳朝紧了下腮，唇边滑过一抹自嘲的弧度："我应该还来得及赶上最后一班缆车下山。"

姜暮狠狠地瞪了他一眼，迈开步子先下了台阶。想到他追不上会着急，她走了两步停在台阶下面，回过身来等着他。

太阳在靳朝身后缓缓下落，像是为他量身定做的背景板，把他的身形勾勒得挺拔修长，他逆着光向她走来，出声问道："所以，考虑好了吗？"

姜暮眼里闪过一丝不易捕捉的笑意："我带你去个地方。"

沿着毛石砌筑的厚重围墙，他们踏上了栈道。姜暮带着靳朝一直走到最里面，停在一道楼梯前。暮色将至，游客渐渐少了，姜暮对他说：“我的答案就在上面。”

靳朝望着她璀璨的眼眸，抬步缓缓向上走去。直到最后一级台阶消失，入眼的是一座辽阔的观景台，整个金陵城的风貌尽收眼底，气韵山河。

姜暮走到靳朝身边，和他并肩而立。晚霞一泻千里，染红了整座城，她仰起头看向天际，眼里浮起笑意：“你看到什么了吗？”

靳朝顺着她的目光瞧去，落日另一头的天边挂着一轮明月，日月同辉。

姜暮对他说：“地球绕太阳和月球绕地球的转动周期不同，每年这个时候，太阳和月亮同时出现在地平线上，就形成了这种日月同辉的自然现象。日月交替，自然法则都不是绝对的，更何况人呢？知道这叫什么吗？”

靳朝转过头看着她。

她柔美的脸庞闪耀着坚定不移的光，告诉他：“朝为日，暮为月，日月同辉，朝朝暮暮。”

日月之光同时洒落在靳朝眼中，绽放出这世间最动人的光辉。他伸出手，牢牢牵住身旁的人。

Chapter 24

日月同辉

姜暮就像树袋熊一样黏着他。

晚上，姜暮还是参加了顾智杰组的饭局，不过这次她不是一个人参加，还带上了靳朝，吃饭的地方就在山脚下，离他们住的地方不远。

这算是靳朝第一次踏足姜暮身边的圈子，也是姜暮第一次带男人跟同事们吃饭。他们两个一到，所有人都将目光聚焦在靳朝身上。

靳朝倒是神态自若，和大家微笑致意。

顾智杰起身招呼道："你们坐里面。"

靳朝脱了外套，拿去挂在包间角落。

顾智杰趁机拿姜暮打趣："怪不得看不上Thomas，前男友这么帅？"

姜暮纠正道："现男友。"

顾智杰愣了下，随即大笑，转头就对走过来的靳朝说道："这顿饭应该你请，你把我们系多少男人梦寐以求的姑娘拐走了。"

姜暮回过头来，正好对上靳朝带笑的眉眼，忽然不好意思起来。

靳朝在她身边落座，正儿八经地回道："的确该请，大家放开吃，别跟我客气。"

这句话一出，大家就都笑了起来，纷纷举杯恭喜，问什么时候能喝到他们的喜酒。

顾智杰打着圆场："我下午碰见时他们还没确定关系，这会儿你们就讨喜糖吃了？会不会急了点？"说完，他端起酒杯，转头看向姜暮和靳朝，"什么时候喝喜酒？"

姜暮嚷道："我脸皮薄，放过我吧。"

靳朝端起酒杯，笑得含蓄："我争取早点。"

姜暮拽了下靳朝，对他说："你能喝酒吗？少喝点。"

靳朝看上去心情不错，垂眸回道："今天特殊。"

这四个字让姜暮的心脏仿若放在棉花上，软软的。

对面同组的张裕问道："小姜，你科目一什么时候考？"

姜暮回道："过了，练科目二了。"

张裕惊道："你速度可以啊，最近还有时间练车？"

"挤挤嘛。"

靳朝侧头看了姜暮一眼。

姜暮见他没怎么动筷子，突然想起了什么，问道："你是不是不能吃火锅？"

靳朝无奈道："看来真给你吓着了，没那么多讲究。"

话虽如此，姜暮还是小声说道："结束后给你开小灶。"

后来，他们聊到工作上的一些事，靳朝就安静地听着，不时帮姜暮剥虾涮肉。他早年开修车行，形形色色的人都接触过，也能和姜暮这些同事聊几句，大家对他的印象都不错。

快结束的时候，靳朝起身出去了。顾智杰去结账时才知道，靳朝提前埋单了，他拍着靳朝的肩对他说："我跟你开玩笑的，你还当真埋单了。"转而对姜暮说，"你男朋友太客气了，下次我单独请你们。"

和他们道别后，姜暮和靳朝往回走。她今天穿得不厚，下午气温正好，天气也不错，谁能想到晚上从饭店出来，风一吹，居然飘起了淅淅沥沥的小雨，她冷得直打哆嗦。靳朝干脆将大衣敞开，直接把她整个人裹进怀里。

温暖的气息瞬间扑面而来，姜暮暖和得眯起了眼睛，仰着头盯着靳朝笑："朝朝。"

靳朝垂下眼，目光缠绵："嗯？"

细小的雨滴落进姜暮的眼珠，她难受得眨了一下，靳朝干脆把她

的脑袋也裹进大衣里。身体暖和了，也淋不到雨了，就是看不见路，只能透过大衣的下摆看见他们同调的步伐。

姜暮笑了，出声问道：“我只能跟着你走了，你不会把我卖了吧？”

“有可能。”靳朝回道。

等姜暮被靳朝从大衣里放出来的时候，她已经被他带回家了。她倒没淋到雨，但靳朝的短发上浮着一层水珠，大衣也湿漉漉的。

姜暮催促他：“你快把衣服换了。”

靳朝脱了外套，走进洗手间。姜暮坐在地毯上和闪电玩了一会儿，听着洗手间传来的水声，看见他房间的门虚掩着，回头瞧了好几次，最后忍不住，起身走了过去。

姜暮轻轻推开门，原本黑漆漆的空间在她踏入的那一瞬亮了起来。入眼的是卧室的大床，浅灰色的床品低调有质感，整齐地铺在床上，没有藏女人，也没有什么特别的。

可当转过头的刹那，姜暮整个人呆愣住了。

床尾安装了一整面玻璃展示柜，里面摆放着一个巨大的乐高航天模型，有发射中心和地面控制室，有行走的宇航员，还有“中国航天”字样的火箭。每一处都是用成百上千块乐高积木组装而成的。姜暮从未看过这个模型的成品，成品比她想象中还要巨大，她难以置信地捂住嘴，记忆一下子拉回到从前，心潮澎湃。

不一会儿，身后响起了脚步声，姜暮回过头去，见靳朝停在门口，他浓密的长睫微微垂着。

姜暮眼眶微润，问道：“拼了多久？”

靳朝迟疑了片刻，回忆道：“两次加起来，挺久的。”

“两次？”

靳朝只是告诉她：“运输的路上散过一次，搬来后重新装的时候，说明书丢了，第二次有些费劲。”

关于第一次，他始终没有提起。那时候姜暮刚出国，他还不能站，每天靠轮椅度日，对明天没有期待，也不知道自己的未来在哪儿。这个乐高模型伴他度过了漫长难熬的时光，好像他的生活里除了这个目标，变成了一潭死水。他有时候废寝忘食，有时候彻夜难眠，也不知道具体用了多久才把它搭建起来。当那个刻有“中国航天”字样的火箭立在发射台上时，是一个清晨，伴随着又一天的朝阳，他望着眼前的成品，仿佛看到了多年后暮暮迈入这个领域的模样。那是他第一次如此渴望站起来，也是从那时起对未来有了野心。

姜暮走到玻璃柜前，伸手触碰那些细小的零件，想起曾经允诺一同搭建这个模型。那时她总认为他们有很多时间，可以慢慢搭，谁能想到她以为的永远只不过是眨眼间。

玻璃柜门上映出了靳朝的身影，他从她身后将她搂进怀里，身上沐浴过后的好闻气息笼罩下来，带着温热的气流钻进姜暮的衣领，他出声问道：“Thomas是谁？”

姜暮看着玻璃中他停留在她发丝边的轮廓，傲娇地告诉他：“我们系有名的大才子，澳法混血儿。”

靳朝的手臂渐渐收紧，语气却轻慢道：“追你了？”

姜暮诚实地点点头：“我都跟你说过了，追我的人可多了，你以为我开玩笑吗？”

靳朝擒住她的下巴，将她的脸转了过来，压下呼吸：“你还真敢说。”

姜暮眼神中带着挑衅：“你不是让我到外面多接触接触男人吗？我多听你的话，你又不是不知道，这些年我怎么也算个久经情场的小达人了。”

靳朝眼里的波涛淹没在漆黑的眸色中，他捏了下她的下巴：“不用跟我分享，谢谢。”

姜暮余光瞥着模型，说道：“这是我送你的，它都能住下来，为什么我不能？”

靳朝的手环在她腰间，声音越发低沉：“明天帮你搬家。”

姜暮在他怀里转过身，仰起头：“那行吧，我先回去了，明天见。”

靳朝眼里带笑，嘴上说着：“慢走不送。”手却扣着她的腰让她动不了分毫。姜暮发现纵使他的身体不如从前了，可只要他想，依然可

以轻而易举地将她禁锢在身前，让她无处可逃。

他手掌稍稍用力，她整个人便投进他怀中，他低头蹭着她的鼻尖，轻吮了下她的唇，然后吻了上来。他身上是令人着迷的幽香，姜暮的思绪凝滞了，她主动地回应他。靳朝收紧手臂将她抱离地面，转身放在身后的大床上，两人的心跳声碰撞着，他唇边弯起蛊惑人心的弧度："还走得动吗？"

这一局，姜暮吃瘪，她想证明自己不是轻易被迷惑的人，却动不了。好在她不是一个人在战斗，手心感到一股潮湿，她惊得侧头看去，闪电正坐在床边舔她的手，不知道它已经观摩多久了。虽然闪电是一只狗，但它好歹是只通人性的狗，被它这么直勾勾地围观，姜暮还是红了脸，从靳朝身下逃了出来，对他说："我没带衣服来。"

靳朝从衣柜中找出一套棉质睡衣递给她，然后靠在柜门上用目光撩拨她。姜暮被他看得浑身都烧了起来。明明平时不苟言笑甚至有些淡漠，可他一笑，她的心就跟着发颤，她局促地跑出房间，走进洗手间。

姜暮早已不是小女孩了，靳朝今天留她下来，她知道意味着什么。比起多年前的彷徨和害怕，现在的她更加坚定，甚至有点期待。没变的是，他依然可以轻易地让她心里的小鹿乱撞。

等姜暮洗好再出来的时候，靳朝正靠在床头看平板电脑。她走进房间，靳朝锁了平板放在一边，目光深邃悠然地扫着她："罚站吗？"

入秋后夜里寒，但靳朝家里装了恒温系统，倒也不觉得冷。睡裤太长，姜暮干脆没穿，套着靳朝的睡衣上衣就出来了，两只袖子长得跟唱戏的水袖一样，被她甩来甩去，白皙诱人的腿就那么明晃晃地在靳朝面前晃悠。但她到底没有小时候那么无所顾忌，说往他床上爬就往上爬，现在怎么说也要矜持一些，主动上他的床多少有些害臊。

所以，姜暮故作正经地说："我睡沙发吗？"

靳朝没吱声，嘴角微勾，静默地看着她表演。然后姜暮假模假样地往房门口走去，见他没有要挽留的意思，还假装撩头发侧头瞄了他一眼。

身后传来靳朝的声音，喊的不是她，却是闪电。

闪电屁颠屁颠地跑过来，伸着头，靳朝缓缓落下两个字："关门。"

闪电非常自觉地跳起来，用爪子钩住门把手把房间门带上了，顺便把自己关在门外。

姜暮对着关上的房门，轻快地扬了下嘴角，然后又压下去，转过身望向靳朝。靳朝拍了拍身边的位置。

姜暮迈开纤细的腿准备上床，她刚靠近床就看见了立在床边的假肢，神情微顿。这是她第一次亲眼看见他的义肢，眼睛看到的和听说的感觉到底是不一样的。她的目光停留在义肢上时，身子已经被靳朝拽了过去。他直接掀开被子，将她裹住了。

姜暮躺在靳朝身边，有些不安地往下滑去，直到整个人都滑进被子里，越来越靠下，然后被靳朝一把捞了上来。她抬起头对上他黑亮的眼，试探着问："我能……看看吗？"

靳朝轻拧了下眉："不好看。"

"那你打算在我面前一辈子都穿着裤子吗？"

靳朝眸色微动，转过头去。姜暮再次滑进被子里，小心翼翼地卷起靳朝的左边裤脚，后来发现这样做好像不太方便，就很费劲地去脱他睡裤，手刚探到他腰间就被握住了。

他低头问道："你在干吗？"

姜暮有些无措地说："我就是想看看，你配合一下。"

靳朝目光幽深地注视着她，问道："就不能老实了？"

她乖乖答道："不能。"

靳朝移开眼，自己动手脱掉。姜暮又一次滑了下去，被子里隆起她的身形，她不想让靳朝看见她的表情。这是她第一次直面他被截肢的部位，对他们俩来说都挺尴尬，索性她用被子蒙住自己。

在她的记忆里，靳朝有一双比例完美的大长腿。她还记得从前在飞驰他穿着脏兮兮的工装裤靠在车上抽烟的模样，左腿随意地跷在凳子上，一副强悍精干的样子。可当她亲眼看到他的创伤时，整个人仿若跟着重新经历了一番磨难，她甚至不忍心再多看一眼，身体蜷缩在他身边，难受得胸口发疼，半天都没再钻出被子。

姜暮低着头，发丝垂落在靳朝腿间，柔软的触感让他的呼吸沉了几分。尽管靳朝一直盯着天花板，克制心中的躁动，然而被子里的呼吸时轻时重，拂过他的皮肤，要人命。

姜暮的注意力全部放在靳朝的左腿上，根本没有察觉到异样。她还沉浸在悲伤中，突然被靳朝拉了出去，还没反应过来，就已经被靳朝的身影压住了。她不知道什么时候灯变暗了。暖黄色的光线中，靳朝一点点吻着她，吻走了她的难过，也吻走了她的心痛，气氛暧昧。他带着侵略意味撩拨她，像天生的主导者，瞬间投下一片火苗，让她头晕目眩，无法招架，脸色绯红一片，不停地喘息，像诱人的樱桃。

靳朝幽黑的眸子染上一抹赤色，他摩挲着她的唇问道："愿意赐教吗？情场小达人。"

刚才玩笑开过了，遇上真格的，姜暮就蒙了。隔着宽大的衣服，靳朝滚烫的手覆了上来，揉捏了几下，姜暮就溃不成军了，整个身子都敏感得弓了起来。

靳朝察觉她的生涩，动作缓了下来，俯身对上她快要滴出水的眼眸，声音温柔："暮暮，睁眼。"

姜暮想睁眼，就是感觉睁不开，迷迷糊糊的，像醉了一样，一点力气都使不上。她微微眨了下眼。

靳朝眼里是炽热的光，烫到她的心底，他出声问道："不是说和很多男人约过会吗？"

姜暮心尖发痒，完全不知道该怎么办，她有些崩溃地说："是啊，是和很多男人约过会，但是别人碰我的手一下我都觉得对不起你……"

靳朝唇边的笑容扩散开，他将她完完全全揉进怀里："傻丫头。"

姜暮弱弱地问："那个……你会不会累？要不要我来？"

靳朝挑了下眼皮，扯掉了她这件不合身且碍眼的睡衣。当她完完整整地呈现在眼前时，靳朝眼里已然攀上无法抑制的欲望。看着她蜷缩紧张的模样，他把她遮住自己的双手拿开，肆意地笑着："你会吗？"

姜暮的手被他按在枕边，他的视线肆无忌惮地从她身上掠过。她娇羞地侧过头，咬着被他吻得水润的唇说："我可以……摸索一下。"

从小看着出生、陪着长大的姑娘，曾经舍不得多碰一下，如今在他的身下，美得动人心魄，强烈的占有欲让他失控，他声音喑哑地对她说："这种事，还是第一次，没有让女人主动的道理。"

之后，姜暮便感觉身体不是自己的，迷糊中，整个人像被放在火上炙烤，连后来的事是怎么发生的都很迷糊。直到清晰的撕扯感传到心底，她开始变得不太安分，条件反射地缩了起来，往后退。靳朝扣住她的腰，一声声唤着她："暮暮，放松，乖……"

靳朝曾经的创伤留下的痕迹，给姜暮的心灵造成了不小的打击，本来是难以承受的时刻，然而靳朝用这种方式轻易化解了她的情绪，让她满心满眼都是他，暂时把沉痛丢在一边。

从小到大，姜暮一直觉得靳朝比她成熟，大多时候他在她面前都是冷静的样子。她从未看过他冲动的一面，眼里是赤红醉人的温度，能把人融化成水。

对于怎么开始的，姜暮是迷糊的，后来是怎么结束的，她的意识还是朦胧的。她把自己裹在被子里，不好意思出来，心里有点异样的羞涩，特别是回想刚才靳朝满眼柔情的样子，整个人就烧得厉害。

虽说两人即使原地结婚也是合法的，但说到底小时候一起长大，她见过他少时调皮的样子，他也见过她儿时呆萌的蠢样，他们曾经好歹当纯洁的兄妹相处过，虽然后来对彼此的情感发生了些变化，可真的做了最亲密的事，姜暮还是觉得有一点羞耻。

靳朝的感觉和姜暮有些许不同。他是看着姜暮出生的，她刚来到世上时一丁点小，细胳膊小手看着可怜，他一度怀疑这个女娃养不活，小时候稍微用点力牵她的手腕都能勒出一道红印子，导致他在外面再疯再野蛮，回到家里对她都是轻手轻脚的，就怕自己没轻没重，跟她玩闹时误伤着她。以前他也把她弄哭过，小时候总是故意逗她玩，看她急哭了还觉得有意思。但他从没用这种方式把她弄哭。他看着姜暮

躲在被子里缩成一小团，罪恶感油然而生，心疼地把她拽进怀里，轻抚着她的背问道：“还疼吗？”

姜暮不太好意思看他，脸埋在他的怀里，身体还有些发颤，语无伦次地说：“就……一点……还好，我也不知道……”她的脸在他胸前蹭了蹭，嗅着他身上好闻的男性气息，说不上来是什么味道，就是让她止不住地迷恋，她声音软软地问他：“你累吗？”

靳朝没说话，半晌，才回了句：“你长跑完累吗？”

姜暮在他胸前点点头：“累。”

“得了第一还累吗？”

大概只剩下兴奋和激动了。这大概就是靳朝想表达的意思，姜暮把脸埋得低了。

靳朝低下头，对她说：“你躲什么？”

姜暮含糊地说：“你让我躲一会儿。”

靳朝的笑容延伸到眉梢：“人都给我了，还不好意思看我了？”

他的调侃反而让姜暮更加无地自容。靳朝知道她还没法一下子适应两人如此亲密的关系，总得慢慢来。他的指腹摩挲着她光滑的背，撩得她心里酥酥麻麻的，心甘情愿将自己完完整整地交给他。因为她知道，这个世上只有眼前的男人永远不会负她，可以让她毫不迟疑地全身心托付与他。

后来，姜暮便没了声音，半天没再动一下。等靳朝挪开身子去看她时，她长长的睫毛已经合上了，就这样埋在他胸前，安静乖巧地睡着了，也不怕呼吸不畅，红润的唇依然泛着水光。他忍不住凑上去吻了吻，姜暮无意识地哼唧了两声，柔软的长发散落在枕边，贴着他，让他想起了那年医院外的合欢花瓣，绒绒的，让他的心头也跟着软了起来。只不过她好像很困，他只得放开她，又安静地欣赏了一番她的身体，眼里带着浓稠如墨的情意，用被子把她裹严实了才关灯。

姜暮睡了个好觉，一夜无梦，而且睡得很香甜，醒来的时候感觉像爬了两趟山，双腿酸软。她感觉到自己躺在宽敞柔软的大床上，一度以为出差住在酒店，还舒服地翻了个身，但随即就感觉到不对劲，她没有穿衣服。

姜暮猛然睁开眼，愣怔了好一会儿才反应过来，她被靳朝带回家了。昨夜发生的一幕幕浮现在脑海中，现在回想起来还有些不适应，她羞得又滑进被子中，脸色发烫地缓了好一会儿才探出头来。靳朝不在屋中，枕边还残留着他身上好闻的味道。

姜暮不算是个对气味非常敏感的人，可不知道为什么靳朝身上的味道会让她沉迷，无论是他少时身上阳光汗水的味道还是后来成熟迷人的男性气息，对她一直是一种无法抗拒的吸引。她打了个滚睡到他那半边。奇怪的是，明明一个人住的时候说起来就起来了，几乎不会赖床，才到靳朝身边第一天，她身体里那种犯懒的劲头又冒出来了，她自己都觉得神奇。于是，她掀开被子，果断起床。

刚下床，姜暮便看见自己昨天换下来的衣服整整齐齐地叠好放在床头。她顺手拿了过来，衣服散发着柔软好闻的香气。她不知道靳朝几点就起来了，居然连她的衣服都洗过、烘干了。

走进洗手间，洗漱用品已经放在干净整洁的洗手台上，姜暮看着镜子中的自己，锁骨往下有点点泛红。她拉开衣领，越往下，红色的印记越发明显。昨晚太混乱了，她第一次毫无保留地面对靳朝，脑袋昏昏沉沉的，现在才记起来他是如何亲吻、爱抚自己的，脸红到了耳郭，眼里是褪不去的羞涩，心里像灌了蜜。

磨蹭了一会儿，姜暮才走出洗手间。靳朝不在客厅，桌上有留给她的早餐——牛奶、煎蛋、小米粥，还有一盘新鲜红柚果肉。姜暮心口溢满了难以言说的幸福感，同时有点惭愧，她应该早点起来做早餐的，现在还要靳朝来照顾她，她觉得以后不能这样。

她本来以为靳朝出门遛狗去了，可闪电突然从书房里摇头摆尾地跑出来。姜暮端着牛奶走到书房门口，推开门便看见靳朝坐在一个健身器具前做背部拉伸。他穿着修身的黑色运动衣，背对着她，每拉伸一下，背部肌群便随着他的动作呈现出完美的倒三角，腰腹恰到好处

的紧致感让他的上肢看上去充满力量。姜暮靠在门边一边喝牛奶一边欣赏这幅画面，嘴角微扬。

靳朝没有回头，可似乎已经察觉到她在身后，停下了动作，转身朝她走来。他身上出了薄薄一层汗，靠近时那强烈的男性气息扑面而来，姜暮觉得自己可能被他蛊惑得神志不清了，就连他身上的汗水味都让她觉得迷人得很。她单手抓着牛奶仰头盯着他笑。

靳朝凑近她，将她抵在门框上，居高临下捕捉着她的小女人姿态，气息急促、热烈地喷洒而来："折磨人的小妖精醒了？"

姜暮又不好意思起来，她到底是头一次面对这种事，各方面都不适应，一紧张就更是拘束。靳朝昨晚为了照顾她的感受，舍不得放开力道，整个过程中他也很痛苦，中途还被她叫停，折磨得他快要引火自焚。

见她晃神，靳朝攫住她带着奶香味的唇，贪婪地钩住她的舌尖爱怜地缠绕着。一大早姜暮就被他吻得睫毛湿润，心潮起伏，有点站不稳。

靳朝身上有汗，没有碰她，只是身影笼着她，带着烫人的气息问道："今天想在家里歇着，还是去把东西搬过来？"

姜暮眸光温润地说："我的房租还没到期呢，还有两个多月，也懒得转租了，等到期了再搬过来。要不我先回去拿几件衣服？"

靳朝"啧"了一声，从裤兜里拿出手机。姜暮听见手机里传来到账提醒，她拿出自己的手机一看，靳朝转了一笔钱给她，抵她半年工资了。她莫名其妙地抬起头，看着眼前人："你转钱给我干吗？"

他收起手机，垂下视线："当你那两个多月转给我了，现在能搬了吗？"

姜暮抿着嘴笑，靳朝对她说："去把早饭吃了，冷了热一下，我去洗澡。"

姜暮吃完早饭，把碗碟收拾到厨房里。靳朝冲完澡出来，走进客厅，又瞥了眼厨房里忙碌的小身影，微顿了几秒。一个人清冷惯了，厨房里多了个女人，家里一下子就有了烟火气。他翘起嘴角朝她走去。碗碟比较少，姜暮打算顺手洗了，身后一双手臂弯将她圈住，从她手上接过碗碟，冲洗着。

姜暮看着靳朝修长的手洗碗，那种久违的被宠着的感觉让她弯起了眼角，他的气息落下，问道："怎么想起来考驾照？"

姜暮迟疑了片刻，她总不能说是为了以后他去哪儿方便接送吧，他连洗碗这么小的事情都舍不得她做，她真这么说了，怕他会多想。于是，她就随口说道："学出来方便嘛，怎么说也是多项技能。"

靳朝没说话，姜暮在他臂弯间转了个身抱着他。他把碗洗干净、擦干，放进碗槽，姜暮就像树袋熊一样黏着他。等靳朝的手空出来，才将她抱离地面往客厅走。

姜暮攀着他的肩膀对他说："放我下来，别累着。"

靳朝神色不羁："你这点重量举你跟玩儿似的。"说罢，他的手机响了，他接了个电话，说："马上下来。"

姜暮有些疑惑地问他约了谁。靳朝套了件外套，牵起姜暮的手带着她出了门，对她说："约了个人帮你搬家。"

两人到了楼下，一辆商务车已经停在那儿。姜暮看见一个二十几岁的年轻男人在商务车旁等着，看上去挺斯文白净的。他见靳朝带着姜暮下来，开玩笑道："领导，周末算不算加班费？"

靳朝爽快地笑道："算。"

这个年轻男人见靳朝今天心情不错，好奇地将视线停留在姜暮脸上，突然觉得眼熟，仔细辨认了好一会儿，随即瞳孔骤然放大，他惊道："这不是——"

靳朝用眼神制止他，直截了当地打断道："闭嘴，上车。"

这个年轻男人立马回身替他打开车门，靳朝侧了下身子，让姜暮先上车。

上车后，这个年轻男人坐在驾驶座，系上安全带后，回头向姜暮介绍道："我叫温珂，喊我'小温'就行。"

姜暮问道："你是他同事吗？"

温珂性格挺开朗，回道："我是靳工助理兼司机。"

姜暮挑起视线看向靳朝，感觉自己还没拿到驾照就已经失业了。

姜暮租的房子离靳朝的住所走路不过十几分钟，但考虑到搬东西来回不方便，所以他喊温珂过来，直接把车子开进小区，停在姜暮的出租屋楼下。

搬去靳朝那儿的决定比较突然，姜暮屋里的东西都没收。她的房间，温珂也不便上去，靳朝让他在车里等一会儿，等东西收好再喊他上去搬。

一进楼道，姜暮就忍不住问道："你还有司机了？他为什么喊你靳工？顾涛不是说你没在哪个企业上班吗？你经常出差都干什么啊？"

靳朝把她拉进电梯。上午这个时间段电梯里没几个人，他搂住她的腰，低下头捏了下她的脸蛋："问题真多。"

姜暮一头栽到他胸前："我当然要问清楚了，不能连你现在什么情况都不知道就跟你在一起了吧？"

靳朝眼里透出几许玩味："你昨天上我床的时候怎么不先问清楚就糊里糊涂跟我了？"

姜暮语塞，昨天那情况，她有机会问吗？她被他弄得昏头昏脑的。

电梯门开了，住在姜暮隔壁的赵大爷正好要下楼买烤鸭，看见平时文文静静又挺内秀保守的姑娘抱着一个男人，吓得假牙差点蹦跶出来。姜暮也惊了一跳，赶忙松开靳朝，喊道："赵爷爷，下楼啊？"

赵爷爷的目光一直在靳朝身上打转，姜暮赶紧把靳朝拉了出去，然后长舒一口气："还好要搬走了。"

靳朝站在她身边盯着她笑。姜暮从包里掏出钥匙将门打开，靳朝的视线落在钥匙扣上。

然而门刚打开，姜暮就看见室友穿鞋准备出去，两人面对面均是一愣。姜暮愣住是因为她记得前几天这位室友的头发还是栗色的，今天就是一头时髦的焦糖色，并且他穿着一套姜黄色的休闲西装，下身裤脚还是微喇的设计，多少有点娘里娘气。而这位室友愣住并不是因为姜暮，而是因为姜暮身后的靳朝。打从大门被推开，这人的目光就没从靳朝身上移开过，给靳朝一种十分不适的感觉。他还一边瞄着靳朝一边问姜暮：“你昨晚没回来吧？”

姜暮尴尬地笑了下：“我收拾下准备搬走。”

这个男人露出一副了然的神情，不过因为约了朋友，急着出去，他就跟姜暮客气了一句“以后得空一起吃饭”便走了。快拐到电梯口的时候，他又回过头来，盯着靳朝看了看。

靳朝今天穿得比较随意，短夹克配直筒深色牛仔裤，就这么站着，身材修长，外人倒是看不出异样。那位男性室友一直盯着靳朝颇为翘挺的臀部。

靳朝转过头来，眼神冰凉地扫射过去，虽然什么表情都没有，但那股寒意让那个男人心里哆嗦了一下。还没等他收回视线，靳朝就毫不客气地带上大门，转过身来，眼带深意地看着姜暮：“你这室友……”

姜暮径直往自己的房间走，答道：“打扮是有点浮夸，可能是混夜店的，但人挺好。上次家里下水道堵了，我本来准备打电话给房东，后来他叫了个兄弟过来，三两下就修好了。”

靳朝凉凉地“嗬”了声，意味深长地说：“然后留那兄弟过夜了？”

姜暮神情微愣，回过头来：“你怎么知道？”

“……猜的，为了我的人身安全，你赶紧搬吧。”

“？？？”

姜暮的房间不算大，但和靳朝空荡荡的屋子比起来，姜暮的卧室温馨许多——墙上的插画、窗台上的小盆栽、随处可见的彩色便笺，只是东西太多，难免有些凌乱。

姜暮把行李箱拖了出来，又把自己的所有衣服拿出来放在床上。没一会儿，本来就不大的房间乱得跟打过仗一样，连她自己都觉得有点无从下手。她最头疼的就是每次挪窝时收拾东西，这对她来说绝对是一项浩大的工程，真做起来倒也不难，就是每次开始前看到一堆东西就会头疼半天。

在她叉着腰还在准备进入状态时，靳朝已经拖了把椅子过来，有条不紊地帮她把堆叠如山的衣物分类，然后叠整收纳。令姜暮意外的是，靳朝收衣服的速度超快，他找准对角线一拎一甩，衣服就被他收拾得服服帖帖。她坐在床边的地毯上，将他叠好的衣服一件件收进行李箱。

她随口聊道："我最讨厌收拾东西了。在堪培拉上学不是每个月都会回墨尔本吗，有时候总会丢下一两样东西。最严重的一次，都下了飞机发现电脑忘我妈家了，学期结束的总结和报告都在里面，急得我连机场都没出又买机票回去了，折腾到半夜买不到回堪培拉的票，至今难忘。"

靳朝抬了下眼皮："什么时候？"

姜暮渐渐垂下视线。那时她和靳朝失联了几个月，回国后依然没有联系到他，再回到澳大利亚，那段时间里，整个人魂不守舍的，干什么事都不在状态。电脑丢在墨尔本那次，她夜里拿回电脑跑到机场等票，顶着三四摄氏度的天气缩在机场里无助地崩溃大哭，脑子里想的全是他，想他想得快要发狂却又联系不上他，整个人彻底崩溃。后来还是机场工作人员发现她哭得太惨了，帮她解决了票务问题，让她顺利回到了堪培拉。每当想起那晚的遭遇，姜暮心脏还是会抽搐般地疼。

靳朝见她不说话了，肩膀都垮了下去，便捉住她的手将她拽到自己右腿上坐着。姜暮伸手环住他，将脸埋在他的颈窝间，这样踏实地拥着他才觉得好受一点。

虽然她没有提起后来的惨样，但靳朝似乎能感受到她的情绪，大手抚着她的背一下又一下，顺着她问道："是不是急哭了？"

姜暮吸了下鼻子："但也有好处，从那次以后我就长记性了，每次收拾东西都会反复检查，人总要经受点教训才能长记性的。"

靳朝眸光渐暗，自己能走到今天，得到的教训比别人跌过的跤还多，他也明白生活中不可能一直都是一帆风顺。但事情发生在姜暮身上，他心疼，缓缓摩挲着她的背，好似要抹去她不愉快的记忆。

但是姜暮很快就笑了，在他怀里抬起头，眉眼渐弯："我怎么发现，一对着你我自己就这么矫情呢？"

多年前的事居然还能让她莫名其妙地悲春伤秋起来。

靳朝露出谜之微笑，表示理解：“正常，毕竟你小时候破个皮都恨不得拿圆珠笔重点标注下等着我哄，我怎么哄来着？”

靳朝正儿八经模仿了一下小时候哄她的姿势，一边颠着腿，一边念叨着：“暮暮乖，你是围家巷幼儿园最勇敢的小宝贝。”

姜暮斜了他一眼，果断从他腿上跳下去，选择性失忆。然后，她把自己面前的衣服全部扔给他叠，顺便问道：“你出差的话，东西也是自己收吗？”

靳朝不急不慢地收拾面前的毛衣，回道：“不然呢？”

“那个小温平时跟着你吗？”

靳朝告诉她：“早几年被广宇介绍到长春那边，混出点名堂后又去了汽车工程研究院，在安徽和他们一起搞工程化设计，自己又想接些其他小项目赚钱，还开了家咖啡店，所以一直维持自由人的身份，以顾问的形式参与合作。一个月少的话会去两次，忙的时候每周都要过去。考虑到我的身体状况，前两年那边给我配了个助理，也就是小温，主要是出差的时候配合我做些工作。”

这算是靳朝第一次正儿八经地跟姜暮介绍他目前的情况，虽然只是短短几句话，但姜暮大概能了解到他这几年的工作经历。他17岁入行，到现在也有十几年经验了，本科学的机械设计制造及自动化，研究生读的热能与动力工程，说到底他还是在这个领域深耕，前面那么多年的经验没白白荒废，虽然不摸方向盘了，他却用另一种形式继续走了下去。30岁左右能白手起家，在南京开家咖啡店，还能安定下来。人生啊，永远不知道昨天受的累会不会在明天转化成收获，但似乎所有的沉淀都是相辅相成的。姜暮知道他过去的岁月没有完全拖他的后腿，好歹有些作用，得到了少许安慰。

突然，靳朝的动作停了下来。姜暮抬眼望去，他拿着她的白色蕾丝边内衣正在思考怎么收，姜暮扑了过去，把那盒东西抢了过来，说道：“这个我自己来。”

靳朝睫毛掩着墨黑的瞳，嘴角挂着笑：“迟早都能看到，还跟我不好意思？”

他说的看当然是她穿上身的样子，姜暮被他说得立即有了画面感，房间里的温度有些升高，她拿手扇了扇脸：“我去倒水。”

没一会儿，姜暮端着两杯水进来了，靳朝对她说：“围巾是不是都收进去了？”

姜暮把水杯递给他：“是啊。”

靳朝一只手接过杯子，另一只手递给她一块黑色的长条布：“又发现一条。”

姜暮扫了一眼，随即咧开嘴笑了起来：“这不是围巾，这是裙子啊。”

靳朝又把这块布拿到眼前看了看，这分明是条上下一样宽的围巾，不禁挑眉道：“耍我玩？袖子呢？”

姜暮放下自己的杯子，接过黑色长条布，在身上比画道：“这个不需要袖子，这是一条抹胸裙，就是这么穿的。”

靳朝往椅背上一靠，喝了口水，唇边泛着温润的光泽，目光含蓄，带着些许热度，声音倒是轻飘飘的：“想象不出来，换上看看。”

“哈？”姜暮愣了下，“现在？”

靳朝理所当然地点点头：“要不然我怎么知道它不是条围巾？”

姜暮十分无语，为了证实它真的不是围巾，她拿着黑色长条布就出去了。靳朝看着她的背影，弯起嘴角。

几分钟后，姜暮探头进来，身体还在门板后面藏着。靳朝拿着水杯立在窗前，听见动静回过头来，撩起眼皮：“进来我看看。”

姜暮脸色微红：“就……有点羞耻。”

“怕什么，这里又没第三个人。”

于是姜暮轻轻地拉开门，走进房间，然后身体紧紧贴着房门。当她完完全全立在靳朝眼前时，他的呼吸瞬间微滞。

这是一条弹性很大的黑色贴身包臀连衣裙。姜暮的一头长发散落在肩后，精致的锁骨和纤细的手臂全部露在外面，她局促地把胸前的布料往上拉了拉，但上面拉上去，下面就短了，匀称水润的腿部线条勾人。惹火的身材一览无余，偏偏脸又长得清丽，形成了一种强烈的视觉差，那种既纯又欲的气质性感至极。

靳朝嘴唇微动，出声道：“请问……你什么场合需要穿到这件？”

姜暮尴尬地拽了拽下摆：“大学的时候参加当地一个同学的变装生日派对，我就网购了一套猫女郎主题的，还有袜套、头绳好多东西，是一套的。本来这个下面有个袜套，不至于太暴露，但就是不知道为什么穿上去有点色情，后来就没穿。”

她又把裙子往下拉，上身饱满的弧度又被拉扯得若隐若现。靳朝目光落在那处，淡淡地游走，他没有告诉她，她买的可能根本不是变装衣，而是情趣衣。他只是问：“那你后来穿什么去的？”

姜暮很不自在地捂着身体，说：“我又买了套皮卡丘的套头衫。”

靳朝敛眸笑道：“过来，问你个事。”

姜暮赤着脚穿过一地狼藉走到靳朝面前，手还挡在身前。靳朝握住她的手腕将她的手贴在她身体两侧，直接拉到自己胸前，低下头，声音中带着挡不住的欲望：“那里还疼吗？”

猝不及防的提问让姜暮的脸一下子烧了起来，她支支吾吾地说：“没……没有什么感觉了……”

靳朝提起她的腰，回身将她放在梳妆台上，顺便抬手拉上窗帘。姜暮紧张得整个人都动不了了，指了指楼下：“小温还在下面等。”

靳朝滚烫的掌心摩挲着她光洁的腿，拿出手机拨通小温的电话，对他说道：“这里还有一会儿，你先去咖啡店歇着。”

虽说姜暮在国外上学的时候听说过不少疯狂的事情，但她骨子里还是比较保守的，又是在白天，难免紧张不安，不过窗帘拉上后，室内倒给人一种日夜颠倒的感觉。

靳朝挂了电话，将手机往身后一扔，低下头笼罩着她，看着姜暮一脸心虚的样子，嘴边带笑地告诉她：“小温不可能多想的。”

他捉住她的下巴，轻轻提了起来，唇瓣若即若离地碰着她，像有电流蔓延至她的心窝，她出声问道："为什么？"

这声音落在靳朝耳里令他异常酥麻，他眼里是纵情的肆意，话说出来却是："我在小温眼里是个正经人。"

姜暮转过头，眸光流转："你可不是什么正经人，20出头就出入会所搂着小姐了。你跟我说实话，到底有过多少女人？"

靳朝将她往梳妆台里侧一推，将裙子往下扯，姜暮低呼一声。靳朝抬起她的腿，声音悦耳："不计其数。"

姜暮立马挣扎起来，嘴里嚷嚷着："我就知道，你这么会，肯定是有经验的。"

她还没从梳妆台上跳下来，又被靳朝轻易按了回去，热浪翻滚的气息再次压了下来："不计其数的女人想上我的床，但我只让一个叫暮暮的小鬼上来过。"

说话间，正经人的手没停下过，姜暮甚至不知道自己身上的衣服是什么时候没有的，被他吻得目眩神迷，大脑里一片混沌，她只听见了裤子拉链的声音，骨架仿佛被撑开。

后来，大概嫌梳妆台太矮，靳朝提起她转过身去。姜暮看着镜子中的自己面目潮红的样子，大受刺激，搅得靳朝差点投降。最后他干脆把她抵在窗台上，狂风骤雨般的浪潮似没有尽头，她几乎溺死在他的热情中，只余窗帘不停晃动着。

姜暮到底初经人事，动作稍微猛烈一些，她就像落叶一样摇摇欲坠，才结束就蜷缩在衣服堆里闭着眼，身上被折腾得全是红印子，一点力气都没有了。

靳朝从浴室回来看见她这样，不忍心拖她起来，便把衣服全部轻轻抽出来，放到一边，拿来被子给她盖上。

姜暮其实没睡着，就是身体软绵绵的，不太想动，也不想睁眼。她能听见靳朝在旁边收拾的动静，就是脑子里迷迷糊糊的。

没一会儿，动静消失了，姜暮睁开眼，看见他靠在窗台边，手上拿着她的钥匙扣。这个钥匙扣用得太久了，牛皮有些氧化、磨损，上面“朝思暮想”四个字也不大清晰了，靳朝一直垂眸看着。姜暮眨了下眼又合上了。

等把东西全部收进行李箱，靳朝才将她从被子里扯进怀中，也没喊她，而是直接找到她的衣服给她套上。他是第一次替女人穿内衣，还研究了一下扣子的系法，只是他成功系上后又解开把玩了一会儿。姜暮被他弄得异常敏感，不敢再耍赖了，感觉自己继续装死，今天就要下不了床了。

两人一直折腾到中午过后才算收拾停当。温珂已经在咖啡店跟着顾涛他们一起吃过中饭了。接到靳朝电话的时候，他还想着他们收拾到现在，东西肯定很多，过去时特地让顾涛跟他走一趟，怕他一个人搬不过来。

结果顾涛和温珂上楼后，看见门前就放着两个行李箱，温珂自己就能一手一个提着跑，根本没必要特地把顾涛叫上。

靳朝诧异地问道：“怎么都来了？”

温珂解释道：“我看你们收拾这么长时间，以为东西很多呢。”

说者无心，但是听者有意，姜暮低头红着脸往靳朝身后退了一步。靳朝倒是语气平常地答道：“嗯，收拾得比较细。”然后，他牵起姜暮的手把她拉到身边。姜暮侧头看着他淡定自若的表情，也不知道他是怎么做到如此脸不红心不跳地睁眼说瞎话的。

把东西送到靳朝的住处后，温珂就走了。

当天下午，靳朝有工作要处理，而姜暮需要去驾校继续死磕她的科目二。

晚上回来的时候，姜暮发现靳朝已经将她的行李全部拿出来，全都摆放到位了，问她有没有吃饭。姜暮老老实实地告诉他，在外面吃过了。靳朝见她垂头丧气的样子，便问她是不是练得不顺利。姜暮欲言又止了半天，结果什么也没说。

临睡觉前，姜暮终于忍不住，问道：“你不觉得倒车入库很难吗？”

靳朝还真是一时答不上来。他觉得，只要有眼睛，这就不是难事，毕竟他没有驾照的时候就已经可以很溜地倒车入库了。他考得早，那时铜岗考驾照也不严，大家又都是老熟人，考驾照基本就是交个钱走个过场的事。

姜暮见他不说话，又说道："教练今天说我是隔壁驾校派来整他的卧底。"

靳朝当即笑出了声。姜暮憋了半天没说就是出于这个原因，在一个曾经的车手面前问他倒车入库难不难，感觉自己太弱了。她嘟嘟囔囔地转过身去贴着床边，感觉整个世界都不理解她。

靳朝关了灯，把她拉回来抱在怀里，大手在她腰间摩挲着，撩起她的睡衣，对她道："车开不好不要紧，多开开就好了。"

"……"

周日姜暮特地早点起来想给靳朝做早餐，但她发现靳朝比她起得还早。他有早起锻炼的习惯，自律得可怕。

其实这两天姜暮就发现了，靳朝的身形虽然不似从前那么壮硕，肌肉也没那么明显，但恰到好处的线条依然很迷人，现在她才知道，没有人可以一直保持良好的身体状态，他要花上更多的时间来维持自己的健康和体能。

姜暮今天依然需要去驾校，临出门前，她还伸头问他："你一直在家吗？"

靳朝告诉她："待会儿要去趟学校。"

姜暮问道："晚上一起买菜做饭吗？"

靳朝回过身来，气息微喘地看着她："练一天不累吗？带你出去吃好的。"

"不要，省点。"说完，她的身影从门口飘过，只听见靳朝对她说了句："祝你今天能从隔壁驾校转校成功。"

"……"

本来姜暮刚出门的时候心情很好，但上了地铁，好心情就荡然无存。

想到又要面对那位光头教练，她就感觉压力山大，她深刻地怀疑那位教练在从事这行之前是在道上混的，整个人散发着一种一言不合就要拿命来的气息。

当初报名的时候，顾智杰还特地跟熟人打了招呼，说给她安排个好点的教练。那边的人都说这个教练很强，他手下的学员基本都能一次过。由于这个教练太强了，大家都叫他“光头强”，只要他往姜暮身边一坐，呼吸重点，她就感觉光头强要砍人。

周末在驾校练车的人太多，早上时间短，姜暮没排上两次，中午和同期的学员一起去食堂吃饭。大家讨论起科目一考了几次，有的考了三次，有人考了五次，姜暮倒是第一次就考了满分，是整个考场最先潇洒走人的，着实吸引了不少羡慕的眼光。但她的优秀只是停留在理论知识上，让她动动笔、背背书还行，真上了车，特别在那么多学员围观和教练的双重施压下，她的心就乱了，还没排到她，她就已经紧张得手心冒汗。

一开始光头强还坐在副驾驶座告诉她看哪个点、方向盘怎么打，到后面他直接拉开车门，站在边上喊。他一喊，姜暮就紧张，脑海中一片空白，系统不停地提示失败。

她弱弱地探出头问道：“我是不是歪了？”

光头强被她气得鼻毛直飞：“你没歪，地上线画歪了。”

后面长板凳上坐着的一排学员哄地大笑。姜暮郁闷地扫了一眼，却看见人群边上立着一道熟悉的身影，他也在抿着唇笑。她脸颊一红，压根儿不知道靳朝会过来，还给他看到这么丢人的一幕。

光头强对她喊了声：“你自己练吧。”说罢，他退到一边。

姜暮再透过倒车镜看过去的时候，发现靳朝不知道什么时候走到光头强边上跟他搭话，还散了烟给他。两人一边说话一边对着她的车技评头论足，搞得姜暮恨不得原地钻到底盘下面。

之后，姜暮自己又倒了两回车，第一次车到中途停了；第二次更离谱，车屁股直接伸到隔壁车位，把隔壁那位正在练车的大姐给整不

会了。她绝望地向靳朝看去，恨不得让靳朝附体，却看见靳朝和光头强站在一起盯着她笑。姜暮深受打击，她这辈子学东西从来没像现在这么难过过。

后来，光头强去倒茶，靳朝几步跟了上去。姜暮从车上下来，去找他的时候，看见他塞了什么东西给光头强，光头强推托了一下就收进兜里了。

走回去的时候，光头强对姜暮说了句："你等会儿再走，我再带你单独练下。"

姜暮乖乖点点头："谢谢教练。"说罢，她跑到靳朝面前，问道："你塞什么东西给我教练了？"

靳朝云淡风轻道："没什么。"

"我看见了，你贿赂他了？"

靳朝垂眸笑道："这怎么能叫贿赂，这分明是安抚他收了你这么个徒弟。"

"……我只是倒车入库不太行，其他不差的。"

靳朝垂下头笑着："嗯，不差，看了半天，数你最秀。"

姜暮气鼓鼓地转头，和他拉开一步的距离。靳朝就像有感应一样，迅速将她揽了回来。

姜暮抬起头问他："那你给他什么了？"

靳朝随口说道："两包烟。"

姜暮不禁问道："你刚才抽烟了吗？我现在很少看见你抽烟。"

"住院那段时间不能抽，后来没什么事也就不抽了。"

姜暮这才回忆起，自从回国再次碰见他，的确从没见过他抽烟，好像就连家里也没有烟，要不是为了她打点教练，他大概也不会抽吧？

姜暮的气瞬间消了，她挽着他的胳膊笑盈盈地看着他，问道："我还有救吗？"

靳朝纵容地瞧着她："你的启蒙老师在这儿，还能让你连车都开不好？"

后来，靳朝带着姜暮坐在场边，教她怎样去观察半径圈和打方向盘的时机，分析每个学员失误的关键点。在靳朝的指点下，姜暮慢慢有了概念。

太阳落山前，驾校里的人少了些，光头强让姜暮上车再练。这回光头强没再灌输那些理论点，而是简单粗暴地教了她几招独门诀窍，也没再调侃她。姜暮怀疑靳朝塞的根本不是两包烟，而是两根金条。临走前，她果真倒车入库成功了两把，兴奋地扭过头对着靳朝笑。他抱着胸身披霞光，站在场边对她竖起了大拇指。

Chapter 25

朝朝暮暮

“现在你愿意跟我重新组建一个家庭吗？”

结束了一天的练车，姜暮累得扑进靳朝怀中就不想出来了。

靳朝搂着她问道：“还去买菜吗？”

姜暮看了看日头：“买。”她觉得，以靳朝的身体状况最好少在外面吃。所以，即使很累，她也坚持去一趟菜市场，尽管逛了一圈出来并没有省多少钱。

两人拎着菜回去的路上路过咖啡店，靳朝拉着她走了进去。门上的铃铛一响，小柯就抬起了头，刚喊出“欢迎”，看见是老板和姜暮，她瞬间刹住，笑道：“今天客流量真大，店长说那个活动可以再搞搞。”

靳朝沉吟了一瞬，说道：“我下周找个时间和她商量一下。”

小柯刚准备转头跟姜暮打招呼，目光突然落在靳朝牵着她的手上，又看见两人另一只手上都拎着菜，俨然小两口过日子的模样。她一怔，好像突然知道了什么了不起的秘密，结巴道：“姜小姐……最近来得少呀。”

姜暮回道：“要练车，没时间呢。”

靳朝侧了下头：“姜小姐？”

顾涛那天看到两人搬家就已经猜到一二，只是他嘴紧，回来后没说。这会儿他在旁边憋笑道：“老板娘，要不要来杯咖啡？”

靳朝替她回道：“不用了，待会儿还要回家吃饭，顺道进来看看。”

他把姜暮拉到吧台里面，告诉她账目在哪儿、怎么看营业状况之类的，怕她饿着便没细说，简单交代了两句就带她走了。

出了店门，姜暮就问道：“你跟我说这些干吗？”

靳朝正色道：“你自己的店总不能连经营状况都不了解吧？”

姜暮侧头：“什么时候就成我的了？”

靳朝唇角挑起笑容：“那你觉得我吃饱了撑的开家咖啡店，好玩吗？”

姜暮问他：“听说店里头两年一直在亏钱？”

靳朝牵着她的手，语气淡然：“隔行如隔山，走了些弯路。”

“为什么还坚持往里砸钱？”

靳朝转过头看着她：“很多年前有个天真的小姑娘跟我提议的，我这个人比较老实，认死理，觉得冤枉路走多了，总能找到对的路，就算哪天不开了，也不能因为经营不善关门。”

姜暮立马笑道：“你还老实人呢？你要老实我高三的时候你撩拨我干吗？”

靳朝就跟失忆了一样：“我什么时候撩拨你了？”

姜暮提醒他：“在修车行啊，你赶我走，说我老过去找你影响不好，还问我是不是想跟你有点什么。”

靳朝好似想起来了，眼眸微弯，“哦”了一声。“随口问问。”然后他转过头扫视着她，“怎么？问到你心坎上了？”

姜暮绝对不会告诉他，那天从修车行离开后自己的心有多乱，准确地说来，她对靳朝的情感应该是那次以后悄无声息地发生了变化，甚至那段时间梦里都是他滚烫的眼神和轻佻的声音。当然，这种情窦初开胡思乱想的丢人事，她是坚决不会告诉他的。

他们一离开，小柯就捂着嘴，单眼皮都要被她撑出双眼皮了，惊道：“他们在一起了？”

顾涛很淡定地说：“上次情人节我们问老板有没有女朋友，他说，有，但是不在身边。我现在怀疑那个人就是老板娘。”

小柯想到闪电见到姜暮时的亲热劲，顿时明白过来。

虽然练了一天车很累，但姜暮还是想趁着休息日做顿饭给靳朝吃。不过，晚上一起吃完饭，她洗完澡就爬上床了。靳朝本来还想和她探讨一下车技，见她这么累，没忍心碰她。姜暮翻了个身钻进他怀里。

靳朝抚着她的头发对她说：“我明天要出差。”

“嗯……”

“你记得拿着卡去物业登记一下，不然进不来。”

“嗯……”

“有事打电话给我，我应该大后天回来。”

“嗯……”

靳朝垂眸听着她一声一声应着，跟猫叫一样，最后对她说了句：“驾照考出来有奖励。”

这下她是真没回应了。

姜暮刚搬来靳朝这儿，还不太适应，周一早晨磨蹭了半天。靳朝看了看时间，提醒道：“再不出门就要迟到了。”

姜暮提着高跟鞋就往门口冲，靳朝蹙起眉问道：“穿高跟鞋挤地铁？”

姜暮一边套着鞋一边回道：“今天有个重要的会，得穿正式点。”

她刚准备开门，靳朝对她说：“等下。”他把热好的牛奶递给她，说道：“小温在楼下，让他送你去，直接从绕城走，快点。”

姜暮接过牛奶，匆匆道：“可你不是马上要去外地吗？”

靳朝理了下她的衣领，顺势将她拽到身前：“我迟会儿早会儿问题不大，正好在家把东西准备下，去吧。”说完，在她唇瓣印上一吻。突然想到两天见不到她，他心里头发痒，直接缠住她柔软的舌，将她抵在门上。

短短两天的经历，让姜暮的身体变得异常敏感，靳朝身上清爽魅惑的气息不断撩拨着她，使她呼吸不停加快，她无助地喊了声：“朝朝……”

这一声把靳朝的理智拉了回来，他侧头看了眼时间，打开大门，将她送到电梯口。

本来姜暮没那么不舍，不就分开两天嘛，可她这会儿被靳朝吻得生出不舍，都进了电梯，手还拉着他，满脸幽怨，娇嗔道：“坏人。”

靳朝知道她舍不得走，帮她抵着电梯门，盯着她笑："要么……罢工？"

姜暮哼了一声，说："罢工了，你养我吗？"

"也不是不可以。"

姜暮松开他，挺了挺胸膛："我可是新时代的独立女性，才不要男人养，再见。"

靳朝的视线却缓缓下移，注意力被她另一个地方吸引了，等姜暮发现，准备开吼时，电梯门关上了，她憋屈地落了下去。

靳朝看着关上的电梯门，想象着她在电梯里的表情，唇边露出笑意。

姜暮工作的地址，靳朝已经发给了温珂，所以她一上车，温珂就调好了导航线路。一路上姜暮喝着热乎的牛奶，问他们待会儿出差要开多长时间车子。温珂告诉她，不远，开车两个多小时就到了。

后来他问起姜暮："孩子今年多大了？上幼儿园了吧？"

姜暮有些诧异，侧过头问道："什么？"

温珂继续说道："我说小孩啊，你回国，小孩也跟你一起回来的？"

姜暮完全听不懂他在说啥，但是她嗅到了一丝不寻常的气息，顺着他的话反问道："靳朝跟你说的吗？"

温珂说道："有一次饭局上听他提起的。"

姜暮故作淡定地继续套话："他提过我吗？"

"他自己的事提得不多，但大家都知道靳工老婆带着孩子生活在国外。听他说，小孩挺懒的，喜欢赖床，是吧？这样的孩子好带啊，我姐家小孩每天早晨五点就起床了，那才叫一个头疼，大人跟着睡不了觉。"

"……"

姜暮青着脸听见他继续叨叨："但我姐家女儿跟你们家的一样，挑食，这个不吃那个不吃，我姐都急死了。我姑说这是因为小孩脾不好，后来送去推拿了。你们也可以试试。"

"……"

姜暮下车后就给靳朝发了条信息："老婆？孩子？你情况挺多嘛。"

不一会儿，靳朝发来一个微笑的表情。

忙完一天的工作，在回去的路上，姜暮又想起早上温珂的话，发现靳朝还没有给她一个合理的解释。她不清楚自己怎的在他口中又当老婆又当女儿，还能一人分饰两角，也不知道他到底在外面是怎么胡说八道的。

于是，她又发了条信息过去：“你又懒又挑食的小宝贝生气了，不需要解释一下吗？”

靳朝很快回复道：“在忙，晚点。”

姜暮只能收起手机，不去打扰他。回到小区后，她带着卡先去了物业管理处，把自己的信息录入，回到家后和闪电玩了会儿，照顾它吃喝。然后，她从冰箱里翻出昨天买的菜，简单吃完就带闪电出去遛。

晚上洗完澡爬上大床后，姜暮开始想靳朝，明明才在一起两天，她就已经不习惯一个人入眠了，只好裹着被子对着手机发呆。

快十点了，靳朝还没回信息，姜暮又玩了会儿手机，便撑不住了。

不知道睡了多久，忽然有股温热的气息扑面而来，半梦半醒间，姜暮感觉自己被人抱进怀里，她还下意识地蹭了蹭，发出微小的嘤咛声。身上丝滑的睡衣被揉乱了从肩膀上落了下去，锁骨往下越来越凉，很快又被温热的大手覆盖。姜暮扭动了一下身体，潜意识里还记着靳朝出差了，今晚不回来，所以迷糊间觉得自己在做梦，十分乖顺地配合着梦中的他，多少有点投怀送抱的意思。

直到强烈的真实感入侵而来的时候，姜暮倒抽一口气，猛地睁开眼。靳朝浓郁的眸子就在她眼前，她惊得缩了缩身子，问道：“你怎么回来了？”

靳朝握住她的腰又把她往下一拉，呼吸渐沉：“听说有个小朋友生气了，回来好好疼疼。”

说话归说话，他的动作没有丝毫停歇，姜暮身子绷得像一张弓，眼里含着水汽，声音受不住地颤抖：“有你这样疼的吗？”

靳朝捉住她不安分的手，并拢后单手提着压在她头顶：“那你想怎么疼？”

“这样？还是这样？”

他每问一次，便伴随着更加让人难以招架的动作，灭顶的快感冲破了姜暮所能承受的极限。

夜影归寂，直到姜暮重新被靳朝抱在怀中，身体还在持续地抽搐着，手一下又一下捶打他的胸口，全身像软软的棉花。靳朝手肘撑着头，垂眸看着她，眼里是销魂蚀骨的风流："看来没哄好，还在气着，要不再哄会儿？"

姜暮赶紧将脸埋在他胸前，声音闷在被子里："你说。"

靳朝明知故问："说什么？"

姜暮抬起头瞪着他，可是却一点都不凶，还有些柔情似水，她脸上的潮红未散去，像盛开的桃花瓣，惹人怜爱。

靳朝舍不得再逗她了，摩挲着她的鼻尖对她道："之前认识一个设计发布工程师，打过几次交道，她可能想关爱残疾人吧，特地找关系调到我这边跟我一起搞项目，还总给我些暗示。你说，我这副残缺不全的身体哪能经得住折腾，怕她对我霸王硬上弓，所以故意放出点消息。"

"……我要不是刚被你折腾完就真的信了。"

靳朝垂下头，在她耳边呢喃："实践出真知，我只对你有反应。"

在此之前，姜暮从来无法想象有一天靳朝会抱着她说这些没羞没臊的话，他可是连她小时候对着柯南卡片亲亲都会教育她要她把心思放在学习上的人啊。

同居后，靳朝依然像从前一样纵容姜暮。不同的是，从前靳朝对她的纵容是有原则的，该严厉的地方绝对不会手软，而现在对她的宠溺几乎没有原则。

对此，姜暮还问过他原因，靳朝正儿八经地回答道："以前你的价值观还没完全形成，我比你大几岁，总不能带着你胡来，多少有点作为兄长的责任感。现在嘛，你都能独当一面了，还需要我对你严厉吗？"

姜暮看着他笑得颇有深意，眼神淡淡地看着他："别打官腔。"

"我抗拒不了你在床上的样子。"

"……"

姜暮和靳朝虽然儿时在同一个屋檐下生活了九年，也曾朝夕相伴，本以为那已经是他们最亲近的时光了，可真正同居后，他们感受到了另一种前所未有的亲密。

姜暮每天午休都要和靳朝通上一会儿电话，晚上一起吃饭，一起遛狗，抱着睡觉，周末去咖啡店盘点一周的经营状况，跟在靳朝后面学习打理咖啡店，也会出谋划策。

靳朝出差的时候，姜暮就守在家里等着他。哪怕天再冷，下着雨，靳朝能当天回都会赶在夜里回到姜暮身边。尽管忙碌了一天，来回奔波身体疲累，但想到家里的小女人夜里睡不着会找他，他只有回到家才能安心。

而姜暮自从搬过来就迷上了下厨，从前她惧怕进厨房，连清炒土豆丝都炒不好，见到油锅就躲，现在也能独掌大厨了。她还下载了好几个做菜App，没事的时候就抱着研究，保证靳朝每天营养充足的同时，把他的胃拴得牢牢的。两人才生活在一起两个月，平时神色寡淡的靳朝越来越意气风发了。

年底的时候，姜暮可谓双喜临门，第一喜是她终于接到转正通知了，可以成为一名真正的天文从业者，这让她多年的学习生涯有了落脚点，值得庆贺。另一喜是她的驾照考试终于全部通过了，虽然历时不长，但她感觉自己已然经历了九九八十一难，小小的驾驶证真是她一步一个坑努力拿到的。

办转正手续和拿驾照安排在同一天，领导正好给她放了一天假去处理这些事情。

姜暮拿着驾驶证从车管所出来时，心情美丽极了。她打了个电话给靳朝，那边一接通，姜暮的声音就带着掩饰不住的笑意：“你在哪儿？”

靳朝听到她愉悦的声音就知道她拿到证了，也跟着笑道：“在学校。”

“我现在没事了，可以去找你吗？你不是说等我考到驾照要给我奖励吗？”

靳朝笑了声：“我以为你早忘了。”

“我记性好着呢！”

“来吧，等你。”

于是姜暮拿着她崭新的驾驶证拦了辆车。

这是姜暮第一次到靳朝的学校，走进校园后，对整个氛围有种久违的熟悉感。她问了一路才找到研究生院，然后打电话给靳朝。靳朝告诉她还得等一小会儿，让她先去教室找他。

姜暮找到靳朝说的那间教室，透过玻璃窗一眼就看见他穿着墨绿色的针织衫坐在离窗户较远的位置，他的面前是几张拼起来的桌子，两个同学正围着他，不知道在讨论什么。其中一个坐在靳朝右手边，还有一个站在他对面，他们讨论得还挺激烈。姜暮就没进去打扰他们，而是在门口梨花树下转了转。

后来，他们似乎讨论完了，都看向靳朝。靳朝拿起笔和绘图尺标注了一会儿，一个短发妹子提着一袋咖啡进去了，还特地绕到靳朝面前递给他一杯。靳朝抬眸看了一眼,跟她说了句话。姜暮在外面听不见，只看见那个短发妹拖了把椅子直接坐在靳朝身边。姜暮搞不懂，三个大男人，那个短发妹怎么只帮靳朝买咖啡呢？还坐在他身边凑着头看，感觉都快把脸贴到靳朝身上了。她压着眼皮，盯着窗户里面。

不知道是不是她冲天的怨气被靳朝察觉到了，他握着笔的手突然顿了下,侧头朝窗外看去。看见姜暮穿着驼色大衣站在梨花树下的身影，他唇角当即弯了起来。周围三人也顺着他的视线侧头看去。姜暮本来在吃飞醋，突然被这群人看得有些局促，便若无其事地转过头去，欣赏并没有云的天空。

靳朝没久留，又与那三个人说了几句话就拉开椅子，顺手把那杯没动过的咖啡推给旁边的一个男人，然后朝外面走来。

姜暮收回视线斜睨着他。

靳朝双手抄在外套口袋中，问道：“本子呢？拿来我看看。”

姜暮眉毛一挑：“不给看。”而后又接了句，“除非抱抱。”

靳朝眼里的光化开了，他敲了下她的头：“也不看看这是什么地方。”

姜暮却扬起了下巴：“你们学校还有不让谈恋爱的校规？”

靳朝没说话，只是一把扯过她的手臂直接将她拥进怀中，垂眸看着她说道：“你不对劲。”

姜暮闪着一双水灵的眼：“哪里不对劲了？”

靳朝的目光在她脸上缓缓扫过：“刚才电话里还笑得那么欢，这会儿怎么——”

他的话还没说完，教室里的三个人出来了，其中一个男人拍了下靳朝的肩，问道：“你对象啊？没见过嘛。”

姜暮见靳朝的同学过来了，想到总不能当着外人的面搂搂抱抱，便从靳朝怀中挣脱出来。靳朝虽然松开了她的腰，手却没有移开，直接改成单手揽着她，转身对三人介绍道：“是啊，她平时工作忙，待会儿我们还有点事，改天带她出来跟你们吃饭。”

三人面带微笑地跟姜暮打了声招呼，另一个男人开了句玩笑：“靳朝，你不诚实啊，上次不是说喜欢短发的姑娘吗？”

靳朝倒是若无其事地答道：“现在她留长发了，我的喜好只好调整一下。”

三个人都听明白了，随即笑了起来。

姜暮不自觉地往站在后面的短发妹看去，那个女人接收到姜暮的目光，闪躲了一下。

告别了这帮同学，姜暮就在靳朝的臂弯中仰起头对他道：“那个短头发的女人对你有意思。”

靳朝只是“哦”了一声，问道：“那又怎么样？”

“她不买咖啡给别人，只买给你。”

靳朝掐了下她的腰：“因为刚才是他们约我过来讨论流体机械方面的问题，顺便向我打听我们那边春招的事。”说罢又笑她，“我自己是开咖啡店的，家里的咖啡不香吗？犯得着喝外面的？”

姜暮被他的话逗笑了，抬头去看他，靳朝垂头将她捞过来，飞快地吻了下她的唇。姜暮赶紧往四周看了看，提醒道：“规矩点，也不看看这是什么地方。”

靳朝闲散地回道：“我们学校没有不准在校恋爱这条校规。”

姜暮笑着把自己珍贵的小本本拿出来递给他。靳朝松开她的腰，接过来翻开看了看，里面还有一张她的证件照，嘴唇露出一丝假笑，眼睛弯弯的，看着真是个讨喜的姑娘。他的嘴角也扯出一个弧度。

然后他看见了姜暮凑上来的脸，她眨巴着眼问道：“我的驾照新吧？”

“……什么问题？”

姜暮顺手把驾照拿了回来，仔细收进包里，仰头畅快道：“从今以后我也是有本的人了。”然后突然想起什么，转过头来，“对了，奖励呢？”

靳朝告诉她：“不急，先回家。”

姜暮疑惑道：“你藏家里了？”

靳朝笑而不语。一路上姜暮各种撒娇卖萌，打破砂锅问到底，偏偏靳朝闭口不提，姜暮好奇坏了。

好不容易到了楼下，也进了电梯，靳朝却并没有按8楼，而是直接按到地库了。

出了电梯姜暮就有点蒙，一路被靳朝牵着走到停车位前。车位上停着一辆车，但用银色的车罩盖着。靳朝告诉她：“后面挂着的是门牌号，知道这是哪家的停车位吗？”

姜暮讷讷地回道：“你家的啊？”

靳朝纠正道：“是我们家的。”

“所以这辆车……”

靳朝一把掀开车罩，一辆白色崭新的C260出现在姜暮眼前。虽然靳朝从来不碰这类车，但耐不住女人喜欢这类车。果然姜暮眼里露出欣喜的光，她吃惊地指着车子：“这也是我们家的？”

靳朝告诉她：“这就是你的奖励，上去试试看。”

姜暮虽然不懂车子，但是她认识车标啊。直到握着方向盘，她还有点蒙，发动前紧张地问靳朝：“这车要多少钱？我有点不敢开，万一撞了……”

靳朝直接替她发动车子，对她道："尽量别撞吧，实在要撞，别对着人撞。"

本来姜暮就有点尿了，听靳朝这么一说，她就更尿了，双手握着方向盘酝酿了老半天。

五分钟过去了，他们还在车库里，靳朝笑着看她："刚才跟我炫耀本儿时那劲头呢？你还真以为国家发你个本子是给你集邮的？"

姜暮猛地吞咽了一下，一点点地踩着油门，非常龟速地把车子挪出了地库。

这是姜暮离开驾校后真正意义上第一次开车上路。她感觉路上一只遛大街的野猫对她来说都是极大的威胁，一路连刹车都不敢丢。靳朝将她指引到一条无人的大马路上，对她说："你给油啊，旁边那只黑狗都跑你前面了。"

"……我给不了，脚好像抽筋了。"

"……"

溜了好几条街，姜暮稍微放松了一点，没有一开始那么僵硬了，不过，她的注意力全部放在操控车子上，对方向就缺少判断了，问靳朝往哪儿开。

靳朝点了几下导航仪，告诉她："去这儿，跟着走。"

靳朝给姜暮定了个小目标，目的地不算远，姜暮慢慢腾腾地开了过去。靳朝看了眼手表，让她记录下第一天所驾驶的公里数，看看一周后速度有没有提高。于是姜暮乖乖拿出手机，把公里数记下了。

刚学会开车的人总有车瘾，那段时间只要有空，晚上吃完饭姜暮就拖着靳朝陪她练车，闪电坐在后座，他们不知不觉把整个南京城绕了个遍。

如今闪电是只老狗了，小时候受过重伤，虽然捡回一条命，但后来身体一直不大好，全靠这么多年来靳朝不离不弃地照料。但耐不住岁月流逝，特别是近年来闪电的身体每况愈下，儿乎每年都要生两次病住院，平时也不大爱动了，去不了太远的地方。姜暮每天开车到处遛一遛让它活泼了一些。

靳朝依然给姜暮定目标，有时候是长期的，有时候是短期的，姜暮完成得越来越游刃有余。果真开车这项技能，一回生二回熟，多练练就熟能生巧了。

两人同居头一个多月，姜暮还是很羞涩，就连换衣服都要背着靳朝。

冬天里，靳朝的身体总是不大好，特别是阴冷潮湿的天气，他身上曾经骨折断裂的地方就会隐隐作痛，时常折磨得他难以入眠。尽管他并没有表现出太反常的举动以免姜暮担心，可朝夕相伴又心系着他的姜暮还是能感觉到异样，所以更加仔细地照料他的生活，不让他碰冷水，提醒他添衣保暖，陪他去定期做针灸理疗，每天睡觉前都用保温杯装好他喝的养生茶放在床头。他如果夜里醒了去洗手间，姜暮也会从熟睡中醒来，等着他，直到他安然回来，她才放心继续睡；要是靳朝好久都没回来，她总是下床去看看他。有好几次靳朝打开洗手间的门，看见她穿着单薄的睡衣，连外套都没披，担忧地守在门口，都会心疼得催促她快点上床。

有一次靳朝在洗手间洗澡，姜暮听见“啪”的一声，焦急地徘徊在洗手间门口，问道：“什么掉了？”

过了半晌，里面传来声音：“可能要你进来帮下忙。”

姜暮轻手轻脚地推开洗手间的门。雾气朦胧中，靳朝坐在那儿，单看躯体依然是精干流畅的线条，她的脸颊被雾气熏红了。

靳朝看着滑到远处的电动剃须刀，无奈地对她说：“手有点滑。”

姜暮赶紧捡起地上的剃须刀，走到淋浴间门口递给他。靳朝伸手接过的同时捉住了姜暮的手腕，将她拽进了淋浴间。

本来姜暮还有些不好意思直视，靳朝却打开电动剃须刀，对她说：“不是说想照顾我吗？给你个发挥的机会。”

姜暮的脸烧得厉害，她从来没有帮别人洗过澡，还是个男人，一

开始有些无从下手。但把他头发上弄满泡沫后，她又起了玩心，用泡沫给他做出各种造型，还让他坚持一下，她要去外面拿手机拍下来，结果被靳朝一把扯住，目光微沉：“皮痒了？拍我艳照？”姜暮这才想起来他没有穿衣服，貌似不太适合上镜。

后来姜暮帮靳朝冲洗的时候溅得自己一身都是水，衣服贴在身上透着性感。靳朝看得欲望翻滚，将她抱到腿上做了一次。在此之前他们几乎都是关着灯或者留个微弱的小灯，靳朝似乎不太习惯姜暮盯着自己的伤疤，那样会让他有些不自然。这算是他们真正意义上清晰地看着对方，也是姜暮第一次占据主导。

那次疯狂过后，姜暮在靳朝面前少了些忸怩，更加收放自如，一个动作一个眼神都散发着轻熟女的韵味，让靳朝越发迷恋。

跨年夜靳朝在外地工作，特地让温珂把姜暮接过去。姜暮其实想开自己的车过去，顺便练练手，毕竟她还没开车出过南京。但是靳朝不放心，所以最后温珂开着姜暮的车把她送了过去，还带上了闪电。

下了高速，温珂才让姜暮开。靳朝还在工作，所以温珂把姜暮直接送去靳朝在当地的住处。姜暮本以为靳朝住在酒店，等温珂把她送到那栋楼下，她才知道原来靳朝在这里有套公寓。

姜暮独自拿着房卡进了靳朝的公寓。这套公寓面积不大，但收拾得很整洁。姜暮给闪电倒好狗粮和水，洗完澡后就坐在飘窗上玩手机等靳朝。飘窗很大，垫着毯子，放着柔软的靠枕，不一会儿，姜暮就打起了盹。

这次靳朝出差时间比较久，隔着元旦，年底年初一些积压的事情不得不处理完，他已经出来三天，对于他们来说，分开三天已经够折磨人了。

靳朝忙完回来，推开房门就看见姜暮蜷在飘窗上。他轻声走进去，抱起被子给她盖上。等洗完澡再进房间的时候看她还是那个姿势，靳朝扯掉被子扔回床上，就把姜暮压在飘窗上拥吻。姜暮被他吻醒了，身体软绵绵的，钩着他的脖子，嗅着他的干净气息，软软地说：“你回来了？”

靳朝怕她身体弓着不舒服，拿来旁边的枕头垫在她的腰下面，呼吸温热地问道："想我了？"

姜暮眼神迷离地"嗯"了一声，这一声却更像无声的邀请，靳朝受不了她这副样子，将她的睡衣向上掀去。姜暮这才意识回笼，手挡在身前，说道："你都没跟我说你在这里还有房子。"

靳朝只得一五一十地交代："这套公寓算是员工福利房，我拿得早，第一次来做开发，人家弄了几个名额，我看便宜就拿了，正好也有个落脚地。这里房价几年来变化不大，现在转出去也值不了几个钱，我以为没有交代的必要。"

姜暮却嘟着嘴说："什么没有交代的必要？你一个月往这儿跑好几趟，我怎么知道你有没有在这儿安个家、在这套房子里藏个女人之类的。"

靳朝的眉眼随即舒展开来，他以为姜暮怪他隐瞒自己的财务状况，然而她关注的点根本不是这个，果真女人的脑回路让人捉摸不透。笑完后，靳朝的目光就沉了下来，带着侵略的气息："我看你是欠收拾了。"

没到床上，她在飘窗上就被靳朝折腾了。

陌生的环境让姜暮有些不适应，哼哼唧唧的。靳朝轻咬着她的耳垂，告诉她："这里隔音不错，不用忍。"

姜暮还是死死咬着唇，拼命摇头："你隔壁住人吗？"

"不是什么正经人。"

靳朝冷不丁地来一下，像捉弄她一样。姜暮根本毫无招架之力，只能放声求饶。那令人疯狂的感觉每次到达最高潮时，她总会胡乱地喊，她越喊，越让靳朝失控。

最后，姜暮整个人湿漉漉的，连说话的力气都没有了，就记得前几天靳朝对她说过："跨年得让人有点印象。"所以他们从去年折腾到了今年，到底疯了多久，姜暮自己都弄不清了，直到温珂打电话给她，她才发现嗓子跟破风箱一样，居然哑了。

靳朝早上被电话叫走了，姜暮不知道。醒来后，她牵着闪电下楼，然后开车去温珂发给她的地址。

这是姜暮第一次来靳朝工作的园区。汽车工程研究院的楼建得气派、敞亮，绿化带整齐、茂密。

车子停在研究院大楼前，温珂已经在门口等着，对她说："放个假还临时有事，靳工不放心你，让你先过来，他那边马上就结束了。"然后他刷卡带姜暮进去。

假期大楼里空荡荡的，大多数人都放假回家了。前台值班的小伙子见姜暮面生，让她登记来访记录，并告诉她，宠物不能入内。

温珂跟他说了声："靳工的人。"

那个小伙子先是诧异地抬头盯着姜暮瞧了一眼，然后收回笔，热络道："靳工在三楼小会议厅，狗拴这儿，我帮你看着吧。"

姜暮说道："谢谢。"

安置好闪电，温珂告诉姜暮："靳工虽然没有正式在这里坐班，但研究院这边的人对他都不陌生。他四年前就过来做过几个月的开发工作，参与了05编发动机的设计。那款发动机实现了技术和排放的双突破，去年已经投产了，最快的话，春季那批新上市的车子就能搭载了。国内在发动机开发方面和一些汽车制造大国存在差距，这方面顶用的人才很紧缺，所以靳工在这里还是很有分量的。"

电梯门打开后，姜暮看到长廊里挂着研发团队的介绍，她顺着看过去，果然看见了靳朝的介绍，上面写着他过往做过的一些较出名的项目。姜暮特地留意了下他的头衔——"产品开发顾问兼热能动力工程师"。她驻足在那儿，心底油然而生一股自豪感。

之后，姜暮跟着温珂走到三楼的小会议厅外。隔着落地玻璃，她看见靳朝站在会议桌前讲话，举手投足间的自若使他看上去睿智、沉稳。看见他在熟悉的领域工作时的样子，姜暮觉得他魅力无边。她安静地看了他一会儿，眼里的光越发柔软，充满眷恋。

会议结束后，靳朝第一个走出会议室。他看见姜暮的眼神就笑了起来，凑上前，低语道："看来昨晚收拾妥了，今天又笑眯眯的。"

姜暮被他的话撩拨得脸颊发烫，刚才他还是一副专业的样子，一出来就没正形了。靳朝后面跟着出来了几人，问道："靳工马上回南京吗？"

靳朝瞬间换了副正经的姿态，回道："中午和几个朋友约了饭，晚点回。"

姜暮不知道他是如何在自己和外人面前切换自如的，如果他的这些同事知道他私下里的痞样，大概会惊得下巴掉下来。不过，在没和他同居时，她也觉得靳朝是个挺正经的人；十几岁和他交往时，他也没对她怎么样，事实证明，他藏得太深。

从楼里出来后，姜暮问道："你中午约了谁吃饭？要带我去吗？"

"当然，地方都订好了，去了就知道了。"

于是姜暮把车子开上路。靳朝还是有些不放心她的车技，只有自己坐在她身边的时候才能安心让她开。

车子停在一家饭店门口。过节期间，饭店生意兴隆，门口停了不少车。服务员迎了出来，给姜暮安排了拐角的一个位置，让她倒车进去。

即使姜暮现在有驾照，也能正常上路了，但她依然对倒车入库有阴影，所以平时出去，能找侧方位的车位，她绝对不会选择车库。眼前的车位几乎是一个极限位，太考验倒车入库的本领了。

靳朝打了个电话，说道："到了，下来接。"然后对姜暮说："你带闪电先上去。"

于是姜暮丢下车子，牵着闪电往饭店门口走，还没踏上台阶就看见一个扎着小辫子的男人从饭店里面大摇大摆地走出来。

在看见对方后，两人均是一愣，姜暮立即弯起眉眼惊道："三赖哥？"

三赖也愣愣的，他把姜暮整体打量了一番，惊道："大变活人啊！"

姜暮笑盈盈地跑上台阶，三赖朝她张开双臂："欢迎归队。"

姜暮牵着闪电和他抱了下，问道："什么队？"

三赖看着脚下摇头晃脑的闪电说道："汪汪队。"

"……"

三赖和从前比，似乎没有任何变化，头发长了，还留了几缕微卷的刘海儿挂在额前。靳朝已经成熟了不少，但三赖依然是细皮嫩肉的模样，个子高，即使衣着颓废，整体依然有种慵懒的帅气，大概他身

上那种无所忌惮的气质使然，即使他把烂布条穿在身上，别人依然不觉得他有多惨。

三赖把姜暮领进饭店，问道："有酒呢？"

姜暮说道："他在停车啊。"

三赖的笑容顿了下："什么？"

姜暮解释道："我才拿到驾照，倒车不太熟练，那个位置太窄了，不好停。"

三赖轻蹙了下眉："他肯碰方向盘了？"

往楼上走的时候，姜暮听三赖提起才知道，那次事故不仅对靳朝的身体造成了不可逆转的损伤，也使他患上了PTSD——创伤后应激障碍，属于精神障碍的范畴。即使国家规定允许左下肢残疾但其他肢体健全的人驾驶小型汽车，靳朝也一直没有碰过方向盘。在此之前，姜暮根本没有听靳朝提起过。他们家车位旁边停着一辆大吉普，稍微停得近一点，姜暮就倒不进去。第一次开车去上班，她来回倒车倒了快二十分钟，急得打电话给靳朝。他试图给她引导方向，后来看着姜暮无助的样子，他迟疑了片刻，让她下车，然后自己一把把车倒了进去。后来靳朝的确有些沉默，但姜暮并没有多想，之后好多次她倒车倒不进去，都是打电话喊靳朝下楼帮忙。她从未想到他患有PTSD，他曾经是驰骋赛道的车手，如今却对碰方向盘有心理障碍。姜暮想到这里，心口一阵阵发紧。

三赖意识到自己多嘴了，说道："别放在心上，都过去多少年了，他也该走出来了。这是好事，你应该多鼓励他碰碰车，我是说真的。"

姜暮扯出一个生硬的笑容。

三赖打开包间的门，里面坐着的居然都是眼熟的老朋友，有金疯子、章广宇和他老婆，还有他们的儿子，小孩都两岁多了。

靳朝事先没告诉他们姜暮会来。他们看见三赖把姜暮领进来，愣了半天才都站起身。

金疯子的反应最夸张，他直接叫道："我的妈，我都没认出来。老妹儿，你真是女大十八变，越变越漂亮。当年你还是个小姑娘，现在你走到街上我都要认不出了。”

众人正在寒暄时，靳朝上来了。

三赖直接开骂道：“你是真藏得住啊，什么时候联系上的？居然都没知会我们一声。”

靳朝敛着笑，将手搭在姜暮肩上带着她落座，说道:“有一阵子了。”

众人一见两人这架势，都明白是什么情况了。

三赖坐下后直咂嘴，一个劲地对着两人摇头。金疯子开心起来，非要姜暮跟他喝两杯。靳朝说她开车，护得紧，硬是没让他们瞎胡闹。

三赖不服，嚷道：“你他妈18岁护着也就算了，都快28了还护着，你是人啊？”

靳朝随意地靠着椅背，单手搭在姜暮的椅背上，任他们随便骂，依然挂着笑。

姜暮打圆场：“我驾驶水平太菜，待会儿还要开车回去。下次你们到南京去我们家，给你们尝尝我的厨艺，我再陪你们好好喝一顿。”

三赖诧异道：“哟，择日不如撞日，明天怎么样？对了，你嗓子怎么了？”

姜暮赶紧坐得笔直，清了清嗓子，面颊倒是攀上一抹红晕，她故作淡定地说道：“昨晚受凉了。”说完，她觉得自己绝对被靳朝带坏了，也开始睁眼说瞎话了。

靳朝垂着睫毛，但笑不语，手指在她背后轻轻滑动，弄得她奇痒无比，还不敢乱动。她侧头无声地瞪了靳朝一眼，靳朝唇边的笑容更加肆意了。

后来，在聊天中姜暮才得知，当年靳朝住院期间，金疯子就从万记离开了，还从家里搬了出来，在靳朝身边照料他的起居，多少因为铁公鸡的事觉得内疚。在靳朝出院后，他又跟靳朝住了一段时间。那时候靳朝生活中诸多不便，好在金疯子力气大，照料得过来。就是两个大男人整天干瞪眼，难免闲得慌。之后靳朝准备自考，嫌弃金疯子

天天在他旁边打游戏，声音太吵，便拖着他一起考。

奈何金疯子没正儿八经读过一天书，中专毕业后游手好闲了几年。现在金疯子回想起来，依然觉得那段时间靳朝绝对有大病，自己考试就算了，还拖着他一起考。于是，金疯子在靳朝的摧残下真考了个本科，跟着靳朝从长春来到安徽。靳朝本来还想拖着金疯子一起考研，金疯子是拿命威胁才终于让靳朝放弃继续折磨他的念头。现在金疯子在厂里跟着章广宇，混了个技术员的职位，生活有了保障，就是对象还没着落，让姜暮帮着留意。

三赖的经历就更绝了。在靳朝离开铜岗那年，西施死了。三赖伤心欲绝，把宠物店关了，然后租下飞驰的门面，把两家店打通，开了家快餐店，生意还挺好。

姜暮听到这儿，整个人一怔："那家快餐店是你开的啊？"

三赖"啊"了声，问道："你去过？"

"没进去过，但是大一回国的时候我还特地去了趟飞驰，看见过。"

靳朝转眸看向姜暮，姜暮满眼怨念地回视了他一眼，靳朝握住她的手，一切尽在不言中。

不过，后来三赖的创业之路就有点神奇了。等靳朝和金疯子全都离开长春，三赖看兄弟们一起南下发展，便急吼吼地跟了过来，在他们厂对面开了家分店，起初生意不见起色。章广宇是从车间上来的，认识的人多，而金疯子好酒，狐朋狗友一大堆，加上靳朝的影响力，一开始快餐店的客流量全靠兄弟们硬挺。到底快餐的口味做得比厂里食堂好，虽然价格稍微贵了点，但用料实在，大家都不在乎差个十块八块的，越来越多的人舍弃食堂，奔向三赖的快餐店。后来三赖把金疯子的老婆本抢了过来，扩大了经营，快餐店的规模直逼厂食堂，搞得厂里食堂营收下滑，领导很有意见。第二年厂里招投标准备换掉食堂经营者，三赖屁颠屁颠地跑去投标。竞标现场的不少领导都去他那儿光顾过，他便用那三寸不烂之舌成功包下了食堂的经营权。如今三赖是一位名副其实的食堂经理人，而且有正规名片。

姜暮不禁想到那年跟三赖去找靳朝，在山下被万胜邦的人拦下，他曾经在万胜邦面前夸下海口，说他那手艺要是开饭店，妥妥的。那时姜暮怎么也想不到三赖日后真能经营一家食堂。人生处处是拐点。

姜暮感慨道："那你们现在算是都在这儿落脚了啊。"

三赖接道："可不是嘛，我一到这儿就在有酒隔壁拿了间房，又跟他做起了邻居。哈哈哈哈哈……"

姜暮的脸却一点点黑了下去，她默默地转头看向靳朝。她记得昨晚问他隔壁有没有住人，他可是回答她住的"不是什么正经人"。再听三赖奔放的笑声，姜暮又莫名地觉得好像靳朝的回答没什么毛病。

靳朝当然知道姜暮在想什么，眼里带着不可言说的笑意看着三赖。

从铜岗出来后，靳朝新接触的人几乎没一个知道他的过去。在如今的同事们眼中，他稳重可靠，专业领域技术扎实，他以一张白纸的姿态重新踏入这个圈子，将从前的自己彻底埋葬，没人知道他跌宕起伏的过去，只有在这些老朋友面前，他依然是有酒。

中午大家虽然都在起哄，但都没喝酒，吃得差不多时，三赖便喊靳朝陪他去外面的阳台抽根烟。

走到阳台上，拉好玻璃门，三赖点燃一根烟就骂道："你他妈的是狗，怎么不等孩子满地跑了才告诉兄弟们？"

靳朝靠在护栏上笑道："没多长时间，她到我身边也就两个多月。"

三赖夸张道："两个多月？你也真好意思说。这两个多月我们一起吃过多少顿饭了？你嘴上了密码锁？"

靳朝淡淡地扫着他："跟老妈子一样，我什么事还得特地打电话向你汇报？"

说起打电话，三赖突然就想到几个月前他真的在电话里听到靳朝身边有女人的声音，那都是多久前的事了，后来见到靳朝时问他是不是找女人了，他死活没回答。

三赖骂骂咧咧道："我上次打电话给你，那个女人就是暮暮吧？你们那时候已经在一起了？"

"那时候没有。"

三赖絮絮叨叨着：“怪不得你这段时间跟赶场子一样，每次来了就走，喊你吃饭你都不来，就是赶回去陪暮暮？”

靳朝摸了下鼻子，干咳了声，说道：“热恋嘛。”

三赖气得大骂：“热你妈个头啊，你们热了几十年了。”

“滚犊子。”

三赖继续追问道：“现在发展到哪步了？”

靳朝看了看他，眼神隐晦，只说了三个字：“想结婚。”

三赖一听，气得手抖：“我和老金还总说，你孤家寡人一个，我们谁要是先结婚了，你一个人怪可怜的。现在倒好，我们两个打光棍儿到现在，你他妈的说你想结婚？你老说我不是人，我就认了，但你是真的狗。”

靳朝笑着听他讲。

三赖真的停不下来，继续道：“当年你换号码也就算了，还怂恿我换，不让我跟暮暮单线联系，你说你这么多年是不是防着我？你给我说说看。你就是嫉妒我风流倜傥、英俊潇洒，怕暮暮跟我联系多了对我移情别恋，是不是？”

靳朝淡定地回道：“是，你说什么就是什么。问你个事，你现在无人机玩得怎么样了？”

话题转得太突然，三赖一脸呆愣，缓了会儿才开口道：“你问我这个干吗？你不是说我的技术是臭鱼烂虾吗？”

三赖近两年迷上玩无人机，从几百、几千块的机子到现在开始玩上万块的，他还加入了业余爱好者协会，一到周末就跟一群无人机爱好者冲锋去。

见靳朝面色正经地盯着自己，三赖甩了甩额前的碎发，说道：“我这个技术也就在你眼中是臭鱼烂虾，出去了别人都尊称我‘赖师傅’，都要跟我请教的，你懂啥？”

靳朝拍了拍他的肩：“吃过饭麻烦赖师傅替我跑一趟，我把顾涛的联系方式给你，带上你的家伙，到了联系他。”

“……”

包间里面，姜暮正抱着章广宇的儿子和闪电玩。小男孩想摸闪电，但是看见闪电这么大的块头又害怕，小手指碰一下就往姜暮怀里躲，大家都笑开了。

三赖也跟着笑了起来，忽然叹道："兜了一圈还是回来了，悔恨当年把她送走吗？"

靳朝沉默了几秒，回道："庆幸吧，庆幸她没见到我最糟糕的样子。那时候连你们都恨不得捶死我，她又是个女孩，哪能受得住，再好的感情也会被耗光。幸好她在我有能力安定下来的时候回来了，早个两年可能都困难。"

三赖感慨道："是啊，早个两年你还考虑过卖房养咖啡店，还好挺过来了。"

靳朝的目光停留在姜暮的笑颜上，唇角上扬。

吃完饭，三赖有事先开车走了，靳朝和姜暮回公寓休息。

靳朝起得早，昨晚两人没节制，有点疯，姜暮怕他累着，就让他休息会儿再回南京。

靳朝靠在客厅的按摩椅上，姜暮替他盖好外套，然后在旁边的沙发上看手机陪着他。

靳朝并没真的睡着，他假寐了一会儿，侧过头去看她，喊了声："暮暮。"

姜暮收了手机回过头来。靳朝掀开外套，对她说："过来给我抱抱。"

姜暮以为他冷了，走过去摸了摸他的手，还好是热的。靳朝揽着她的腰让她半躺在自己身上。

姜暮小心翼翼地说："重吗？会不会压着腿？"

靳朝笑道："不重，挺软的。"

姜暮把脸埋进他的颈窝，嗔道："你不许再弄我了，待会儿还要开车的。"

靳朝没出声，姜暮抬头看着他，他眼里是缱绻的温柔，开口道："我让你记的公里数呢？"

“在手机里。”

“拿出来看看。”

姜暮把手机备忘录调了出来，靳朝盯着屏幕问道：“你看这些数字像什么？”

姜暮盯着手机看了半天，就是一串没什么规律的数字。

靳朝点了点其中两个数字，说道：“这两个目的地名字的开头字母是什么？”

姜暮想了想，说道：“E和N。”

靳朝顺着她的话问：“像什么标志？”

姜暮思索片刻，开口道：“经纬度？”

靳朝顺了顺她的发：“加上数字。”

“不会是坐标吧？”

靳朝继续道：“连起来瞧瞧。”

姜暮把这些数字标上经纬度，重新排列。靳朝将她往上抱了抱，绕着她的发尾问道：“不想知道是哪儿吗？”

姜暮转过头来，盯着他：“你知道？”

靳朝耸了耸肩：“你愿意带我去看看吗？”

姜暮立马拿出手机将这个坐标搜了出来，居然离他们只有一百多公里，不算太远，但是地图上显示那里一大片都是森林公园，地图上标得不是很细致。

姜暮来了兴趣，直起身对靳朝说：“去吗？天黑前还真能到，如果现在就出发的话。”

靳朝歪了下脖子：“需要我做你的领航员吗？”

姜暮低头一吻：“还等什么，我的领航员先生？”

一路上姜暮开车开得悠闲，闪电坐在后座，头凑到两人中间吐着舌头，到外地游玩，对闪电来说似乎是件很有趣的事。

傍晚前，车子抵达一个景区的停车场，靳朝解开安全带，对她说：“下车。”

姜暮锁了车门，问道：“进去吗？关门了吧？”

靳朝已经牵起闪电的狗绳，对她说："去看看。"

姜暮锁了车门，跟了上去。

景区非常大，他们租了辆观光电瓶车，沿着坐标位置逛了好半天。最激动的要数闪电，它看到什么都新鲜，开心地直往姜暮身上蹭。

姜暮看着手机上的位置，告诉靳朝："到了，别往前了，从这里拐进去看看。"

真的拐进去后，姜暮却被眼前的景象震撼到了。硕大的热气球悬在半空中，就这么猝不及防地进入她的视线，她拉着靳朝说道："哇，这里居然可以坐热气球。"

靳朝笑道："是挺意外的。"

坐标完全重合，观光车停了下来。他们面前是开阔的草坪，正是热气球上升的地方。姜暮仰着脖子，满眼欣喜。

靳朝转眸看向她："来都来了，坐吗？"

姜暮双眼炯亮，说："你怎么找到这里的？"

"是你找到的，忘了吗？"

姜暮侧眸看着他，他眼里闪动着摄人的光："走吧，纪念下我们的第一次。"

姜暮被他拉着往巨大的热气球下方走，愣愣地问道："什么第一次？"

靳朝回过头来，用视线逗她："第一次坐热气球，你以为是什么第一次？"

姜暮觉得自己最近思想非常不纯洁，绝对是被靳朝带歪了，无论他现在说什么话，她都能联想到乱七八糟的事情上。

上了热气球，姜暮既兴奋又紧张，闪电在他们下面，仰头望着，也跟着兴奋地大叫。热气球刚上升的时候姜暮还挺激动，拿出手机拍照。但是随着高度不断攀升，她收起手机，不敢站在边上，转过身来，紧紧抱着靳朝，还拍了拍他的胳膊。靳朝心领神会，将她完完整整地圈住，这样她才能有安全感。

姜暮抬起头问道："还要继续升高吗？"

靳朝看着远处的山谷，回道：“要吧。你这样能看到什么？”

说罢，他把姜暮的身子转向外面，从她身后搂住她。那一刹那，姜暮的面目被镀上一层耀眼的金色。在地面上并不觉得这儿周围的景色有何特别，可此时待在半空中就不一样了，山峦起伏尽收眼底，远处同样冉冉上升的热气球散落在天地间，像盛放的花，如梦似幻，美得令人窒息。世界以一种静止的姿态呈现在他们眼中，好像世间只余他们俩，面向着那道光辉，向阳而生。

姜暮的目光悠远、宁静，声音被风吹散在山谷间，她问道：“你后悔过吗？如果重来一次，你还会参加那场比赛吗？”

身后半晌都没有声音，姜暮只感觉到靳朝的手臂逐渐收紧。隔了好一会儿，靳朝才对她说：“我可能会暗淡但是健康地度过一辈子，也可能会为了后半生能够重见天日放手一搏。这个世界从某种程度上来说是公平的，得到的和失去的之间总有杆无形的秤。你问我，后悔吗？很长一段时间我也在不停地问自己这个问题。”

夕阳的最后一点余晖不遗余力地照亮整片山谷，良久，靳朝继续对她说：“我现在可以很肯定地告诉你，不后悔，你能再回到我身边我就不后悔了……”

在靳朝的话音落下之际，远处的山谷间突然升起数不尽的气球，漫山遍野被点缀得绚烂多彩，那令人震撼的视觉冲击让姜暮惊呼出声：“朝朝，你看，你快看，那里有人放气球，好美啊！从哪里放的？”她甚至忘了拿出手机拍照，就这么怔怔地看着大片彩色气球升到半空，那幅画面壮观得不真实。

靳朝低下头，呼吸落在她的脸上，对她说：“我还记得你看到那幅电影海报拽着我问东问西，你说你好羡慕那个老人和小孩能被气球拽到天上，你问我，人飞到天上是什么感觉？气球真能把房子拖起来吗？飞到天上，气球会不会炸？你还记得我是怎么回你的吗？”

姜暮的思绪瞬间被拉回到从前，呼吸越来越急促，她回忆道：“你说……你知道有种叫热气球的东西可以把人拽到天上，我吵着让你带我坐，你说等我们再大点。”

高处风大，姜暮有些冷，靳朝将她裹在自己的外套里，对她说：“挺遗憾的，小时候的生活我们无法选择。”

漫山遍野的气球飞往更高处，唯有一个粉色的爱心气球朝他们飞来。姜暮甚至觉得自己眼花了，简直觉得不可思议，为什么气球还能朝他们这里飞过来？

随着那个粉色气球越靠越近，姜暮的瞳孔越来越大。直到那架吊着粉色气球的无人机停在他们面前，姜暮依然没反应过来。下一秒，无人机上突然传来三赖的吼声：“有酒，你个狗东西，喊老子过来吃狗粮，你良心不会痛吗？”

姜暮娇躯一震，靳朝很淡定地回骂道：“我以为人类不吃狗粮，你果然不是人。”

姜暮满脸惊悚地盯着一人一机对骂，还在想这两人为什么要跑到半空中吵架，然后就听见三赖对着她吼道：“暮暮，你赶紧把下面挂着的东西拿走，顺便祝福你们一辈子吃不上四个菜。”

姜暮这才发现无人机下面挂着的绳子，她解开后，将无人机带来的那个小袋子拿下来，刚说了个“好”字，“了”字还没说出口，无人机就以迅雷不及掩耳之势撤离了。

姜暮转过头来，仍然满脸震惊之色。

靳朝叹了口气，说道：“我不知道他的无人机还能喊话，失策了。”

姜暮提起那个小袋子问道：“然后呢？”

靳朝难得露出几丝不自在的神情，对她道：“上次看到那个‘朝思暮想’的钥匙扣旧了，就想着给你换个新的。”

姜暮拿出袋子里的小盒子，虽然已经有预感，但是打开盒子后看见里面那枚闪耀的钻戒——内壁上刻着四个大字“朝思暮想”，她还是抑制不住激动，红了眼眶。

靳朝拿起戒指，对她说：“小时候的生活我们无法选择，本来是一家人，硬生生被分开，现在你愿意跟我重新组建一个家庭吗？”

一滴温热的泪水灌溉了整片心田，姜暮心潮澎湃。在天地万物之间，在日月交替之时，在新年的第一天，在万里长空和崇山峻岭的见证下，

她牢牢地扎进他整个生命征途。

姜暮明明感动得一塌糊涂，却佯装平静地对他说：“就知道一路把我骗过来准有什么事，只是没想到你会在这么高的地方求婚。”

靳朝笑道：“是啊，不给你退路，要是想拒绝只能跳下去，但是你胆子小。”

靳朝见姜暮不动，便提起裤管，说道：“看来得跪下以表诚意了。”

姜暮到底舍不得他做这么费劲的动作，赶忙朝他伸出手，声音哽咽：“愿意，愿意，愿意！重要的事情说三遍。”

靳朝笑着用戒指将她套牢。姜暮低头看着从此镶入无名指的“朝思暮想”，嘀咕了一句：“可是，会不会太快了？我们才在一起两个多月就要结婚了？”

靳朝将她的身子转过去看向外面，再次把她搂入怀中，对她说：“你对时间的算法存在误差，你19岁跟的我，到今年已经七年了，我再不娶你，说得过去吗？”他摸着她平坦的小腹，声音低柔，“况且，我们好几次都没做措施，要是真的有了，我不能让我们的孩子没名没分地来到这个世上。”

姜暮的手覆在他的大手上，一种隐隐的期待攀上她的心头。她很想给靳朝生个孩子，她能想象到他一定会像爱护她一样爱护他们的宝宝，他们会组建一个新的家庭，一个有孩子、有闪电、有爱的家庭。光想想，她就忍不住嘴角上扬。

靳朝亲吻着她的发丝，虔诚地对她说：“下个月过年，我会跟你去澳大利亚登门拜访妈。”

姜暮的心尖剧烈颤动着。那年大雨夜他离开苏州，从此再也无法对着姜迎寒叫出一声“妈”，可多年以后，他终于可以用另一种身份叫她一声“妈”。

四周逐渐暗了下来，太阳的最后一丝光芒隐没，月亮回到了天际，暮来朝去，日月如梭。

（全文完。）

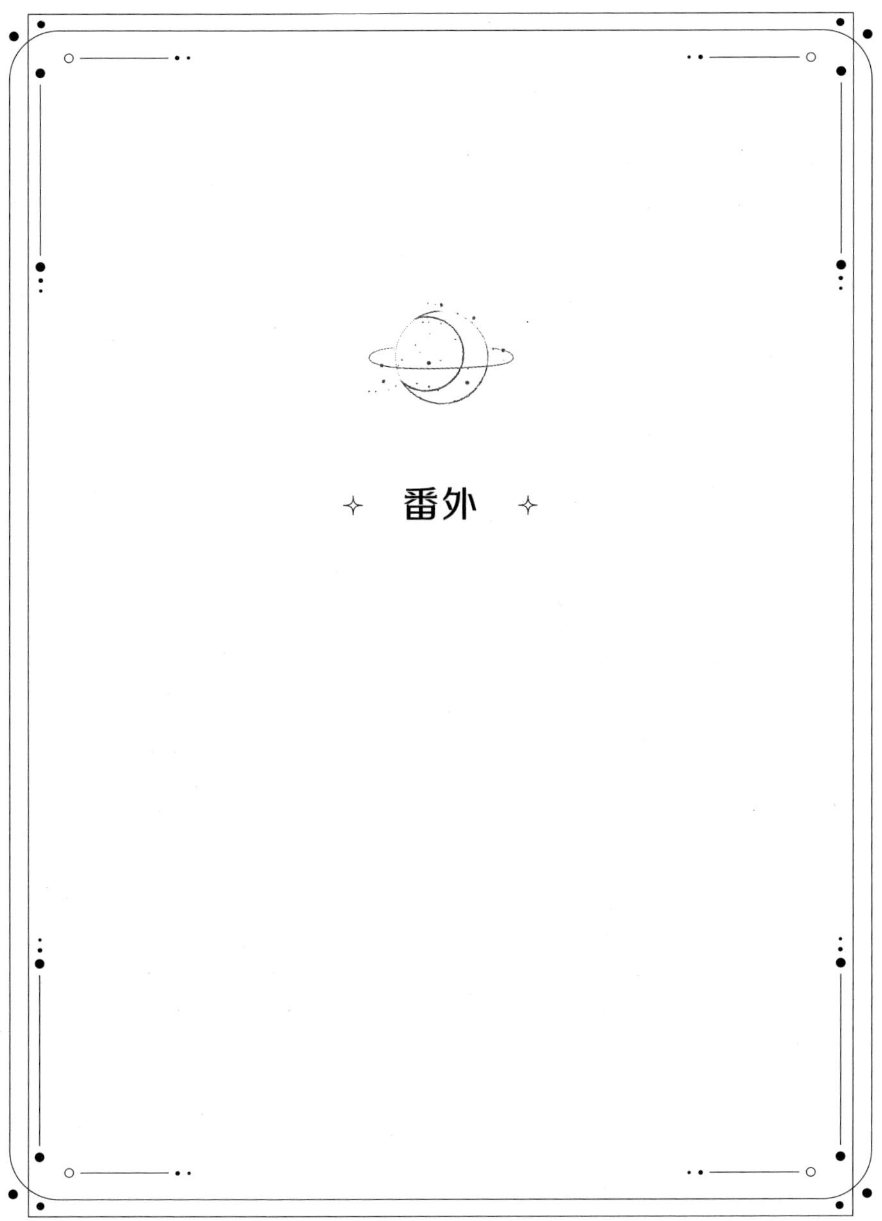

番外

和解

严冬过境，春暖大地，朝暮与共。

过年前，姜暮和靳朝踏上飞往墨尔本的航班。尽管姜暮两个月前已经陆续将她再次遇见靳朝的事情告诉了妈妈，但说到底隔着电话，很多事情不是三言两语能沟通清楚的。姜暮看不见妈妈的反应，但以她对妈妈的了解，她没把话说死，就是事情还有转机。这次靳朝亲自去墨尔本见妈妈，姜暮多少有些不安，多年前在铜岗，妈妈对靳朝的评价还历历在目，如今想起来，依然字字锥心。

姜迎寒经历过那场大手术，性情发生了不小的变化，对于前尘往事，她渐渐放下了，不再耿耿于怀，甚至提起靳强时，她也不会恶言相向了。可如今她对靳朝的态度如何，姜暮并非有底。

反观靳朝，飞机落地后，他一直挺沉默的。这是他第一次到墨尔本，可他似乎并没有心情欣赏这陌生的城市和沿途的风景。对于靳朝来说，13岁那年分别后，他便再也没有和姜迎寒面对面过。

姜暮握住他的手，犹豫着对他说："如果，我是说如果，待会儿妈要是说了什么不好听的话，你别往心里去。"

靳朝嘴角含着很浅的笑意。

姜暮歪着头问道："你笑什么？"

车子掠过花序粗大的尤加利树，掠过满是涂鸦的街道，离Chris和姜迎寒所住的社区越来越近。

靳朝声音颇缓地说："我要是害怕面对这些，就不会特地飞来见她。"

说罢，他反手将姜暮的手攥紧，转过头看着她，他的手微凉，眼神却分外坚定有力。他对她说："如果不是你回到我身边，我想不到这辈子还能有什么机会……来见她。"他的眼里映着淡淡的光，那深埋心底的光狠狠地刺痛了姜暮的心。

姜暮曾问过靳朝对他亲生父母的认知。可惜那时候他太小了，两岁多的他对于原生家庭早已没了印象，从他懂事起，姜迎寒就是他的妈妈，孩童对母亲的感情无法割舍。那年在铜岗匆匆一瞥，姜暮便已经窥探到他对姜迎寒隐忍多年的思念。9岁的她尚且时常想念父亲，更何况是从小待在姜迎寒身边长到十几岁的靳朝。姜迎寒是靳朝的记忆中唯一扮演过"母亲"这个角色的女性，无论后来他经历过什么，他都无法忘记年幼时被他唤作"妈妈"的那个女人给过的温暖和庇护，纵使如昙花一现。

车子停在Chris家门前，司机下车，将他们的行李拿了下来。Chris听见动静，已经从屋里迎了出来。

靳朝立在姜暮身后，望着这个陌生的外国男人。Chris似乎已经算准他们到家的时间，乐呵呵地打开院门，对姜暮笑道："我说是你们的车子，你妈非说还有一会儿。"说着，他张开双臂。姜暮和他拥抱了一下，转身将靳朝让到身前，对Chris介绍道："他是靳朝。"

虽然这是Chris第一次见到靳朝，但很久以前他就听说过他，他去中国接姜暮时曾在铜岗待过一段时间，那时他并未见到靳朝。

在姜暮他们来墨尔本之前，Chris向姜迎寒问过靳朝的事，可姜迎寒似乎不愿聊起这个话题。他想，这个孩子是不受姜迎寒待见的。

Chris默默打量了一番靳朝。眼前的这个年轻男人和他想象中的不太一样，不像年少时因缺乏管教而没有教养的样子。相反，他笔挺的身姿和眉宇间沉稳的气场让Chris对他的第一印象还不错。

靳朝向Chris伸出手，他们友好地问好。夕阳半暖，气氛融洽，可姜暮侧过头看着屋内，忽然有些忐忑起来。

Chris让他们先进家，说姜迎寒正在准备晚餐。说着，他摸了摸肚

子，满足地说又可以吃到中餐了。如今姜迎寒很少下厨，但姜暮回家，她会亲自准备丰盛的晚餐，Chris也乐于跟着沾光。

姜暮和Chris闲聊着走进院落，靳朝拉着行李箱跟在他们身后。他抬头打量这个陌生的小院，明明在异国他乡，可踏进来后，他却有种莫名的熟悉感。

入眼的院墙边种着大片的藤蔓月季，让人眼前一亮，浓郁的花香飘散在院子的各个角落。院角放着很多精心打理的盆栽，用大块鹅卵石围成一个半圆，上方是用竹子搭成的葡萄架，蜿蜒、美观。眼下不是葡萄成熟的季节，架子上挂着些常春藤，倒也美观。院子另一边放着一张竹编摇椅，旁边还有两条雕刻石凳。整个院子颇有些中式庭院的韵味，惬意、悠然。

姜迎寒已经拿掉围裙，从屋内向他们走来。她的身影迈出门槛，停在门口的刹那，几步之遥的靳朝转头，朝门前望去。

这一眼，便是隔了整整十八年。

岁月带走了姜迎寒的健康，在她身上留下了时间的烙印，纵使她将头发盘得一丝不苟，却仍然可以看见丝丝白发掺杂在黑发中间，曾经时常对生活充满失望和焦虑的眼神也随着岁月的流逝渐渐消失了。靳朝在她眼里看到的是前所未有的平静。正是这种平静，让他看不透她此时此刻瞧见他时到底是什么心情。

靳朝思索着应该开口叫什么，于情于理，她是长辈，也是姜暮的妈妈。话到嘴边，他却又不知该如何开口。以他和姜迎寒之间的情分，叫声“阿姨”总归不太合适，可时隔这么多年再叫她“妈”，似乎也无法像儿时那样无所顾忌。

两人的视线短暂地交会，姜迎寒便瞥向姜暮，对她说：“叫你发个信息，让Chris开车去机场接。”

姜暮已经迈上台阶，回道：“不用那么麻烦，叫个车多方便。”

靳朝垂下目光，向台阶走去。姜迎寒的视线似有若无地盯着他的左腿。靳朝低垂着眼睫，仍然能感受到她的目光，他尽量走得从容些，的确没有露出任何破绽。

姜迎寒看了眼Chris，Chris很快意会过来，又走下台阶，接过靳朝手中的行李箱，对他说："我来。"

靳朝连忙回道："不用，谢谢。"

但Chris已经接过一个，提上三层台阶，靳朝自己提着另一个上台阶。

姜迎寒并没有主动招呼靳朝，事实上自打靳朝踏进家门，大多数都是Chris在和他交流。吃饭的时候，姜迎寒也只看着姜暮，询问她在南京的工作情况。好几次靳朝看向姜迎寒，她都没有给他一个眼神，好像两人之间隔着一扇门，时过境迁，谁也不知道该如何推开这扇紧闭已久的大门。

气氛有些不太自然，姜暮和Chris都想从中调解，故意把话题扔给靳朝。但靳朝一说话，姜迎寒便保持沉默，她安静地听着，不参与，偶尔出神。这样的场景不禁让她想起多年前，也是四个人一张桌，在那个逼仄的苏州老楼里。

这顿饭吃得有些尴尬。姜迎寒询问姜暮现在租住的房子怎么样，姜暮支支吾吾半天，最后说她退租了。

姜迎寒有些讶异地问道："退租？那你现在住哪儿？"

姜暮回头看了一眼靳朝，靳朝没有闪躲，直接替她回答："暮暮现在住在我那儿。"

一句话就把他们的关系挑明了，也让餐桌的气氛再次陷入沉默，好在Chris适时地岔开了话题。

晚餐过后，姜迎寒问Chris："客房收拾好了吗？"她的意思再明显不过，无论姜暮和靳朝如今的关系进展到哪一步，靳朝在这里只能留宿客房。

姜暮看了靳朝一眼，靳朝并没有表现出任何异样，只是起身将自己的行李放进客房。

在来墨尔本之前，靳朝托运了一箱东西。飞机落地后，他取回了那个大箱子，这件事他并没有和姜暮提起。

稍晚些，靳朝将东西收拾妥当，拆开那个箱子，走出客房。

Chris泡了点茶，姜迎寒坐在客厅里戴着老花镜编织东西，这几乎成了她近些年闲来无事的兴趣。

Chris的儿女们对于姜迎寒的手工编织品很感兴趣，姜迎寒也会织些毛衣和小帽子给Chris的孙子孙女们。上周她才给Chris大儿子刚降临的小女儿寄去一双编织鞋，而后她又开始投入另一件“作品”之中。菱形方格的织法略显复杂，Chris怕她的眼睛吃不消，让她歇歇。然而姜迎寒并没有停下的打算。此时她手中的深色艺术品已经接近收尾，针法细密、平整，这是她近一周赶工的成果。

在靳朝走向客厅时，姜暮正好从楼上下来。她的卧室在二楼，虽然她已经回国工作了，但这里一直为她保留一间卧室。这是Chris对所有子女的守候，对姜暮也不例外。

Chris招呼靳朝去喝茶，靳朝应了声，而后径直走进客厅，将手中的东西一一放在姜迎寒面前。此时姜迎寒停下了手中的活计。

靳朝直视着她。也许所有人都没有想到，多年后，他会以这种方式再次面对她。他的眼神认真甚至有些虔诚，思忖良久，他开口道：“我……身边没有长辈能询问，所以向同事们打听了一下提亲的习俗，不知道有没有做得不到位的地方。”

姜迎寒抬眸扫了眼那些物件，包装精美、高档且都是喜庆的红色，透着古典的韵味；所有礼品皆是双数，寓意“好事成双”；按照中式提亲的习俗，金首饰和礼金也一样不少。没有长辈替他张罗，他尽可能地做到仔细、周到，按照苏州那边的习俗把该有的礼品准备到位。这些都是姜暮不知道的。

靳朝端起一边的茶壶，亲自斟了一杯茶，双手递到姜迎寒面前，弯腰对她说：“我不是个能让您称心如意的人，但我对暮暮，无论是从前拿她当妹妹还是以后待她像爱人，她始终都是我最爱护的人。我现在确实有一些无法愈合的缺陷，也不打算隐瞒，这次过来只想当面跟您说：从今往后，不论身处何种境地，我都会把暮暮的生活照顾好，不让她跟着我受半点委屈。

“恳请您……把她交给我。”

靳朝的语速不算快，那杯茶始终悬在半空中。曾经他们同在一个屋檐下，虽然姜迎寒对靳朝始终存在隔阂，不过日常相处还算随意，何曾像现在这般，甚至靳朝说的每一句都仔细斟酌过。

姜迎寒一直垂着视线，虽然将一切看在眼里，但她始终没有接过那杯茶，她的轮廓陷入阴影之中，神情不明。

空气忽然变得有些沉寂，Chris没有再出来圆场，只是安静地坐在一边。他必须尊重姜迎寒，给她时间做判断。

然而姜暮无法淡定，靳朝的上肢多处曾骨折，加上左腿的创伤，这样的姿势长时间站立对他来说会非常吃力，更何况他是那样骄傲的人，遭遇再大的不公和低谷都从未向谁低过头，何曾像现在这样自揭伤疤放低身姿，只为让她的亲人接纳他。

姜暮几步走过去，声音有些发颤地叫了声：“妈。”随后她就想扶起靳朝。靳朝抬眉，颇为严肃地对她摇了下头。

正是在这时，姜迎寒撩起眼皮，接过那杯茶。只是她并没有喝，而是转手放在一旁的茶几上，随后回了句：“奔波了一路，都早点休息吧。”说完,她便站起身,将手边的编织物收了起来,又走进厨房忙碌了。

靳朝逐渐敛眸，将神色隐在浓密的睫毛之下。

姜暮不清楚妈妈到底是什么意思，她看向靳朝，握住他的手。他再次抬起眸时，眼里短暂的失落已经不见，他只是平常无奇地对她笑了笑。

这时Chris才起身招呼他们先回房间休息，其他事情慢慢来。

回到房间后，姜暮辗转反侧，无法入眠，妈妈对待靳朝的态度不清不楚，让她的心始终悬着。靳朝表现得越淡然，她就越心疼。是人就会有情感，他不可能无动于衷，只是照顾她的感受，他将所有情绪都压在心底。

姜暮干脆起身出了房间，穿着睡衣来到一楼，敲响了客房的门。

靳朝问道：“暮暮吗？”

姜暮推开房门，看见他坐在床边的桌前，正对着电脑。她来到他面前，扫了眼笔记本，问道：“睡不着吗？还在处理工作？”

靳朝笑着将电脑推开，反问道："你怎么也没睡？路上不是就说困了吗？"

姜暮伸手拽了下他的袖子："一个人睡不着。"

靳朝靠在椅背上，笑睨着她："规矩点，在你妈这儿还不老实？"虽然他没有任何动作，但眼里满是眷恋之情。

姜暮心照不宣地绕到他的右腿边，软软地坐在他身前。靳朝拢着她的腰将她带入怀中，这是他们特有的亲密。

姜暮伏在靳朝胸前，手指无意识地划拉着，试探道："我不知道你准备了那么多。"

靳朝垂着眼睫，目光宠溺："不准备充分点怎么能把你娶回家？"

姜暮喉间发堵，对他说："明天我会和妈谈谈。"

靳朝只是抚着她的手臂，笑道："起码她没有把我赶出去，已经算是不错的进展了。"

姜暮抬起眸的时候对上靳朝浓稠如墨的眸子，在这个异乡的夜晚有种醉人的温度。她渐渐凑上去，贴了下他的唇，呢喃道："我能不回房吗？"

靳朝的目光流连在她的唇瓣间："你说呢？"

客房的门半开着，他们都没料到这么晚了门外会出现脚步声。靳朝的警觉性很高，视线微微偏移，手轻轻拍了下姜暮。

姜暮没太在意，可下一秒却听见妈妈的声音："你不睡觉，大半夜的跑到人家房间干吗？"

姜暮神色一僵，条件反射地站起身，猛地回头，对上姜迎寒的目光，惊得一身冷汗。虽说她早已成年，但在妈妈的威严下，她依然瞬间生出类似早恋被抓包的羞耻感。她低下头，匆匆往房间外走去，还不忘红着脸回头，对靳朝说："我上去了。"

靳朝不动声色地看着她慌乱的样子，嘴角微弯。

姜暮离开后，姜迎寒没有停留，而是径直走进院子。有几个盆栽需要移植，一直堆在院子一角。白天总是没有时间弄，她想趁着睡觉前处理一下，免得明天又有新的事情要做。她总是这样，未完的事情搁置，她连睡觉都不安生。从前靳强就不能理解她，在他看来，今天弄和过几天再弄没有任何区别。例如家里的纱窗脏了，姜迎寒让他拆卸下来洗，他总要拖上个把星期，然后两人为了这件事起争执。

姜迎寒拿起铲子给盆栽松土时，靳朝便站在台阶上默默地注视着她的身影。这么多年过去了，她依然坚持着自己的生活方式，似乎找到了一个契合的伴侣。

月光淡如轻纱，洒入院中。才几天没打理，这些盆栽的枝叶就有些杂乱了。姜迎寒刚想回身找剪刀，一只大手就把剪刀递了过来。姜迎寒抬眸扫了眼靳朝，又看向他手中的剪刀，过了半晌才开口道："还记得怎么修吗？"

靳朝观察了一番眼前这株平安树，回道："应该还记得。"

姜迎寒直起身子，从旁边拉过来一把小椅子给他，对他说："你来。"

靳朝接过椅子坐下来，姜迎寒在一旁处理其他盆栽，两人沉默地干着各自的活儿。

靳朝想起了苏州的那栋小楼。阳台很逼仄，放着洗衣机和一些杂物，平时还要晒衣服，尽管这样，姜迎寒依然养了几盆花草。靳强总说那几盆花草碍事，让姜迎寒别养了。

有一年起大风，小区里有人家的盆栽被大风刮下楼，把别人家的车玻璃砸了，后来赔了好多钱。靳强听说这件事后就把家里几盆花草扔了。因为这件事，夫妻两个不出意外地又吵了起来。当时暮暮还很小，他也不算很大，可他依然记得姜迎寒红着眼眶质问靳强："你觉得家里小，放几盆花都碍你的事，你怎么不想着换个大房子，反而扔了眼不见为净？你靳强这辈子就这点本事了！"

那时的靳朝无法分辨到底谁对谁错，只是不希望他们继续争吵吓着暮暮，于是用自己攒下的零用钱跑出去买了两个盆栽回来。

午后，姜迎寒难得平心静气地教他修剪和松土，还和他絮叨了很多。她告诉他，以后一定要做个有担当的男人，遇到问题应该想的是解决困难，而不是用逃避现实的方式来规避问题，那是最没用的表现。神

奇的是，半大的靳朝听进去了，一记就记了这么多年。

靳朝回忆起过往，那些不堪的防备和冷落似乎都随着时间被吹散了，留下来的多是在他价值观还没形成之时姜迎寒对他潜移默化的影响，这些细枝末节的东西，他倒是总在无人时常常想起。

良久，姜迎寒冒出一句："怪过我吗？"

短短四个字让靳朝的手顿了一下。的确，在他的人生处在十字路口的时候，如果姜迎寒愿意伸手拉他一把，也许他的命运就会不一样了。

怪过她吗？

靳强离家后没有再给姜迎寒暮暮的抚养费，却带着毫无血缘关系的他生活。他能理解姜迎寒心中的责备和怨气，甚至能猜到她一气之下不让暮暮和他们联系的始末。

靳强再婚，又生了个女儿，这个女儿还病了，在那个节骨眼儿上问姜迎寒要钱。无论是出于对靳朝的失望还是对靳强的怨念，姜迎寒都没有理由拿钱出来，更何况她还需要培养暮暮，一个女人独自带着女儿打拼。如果曾经的靳朝还无法体会，可历经岁月的消磨，他对个中的艰辛早已能够想象到。他从何怪起？

靳朝一边修剪一边开口道："我记得您以前说过，修这种树就要把里面太密的叶子剪掉一些，保持枝叶通风透气，这样叶子才不容易发黄变枯。"

从前，靳朝以为姜迎寒在说这些话的时候只是在告诉他如何修剪盆栽，再大一些，他才领悟过来，也许正是那天姜迎寒动了离婚的念头。如果婚姻压得人喘不过气来，与其心如死灰，不如及时斩断，让彼此都能够喘息。

靳朝没有正面回答姜迎寒的问题，但是那株平安树在他的打理下如获新生。

姜迎寒没有再继续问他。她看着芽顶被修得圆润、饱满，每一个步骤都是当年她手把手教给他的。她眼里泛出些许释然的光，不再需要言语，时间已经是最好的答案。

渐渐地，姜迎寒的目光落在靳朝的左腿上，又收了回去，她出声道：

“暮暮没有轻重，你不能纵容她，怎么说也是个成年人的重量。”

姜迎寒说的是刚才姜暮坐在他腿上的事，一句不经意的提醒却让靳朝心底干涸已久的地方慢慢柔润起来。

第二天，姜暮起床后发现昨天靳朝提亲的礼盒不见了，她绕到客房，里面的床铺被打理得平整，靳朝并不在房间里。

上午的阳光明媚、温暖，她伸了个懒腰走出屋门，看见妈妈站在院中，她将花盆周围多余的泥土擦拭干净，再递给靳朝。靳朝穿着浅色的针织衫，抬手把小盆吊兰系在藤架上。他个子高，做起来不费劲，和姜迎寒配合得默契。没多久，他们就把昨晚遗留的工作做完了。

稍晚些时候，姜暮问靳朝妈妈有没有对他说些什么。靳朝浅笑着对她摇了摇头，这让她有些疑惑。

的确，姜迎寒并没有对靳朝说过什么特别的话，似乎也没有明确表示接纳他这个女婿。

接下来的几天里，Chris的儿女们从各地赶来共度中国的春节。自从姜迎寒来到这个家，Chris就和子女们提过，他希望让家里的女主人在她认为最重要的节日有家人陪伴，一家人按照春节的习俗热热闹闹大团圆。Chris的子女们这些年一直保持着过春节的习惯。

本来还挺宽敞的屋子一下子热闹起来。厨房里和餐桌前是女人们忙碌的身影，男人们爬到高处，将红色灯笼挂在大门前，还贴上春联和装饰物，而难得相聚的孩子们更是满屋子乱窜。

这是靳朝第一次踏进这个大家庭，这似乎也是这些年来他度过的最热闹的春节。

没有姜暮所担忧的隔阂，无论是Chris家人的包容还是靳朝待人接物的从容，短短几天，节日氛围一直很和谐、温馨。

可正是因为家里人多，关于靳朝提亲的事情，姜迎寒没有再提及。

相聚的时光终有结束的时候，靳朝和姜暮不得不回国继续他们的

工作。

临走前一天晚上，靳朝再次给姜迎寒泡了一杯茶。彼时姜迎寒手中的编织品差不多完工了，她戴着老花镜扫了一眼面前的茶。这次，她将手中的织物收到袋子里，端起那杯茶喝了一口。靳朝坐在另一边沉静地待着。不一会儿，姜迎寒放下茶杯，起身上楼。等她再次下来时，手上拿着靳朝交给她的礼金。

姜迎寒将东西推到靳朝面前的时候，他敛着眉眼，神情有种说不出的灰暗。

姜迎寒重新坐了下来，再次端起那杯茶，兀自喝了一口，然后长长舒了一口气，将过去的不幸和沧桑全部叹了出去。

她对面前这个亲手带大的孩子有过愧疚吗？在深陷婚姻泥潭时，她把对靳强的怨念转嫁到这个男孩身上，责怪这个孩子的到来让本就拮据的家里雪上加霜。在听说他犯法入狱时，她震惊、失望，甚至不屑再见到他。

然而岁月变迁，她重新审视自己的前半生。她也会在午夜梦回时想起这个叫过她“妈妈”的男孩吗？也会在暮暮每次提到他的经历时牵挂他的安危吗？无人得知。

此时此刻，她将茶杯放在掌间，抬眼对靳朝说：“钱，你拿回去吧。你身边没有长辈帮衬，还要供房。国内的房价，我清楚，负担不小。”

靳朝听出了姜迎寒话中的意思。他慢慢掀起眼帘，神情里是难以言喻的动容，他缓了几秒，沉声说：“还能应付，这是我的一点心意。”他坚持把礼金推到姜迎寒面前。

姜迎寒端着茶，淡淡道：“和小时候一样，轴性子。”

第二天早晨，姜迎寒对姜暮再三叮嘱，有工作上的，也有生活上的。

靳朝和Chris把行李搬上车后，看向院门内，姜迎寒和暮暮说完话，目送他们，没有再言语。

靳朝有一秒的失神，可很快便收回目光，将那些微不足道的情绪压了下去。他也曾期待过吧，期待生命中有母亲这个角色参与他人生中所有重要的时刻，在他远行时给他一个拥抱为他送行，哪怕不时在他耳边嘘寒问暖，唠唠叨叨。这些在常人看来稀松平常的事情，他却未曾体验过。人和人的情感有时候就是这么微妙。

那些回不去的时光，终究是遗憾。

Chris把他们送到机场。下车时，他从车上拿下来一个深蓝色的手提袋，递给靳朝。手提袋的封口扎着同色的缎带。

靳朝不解地问道："这是？"

Chris耸了耸肩，告诉他，这是姜迎寒给他的，其余的，她没有交代。

靳朝点了点头，告别了Chris，并约定很快会再来探望他们。

之后，靳朝和姜暮进了候机大厅。等航班的时候，姜暮起身去买咖啡，靳朝坐在椅子上看着身边的蓝色手提袋。他伸手将袋子拿起来，拉开缎带系成的结，赫然看见里面是一条针法细密的菱形格子深色男士围巾。靳朝把围巾拿出来，一时间恍惚起来。

那年大雪堆积到脚踝，苏州迎来了最冷的寒冬。姜迎寒给暮暮织了一条浅粉色的围巾，她的小脖子总是被暖和的围巾包裹着；而他的领子周围却空空荡荡，凛冽的寒风顺着脖颈刺进骨头里。

初中部离家很远，靳朝走到家后，嘴唇总是冻得发紫。有一次他放学，在楼下碰见刚下班的姜迎寒，她看着他的样子问他冷不冷。

几天后，姜迎寒便买了些深色的毛线回来，有空的时候就织两针。他总在想，她是不是织给他。

没有答案。

不久，他就随靳强离开了那个家。在后来的很多年里，他都没有答案。

这条围巾，他一等便等了整整十八年。

围巾下面有一张字条——"保重身体"。简单的四个字承载了他所有的过去和将来。

靳朝感受着掌间柔软的触感，抬起眸对上向他走来的暮暮。

严冬过境，春回大地，朝暮与共。

图书在版编目（CIP）数据

双轨：全2册 / 时玖远著. -- 北京：北京联合出版公司，2022.10（2026.1.重印）

ISBN 978-7-5596-6256-9

Ⅰ. ①双… Ⅱ. ①时… Ⅲ. ①长篇小说－中国－当代 Ⅳ. ①I247.5

中国版本图书馆CIP数据核字(2022)第119114号

双轨：全2册

作　　者：时玖远
出 品 人：赵红仕
特约监制：穆　晨
产品经理：张梦璇　陈隽萱
封面设计：有点态度设计工作室
出版监制：辛海峰　陈　江
责任编辑：牛炜征
特约编辑：丛龙艳
内文排版：陈佳玲

北京联合出版公司出版
（北京市西城区德外大街83号楼9层　100088）
联合读创（北京）文化传媒有限公司发行
万卷书坊印刷（天津）有限公司印刷　新华书店经销
字数 484千字 880毫米×1230毫米 1/32 17.5印张
2022年10月第1版　　2026年1月第6次印刷
ISBN 978-7-5596-6256-9
定价：69.80元（全2册）